Jukahbajahn
Ocka-Höhen
Kessel der Fruchtbarkeit
Mütter der Wälder
Gohlannbjahr
Ocka-tang
Ophringebirge
Der heilige Wald
Kessel der verlorenen Schätze
Clutt
Arro-Duado
Tonda
Arro-Pazh
Erellgorh
Tangris
Jiguelazh
Feld der Gebeine
Innelles
Elenau
Gelder

Die Elbenstifte

Ein Roman aus der Welt von Erellgorh

www.erellgorh.com

www.facebook.com/Erellgorh

1. Auflage, März 2019

Illustrationen und Covergestaltung: Florian Jonak
Karte: Sören Meding
Korrektorat und Satz: Frank Friedrichs
Verlag: DichtFest GbR, Seeweg 3, 19243 Wittendörp – www.dichtfest.de
Druck: BooksFactory, PRINT GROUP Sp. z.o.o., Szczecin, Polen

ISBN: 978-3-946937-03-6

Bibliografische Information der Deutschen Nationalbibliothek:

Die Deutsche Nationalbibliothek verzeichnet diese Publikation in der Deutschen Nationalbibliografie; detaillierte bibliografische Daten sind im Internet über http://dnb.d-nb.de abrufbar.

Matthias Teut

Die Elbenstif

Für Nele

»Es ist mit meinem Herzblut geschrieben, so, wie es nun einmal ist, dick oder dünn, und ich kann nicht anders.«

J. R. R. Tolkien

Prolog

Erinnerungen an feines Gebäck und duftenden Tee kamen ihm in den Sinn, Morgentau im Sonnenglanz, Spiegelbilder im Wasser. Seine Beine gaben nach und er kippte vornüber.

Wenige Zoll vor sich sah Farim dichtes Moos, herrlich grün und weich. Darauf die Elbenstifte, juwelengekrönt, mit Gold umwickelt und gebettet auf samtzartem Boden.

Seine Hand streckte sich danach, hielt inne, streckte sich weiter. Wo kamen sie plötzlich her? So unwirklich schön lagen sie vor ihm, verlockend wie der Duft der gelben Blüten – eine drängende Sehnsucht.

Doch so sehr er sich mühte, seine Finger griffen immer wieder ins Leere. Er wollte näher heran, schaffte es aber nicht, sich hochzustemmen.

Die Luft veränderte sich, waberte um ihn her und verdickte sich zu einem dunstigen Schleier, der nur noch den Blick auf die magischen Stifte erlaubte. Den Schatz, den sein Vater zerbrochen hatte. Farim keuchte, als die Erinnerung ihm kalt ins Gesicht schlug. Fallende Bruchstücke und rieselnder Staub. Er rieb sich die Augen, versuchte, einen klaren Gedanken zu fassen. Doch der Schleier umwölkte ihn wie dichter Nebel.

Dann, von einem Moment auf den anderen, begann das Gold zu welken, der liebliche Duft schlug um, wurde ätzend und brannte in Farims Nase. Wind hob an, rauschte in den Bäumen, tränkte die Luft mit beißendem Gestank, und jäh erschien eine düstere Kreatur. Ein Schatten, der mit erhobenen Klauen auf ihn zukam. Leichenblasse Augen in einem unförmigen Kopf. Ein hässliches Zerrbild, eine Fratze des Todes, die genau auf ihn zuhielt.

Tintenblüten

Der Ruß der Öllampen brannte in seinen Augen. Farim blinzelte, tauchte den Federkiel in das Tintenfass und setzte ihn erneut auf das Pergament. Die Übertragung der korrekten Ziffern war wichtig, damit die Bücher stimmten. Zwei, sieben, Komma, fünf. Er führte die Feder sorgfältig, ertappte sich jedoch dabei, wie er der Sieben einen kleinen Schnörkel verpasste und den Bauch der Fünf etwas dicker zeichnete. Mit seinen Elbenstiften würden die Ziffern geschwungener, farbiger und unverwechselbar werden. Ein Griff nach unten und er könnte sie aus der Tasche ziehen.

Die Stifte waren sein größter Schatz, er hatte sie immer bei sich. *Du sollst hier nicht malen, sondern Zahlen übertragen. Es muss korrekt sein und nicht schön!* Farim seufzte und schaute zu den bleigefassten Fenstern, hinter denen sein Vater in einem eigenen Schreibraum arbeitete. Seine Feder eilte wie stets in schnellem Tempo über ein Pergament. Neben ihm ein Stapel gesiegelter Briefe. Farim bewunderte ihn für diese unermüdliche Disziplin. Wie schaffte er das nur? Jeden Tag Anfragen stellen, Verträge schließen, Waren einschätzen, einkaufen, verkaufen, bewerten, zählen, Wechsel ausstellen ... Er verbrachte die meiste Zeit seines Lebens im Licht von Öllampen, während draußen das wirkliche Leben an seinem Handelskontor vorüberzog. Sonne und frische Luft, die doch darauf warteten, genossen und geatmet zu werden!

Farims Blick glitt zu dem Stundenglas hinüber, das neben einer Schiefertafel auf einem Pult in der Mitte der Schreibstube stand. Gernhold Sperber, der älteste Buchhalter seines Vaters, schlurfte mit langsamen Schritten darauf zu. Der hagere Sperber war schon alt gewesen, als Farim noch nicht einmal lesen konnte. Gewissenhaft wartete der Alte darauf, dass der letzte Sand durch den schmalen Spalt zwischen den Kolben rieselte, drehte das Glas um, nahm ein Stück Kreide und setzte einen weiteren Strich auf die schwarze Tafel. Matten Schenker, der jüngere Buchhalter, meinte, Gernhold würde es gar nicht merken, wenn man den Sand aus dem Kolben entfernte. »Er wird noch aus seinem Grab klettern, um das Stundenglas zu drehen. Pünktlich aufs letzte Sandkorn.«

Farim starrte auf die Striche: sechs von neun! Noch drei weitere Stunden müsste er hier, im langweiligsten Raum von Myxa zubringen und stumpfsinnige Ziffern mit schwarzer Tinte aufs Papier bringen. Er stöhnte.

»Lasst das nicht Euren Vater hören.« Der alte Sperber kam zu ihm herüber, beugte sich über das Pergament und schaute auf die Zahlen. Farim schluckte. Hinter der Fünf stand inzwischen das Wort »bezahlt« korrekt übertragen. Dahinter hatte sich allerdings eine grazile Malvenblüte aus feinen Federstrichen hinzugesellt, die dort nicht hingehörte.

»Ihr könnt es einfach nicht lassen.« Der Alte schüttelte den Kopf. »Wenn Euer Vater das sieht, wird er ungehalten sein.«

Farim spürte, wie ihm das Blut in den Kopf schoss. Warum nur hatte er sich schon wieder hinreißen lassen? Er sollte doch arbeiten und nicht zeichnen.

»Hat unser Farim mal wieder die Zahlen verschönt?« Matten Schenker machte einen langen Hals, kam von seinem Pult herüber und guckte begierig auf das Pergament. Hinter jedem »bezahlt« prangte eine andere Blüte.

Farim zog rasch eine leere Seite hervor und legte sie darüber. »Ich k-kann das n-n-neu m-machen.« Bei den Seelen! Musste ihn jetzt auch noch sein dämliches Stottern heimsuchen? Mit Matten und Gernhold konnte er doch sonst fast normal sprechen. *Ich sollte das Reden grundsätzlich sein lassen.*

»Von mir aus nicht. Ich finde es schön.« Matten zwinkerte und schenkte ihm ein strahlendes Lächeln. »Es unterstreicht die Wichtigkeit unserer Arbeit auf eine ganz besondere Weise, finde ich. Am liebsten würde ich genauso schöne Blumen hinter jeden Wechsel zeichnen.«

»Und eine neue Anstellung suchen, weil du zu langsam wärst!«, knurrte der alte Sperber. »Unser Lohn unterstreicht die Wichtigkeit unserer Aufgaben. Und der ist erst gesichert, wenn unsere Arbeit am Ende des Tages getan ist.«

Es sei denn, man ist der Sohn des Händlermeisters. Bei den Seelen, hat Gernhold das so gemeint? Ist der Alte böse auf mich? Farim wollte die beiden auf keinen Fall gegen sich aufbringen. »E-entschuldigt b-bitte. Ich w-werde mich in Z-zukunft besser k-konzentrieren.«

Gernhold klopfte auf das leere Pergament. »Macht einfach weiter, Meister Farim. Ohne Schnörkel und Bilder. Dafür fehlt uns nämlich die Zeit. Und außerdem kostet es zu viel Tinte.«

»Was kostet zu viel Tinte?«

Farim schrak zusammen, als er die Stimme seines Vaters hörte, laut und durchdringend. »Gibt es ein Problem, das man nur zu dritt lösen kann? Oder warum steht ihr hier alle untätig herum?« Feste Schritte und ein lauernder Unterton. Farim zog den Kopf ein und Matten Schenker verzog sich zurück an seinen Schreibplatz.

»Gut, dass Ihr kommt, Meister Peggelbohn.« Gernhold Sperber blieb als Einziger unbeeindruckt, stützte sich auf das Pult und verdeckte mit dem Arm das leere Pergament. Hastig tunkte Farim die Feder ein, zog mit der Linken das nächstbeste Dokument heran und begann geschäftig, die Ziffern zu übertragen. Sein Vater mochte es nicht, wenn Zeit vergeudet wurde. Und er hatte ja recht. Der Erfolg des Handelshauses hing am Fleiß jedes Einzelnen.

»Ich sprach mit Eurem Sohn über die Buchhaltung.«

O nein. Gernhold, bitte nicht!

»Gibt es etwas zu beanstanden?«

Farim linste ängstlich zu seinem Vater, doch der schaute nur den alten Sperber an. Er hielt viel von dessen Meinung, das wusste jeder hier.

»Aber nein. Es ist nur so, dass wir heute noch eine Menge zu verzeichnen haben und morgen bereits mit der Ankunft weiterer Schiffe rechnen.« Der Alte holte Luft und räusperte sich. »Da muss es schnell gehen und die Tinte könnte knapp werden. Es bliebe keine Zeit, neue zu holen. Das würde nur aufhalten.«

Gesegnet seist du, Gernhold Sperber! Wie hatte er nur an ihm zweifeln können. Der Alte hatte ihm schon so oft geholfen. Er sollte sich unbedingt einmal bei ihm bedanken. Vielleicht mit einem besonderen Bild?

»Wenn das so ist, wäre es wohl besser, gleich zur Tintenmacherin zu gehen.« Sein Vater blickte zu Matten Schenker. »Wärt Ihr so gut, das zu übernehmen?«

Ein Botengang zur Tintenmacherin? Und damit auch zu ihrer Tochter? Farims Hand verharrte über dem Pergament, ein schwarzer Tropfen bildete sich an der Spitze des Federkiels und fesselte seinen Blick ebenso wie die Hoffnung darauf, diesen Botendienst selbst machen zu dürfen. Er könnte Billke endlich einmal wieder treffen. *Bitte, Schenker, sag nein!*

»Natürlich, Meister Peggelbohn.«

Der alte Sperber hustete und drehte sich zum jungen Buchhalter um. »Entschuldige.« Er räusperte sich. »Was hattest du gesagt?«

»Ich – äh ...« Matten Schenker zog die Stirn kraus. »Ich *würde* das natürlich gerne tun, Meister Peggelbohn, aber ...« Er sah sich suchend um, wies dann auf mehrere Papierstapel. »Es sind noch so viele Wechsel zu bearbeiten.« Hilfesuchend sah er zu Gernhold. »Das würde ich nur ungern unterbrechen?«

Der Alte nickte. »Meister Peggelbohn, könnte nicht Euer Sohn ...? Er ist einfach flinker auf den Beinen.«

Ein unwilliges Stöhnen ging der Antwort von Farims Vater voraus. »Flinker auf den Beinen, so so.« Schritte ums Pult herum, dann eine Hand schwer auf Farims Schulter. Vor ihm hing noch immer der tintenschwarze Tropfen, darin die schemenhafte Spiegelung seines Vaters. »Komm in mein Büro, Sohn. Ich gebe dir Münzen für den Einkauf.«

Die Hand ließ von seiner Schulter ab, Schritte entfernten sich. Erst jetzt merkte Farim, dass er den Atem angehalten hatte. Er dachte an Billke. Die Federspitze zitterte, der Tropfen löste sich und fiel.

Neueröffnung

»Was Matten Schenker eben gemacht hat, erwarte ich eigentlich von dir«, begann sein Vater, als sie allein in seinem Arbeitszimmer waren. »Sich selbst zurückzunehmen und den anderen die Abwechslung eines Einkaufs zu gönnen, stünde dem Sohn des Hausherrn gut zu Gesicht.«

Farim senkte den Blick. »S-soll ich b-besser hierb-bleiben?«

»Ansehen sollst du mich, wenn ich mit dir spreche. Das wäre ein Anfang.« Sein Vater seufzte. »Und lass das Stottern. Du bist mein Sohn und wirst einmal dieses Geschäft übernehmen. Unser Handelshaus ist das erste am Platz. Kein anderes in Myxa hat so viele Angestellte. Das ist eine große Verantwortung!«

Farim nickte. Eine sehr große Verantwortung sogar. Eine, der er sich nicht gewachsen fühlte. Er besaß nicht die Stärken seines Vaters, konnte sich nicht stundenlang konzentrieren und alles im Blick behalten – nicht einmal das, was Aufgabe der Angestellten war. Nein, Farim war nicht der Richtige dafür. Aber wie sollte er ihm das beibringen? »Ja.«

Sein Vater zog eine Schublade auf und holte eine Schatulle hervor, aus der er drei Silber- und zehn Kupfermünzen in einen Lederbeutel zählte. »Damit du die Tintenmacherin gleich bezahlen kannst.« Er schlug eine kleine Fibel auf und notierte Summe und Anlass. »Bitte bring dreimal Schwarztinte mit. Aber nur Dornrindentinte! Ich will nicht schon wieder die Schreibfedern austauschen müssen, weil die Farbpigmente am Federkopf eintrocknen. Und frag, ob sie endlich eine rote Tinte hergestellt hat. Sie hat es mir versprochen.«

Farim wusste, dass Meisterin Drukarni schon lange an einer entsprechenden Rezeptur herumtüftelte. Ihre Tochter hatte es ihm erzählt. Sein Herz machte einen Hüpfer, als er an sie dachte. Jetzt, am Nachmittag, wäre sie bestimmt bei ihrer Mutter im Laden. Hoffnungsvoll nahm Farim den Münzbeutel und wendete sich zum Gehen.

»Farim! Bedenke, das ist keine Pause, sondern ein notwendiger Botengang. Beeile dich gefälligst! Wenn du trödelst, lastet deine fehlende Arbeitszeit auf den Schultern von Matten und Gernhold. Es wäre nicht richtig, wenn sie deine Arbeit mitmachen müssten!«

Nein, das wäre es nicht. Die Freude auf das Wiedersehen mit Billke sackte in sich zusammen wie ein Getreidesack, aus dem das Korn herausrieselte. Durch die bleigefassten Fenster sah Farim die Buchhalter eifrig über ihre Schreibpulte gebeugt. Sie sollten seinetwegen nicht noch mehr arbeiten, das wollte er auf keinen Fall. Auch wenn sich alles in ihm gegen den Gedanken sträubte, selbst dort zu sitzen. »Ja.«

Als Farim die Tür schloss, holte er trotz der Mahnung seines Vaters die Zeichentasche mit den Elbenstiften unter dem Pult hervor. Wenn er schnell genug wäre, hätte er vielleicht trotzdem Zeit, um ein Bild zu malen.

»Hier, nehmt noch einen Bogen Pergament mit«, raunte Schenker und reichte ihm einen. »Es wäre schön, wenn Ihr mit Euren besonderen Stiften was für meine Tochter zeichnet.«

»Matten, er darf nicht trödeln.« Der alte Sperber schüttelte den Kopf.

»Er ist aber gut in diesen Dingen. Das geht bestimmt ganz fix. Ist es nicht so, Meister Farim?«

»Ja, Matten.« Farim lächelte. »D-danke.«

Mit einem guten Gefühl trat er durch die Tür ins Ladengeschäft, um von dort auf den Kai zu gelangen. Er würde die Tinte holen, mit Billke ein paar nette Worte wechseln, ein Bild malen und so schnell zurück sein, dass alle zufrieden wären.

Frischere Luft, Helligkeit und Stimmengewirr empfingen ihn im Laden. Es war Farims Idee gewesen, aus dem Lagerraum einen Verkaufsraum zu machen, er hatte gehofft, dann hier vorne arbeiten zu dürfen. Durch die großen Fenster hatte man einen guten Blick auf den Hafen und bekam viel mehr von dem mit, was in der Welt passierte. Doch sein Vater hatte die Zwillingsschwestern Hilja und Dulja Redwasser eingestellt, und Farim war bei den anderen in der Schreibstube geblieben. Natürlich war es eine gute Entscheidung fürs Geschäft gewesen. Die hübschen Schwestern wirkten wie ein Magnet auf Händler und Seeleute, die sich letzte Utensilien für ihre Reisen kauften. Auch jetzt war der Laden wieder gut gefüllt und die Zwillingsschwestern redeten ohne Unterlass auf die Kunden ein. Ein Stotterer wäre hier kaum eine Hilfe.

Dafür hatte er die Elbenstifte. Farim drückte die Tasche an seine Brust. Mit ihnen konnte er die ganze Welt zu sich holen und zeigen, was Worte nicht vermochten. Beherzt drängte er sich durch die Kundschaft und verließ das Kontor.

Vor der Eingangstür hielt er inne. Eine laue Brise zauste sein Haar, der Geruch von Teer und Fisch strich ihm durch die Nase. Direkt vor dem Handelshaus war der Kai leer, doch zur Rechten wurden mehrere Schiffe beladen. Farim atmete tief durch und spürte seine Lebensgeister wiederkehren. Auf zur Tintenmacherin – auf zu Billke.

Er wandte sich nach links und folgte dem Kai, vorbei am Laternengeschäft, dessen Eingang unter einem Vordach aus dunklen Leinen stets gut beschattet war. Trotzdem wirkten die Lichter der unterschiedlichen Lampen nur am Abend richtig anziehend und verschafften dem Händler erst dann den meisten Umsatz, wie Farim wusste. Walltan Wildlich saß im Schatten vor seinem Laden und rauchte wie üblich Pfeife. Farim winkte ihm wortlos zu. Der Laternenmacher kannte sein Sprachproblem und erwartete keine Plauderei.

»Meister Farim.« Der Händler hob die Hand zum Gruß und lächelte. Wenn doch alles so einfach wäre.

Aber das war es nicht. Unwillkürlich musste Farim an die Erwartungen denken, die sein Vater in ihn setzte. Wie gern würde er die Welt des Handels und der Zahlen so schätzen wie er. Stattdessen hing sein Herz an brotloser Kunst.

»Der junge Meister Farim.« Eine schrille Stimme riss ihn aus den Gedanken.

»M-mag-gistra ...« Farim holte tief Luft und setzte neu an. »Magistra Gluhnbar.« Ausgerechnet jetzt. Er hatte weder Zeit noch Lust auf eine Unterhaltung, auch wenn es eine wichtige Kundin war. Doch sie hielt ihn bereits am Ärmel fest.

»Ist Euer Vater da? Ich muss ihn dringend sprechen.«

Farim nickte. Für die Gluhnbars war immer alles dringend. Und wenn man nicht umgehend Zeit für sie hatte, fühlten sie sich sofort übergangen.

»Das ist wunderbar. Ihr wisst ja, dieser Tage soll das Elbenschiff wiederkommen.«

Farims Herz setzte für einen Schlag aus. Das Elbenschiff? Wie großartig! Er mühte sich, wissend dreinzublicken. Warum hatte sein Vater ihm nichts davon erzählt?

»Eine seltene Gelegenheit, bei der wir für unseren Orden Dinge bekommen können, die es sonst nicht gibt.«

Der Orden, natürlich. Ging es nach den Magistern, hatte ihre Vereinigung magiebegabter Menschen immer das Vorrecht.

»Mir ist nur wichtig, dass wir das Vorkaufsrecht haben. Ich hoffe sehr, dass dieser Elb ... wie hieß er noch gleich?«

Zhinlohr. Farim hoffte, sie würde ihn endlich gehen lassen. Immerhin hatte sie ihm mit der Nachricht vom Eintreffen des Elbenschiffs den Tag versüßt.

»Ihr wisst schon, der, der die Verhandlungen mit Eurem Vater geführt hat. Jedenfalls wollte er uns Gewölle der Silbereulen mitbringen. Unser Fenkorh braucht es, um einen Zauber zu lernen, mit dem er im Ordensrang vielleicht noch eine weitere Stufe aufsteigen kann.«

Mein Elbenfreund Zhinlohr kommt zurück! Farim musste später unbedingt einige seiner Bilder heraussuchen, um sie ihm zu zeigen. Zhinlohr war der Einzige, der verstand, wie wichtig Farim das Malen und Zeichnen war. Von ihm hatte er die Elbenstifte geschenkt bekommen. Unwillkürlich wurde sein Lächeln breiter.

»Ihr freut Euch für unseren Sohn? Wie rührend.«

»W-wie bitte?«

»Nun, unser Sohn kann es Euch selbst erzählen, wenn er die Tage vorbeikommt. Ihr seid ja Freunde, nicht wahr?«

Zhinlohr war ein Freund, ja, aber der Besuch von Fenkorh war auch in Ordnung. Obgleich Farim stets aufpassen musste, ihm nicht zu viel von den Elbenstiften vorzuschwärmen. Wenn es um Elbensachen ging, war Fenkorh wie besessen. Er versuchte ständig, ihm die Stifte abzuschwatzen. Dabei hatte er am Zeichnen gar kein Interesse.

»Zwei junge Männer im gleichen Alter, die in die Fußstapfen ihrer Väter treten. Irgendeine Gemeinsamkeit braucht es ja wohl für eine Freundschaft, nicht wahr?«

Bei dem Wort »Fußstapfen« wurde Farim flau im Magen, und über die Gemeinsamkeiten mit Fenkorh hatte er sich bislang noch gar keine Gedanken gemacht.

»Oh, habe ich Euch verschreckt? Ach ja, Ihr habt Euch schon eine Weile nicht mehr gesehen, nicht wahr? Aber kein Grund zur Sorge. Unser Sohn hat nur zu viel zu tun.«

Ein gutes Stichwort. Er machte einen Schritt rückwärts, um weiterzugehen, doch Fenkorhs Mutter folgte ihm.

»Er ist ja so überaus fleißig und strebsam, unser Sohn.«

Das wäre ich jetzt auch gern! Er trat einen weiteren Schritt zurück. Die Magistra ließ los und strich ihm mehrmals über den Ärmel, als müsste sie Schmutz entfernen.

»Ganz der Vater eben. Aber wem sage ich das. Ihr werdet sicher ebenso fleißig sein.«

In diesem Moment eher nicht. Er nickte und überlegte, ob er eine wertvolle Kundin wie sie einfach stehen lassen durfte.

»Dann will ich mal sehen, dass ich Euren Vater zu Gesicht bekomme. Seid nicht böse, dass ich keine Zeit für eine Plauderei habe, aber ich bin sehr beschäftigt.« Sie seufzte. »Ein anderes Mal dürft Ihr mir gerne mehr erzählen. Was hattet Ihr denn eigentlich auf dem Herzen?«

Ich? Farim schüttelte verblüfft den Kopf. Das konnte nicht ihr Ernst sein. Doch die Magistra sah ihn abwartend an. Himmel, was sollte er entgegnen? »D-das hat Z-zeit«, stammelte er und hasste sich dafür. Am liebsten hätte er ihr gesagt, sie sollte ihn endlich in Ruhe lassen und nicht länger aufhalten.

»Nun ja, wie auch immer – Fenkorh wird Euch sicher aufsuchen. Ihm könnt Ihr alles erzählen.«

Was das betraf, waren sie endlich einer Meinung. Ihrem Sohn konnte man einiges anvertrauen. Farim hatte längst verstanden, dass der Magisternovize seinen Eltern nur das Nötigste erzählte und vieles für sich behielt.

»Ich muss dann weiter. Die Zeit bleibt nicht stehen. Zumindest, solange der Orden keine magische Lösung dafür findet.« Sie lachte gekünstelt, drehte sich um und ging.

Einen guten Tag, Magistra Gluhnbar. Kopfschüttelnd nahm Farim seinen Weg wieder auf. Gemeinsamkeiten mit ihrem Sohn? Sie waren beide Einzelkinder und mussten mit den hohen Erwartungen ihrer Väter zurechtkommen. Nur dass bei Fenkorh die Hoffnungen der Eltern zufällig zu den eigenen Bestrebungen passten. Er war emsig dabei, so viele Zauber wie möglich zu erlernen, um Magister Gluhnbar und der ganzen Welt zu beweisen, dass er würdig genug war, die verborgensten Geheimnisse der Elbenmagie zu erforschen. Ja, um gar bei den Elben aufgenommen und einer von ihnen zu werden. Magistra Gluhnbar unterstützte ihn nach Kräften. Aber so machten Mütter das wohl.

In Farims Innerem zog sich etwas zusammen und verdichtete sich zu einem traurigen Schmerz, als er an seine eigene Mutter dachte. Sie war so elendig zugrunde gegangen. Er schluckte schwer. Der ganze Reichtum des Handelshauses hatte nicht helfen können, sie gesund zu machen. Selbst die angesehensten Bader waren machtlos gewesen. Dabei war Farim überzeugt davon, dass es in der Natur auf jedes Übel eine Antwort gab. Ob Kräuter, heilende Quellen oder magische Geschöpfe. Allem wohnte eine Macht inne, die es zu finden lohnte.

Während er die letzte Hafenkaschemme am südlichen Ende des Kais passierte, dachte er darüber nach, wie wichtig es war, Antworten zu suchen – die Natur zu beobachten und ihre Zusammenhänge zu begreifen. Seit er seine Elbenstifte hatte, sehnte er sich immer mehr danach, den großen und kleinen Wundern der Welt auf den Grund zu gehen, ihre Schönheit und ihre Besonderheiten festzuhalten.

»Darf ich mal? Entschuldigung.« Ein untersetzter Mann drängelte sich durch eine Gruppe von Menschen, die vor einem Ladengeschäft stand, und verschwand in der Tür.

»Karten - Schriften - Pergamente« war auf einem großen Schild zu lesen, darunter ein weiteres mit den Worten: »Neu eröffnet«. Wusste sein Vater schon davon?

Farim trat näher und versuchte, zwischen den Schaulustigen hindurchzusehen, um einen Blick in das Fenster zu erhaschen. Eine große Zeichnung der Westküste von Myxa bis Akralahr erkannte er, daneben Papier von unterschiedlicher Qualität, fixiert auf einem tuchbespannten Aufsteller. Er hatte gar nicht gewusst, wie viele Sorten es gab; im Kontor und für seine Zeichnungen nutzte er immer das gleiche.

Er stellte sich auf die Zehenspitzen, um mehr zu sehen. Erst, als jemand beiseitetrat, sah er, was es noch zu bewundern gab: ein aufgeschlagenes Buch, das auf einem hölzernen Ständer thronte und in seiner Art unvergleichlich war. Der Buchstabe am Anfang des Textes war viel größer als alle anderen und mit edlen Ornamenten versehen. Grazile Blätter und kunstvolle Blüten verliehen ihm eine gehobene Bedeutung.

Doch mehr noch faszinierte Farim der gezeichnete Rahmen, der die äußeren Seitenränder schmückte. Die Farben wirkten zwar etwas blass und hatten nicht annähernd die Leuchtkraft der Elbenstiftfarben - aber die Details waren überaus kunstfertig. Zu sehen, dass Schriften auf diese Weise bereichert wurden, bestätigte Farims Hoffnungen, dass Zeichenkunst in Myxa geschätzt wurde.

Er kniff die Augen zusammen und betrachtete den Rahmen eingehender, stellte aber fest, dass es nur ein sich wiederholendes Muster war und keine eigene Geschichte erzählte. Trotzdem war die Wirkung wunderbar und Farim überlegte, ob er so etwas vielleicht auch zeichnen könnte.

Für Bilder gaben Menschen nur wenig Münzen her, das hatte sein Vater ihm oft genug erklärt, aber Bücher standen bei Lesekundigen hoch im Kurs. Und derer wurden es immer mehr, wie Farim wusste. Spätestens, seitdem auch Ärmere die Lernstunden im Ratshaus besuchen konnten.

»Komm jetzt, bitte.« Eine Frau mit Haube zog am Arm eines Kindes. »Wir wollen uns nicht verspäten.«

Da sagte sie etwas - er durfte selbst nicht länger trödeln und diesen Hirngespinsten nachhängen. Woher sollte er die

Zeit nehmen, die Seitenränder eines ganzen Buches zu verzieren? Und was wäre damit gewonnen? Nein, sein Vater hatte recht. Man musste sich auf das konzentrieren, was einem das Dach über dem Kopf sicherte und Essen auf den Tisch brachte. Seufzend trat er einen Schritt zurück. Hätte er doch nur Freude daran, es seinem Vater gleichzutun. Aber ein Leben im Handelskontor konnte er sich nicht vorstellen. Und selbst wenn er es gewollt hätte, fehlten ihm die Stärke und Entscheidungsfähigkeit eines Korthard Peggelbohn, um so ein großes Geschäft zu führen.

»Vorsicht, junger Mann!«

Farim erschrak, schnellte den Kopf herum und schaffte es gerade noch, einem Handkarren auszuweichen. Seine Tasche schrammte an dem hölzernen Gefährt entlang, hastig zog er sie an die Brust. Einer der Riemen riss ein, und von einem Moment auf den anderen raste sein Herz. Nicht auszudenken, wenn die Elbenstifte Schaden genommen hatten. Sie waren das Einzige, das ihm Trost spendete. Er hielt den Atem an, öffnete die Zeichentasche und tastete nach dem weichen Tuch, in das er die Stifte gewickelt hatte. Zwei Schäfte, dicht beieinander – und ohne Makel. Ein Gefühl der Erleichterung flutete über ihn hinweg und spülte die trüben Gedanken fort. Zhinlohr hatte ihm die magischen Stifte geschenkt, weil er an ihn glaubte. Genauso, wie auch Billke an ihn glaubte, seine Zeichenkünste lobte und sich nicht daran störte, dass er hin und wieder stotterte. In ihrer Gegenwart und der ihrer Mutter allerdings seltener. Als hätte der Laden der Tintenmacherin eine besondere Aura.

Die Tinte! Farim schaute sich erschrocken um. Wo war er eigentlich? Er musste vorhin falsch abgebogen sein. Hastig eilte er weiter, hörte das Klingen von Hammer und Amboss und wusste im selben Moment, dass er einen großen Umweg gemacht hatte. Am Ende der Gasse tauchte die Schlossmauer auf. Er stöhnte. Die Tintenmacherin hatte ihr Geschäft im Viertel der Schneider und Färber, das lag genau auf der anderen Seite der weitläufigen Parkanlagen. Doch weil er die Hoffnung auf eine Abkürzung hatte, lief er weiter.

Das grüne Herz von Myxa war nach einer Seuche schon vor einigen Sommern für die Bürger der Stadt geöffnet worden, und der junge König gab kein Geld mehr für die Instandhaltung der Mauer aus. Vielleicht fand sich eine brüchige Stelle, durch die Farim sich Zutritt verschaffen konnte. Wenn er den Park durchquerte, würde er durch das Westtor, unweit der Tintenmacherei, wieder hinausgelangen und hätte die verlorene Zeit aufgeholt. Beherzt rannte er das letzte Stück auf die hohe Schlossparkmauer zu. Direkt vor ihm war sie intakt, aber wenn er der Mauergasse rechts herum folgte ...

Er wurde langsamer und hoffte inständig auf einen Spalt, der ausreichend breit war. Tatsächlich, dort vorn klaffte eine Lücke. Oder nein, ein ausgewachsenes Loch, beinahe kugelrund. Als er näher kam, sah er, dass die Abbruchkanten geglättet waren. Es wirkte direkt einladend, mit den Blumen zu beiden Seiten. Dann sah er das selbst gemachte Holzschild: »Tor zum Glück«.

Purpurblau

Farim hatte keine Ahnung, was das Schild bedeuten sollte, trat aber dankbar durch den Spalt. Zwei Schritte später fand er sich in einer anderen Welt. Überschäumende Pflanzenfülle empfing ihn. Um ihn her standen alte Makopabäume, eingehüllt in üppige Ranken. Als eine Windbö durch die Zweige strich, schneite es rote Blütenblätter. Er konnte nicht anders, musste innehalten und diesen Moment mit allen Sinnen genießen.

Unwillkürlich griff er nach seiner Tasche. Der Drang, Pergament und Elbenstifte hervorzuholen, war einfach zu groß. Noch würde sein Vater ihn nicht zurückerwarten, und außerdem sollte er Matten Schenker doch ein Bild für seine Tochter mitbringen. Farim fand einen Findling, auf dem er sich niederließ. Er holte das Zeichenbrett aus der Tasche und klemmte den Pergamentbogen darauf. Er würde sich beeilen.

Behutsam zog er das weiche Tuch mit den Elbenstiften hervor, wickelte sie aus und ein Lächeln schlich sich auf sein Gesicht. Das Gefühl absoluter Zufriedenheit überkam ihn, als er die Stifte vor sich sah. Federkiel und Pinselhaar. Die Schäfte waren aus dem leichten Holz von Süßgräserzweigen gemacht. Am oberen Ende jedes Stiftes umschlossen Wurzelfasern einen geschliffenen Kristall, um den Schaft wanden sich goldene Fäden.

Viel wusste er nicht über die Wirkungsweise, aber Zhinlohr hatte davon gesprochen, dass den Stiften eine besondere Magie innewohnte. Anders hätte Farim auch nicht erklären können, wie die wunderbaren Farben zustande kamen, die mit ihnen möglich waren. Denn sie brauchten keine Tinte.

Er wählte den Elbenstift mit dem Federkiel und spürte, wie das sanfte Pulsieren der Magie in den Fingern kitzelte. Nach einem Motiv suchend sah er sich um. Ein besonders knorriger Zweig, um den sich eine Ranke der Lippenblüte wand, zog seine Aufmerksamkeit auf sich. Farim nahm den Elbenstift, setzte ihn aufs Pergament und hielt den Atem an. Dieser Moment, ehe er den ersten Strich machte, ehe das leere Pergament die Unschuld verlor und Bildnis des Motivs wurde, das Farim erwählt hatte, war stets aufs Neue aufregend.

Noch einmal sah er zu dem knorrigen Zweig und begann mit den ersten Federstrichen. Vorerst nur kleinste Linien, um das Ausmaß seiner Zeichnung zu bestimmen und ihm Orientierung zu geben. Dann weitere, um die wichtigsten Elemente einzuteilen. Die knorrige Wölbung, die Astgabelung, die größeren Zweige der Lippenblüte. Wie von selbst glitt seine Hand übers Pergament, emsig und still. Nur das leise Geräusch des Federkiels auf dem Papier, begleitete sein Tun, mischte sich mit dem Summen der Insekten, die um ihn her schwirrten.

Die Farbe floss mit silbrigem Glanz aus dem Stift, berührte das Pergament, schmiegte sich in die Poren und changierte dann in schillernden Tönen, als warte sie noch auf die Eingebung, was es darzustellen galt. Doch Farim wusste: Wenn die Ausarbeitung voranschritt und die Details klarer wurden, reichte eine Berührung oder ein intensiver Gedanke von ihm, und jede Kontur bekam eine Farbigkeit von unvergleichlicher Schönheit. Ein Anblick, der ihm Gänsehaut verursachte.

Die Magie der Elbenstifte wirkte auch jetzt, er konnte sich ganz auf die Schattierungen konzentrieren, um der Zeichnung mehr Tiefe zu geben. Matten Schenker wäre zufrieden, obgleich dem Bild noch etwas fehlte, das einem Kind gefallen könnte. Vielleicht sollte Farim einen lustigen Käfer zwischen die Blüten der Ranke setzen? Das würde der Tochter Freude machen. Wie alt war sie gleich? Neun oder zehn Winter?

Als er wieder auf sein Motiv schaute, konnte er sein Glück nicht fassen. Eine hutzelige Stabschrecke hatte sich auf dem knorrigen Zweig niedergelassen und sah sich versonnen um. Mit den blinzelnden Äuglein und der langen Nase wirkte das zweigartige Geschöpf ein wenig wie der magere Kämmerer der Stadt. Ein hochnäsiger Mann, der eine gute Bekanntschaft mit Farims Vater pflegte. Nicht einmal Gernhold konnte ihn leiden. Aber als Stabschrecke auf dem Bild für Schenkers Tochter war er zweifellos eine Bereicherung. Emsig zeichnete Farim weiter und musste grinsen, als er sein fertiges Werk betrachtete. Ja, das würde der Kleinen gefallen. Zufrieden packte er alles zusammen, zwinkerte der Kämmererschrecke zu und machte sich wieder auf den Weg.

Fasziniert schaute er sich um. Wieso kannte er diese Ecke des Schlossgartens nicht? Er war mit Billke schon oft auf dem herrschaftlichen Gelände unterwegs gewesen, um sie auf ihrer Suche nach neuen Färbezutaten zu begleiten. Trotzdem kam ihm hier alles fremd vor. So viele verschiedene Rottöne hatte er noch nie auf einem Haufen gesehen. Von Bernstein- über Hahnenkamm- bis Blutkäferrot. Auf einer Lichtung tummelten sich Hunderte sandsteinroter Blüten in unterschiedlichsten Schattierungen. Und ein Stück weiter verwoben sich die Zweige niedriger Büsche mit ihren rosa-, kupfer- und purpurroten Kronenblättern zu leuchtenden Inseln auf einer saftiggrünen Wiese.

Bei dieser Fülle an Pflanzen musste sich bestimmt ein Grundstoff für rote Tinte finden lassen, schoss es ihm durch den Kopf. Sicher waren Billke und ihre Mutter noch nicht hier gewesen, sonst hätten sie längst eine im Angebot. Außerdem hätte Billke ihm diesen Ort gezeigt, oder zumindest davon erzählt. Er hatte sie oft begleitet und teilte ihre Liebe zu Pflanzen und wohlriechenden Blütendüften.

Immer wieder blieb Farim stehen und schnupperte an den verschiedensten Blüten. Ein Besuch in diesem Gartenabschnitt musste für jeden unvergesslich sein. *Ich muss ihr das unbedingt zeigen, sie wird hingerissen sein!* Plötzlich vernahm er ungewohnte Geräusche aus den Büschen neben sich und hielt inne. Schon wollte er herantreten, als er die gepressten Worte einer jungen Frau hörte.

»Ja, mach weiter, ja! Jetzt nicht aufhören – ja!«

Farim spürte seine Wangen heiß werden. Ganz langsam ging er rückwärts, bemüht, kein Geräusch zu machen. Ein Stück weiter kam ein tiefes Stöhnen aus einem Dickicht, durch die Zweige sah er nackte Haut, die sich rhythmisch bewegte. Rasch eilte er vorbei.

Ein Pärchen kam ihm eng umschlungen entgegengeschlendert. Tor zum Glück. Ein Garten für Verliebte – wieso war er nicht gleich darauf gekommen? Ein malerischer Ort für Paare, die sich einig waren. Die wussten, wie sie zueinanderstanden. Sollte er Billke erzählen, was er entdeckt hatte? Sie könnte es falsch auffassen, sich bedrängt fühlen. Schließlich hatte er ihr seine Zuneigung noch nicht gestanden, dabei war er schon lange der ihre. Plötzlich war er da, der Gedanke, Billke und er würden hier auf einem grünen, weichen Moosteppich liegen, eng beieinander. Die Schöne und – der Stotterer.

Nein, er könnte ihr nichts darüber sagen. Der kurze Traum tauchte ab wie ein Sonnenfisch bei einbrechender Dunkelheit. Versteckte sich unter den Schleiern von Farims Zweifel. Vielleicht malte er ihr besser nur ein Bild. Oder eine Karte des Parks, die er sich von ihr erklären ließ. Würde sie ihm vom Garten der Verliebten erzählen, wenn sie ihn kannte?

Wieder hörte er ein Pärchen sprechen und erstarrte. Vertraute Stimmen hinter Rosenbüschen.

»Es war nicht recht. Nicht vor der Segnung.«

»Aber es war schön, oder nicht?«

Nein, er musste sich irren.

»O ja, das war es.«

Farims Herz setzte einen Schlag aus. *Das kann nicht sein!* Unwillig versuchte er, die Bilder abzuwehren, die in seinem Kopf aufblitzten.

»Lass das, Jörgan.« Sie kicherte.

Jörgan Durnhold. Farim schluckte.

»Du bist so schön, meine kleine Billke.«

Die Rosen verschwammen vor seinen Augen, er stolperte rückwärts, strauchelte, stürzte und rappelte sich wieder auf.

»Jörgan, hast du das gehört? Kommt da wer?«

»Schsch, meine Kleine. Das war bestimmt nur ein Tier. Oder Verliebte, wie wir es sind.«

Verliebte, wie sie es waren ...

»Ach, du ...« Billke gluckste.

Farim trat von ihnen weg. In seinem Kopf pulsierte es.

»Schau mal, wer noch mal nach dir verlangt ...«

Jörgans raunende Stimme und das neckische Kichern von Billke im Ohr lösten Bilder aus, die er nicht sehen wollte. Farim begann zu laufen, hastete davon und konnte ihnen doch nicht entkommen. Er hätte wissen müssen, dass sie einen Mann wie Jörgan nehmen würde. Hätte wissen sollen, dass ein Stotterer für eine Frau wie Billke nicht infrage kam. Einer, dem die Worte fehlten, konnte keine Herzen erobern. Im Grunde hatte Farim das schon immer gewusst. Trotzdem ließ die plötzliche Gewissheit einen Traum zerplatzen, der ihn zwei Sommer und Winter lang getragen hatte. Der ihm Mut gemacht hatte, den ungeliebten Fußstapfen seines Vaters zu folgen, um Billke etwas bieten zu können.

Er lief schneller, wollte nur noch weg von hier. Blumen und Bäume flogen an ihm vorbei, erdige Pfade, feste Sandwege und endlich der gepflasterte Hauptweg zum Tor. Seine Lunge brannte, sein Herz raste und in seinem Kopf herrschte Chaos. *Ruhig bleiben, ganz ruhig bleiben. Ruhe für neue Kraft und gute Gedanken.* Die Worte seiner Mutter tauchten wie aus dem Nichts auf, er klammerte sich an ihnen fest wie ein Ertrinkender, während er auf den Ausgang des Schlossgartens zulief. Langsamer jetzt, immer langsamer. *Ruhe für gute Gedanken.* Wenn das so einfach wäre.

Am Tor angekommen, ließ er sich gegen die Mauer sinken, versuchte, zu Atem zu kommen und die Bilder aus seinem Kopf zu verdrängen. Er kam sich dumm vor, weil er sich einer Illusion hingegeben hatte. Und dann wie ein greinendes Kind davonzulaufen. Er war doch erwachsen, sollte gelassen und besonnen sein, sich nichts vormachen. Es hatte nie ein Versprechen zwischen Billke und ihm gegeben. Hätte er nicht bei ihrer Mutter eingekauft, hätten sie sich wahrscheinlich niemals kennengelernt. Warum tat es dann so weh? Wieso fühlte er sich hintergangen?

Farim wischte sich Tränen aus dem Gesicht, richtete sich auf, ging durchs Tor und blieb sofort wieder stehen, als ihm bewusst wurde, dass er zur Tintenmacherin musste – jetzt.

Wie sollte er ihr unter die Augen treten, nachdem er ihre Tochter gerade in dieser unzüchtigen Situation erlebt hatte? Was hatte Billke gesagt? Es war nicht recht. Nicht vor der Segnung. Ihre Mutter wäre sicher außer sich, wenn sie davon erführe. Womöglich würde sie der Verbindung gar nicht mehr zustimmen und Jörgan aus dem Haus jagen. Was allerdings bedeutete, dass ihre Tochter ... *Nein, denk das nicht!* Er hieb sich gegen die Stirn und ging weiter. Solche Gedanken waren weder gut noch hilfreich. Sollte Billke doch glücklich werden mit diesem Muskelprotz aus der Färberei. Bunte Stoffe und bunte Tinte. Das passte wie die Faust aufs Auge. So etwas könnte er ihr nie bieten.

Farim holte tief Luft und versuchte, die tintenschwarzen Gedanken zu verdrängen, konzentrierte sich auf den Weg und wappnete sich für die Begegnung mit Billkes Mutter. Dornrindentinte, nur darum ging es. Trotzdem wurde er langsamer, je näher er dem Haus kam, und als er da war, kostete es ihn Überwindung, einzutreten. Doch es half nichts. Ohne die Tinte durfte er nicht ins Handelskontor zurückkommen.

Fürnhield Drukarni war gerade dabei, kleine Fläschchen auf dem Regal zu platzieren, und blickte sich um, als er eintrat. »Meister Farim, was für eine Freude, Euch zu sehen.« Sie ließ alles stehen, wischte sich die Hände an der Schürze ab und kam um den Verkaufstisch herum. Ihr Lächeln schwand, als sie ihm die Hand reichte. »Geht es Euch nicht gut? Ihr seht aus, als hättet Ihr einen Geist gesehen.«

Ich wünschte, es wäre so. »D-danke. A-alles gut.« Er überlegte, was er noch sagen könnte. »Ich habe m-mich – beeilt.«

Die Drukarni nickte und ging hinter ihren Verkaufstisch zurück. »Was kann ich für Euch tun? Braucht Ihr wieder Tinte für die Schreibstube?« Sie drehte sich zum Regal, griff nach einem dunklen Fläschchen und stellte es auf den Verkaufstresen. »Dornrindentinte, tiefschwarz, richtig? Einmal?«

»D-dreimal, b-bitte.« Er war dankbar, dass die Tintenmacherin nicht auf ihn eindrang.

Sie nahm zwei weitere der bauchigen Fläschchen vom Regal. »Sonst noch etwas? Ich habe neue Federkiele da. Etwas ganz Seltenes: von den Schwingen eines Winteradlers.«

Er schüttelte den Kopf.

»Wie schade. Sie sind zwar etwas teurer, aber nehmen mehr Tinte auf, ohne zu tropfen. Ihr solltet Eurem Vater zumindest davon berichten.«

Er nickte.

»Soll es das dann sein? Oder möchtet Ihr noch etwas?«

Farim schluckte, als er an den Wunsch seines Vaters dachte. »Mein V-Vater hätte g-gern noch rote T-tinte.« Vor seinem inneren Auge tauchten Lippenblüten auf, die sich durch die Zweige der Makopabäume rankten. Rot wie die Rosenblüten, hinter denen Billke und Jörgan ...

»Das tut mir leid. Ich muss Euren Vater enttäuschen. Die rote Tinte, die ich bislang hergestellt habe, ist zu unbeständig. Sie verblasst und wird schnell unleserlich.«

Farim nickte, dankbar kein Rot mitnehmen zu müssen. Ob der Schrecken dieses Tages auch verblassen würde? Zu einer unlesbaren Erinnerung, die nicht mehr schmerzte?

»Es ärgert mich selbst, dass ich noch kein beständiges Rot herstellen konnte. Aber meine Versuche gehen natürlich weiter. In der Zwischenzeit habe ich ein besonders schönes und nachhaltiges Purpurblau kreiert. Unter anderem aus den Früchten des Jabuticaba. Was meint Ihr, möchtet Ihr das probieren?«

Farim mochte die säuerlich-süßen Früchte dieser Bäume, auch wenn sie ihm düster vorkamen, doch er schüttelte den Kopf. Purpurblaue Zahlen in den Büchern seines Vaters konnte er sich nicht vorstellen. Wortlos zählte er die Münzen für die Dornrindentinte auf den Tisch.

»Sobald ich haltbare rote Tinte habe, reserviere ich das erste Fläschchen für Euren Vater und lasse es bringen. In Ordnung?« Die Drukarni reichte ihm die in Leinentücher gewickelten Tintenfläschchen.

Farim öffnete die Zeichentasche, um sie zu verstauen; das Bild für Mattens Tochter leuchtete hervor.

»Das ist aber schön!«, rief Billkes Mutter. »Was für ein wunderbares Rot. Darf ich mal sehen?«

»Ich weiß n-nicht, es ist ...«

»Noch nicht fertig? Das macht mir nichts. Meine Tochter schwärmt ständig von Euren wunderbaren Zeichnungen.«

Ein Geschenk, hatte er sagen wollen. Nicht für andere bestimmt. Privat! Aber Billkes Mutter zog schon das Zeichenbrett samt Pergament aus der Tasche, also ließ er es geschehen. Eine Wolke roter Lippenblüten, hinter einem Tor zum Glück, das anderen bestimmt war.

»Meine Tochter hat mir das letzte Bild gezeigt, dass Ihr für sie gemalt habt.« Ihre Stimme wurde leiser. »Das hier ist sicher auch mit Euren magischen Stiften gemalt, richtig?«

Farim dachte an den letzten Ausflug mit Billke, den kleinen See im Park, die Flimmlys, die sie so liebte und die er für sie gemalt hatte. Sie konnte sich nicht sattsehen an den anmutigen Flügen dieser libellenartigen Geschöpfe. In Paaren waren sie übers Wasser getanzt. Feine Netze und schillernde Flügel.

Vorsichtig nahm er der Tintenmacherin das Bild wieder ab und schob es zurück in seine Tasche. Diese Zeichnung war nicht für ihre Tochter. Und es gäbe auch keine weitere für sie. Jörgan konnte jetzt für sie malen.

»Die Farben sind einfach wunderbar. Wenn es mehr von diesen Stiften gäbe, müsste ich mir eine andere Arbeit suchen.« Fürnhield Drukarni lächelte. »Aber bei jemandem wie Euch sind sie fürwahr gut aufgehoben. Ich habt ein erstaunliches Talent.«

Das Talent, zur falschen Zeit am falschen Ort zu sein?

»Ist das Bild im Garten des Glücks entstanden?«

Farim erstarrte. Billkes Mutter kannte den Teil des Schlossparks? »Ich m-muss jetzt los.« Hastig wandte er sich zur Tür. Er wollte nichts darüber wissen. Zu viel Rot, zu viele Lippen, zu viel Jörgan ...

»Entschuldigt bitte, es war nicht meine Absicht, aufdringlich zu sein, junger Meister Farim. Das Bild, der Garten – nun ja – das ist natürlich sehr persönlich, verzeiht mir. Ich werde keinem davon erzählen.«

Vor allem nicht Billke! Er ließ die Tür zufallen und hastete in Richtung Hafen, um das alles hinter sich zu lassen. Die Lippenblüten, die Rosenbüsche, die Stimmen von Billke und Jörgan. Er brauchte die Tochter der Tintenmacherin nicht, um glücklich zu sein. Er hatte die Elbenstifte.

Unter ihm flogen die Pflastersteine wie flüchtige Schatten vorbei. Keine Billke mehr – nie mehr. Bisher war er auch ohne sie zurechtgekommen. Er hatte die Kunst, ein Talent, das er nutzen konnte.

Warnende Rufe, Farim wich einer Frau mit einem vollen Korb aus. Zhinlohr hatte seine Fähigkeiten erkannt, hatte etwas in ihm gesehen. Eine Art Bestimmung, die ganz neue Wege ermöglichen könnte. Warum sonst hätte er ihm die Elbenstifte schenken sollen? Solche magischen Stifte besaß nicht einmal der Magister-Orden. Selbst Fenkorh, der von seinen Eltern elbische Utensilien bekommen hatte, der sogar schon bis nach Jozh-Yrdazh gereist war, um Elbenmagie zu erlernen. Auch, wenn es dann nicht dazu gekommen war.

Noch etwas, was der Magistersohn und er gemeinsam hatten: enttäuschte Erwartungen!

Farim blieb stehen, völlig außer Atem. Er beugte sich vor, stützte sich auf die Oberschenkel, versuchte, das Seitenstechen zu ignorieren. Genauso wie die lippenroten Gedankensprünge in seinem Kopf. Weitergehen, nicht stehen bleiben. Bewegung von hier nach dort, vielleicht vom Pech zum Glück oder von der Enttäuschung zum Vergessen? War das Fenkorhs Antrieb? Jozh-Yrdazh, die Elbenstadt am Rande der Athür. Ein Sumpfgebiet, das unvorstellbar groß war und unglaubliche Geheimnisse barg.

Er ging weiter, versuchte, sich mit den Gedanken an die Welt dort draußen abzulenken. Sich vorzustellen, was für seltene Pflanzen und fantastische Geschöpfe es zu entdecken gab. Sie alle warteten nur darauf, von ihm gezeichnet zu werden. So wie die Stabschrecke. Ein Kämmerer mit sechs Beinen. Ein Seufzen entfuhr ihm, verschaffte Erleichterung, färbte Enttäuschung und Trauer in Melancholie. Purpurblau wie die Beeren des Jabuticaba.

Besuch

Als er zurück an den Kai kam, war der Anlegeplatz vor dem Handelskontor noch immer leer. Fast hatte er gehofft, dass das Elbenschiff aus Innelles schon da wäre. Dass Zhinlohr womöglich bei seinem Vater auf ihn wartete, und sie später gemeinsam in eines der Gasthäuser am Hafen gehen könnten. Er erinnerte sich an den letzten Besuch seines Freundes. An den Abend, der so viele Hoffnungen geweckt hatte. Die halbe Nacht in der Schänke »Zum silbernen Krug«, den myzehrischen Würzwein und seine Zeichnungen. Kohle und Kreide. Bilder, die er für Mutter gemalt hatte, als sie das Haus schon nicht mehr hatte verlassen können.

Ein Schatten legte sich auf sein Gemüt, färbte Purpurblau in düsteres Indigo. Er hatte ihr mit seinen Bildern das Leben von draußen ans Bett gebracht und immerzu auf ein Lächeln gehofft. Selbst dann noch, als ihr Gesicht immer weniger wurde. Als ihre dunklen Augen immer größer wirkten in den blassen, eingefallenen Zügen. Als ihr Blick ängstlicher und flehender wurde. Das letzte Bild hatte sie nicht mehr gesehen. Ein gefleckter Wüstenhund, stolz wedelnd inmitten geknickter Blütenzweige, neben ihm der alte Blumenmann, kopfschüttelnd zusehend und mit einem Lachen auf dem Gesicht. Sie hätte das Bild geliebt.

Farim spürte eine Brise vom Meer herüberziehen und atmete bewusst und tief. *Frische Luft für frische Gedanken.* Das Indigo hellte auf, machte Platz für ein dunkelverwaschenes Meerwasserblau. Er rieb sich das Gesicht und wandte sich dem Handelskontor zu. Dorthin, wo seine Erinnerungen von der Gegenwart in Schach gehalten würden. Wo dunstiges Licht und rußige Luft Fantasie löschten wie Sand das Feuer.

Ein Leben hinter Fenstern und Türen, an einem Schreibpult, von Zahlen umnebelt, im blassen Schein der Öllampen.

Seufzend lugte er durch die Scheibe in den Laden. Es waren keine Kunden mehr da, die Zwillingsschwestern ordneten die Waren und füllten die Regale für den nächsten Tag. Vielleicht sollte er besser die Hintertür benutzen. Ihm war nicht danach, sich mit Hilja und Dulja zu unterhalten. Sie waren zu fröhlich für so einen Tag.

»Der junge Peggelbohn, was für eine Freude!« Eine Hand klopfte auf seine Schulter und ließ ihn zusammenfahren.

»Habe ich dich etwa erschreckt?« Bruhnkor Gluhnbar lachte, es klang eher wie ein unterdrücktes Husten. Fenkorhs Vater, der hatte Farim gerade noch gefehlt. Reichte es nicht, dass ihm schon die Magistra über den Weg gelaufen war?

»G-guten Abend.«

»Das wird sich herausstellen, will ich meinen.« Der Magister sah ihn von oben herab an, seine Brauen zogen sich unheilvoll zusammen. »Ich nehme an, wir haben denselben Weg?«

Nein. Farim nickte.

»Dann öffne doch einfach die Tür. Das wäre ein Anfang.«

Am liebsten hätte er die Arme verschränkt und den Kopf geschüttelt. Aber mit Magister Gluhnbar sollte man sich nicht anlegen. Fenkorhs Vater scheute vor keinem Streit zurück. Im Gegenteil, manchmal konnte man den Eindruck gewinnen, er suchte förmlich danach. Als zöge er alle Befriedigung seines Lebens aus den Siegen unseliger Streitereien.

Farim öffnete die Tür und gab dem Magister den Vortritt.

»Guten Abend, ihr jungen Dinger.«

Hilja drehte sich so ruckartig zur Tür, dass Blätter vom Verkaufstisch stoben und Dulja vor Schreck einen Stapel Tücher fallen ließ. Die Auftritte von Fenkorhs Vater waren berüchtigt, und niemand im Kontorhaus freute sich darüber. Nur gut, dass der Magister meist seine Frau schickte. Gegen ihn wirkte Herrifenna Gluhnbar fast wie ein Geschenk.

»Das übt ihr wohl lieber noch mal.« Lachen und Husten. »Nun mal nicht so festgefroren. Meldet mich beim Senior an. Oder ist der alte Peggelbohn unterwegs?«

Farim schob sich unauffällig zur Hintertür.

»Natürlich, Magister Gluhnbar.« Hiljas Stimme zitterte.

Dulja stellte sich dicht neben ihre Schwester, brachte aber keinen Ton heraus. Farim konnte sich vorstellen, was in ihrem Kopf vorging. Bei seinem letzten Besuch hatte der Magister das ganze Handelskontor zusammengeschrien, weil einer der Packer die Einkäufe fallengelassen hatte. Stoffe und Decken, wohlgemerkt. Nichts, das kaputt gegangen wäre.

»Natürlich was? Ist er nun da oder unterwegs? Mädchen, beweg dich mal. Meinetwegen auch beide, wenn euch das leichter fällt. Ich habe keine Zeit für Spielchen.«

Farim nahm seinen ganzen Mut zusammen. »I-ich b-bringe Euch.«

Die Zwillingsschwestern hatten so eine Behandlung nicht verdient. Den lieben langen Tag waren sie freundlich, egal, wie unmöglich oder schlecht gelaunt die Kunden auftraten. Hilja und Dulja sollten ihren Arbeitstag nicht mit jemandem wie Bruhnkor Gluhnbar beschließen müssen.

Er öffnete die Tür, ließ den Magister eintreten und folgte ihm in die düstere Schreibstube. Matten und Gernhold blickten auf, beugten sich aber sofort wieder über ihre Pulte.

»So so, noch immer kein helleres Licht. Laufen die Geschäfte so schlecht oder ist dein Vater einfach nur geizig?« Die Stimme polterte durch den Raum wie ein Eber im Stall, dem man Met in den Trog geschüttet hatte.

»Magister Gluhnbar. Was für eine Freude!« Farims Vater trat in die offene Tür seines Arbeitsraums und machte eine einladende Geste. »Kommt doch herein. Sicher wollt Ihr etwas Wichtiges besprechen.«

»Warum komme ich sonst in so eine diesigdunstige Kammer?« Gluhnbar ging ihm mit großen Schritten entgegen. »Es fällt mir schwer, es zuzugeben, aber ich brauche Eure Hilfe!«

Eure? Wenn der Magister die Höflichkeitsform nutzte, musste es wirklich ernst sein.

»Was immer in meiner Macht steht, guter Freund.« Farims Vater schloss die Tür. Gernhold Sperber und Matten Schenker tauschten einen Blick, der Farims Neugier entfachte.

Unschlüssig trat er an sein Schreibpult und sah zum Arbeitszimmer. Der Magister bat um Hilfe? Zu dumm, dass man durch die Scheiben nichts hören konnte. Brauchte Fenkorhs Vater irgendwelche besonderen Waren? Nein, das hätte die Magistra geklärt. Es musste etwas mit dem Orden zu tun haben. Womöglich mit dem Zwist zwischen den Magistern und den Elben, von dem Fenkorh ihm erzählt hatte. Farim dachte an Zhinlohr. Würde es Streit geben, wenn das Elbenschiff kam? Nein, das konnte Vater sich nicht leisten. Zu viel hing vom Handel mit Innelles ab.

Farim fing einen besorgten Blick von Matten auf, doch Gernhold war es, der ihn ansprach. »Meister Farim, habt Ihr die Tinte mitgebracht? Sind noch Münzen übrig, die Ihr eurem Vater zurückgeben solltet?« Er schaute vielsagend zur Tür.

Durch die Fenster war nicht zu erkennen, wie ernst die Unterredung war. Vielleicht war ihr Thema gar nicht so heikel, wie er dachte. Farim ging zur Tür und horchte. Nichts zu hören. Immerhin stritten die beiden nicht. Er könnte also klopfen und kurz stören. Schließlich war er der Sohn des Hauses.

Plötzlich hörte er seinen Vater auflachen, ein gutes Zeichen. Er klopfte, drehte vorsichtig am Knauf der Tür und öffnete sie einen winzigen Spalt.

»Leondahn von Myzehren? Magister, Ihr überschätzt meinen Einfluss.«

Sie sprachen über den König? Sofort ließ Farim den Knauf los – allerdings, ohne die Tür wieder zu schließen.

»Euer Einfluss ist mir egal. Aber Euch gewährt unser junger Herrscher zumindest Audienz. Weiß der Himmel, welche Waren Ihr ihm überlassen habt.«

»Magister, ich muss doch sehr bitten.«

»Korthard Peggelbohn, verkauft mich nicht für dumm. Ich bin der Letzte, der etwas gegen Eure lukrativen Verbindungen hat. Es ist gut für Euch, den König auf Eurer Seite zu wissen.«

»Was gut für mich ist, solltet Ihr schon mir überlassen.«

Farim spürte den unterdrückten Zorn seines Vaters.

»Aber natürlich. Ich plädiere ja auch nur dafür, dass Ihr diese gute Beziehung nutzen solltet, *wenn* sie denn existieren sollte. Ich zumindest würde es tun.«

»Das mag sein, aber ...«

»Nichts aber. Wenn an den Gerüchten, die ich aus Tyklahr gehört habe, auch nur die Hälfte dran ist, könnte es in der Welt bald gefährlicher werden, als uns lieb ist. Das dürfte sich auch auf Euer Handelsgeschäft auswirken.« Der Magister machte eine bedeutungsvolle Pause. Als Farims Vater schwieg, fuhr er fort. »Angeblich hat die Elbenfürstin von Erellgorh den Elbenrat einberufen. Den Elbenrat! Wann hat es so etwas schon einmal gegeben?«

Farims Vater seufzte. »Nicht zu unseren Lebzeiten oder denen unserer Vorväter, soweit ich weiß. Doch das muss nichts bedeuten.«

»Nichts bedeuten?« Die Stimme des Magisters troff vor unterdrücktem Zorn. »Die Bemühungen des Ordens, auf friedlichem Wege das Wissen der Magie zu teilen, wurde schon zu oft mit Füßen getreten. Aber wenn Magister auf ihrem Weg zu den Elbenstädten spurlos verschwinden, kommt das einer Kriegserklärung gleich.«

Farim hielt die Luft an. Er musste sich verhört haben.

»Magister, ich bitte Euch. Unbedachte Worte können viel Schaden anrichten!«

»Mehr Schaden, als unseren Ordensschwestern und -brüdern das Leben zu nehmen? Wohl kaum!«

»Ich kann Eure Sorge verstehen. Der Orden ist ...«

»Glaubt ihr wirklich, dass die Elben das trennen, wenn sie sich entschließen, ein Exempel zu statuieren? Orden und Nicht-Orden? Besser, der König weiß, dass die Elben etwas im Schilde führen. Denn wir haben schließlich eines der Langohrenvölker direkt vor unserer Nase.«

Wie hatte er sie genannt? Langohrenvölker?

»Ihr meint die Elbenstadt Jozh-Yrdazh? Einige Tage dauert die Reise schon, würde ich annehmen. Nicht das, was ich als direkt vor unserer Nase bezeichnen würde.«

»Einige Tage hin oder her. Sie sind näher als unsere Bündnispartner. Das sollte ausreichen, um besorgt zu sein.«

Farim konnte förmlich spüren, wie sein Vater sich beherrschen musste. »Nun gut. Ich werde sehen, was ich tun kann.«

Er atmete auf. Wie oft hatte er diese Phrase schon gehört, die bei Handelsgeschäften wie ein Mantra von Mund zu Mund gereicht wurde. Beruhigend zwar, aber wenig bindend.

»Das will ich hoffen. Vergesst nicht: Es gibt auch andere Händler in Myxa. Wir sehen uns.«

Als Bruhnkor Gluhnbar die Tür aufriss, konnte Farim gerade noch zur Seite springen. Ohne innezuhalten, stapfte der Magister zurück in den Laden Richtung Ausgang. Mit ihm schwand die Aura der Bedrohung und machte Platz für ein dumpfes Gefühl böser Vorahnungen.

Farims Vater saß schweigend hinter dem Katheder, den Kopf nachdenklich in die Hände gestützt. Farim wartete einen Moment, ehe er sich traute, zu stören. Als er vorsichtig nähertrat, ruckte der Kopf seines Vaters hoch. »Du bist spät.«

»Ich w-wurde aufgehalten, von M-magistra G-gluhnbar.«

»Bei den Seelen.« Er wies Farim mit einer Geste an, die Tür zu schließen. »Diese Familie ist eine Heimsuchung. Hat sie von dir etwa auch noch was gewollt?«

»Sie w-wollte zu dir. Was für F-fenkorh besorgen, g-glaub ich.«

»Gewölle von Silbereulen, ja, ja.« Er hob ein Pergament und ließ es zurückfallen. »Ich habe es notiert. Wir können das unter Umständen von den fahrenden Zwergenhändlern bekommen, falls sie uns mal wieder beehren. Und was willst du von mir?«

Farim ging zu seinem Vater hinüber, öffnete die Tasche, holte die Tintenflaschen hervor und zählte die restlichen Münzen auf das Pult.

»Die Tinte, aber ja. Ich danke dir.«

Gerade als Farim die Zeichentasche wieder schließen wollte, schnellte die Hand seines Vaters hervor und packte sie. »Und was ist das?« Mit einem Ruck zog er die Tasche heran und holte das Bild heraus. »Was ist das, habe ich gefragt!« Von einem Moment auf den anderen, stand ihm der Zorn ins Gesicht geschrieben. Seine Wangen begannen zu glühen. »Was habe ich dir gesagt? Und was hast du mir versprochen?«

Farim zog den Kopf ein. »N-nicht während d-der Arbeit.«

»Deine Ohren funktionieren also noch. Warum dann nicht dein Verstand? Glaubst du, es ist richtig, in der Gegend herumzumalen, während alle anderen arbeiten? Jeder hier trägt dazu bei, dass es uns gut geht. Dass wir Essen auf dem Tisch haben. Wir hatten eine Abmachung!«

Wenn er gekonnt hätte, hätte er sich in eine Ecke verkrochen oder wäre im Boden versunken. Alles, was sein Vater sagte, stimmte. »E-es ist n-nicht für m-mich«, versuchte er es. »M-matten wollte ...«

»Unterstehe dich, Matten Schenker damit hineinzuziehen. Selbst, wenn es so war. Außerdem solltest du klug genug sein, ihm solche Bitten abzuschlagen oder dich erst am Ende des Tages damit zu beschäftigen, sie zu erfüllen.«

Farim sah betroffen auf die höhnisch dreinblickende Stabschrecke. Sein Vater reichte ihm das Bild zurück, ohne es eines Blickes zu würdigen. »Gib es ihm schon, wenn er darum gebeten hat. Es ist für seine Tochter, wenn ich nicht irre.«

Farim nickte.

»Hab gehört, sie ist krank. Vielleicht tut es ihr gut.«

Es erstaunte ihn immer wieder, wie gut sein Vater die Angestellten kannte und sogar um ihre Familien wusste.

»Trotzdem! Das war endgültig das letzte Mal. Sonst werde ich andere Saiten aufziehen. Haben wir uns verstanden?«

Farim nickte erneut und wandte sich zum Gehen, doch sein Vater war noch nicht fertig.

»Und wenn das Elbenschiff kommt, sollten wir Vorsicht walten lassen. Sie sind, nun ja, anders als wir eben. Wir wissen nicht, wie sie wirklich denken oder fühlen. Elben sind schwer zu durchschauen. Man weiß einfach nicht, ob sie es gut meinen oder nur ihren eigenen Vorteil im Blick haben.«

So wie fast jeder Händler auf der Welt?

»Gerade, wenn dieser Zhinlohr dabei ist, musst du achtsam sein.«

Dieser Zhinlohr ist mein Freund und freundlicher als viele unserer Kunden. Doch dann fiel Farim ein, was Fenkorhs Vater erzählt hatte. Einige Magister waren auf dem Weg zu den Elbenstädten spurlos verschwunden. Wenn das stimmte, war nicht der richtige Zeitpunkt, um Partei zu ergreifen. Farim nickte und verließ den Arbeitsraum seines Vaters.

Der alte Gernhold blickte ihm müde entgegen und hustete in ein Taschentuch. »Ist alles ... in Ordnung?«

Nein. Er nickte. Es war zu viel für einen Tag. Erst die Sache mit Billke und Jörgan, nun die Warnung von Magister Gluhnbar, der die Elben und damit auch Zhinlohr in Verruf brachte.

Wortlos ging er zu Matten, öffnete die Zeichentasche und holte das Bild heraus. Als er es dem jungen Buchhalter reichte, blies der anerkennend durch die Lippen, doch Farim konnte sich nicht darüber freuen.

»Was für eine wunderbare Zeichnung. Rote Lippenblüten. Das wäre auch etwas für meine Frau.« Matten gluckste. »Bin gespannt, ob sie sich daran erinnert. Ihr müsst wissen, dass wir mal unter solchen Blüten ... nun ja ...« Er wurde rot. »Aber dieses Tierchen auf den Zweigen sieht ja zu drollig aus. Unsere Tochter wird es lieben. Danke!«

Farim nickte nur und war froh, das Bild los zu sein. Er wollte diesen Tag so schnell wie möglich vergessen, wollte keine roten Erinnerungen und purpurblauen Gefühle mehr.

Zurück an seinem Pult konzentrierte er sich auf die Zahlen und Summen, die es zu übertragen und zu errechnen galt. Er vermied Schnörkel, unterließ es, Linien zu betonen, und schaffte es, gänzlich auf Blüten zu verzichten. Stoisches Arbeiten. Freudlos zwar, aber auch ohne Ärger.

Außer dem Kratzen der Federn auf den Pergamentblättern, dem Husten und Räuspern des alten Sperbers oder den leisen Seufzern des jungen Schenker, wenn er wieder einmal auf unbeglichene Wechsel stieß, war nichts zu hören. Der Ruß biss in Farims Augen, die Öllampen flackerten. Bis Gernhold irgendwann das letzte Mal an diesem Tag zum Uhrenglas schlurfte und den neunten Strich auf die Tafel malte.

Auftrag

Am kommenden Morgen stand Farim schon vor Sonnenaufgang auf. Er hatte kaum geschlafen und fühlte sich wie erschlagen. Doch die gestrigen Ereignisse hingen ihm immer noch nach, es hatte keinen Zweck, sich länger im Bett herumzuwälzen. Das Einzige, was ihm Zuversicht schenkte, war die Aussicht, Zhinlohr wiederzusehen. Auch wenn Fenkorhs Vater sogar dieser Freude einen Dämpfer verpasst hatte. Verschwundene Magister, Elbenrat und Königsaudienz – ob er all das ernst gemeint hatte? Egal, Farim wollte sich jetzt nicht damit auseinandersetzen. Für heute war das Elbenschiff angekündigt. Das allein würde die trübsinnigen Gedanken des gestrigen Tages vertreiben. Schon am Abend hatte er den Eimer Wasser für den Waschtisch mit nach oben genommen, damit er sich gleich in der Frühe frisch machen und die wenigen Bartstoppeln abschaben konnte, die auf seinen Wangen sprossen.

Er spülte das Messer ab, legte es zurück auf den Tisch und fuhr sich mit der Hand über die Wangen. Glatt wie ein Elbengesicht, wenn auch nicht so ebenmäßig. Seine Aufregung wuchs. Wenn alles gut lief, würde er Zhinlohr endlich wiedersehen und könnte ihm zeigen, was er inzwischen mit den Elbenstiften gezeichnet und gemalt hatte.

Farim bewegte sich möglichst leise, sein Zimmer lag direkt neben dem seines Vaters. Er wollte ihn nicht wecken und riskieren, dass er herüberkam. Nicht, dass er etwas finden würde, worüber es sich zu ärgern lohnte, Farims Schätze lagen wohlbehalten im Turmzimmer auf der anderen Seite des Hauses, dort, wohin sein Vater so gut wie nie ging. Dennoch wäre es besser, ihm vorsorglich aus dem Weg zu gehen. Gerade heute hatte Farim keine Lust auf die üblichen Ermahnungen und Vorhaltungen.

Er zog sich ein frisches Hemd an und trat gespannt ans Gaubenfenster. Von hier oben hatte man einen guten Blick über den Hafen, wenn man sich weit genug hinauslehnte. Er reckte den Hals, doch kein Elbenschiff war zu sehen. Enttäuscht schloss er das Fenster. Ob etwas passiert war? Das Meer konnte gefährlich sein. Aber nein, Elben beherrschten Magie. Stürme wären sicher kein Problem für sie. Nur Geduld, sie würden schon kommen.

Er schloss die Schnüre seines Hemdes. Der Tag war noch jung, er könnte die Zeit nutzen, um zu zeichnen und Bilder auszusuchen. Er wollte unbedingt eine gute Auswahl in die Zeichentasche packen, um sie Zhinlohr zu zeigen und seine Meinung zu hören. Bei einem gemeinsamen Abend im »Silbernen Krug«, wo sie im letzten Jahr zusammen gegessen hatten. Da könnte er seinem Freund auch von dem Buch erzählen, das er gesehen hatte und das ihm nicht mehr aus dem Kopf ging.

Farim schnappte sich seine Tasche, öffnete die Tür und horchte hinaus. Nichts. Leise stieg er die Treppe hinunter. Gut, dass sein Vater noch schlief. Damit gehörten ihm die ersten Stunden des Morgens ganz allein, und er würde jeden Augenblick genießen.

Das Haus lag im trüben Dämmerlicht des bevorstehenden Tages – für Farim die schönste Zeit. Wenn sich der Schleier der Nacht lüftete und die Farben auf die Welt zurückkehrten – langsam, als müssten sie probieren, ob die Bühne des Lebens sie tragen würde. Wenn die Geräusche noch leise waren und die Luft so unverbraucht, als wäre alles Leben neu geboren. Wenn das Gestern für kurze Zeit keine Rolle mehr spielte.

Vorsicht jetzt, die untersten Stufen der Treppe, von denen der Zimmerer des Hafenviertels zwei hatte austauschen müssen, waren besonders im Dunkeln eine Stolperfalle. Ein Stück weiter hinten im Gang, wo die Tür zum Turmflur lag, wich Farim dem losen Dielenbrett aus, über das sein Vater sich schon seit Tagen ärgerte. Den unfähigen Zimmerer, der ihre Treppe verhunzt hatte, wollte er nicht wieder im Haus haben, fand jedoch keinen anderen. Am Ende müsste es wohl einer der Lagerarbeiter richten, wie so oft.

Farim tastete sich zur Tür. Hier unten war es stockfinster, weil es nur im Laden und den Schreibstuben Fenster gab. Doch für ihn war das kein Problem. Seit er lesen konnte, wer er immer wieder nachts durchs Haus geschlichen, um in Vaters Büchern zu stöbern. Nicht denen mit den Zahlen natürlich, sondern denen, die in der privaten Bücherstube standen. Logbücher von Handelsschiffen und Erzählungen von Gelehrten. Leider gab es darin keine Zeichnungen. Doch wenn Farim in ihnen las, tauchten in seinem Kopf fast wie von selbst Bilder auf. Wie wunderbar müsste es sein, das alles mit eigenen Augen zu sehen. Er beneidete die Seefahrer und Handelsreisenden, die so weit herumkamen und so viel erlebten. »Es hört sich abenteuerlicher an, als es ist«, pflegte sein Vater zu sagen. »Am Ende ist es einfach harte Arbeit, so wie hier zu Hause. Nur gefährlicher.«

Im Turmzimmer angekommen, schloss Farim erleichtert die Tür hinter sich, griff als Erstes nach den Feuersteinen und fachte den Kamin an. Vater mochte diesen Raum nicht, weil er schnell kalt und feucht wurde, aber Mutter hatte ihn geliebt. Das Turmzimmer war heller als andere Zimmer und hatte einen wunderbaren Blick auf den Hafenplatz vorm Stadttor. Farim erinnerte sich daran, wie Mutter mit ihrer Stickerei am Fenster gesessen hatte. »Weißt du, mein kleiner Farim, eigentlich braucht es nicht viel, um glücklich zu sein. Ein oder zwei Freunde, Arbeit für Körper und Geist und Futter für die Augen.« Dann hatte sie gezwinkert und ihn herangewinkt, um mit ihm nach den Leuten zu schauen, die da draußen so geschäftig über den Platz eilten.

Jetzt war dies sein Zimmer, und sooft es ihm möglich war, zog er sich hierhin zurück, um zu zeichnen oder zu malen. Gerade so, wie es ihm in den Sinn kam. Gut, dass ihm die zwei unterschiedlichen Elbenstifte beides ermöglichten. Das genaue Skizzieren, Schraffieren und Schattieren ebenso wie den flächigen, gestrichenen oder getupften Farbauftrag, dick und satt wie eine Raupe kurz vor der Verpuppung zum Schmetterling. In letzter Zeit hatte er gerne beides kombiniert und sich über die besondere Ausstrahlung dieser Arbeiten gefreut. Eine realistische Präsenz und Tiefe, gepaart mit einer Schärfe und Farbigkeit, die er vorher nie erreicht hatte.

Farim ging zu den einzigen Möbelstücken hinüber, einem alten Sekretär, in dem er seine Schätze aufbewahrte, und einem schlichten Holzstuhl. Er zündete zwei Kerzen an, um die Zeit zu überbrücken, bis die Sonne hoch genug stehen würde, um den Raum in helles Morgenlicht zu tauchen. Dann öffnete er die Zeichentasche, tastete nach dem weichen Tuch und holte beseelt seine Elbenstifte hervor. So früh am Morgen war noch reichlich Zeit, um ein Bild zu malen. Voller Vorfreude griff er sich einen Bogen Pergament und setzte sich.

Einen Moment lang überlegte er, welches Motiv er wählen könnte. Dann schlich sich ein Lächeln auf sein Gesicht und er nahm den Elbenstift mit dem Pinselhaar zur Hand. Ein Gefühl von absoluter Zufriedenheit durchströmte ihn, als er das Pulsieren der Magie spürte. Erwartungsvoll setzte er den Stift aufs Papier.

Er dachte an das neue Ladengeschäft, das er entdeckt hatte. Doch vor seinem inneren Auge sah die Auslage anders aus. Vollständig ausgekleidet mit grünem Samt, der auf der unteren Fläche zu sanft geschwungenen Falten drapiert war, darauf nur ein einziger Schatz. Ein aufgeschlagenes Buch auf hölzernem Ständer.

Gekonnt zog er den Pinselstift übers Pergament, sah den silbrigen Glanz herausfließen und freute sich an der Farbigkeit, die nur wenig später deutlich wurde. Im unteren Bereich trug er etwas mehr auf, um den Wölbungen des Samtstoffes Höhen und Tiefen zu geben. Dann wechselte er zum Elbenstift mit Federkiel, für das Buch müsste er präziser arbeiten.

Seine Hand führte den Stift schnell und geübt übers Pergament und ließ das Bild, das in Gedanken längst Gestalt angenommen hatte, immer deutlicher werden.

Als die Kerzen halb heruntergebrannt waren und schon das erste Tageslicht durch die Fenster schien, blickte er zufrieden auf sein Werk.

Ein dickes Buch, dessen ledergebundener Einband über die Seiten hinausragte. Bronzene Beschläge schützten die Ecken und machten neugierig auf die Ausgestaltung von Deckel und Rücken. Doch was den Blick auf sich zog, waren zwei äsende Lannpinns, bar jeder Szenerie, die in ihrer schlichten Schönheit die rechte Buchseite schmückten, während auf der linken nur vier Wörter standen: Futter für die Augen.

Es war keine glaubwürdige Darstellung, aber ihm gefiel sie. Er legte das Bild lächelnd zur Seite und warf einen Blick nach draußen. Es wurde langsam heller, er sollte sich beeilen, wenn er noch Arbeiten für Zhinlohr heraussuchen wollte.

Farim öffnete eine Schublade, holte seine gesammelten Werke hervor und setzte sich auf den Boden. Die Kohlezeichnungen legte er gleich zur Seite. Sie waren in Ordnung, konnten aber nicht mit denen der Elbenstifte mithalten. Aufgeregt schob er die Bilder hin und her. Was hatte Zhinlohr gesagt? »Wenn du die Magie richtig verstehst, sind es nicht nur die Formen und Farben der Welt, die du einfängst. Es ist die Seele der Dinge, die unverhüllte Wahrheit, die du mit ihnen zeigen kannst.«

Für einen kurzen Moment dachte er daran, wie drängend das damals geklungen hatte. Als wäre Farim der Einzige, der mit den Stiften etwas anfangen könnte. Aber das war Blödsinn gewesen. Zhinlohr selbst hatte sie in der Hand gehalten und ihm gezeigt, wie sie funktionierten.

Unschlüssig betrachtete Farim das Bild eines Bootes, das verwaist am Kai dümpelte. Er erinnerte sich, wie stolz er gewesen war, dass er die abblätternde Farbe des Rumpfes so gut getroffen hatte. Auch das Wasser, in dem sich die Konturen widerspiegelten, war ihm gut gelungen. Aber die Seele der Dinge? Das Besondere des Augenblicks konnte er nicht daraus lesen. Auf einem anderen Bild hatte er den Hafenplatz mit den Schiffen am Kai, dem Handelskontor und dem Tor zur Stadt festgehalten. Sogar den Laden des Laternenmachers hatte er am linken Bildrand mit draufbekommen. Er konnte sich noch daran erinnern, wie ihn die Fülle an Formen und Farben herausgefordert hatte. Es war nicht einfach gewesen, die Perspektiven einzuhalten, damit alles zueinander passte. Aber hatte er auch die Seele des Hafenviertels eingefangen? Doch, irgendwie schon.

Er legte es in die Mappe für Zhinlohr und suchte weiter. Das Bild vom gefleckten Wüstenhund kam mit, dessen Stirnfalten so kritisch und dessen Blick so anrührend hilfesuchend wirkten. Die Zeichnungen von den Sturmmöwen dafür nicht. Auch nicht die von den Marktständen, von dem prächtigen Schiff aus Akralahr und den lustigen Muschelkrabben. Aber die Skizze aus der Schenke »Zum silbernen Krug«, mit dem schlafenden alten Mann, dessen Kopf neben einem leeren Glas auf dem Holztisch ruhte. Ja, das musste mit. Jede Falte in dem runzeligen Gesicht schien eine eigene Geschichte zu erzählen. Was für Erfahrungen mochten sich hinter ihnen verbergen? Ob er selbst später auch auf ein langes und erfahrungsreiches Leben zurückblicken könnte? Farim nahm sich vor, jede Falte zu lieben, die sich in sein Gesicht graben würde.

Er schaute die restlichen Arbeiten durch, sortierte die meisten der Bilder aus und wählte mit Bedacht drei weitere für Zhinlohr aus. Plötzlich hatte er eines in der Hand, das die Vorfreude auf das Treffen mit seinem elbischen Freund verrauchen ließ und die Erinnerung an Billke schmerzhaft zurückholte. Der Ausflug in den Schlosspark, der kleine See, die tief hängenden Zweige, die weit über das Wasser ragten – Schutz für den Flug der Flimmlys, Ruhe für tiefe Gespräche und warme Gedanken. Genau dort hatte er es für Billke gemalt und es ihr geschenkt. Hatte das Strahlen in ihren Augen, den dankbaren Kuss auf seine Wange aufgesogen wie eine durstige Pflanze den ersten Sommerregen nach Wochen der Dürre. Dieses Bild aber, das er jetzt in Händen hielt und das ihm fast die Luft zum Atmen nahm, hatte er für sich selbst gemacht. Am selben Abend, als er wieder zu Hause gewesen war. Allein im Turmzimmer seiner Mutter.

Bis auf eine Ergänzung glich es dem Bild für Billke. Licht fiel durch die Zweige und brachte auch hier die prächtigen Flügel der grazilen Tänzer zum Leuchten. Mit den unterschiedlichen Grüntönen des Laubs, den Blüten der Kehlandalilien und den winzigen Motten, in deren Schwarm die Flimmlys ihre anmutigen Flugkünste zur Schau stellten, hatte er die Szenerie perfekt eingefangen. Doch was das Bild besonders machte, war die schemenhafte Spiegelung auf dem Wasser, die an dem Tag nicht zu sehen gewesen war. Zwei Menschen, die dicht beieinander saßen. Der Kopf des einen an die Schulter des anderen gelehnt. Vertraut und ...

Aus einem Impuls heraus schleuderte Farim das Bild weg. Es wirbelte hoch, landete aber nur ein kleines Stück entfernt. Noch einmal griff er danach und warf es von sich. Doch erneut fiel die Zeichnung direkt vor ihm zu Boden. Farim spürte Wut in sich aufsteigen. Bei den Seelen, warum ließ sich Papier nicht schmeißen? Jeder Windhauch konnte es vom Tisch wehen, jede Bö durch ein geöffnetes Fenster ein Chaos verursachen. Eine Unordnung wie damals, als er frische Luft in die rußige Schreibstube bringen wollte. Ein Durcheinander wie in seinem Kopf, seit er Billkes und Jörgans Stimme gehört hatte. *Ich muss dass vergessen und hinter mir lassen.* Er packte das Bild, wollte es zerreißen oder zumindest zerknüllen, schmiss es dann aber doch nur erneut von sich. Die Magie der Elbenstifte, die wunderbaren Farben, die natürlichen Formen und Konturen. Er konnte es nicht vernichten.

Diesmal landete das Bild direkt auf der Mappe für Zhinlohr. Das durfte doch nicht wahr sein! Trotzdem würde er es nicht mitnehmen. Es war ein albernes Motiv, eine unsinnige Vorstellung und - schlimmer noch: eine Lüge.

»Farim?« Gernholds Stimme ließ ihn zusammenzucken. »Meister Farim. Die erste Stunde ...«

Ein Blick zum Fenster und er sprang erschrocken auf. Draußen war es hell. Mit einem Mal hörte er die Geräusche vom Hafenplatz, die Karren, die über das Pflaster rumpelten.

»Ich komme.« Er löschte die Kerzen. Schnell schob er die Bilder zusammen, legte die aussortierten zurück in den Sekretär und klappte die Mappe für Zhinlohr zu. Hastig wollte er sie zu den magischen Stiften und den leeren Pergamentbögen in die Zeichentasche stecken. Doch ein Teil der Bilder rutschte wieder heraus. Und als er versuchte, sie aufzufangen, fielen zu allem Überfluss auch noch die Elbenstifte herunter. Für einen Schlag setzte sein Herz aus.

»Meister Farim!«

»Ja!« Farim klaubte alles auf, und seufzte erleichtert, als er feststellte, dass die Stifte unbeschädigt waren.

»Eilt euch. Bitte!«

Ja, doch. Er legte Tasche, Bilder und Elbenstifte auf den Sekretär, hastete durch die Tür und rannte die Treppe hinunter – immer zwei Stufen auf einmal. Hoffentlich war sein Vater noch nicht da. Unten hielt der gute Gernhold ihm die Hintertür zur Schreibstube auf.

»Ist m-mein V-vater schon ...«

»Es tut mir leid, ich bin ...« Der alte Sperber krümmte sich und hustete. »Bin heute nicht ganz auf dem Damm.« Erneutes Husten, schlimmer als gestern. Das klang wirklich nicht gut.

»Warum kommst du so spät?« Da stand er, Meister Korthard Peggelbohn, erster Händler am Platz. Natürlich war er schon da! Zuverlässig, aufrecht und streng. »Auf ein Wort!«

Farims Schritte stockten, die Energie, die der Schreck eben noch in ihm geweckt hatte, verlosch wie eine Kerzenflamme im Wind.

»Es t-tut mir l-leid. I-ich hab ...«

»Schweig! Ich will nichts hören!« Sein Vater packte ihn beim Arm und zog ihn ins Büro. »Wenn man ein Geschäft hat, sollte man stets mit gutem Beispiel vorangehen. Als Erster am Platz sein und als Letzter die Türen schließen. Wie oft muss ich dir das noch sagen?«

Gar nicht. Es ist nämlich dein Handelskontor und nicht meins. Ich will das alles nicht – weder diese Art der Arbeit noch das Handelshaus. Ich habe die Elbenstifte und möchte damit etwas Eigenes anfangen. Und wenn es nur die Verzierung von Seitenrändern fremder Bücher ist. Farim fixierte den glänzenden Orden am Revers seines Vaters, vom König für besondere Handelsleistungen verliehen, und wusste, dass der erste Handelsherr Korthard Peggelbohn ihn nie verstehen würde.

»Ich muss an den Hof und möchte, dass du mich so lange vertrittst. Du kennst unsere Preise, du kennst die meisten unserer Kunden und kannst dich hoffentlich einigermaßen artikulieren, wenn es darauf ankommt.«

»A-aber heute ...«

»Heute kommt wahrscheinlich das Elbenschiff aus Innelles. Eben darum muss ich mit dem König sprechen. Oder es zumindest versuchen.«

Farims Gedanken rasten. Er würde Zhinlohr verpassen, wenn er hier für seinen Vater die Stellung hielte. Bei all den Dingen, die es zu bedenken gab, hätte er überhaupt keine Zeit, aus dem Handelskontor herauszukommen. Wie sollte er seinem Freund dann die Bilder zeigen?

»Du wirst deine Arbeit hier hereinholen und an meinem Pult arbeiten, dann hast du die Bücher in Reichweite, um bei Bedarf etwas nachzuschlagen. Die Auftragsschreiben liegen in den Regalen links, die Wareneingänge mittig und die Ausgänge daneben. Aber das solltest du längst wissen. Verträge und Wechsel liegen natürlich in unserer Werttruhe.« Er zog einen Schlüssel hervor, steckte ihn in das Schloss der schweren Truhe mit den eisernen Beschlägen und öffnete sie. Farim erinnerte sich, wie sie damals gebracht worden war. Sechs Männer hatten einen ganzen Nachmittag gebraucht, um sie durch den Laden und die Schreibstube bis hierher zu hieven.

»Denk dran: Unser gesamtes Vermögen ist hier drin. Ich muss dir nicht sagen, was das bedeutet.« Er öffnete den Deckel, griff in ein kleines Fach an der rechten Seite und holte ein Lederband mit einem weiteren Schlüssel hervor. »Verwahre ihn gut und benutze ihn nur, wenn es wirklich sein muss.«

Farim wurde blass. Sein Vater vertraute ihm den Zweitschlüssel an. »V-vater ...«

»Sag nichts. Ich weiß selbst, dass ich dich schon längst mehr hätte einbinden sollen. Du bist alt genug.« Er ließ den Deckel mit dumpfem Knall zufallen und verschloss den Münzschatz des Handelshauses wieder. Die Existenzgrundlage ihrer Familie. Es klickte leise, als der Schlüssel sich drehte. Ein unscheinbares Geräusch für etwas, das so wichtig war. Ähnlich einem winzigen Insekt, das selbst ein Pferd zum Aufbäumen bringen konnte. Der Stich eines Skorpions, dessen Gift tödlich war. Ein Geräusch, das Farims Gedanken in Aufruhr brachte und einen Anflug von Panik in ihm auslöste. Die plötzliche Erkenntnis, dass sein Vater trotz aller Ärgernisse immer noch an ihm festhielt, lähmte ihn.

»Womöglich habe ich dich zu lange von den wichtigen Aufgaben ferngehalten. Es wird Zeit, dass du Verantwortung trägst. Hier, ich habe eine Liste gemacht: die wichtigsten Dinge, die du erledigen musst. Denk vor allem daran, zur zweiten Stunde den Laden für die Redwassers aufzuschließen, es ist nicht mehr lange bis dahin. Und vergiss nicht, ihnen Bescheid zu geben, dass ich vor Nachmittag nicht zurück bin. Es ist ungewiss, wie lange Leondahn von Myzehren mich warten lässt, wenn er denn Zeit für mich findet.«

Farim ahnte trotz dieser Bemerkung, dass sein Vater nichts unversucht lassen würde, um von dem jungen König gehört zu werden.

»Und – nun ja – für den Fall, dass ich auch zum Nachmittag oder Abend noch nicht wieder da bin, musst du den Abgesandten der Elben in meiner Vertretung begrüßen. Ich wäre zwar nicht sehr glücklich damit, aber wir müssen uns das Vorkaufsrecht sichern.«

Dann werde ich ihn doch sehen. Den Seelen sei Dank.

»Lass dir also die Waren zeigen und fertige eine Liste von den Dingen an, die wir nicht bestellt haben, die aber interessant für uns sein könnten. Das ist wichtig! Wenn dieser Zhinlohr an Bord ist, kannst du das sicher mit ihm aushandeln. Wichtig ist nur, dass du das zügig und sachlich abarbeitest, damit du schnell wieder zurück im Kontor bist. Lass dich nicht auf längere Gespräche mit diesem Elb ein.«

Farim überhörte den abfälligen Ton und klammerte sich an seine Vorfreude auf das Wiedersehen mit Zhinlohr. Er dürfte das Büro verlassen und zum Schiff gehen. Tagsüber, ohne einen Vorwand. Plötzlich war er wieder hellwach.

»Ich werde unserem Vorarbeiter Bescheid geben, damit du nicht alleine bist. Pollwig weiß, welche Waren wohin kommen. Ich hatte beim letzten Mal einiges an Körben, Gewürzen und Stoffen bestellt. Außerdem diese besonderen Feuersteine, die so zuverlässig zünden sollen. Lass Pollwig alles genauestens prüfen und notieren. Ich möchte das später auf meinem Schreibpult haben.«

Farim nickte. Wenn er ganz offiziell mit Zhinlohr sprechen durfte, könnte er ihm gleich heute seine Bilder zeigen.

Vielleicht direkt auf dem Schiff, dann bekäme es keiner von den Arbeitern mit.

»Und versuche, bis dahin deine eigenen Aufgaben nicht zu vernachlässigen. Eines noch ...« Sein Vater legte ihm die Hand auf den Rücken. »Gib acht auf unseren alten Gernhold. Es geht ihm nicht gut. Er sollte heute etwas früher nach Hause gehen. Matten kann das Stundenglas übernehmen.«

Farim warf einen Blick durch die bleigefassten Fenster. Der alte Sperber stand wie gewohnt an seinem Pult. Aber es stimmte, der Husten plagte ihn schon länger und hörte sich heute noch schlimmer an als gestern.

»Ich denke, dass ich mich auf dich verlassen kann?«

»Ja, Vater«, antwortete Farim, diesmal sogar, ohne zu stottern. Er hatte die Liste und er würde auf Gernhold achten. Das war das Mindeste, was er für den Alten tun konnte. Der gute Sperber hatte ihm so oft geholfen. Er konnte sich das Handelshaus ohne ihn gar nicht vorstellen.

Sein Vater schenkte ihm ein angespanntes Lächeln. »Mach mich stolz, mein Sohn!«

Farim nickte und ihm wurde bewusst, dass er fast alles tun würde, damit sein Vater endlich wieder stolz auf ihn wäre. So wie früher, als Mutter noch lebte und Farims Zeichnungen das Einzige waren, das ihr ein Lächeln aufs Gesicht zaubern konnte.

»Und wünsch mir Glück. Ich kann es gebrauchen.«

»Ja, Vater.« Er reichte ihm die Hand, froh, die Antwort erneut im ganzen Stück herausbekommen zu haben. *Viel Glück.* Er traute sich nicht, es laut auszusprechen, um sein eigenes nicht herauszufordern. Sein Vater sollte nicht mit dem Stottern des Sohnes im Kopf zum König gehen müssen.

Schweigend sah Farim zu, wie er den Arbeitsraum und die Schreibstube verließ. Doch erst, als er weg war, fragte er sich, warum sein Vater den Worten Bruhnkor Gluhnbars so viel Bedeutung beimaß. Nur wegen der verschwundenen Magister? Überall auf der Welt verschwanden Menschen. Selbst hier in Myxa passierten solche Verbrechen. Oder hatte die Nachricht von einem möglichen Elbenrat den Ausschlag gegeben, beim König vorzusprechen? Warum war das überhaupt wichtig? Das war doch alles weit weg. Für Farim klang das lange nicht so bedrohlich, wie der Magister es geschildert hatte. In Myxa tagten ständig irgendwelche Zünfte, und auch der König lud regelmäßig zu Ratsversammlungen ein. Wie sonst sollte man das Leben so vieler Menschen in einer Stadt, und mehr noch: in einem ganzen Land regeln können?

Farim hängte sich das Lederband mit dem Schlüssel um den Hals und versteckte ihn unter dem Hemd.

Niemand konnte alles alleine bewerkstelligen. Andererseits wusste er von keiner Versammlung, bei der die Könige der Menschenvölker zusammenkamen, wie die Fürsten der Elbenreiche es jetzt vorhatten. Vielleicht sollte er Zhinlohr fragen. Kam er nicht sogar aus Erellgorh? Nachdenklich strich Farim mit den Fingern über das Blatt Pergament auf dem Pult seines Vaters. Irgendetwas hatte sein elbischer Freund ihm einmal darüber erzählt. War Zhinlohr nicht nur deshalb Abgesandter für die Elben aus Innelles, weil sie selbst den Umgang mit Menschen scheuten?

Gedankenverloren nahm er die Liste in die Hand. Es gab viel zu tun, doch mit seinem Vater würde er nicht tauschen wollen.

Ankunft

»Meister Farim! Es ist Zeit! Ich drehe gleich die Uhr.«

Farim schrak zusammen, das Blatt segelte aus seiner Hand zu Boden. Gernhold Sperber stand in der Tür, holte rasselnd Luft und hustete.

Farim blickte ihn besorgt an. »D-der Husten hört sich n-nicht g-gut an. Mein V-vater meinte, Ihr solltet v-vielleicht früher n-nach Hause gehen.«

Gernhold winkte ab. »Ich werde Euch doch heute nicht allein lassen.« Wieder ein Husten. »So weit kommt das noch.« Er drehte sich um und schlurfte zum Stundenglas.

Stundenglas? Die Redwassers! Farim hastete durch die Schreibstube nach vorn in den Laden. Helles Licht strahlte ihm durch die Fenster entgegen. Hilja und Dulja standen bereits vor der Tür, und er eilte auf sie zu, um zu öffnen. Doch an dem oberen Riegel war zusätzlich ein Schloss angebracht worden. Na prima. Und wo war der Schlüssel? Unnützerweise zerrte er an der Tür, ohne etwas auszurichten. Wie albern musste es aussehen, wenn der junge Herr des Hauses seine eigene Tür nicht aufbekam. Es klopfte an der Scheibe. Hilja zeigte hinter ihn und ihre Lippen formten ein Wort. Fer-Au-esch? Sie wiederholte es mit überdeutlicher Mimik. Ver-aufs-isch, natürlich. Er lief zum hölzernen Tresen, suchte in den Schubladen nach dem Schlüssel und fand ihn endlich. Inzwischen wartete draußen ein junger Herr bei den Redwassers. Ein so zeitiger Kunde hatte Farim gerade noch gefehlt. Er quälte sich ein Lächeln ab und öffnete.

»Guten Morgen, Meister Farim«, trällerten die beiden Frauen wie aus einem Munde.

»Ist etwas geschehen?«

»Ist euer Vater nicht da?«

Erst Hilja, dann Dulja, wie immer. Für Farim grundsätzlich eine Frage zu viel. Er schüttelte den Kopf und brachte den Schlüssel samt Schloss zum Verkaufstisch zurück.

»Peggelbohn junior, also?« Der junge Mann trat auf ihn zu. »Wir hatten noch nicht die Ehre, denke ich?« Er hob sein Kinn, als könne das deutlich machen, wie wichtig es wäre, ihn zu kennen. Seine Nase, deren Spitze sich auffällig nach oben wölbte, verlieh ihm einen gewissen Ausdruck von Selbstverliebtheit, fand Farim. Auch die Robe aus edelstem Stoff passte zu dieser Annahme.

»Vielleicht könntet Ihr mir weiterhelfen ...«

Eher nicht. Trotzdem übte Farim sich weiter in einem freundlichen Lächeln und sah unauffällig zu den Redwasser-Zwillingen. Dulja war noch dabei, ihren Umhang abzulegen und ihr Haar zu richten, doch Hilja kam ihm bereits zur Hilfe.

»Darf ich das übernehmen, Meister Farim? Ich weiß ja, wie wenig Zeit Ihr habt.« Sie zwinkerte und wandte sich dann dem Kunden zu. »Wie kann ich Euch behilflich sein?«

Farim machte ein paar zögerliche Schritte in Richtung Schreibstube, unschlüssig, ob er doch etwas tun müsste. Wie hätte sein Vater sich verhalten? Sicher nicht so zaudernd wie er.

»Eigentlich dachte ich, ich könnte mit einem der Handelsmeister persönlich ...« Der junge Mann schaute Farim nach, doch Hilja schob sich dazwischen.

»Das kann ich verstehen. Aber die Herren Peggelbohn sind stets sehr beschäftigt. Handelskontakte rund um die Welt, Ihr versteht? Worum geht es denn, werter Herr?«

»Wie können wir Euch helfen?« Jetzt war auch Dulja da und schob sich ebenfalls vor den Kunden.

»Wenn Ihr meint ...« Der junge Mann klang etwas überrumpelt. »Es geht um Stoffe für die königliche Schneiderei.«

»Hochwertige Stoffe in besonders schönen Farben?«

»Fein gewebt und von ausgesuchter Qualität?«

Erst Hilja, dann Dulja. Farim öffnete die Tür zur Schreibstube.

»Ich habe es mir gleich gedacht. Der Stoff Eurer Robe verrät Euren vortrefflichen Geschmack.«

»Einen äußerst erlesenen Geschmack«, trällerte Dulja.

Die Zwillinge waren Gold wert, daran bestand kein Zweifel. Sie würden Farim jeden Kunden vom Hals halten, der nicht wirklich ein Problem hatte, und ihm dadurch die nötige Zeit verschaffen, um sich wichtigeren Aufgaben zu widmen. Erleichtert schloss er die Tür zum Ladengeschäft.

Die Federn von Gernhold Sperber und Matten Schenker kratzten fleißig über die Pergamente. *Ich darf meine eigentliche Arbeit nicht vernachlässigen.* Farim nahm den Stapel Belege und Wechsel, die er gestern bearbeitet hatte, griff nach den Papieren mit den Summenberechnungen und trug alles in den Arbeitsraum seines Vaters. Er schloss die Tür hinter sich und setzte sich ans Katheder. Das Pult, von dem das weitreichende Handelsnetz der Peggelbohns geleitet und gepflegt wurde. Der Peggelbohns?

Bislang war das einzig der Schaffenskraft seines Vaters geschuldet; den An- und Verkauf von Altwaren, den Farims Großvater gegründet hatte, hätte sicher niemand als Handelsnetz bezeichnet. Das Einkommen hatte kaum gereicht, um die Familie durchzubringen. Trotzdem war er immer zufrieden gewesen. »Ich mache das, was ich kann und was mir Freude macht. Mehr Reichtum geht nicht!« Bei dem Leitspruch hatte er stets übers ganze Gesicht gestrahlt. Die Ausgeglichenheit des alten Peggelbohn hatte jedem Zusammensein eine erfüllende Wärme verliehen. Wie ein Ofen im Winter, dem man gerne näher rückte.

Farim versuchte, diese Gedanken abzuschütteln. In der Vergangenheit zu verharren, brachte ihn nicht weiter, mochten die Erinnerungen noch so verlocken. Heute standen Ziffern, Zeichen und Zahlen auf der Tagesordnung. Wenn er das schaffte, könnte er mit seinem Vater vielleicht über eine andere Zukunft sprechen. Eine Zukunft mit Büchern, die nicht mit Tabellen, sondern mit Bildern gefüllt waren.

Durch das stumpfe Glas der Fenster sah Farim den alten Sperber und den jungen Schenker. Die vertrauten Geräusche jedoch, das Kratzen ihrer Federn, ihr Räuspern oder gelegentliches Seufzen, waren vor der Tür geblieben.

Plötzlich überkam ihn ein Gefühl der Einsamkeit. Er verstand diese Welt nicht, in der sie sich eingerichtet hatten, konnte die Freude über die bilderlosen Zahlengräber nicht teilen, die sie Bücher nannten. Er würde nie dazugehören. Der Gedanke raubte ihm den Atem, er musste sich zusammenreißen, um sich auf seine Aufgabe zu konzentrieren. *Sieh auf das Pergament und fang endlich an zu arbeiten!* Er senkte den Blick und versuchte es. Viel lieber wäre er nach draußen gegangen und hätte nach dem Elbenschiff Ausschau gehalten. Doch stattdessen öffnete er das Tintenfass seines Vaters, nahm die Schreibfeder und rückte sich das Pergament zurecht.

Er überprüfte die letzten Einträge. *Kelbarknollen im Pfund, 20 an Pruschka Küchling, Myxa, zu je 13 Kuling.* Macht 2 Silling und 60 Kuling. Die Bezeichnungen der Silber- und Kupfermünzen hatte er wie üblich mit S und K abgekürzt. Er schaute auf den Wechsel und notierte »Summe bezahlt« am Ende der Zeile. Gerade noch konnte er verhindern, eine Blüte dahinterzumalen. Der kleine Tintenpunkt, dort, wo er mit der Feder angesetzt hatte, fiel kaum auf. Sein Vater würde nicht begreifen, dass es mehr war als ein Punkt.

Farim fixierte den tintenschwarzen Fleck, wie ein Keimling auf pergamentbraunem Grund, darauf wartend, eine Blüte zu werden. Pruschka Küchling hätte eine Blume verdient. Sie war die Wirtin der Schänke »Zum silbernen Krug« und zauberte aus Kelbarknollen vortreffliche Speisen. Sogar Zhinlohr war begeistert gewesen. Dabei fanden Elben, wenn man den Aussagen Fenkorhs glauben durfte, menschliche Gerichte scheußlich und lehnten sie nach Möglichkeit ab. Farim wollte das nicht glauben, auch wenn der junge Magur schon weit herumgekommen war und es besser wissen musste als einer, der tagaus, tagein hier drinnen ... Farim schüttelte den Kopf. Wie oft wollte er noch abschweifen? So würde er nie fertig.

Nächste Zeile. *Myzehrischer Würzwein im Fass, 12 an Frink Bergel, Crem, zu je 23 Silling.* Macht 276 Silling. Für viele ein kleines Vermögen – und anscheinend noch unbezahlt. Farim ging den Stapel der Wechsel durch und suchte in den Schreiben, die ihm vorlagen, bevor er *Summe offen* ans Ende der Zeile schrieb. Seufzend nahm er das Pergament mit den Ausständen und notierte den Betrag. Eigentlich müsste er sofort den Brief aufsetzen, um an die Begleichung der Rechnung zu erinnern, doch er wollte erst einmal die Wechsel vom Tisch haben.

So viel zu bedenken, so viel, um das er sich heute kümmern musste. Gut, dass er die Liste hatte. Wo hatte sein Vater sie noch hingelegt? Farim suchte das Katheder ab, hob die Stapel mit den Aufträgen und Wechseln hoch, sah die Aufzeichnungen durch und spürte, wie das Blut heiß in seine Wangen schoss: Er fand die Liste nicht. Die Redwasser-Zwillinge, Gernhold früher gehen lassen, Schenker das Drehen des Stundenglases übertragen, die Wareneingänge prüfen. Die Aufgaben schwirrten plötzlich wie lästige Insekten durch seinen Kopf. Wild, aufdringlich und ... unvollständig. Das konnten nicht alle sein! Hektisch sah er sich um, ging zu den Regalen, fingerte nach einzelnen Blättern, nahm sogar den Schlüssel und öffnete die Werttruhe. Irgendwo musste Vaters Liste sein.

Der Deckel war schwerer, als Farim gedacht hatte, aber mit etwas Mühe, schaffte er es, sie zu öffnen. Hilflos schaute er ins Innere der Truhe. Wo mochte die Aufgabenliste sein? Er war sicher, dass irgendetwas darauf gestanden hatte, das seinem Vater besonders wichtig war. Womöglich sogar etwas, das er ihm gar nicht gesagt hatte, weil die Zeit nicht gereicht hatte – und es ja schließlich auf der Liste stand. Farim versuchte, sich zu erinnern, was sein Vater ihm alles aufgetragen hatte. Redwasser-Zwillinge, Gernhold, den Abgesandten der Elben empfangen, der hoffentlich Zhinlohr war, Körbe und Gewürze kontrollieren. Was noch? Stoffe? Gleich würde es ihm einfallen. Er war kurz davor. Feuersteine, ja – aber war es das?

Als es klopfte, zuckte er zusammen. »Ja?«

Die Tür ging einen Spalt auf, Matten Schenker steckte den Kopf herein. »Pollwig ist da. Darf er rein?« Sein Blick streifte die Truhe, rasch schloss Farim den Deckel.

»Aber ja, P-pollwig, n-natürlich.« Den Vorarbeiter hatte er noch nicht erwartet. Schenker verschwand und Farim fingerte am Schloss der Truhe herum. Er durfte nicht vergessen, sie abzuschließen. Seine Hände zitterten, er bekam den Schlüssel nicht richtig zu fassen. Schon öffnete sich die Tür und Pollwig kam herein. Der bullige Vorarbeiter nahm die Lederkappe vom Kopf und hielt sie mit beiden Händen vor den Bauch. Farim versuchte, ruhig und geschäftsmäßig auszusehen. Pollwig nickte ihm zu, brachte aber kein Wort heraus.

»G-guten Tag, P-pollwig.«

»Schön' Tach auch, junger Meister.« Grüngraue Augen streiften Farim und sahen sich dann abwartend im Raum um. Für die Arbeiter, Packer und Fuhrleute mussten die Schreibräume wie eine andere Welt wirken. Eine, in der nur geschrieben und gerechnet wurde. Eine, in der niemand sich den Rücken krumm machte, die Hände nicht schwielig wurden und es immer warm und trocken war. In der nur gedacht und beschlossen, aber nicht gearbeitet wurde. Zumindest glaubte Farim, genau das in der Mimik des Vorarbeiters zu lesen, während dessen Blick durch den Raum wanderte, die Brauen sich hoben und senkten, die Unterlippe sich vorschob. Er sah zur Truhe und Farim dachte an den Schlüssel, die zitternden Hände hinterm Rücken verschränkt. Er würde die Werttruhe abschließen, sobald der Vorarbeiter wieder fort war.

»W-was gibt's?« Kurze Fragen. Bloß nicht so viel stottern.

Pollwig starrte ihn verblüfft an. »Ich sollte doch komm', wenn's so weit ist. Oder nich?«

Wenn was so weit war? Farim hatte keine Ahnung, nickte aber. Als Vertreter seines Vaters sollte er Bescheid wissen. Möglichst unauffällig sah er sich um. Sicher stand das auch auf der Liste. »Und?«, fragte er nach in der Hoffnung, mehr zu erfahren. »Ist es so w-weit?« Ihm fiel ein, dass er Pollwig später wegen der Warenlieferung holen sollte. Aber er wusste nicht, warum der Vorarbeiter von sich aus gekommen war.

»Is so weit.«

Na prima. Farim versuchte es anders. »Und was w-würdest d-du vorsch-schlagen?« Er konnte unmöglich zugeben, dass er keine Ahnung hatte, worum es ging. Nicht hier, im Büro seines Vaters.

Pollwig schaute ihn mit großen Augen an. »Vorschlagen? Ich?« Der bullige Mann knetete unschlüssig die Lederkappe.

Seine Augen zuckten wie die eines aufgeschreckten Rehs. Farim merkte, dass er den Vorarbeiter in eine unmögliche Situation gebracht hatte.

»Einfach hingehen?«, meinte Pollwig zögernd, als fürchtete er, eine falsche Antwort ließe ihn in eine Falle tappen.

Farim seufzte, so kämen sie nicht weiter. Was immer im Lager geschehen war – wahrscheinlich war es wirklich das Beste, hinzugehen und sich einen Überblick zu verschaffen. Sein Vater wäre auch hinübergegangen, und sei es, um den Arbeitern ein gutes Gefühl zu geben. Mit dem Unterschied, dass Meister Korthard wüsste, was ihnen wichtig war, und nicht hilflos herumstottern würde. Mehr aus Verlegenheit, denn aus Ordnungsliebe schob Farim die Pergamente zusammen, schloss das Tintenfass und legte die Feder zurück in die Holzschale. Das dürfte zumindest geschäftsmäßig wirken. »N-nach d-dir.«

Der Vorarbeiter atmete sichtlich auf, setzte sich die Lederkappe auf den Kopf und ging voraus. Farim beeilte sich, den langen Schritten des großen Mannes zu folgen.

Zu seiner Überraschung nahm Pollwig nicht den Weg durch die Hintertür in Richtung Diele, von wo sie schneller zu den Lagerräumen gekommen wären, sondern ging nach vorne ins Ladengeschäft.

»Hallo Pollwig«, trällerten die Redwasser-Schwestern.

»Lang nicht gesehen, die Damen.« Der Vorarbeiter zog hastig die Mütze vom Kopf und setzte sie wieder auf.

Die Zwillinge lachten.

»Bestimmt schon einen ganzen Tag nicht.«

»Mindestens.«

Erst Hilja, dann Dulja.

»Meister Farim.«

»Meister Farim.«

Er setzte ein Lächeln auf und bemühte sich um ein wissendes Gesicht, während er Pollwig durch den Laden folgte. Glücklicherweise waren keine Kunden da, die sie womöglich aufgehalten hätten. Pollwig ging schnurstracks zur Tür weiter und Farims Blick fiel durchs Ladenfenster nach draußen.

Unzählige Menschen drängten sich davor, man konnte allerdings nur ihre Rücken sehen. Warum mussten die sich ausgerechnet hier versammeln?

Pollwig hielt die Tür auf. Als Farim hinaustrat und sein Blick denen der anderen folgte, schlug sein Herz höher.

»Sollte doch Bescheid geben, wenn's da ist.« Pollwig mühte sich, das Raunen der Menge zu übertönen.

Das Elbenschiff war größer und prächtiger, als Farim es in Erinnerung hatte. Vier Masten, die sich höher in den Himmel streckten als alle, die er bisher gesehen hatte. Rahen in fünf Reihen und ein geschwungenes Heck, das sich in einem Bogen weit hinauf wölbte, beinahe, als wollte es selbst zum Segel werden. Unvergleichlich!

»Bitte macht ma Platz!« Pollwig drängte sich zwischen den Schaulustigen hindurch. Farim blieb dicht hinter ihm und reckte den Hals, um mehr vom Schiff zu sehen. Es war nicht dasselbe wie beim letzten Besuch. Diese Reling schien förmlich aus dem Deck herauszuwachsen. Die meisterhaften Schnitzereien ähnelten denen, die er kannte, waren hier aber in wunderbaren Farben bemalt. Farim stockte der Atem, seine Hand tastete nach der Zeichentasche, doch die lag ja noch im Turmzimmer. Warum hatte er sie heute Morgen nicht mitgenommen? Seufzend schob er sich hinter Pollwig her und tröstete sich damit, dass er in diesem Gedränge ohnehin keine gerade Linie ziehen könnte.

»He, was soll das?«

»Da hat es wohl einer eilig.«

»Tschuldigung, wir müssen da ma durch.« Pollwig schob sich mit stoischer Gelassenheit durch die Menge.

»Ist das der junge Peggelbohn?«

»Der Sohn aus dem Prachtkontor?«

Farim hörte die Leute zischeln und flüstern.

»Wer würde sich sonst so dreist vordrängeln?«

»Hab gar nicht gehört, dass der Alte auf Reisen ist?«

»Vielleicht ist er krank?«

Farim versuchte, die Stimmen auszublenden. Sein Blick glitt an der Reling entlang zum vorderen Teil, wo sie höher wurde, in große Bögen aufstieg und eine Art Laube bildete. Wie ein gerecktes Schwert streckte sich der Bug des Schiffes über das Wasser. Darauf der Name »Pazhmaarh« in geschwungenen Lettern. Nachdem Farim Zhinlohr kennengelernt hatte, hatte er unbedingt Iljaitt lernen wollen, doch außer den Magistern gab es niemanden in Myxa, der sich mit der Elbensprache beschäftigte. Und die Ordensleute behielten ihr Wissen für sich. Fenkorh hatte ihm dennoch einige Worte beigebracht. Ja, nein, gut, schlecht, schnell, langsam. Nichts, womit sich etwas anfangen ließe. »Pazhmaarh« war nicht dabei gewesen. Farim würde Zhinlohr nach der Bedeutung fragen – wenn er denn mitgekommen war.

Der Gedanke, es könnte anders sein, versetzte ihm einen Stich, sofort wanderte sein Blick suchend über das Schiff. Eine große Anzahl von Elben bevölkerte das Deck. Imposante Gestalten mit eng anliegenden Hemden und Beinkleidern, wie es sie hier in Myxa nicht gab. Ihr Haar, in unterschiedlichsten Rottönen, war lang und ungebändigt. Beinahe wild sahen sie aus, doch ihre Bewegungen waren geschmeidig und ihre Minen konzentriert. All das hätte ausgereicht, um ihre Besonderheit zu erkennen, das Ungewöhnliche wahrzunehmen und von Menschen zu unterscheiden, obgleich sie in Gestalt und Größe ähnlich waren. Doch die langen Ohren, deren Spitzen selbst aus den wildesten Haarmähnen noch herausragten, ließen die Fremdheit offenbar werden.

Dank Pollwigs Hilfe war Farim in der vordersten Reihe der Schaulustigen angekommen und sah sich weiter nach Zhinlohr um. Wenn er mitgekommen wäre, würde er ihn aufgrund seiner blonden Haare sofort erkennen.

Inzwischen war das Schiff vertäut. Die Elben schoben hölzerne Brücken von Deck, um mit dem Entladen zu beginnen.

»Kommt Ihr zurecht?« Pollwig schaute Farim unsicher an.

»N-natürlich.«

»Dann hol ich unsre Leute und die Karren. Besser, wir holn die Sachen schnell ins Lager.« Er wies auf die Wolken, die am Horizont aufzogen.

»Bring das W-warenbuch m-mit.«

Pollwig tippte sich zustimmend an die Stirn und ging. *Ich komme zurecht, natürlich.* Farim sah unsicher auf die Brücke, die an Bord führte. Sollte er einfach so aufs Schiff gehen? Er schaute sich um, doch außer ihm machte niemand Anstalten, die »Pazhmaarh« zu betreten. Er könnte nach Zhinlohr fragen. Oder verstanden die Elben ihn vielleicht gar nicht? Alles wäre so viel einfacher, wenn sein Freund auftauchen würde. Unsicher trat er vor.

»Was will der denn da?«

»Ganz schön mutig.«

»Das ist der Sohn vom Peggelbohn. Der darf das.«

Farim wurde sich bewusst, dass es eine unsichtbare Grenze gab, die außer ihm niemand übertreten hatte. Als wäre es lebensgefährlich, den Elben zu nahe zu kommen. Die guten Handelswaren wünschten sie sich alle, aber mit den Fremden zusammentreffen wollte niemand. Dabei war es genau das, was das Leben spannend machte, oder nicht? Er dachte an die Händler aus aller Welt, die zu seinem Vater kamen. Manche davon hatten sie im Haus beherbergt, und Farim hatte an ihren Lippen gehangen, ihren Erzählungen gelauscht und sich über fremdklingende Akzente gefreut. Wie mochte es in den Elbenländern aussehen? Farim schaute zu den Masten hoch, folgte den Männern, die dort oben die Segel bargen. Welche Wunder mochten sie auf ihren Reisen schon gesehen haben?

»Traut sich nicht weiter.«

»Ist auch nur so ein Jüngelchen.«

»Hübsche Kleider helfen nicht. Hab ich immer gesagt.«

Die zischenden Stimmen ärgerten Farim und trieben seine Entschlossenheit an. Er trat auf die am nächsten liegende Brücke zu. Auf dem Mitteldeck hatten die Elben inzwischen Ladeluken geöffnet, die wie spitze Tore aufragten. Mit jedem Schritt wurde Farim bewusster, wie riesig das alles war und wie fremd die Formen wirkten. Am Rand der Kaimauer hielt er noch einmal inne, dann setzte er einen Fuß auf die Brücke.

Führung

Sofort traten mehrere Elbenmänner an die Reling und blickten ihm eisig entgegen. Farims Puls beschleunigte sich, sein Herz pochte so wild, dass er befürchtete, jeder im Umkreis von dreißig Fuß könnte es hören. Er blieb stehen. Die Körperhaltung der Elben war unmissverständlich. Niemand würde ohne Zustimmung an Bord gelangen. Hilfesuchend schaute Farim die Reling entlang. Was, wenn Zhinlohr nicht mitgekommen war? *Du bist jetzt der Händler. Denk an deinen Auftrag.* Aber was war sein Auftrag? Sein Kopf schien mit einem Mal wie leergesaugt. Ein Wasserschlauch, faltig zusammengeschnürt und ausgepresst.

Einer der Elben drehte sich um und winkte in Richtung Heck. Farim folgte seinem Blick und entdeckte einen hochgewachsenen Elb mit goldblondem Haar. Bei den Seelen – sein Freund war doch mitgekommen. Jetzt würde alles gut.

Zhinlohr winkte ihm zu und eilte herbei. Sein blauer Umhang bauschte sich in der Luft. Darunter trug er ähnlich körperbetonte Kleidung wie die anderen Elben. Sie konnten es sich leisten; Farim überlegte, wie schmächtig er selbst in so etwas aussähe.

Zhinlohr blieb zwei Schritte vor ihm stehen und legte eine Hand auf sein Herz. »*Yt Zhar ezh tuhn!*«

Friede sei mit dir. Das immerhin wusste Farim noch und konnte sogar auf Iljaitt antworten. »*E Jigu i Jylnuhn!*« *(Und Leben in uns!)*

»Freund Farim. Ich sehe, du hast nichts vergessen.« Zhinlohr schenkte ihm ein sanftes Lächeln. »Es freut mein Herz, dass wir uns wiedersehen. Ich hoffe, wir finden etwas Zeit füreinander. Ein Jahr ist lang und vieles mag geschehen sein.«

»D-das ist w-wahr. Ich w-weiß g-gar nicht ...«

Zhinlohr legte rasch einen Finger auf die Lippen und Farim verstummte. Na wunderbar, das fing ja gut an. Warum plapperte er einfach los? Plötzlich wurde ihm seltsam bewusst, wie viele Myzehrer am Kai standen und zu ihnen hinaufblickten. Der stotternde Händlersohn inmitten von fremdartigen Elben. Die Sensationslust der Menschen ärgerte ihn fast genauso wie sein eigenes Stottern. Dabei freute er sich so darauf, endlich wieder mit jemandem über seine Bilder sprechen zu können. Doch erst, als er Zhinlohrs Finger sah, erinnerte er sich an das, was sein Freund ihm im letzten Jahr erklärt hatte: tief durchatmen, auf das Hier und Jetzt besinnen, ruhig werden.

Zhinlohr legte ihm die Hände auf die Schultern und sah ihm in die Augen. »Ich sehe dich, mein Freund. Den, der du bist und der du sein kannst. Alles ist gut, denn unsere Seelen verstehen sich. Atme tief und gleichmäßig, hör auf dein Herz. Denn dort drinnen sind wir gleich. Alle.«

Farim spürte sofort, wie er ruhiger wurde. Er schaute in die strahlenden Augen, hellblau mit dunklem Rand, und fühlte sich verstanden, angenommen und respektiert.

»Danke, Freund Zhinlohr.« Er musste lächeln, als die Worte seinen Mund verließen, ohne zu stocken.

Der Elb trat einen Schritt zurück und schaute sich um. Farim folgte dem Blick: Die Menge zerstreute sich langsam. Einige blieben stehen, trauten sich näher an die Hafenkante und schenkten dem Schiff bewundernde Blicke. Andere standen in Grüppchen zusammen und starrten schmallippig zu den Elben herauf. Er wollte nicht wissen, was sie dachten oder befürchteten. Fremdenfeindlichkeit war ihm zuwider.

»Ungewohntes kann Unbehagen auslösen, wenn der Mut zur Ansprache fehlt.«

Anscheinend hatte Zhinlohr ihm seine Gedanken angesehen; Farim bemühte sich, weniger kritisch dreinzublicken.

»Allzu oft weicht die Mitfreude dem Neid und das Staunen der Angst. Manchmal ist es auch nur Unzufriedenheit, die Menschen wütend macht. Wut, die sich einfacher auf andere spiegeln lässt, als sie bei sich selbst zu ergründen.«

Farim nickte. Von der Seite hatte er das noch gar nicht betrachtet. Aber natürlich hatte jeder seine eigene Geschichte, die zu eigenen Gedanken und Handlungen führte.

»Keine Sorge, Freund Farim. Uns ist bewusst, dass es einen langen Atem braucht, um in der Fremde geschätzt zu werden.« Ein sanftes Lächeln und ein leichtes Zwinkern, dann ließ Zhinlohr seinen Blick noch einmal über den Kai wandern. »Lass dich nicht verunsichern. Menschen sind Menschen. Nur wenige können über ihre Schatten springen. Das ist hier nicht anders als in Gelder oder Akralahr.« Er wandte sich dem Deck zu und machte eine einladende Bewegung. »Lass mich dir das Schiff und unsere Waren zeigen. Du bist ohne deinen Vater gekommen, insofern denke ich, dass du ihn vertrittst, nicht wahr? Er ist hoffentlich wohlauf?«

»Es g-geht ihm gut«, beeilte sich Farim und verstummte sofort. *Ruhig bleiben, tief atmen und nicht stottern. Alles ist gut und im Herzen sind wir alle gleich.* Er startete einen neuen Versuch, langsamer diesmal. »Mein Vater hofft auf eine Audienz bei Hofe und wusste nicht, wie lange es dauern wird. Bis er wieder zurück ist, versuche ich, ihn zu vertreten.«

»Du versuchst es nicht nur, Freund Farim. Du tust es bereits!« Sein Elbenfreund nickte anerkennend und Farim straffte die Schultern. Ja, er war hier und vertrat seinen Vater – auch, wenn er das nie gewollt hatte. Aber hier auf dem Elbenschiff zu stehen und mit Zhinlohr sprechen zu können, war wunderbar. Mit einem Freund an der Seite ließ sich alles besser ertragen.

Die Reling aus der Nähe zu betrachten, mit ihren bunten Schnitzereien, die so lebensecht wirkten, war unvergleichlich. Auch die Aufbauten, die Laube des Vordecks und die Zugänge, die unter Deck führten, zeugten von unnachahmlicher Kunstfertigkeit. Wäre Farim mit seinem Freund allein gewesen, hätte er ihn mit Fragen zu den Formen und Figuren überschüttet. Doch die anderen Elben waren allgegenwärtig und taxierten ihn. Kühle Blicke, die er nicht einschätzen konnte. Ein besonders schlanker Elb, dessen rote Haare zu einem engen Zopf gebunden waren, hielt in seinem Tun inne, als sie an ihm vorbeigingen. Er straffte sich und reckte das Kinn, fast so, als wollte er Farim zeigen, dass er sich nicht mit niederen Menschenwesen abgeben würde.

Zhinlohr hielt an. »Freund Farim, darf ich dir Wehreng-Pronnjuhdor vorstellen? Zusammen mit unserer Schiffsführerin leitet er die Geschicke der ›Pazhmaarh‹ und ihrer Besatzung. Wehreng-Pronnjuhdor bekleidet den Rang eines Heermeisters. Keiner sonst vermag es so eindrucksvoll, die Disziplin an Bord eines so großen Schiffes aufrechtzuerhalten.«

Das Lob perlte an dem rothaarigen Elb ab wie Morgentau von einem Lotosblatt. Seine Miene blieb versteinert, doch die braunroten Augen funkelten wie dunkles Feuer und hatten etwas Lauerndes. Sie starrten mit einer solchen Intensität, dass Farim wegsehen musste. Womöglich gab es für manche Vorurteile doch Gründe.

»Freund Wehreng, dies ist Farim Peggelbohn, der Sohn unseres wichtigsten Handelspartners in Myxa.«

Farim wich dem Blick des Heermeisters aus und hatte plötzlich einen Kloß im Hals.

»*Yt Zhar ezh tuhn!*« Die dunkle Stimme des Elbs rollte wie eine Drohung über Farim hinweg.

Er schluckte. »*E J-jigu i J-jylnuhn!*« Da war es wieder, das Stottern. Lange hatte ihm Zhinlohrs Zuspruch nicht geholfen. Am liebsten wäre er direkt von Bord gegangen, aber er wollte weder den Freund noch seinen Vater enttäuschen.

»Eine fremde Sprache im Angesicht Fremder zu sprechen, fällt immer schwer. Die meisten von uns beherrschen jedoch die Menschensprache, als wäre es die eigene, mach dir keine Sorgen. Auch Freund Wehreng wird dir zu jeder Zeit verständlich antworten können.« Zhinlohr schaute den Rothaarigen aufmunternd an, doch der blieb still. »Er ist allerdings nicht der vielen Worte einer, wie du feststellen wirst. Nun gut, wir sollten weitergehen, dann kann ich dir die Waren zeigen.«

Farim nickte. Die Handelswaren anzusehen, würde ihm vielleicht helfen, sich auf das Wesentliche seines Hierseins zu konzentrieren und nicht auf die taxierenden Blicke der rothaarigen Elben zu achten.

Sie ließen den Heermeister stehen, Zhinlohr führte ihn weiter über das Deck. Ehrfürchtig sah Farim an den Masten hinauf. Der größte von ihnen ragte stolze fünfundfünfzig Fuß in den Himmel, berichtete Zhinlohr. Doch mehr als die Größe faszinierten Farim die Schnitzereien. Bildhafte Darstellungen verwoben sich mit Symbolen, die ihm völlig unbekannt waren.

»Der Hauptmast eines Schiffes trägt stets die Wünsche der Erbauer. Meist ist er nur einem der fünf Element gewidmet, in der Regel der Luft, denn sie ist Antrieb, Leben und Hoffnung.« Zhinlohr sah zum Mast empor, strich über die Schnitzereien, schaute dann Farim an. »Die ›Pazhmaarh‹ als größtes Schiff der Elben wurde dem Schutz aller Elemente empfohlen. Daher die Symbole für Wasser, Luft, Feuer, Erde und Holz.« Er lächelte. »Wenn alle Elemente beteiligt sind, ist Magie immer besonders wirkungsvoll. Sei es für den Mast eines Schiffes oder das Innere eines Elbenstifts.«

Farims Mund öffnete und schloss sich wieder. Die Macht aller fünf Elemente steckte in seinen Stiften? Er wusste, dass Magie in ihnen wirkte. Aber dass sie so besonders waren, hörte er heute zum ersten Mal. Hunderte Fragen schossen ihm durch den Kopf: Wie genau wirken diese Kräfte? Wie schaffte man es, dass die Magie in den Stiften blieb? Und welches Element war für welche Farbe verantwortlich?

Zhinlohr lachte. »Deine Stirn wellt sich wie Leinentücher auf bewegtem Wasser. Man sieht dir an, wie viele Fragen du hast. Doch wir gehen erst einmal zu den Handelsgütern, nicht wahr? Die Geschäfte haben auf diesem Schiff den Vorrang und wir wollen deinen Vater nicht enttäuschen.«

Nein, das wollte Farim nicht, obgleich es ihm schwerfiel, die vielen Fragen für sich zu behalten und sich wieder auf die Arbeit zu konzentrieren. Hoffentlich gäbe es später genug Zeit, um mit Zhinlohr über alles zu sprechen. Begeistert stiefelte er seinem Freund hinterher, der ihm im Vorbeigehen erklärte, welche Niedergänge wohin führten.

Dann endlich geleitete er ihn unter Deck zu den Lagerräumen. Die Treppen waren breiter und weniger steil, als Farim es von anderen Schiffen kannte. Das Holz der Stufen und Wände hatte einen rötlichen Schimmer und duftete nach

Veilchen mit einem Hauch von Mandel. Auch darin unterschied sich das Elbenschiff gravierend von den herkömmlichen Handelsschiffen. Eine weitere Treppe später, tief unten im Bauch der »Pazhmaarh«, öffnete Zhinlohr eine letzte Tür, um ihm die Waren zu zeigen, die das Haus Peggelbohn geordert hatte. Durch die offenen Ladeluken fiel von oben helles Licht auf Stoffballen, Körbe, Gewürze und stabile Fässer, in denen die Feuersteine lagerten. Sie konnten nur in Wasser transportiert werden, weil ihr Funkenschlag bei bewegter See sonst das Schiff in Brand setzen würde.

Farim war dankbar, dass sein elbischer Freund den unterzeichneten Auftrag zur Hand hatte. Gewissenhaft zählte er ihm alles vor und ließ die Waren nach oben auf den Kai befördern, wo Pollwig wahrscheinlich schon wartete. Er würde sich um den Transport kümmern und die Güter gewissenhaft verzeichnen, da war Farim sicher. Der Vorarbeiter war einer der langjährigsten Mitarbeiter.

»Dein Vater pflegt einen Blick auf die Dinge zu werfen, die wir überdies an Bord haben. Möchtest du das auch tun?«

»Sehr gern.« Farim nickte begierig und folgte Zhinlohr in den nächsten Laderaum.

Fässer verschiedenster Größe stapelten sich, fest verzurrt zur rechten und linken Seite. In der Mitte lagen fünf weiße Säulen mit rubinroter Maserung, die sofort Farims Blick fesselten. »Ist d-das etwa B-blutmarmor?« Auch wenn er noch nie welchen gesehen hatte, zweifelte er keinen Lidschlag lang daran. Die Säulen mussten ein Vermögen kosten.

»Du hast ein reiches Wissen, Freund Farim.« Zhinlohr nickte anerkennend. »Sie stammen aus dem Untergrund der waldigen Hügel westlich des Eskringebirges.«

»Es heißt, d-die rote Maserung stammt aus den b-blutigen Zeiten der Altvorderen. Stimmt das?«

Zhinlohrs Blick verdüsterte sich. »Das Blut der Drachtarh! Sinnlos vergossen, weil die Gier nach Macht und Reichtum ihnen ihren Lebensraum streitig machte.«

»D-dann gab es sie wirklich?« Farim traute seinen Ohren nicht. Er war so begeistert, dass er für einen Moment alles andere vergaß. »Ich würde alles darum geben, einen Drachtarh zu sehen.« Plötzlich war er wieder da, der verschollene Traum aus Kindertagen: einmal auf dem Rücken eines Drachtarh über die Welt fliegen.

»Das würde ich auch, fürwahr. Doch es wird ein Wunsch bleiben.« Zhinlohr zögerte, ehe er weitersprach. Als müsste er nach den passenden Worten suchen. »Der Flug der Seelenwächter, wie wir sie nannten, ist Vergangenheit. Seit Dekaden wurden keine Drachtarh mehr über dem Eskringebirge gesehen. Die mächtigsten Flugechsen, die die Welt je sah, sind dahin.« Er seufzte und drehte den Blutsäulen den Rücken zu.

»Das ist schade.« Farim kämpfte gegen die Enttäuschung an. »Weißt du mehr über sie? Waren sie so groß, wie ich sie mir vorstelle?« Auch wenn die Zeit der Drachtarh vorbei war – dass die Mär seiner Kindheit auf Wahrheit beruhte, machte ihn ganz kribbelig.

Zhinlohr lächelte sanft. »Ich kenne deine Vorstellungskraft nicht. Aber so viel kann ich sagen, die Drachtarh waren um einiges größer als Melbos. Mächtige Flugechsen, die ganze Kutschen davontragen konnten. Vor allem aber waren sie erhabene und kluge Wesen, die zuweilen enge Freundschaften mit anderen Arten eingingen. Oft waren Silbereulen ihre Begleiter, manchmal Winteradler. Selten fanden auch Elben und sogar Menschen ihre Freundschaft.«

»Es gab damals schon Menschen auf der Welt?«

Zhinlohr nickte. »Weniger als heute. Aber ja, es gab sie. Eine Menschenfrau spielte sogar eine besondere Rolle. Eine der letzten Drachtarh-Reiterinnen, doch das ist eine Geschichte, für die wir keine Zeit haben. Wir wollen lieber im Hier und Jetzt bleiben. Darf ich dir ein paar andere Dinge zeigen?« Zhinlohr wies auf die Rückwand des Lagerdecks.

Farim nickte, auch wenn er gern mehr über die Drachtarh erfahren hätte. Doch als sein Freund vorausging, folgte er ihm. Dann erst erkannte er die vergitterten Fächer, die sich an der Rückwand des Laderaumes bis oben unter den Lukenrand erstreckten. Sofort war seine Neugier wieder geweckt.

»Hier lagern wir Stückgut, von dem wir nur wenig einoder verkaufen. Es lässt sich in den Fächern besser und sicherer verwahren.«

Farim fielen erst jetzt die schweren Schlösser auf, mit denen manche Fächer gesichert waren. Diese Güter mussten wirklich wertvoll sein. Sein Blick fiel auf purpurne Stoffballen, Säcke aus weißem Leder und Kisten mit geheimnisvollen Symbolen. Er sah goldene Fässer und kunstvoll bemalte Amphoren. Aus einem offenen, mit Stroh gefüllten Kasten lugten kleine Flaschen heraus, die mit rotem Wachs versiegelt waren. Er trat näher heran, um das Wappen erkennen zu können.

»Heiltränke der Waldelben, die wir aus dem Bestand unserer Brüder und Schwestern in Nunahzhar bekommen haben. Sie sind unverkäuflich.«

»Und was ist verkäuflich?« Staunend ging Farim weiter und blieb vor einer kleinen edelsteinbesetzten Truhe stehen. Sie musste ein Vermögen wert sein. »Wie wunderbar! So was kann sich bestimmt nur ein Fürst oder König leisten.«

»Ich vermute, es gibt auch andere Menschen, die reich genug sind. Aber es ist vor allem der Inhalt, der diese Lade unbezahlbar macht.«

»Was könnte noch wertvoller sein, als die Edelsteintruhe selbst? Diamanten?« Farim wusste, dass Diamanten als mächtigste Magiespeicher galten und allein deshalb von ungeheurem Wert waren. Fenkorh trug einen an einem Ring.

»Noch wertvoller und wesentlich seltener. Schuppenkristalle aus dem Fell der Glanzklippenspringer.«

»Glanzklippenspringer?« Von solchen Tieren hatte Farim nie gehört. Immer drängender spürte er das Fernweh in seiner Brust pochen. Diese vielen Wunder der Welt selbst sehen und zeichnen zu können, musste wunderbar sein.

»Seltene Wesen, die an den Hängen des Kessels der Fruchtbarkeit leben. Sie nähren sich von den Mineralien des Gesteins. Ihre Haut sondert ein mineralisches Sekret ab. Dadurch nimmt ihr Fell stets die Farbe der Umgebung an. Je älter sie werden, desto mehr Sekret bildet sich und kristallisiert bei ausgewachsenen Tieren. Die ältesten Exemplare bilden ganze Körperpanzer aus und sind nahezu bewegungsunfähig.«

»Und diese Kristalle sind schöner als Diamanten und Edelsteine?«

Zhinlohr lachte. War die Frage denn so dumm?

»Entschuldige, Freund Farim. Ich lache nicht über dich. Aber Schönheit ist rein äußerlich. Für uns Elben zählt das Innere viel mehr.«

Leicht gesagt, wenn man zum schönen Volk gehört. Farim dachte an die ebenmäßigen Gesichtszüge und schlanken Körper der Elben, die er bisher gesehen hatte. Wirklich niemand von Ihnen war mager, dick, pickelig oder irgendwie unansehnlich gewesen.

»Den Schuppenkristallen wohnt eine einzigartige Magie inne, die uns etwas Fantastisches ermöglicht. Wenn man ...«

»*Rozhtahn!*«

Farim schrak zusammen, Zhinlohr verstummte sofort. Wie aus dem Nichts war Wehreng-Pronnjuhdor aufgetaucht.

»*Ezh labre yn atharutäe ferran e yl kjeronn zhenbrehl crobuzh pazh.*«

Farim hatte keinen Schimmer, was der rothaarige Elb gesagt hatte, aber seine Stimme klang äußerst zornig.

»*Zharmell-kuhn mellon Wehreng, jys ellkihr.*« Zhinlohr verbeugte sich tief; Farim verstand, dass es eine Entschuldigung war.

Der Heermeister nickte, bevor sein funkelnder Blick sich auf Farim richtete und er in Menschensprache fortfuhr: »Nicht alles auf der Welt ist für Menschen bestimmt. Sei es in dieser Truhe oder in anderen elbischen Gefäßen!« Sein gedehnter Akzent mit tief gerolltem r verlieh seiner Stimme etwas Bedrohliches. Wehreng reckte das Kinn, machte einen Schritt nach links und stellte sich vor einen Zugang, der Farim bisher nicht aufgefallen war. »Das gilt auch für diese Tür! Kein *kjeronn* hat dort etwas zu suchen!« Er wandte sich Zhinlohr zu. »Hier hört deine Führung auf. Du kannst ihm auf Deck erzählen, was es noch zu erwerben gibt.«

Abschied

Entschlossen fegte Wehreng-Pronnjuhdor davon und ließ sie schweigend zurück. Es brauchte einen Moment, bis Farims Herzschlag sich wieder beruhigt hatte, und es schien, als ginge es Zhinlohr ähnlich. Der Heermeister mochte seine Gründe haben, doch das entschuldigte nicht sein harsches Auftreten.

»Vielleicht war es für heute tatsächlich genug der Führung«, presste Zhinlohr hervor. »Lass uns auf Deck gehen. Wir wollen die Geduld des Heermeisters nicht herausfordern.«

Als sie an der Reling standen, sah Farim, dass sich Pollwig bereits mit drei Helfern um die Waren kümmerte und sie auf Karren verlud. Zhinlohr nahm das zum Anlass, ihn auf den Kai zu begleiten.

»Ich denke, du wirst den Transport eurer Güter begleiten, so wie dein Vater es zu tun pflegt. Für mich gibt es auch einiges zu erledigen, bevor wir morgen wieder auslaufen.«

Die Aussage erwischte Farim eiskalt. Als hätte ihm jemand einen Eimer Eiswasser über den Kopf gegossen. »Aber w-wir s-sehen uns doch noch, oder?« Der Gedanke, Zhinlohr bereits wieder verabschieden zu müssen, ehe sie etwas Zeit verbringen konnten, machte seine Brust eng. Gerade erst hatten sie sich wiedergesehen, er hatte ihm noch nicht einmal die Bilder gezeigt. Das durfte es nicht gewesen sein.

Zhinlohr legte ihm eine Hand auf die Schulter. »Mein letzter Termin führt mich heute ins Gasthaus ›Zum silbernen Krug‹. Ich habe ein paar besondere Gewürze für Pruschka Küchling, die ich ihr persönlich bringen möchte. Vielleicht probiert sie sie gleich aus. Was meinst du: Hättest du Lust auf Kelbarknollen mit elbischen Gewürzen?«

Farim nickte eifrig. Die Kochkunst der Küchling genießen zu dürfen und dabei Zeit mit Zhinlohr zu verbringen, war die beste Aussicht seit Langem. Wäre sein Mund breiter gewesen, hätte er im Kreis gegrinst.

Auf dem Weg zum Lagerhaus dachte Farim an Drachtarh, Silbereulen und Glanzklippenspringer, magische Kristalle und Elementemagie in Elbenstiften – es gab so viele fantastische Dinge in der Welt zu entdecken. Er freute sich auf das abendliche Treffen mit Zhinlohr, aber es lenkte ihn von seiner eigentlichen Arbeit ab, er hatte Mühe, sich zu konzentrieren.

Im Lager packte er ordentlich mit an und half, alles zu verstauen. Pollwig gab Anweisungen, die er nur noch auszuführen brauchte. Der eine war froh, unerwartete Hilfe zu bekommen, der andere, dass er nicht nachdenken musste, was zu tun war. Aber natürlich dauerte das nicht ewig, nachdem alles verstaut war, ging Farim zurück ins Kontor. Erst am Schreibpult seines Vaters fiel ihm ein, dass er noch einen Auftrag bekommen hatte. Doch er konnte sich nicht mehr erinnern. Wo mochte nur die Liste sein? Er hatte sie in der Hand gehalten, das wusste er.

»Meister Farim! Schnell!« Der Ruf von Matten Schenker schrillte durch den Türspalt und Farim stürzte zur Tür. »Was ist passiert?«

Als er in die Schreibstube kam, brauchte es keine Antwort mehr. Matten hockte auf dem Boden, neben sich den alten Gernhold, röchelnd mit blutverschmiertem Gesicht. Sein Blick war seltsam leer und mit jedem Husten quoll blutiger Schaum aus dem Mund. Hilflos sah Matten Schenker auf und rang die Hände. »Er hat plötzlich Blut gespuckt und ist einfach umgefallen. Was sollen wir nur tun?«

In Farims Bauch krampfte sich alles zusammen und es dauerte, bis er die Frage des jungen Buchhalters überhaupt verstand. Was tun? Ja, was nur? Gernhold Sperber würde sterben. Hilflos blickte er hin und her, beugte sich vor, nestelte ein Nasentuch aus seiner Tasche und reichte es Matten. »Abw-wischen.« Wenn doch nur sein Vater da wäre. Der würde nicht stottern, sondern wüsste, was zu tun wäre. Sie brauchten Hilfe, aber außer den Redwasser-Zwillingen ... Die Zwillingsschwestern – natürlich! Er rannte zur Tür, riss sie auf, stürzte in den Verkaufsraum und stolperte in einen Stapel Kästen, der polternd zu Boden fiel. Sofort hatte er die Aufmerksamkeit auf sich gelenkt. Hilja, Dulja und zwei Kundinnen starrten ihn aus großen Augen an.

Farim wurde heiß, doch er kämpfte die Angst nieder. »Einen Heiler! W-wir b-brauchen einen Heiler!« Seine Stimme klang grell in seinen Ohren, aber es war ihm egal. Auch das Stottern war ihm egal. Gernhold brauchte Hilfe, vielleicht war es ja noch nicht zu spät. »Schn-nell!«

Endlich drehte sich eine der Kundinnen um und rannte los. »Ich hole einen!«

»Hilja, k-komm! Dulja, W-wasser und T-Tücher!« War das sinnvoll? Farim wusste es nicht, aber er hatte die Magd des Nachbarn das Gleiche rufen hören, als die Herrin des Hauses niederkam. Und Gernhold spie Blut. Ihm musste geholfen werden. Unschlüssig stand er zwischen den umgeworfenen Kisten, während Hilja schon an ihm vorbeieilte.

Die Ladentür fiel laut krachend ins Schloss. Hätte er selbst den Heiler holen müssen? Was hätte sein Vater gemacht? Ruhe und Entschlossenheit ausgestrahlt, natürlich. Leichter gesagt, als getan. Vater wäre bei Gernhold geblieben und hätte alle anderen angetrieben, das Richtige zu tun. So, wie er selbst immer das Richtige tat, oder zumindest nicht daran zweifelte.

Ohnmacht und Wut rangen in Farim und verdammten ihn zur Unentschlossenheit. Als Dulja mit Tüchern und einer Kanne Wasser herbeikam, löste er sich endlich aus seiner Starre und lief mit ihr zurück. Er durfte nicht abseits stehen. Nicht, wenn es um den alten Sperber ging. Den guten Geist des Handelshauses, wie Farims Mutter ihn stets genannt hatte. Den Mann, der ihm immer geholfen hatte.

Hilja und Matten hatten Gernholds Oberkörper etwas aufgerichtet. Als Dulja kam, räumte der junge Schenker das Feld und stellte sich neben sein Schreibpult. Unruhig knetete er den Stoff seines Hemdes, als ginge es darum, dem Leinen die nötige Hilfe abzutrotzen. *Er weiß auch nicht, was wir machen sollen.* Immerhin schienen die Redwasser-Zwillinge alles im Griff zu haben. Die beiden waren unerschütterlich. Sie hatten dem Alten das Gesicht gesäubert und den Kragen geöffnet.

»Ein Blutsturz«, sagte Hilja.

»Das denke ich auch«, antwortete Dulja. »Es scheint aber kein frisches Blut nachzukommen.«

»Luft holen, Gernhold! Luft holen, husten, Luft holen! Wir sind alle bei dir.«

Der Atem des Alten rasselte, immer noch troff mit jedem Keuchen rosa verfärbtes Sekret aus seinem Mund. Dulja wischte es weg.

»Er muss ins Gesundhaus!« Hilja schaute Farim an. Er nickte. Wo blieb denn bloß der Heiler?

»Kommt noch Hilfe?« Mattens Frage war so leise, dass er sie zuerst gar nicht gehört hatte. »Meister Farim?«

Wieder wurde ihm seine Hilflosigkeit bewusst. »Ja«, sagte er und stand weiter nur untätig herum. So wie er an Mutters Bett gestanden und zugesehen hatte, wie sie starb. Aber diesmal war er erwachsen. Er durfte nicht ratlos danebenstehen. »Schau, ob d-der Heiler k-kommt. Er s-soll sich b-beeilen.«

Matten nickte und eilte sofort los, während Farim sich wieder Gernhold zuwandte. Das Gesicht des alten Sperber war aschgrau, die Wangen wirkten seltsam eingefallen. Die vielen Falten, die ihm stets einen etwas heiteren Ausdruck von Gutmütigkeit verliehen hatten, ließen ihn plötzlich uralt wirken.

Farim kniete sich zu ihm und nahm seine Hand. Er wollte ihm zumindest zeigen, dass er da war. Wenn er sonst schon nichts tun konnte. Gernhold sollte wissen, dass er nicht allein war. »Wir k-kümmern uns um dich. Halte d-durch, hörst du?« Für einen kurzen Moment klärte sich der Blick des Alten, seine Hand drückte die von Farim. Dann wurde sie schlaff und Gernholds Augen fielen zu.

»O nein!« Dulja schlug sich die Hand vor den Mund.

»Abhusten! Du musst husten, damit deine Brust frei wird und du Luft bekommst.« Hiljas Stimme klang drängend. Sie mühte sich, den Alten weiter aufzurichten.

Dulja klopfte ihm sanft auf den Rücken, wieder hustete Gernhold rosafarbenes Sekret aus. Er röchelte, stöhnte noch einmal, dann war es plötzlich still. Die Redwasser-Zwillinge schauten sich hilflos an.

»N-nein. Er m-muss Luft holen.« Farim drängte Hilja zur Seite und mühte sich, den Oberkörper des Alten weiter nach vorn zu beugen. Er klopfte ihm auf den Rücken. »B-bitte, du m-musst gesund werden.«

Ein giemendes Stöhnen, wieder troff Sekret aus Gernholds Mund. Dann Stille. Kein Husten, kein Rasseln.

»Bei den Seelen.« Eine Träne lief über Hiljas Gesicht. »Es ist vorbei.« Sie schaute ihn kopfschüttelnd an.

»Nein, n-nicht sterben!« Farim fasste den Alten fester. Er wollte ihn nach Hause schicken. Wieso hatte er nicht dafür gesorgt, dass Gernhold sich hinlegte und ausruhte?

»Atharpazh segne seine Seele.« Hilja erhob sich.

Farim starrte sie fassungslos an. Sie konnten doch nicht aufgeben. Wieder und wieder klopfte er dem Alten auf den Rücken. »L-Luft holen.«

Hilja legte ihm eine Hand auf die Schulter und schüttelte den Kopf. »Er ist tot, Meister Farim.«

Dulja begann zu weinen. »Unser lieber Gernhold. Ich kann es gar nicht glauben.« Sie wischte sich die Augen und stand ebenfalls auf.

Farim schaute die beiden kopfschüttelnd an und zog den Alten auf seinen Schoß. Er konnte ihn nicht gehen lassen. »Mein F-freund«, flüsterte er und wog ihn wie ein schlafendes Kind. *Ich brauche dich doch.* Er begann zu weinen.

Später konnte er nicht sagen, was im Einzelnen geschehen war. Matten war mit dem Heiler gekommen, das wusste er noch, doch der hatte nichts mehr tun können. Irgendjemand hatte nach Pollwig geschickt. War Farim das selbst gewesen oder hatten die Zwillinge daran gedacht? Der Vorarbeiter hatte einen Karren geholt und Matten hatte Decken aus dem Laden darauf ausgebreitet. Sie hatten Gernhold nach Hause gebracht. Vielleicht hätte Farim mitgehen sollen, doch er hatte keine Kraft gefunden. Später hatte er alle fortgeschickt und den Laden schon vor der Zeit geschlossen. Die Arbeit wäre auch morgen noch da; die tintenschwarze Welt würde irgendwann wieder heller.

Farim saß am Schreibpult des alten Sperber und sah auf das Stundenglas. Gleich könnte er den letzten Strich machen. Neben dem, den er vor einer knappen Stunde gemacht hatte, und denen von Gernhold. Gerade Linien, die nicht ahnen ließen, dass es keine weitere von ihm geben würde.

Lautlos rieselte der helle Quarzsand von einem Kolben in den anderen. Und mit jedem Kieselchen zog das Leben vorbei. Verrann wie Wasser aus einem gesprungenen Krug. Versank in der Vergangenheit und konnte niemals wieder zurückgeholt werden. Was hatte Gernhold immer gesagt? »Es ist wichtig, dass man gern tut, was man tut.« Mit dem Sand, den Farim durchs Stundenglas fallen sah, verstand er es besser als je zuvor. *Unsere Taten von heute sollten uns schon morgen wertvolle Erinnerungen sein.*

Er stutzte ob dieses Gedankens, der so leicht dahergekommen war und doch etwas Tiefes in sich hatte. Rasch nahm er ein Blatt und schrieb ihn auf. Er dachte einen Moment nach und notierte noch einen weiteren darunter. »Wir sollten unsere Zeit so gestalten, dass wir auch dann Kraft aus ihr schöpfen können, wenn sie vergangen ist.«

Genau das will ich lernen. Er spürte, wie der Schatten der Trauer lichter wurde und tröstender Melancholie Platz machte. Wie sich dunkles Indigo in helleres Purpurblau färbte. Er trocknete die Tinte, stand auf und steckte das Pergament unter das Tintenfläschchen auf seinem Arbeitspult. Dann ging er zum Stundenglas hinüber, nahm ein Stück Kreide und zog den neunten Strich. Es war Zeit, klar Schiff zu machen; hier zu sitzen und auf die Tafel zu starren, würde ihm sicher keine wertvollen Erinnerungen bescheren.

Farim sah auf das zuoberst liegende Pergament Gernholds, überprüfte die Eintragungen und ergänzte sie um die fehlenden Zeilen. Dann teilte er den Arbeitsstapel auf, legte einen Teil auf das Pult von Matten Schenker und den anderen auf sein eigenes. Darum könnte er sich morgen kümmern. Jetzt musste er erst einmal dringend den Wareneingang ins Handelsbuch des Kontors eintragen. Er ging in den Arbeitsraum seines Vaters hinüber. Wenn Lagerbestand und Bücher nicht übereinstimmten, würde er ungehalten. Farim trat ans Regal, suchte das Buch heraus und setzte sich damit an den Katheder. Er war eben im Begriff, die Schreibfeder in die Tinte zu tauchen, als sich die Tür zur Schreibstube öffnete. Er erkannte die forschen Schritte seines Vaters, ehe er ihn durch die bleiverglasten Fenster sah. Farim schaute aufs Buch, die leere Zeile, die er füllen wollte.

»Wieso brennen die Öllampen in der Schreibstube noch?« Sein Vater war noch nicht einmal im Raum, als er schon mit den ersten Vorhaltungen begann. »Ein ganzer Tag im Schloss, ohne den König auch nur gesehen zu haben.« Er schmiss seine Sachen auf die Truhe. »Immerhin ist mein Sohn noch fleißig. Das Elbenschiff ist angekommen, wie ich gesehen habe. Hast du dich darum gekümmert?«

Farim nickte. Seine Hand zitterte, er legte die Schreibfeder wieder zur Seite. »Ich m-muss ...«

»Noch arbeiten, das sehe ich. Zeig mal her, ob heute alles dabei war.«

... dir etwas sagen, beendete Farim den Satz in Gedanken. Er dachte an Gernhold, spürte den Schatten der Trauer zurückkehren, der seine Hilflosigkeit erneut anfachen würde.

Sein Vater starrte ins Handelsbuch, blätterte zurück und wieder vor. »Was soll das? Du hast noch nichts eingetragen? Haben die Elben unsere Waren nicht mitgebracht?«

»V-Vater, ich ...«

»Komm mir jetzt nicht mit Ausflüchten. Reicht es nicht, dass ich einen ganzen Tag vertan habe?« Er zog den Geldbeutel aus seiner rechten Hosentasche und fingerte einen Schlüssel aus der linken.

Farim starrte erst auf den Schlüssel und dann auf die Werttruhe. Hatte er ...?

Sein Vater versuchte, sie aufzuschließen, doch sie war schon offen. »Warum ist die Truhe nicht verschlossen? Was hast du darin gesucht? Was ist passiert?«

Ein funkelnder Blick, der Farim weiter in die Enge trieb und Antworten forderte. Er wusste, dass er etwas sagen musste, damit er es nicht schlimmer machte, als es ohnehin schon war. In Gedanken sah er den blutigen Schaum auf Gernholds Lippen und seinen leeren Blick. Er spürte noch einmal die Hand des Alten, wie sie ein letztes Mal zudrückte. Nichts konnte schlimmer sein, als das.

»G-gernhold ist tot.«

Verlust

Sein Vater funkelte ihn noch immer an. Und dann, ganz langsam, als würde die Nachricht nur Buchstabe für Buchstabe bei ihm ankommen, erlosch das Funkeln. Sein Mund öffnete sich und verzerrte die Mimik zu einer seltsamen Mischung aus Angst und Abscheu. Farim glaubte, zu erkennen, dass Bestürzung und Zweifel mit der beherrschten Selbstsicherheit seines Vaters rangen.

»Wie meinst du das? Gernhold Sperber ist nicht tot.«

»Er ist z-zusammengeb-brochen. Hat B-blut gesp-puckt.«

»Hier? In der Schreibstube?«

Wo sonst, hätte Farim am liebsten gefragt. Sein ganzes Leben hatte doch nur hier stattgefunden. Und warum war das überhaupt wichtig? Er war tot. Weder Fragen noch Antworten konnten an dieser Nachricht etwas ändern.

»Hast du ihn denn nicht früher nach Hause geschickt? Er sollte sich doch auskurieren!« Das Funkeln in den Augen loderte erneut auf. Farim wusste in diesem Moment, dass sein Vater sich keine Trauer gestatten würde. Wie er sie sich schon bei Mutters Tod nicht gestattet hatte.

»Er w-wollte ...«

»Stottere nicht herum. Du hast unseren alten Gernhold die ganze Arbeit machen lassen, während du bei diesem Elben warst. Ist es nicht so?« Er griff nach dem Handelsbuch, hob es hoch und knallte es zurück auf das Schreibpult. »Hast du heute überhaupt etwas richtig gemacht?«

Farim spürte, wie sein Blut in die Beine sackte, und hielt sich fest. Wahrscheinlich meinte sein Vater nicht nur ihn, sondern war ebenso wütend auf sich selbst, weil er seine Zeit unnütz bei Hofe vertan hatte. Doch das war nur ein schwacher Trost und nicht die ganze Wahrheit, denn Farim hörte auch die Enttäuschung heraus, an der er schuld war. Er hätte darauf bestehen müssen, dass Gernhold nach Hause ginge. Aber wäre er dann wirklich noch am Leben? Oder vielleicht ganz allein gestorben, ohne, dass jemand ihm die Hand gehalten hätte?

»Einen Tag nur solltest du mich vertreten.« Die Stimme seines Vaters wurde brüchig. »Einen lumpigen Tag lang.«

Farims Blick fiel auf die unverschlossene Werttruhe und das Handelsbuch. Er musste an den Laden denken, den er zu spät geöffnet hatte, und an Gernhold, der ihn erinnert hatte. Der schon morgens zur Stelle gewesen war und Farim im Turmzimmer gerufen hatte, weil er die Zeit vertrödelt hatte. Jetzt war er tot – einfach so.

Sein Vater wandte sich ab, doch sein Gesicht spiegelte sich in den bleigefassten Fenstern zur Schreibstube. Große Augen, die versuchten, das Unfassbare zu verdrängen, die nach einer Erklärung suchten, um sich der Trauer nicht hingeben zu müssen. »Eine Audienz beim König«, raunte er. »Vertane Zeit. Und das alles nur wegen der Elben.«

Nein, dachte Farim besorgt. Der Besuch beim König war Gluhnbars Idee gewesen. Aber darum ging es doch gar nicht.

In diesem Moment drehte sein Vater sich um. »Du wirst das Elbenschiff nicht wieder betreten, hast du verstanden?«

Farims Herz setzte einen Schlag aus. Das Schiff nicht mehr betreten? Aber wieso nicht?

»Du bist nicht standhaft genug, um ihren Verlockungen zu widerstehen. Sie stehlen dir Zeit, die dann andere aufwenden müssen, um deine Arbeit zu machen.«

Kälte griff nach Farims Herz, als er zu verstehen glaubte, was sich hinter den Worten verbarg. Er hatte Mühe, die Tränen zurückzuhalten. Wenn er fleißiger gearbeitet hätte, wäre Gernhold nicht krank geworden – und noch am Leben.

»Die Freiheit, die ich dir eingeräumt habe, hat dir nicht gut getan. Das muss ein Ende haben.«

Welche Freiheit? Vielleicht hätte Farim schneller arbeiten können, mit mehr Konzentration bestimmt, doch er war Tag für Tag hier gewesen. Vom Morgen bis zum Abend.

»Deshalb verbiete ich dir, dich mit deinem Elbenfreund zu treffen. Ein für alle Mal! Das alles hat mit diesen vermaledeiten Stiften angefangen.« Plötzlich hielt sein Vater inne, drehte den Kopf zur Tür. »Wo sind sie?«

Farim überkam ein ungutes Gefühl. Instinktiv sah er zur Hintertür der Schreibstube. Sein Vater würde nicht ...

»Im Turmzimmer. Hätte ich mir denken können.« Mit schnellen Schritten eilte sein Vater in den Flur.

Einen Augenblick lang war Farim wie erstarrt, dann hastete er hinterher, bemüht, an seinem Vater vorbeizukommen, um ihn aufzuhalten. Doch der stieß ihn grob zur Seite und lief mit ausholenden Schritten in Richtung Turmzimmer.

»N-nein, nicht!« Farim versuchte, ihn festzuhalten, aber sein Vater schüttelte ihn ab wie eine lästige Fliege.

In Farims Kopf überschlugen sich die Gedanken. Die Bilder und die Elbenstifte – alles lag offen herum. Hätte er sie am Morgen doch nur mitgenommen oder irgendwo versteckt.

Im Turmzimmer angekommen, riss Korthard Peggelbohn die Tür auf, stob auf den Sekretär zu und hatte die Stifte in der Hand, ehe Farim sie erreichen konnte.

»Da haben wir die Keimzellen des Übels!« Er packte sie mit beiden Händen, die Wut sprühte förmlich aus seinen Augen.

»D-die Stifte k-können n-nichts daf-für!« Farim hasste sich für sein Stottern. Er starrte auf die Elbenstifte, die Hände seines Vaters, die vor Aufregung bebten, das wütende Gesicht. Hilflos schüttelte er den Kopf. *Bitte nicht!* Die Stifte waren sein Ein und Alles, halfen ihm, so viel mehr auszudrücken, als er mit Worten vermocht hätte. Sie waren seine Stimme, sein Herz.

»Ich habe mir das lange genug angesehen. Mein Sohn sollte ein Vorbild sein. Stattdessen malt er sinnlose Bilder, während unsere Schreiber, Packer und Fuhrleute schuften.«

Die Knöchel seines Vaters waren weiß vor Anspannung. Farim wollte schreien, ihm die Stifte aus den Händen schlagen, doch er war wie gelähmt. *Bitte nicht!*

»Ich hätte wissen müssen, dass aus der Freundschaft mit diesem Elb nichts Gutes erwächst. Malen und zeichnen ist brotlose Kunst. Das hört jetzt auf!«

»Neiiiiiiin!«

Die Stäbe knackten, als sein Vater sie über dem Knie zerbrach. Ein leises Geräusch nur, das doch ein ganzes Leben zusammenstürzen ließ und Farim Tränen in die Augen trieb.

»Heul nicht!« Achtlos ließ sein Vater die Hölzer fallen. »Ab heute wirst du so hart arbeiten wie alle anderen. Bis du verstanden hast, dass einem im Leben nichts geschenkt wird.«

Farim rang um Fassung, doch die Tränen liefen haltlos über seine Wangen. Sein Blick heftete sich auf die dünne Spur silbergrauen Staubs, der aus den Bruchstücken rieselte wie der Sand aus Gernholds Stundenglas. Mit ihm schwand die Magie, verdampfte in die Luft, das wertvolle Pulver nutzlos zurücklassend. Farim stürzte zu Boden, versuchte, mit den Händen die Reste der Substanz zusammenzukehren.

Doch sein Vater stieß ihn mit dem Fuß zurück. »Wage es nicht! Ich bin dein Vater und du bist mir Respekt schuldig.«

Respekt? Er sah zu dem alten Mann auf, dessen Gesicht rot glänzte, Zornesfalten zwischen den Brauen. War das derselbe, der ihm heute früh das Kontor anvertraut hatte? Wieder fiel Farims Blick auf die Bruchstücke der Elbenstifte. Zerbrochenes Holz und eine Handvoll Staub hinter Schleiern aus Tränen. Seine Lippen bebten, er vergrub das Gesicht in den Händen.

»Reiß dich zusammen! Oder habe ich am Ende einen Schwächling großgezogen? Wolltest du nicht immer Herr dieses Hauses werden? Ich erkenne dich nicht wieder.«

Farim hörte, wie sein Vater ausspie.

»Ich wünsche mir den Jungen zurück, der bei jedem Schiff, das im Hafen festmachte, hinter mir herlief, begierig darauf, die Kunst des Handels zu lernen.«

Fast hätte Farim lachen mögen. Sein Vater hatte nichts verstanden. Hatte seine Neugier auf die Geschichten der Seeleute falsch gedeutet, seinen Wissensdurst über ferne Länder mit Handelseifer verwechselt. Womöglich hatte er auch die Bereitschaft zu Botengängen als Fleiß missdeutet. Dabei war es Farim immer nur darum gegangen, aus dem Gefängnis der Schreibstube auszubrechen. Dem Ruß der Öllampen zu entgehen, den stumpfsinnigen Rechen- und Schreibarbeiten zu entkommen.

»Steh endlich auf!« Der Alte zog ihn auf die Beine. »Wisch dir die Tränen aus dem Gesicht.« Er reichte ihm ein Tuch.

Farim nahm es. Er fühlte sich wie betäubt, konnte einfach nicht fassen, was geschehen war.

»Du hast eine Nacht, um zur Besinnung zu kommen. Ab morgen wird gearbeitet, und zwar von Sonnenaufgang bis Sonnenuntergang. So wie ich es mache!« Sein Vater schob ihn aus dem Turmzimmer auf die Wendeltreppe.

Farim ließ es geschehen und stieg die ersten Stufen hinab. Dann hörte er, wie der Schlüssel sich im Türschloss drehte und abgezogen wurde. Erschrocken sah er sich um. »W-warum schließt d-du ab?« Außer ihm nutzte doch niemand das Zimmer. Deshalb hatte Farim es auch als Rückzugsort gewählt. Das einzige im Haus, das sein Vater nie betrat – dem er nicht einmal in die Nähe kam – bis heute.

»Mein Haus, mein Recht, meine Regeln. Du nutzt den Raum ab jetzt jedenfalls nicht mehr.«

Farim hatte das Gefühl, ein eiserner Reif umklammerte seine Brust und raubte ihm die Luft zum Atmen. Er glaubte, ersticken zu müssen, wenn er auch nur einen Moment länger hierbliebe. Er machte den ersten Schritt, eine Treppenstufe nach unten, ohne sich umzudrehen, dann den zweiten, den dritten ... und plötzlich hastete er die Treppe hinunter. Er musste hier raus – sofort!

»Ich sehe dich morgen bei Sonnenaufgang. Und wage es nicht, mich erneut zu enttäuschen!«

Die Stimme seines Vaters hallte ihm hinterher, doch er lief weiter. Hinab ins Erdgeschoss, zur Gesindetür und hinaus auf den Kai. Die salzige Luft des Hafens schlug ihm kalt entgegen. Der Geruch nach Fisch und Teer, die Rufe der Schiffsbesatzungen, die Stimmen der Menschen auf den Straßen krachten wie Wellen im Sturm über ihm zusammen.

Was konnte er nur tun? Sein Blick fiel durch milchiges Fensterglas in die Schreibstube, wo noch immer die Öllampen brannten. Dort sollte seine Zukunft sein? Von Sonnenaufgang bis Sonnenuntergang im Zwielicht der rußenden Kerzen? Freudlos, gebeugt und bleich wie ein Leichentuch. Sein Leben würde verblassen, ehe er davon gekostet hätte. Und am Ende stünde der Tod. So wie bei Gernhold. Nein, er konnte nicht hierbleiben. Hastig stürzte er durch das Torhaus. Zwei Frauen standen im Weg, er versuchte auszuweichen, streifte eine an der Schulter. Etwas fiel, sie schrie, doch Farim lief weiter. Er musste hier weg, brauchte Zeit, um zu überlegen, was er tun konnte.

»Das muss dein Vater ersetzen, Peggelbohn!«, hörte er sie schimpfen. »Ich habe eine Zeugin.«

Es war ihm egal. Alles war ihm egal! Sein Zeichenraum war versperrt, die Elbenstifte zerbrochen. Wie sollte er es Zhinlohr nur erklären? Farim lief schneller. Wandte sich nach links, nach rechts, rannte durch breite Straßen und schmale Gassen. Mit jedem Schritt, den er sich vom Hafen entfernte, hatte er das Gefühl, dass seine Gedanken klarer wurden. Er hatte die magischen Stifte aus Erellgorh nicht bekommen, weil er der Sohn eines erfolgreichen Händlers war, sondern weil Zhinlohr etwas Gutes in ihm gesehen hatte. Er hatte Farim in die Augen geblickt und in seiner Seele gelesen wie in einem offenen Buch. Wenn jemand helfen konnte, war er es.

Atemlos blieb Farim stehen und sah sich um. Er hätte direkt zum Elbenschiff laufen sollen. Dann fiel ihm ein, dass sie sich in der Schänke »Zum silbernen Krug« treffen wollten. Vielleicht wäre Zhinlohr noch da. Er musste es einfach versuchen!

Fenkorh

»Peggelbohn?«

Farim schaute sich um und sah Fenkorh Gluhnbar auf sich zukommen. Ausgerechnet jetzt.

»Was treibt dich hierher? Ich kann mich nicht erinnern, wann ich dich das letzte Mal hier gesehen habe.« Der hochgewachsene Mann klopfte ihm auf die Schulter.

Farim versuchte, die Begrüßung freundlich zu erwidern. »Hallo F-fenk-korh«, stammelte er und überlegte, ob er ihm sein Herz ausschütten sollte. Dürfte er dem jungen Magisternovizen das überhaupt anvertrauen? Im Grunde waren sie so verschieden, wie man nur sein konnte.

»Stimmt was nicht?«

»W-wieso?«

»Du guckst wie ein begossener Wüstenhund.« Fenkorh legte ihm einen Arm auf die Schulter und zog ihn mit sich. »Komm. Der Zufall will es, dass ich mir gerade einen Becher Wein bei Pruschka Küchling gönnen wollte. Ich lade dich ein.«

Die Schänke »Zum silbernen Krug«. Farim seufzte. »D-das musst du n-nicht.« Es war ein halbherziger Versuch, weil sie sowieso den gleichen Weg hatten. Ausflüchte brächten ihn nicht weiter. Zu dumm. Ausgerechnet Fenkorh an den Hacken zu haben, wenn er sich mit Zhinlohr treffen wollte, war alles andere als erfreulich.

»Stimmt. Aber ich feiere nun mal nicht gerne allein! Was ist denn? Nun komm schon.«

»N-nein. Mir ist n-nicht ...«

»Nicht nach Feiern zumute? Das sehe ich. Aber jetzt geht es erst mal um mich. Vielleicht bringt es dich auf andere Gedanken. Später kannst du mir dann von deinem Kummer erzählen. Ich werde schon nicht vor Langeweile einschlafen.«

»Ich w-weiß nicht, w-wa...«

»Was ich feiern will?«

Farim schüttelte den Kopf. Eigentlich hatte er fragen wollen, warum er sich nicht jemand anderen suchte. Aber der Novize hatte so wenig Geduld wie die meisten Menschen und vervollständigte Sätze, bevor sie zu Ende gestottert waren.

»Ich verlasse Myxa, endgültig!« Fenkorh lachte und machte eine ausholende Bewegung. »Schon in wenigen Tagen lasse ich das alles hinter mir. Wenn das kein Grund zum Feiern ist, weiß ich auch nicht.« Er drängte ihn weiter, Farim gab nach.

Plötzlich hingen seine Gedanken an der Neuigkeit des Freundes fest. Der Magisternovize verließ die Stadt – für immer. Dabei war er kaum älter. Vielleicht neunzehn Winter, wenn es hochkam, zwanzig. Er hatte im vergangenen Jahr schon einmal eine Reise zur Elbenstadt Jozh-Yrdazh unternommen, das wusste Farim. Der Orden hatte es Fenkorh ermöglicht, damit er mehr über die Elementemagie der Elben lernen konnte. Wie neidisch Farim gewesen war, als er Magister Gluhnbar mit seinem Vater darüber hatte sprechen hören. Und jetzt, nur einen Winter später, würde der Novize Myxa sogar für immer verlassen?

»W-wohin?«, fragte Farim und spürte, wie ein kleiner Hoffnungsfunke in ihm aufblitzte. Der Heimatstadt den Rücken zu kehren und das Leben endlich in die eigenen Hände zu nehmen, sich nicht weiter vom Vater in die Knechtschaft des Erbes zwingen zu lassen, das waren verlockende Gedanken. Doch traute er selbst sich das zu? Alleine? Wohl eher nicht. Ihm fehlte die Erfahrung, allein auf Reisen zu sein, mochte der Wunsch noch so groß sein, allem zu entfliehen.

»Zum silbernen Krug«, antwortete Fenkorh lachend. »Das sagte ich doch!«

Zum silbernen Krug? Farim stutzte kurz, ehe er begriff, dass er erneut falsch verstanden worden war. Er seufzte. *So ist das eben, wenn man keine ganzen Sätze rausbringen kann.*

»Die Schänke ist nur zwei Ecken weiter«, fuhr Fenkorh fort. »Und sie machen dort einen fabelhaften Würzwein. Den besten in ganz Myzehren, heißt es.«

Würzwein! Das war sogar für Farim eine Verlockung. Er hatte nie Gelegenheit gehabt, dieses kostspielige Getränk zu probieren. Außerdem schätzte sein Vater keinen Alkohol.

Sein Vater. Je älter er wurde, desto wichtiger war es ihm, den Sohn als Nachfolger einzuarbeiten. Aber damit war jetzt Schluss. Farim wollte das nicht. Erst recht nicht nach dem, was heute geschehen war. Entschlossener als noch vor wenigen Augenblicken folgte er Fenkorh. Die Aussicht, das teure Heißgetränk endlich probieren zu können, war zumindest ein Trost. Und außerdem wartete Zhinlohr auf ihn.

Mit beschwingten Schritten führte Fenkorh Farim durch die Gassen des Ordensviertels. Beinahe alle Magister der Stadt wohnten hier. So wie jeder, der Rang und Namen hatte, oder aber das Geld, es vorzutäuschen. Inmitten einer prächtigen Häuserzeile wölbte sich ein Fachwerkhaus mit mehreren Stockwerken bedeutungsschwer über den Gehsteig. Zwei grob geschnitzte Stützpfeiler stemmten sich unter ein überstehendes Obergeschoss und vermittelten Farim den Eindruck, sie allein müssten das Schicksal des Hauses tragen, und all derer, die hier ein- und ausgingen. Durch die Fenster wirkten die Dachgeschosse wie ein Gesicht, das milde auf die Eintretenden hinablächelte. Ein Schild baumelte an einem der Stützbalken: »Zum silbernen Krug«.

Farim hatte das Haus schon längst einmal skizzieren wollen. Unvermittelt griff er nach seiner Tasche, um Papier und Stifte herauszuholen. Doch als er ins Leere fasste, stieg ein bitterer Geschmack in ihm auf. Im verschlossenen Turmzimmer lagen nicht nur die zerbrochenen Elbenstifte, sondern auch die Zeichentasche mit Kohlestiften, Tinte, Feder und Papier. Er hatte das Papier von dem wenigen Geld gekauft, das er von seinem Vater zugeteilt bekam – zehn Kuling der Bogen. Zu teuer, um es mal eben neu kaufen zu können. Er seufzte bei dem Gedanken, dass sein Erspartes ebenfalls im Kontorhaus lag.

In trübe Gedanken versunken, betrat er hinter seinem Freund die Schänke. Wie könnte er an seine Sachen kommen, ohne dass Vater ihm aufschließen müsste?

»Magur Fenkorh, schön, dass Ihr uns beehrt.« Ein schlichtgewandeter Mann mit einem Schnauzbart trat eilig auf sie zu. »Darf ich Euch an einen Tisch geleiten?«

»Aber natürlich. Ich gedachte nicht, stehend zu trinken.« Fenkorhs Stimme schraubte sich etwas in die Höhe und klang noch überheblicher als sonst.

Farim blickte verlegen zu Boden. Die Schankhilfe war doch nur höflich gewesen. Geschwind eilte der Schnauzbart voran, scheuchte einen älteren Herrn fort, der allein an einem Fensterplatz gesessen hatte, und wischte mit einem Lappen über die Stühle. Katzbuckelnd trat er zurück und wartete, bis Farim und Fenkorh Platz genommen hatten.

»Würzwein für mich und meinen Freund. Und zügig, wenn es geht.«

Der Schnauzbart machte einen Diener und lief davon.

»Ich mag diesen Mann nicht. Kein Rückgrat, wenn du mich fragst. Der würde alles tun, nur damit ich meinen Eltern nichts Nachteiliges über ihn oder die Schänke erzähle. Vielleicht sollte ich ihn mal nackt auf dem Tisch tanzen lassen. Das wäre ein Spaß.«

»Du b-bist ...« Farim verstummte. Am liebsten hätte er seinem Freund gesagt, dass er das alles andere als lustig fand.

»Stammkunde hier?« Fenkorh schien stets das Gefühl zu haben, Farims Gedanken lesen zu können, denn er beantwortete sich die Frage, ohne eine Bestätigung abzuwarten. »Ja, das merkt man, nicht wahr?«

Manchmal war er wirklich unangenehm. Aber einem Sohn von Ordensmagistern würde das kaum jemand sagen. Man wusste nicht, über wie viel Magie seine Eltern geboten, doch dass sie Zauber wirken konnten, war unumstritten.

Der Magisternovize sah sich zufrieden um. »Meine Eltern speisen hier oft mit Freunden.«

Mit Sicherheit nur Freunde aus dem Orden. Magiekundige unter sich. Viele von ihnen gehörten zu den angesehensten Familien Myxas. Und alle verfügten über die eine oder andere besondere magische Fähigkeit, erzählte man sich. Ob irgendeiner von ihnen ihm bei seinem Problem mit den Elbenstiften helfen könnte? Aber nein. Er verwarf diesen Gedanken gleich wieder. Fast alle Magister standen in direktem Kontakt zu seinem Vater. Der würde überschäumen vor Wut, wenn er davon erführe. Nein, es war besser, Zhinlohr zu fragen.

Unauffällig suchte er den Gastraum ab. Doch bislang konnte er ihn nicht entdecken. Ob er schon wieder fort war?

»Recht schnöde Versammlungen, bei denen es immer nur darum geht, wie man auf Augenhöhe mit den Elben kommen kann«, fuhr Fenkorh fort. »Unmöglich, wenn du mich fragst.«

Farim starrte ihn an und ahnte, was als Nächstes kommen würde. Der Ordenssohn war zwar nicht sehr oft im Handelshaus, doch den Unmut über die Verschlossenheit der Elben hatte der Magisternovize bis jetzt noch jedes Mal durchblitzen lassen. Farim hatte inzwischen verstanden, dass es mit den Elben in Jozh-Yrdazh zu tun hatte. Sie hatten Fenkorhs Gesuch, etwas über die Elementemagie zu lernen, abgelehnt. Wutentflammt war Fenkorh damals von seiner Reise zurückgekehrt. Er hatte sich maßlos über das arrogante Elbenpack aufgeregt, darüber gewettert, dass die Spitzohren ihn wie ein dummes Kind behandelt hätten. Sie sollten an ihrer Geheimniskrämerei ersticken, hatte er gepoltert. Er könnte auch woanders lernen.

Bei solchen Aussprüchen bereute Farim es manchmal, mit Fenkorh befreundet zu sein. Doch viel Auswahl gab es für ihn nicht. Gar keine, wenn er ehrlich war. Seine Kindheit war außerhalb des Elternhauses ein einziger Spießrutenlauf gewesen. Gehänselt, verhöhnt und verlacht.

Der Magistersohn war der Erste gewesen, den das Stottern nicht gestört hatte. Und Farim sah im Gegenzug über Fenkorhs Gesinnung hinweg. Zumal sie einem Großteil der Bevölkerung von Myxa entsprach.

Erneut sah Farim sich in der Gaststube um, in die düsteren Gesichter. Eigentlich war er froh, dass Zhinlohr nicht mehr hier war. Insbesondere, wenn er Fenkorh reden hörte.

»Die Elben wollen unsere Stoffe und unser Getreide, sie möchten über jede Erfindung im Bilde sein, lassen aber selbst niemanden in ihre Karten schauen. Mit Augenhöhe hat das nichts zu tun. Aber ich werde nicht locker lassen.«

Ebenso wenig wie deine Eltern und mein Vater. Farim spürte, wie seine Stimmung sich weiter verdüsterte. Diese vielen Erwartungen und Meinungen darüber, wer was zu tun und zu lassen hatte. Was gut und normal sei. Er hielt das keinen Tag länger aus.

Der Schankhelfer kam mit dem Würzwein zurück und Fenkorh hob seinen Becher, um mit Farim anzustoßen. »Nun, der erste Schritt ist getan. Ich habe meine Eltern überzeugt, mich auf die Ordensschule nach Crem zu schicken!«

Das also war sein Ziel: die weiße Stadt am Berg. Farim hatte von ihr gehört. Allerdings nicht wegen des Ordens, denn die Magister interessierten ihn nicht sonderlich. Ihr Streben nach Wissen um die Magie der Welt und ihre Versuche, ein Anrecht auf die Geheimnisse der Elben geltend zu machen, befremdeten ihn.

Farim fielen die Anschuldigungen Magister Gluhnbars ein. Verschwundene Ordensmitglieder? Kriegserklärung? Er konnte nicht glauben, dass die Elben so etwas nötig hatten. Zhinlohr würde niemals jemanden hintergehen. Und warum eigentlich sollten sie ihr Wissen mit den Menschen teilen? Etwa weil ein Gluhnbar an ihre Pforte klopfte? Nein, wenn die Elben das für sinnvoll hielten, würden sie es schon von alleine tun. So wie Zhinlohr ihm die Elbenstifte gezeigt und letztlich sogar geschenkt hatte. Jeder musste tun, was ihm richtig erschien. So wie Fenkorh entschieden hatte, nach Crem zu gehen. Er hatte sicher gute Gründe.

Farim selbst kannte die Stadt nur in Verbindung mit den Geschäften seines Vaters. Durch den Gastwirt Frink Bergel zum Beispiel. Unvermittelt dachte er an die unbezahlte Rechnung und ärgerte sich sofort darüber. Warum gingen ihm plötzlich diese 276 Silling durch den Kopf? Sollte sein Vater doch das Schreiben aufsetzen und es in die weiße Stadt senden. Er war es schließlich, der ständig von Crem schwärmte, die ja so berühmt für ihre Handelsbeziehungen mit den Eskrindarh war. Kein Wunder, wenn das Zwergenvolk nebenan lebte. Korthard Peggelbohn würde nie müde werden, über die wunderbaren Geschäfte zu schwärmen, die man dort tätigen könnte, so man eine Niederlassung in der weißen Stadt hätte. Ein zweites Handelshaus war schon immer sein Traum gewesen.

»Hörst du mir eigentlich zu?« Fenkorh schaute Farim skeptisch an.

Er nickte hastig. *Sei ein bisschen aufmerksamer, schließlich hat er dir das teure Getränk spendiert.* Verlegen nippte Farim am Würzwein. Der süßherbe Trank schmeckte köstlich, eine wohltuende Wärme breitete sich in seinem Bauch aus. Er nahm direkt einen weiteren Schluck.

Fenkorh sah ihn immer noch an, als überlegte er, ob es sich überhaupt lohnte, mit diesem Peggelbohn hier zu sitzen.

Vielleicht sollte Farim etwas sagen. Nur was? Dass ihm das aber auch ständig wieder passieren musste. Leute erzählten etwas und er bekam nichts mit. Seine Gedanken machten sich einfach auf und davon. »V-viel Handel d-dort«, brachte er mühsam heraus, um etwas zum Gespräch beizusteuern.

»O ja.« Fenkorh schien sich zu freuen, dass Farim doch noch beim Thema war. »Aber vor allem wird dort richtige Magie gelehrt. Dort geht es nicht nur um Theorie.«

Richtige Magie. Der Magisternovize hatte schon oft davon erzählt, was damit alles möglich sei. Und auch jetzt machte er keine Ausnahme.

»Man kann ganze Gärten erblühen lassen, die Ernte sichern, sich gegen Feinde zur Wehr setzen. Magie ist einfach fantastisch!« Fenkorhs Augen strahlten Begeisterung aus. »Mit einem Abschluss aus Crem werde ich von jedem Magister der Welt ernst genommen. Durch das Wirken und Schaffen des Cremer Ordens werden Magister in Zukunft ein deutlich höheres Ansehen genießen.«

Farim fand, dass das Ansehen der Magisterfamilien schon jetzt recht ordentlich war. Viele von ihnen waren Baumeister, andere geboten über beträchtliche Heilkunst und wurden allein dafür sehr geschätzt.

Wenn überhaupt etwas zu wenig Ansehen hatte, dann die Zeichenkunst. Darüber sollte man mal sprechen. An Bilder könnten sich auch Menschen erfreuen, die keine Magie beherrschten, ja nicht einmal des Lesens mächtig waren. Wie viel wertvoller wären schnöde Schriften, würde man sie mit Zeichnungen bereichern?

»Kelenkus Briebens, hast du je von ihm gehört?« Fenkorhs Stimme hob sich.

Farim zuckte innerlich zusammen. »N-nein«, antwortete er ehrlich.

»Er gehört dem Hohen Rat der Ordensmagister von Crem an. Niemand hat jemals so viele Zauber zusammengetragen wie er. Es heißt, er hätte Freunde unter den Elben, die ihm dabei geholfen haben. Bei ihm gehe ich in die Lehre.« Fenkorh hob seinen Becher. »Schon bald kann ich meine ersten großen Zauber wirken. Auf die Kunst der Magie!«

»Auf die K-kunst!«, antwortete Farim und nahm einen großen Schluck aus dem Becher. Wohltuend und warm floss der Würzwein die Kehle hinab und verschaffte ihm ein wohliges, entspanntes Gefühl.

»Du siehst, mein Freund, dass bei mir alles zum Besten steht. Eben so, wie es einem Gluhnbar gebührt.«

»Wie es gebührt, ja.« Farim hob noch einmal den Becher. Ihm waren Fenkorhs Ansprüche zwar vollkommen egal, aber er wollte seinen Ärger vergessen; und der Würzwein schien dabei zu helfen.

»Vier Wörter, ohne zu stottern. Der Wein bekommt dir.«

Farim stutzte. Hatte er wirklich nicht gestottert? Ohne Zhinlohrs Zuspruch? Er schaute sich um, konnte seinen elbischen Freund aber nicht entdecken. Oder hatte sich Fenkorh über ihn lustig gemacht?

»Schankhelfer! Noch zwei Würzwein für meinen Freund und mich.« Der Magur ließ den Arm erst sinken, als der Schnauzbart ihm eifrig zunickte, und sah Farim dann auffordernd an. »Du solltest die derzeitige Geschmeidigkeit deiner Zunge auskosten. Zumal es dann auch für mich weniger anstrengend ist, dir zuzuhören. Und ich hatte es dir ja leichtsinnigerweise versprochen. Also, wie geht es dir?«

Würzwein

Wie es ihm ging? Was sollte Farim darauf antworten? Sein Leben lag in Scherben. »Meine Stifte«, begann er zögernd. Zerbrochen. Zerstört. Seine Zunge fühlte sich schwer an. Der Alkohol. »Ich habe meine Stifte nicht.« Er schaute in den leeren Becher, der in diesem Moment vom Schankwirt durch einen vollen ersetzt wurde. »Hilft wirklich gegen Stottern.«

»Siehst du? Heute brauchst du kein Papier mehr. Red dir einfach alles von der Seele. Ich habe es dir ja unseligerweise versprochen und höre also zu. Zumindest, wenn es schnell geht. Meine Zeit ist kostbar, wie du weißt.«

Ja, das wusste Farim. Die Geschäftigkeit und Zielstrebigkeit des jungen Magurs hatten ihn schon beim ersten Treffen eingeschüchtert. Sein Vater hatte damals nach der Wolle von Puntus gefragt, aus der Zwerge angeblich Röcke für Männer herstellten und die besonders widerstandsfähig wären. Doch Fenkorh hatte ihn mit wenigen Sätzen davon abgebracht. Er solle lieber Häute von Miem-Fenuren kaufen, die dem Rang und Status eines Ordensmagisters weitaus besser zu Gesicht stünden. Die Schreitechsen waren zwar selten, aber der Nutzen ihrer Häute außerordentlich. Eigentlich hatte Farim die Gluhnbars nach diesem Gespräch nicht mehr gemocht. Geschöpfe nur wegen ihres Fells zu töten, war herzlos und grausam.

»Also entweder du traust dich jetzt, oder ich suche mir einen kurzweiligeren Gesprächspartner!« Fenkorhs Miene bekam einen düsteren Zug um die Augen.

Farim senkte den Blick. Er pustete in den Becher, um Zeit zu gewinnen. Wenn der junge Magisternovize ihm tatsächlich zuhören wollte, sollte er sich vielleicht wirklich alles von der Seele reden. Aber womit anfangen? Auf jeden Fall nicht bei Billke. Das ging Fenkorh nichts an.

»Warte, ich glaube, ich habe einen Verdacht.« Der Tonfall des jungen Magurs bekam etwas Triumphierendes. »Unser junger Peggelbohn hat Liebeskummer. Ist es nicht so?«

Farim setzte den Becher vor Schreck zu hart auf die Tischplatte, Würzwein schwappte über den Rand und spritzte Tropfen auf den Hemdsärmel. Kleine rote Flecken, die seinen Blick fesselten und seine Gedanken zurück in den Schlossgarten zwangen. Eine Wolke von Lippenblüten und die Stimme von Jörgan.

»Hab ich es mir doch gedacht. Doch nicht etwa die Tochter der Tintenmacherin?«

Farim schluckte. Fenkorh konnte davon nichts wissen, und: »... ich möchte nicht über Billke sprechen.« Er fasste sich an den Mund. Das wollte er doch nur denken.

»Das respektiere ich. Wollen wir vielleicht über ihren anderen Verehrer sprechen?« Fenkorh sah ihn verständnisvoll an.

»Jörgan Durnhold? Ganz bestimmt nicht.«

»Jörgan Durnhold ... irgendwo habe ich diesen Namen schon einmal gehört.« Der Magisternovize rieb sich nachdenklich das Kinn.

Farim verfluchte sich für seine lockere Zunge. Wenn er doch bloß wieder stottern würde. So lästig das war, es verschaffte ihm immer genügend Zeit, um nachzudenken, ehe die Worte ihm aus dem Mund stolperten.

»Durnhold, Durnhold ... Aber ja. Eine der Färberfamilien, richtig?« Fenkorh lächelte. »Würde es dir helfen, wenn dieser Jörgan aus dem Rennen genommen würde?«

»Aus dem Rennen?« Farim hoffte, er hätte sich verhört. Der junge Magister wollte doch nicht ...

»Nur so ein Gedanke. Wenn die Tochter der Tintenmacherin dir wirklich zugetan ist und Jörgan nicht mehr da wäre ...«

»Nein!« Was redete Fenkorh da? Billke und Jörgan hatten sich verliebt, so war das eben. Er würde damit fertig werden. Er musste damit fertig werden, oder nicht?

Für einen Moment wandelte sich das Purpurblau seiner Gefühle in ein hoffnungsvolles Grün.

»Dein Zögern ist mir Antwort genug.« Fenkorh nickte bedächtig. »Ich werde sehen, was ich tun kann.«

Farim schüttelte vehement den Kopf. »Nein, nein. Es geht um meine Elbenstifte.« Ja, so war es. Und es ging um Billke. Und auch um Gernhold, den Freund, den er verloren hatte – doch darüber wollte er nicht sprechen. Nicht mit Fenkorh! »Mein Vater hat sie zerbrochen!«

»Er hat was? Aber warum? Man hätte sie an jeder Ecke mit Silber oder sogar Gold aufgewogen.« Fenkorh raufte sich die Haare. »Man kann über Elben denken, was man will, aber ihre magischen Werke zerstört man doch nicht! Das ist dumm und kurzsichtig. Wie konnte er nur!«

Farim war erstaunt, wie sehr sich Fenkorh in Rage sprach. »Törichter Peggelbohn! Warte auf meinen nächsten Besuch.«

»Nein, erzähl ihm b-bloß nicht, dass du es w-weißt.« Plötzlich schlich sich das Stottern zurück auf seine Zunge. Fast begrüßte er es, doch gerade jetzt musste er sprechen können. Er nahm noch einen großen Schluck Würzwein. »Ich s-soll ab morgen sowieso nicht mehr zeichnen oder malen. Nie mehr, wenn es nach ihm geht.« Plötzlich stieg wieder der schale Geschmack der Hilflosigkeit in Farim auf. Er wollte nicht das Leben, das sein Vater führte. Aber er konnte auch nicht alleine in die Welt hinausziehen. Ohne jegliche Mittel.

»Und was sollst du dann tun? Sicher nicht zwischen euren bleichgesichtigen Schreibern sitzen und auf den Tod warten. Er muss doch erkennen, dass du dafür nicht geeignet bist.«

»Das hatte ich gehofft.« Farim konnte nicht fassen, wie gut Fenkorh die Situation einschätzte. Er war ein wahrer Freund.

»Du und Schreibstube. Nein, da sehe ich dich nicht. Dafür bist du auch nicht schlau genug. Und überhaupt, ein Stotterer als Händler? Hat dein Vater keine Angst um seine Kundschaft?«

»Wohl nicht.« Wie hatte Fenkorh das jetzt wieder gemeint? Er sei nicht schlau genug? Sicherheitshalber trank er einen weiteren Schluck Würzwein. Lauwarm schmeckte er fast noch besser als heiß. Kundschaft verlieren? »Wie meinst du das?«

»Dieses Bildermalen scheint doch deine Leidenschaft zu sein. Dann mach etwas daraus. Schau mich an. Ich habe von Kindesbeinen an gespürt, dass Magie meine Leidenschaft ist. Als ich meinen ersten Zauber gewirkt habe, vollkommen zur

Überraschung meiner Eltern, wollte das niemand glauben. Unzählige Male haben meine Eltern ihren Freunden davon berichtet, doch die haben nur milde gelächelt. Inzwischen bin ich der jüngste Magur im Orden.« Er prostete Farim zu. »Du weißt, was ein Magur ist?«

Er nickte. Natürlich wusste er das, schließlich war Fenkorh im vergangenen Sommer nicht müde geworden, es ihm bei jeder Gelegenheit zu erzählen. Kein Ordensmitglied vor ihm war jemals so früh vom Prälon zum Magur erhoben worden. Vielleicht würde er der jüngste Magister, bla bla bla.

»Meine Eltern sind überzeugt davon, dass ich einmal Großes leisten werde. Deshalb unterstützen sie mich.«

Farim versuchte zu begreifen, ob in Fenkorhs Wortschwall irgendetwas Nützliches steckte, aber bisher hörte sich das alles nach Magie an. Ging es nicht eben noch um Farims Leidenschaft, Bilder zu malen? Jeden Moment musste der Ordenssohn endlich den Bogen kriegen. So hoffte Farim und nahm wieder einen kräftigen Schluck aus dem Becher.

Der Raum um ihn bekam seltsam weiche Konturen. Selbst Fenkorhs hageres Gesicht mit dem messerschmalen Nasenrücken wirkte fast harmonisch. Wenige Striche mit einem Kohlestift und dann mit trockenem Tuch verwischen. Ja, etwas verwischt sah er aus. Farim drehte den Kopf und der Raum um ihn her drehte sich hinterher, schwankte und pendelte sich dann langsam wieder ein. Es hätte ihm Sorgen machen sollen, aber er fühlte sich seltsam entrückt. Fenkorhs Mund stand nicht still, öffnete und schloss sich in einem fort. Farim sollte sich besser konzentrieren, damit er alles mitbekam.

»... folge meiner Leidenschaft. Und das solltest du auch tun. Irgendwer wird dein Gekritzel sicher gut finden.«

Das eine Wort klang nicht so toll, trotzdem freute Farim sich über Fenkorhs Zuspruch. »Ich dachte, ich könnte Bücher verschönern.« Zumindest, wenn sich jemand fand, der einen Zeichner für so etwas gebrauchen konnte.

»Schriften mit einem Zierrahmen? Aber ja!« Fenkorh klopfte mit der Hand auf den Tisch. »Das könnte tatsächlich gefragt sein. Jetzt, wo es immer mehr Lesekundige und schlichte Bücher gibt, braucht es Werke, mit denen wir Bessergestellten uns von der Menge abheben. Ich glaube, der Würzwein bekommt dir ausgesprochen gut.«

Während Farim Fenkorh zuhörte, verlor er schon wieder die Lust an der Idee. Reiche Kunden, die schöne Bücher wollten, um damit anzugeben, waren nicht sein Ziel.

»Vielleicht wäre das sogar für die Langohren interessant. Die können ja nicht alle so egoistisch und zynisch sein.«

»Sind sie nicht.« Farims Zunge fühlte sich zunehmend geschwollen und unbeweglich an, aber das Stottern war weiterhin weg. »Zhinlohr zum Beispiel ist total nett. Und der kommt aus Erellgorh. Eine richtig große Elbenstadt.«

»Verborgen im magischen Dunst des Nebelsees.« Fenkorh verzog das Gesicht und erinnerte Farim an jemanden, der in die Hinterlassenschaften eines streunenden Hundes getreten war. »Die älteste der Elbenstädte, ich habe natürlich von ihr gehört. Die Elamarh verbergen sich genauso vor den Menschen wie alle anderen Langohren. Wahrscheinlich, um ihre geheimen Pläne zu schmieden. Sie haben sogar den Elbenrat einberufen. Wusstest du das? Wer kann schon sagen, was für tückische Geheimnisse sie da zusammen ausbrüten wollen?«

Farim schüttelte den Kopf, hielt aber sofort still, als der Schankraum zu kippen drohte. Er fasste sich an die Schläfe. Alles war plötzlich so anstrengend, und aus Fenkorhs Mund klangen die Dinge irgendwie verdreht. »Ich glaube das nicht. Sonst hätte er mir keine Elbenstifte geschenkt.«

»Vielleicht eine Ausnahme, die die Regel bestätigt. Überdies ist er ja mit den Elben aus Innelles gekommen, oder nicht? Womöglich wurde er aus Erellgorh verbannt und der Elbenfürst aus Innelles war nur so nett, ihn aufzunehmen.«

Konnte das sein? Farim versuchte, sich an das letzte Treffen mit seinem elbischen Freund zu erinnern, aber alles, was sein Kopf behalten hatte, waren Zhinlohrs lobende Worte und das fürstliche Geschenk der Elbenstifte.

»Sei's drum«, nahm Fenkorh das Gespräch wieder auf. »Wenn dein Vater nicht erkennt, zu was du dich berufen fühlst, dann solltest du zu denen gehen, die es erkennen. Lass deinen tyrannischen Vater hinter dir und hau ab. Dieses Langohr wird dir schon nicht den Kopf abreißen, nur weil du nicht auf sein Geschenk aufgepasst hast. Ein wenig enttäuscht dürfte er sein, aber darüber wird er hinwegkommen.«

Farim schluckte. Wieder sah er die Hände seines Vaters vor sich, wie sie die Stifte umklammerten, die Knöchel weiß vor Anspannung. Den Augenblick, da die Elbenstifte zerbrachen und mit ihnen die Hoffnung, die Zhinlohr in Farim gesetzt hatte. Wie sollte er ihm das erklären? Alles in ihm krampfte sich zusammen, er hatte Mühe, seine Gefühle zu kontrollieren.

»Oh nein. Bitte keine Tränen! Ich weiß ja, dass ich dich auf den Weg der Erkenntnis geführt habe, aber für Emotionen ist jetzt keine Zeit.« Fenkorh lächelte sein schmallippiges Lächeln und hob den Becher. »Erst einmal stoßen wir an und dann holst du dir, was dir zusteht!«

Wie in Trance griff Farim nach dem Würzwein, während Fenkorhs Worte tröpfchenweise in seinen Kopf perlten. »Was mir zusteht?«

»Auf meine Magie und deine Kunst!«

Farim prostete ihm zu und leerte den Becher. »Was mir zusteht?« Was meinte er denn nun wieder?

»Aber ja. Du kannst doch nicht mittellos durch die Welt ziehen. Wenn du dich auf den Weg machen willst, deine Bestimmung zu finden, solltest du dir vorher holen, was dir zusteht.«

»Meine Sachen«, fiel es Farim ein, »Papier und Stifte.«

Fenkorh stöhnte. »Ja, das ist für dich natürlich auch wichtig. Doch was ich eigentlich meinte, ist ein großer Sack Münzen, der dich unterwegs über Wasser hält. *Das* sollte dir zustehen, möchte ich meinen!«

Farim verstand noch immer nicht, worauf der Ordenssohn hinaus wollte. »Ich hab die meisten meiner Münzen immer für Papier ausgegeben. Wo sollte ich einen ganzen Sack voll herbekommen? Außer Kulings habe ich höchstens drei oder vier Sillinge in meinem Sparstrumpf.« Er seufzte. »Damit komme ich wohl nicht weit, oder?«

Fenkorh lächelte ihn mitleidig an. »Guter Freund, du bist der Sohn des reichsten Händlers in Myxa und sein einziger

Erbe. Du hast im Geschäft deines Vaters gearbeitet – ach, was sage ich? – geschuftet, solange wir uns kennen. Meinst du nicht, du darfst dir deinen berechtigten Lohn nehmen?«

Farim versuchte zu begreifen, ob sein Magisterfreund wirklich das meinte, was er verstanden hatte. Doch der Würzwein ließ seine Gedanken träge wie eine Schildkröte werden. Hatte sein Freund gemeint, er solle sich einfach die Münzen nehmen, die ihm zustanden? »Aber mein Vater hat mich immer angemessen entlohnt.«

»Wirklich? Hat er das? Seinem einzigen Sohn und Erben? Wenn ich nur an das viele Wissen denke, das du dir aneignen musstest. Sicher oft noch nach Geschäftsschluss, nicht wahr?«

Nun ja, Vater hatte schon hohe Ansprüche ...

»Ich verstehe deine Vorbehalte, ehrlich, niemand versteht das besser als ich. Vielleicht ist es dir auch nicht so wichtig wie mir, dich zu verwirklichen, deiner Kunst zu folgen.«

»Doch, das ist es.«

»Dann empfehle ich dir mehr Selbstbewusstsein, um dein Ziel zu erreichen. Denk nur an die Bücher mit deinen Zeichnungen. Ich kann sie schon förmlich vor mir sehen.«

»Ja.« Farim nickte eifrig. »Ich auch.«

»Na also. Und die Münzen können ja auch bloß geliehen sein, wenn du damit besser lebst.« Er beugte sich vor und legte ihm eine Hand auf die Schulter. »Im Grunde wollen die Eltern doch immer das Beste für ihre Kinder, ist es nicht so?«

»Genau.«

»Nur wissen sie manchmal nicht, wie sie das erreichen können. Sie machen Fehler, was menschlich ist, wie ich finde. In solchen Momenten braucht es Mut und Klugheit, um seinem Glück etwas auf die Sprünge zu helfen.«

Mut und Klugheit – das hörte sich gut an. Und helfen – das hörte sich sogar noch besser an.

»Wenn du irgendwann deine Bestimmung findest und als erfolgreicher Mann zurückkehrst, wäre es rückblickend eine kluge Investition gewesen, meinst du nicht? Und klug zu investieren, macht einen guten Händler aus. Wenn einer das weiß, dann sicher dein Vater!«

»Du hast vollkommen recht.« Was gewinnbringenden Handel anging, kannte sein Vater sich wirklich aus. Wo ein Plus in der Kasse winkte, gab es kein Nein. Farim griff zum Becher, stellte aber enttäuscht fest, dass er schon leer war. Er könnte sich an diesen Würzwein gewöhnen, der ihm das Stottern nahm und die Probleme erträglich, ja sogar kleiner machte. Vaters Münzen würden das auch tun.

Die Hilfe des Freundes, die Wärme des Weins – Farim spürte, wie sich ein zufriedenes Lächeln auf sein Gesicht schlich. Er hatte nicht mehr den Drang, sofort aufzuspringen und wegzulaufen, dafür hatte er jetzt eine viel klarere Vorstellung von seiner Zukunft. Ein Ziel, das sein Vater nicht erlauben würde, für das es sich jedoch lohnte, fortzugehen. Fenkorhs Worte bestärkten Farim darin. Ja, all das klang überaus schlüssig und vernünftig.

Dann schlug die Tür auf und ein junger Mann stürzte herein. Mit hochrotem Kopf stierte er in die Menge. »Verdammt soll dieser Peggelbohn sein!«

Schlüssel

Von einem Moment auf den anderen war es mucksmäuschenstill im Raum. Alle starrten den Mann, dem die ungeteilte Aufmerksamkeit schier die Sprache zu verschlagen schien.

Dann fasste er sich und schimpfte weiter. »Der alte Peggelbohn hat die Elben bestochen, damit sie vor dem Morgengrauen ablegen. Dabei haben sie noch Waren an Bord, die sie anbieten wollten. Dieser Saftsack von einem Händler will uns abhängig von seinen Geschäften machen. Das dürfen wir ihm nicht durchgehen lassen!«

»Was soll dieser Auftritt?« Pruschka Küchling war wie aus dem Nichts im Schankraum erschienen und wischte sich die Hände an ihrer Schürze ab. »Bei mir wird nicht geschrien und schon gar nicht über Leute hergezogen, die nicht da sind, um sich zu verteidigen!«

»Zumindest nicht so laut«, wisperte Fenkorh und gluckste.

Farims Herzschlag beschleunigte sich. Würde sein Vater das tun? Aber das hieße ja, dass die Elben weiterreisten, ehe Farim Zhinlohr noch einmal treffen könnte.

»Ich habe es selbst gesehen. Kam gerade um die Hausecke, als der Saftsack die Münzsäcke übergeben hat.«

Die Wirtin baute sich drohend vor ihm auf und stemmte ihre Hände in die Hüften. Sie war einen Kopf kleiner, ließ jedoch keinen Zweifel daran, wer hier das Sagen hatte. »Leiser oder raus!«

»Ist ja schon recht«, sagte der Pöbler kleinlaut, hob aber erneut die Stimme. »Wollte nur sagen, dass, wer scharf auf ihre Waren ist, lieber jetzt sofort zum Hafen gehen sollte. Solange das Schiff vor Anker liegt und nicht alles im Lagerhaus des gierigen Peggelbohn verschwunden ist.«

»Jetzt ist aber Schluss!« Die Wirtin stieß den Schreihals vor die Brust, dass er zurückwich. »Noch ein hässliches Wort und du fliegst auf die Straße!«

Sofort ließ er sich auf den nächsten Stuhl fallen und schwieg.

Gieriger Peggelbohn? Farim war nie in den Sinn gekommen, dass es Leute gab, die so über seinen Vater herzogen. Er verkehrte in den besten Kreisen, die vornehmsten Häuser der Stadt zählten zu seinen Kunden.

Unvermittelt wurde es unruhig in der Schänke, plötzlich hatten viele Gäste es eilig und wollten zahlen. Die Küchling und ihr Schankhelfer mussten immer wieder um Geduld bitten, die Menschen beschwichtigen und für Ruhe zu sorgen.

Auch Farim wurde unruhig, während der Schankraum sich leerte. Er sollte zum Hafen laufen, ehe das Elbenschiff ausliefe und Zhinlohr fort wäre. Er musste unbedingt noch einmal mit ihm sprechen – oder am besten gleich mit ihm davonsegeln.

Die Erkenntnis durchfuhr ihn wie ein Blitz. Aber ja, das war doch die Lösung! Er würde Myxa zusammen mit den Elben verlassen.

»Das muss man den Spitzohren lassen«, raunte der Magur neben ihm. »Wo sie auftauchen, sorgen sie für Unruhe.«

»Ich muss los.« Farim stand auf und sank sofort wieder zurück auf den Stuhl.

Fenkorh lachte und hieb ihm auf die Schulter. »Du bist wohl nichts gewohnt. Aber keine Sorge, wenn du einen Augenblick auf deinen zwei Beinen gestanden hast, gibt sich das. Wo willst du überhaupt so plötzlich hin?«

»Zum Schiff. Ich will Myxa verlassen.«

»Mit den Elben?« Fenkorh schüttelte den Kopf und seufzte. »Dann wollen wir mal sehen, ob dieser Zhinlohr wirklich so ein guter Freund ist, wie du glaubst.« Er stand auf, griff nach seiner Börse und warf ein paar Sillinge auf den Tisch. »Komm, wir gehen zusammen. Es ist dunkel draußen, und ich möchte nicht, dass du vom Weg abkommst.«

Farim erhob sich schwankend und wartete einen Moment. Dann fasste Fenkorh ihn unter und führte ihn hinaus. Am liebsten wäre Farim gerannt, doch sein Zustand ließ das nicht zu. *Nie wieder Würzwein!* Dankbar stützte er sich auf seinen Freund.

Aus manchen Fenstern fiel noch Licht auf die Gassen. Bei den meisten aber waren die Läden zugeklappt, und auch die eine oder andere Straßenlaterne war schon verloschen. Ein streunender Köter lief vor ihnen her, begann plötzlich zu bellen, als eine Katze aus einer Türnische sprang. Sie huschte durch eine offene Pforte, und der Kläffer rannte ihr nach. Nur einen Moment später schimpfte jemand, es polterte und der Hund stob jaulend davon. Ein Stiefel flog hinterher, traf aber nicht. *Gut so.*

Fenkorh schwieg, während sie durch die Straßen gingen, und Farim war dankbar dafür. Er hatte genug mit seinen eigenen Gedanken zu tun. Die Idee, mit dem Elbenschiff abzulegen, erschien ihm richtig, gleichzeitig hatte er Angst, alles zurückzulassen. Er würde Billke vielleicht nie wiedersehen und könnte Gernhold nicht das letzte Geleit geben. Aber er musste fortgehen, wenn er seinen Traum verwirklichen wollte. Und Zhinlohr war der Einzige, der ihn darin bestärkt hatte. Farims Vater würde das niemals erlauben.

Mit einem Elbenschiff in See stechen und die Welt erkunden. Ein kühner Gedanke, der sogleich wieder schwand und einer unbestimmten Angst Platz machte. Er wäre allein dort draußen. Ohne seinen Vater, das Elternhaus und die vertrauten Menschen des Kontors. Und er hatte keine Elbenstifte mehr, deren magisches Pulsieren ihn stets mit erfüllender Leidenschaft durchdrungen hatte. Bei diesem Gedanken zog sich sein Magen zusammen. Wie sollte er Zhinlohr beibringen, was mit den Stiften geschehen war?

Kurz vor dem Torhaus zog Fenkorh ihn in die Nische einer Hauswand. »Bevor du zu deinem Elbenfreund gehst, solltest du überlegen, was du ihm erzählen willst.«

Farim wich seinem Blick aus. Ihm war bewusst, dass er irgendetwas würde sagen müssen, dass Zhinlohr eine Erklärung verdiente, doch ihm fiel nichts dazu ein.

»Mein lieber Freund.« Fenkorh packte ihn bei den Schultern. »Wenn du dein Dasein nicht als leichenblasser Schreiberling fristen möchtest, solltest du dir sehr schnell überlegen, wie du diesen Zhinlohr überzeugen willst. Oder glaubst du, er wartet nur darauf, einen Menschen mitzunehmen? Auf einem Elbenschiff, das ihm nicht einmal gehört?«

Farim starrte Fenkorh an und merkte, wie ihn alle Hoffnung zu verlassen drohte. Die ganze Zeit waren seine Gedanken um die zerbrochenen Stifte und sein Geständnis dazu gekreist. Dass es darüber hinaus einen plausiblen Grund geben müsste, damit die Elben ihn überhaupt mitnähmen, hatte er nicht bedacht. Selbst wenn Zhinlohr ihm den Verlust der Elbenstifte verzieh und ihn dabei haben wollte, könnte er das sicher nicht allein entscheiden. Vor Farims innerem Auge tauchte Wehreng-Pronnjuhdor auf. Er schluckte.

Fenkorh schüttelte ihn. »Denk nach! Du bist ein Mensch. Und Mensch zu sein, macht dich aus ihrer Sicht mit Magistern vergleichbar. Was natürlich Quatsch ist, weil kein einfältiger Mensch wie du jemals an uns heranreichen könnte. Doch das ist ihnen egal. In den Augen der Elben haftet das Menschsein an dir wie der üble Geruch einer Jauchegrube.«

Farim verstand nur die Hälfte. Fenkorh sprach viel zu schnell, er klang unangenehm und drängend. Alles hörte sich abfällig und drastisch an. Fast wie bei seinem Vater. Plötzlich erinnerte Farim sich an das, was Bruhnkor Gluhnbar gesagt hatte: »Glaubt Ihr wirklich, dass die Elben das trennen, wenn sie sich entschließen, ein Exempel zu statuieren?«

Selbst wenn Farim nicht daran glauben wollte, beunruhigte ihn der Gedanke. Zusammen mit dem Gebaren des rothaarigen Elbs aus Innelles ergab es ein Bild, das seine Hoffnung auf eine Mitfahrt wie ein Kartenhaus zusammenfallen ließ. Erschöpft und entmutigt rutschte er an der Hauswand hinab und landete wie ein nasser Mehlsack auf dem Straßenpflaster.

Was konnte er tun, wenn die Aussichten auf eine Reise mit Zhinlohr so gering waren? Fenkorh fragen, ob er ihn mit nach Crem nähme? War das die einzige Möglichkeit? Irgendwie behagte ihm dieser Gedanke nicht.

Der Magisternovize rüttelte erneut an ihm und Farim sah erschöpft auf. Fenkorh verdrehte die Augen. »Nun mal nicht so theatralisch. Mir fällt schon etwas ein. Vielleicht sollten wir erst einmal in eure Schreibstube. Hast du einen Schlüssel?«

Müde schüttelte er den Kopf. Für das Treppenhaus des Turmanbaus brauchte er meist keinen, aber was half das, wenn er nicht in sein Turmzimmer kam? Kraftlos ließ Farim den Kopf sinken und verschränkte die Hände im Nacken. Immer wieder tauchten neue Probleme auf.

Was spürten seine Finger da? Ein Lederband ... Rasch zog er daran und starrte entgeistert auf den Schlüssel zur Werttruhe. An den hatte er gar nicht mehr gedacht. Ihn jetzt in Händen zu halten, kam ihm wie eine Fügung des Schicksals vor. Eine Lösung für all seine Probleme. Fenkorh hatte recht. Er brauchte Münzen, wenn er Myxa verlassen und auf eigenen Beinen stehen wollte. Vor allem, wenn Zhinlohr ihn nicht mitnehmen würde. Mühsam rappelte er sich auf. »Ich habe, w-was wir b-brauchen.«

Die Hintertür zum Turm war unverschlossen, doch die Durchgangstür zum Haus war verriegelt. Farim hoffte darauf, dass sein Vater den Zweitschlüssel im Obergeschoss nicht gefunden und weggenommen hatte. Er war neben der Tür zu Mutters Turmzimmer versteckt. Eigentlich konnte niemand davon wissen, es war ein Geheimnis zwischen Farim und Gernhold gewesen.

»M-moment.« Er bedeutete Fenkorh zu warten und stieg die Stufen hinauf. Der alte Sperber hatte die Idee mit dem Versteck gehabt, damit Farim sich auch mal spät in der Nacht zurück ins Haus schleichen könnte. Ein junger Mann brauche mehr Freiraum, als einem der eigene Vater zugestehen dürfe, hatte er gesagt und den Zweitschlüssel anfertigen lassen. Farim glaubte fast, seine Stimme zu hören: »Geh sorgsam mit deiner Freiheit um! Das Leben steckt voller Verlockungen und Gefahren.« Farims Brust wurde eng. Der Tod des alten Freundes hinterließ eine Lücke, die niemand füllen konnte. Wie gern hätte er ihn jetzt um Rat gefragt. Aber das war nicht mehr möglich – nie mehr.

Er hockte sich hin und hebelte die Fußleiste hoch, um darunter nach dem Schlüssel zu suchen. Das Treppenhaus hatte hier oben keine Fenster, so war es stockdunkel, doch er tastete sich behutsam vor.

Farim schluckte. Hätte der alte Gernhold das sehen können, hätte er sicher einiges zu sagen gehabt. Ins eigene Haus einbrechen und sogar noch einen Fremden mit hineinnehmen?

Er fand den Schlüssel und wischte die Zweifel beiseite. Sie stahlen ja nichts, sondern holten nur, was ihm ohnehin zustand.

Vor der Tür zum Turmzimmer blieb er stehen. Hierfür hatte er keinen Zweitschlüssel versteckt. Aber genau dort lagen seine wertvollsten Habseligkeiten.

»Hast du ihn?« Fenkorhs Stimme klang gepresst. Er war unten geblieben, doch jetzt hörte Farim Schritte.

»Ja.«

Als die Stufen knarrten, schaute er in den Treppenschacht. Der Magisternovize war noch nicht zu sehen, aber das fahle Mondlicht warf seinen Schatten an die Wand. Dunkle Konturen eines hageren Körpers. Plötzlich blähte sich das düstere Abbild und ein Arm streckte sich daraus hervor. Ein Schauer lief Farim über den Rücken, den er nicht erklären konnte. Wie eine böse Vorahnung kroch ihm dieses Bild unter die Haut und ließ ihn frösteln. Doch schon im nächsten Moment tastete Fenkorhs Hand um die Ecke und der Spuk war vorbei.

»Es ist viel zu dunkel hier. Ich wäre beinahe gestürzt.« Der junge Magister klang ärgerlich.

Farim erinnerte sich daran, wie jähzornig er sein konnte. Wie wütend er damals über die Elben aus Jozh-Yrdazh gewesen war, weil sie ihn nicht in die Stadt gelassen hatten. Warum half Fenkorh ihm eigentlich, etwas Ähnliches zu erreichen wie das, was ihm selbst nicht gelungen war? Noch bis gestern hätte Farim schwören können, dass der angehende Magister stets den eigenen Vorteil im Auge hatte.

»Und?« Fenkorh starrte ihn an.

Das markante Kinn und der messerschmale Nasenrücken verliehen seinem Gesicht etwas Kühles, aber durchaus Erhabenes. Farim versuchte, das ungute Gefühl abzuschütteln, das das Schattenspiel ausgelöst hatte. Es war ein unheilvolles Abbild des Magurs gewesen, alles andere als echt. Er fasste sich an die Stirn und massierte die Schläfen. Der Würzwein war schuld. Nie mehr würde er so viel auf einmal davon trinken. Was für ein scheußliches Zeug.

»Wenn wir hier noch lange herumstehen, läuft das Elbenschiff ohne dich aus.«

Wahrscheinlich wird es das sowieso. »Ich m-muss noch in das T-turmzimmer. Meine Z-zeichentasche ist da d-drin.« Die Wirkung des Weins ließ immer mehr nach.

»Da ist ja wieder der Farim, wie wir ihn kennen.« Klang das höhnisch? Nein, Fenkorh half ihm doch. »Worauf wartest du denn?«

»K-kein Schlüssel.«

Der Magisternovize verdrehte die Augen und schob sich an Farim vorbei. »Eigentlich darf ich außerhalb der Ordenshäuser keine Magie wirken. Die gewöhnlichen Bürger sind zu ängstlich und unterstellen einem schnell böse Machenschaften. Aber wir sind hier ja unter uns.« Er untersuchte die Tür und nickte zufrieden. »Ein einfaches Schloss. Ich denke, es lohnt einen Versuch. In der hiesigen Ordensschule lernen wir kaum praktikable Zauber, musst du wissen. Aber in der Bibliothek habe ich mir ein paar nützliche Dinge erarbeiten können. Ich sage nur: Kelenkus Briebens' Frühwerke.« Er legte eine Hand aufs Türschloss und schloss die Augen.

Ungeduldig beobachtete Farim, was er tat. Hinter dieser Tür lagen all seine Zeichnungen, Pergamente und Kohlestifte – die wichtigsten Dinge, die ihm geblieben waren. Er konnte nicht ohne sie fortgehen. »Und? W-wird es g-gehen?«

»Still«, zischte Fenkorh. »Ich muss mich an die richtigen Worte erinnern. Es ist ein in Iljaitt übersetzter Runenzauber, die Aussprache ist durchaus anspruchsvoll.«

Farim dachte an die Elbensprache und schwieg. Sie war wirklich schwierig. Vielleicht wäre es einfacher, die Tür einzutreten. Auf jeden Fall schneller. Allerdings auch viel lauter. Und wenn er einen der anderen Schlüssel ausprobierte? Ähnlich sahen die sich ja alle irgendwie. Beinahe hätte er es schon vorgeschlagen, als Fenkorh begann, in der Elbensprache zu sprechen. »*Ylpazh eltarurhtäe urlon ylporzh!*«

Farim hielt den Atem an und lauschte. Kein Geräusch, nicht einmal ein leises Klicken. Die Tür rührte sich nicht und blieb verschlossen.

Fenkorh räusperte sich und wiederholte den Spruch. Einmal, zweimal, dreimal – er änderte den Tonfall, die Aussprache, baute unterschiedliche Pausen ein – nichts geschah.

»Ich bin mir sicher, dass es der richtige Zauber ist.«

»W-was bed-deutet er?«

»Die Macht der Elemente öffne diese Tür.«

Das klang fast ein wenig zu schlicht, um etwas bewirken zu können. Doch Farim sich, das zu sagen. Er hörte Fenkorh knurren und ahnte, dass dieser schlechte Laune bekam. *Bitte Atharpazh, hilf, dass er Ruhe bewahrt.* Nicht auszudenken, wenn der junge Magisternovize vor Wut zu toben begänne.

Fenkorh schnaufte. »Vermaledeite Elbenmagie. Schon der kleinste Spruch braucht ...« Er hielt plötzlich inne. »Aber ja.«

Irgendetwas tat er mit seinen Fingern, doch es war zu dunkel, um Genaues zu erkennen. Dann hob er etwas an die Lippen, Farim erkannte den Diamantring.

»Das sollte ausreichen.« Fenkorh umschloss den Edelstein mit einer Hand und legte die andere erneut aufs Türschloss. »*Ylpazh eltarurhtäe urlon ylporzh!*«

Für einen winzigen Moment hatte Farim das Gefühl, die Luft um ihn her würde knistern, dann klickte es und Fenkorh stieß die Tür auf. »Bitte sehr!«

Er konnte wahrlich Magie wirken. So richtig hatte Farim das nie glauben können. Aber in diesem Moment war er einfach nur froh darüber. »D-danke.« Vor Erleichterung wäre er seinem Freund beinahe um den Hals gefallen. »Ich st-tehe in d-deiner Schuld.« Lachend eilte er zum Sekretär, griff nach den Feuersteinen und entzündete eine Lampe. Alles im Raum war genauso, wie er und sein Vater es verlassen hatten.

»Das lässt sich ändern.«

Farim zog eine Schublade auf und holte das kleine Säckchen mit den Kulings und Sillingen hervor, die er gespart hatte. Dann steckte er die Mappe mit seinen Bildern in die Zeichentasche. Die Auswahl war bestimmt in Ordnung. Noch Kohlestifte, Münzen und er hatte alles beisammen. Erst jetzt gewahrte er, dass Fenkorh etwas gesagt hatte. »B-Bitte?«

Als er sich zu ihm umdrehte, stand der Magisternovize direkt vor den zerbrochenen Elbenstiften und starrte auf sie herab. »Überlass mir den nutzlosen Inhalt der Stifte. Dann ist deine Schuld abgetragen.«

Farims Lächeln erstarb. Sein Blick fiel auf die Überreste von Zhinlohrs Geschenk, auf stumpfgrauen Staub, unrettbar aus den Bruchstücken herausgerieselt. Er erinnerte sich an den Dampf, der innerhalb weniger Lidschläge verflogen war, der die Magie und ihren silbergrauen Glanz mit sich genommen hatte. Für immer zerstört und wertlos. Und doch Erinnerung an das Zutrauen eines Freundes in sein Talent. Durfte er so etwas weggeben? Selbst wenn es nur mehr Staub war?

»Ich nehme nicht an, dass du es noch brauchen kannst. Und für mich wäre das Pulver ... nun ja ... ein liebes Andenken an unsere Freundschaft.«

Ein seltsam bescheidener Wunsch. Farim nickte. Es war das Mindeste, das er tun konnte. »Nimm es.« Er hoffte, Zhinlohr würde es verstehen. So eine Bitte hätte er Fenkorh nicht abschlagen dürfen, oder? Ohne ihn hätte er seine Zeichentasche nicht holen können, geschweige denn, sich überhaupt noch einmal ins Haus getraut.

Sein Freund erbat sich ein Pergament, fegte die graue Essenz der Stifte darauf und faltete es sorgsam zusammen, damit nichts herausrieseln könnte. »Ich werde es hüten und an dich denken.« Fenkorhs Augen funkelten seltsam, seine Rechte schloss sich so fest um das Papier, dass man um den Inhalt hätte bangen müssen, wenn es kein Staub gewesen wäre. Dann hob er mit der Linken die Bruchstücke der Stifte auf.

Plötzlich hatte Farim Angst, er wollte sie auch haben, und streckte hastig die Hand danach aus. Wenn er schon nicht mehr von dem Gefühl kosten durfte, das ihn beim Benutzen der Stifte durchströmt hatte, wollte er zumindest die Erinnerung daran wach halten. Es wäre ein Trost, sie betrachten zu können – die Hälften der Süßgräserzweige, die immer noch durch den goldenen Faden zusammengehalten wurden, und die Kristalle, die an Schönheit nichts eingebüßt hatten. »Die St-tifte b-behalte ich.«

Fenkorhs Blick verfinsterte sich für einen Moment, hellte sich jedoch sofort wieder auf. »Du möchtest auch ein Andenken, das kann ich verstehen.« Ohne lange zu über-

»Ich dachte tatsächlich, wir wären Freunde.« Fenkorh seufzte. »Nun, was mich betrifft, werde ich einstweilen daran festhalten, egal wie sehr du mich verärgert hast. Vielleicht sehen wir uns dereinst wieder und können es vergessen. Ich wünsche dir jedenfalls nur das Beste, fürwahr.« Plötzlich verzogen seine schmalen Lippen sich zu einem Lächeln. »Und eine Sache gibt es ja noch, die ich für dich tun wollte und für die du mir sicher dankbar sein wirst. Wollen doch mal sehen, ob ich nicht zumindest bei einem deiner Probleme helfen kann, wenn du schon bei allen anderen auf dich allein gestellt sein willst. Lebe wohl, Farim Peggelbohn.«

Zweifel

Mit einem leisen Geräusch fiel die Tür ins Schloss, alles war still. Staubpartikel segelten durchs fahle Mondlicht, wirbelten durcheinander wie Farims Gedanken. Das alles hier, die Arbeit im dunstigen Licht der Öllampen, das Handelshaus, ja, die ganze Stadt würde er hinter sich lassen. Es machte ihn wehmütig. Doch er wusste auch, dass ihn hier nichts mehr hielt.

Entschlossen schlich er durch den Flur, mied das lose Dielenbrett und betrat die Schreibstube. Es roch nach Pergament und Tinte. Er schauderte. Nichts hatte er mehr gehasst, als Tag für Tag hier eingesperrt zu sein, und doch spürte er ein starkes Gefühl der Verbundenheit, als ihn diese vertrauten Gerüche empfingen.

Beinahe stockfinster war es hier, aber er kannte sich aus und fand Feuerstein und Zündhölzer, um Licht zu machen. Wenig später hielt er eine Lampe in der Hand und betrat das Arbeitszimmer seines Vaters. Er zog das Schlüsselband über den Kopf und ging direkt zur Werttruhe.

Unentschlossen wendete er den Schlüssel in den Fingern. Mutige Ideen und forsche Sprüche bei Würzwein in der Schänke waren eben doch etwas anderes als Taten bei Nacht und Nebel, die sich nicht rückgängig machen ließen.

Wenn sein Vater nicht die Elbenstifte zerbrochen hätte, wäre das alles nicht nötig gewesen. Verbittert schloss er die Werttruhe auf, zog den Schlüssel ab und legte ihn in das kleine Fach zurück, aus dem sein Vater ihn geholt hatte. Auf seiner Reise würde Farim ihn nicht brauchen.

Unter dem größeren Deckel daneben war der Münzschatz. Doch es gab ein weiteres Fach, das die restliche Breite der Truhe einnahm und in das er bisher nicht geschaut hatte. Vater hatte es nie in seinem Beisein geöffnet. Ein Geheimnis, das er jetzt lüften konnte. Farim schaute sich nervös um. Bevor er sich Münzen für die Reise abzählte, wollte er endlich wissen, was sein Vater darin verwahrte. Er packte den kleinen Knauf und klappte den Deckel nach hinten. Seine Augen weiteten sich. Im Inneren des Fachs lag eines von Mutters Kleidern, fein säuberlich zusammengelegt. Er erkannte es an der kostbaren Spitze, die sie damals selbst entworfen und genäht hatte.

Sanft strich er darüber. Wie schön sie in dem Kleid ausgesehen hatte. Sein Blick glitt über ein Bündel mit Briefen, Mutters Tagebuch und ein offenes Kästchen mit ihrem liebsten Schmuckstück, einem Anhänger aus geschnitztem Holz.

Plötzlich verstand Farim, warum sein Vater der großen Truhe so viel Bedeutung schenkte. Es ging nicht allein um die Münzen, die wichtigen Handelsurkunden und Dokumente. Sondern auch um Erinnerungen an eine Zeit, in der sein Leben heil war. Wann mochte Vater das letzte Mal hineingeschaut haben, um Kraft daraus zu schöpfen?

Dann sah Farim, welche Erinnerungsstücke hier noch verwahrt waren. Ein Paar winziger Kinderschuhe, einige Bilder von ihm, seine liebste Tierpuppe – gestrickt aus rot-grüner Wolle. Ein Feuerchamäleon, dessen Zunge fast genauso lang war wie der Schwanz. Behutsam nahm er Flammi in die Hand. Wie hatte er ihn nur vergessen können? Die lustigen Klammerfüße und die vorgewölbten Perlaugen – er hatte ihn heiß und innig geliebt.

Mutter hatte immer erzählt, dass es solche Tiere wirklich gebe und dass sie die Farbe ihrer Haut der Umgebung anpassen könnten. Jetzt, wo er im Begriff war, in die Welt zu ziehen, würde er vielleicht herausfinden, ob sie recht gehabt hatte. Es müsste wunderbar sein, den Wechsel der Hautfarbe mit anzusehen. »Und du passt so lange auf Vater auf, hörst du, Flammi?« Farim stupste dem Feuerchamäleon auf die Nase und legte es zurück.

Er hatte nach Münzen gesucht und Erinnerungen gefunden, die mehr wert waren als alles Silber und Gold. Zufrieden schloss er die Fächer, ohne etwas an sich zu nehmen, und klappte den schweren Deckel der Werttruhe zu.

Dann ging er an das Schreibpult seines Vaters, nahm einen Bogen Pergament, öffnete das Tintenglas und griff zur Schreibfeder. Mit dem Wissen um die Erinnerungsstücke war es ihm wichtig, nicht wortlos zu gehen. Versonnen sah er auf die Truhe und suchte nach den richtigen Worten, bevor er zu schreiben begann.

Verehrter Vater!

Wenn du diese Zeilen liest, bin ich nicht mehr in der Stadt. Ich werde eine Reise antreten, um meine Bestimmung zu finden. Ein ganzes Leben wartet dort draußen, und ich möchte davon gekostet haben, bevor ich entscheide, wie mein Dasein aussehen soll.

Für einen Moment verharrte er, überlegte, ob er mehr erklären müsste. Doch er entschied sich dagegen.

Lebe wohl und gib auf dich acht.

Farim.

Er trocknete die Tinte, faltete das Blatt und schob den Brief unter das Tintenfass. Dort würde sein Vater ihn gleich am frühen Morgen finden.

Etwas heikel war es, noch einmal in seinen Schlafraum zu gehen, doch ohne Kleidung zum Wechseln wollte er nicht losziehen. Hose, Hemd, ein Umhang mit Mütze und eine dünne Decke mussten reichen. Er fand alles, packte die Sachen hastig zusammen und dachte trotz der Eile an die ungleich hohen Stufen, als er die Treppe herunterschlich. Was fehlte noch? Etwas zu essen, zumindest für den ersten Tag?

Leise tastete er sich durch den Flur, entzündete eine Kerze und lief in die Speisekammer. Der Geruch von Schinken, Obst und Kräutern zog ihm in die Nase. Die Entscheidung war schwer, aber letztlich fiel seine Wahl auf Brot und Äpfel. Andere Köstlichkeiten wie das Mark aus dem Dokahorn und das Bohnenmus ließ er stehen, weil die Tonkrüge zu sperrig waren. Dafür wanderte noch ein großer Käse in die Tasche.

Farim löschte die Kerze, schlich durch den Flur, vorbei an dem losen Dielenbrett, weiter zur Tür und hinaus in den Turmanbau. Sorgsam schloss er die Tür hinter sich und ließ den Schlüssel stecken. Er schulterte Reisebündel und Zeichentasche und verließ das Haus; entschlossen, seine Bestimmung zu finden. Doch kaum war er zwei Schritte gegangen, als jemand ihn packte und gegen die Wand drückte. Die Wucht raubte ihm den Atem.

»Was hast du hier zu suchen?«

»Ah, w-was soll ...«

Eine Hand presste sich auf Farims Mund. Er versuchte, den Kopf wegzudrehen, doch sein Angreifer hielt ihn so fest, dass keine Bewegung möglich war. Dann ließ er plötzlich los.

»Farim? Ich bin es, Zhinlohr.«

»Zh-zhinlohr?« Ein Gefühl der Erleichterung durchflutete ihn. Sein elbischer Freund war noch da.

»Vergib mir meinen Überfall, Freund Farim. Ich habe dich nicht erkannt und dachte, du wärst ein Dieb.«

Ganz unrecht hat er nicht. »D-du hast m-mich erschreckt.«

»Das tut mir leid.« Der Elb blickte sich zu allen Seiten um. »Ich erkläre es dir, aber nicht hier.«

»W-wo dann?«

»Auf unserem Schiff, wenn es dir recht ist.«

Farim versuchte, seine aufkeimende Hoffnung im Zaum zu halten. Das Mondlicht tauchte den Freund in kühles Licht und zauberte einen silbrigen Schimmer auf sein Gesicht. Unwirklich, fremdartig und beunruhigend ernst blickte er drein. Irgendetwas musste geschehen sein.

Erst jetzt schien Zhinlohr Farims Taschen zu bemerken. Unvermittelt hob sich eine seiner Brauen. »Du willst fort?«

Farim nickte. »Es ist so viel g-geschehen.«

»Fürwahr. Auch für mich ist heute einiges deutlich geworden.« Wieder sah er sich um. »Komm, Freund Farim. Du bist auf unserem Schiff willkommen!«

Farim folgte ihm mit bebendem Herzen. Vielleicht wurde sein Wunsch wahr und er würde mit Zhinlohr in See stechen.

Das Deck der »Pazhmaarh« war hell erleuchtet und es herrschte geschäftiges Treiben. Als sie an Bord gingen, musterten ihn die Elben mit kühlen Blicken, fast, als fürchteten sie, Farim könnte etwas Böses im Schilde führen oder eine ansteckende Krankheit einschleppen. Die meisten hielten Abstand, andere waren einfach zu beschäftigt, um sich mit seiner Anwesenheit auseinanderzusetzen. Gerade wurde die letzte der hohen Ladeluken geschlossen.

Farim sah zu der Brücke, über die sie aufs Schiff gekommen waren. Noch verband sie das Deck mit dem Kai. Doch es konnte nicht mehr lange dauern, bis die Entscheidung fallen musste. Dürfte er an Bord bleiben?

Sein Freund war seinem Blick gefolgt und beruhigte ihn. »Ein wenig Zeit ist noch, ehe wir ablegen.« Er führte ihn zum Heck, unter die hoch aufragende Wölbung, die dieses Schiff so einzigartig machte, und öffnete die linke von drei Türen. »Bitte, meine Schiffskabine. Hier können wir ungestört sprechen.«

Warmes Licht aus gläsernen Laternen zauberte eine behagliche Atmosphäre in den Raum. Die Möblierung war sparsam, wenn auch jedes einzelne Stück mit filigranen Schnitzereien versehen war. Eine Unterkunft, die allein dadurch in ihrer Gesamtheit edel und großzügig wirkte. Doch was Farim besonders in den Bann zog, waren die weiß gekalkten Wände, kunstvoll bemalt mit Pflanzenornamenten in zarten Farben.

Er trat näher und bewunderte die Formenvielfalt der Motive. Es gab Korbblüten und Kelchblüten, kronblättrige und fruchttragende Gewächse. Ineinander verschlungene Zweige und Gräser, Früchte und Zapfen, Nadeln und Blätter, die bis ins Detail nachempfunden waren. Jeder Pinselstrich folgte den natürlichen Strukturen. Die zurückhaltende Farbgebung verlieh den Bildern eine wunderbare Erhabenheit, wie Farim sie bisher noch nie gesehen hatte.

»Ich dachte mir, dass diese Kabine dir gefallen würde.« Zhinlohr lächelte und forderte ihn mit einer einladenden Geste auf, sich zu ihm zu setzen. »Lass uns die Zeit nutzen.«

Farim nickte und nahm Platz.

»Wenn ich richtig sehe, hast du einen weitreichenden Entschluss gefasst.« Zhinlohr warf erneut einen Blick auf Rucksack und Zeichentasche. »Du willst wirklich alles hinter dir lassen?«

Farims Kehle wurde eng. »Es g-gibt hier nichts mehr, w-was mich hält.« Er wusste, dass er Zhinlohr die Sache mit den Elbenstiften beichten musste. Je eher er es hinter sich hatte, umso besser. Nervös rieb er sich die Schläfe und überlegte, wie er anfangen sollte. »V-vater hat etwas getan, d-das ich ihm nicht verg-geben kann.«

»Ich weiß.«

Hatte er sich verhört oder hatte sein Freund gerade gesagt, dass er es schon wusste? »Du w-weißt von den Elbenst-tiften?«

Zhinlohr sah ihn ernst an und nickte.

»Ich weiß, dass sie zerbrochen sind.« Er seufzte. »Doch das ist nicht alles. Es ist viel passiert an diesem Tag, der mit unserem Wiedersehen begann und mich nur Gutes hoffen ließ. Aber es ist wohl, wie ihr Menschen sagt: Man soll den Tag nicht vor dem Abend loben. Doch wie es auch sei, ich war eben noch unterwegs, weil ich nach dir suchte. Nun – ich sollte vielleicht anders beginnen.« Zhinlohr zögerte, als müsste er jedes Wort abwägen. »Dein Vater hat nach mir schicken lassen und damit euren Vorarbeiter leider in eine schwierige Situation gebracht.«

»Pollwig?«

»Der Mann, der dich heute früh begleitet hat.«

Farim nickte. »D-das war er.«

»Sei's drum. Das Schicksal wollte es, dass ich nicht zugegen war, weil ich meinen Geschäften nachging. Meine Elbenbrüder und -schwestern aus dem ehrwürdigen Innelles hingegen verlassen das Schiff so gut wie nie. Sie sind recht eigen, möchte ich sagen. Insbesondere, wenn es um Forderungen der Menschen geht. Wir Elbenvölker unterscheiden uns voneinander, musst du wissen. Denn jedes unserer Völker hat ein Leitelement, das uns in unserem Tun antreibt. Das unserer Brüder und Schwestern in Innelles ist das Feuer. Sie können zuweilen sehr impulsiv und heißblütig sein. Wohl dem, der sie nicht herausfordert.«

Farim verstand noch nicht, worauf Zhinlohr hinauswollte. »P-pollwig ist ein herzensg-guter Mann. Er w-würde niemals jemanden herausf-fordern.«

»Das glaube ich. Doch er kam auf Geheiß deines Vaters auf unser Schiff und hatte Auftrag, es nicht ohne mich zu verlassen.«

Farim beschlich ein ungutes Gefühl. Plötzlich dachte er an den kühlen Empfang von Wehreng-Pronnjuhdor. Er mochte sich nicht ausmalen, wie jemand begrüßt würde, der ungefragt an Bord käme und auch noch Forderungen stellte.

»Natürlich wurde er umgehend gebeten, das Schiff zu verlassen. Genau zweimal!«

»Aber P-pollwig hat sich n-nicht abweisen lassen?«

»Er ist deinem Vater treu ergeben, denke ich. Jedenfalls ist er standhaft geblieben. Daraufhin haben meine Elbenbrüder und -schwestern ihn gefangen gesetzt und mit einem Seil an den Großmast gehängt.«

»S-sie haben ihn get-tötet?« Farim blieb das Herz stehen.

»Nein – er ist noch am Leben. Doch sie sind rüde mit ihm umgegangen und haben ihn hoch hinaufgezogen.«

Farim schloss die Augen und versuchte, die Gedanken auszublenden, die von seinem Geist Besitz ergriffen. Er konnte sich vorstellen, dass das alles nicht ohne Blessuren abgegangen war. Mochte Pollwig auch ein noch so ruhiger und gutmütiger Mensch sein, wenn er ungerecht behandelt oder gar angegriffen wurde, sah das wahrscheinlich anders aus. »Er hat sich g-gewehrt, nehme ich an?«

»Er hat es versucht. Aber gegen eine Überzahl Elben hatte das keine Aussicht auf Erfolg. Als ich an Bord zurückkam, hing er schon zerschunden am Mast. Ich habe mich umgehend um ihn gekümmert und ihn persönlich nach Hause gebracht. Erst danach bin ich zu deinem Vater gegangen.«

»D-deshalb bist du nicht in die Sch-schänke gekommen.«

Zhinlohr nickte. »Als ich zu eurem Kontor ging, kam dein Vater mir schon entgegen und zog mich äußerst bestimmt in die Seitengasse. Ich ließ es geschehen, weil ich vermutete, er wollte mir etwas im Lager zeigen. Von Pollwig konnte er noch nichts gewusst haben. Aber vielleicht war etwas mit den Waren nicht in Ordnung, dachte ich. Nun, ich hatte mich geirrt, und er kam sehr schnell zu seinem Anliegen.«

»Was w-wollte er?« Farim fiel das Gespräch mit Magister Gluhnbar ein. Aber was das anging, würde sein Vater doch bestimmt keine Alleingänge wagen.

»Er verlangte, dass ich mich aus deinem Leben heraushalte und dir nicht noch mehr wirre Ideen in den Kopf setze. Mein – wie nannte er es? – verderblicher Einfluss habe dich vollkommen aus der Bahn geworfen.«

»D-das hat er gesagt? Wirklich?«

Zhinlohr sah aus dem Fenster der Kajüte, ein Gesicht, so ebenmäßig und rein, dass jedes Misstrauen falsch erschien. »Einer seiner Buchhalter sei heute gestorben, hat er erzählt und billigend in Kauf genommen, dass ich einen Zusammenhang vermuten würde.«

»Aber d-das war nicht m-meine Schuld.«

»Das glaubt sicher niemand.« Zhinlohr sah ihn ernst an. »Euer Buchhalter war schon alt, wenn ich es richtig erinnere.«

Ja, er war alt. Und trotzdem hat sein plötzlicher Tod alles aus dem Gleichgewicht gebracht.

»Aber letztendlich ändert das nichts. Die Anschuldigungen deines Vaters haben mich verärgert, auch wenn ich die Trauer und Hilflosigkeit in ihm spüren konnte.«

Trauer, die er nicht zulassen will. Farim gab Zhinlohr im Stillen recht. Aber hilflos konnte er sich seinen Vater nicht vorstellen.

»Als er dann erzählte, dass er die Elbenstifte zerbrochen habe, um dich vor dieser unseligen Zeitverschwendung zu bewahren, hatte ich Mühe, meine Gefühle im Zaum zu halten.« Zhinlohrs Kiefer mahlten. »Er hat ja keine Ahnung, wie wichtig die Macht dieser Stifte war.«

Genau. Farim fühlte sich verstanden wie lange nicht. *Nichts ist mit der Magie der Elbenstifte vergleichbar.*

»Es ist nicht meine Art, mich in die Belange von Menschen einzumischen, wenngleich ich mich unter ihnen sehr wohl fühle. Meistens zumindest. Doch mir ist ein Gedanke in den Sinn gekommen, den ich gerne mit dir teilen möchte, weil ich dich für etwas Besonderes halte, Freund Farim.«

Farim lächelte. Der Zuspruch von Zhinlohr tat so gut.

»Dass du Talent hast, war nicht nur so dahingesagt. Niemals hätte ich dir die Elbenstifte überlassen, wenn ich nicht geglaubt hätte, dass du ihren Zauber entfachen könntest.«

All die dunklen Stimmungen der letzten Tage, die schwarzen Ängste und die purpurvioletten Gefühle färbten sich mit einem Mal in leuchtendes Grün.

»Es steckt etwas in dir, das wirklich wichtig ist. Wichtiger als die Befindlichkeiten unserer Völker. Eine Bestimmung, die einmal für viele Menschen von Bedeutung sein könnte.«

Farim freute sich über die Zuversicht, die Zhinlohr ausdrückte, auch wenn die letzten Worte sehr mächtig klangen.

»Die Elbenstifte wären dein wichtigstes Werkzeug gewesen, und ich muss darüber nachdenken, was zu tun ist. Doch es wäre nicht richtig, dich verloren zu geben. Dafür habe ich zu lange gesucht.«

Von einem Moment auf den anderen spürte Farim ein flaues Gefühl im Magen. »G-gesucht?«

Zhinlohr seufzte. »Elbenstifte zeigen die Seele der Dinge, die ungeschönte Wahrheit.«

»Ja, ich w-weiß.«

»Aber das gilt nicht für jeden, der sie in Händen hält. Sie gehören zu den Heiligtümern der Scheltar.«

Jetzt verstand Farim gar nichts mehr.

»Die Wahrscheinlichkeit, einen Menschen zu finden, der sie führen kann, ist äußerst gering. Umso glücklicher war ich, als ich dich traf und dein Talent erkannte.«

»D-du hast nach s-so jemandem gesucht?«

»Zwei Sommer und zwei Winter lang. Ich werde dir alles erklären, falls du mit mir nach Innelles kommen willst.«

Ich habe eine wirkliche Gabe. Farim schüttelte fassungslos den Kopf. Dann erst verstand er, sein Herz begann zu rasen.

»Es soll ja nicht für immer sein. Aber vielleicht würde es dir Freude machen, ein wenig mehr von der Welt zu sehen. Und während der Überfahrt bliebe genügend Zeit, um voneinander zu lernen.« Zhinlohr zögerte, ehe er weitersprach. »Ich kann dir nicht versprechen, dass meine Brüder und Schwestern aus Innelles dich mit offenen Armen empfangen werden, aber ich weiß, dass ihr Fürst ein Freund der Kunst ist.«

»Ja.« Farim nickte so hastig, dass sein Stuhl wackelte. »Ja und j-ja.«

Zhinlohr schenkte ihm ein strahlendes Lächeln. »Es wird sicher nicht einfach, das solltest du wissen. Alle auf dem Schiff haben ihre Aufgabe und müssen mit anpacken. Das gilt auch für dich. Und das Meer kann tückisch sein. Unaussprechliche Wesenheiten leben dort, die womöglich unseren Weg kreuzen. Und Stürme bringen manch Verhängnis mit sich.«

Farim mochte nicht glauben, dass ein Schiff wie die »Pazhmaarh« wirklich in Gefahr geraten könnte – so groß und mächtig, wie es war. Doch seine Gedanken hingen noch an den Dingen, die Zhinlohr ihm erzählt hatte. Er fragte sich, welche Macht die Elbenstifte über die Farben hinaus besessen hatten, die einer besonderen Gabe bedurfte? Und warum hielt sein Elbenfreund an ihm fest, obgleich die Stifte zerstört waren? Plötzlich formte sich ein Gedanke in seinem Kopf, sein Herz pochte so stark, dass selbst Zhinlohr es hören musste. Vielleicht gab es noch weitere Elbenstifte. Oder man konnte neue Stifte herstellen. Die Elben hatten sie schließlich erfunden. Er versuchte gerade, eine Frage zu formulieren, als jemand grob gegen die Kabinentür pochte.

»Ja?« Zhinlohr sprang auf und war noch nicht ganz bei der Tür, als sie sich öffnete und Wehreng-Pronnjuhdor eintrat.

»Unsere Brüder und Schwestern werden unruhig, Freund Zhinlohr.« Braunrote Augen flackerten zu Farim herüber und wieder zurück. »Der Morgen graut und der Wind steht günstig. Kellwah-Liewiedah würde es gerne sehen, wenn wir ...«

»Kellwah-Liewiedah kann für sich selbst sprechen.«

Wehreng wurde zur Seite geschoben, eine Elbin in hautengem Oberteil und passenden Hosen trat ein. Sie hatte eine umwerfende Figur, Farim spürte, wie ihm das Blut in den Kopf schoss. Ihm kam die Kleidung etwas zu freizügig vor, auch wenn sie den Körper der Elbin vollständig bedeckte.

Er hob den Blick, um sich auf ihr Gesicht zu konzentrieren. Feingeschwungene Lippen, eine zierliche Nase und dunkelgrüne Augen, die ein wenig keck auf Zhinlohr blickten. Sie war die erste Elbin, die Farim von so Nahem sah, er war überrascht, wie natürlich sie wirkte. Ihr rotblondes Haar war in einem losen Dutt nach oben gesteckt und einige Strähnen fielen ihr seitlich ins Gesicht. Hätte sie keine Elbenohren gehabt, wäre sie in Myxa kaum aufgefallen.

Obgleich sie einen Kopf kleiner als Wehreng und Zhinlohr war, strahlte sie ein unerschütterliches Selbstbewusstsein aus. »Ich gebe gleich den Befehl, abzulegen.« Ein dunkelgrüner Blick streifte Farim, er blickte verlegen zur Seite. »Wenn Euer Freund hier nicht schwimmen will, sollte er von Bord gehen.«

»Das ist Farim, Sohn des Korthard Peggelbohn. Wichtigster Handelspartner von Innelles außerhalb der Elbengemeinschaft. Und ja, Farim ist in der Tat ein Freund der Elben und wird uns begleiten.«

Von einem Moment auf den anderen wurde es still im Raum. Die Anspannung brachte die Luft zum Knistern. Unsicher schaute Farim von der Schiffsführerin zum Heermeister. Ihre Blicke waren unbewegt und hätten alles bedeuten können, so eingefroren in dem Moment. Doch gerade das, so ahnte er, konnte nur eines heißen. Zhinlohr hatte sie nicht in seine Pläne eingeweiht, sondern sie einfach vor vollendete Tatsachen gestellt.

Wenn Farim gekonnt hätte, wäre er mitsamt dem Stuhl unsichtbar geworden, mitten zwischen ihnen.

»Ein Menschensohn auf meinem Schiff? Haltet Ihr das für eine gute Idee, Freund Zhinlohr? Nach unserem Gast am Nachmittag ist meine Mannschaft weniger denn je auf ...«, sie warf Farim einen taxierenden Blick zu, »auf Besuch eingestellt.« Kellwah schaute Zhinlohr abwartend an, doch er nickte nur, ohne etwas zu entgegnen.

»Nun denn, es mag so sein. Die Verantwortung liegt bei Euch. Ihr wisst, wie gefährlich so eine Überfahrt sein kann.« Sie trat dichter vor Zhinlohr, als Farim es hätte aushalten mögen. »Noch eins: Ich schätze es, wenn ich beizeiten in Pläne eingeweiht werde.« Ihre Stimme klang so eisig, dass es Farim kalt den Rücken herunterlief.

»Ich danke Euch, Freundin Kellwah.« Zhinlohr trat wie selbstverständlich an ihr vorbei und brachte wieder mehr Abstand zwischen sich und die Schiffsführerin. »Lasst uns Myxa also zufrieden verlassen. Mit ein wenig gutem Willen schaffen wir das sicher, ohne dass jemand nass werden muss.«

Der Satz kam leicht daher, wie eine Prise Humor, um die Situation zu retten. Doch Farim hatte ein Gespür für Zwischentöne und registrierte die Veränderung in Zhinlohrs Stimme. Sie verlieh der Rede mehr Bedeutung, als seine Worte es taten. Eine Entgegnung auf die Schiffsführerin, vielleicht sogar als Warnung zu verstehen. Aber konnte ein Elb aus Erellgorh auf einem Schiff aus Innelles so viel Einfluss haben? Er war doch nur Unterhändler, oder? Würden seine Elbenbrüder und -schwestern ihm das nachsehen?

Farim hatte den Eindruck, ein Funke genügte, um sie alle in einer Explosion vergehen zu lassen. Er traute sich kaum, Luft zu holen, geschweige denn, jemanden anzusehen.

Mit seinem Alleingang hatte Zhinlohr nicht gerade die beste Voraussetzung für eine reibungslose Überfahrt geschaffen. Farim konnte sich in etwa vorstellen, wie sich das für die Schiffsführerin und den Heermeister anfühlen musste, er kannte das Gefühl, fremdbestimmt zu sein, selbst allzu gut. Es gab auf Dauer nur zwei Möglichkeiten, friedlich mit so einer Situation umzugehen. Entweder annehmen, wie sie war, oder ändern. Die Alternative war sich anstauender Ärger, eine Wut nähren, die irgendwann zur Gegenwehr führen musste.

Er selbst hatte sich immer der Machtlosigkeit ergeben, hatte seine Handlungsfähigkeit verloren und nur versucht, möglichst unbescholten durch den Tag zu kommen. Wehreng und Kellwah schätzte er anders ein, ganz anders sogar!

»Wie Ihr wünscht, Zhinlohr-Bennzhardizh.« Die Schiffsführerin war aus ihrer Starre erwacht und betonte jede Silbe überdeutlich. Dann wandte sie sich von ihm ab und sah Farim direkt die Augen. »Seid also willkommen auf meinem Schiff, Farim, Sohn des Peggelbohn.«

Unsicher stand er auf und schaute sie an, bemüht, ihrem Blick standzuhalten. Sie waren etwa gleichgroß. Doch weder das noch ihr nächster Satz verhalfen ihm zu mehr Zuversicht.

»Für eine sehr kurze Zeit habt Ihr noch die freie Entscheidung, ob ihr nicht doch lieber hier in Myxa bleiben mögt. Wenn Ihr allerdings den Wunsch von Freund Zhinlohr teilt, wollen wir Euch einstweilen gestatten, uns zu begleiten.«

Farim nickte stumm. Er spürte sein Stottern hinter der Zunge lauern, bereit, jedes Wort zu zerhacken.

»*Yn kjeronn ussu fierh jaln frannjorh perk Innelles.*« Unheilvoll grollte Wehrengs Stimme durch den Raum. Farim verstand kein Wort davon, doch der Tonfall klang alles andere als freundlich. »*Pronnkor, cryndur i-jigu torpinn.*«

»*Ophana jamm! Crun raiwende yl mellozhar!*«, entgegnete Zhinlohr barsch.

Farim hielt den Atem an. Am liebsten wäre er aus der Kabine gelaufen und von Bord gerannt.

»Ruhe!«, donnerte Kellwah dazwischen und rief die beiden zur Ordnung. »Wir haben einen Gast an Bord.«

Wehreng und Zhinlohr standen sich gegenüber, für einen Moment war es so still, dass Farim seinen Atem hörte.

»Nun denn«, der Heermeister mühte sich, ruhig zu bleiben. »Unsere Reise wird lang und das Meer kann unwirtlich sein. Der Sohn des Händlers weiß nicht, was es bedeutet, mit uns auf See zu sein. Viele Tage weitab der Küste, den Elementen der Natur ausgesetzt und keine Möglichkeit, schwimmend an Land zu kommen. Er sollte gut nachdenken, ob er dieses Wagnis eingehen will.«

Nein! Alle Fluchtinstinkte wurden in Farim wach. Mit jemandem wie Wehreng wollte er kein Wagnis der Welt auf sich nehmen. Unwillkürlich machte er einen Schritt in Richtung Tür, hielt dann aber inne. Er wischte sich kalten Schweiß von der Stirn. *Ich muss Ruhe bewahren. Zhinlohr hat viel riskiert, um mich mitzunehmen.* Farim sah ihn an, in der Hoffnung auf Worte, an denen er sich festhalten könnte, um standhaft zu bleiben. Doch der Elb schwieg.

»Mir scheint, es geht Euch nicht sonderlich gut, Sohn des Peggelbohn.« Die Schiffsführerin trat näher und legte ihm eine Hand auf die Schulter. Sie drückte so fest zu, dass er Mühe hatte, ein Stöhnen zu unterdrücken.

»Genug der Fürsorge.« Endlich schaltete sich Zhinlohr ein und stieß ihre Hand beiseite. »So viele gute Wünsche ist Farim nicht gewohnt. Und, wenn ich das für ihn sagen darf, er schätzt das Schweigen mehr als das Reden. Eine Weisheit, derer wir uns auch erinnern sollten, steht sie doch in so manchen Schriften unserer Ahnen geschrieben.«

»Wohl gesprochen, Freund Zhinlohr«, säuselte die Schiffsführerin. »Nun denn, wenn Schweigen kein Ausdruck von Angst ist, begrüße ich es sehr.« Dunkelgrüne Augen hefteten sich auf Farim und schienen bis auf den Grund seiner Seele zu schauen.

Doch Zhinlohr lenkte ihren Blick wieder auf sich. »Mein Freund ist es gewohnt, Herausforderungen zu meistern und auch dann zurechtzukommen, wenn die Situation seinen Vorstellungen oder Wünschen entgegensteht.« Er wandte sich Farim zu. »Ist es nicht so?«

Umstände, die anders waren, als er sich das wünschte? Er dachte an die Schreibstube, das dämmrige Licht der Öllampen, das über tintenschwarze Ziffern flackerte, und nickte. Ja, er konnte mit Dingen umgehen, die ihm zuwider waren. Ob sich die Dienste im Kontor seines Vaters aber mit denen auf einem Schiff vergleichen ließen, wusste er nicht.

»Ich weiß, dass du hier gut zurechtkommen wirst.« Wohlwollend blickte Zhinlohr ihn an. Hellblaue Augen mit dunklem Rand. »Denn du hast dafür einen sehr guten Grund: Du möchtest lernen. Lernen, um deiner Bestimmung zu folgen.«

»Ja«, antwortete Farim und war froh, es ohne Stocken herausgebracht zu haben. Er drückte den Rücken durch und schaffte es, Wehreng und Kellwah in die Augen zu sehen.

»Wohlan.« Ein dunkelgrüner Blick noch, dann drehte sich die Schiffsführerin um, schritt aus der Tür und begann umgehend, laute Befehle zu rufen.

Wehreng sparte sich jedes weitere Wort und verließ den Raum, ohne zurückzusehen. Als die Tür ins Schloss fiel, atmete Farim erleichtert auf. Sein Herz schlug ihm bis zum Hals und beruhigte sich nur langsam.

Zeit für Erholung gönnte Zhinlohr ihm jedoch nicht. »Kellwahs Mannschaft ist äußerst fähig. Es wird nicht lange dauern, bis wir den Hafen von Myxa hinter uns gelassen haben. Es wäre also gut, wenn wir einen Schlafplatz für dich finden, ehe wir auf hoher See sind.«

Unsicher schaute Farim sich in der Kabine von Zhinlohr um, sie schien groß genug für zwei.

»Ich würde dich bei mir aufnehmen, wenn die Situation eine andere wäre. Doch es ist wichtig, dass meine Elbenbrüder und -schwestern mich aufsuchen können, ohne über ihren Schatten springen zu müssen.«

Was meinte Zhinlohr damit? Farim dachte an seinen Vater und daran, wie diplomatisch auch er in Momenten sein konnte, in denen Kunden wie die Gluhnbars ihn »heimsuchten«, wie er es nannte. »Erfolg hat immer einen Preis«, das war einer seiner Leitsprüche. Und manchmal hatte er Farim zur Seite genommen und einen weiteren Satz hinzugefügt: »Deshalb sollte man auch vorher überlegen, was man zu zahlen bereit ist.«

Zhinlohr war auf diesem Schiff der einzige Elb aus Erellgorh. Welche Zugeständnisse musste er machen, um von den Elben aus Innelles akzeptiert zu werden?

»Kommst du mit mir?« Zhinlohr stand schon an der Tür und hielt sie auf.

Bei dem Gedanken, Wehreng oder ähnlichen Elben zu begegnen, grauste es Farim. Er griff nach seiner Zeichentasche. Besser, sie blieben noch eine Weile. »Ich w-wollte dir doch meine B-bilder zeigen.«

»Später, Freund Farim. Vorher müssen wir dich gut unterbringen und dann möglichst rasch eine Arbeit finden, mit der du dich in unsere Gemeinschaft einbringen kannst. Gerade jetzt gilt es, meine Brüder und Schwestern davon zu überzeugen, dass du auf der ›Pazhmaarh‹ ein Gewinn für uns alle bist!«

Helldirh

Ein Gewinn für sie alle? Ein Stotterer, der im Dunkel der Nacht aus dem Haus seines Vaters geflüchtet war? Das schien Farim mehr als unwahrscheinlich. Trotzdem nickte er tapfer und folgte Zhinlohr hinaus aufs Deck. Er hätte diesen schlichten Satz, der sich wie ein schweres Gewicht auf seine Schultern legte, gerne in der Kabine zurückgelassen und wieder vergessen. Doch die Worte würden ihn so schnell nicht loslassen. Sie waren zu bedeutungsschwer, um sie zu ignorieren.

An der Reling ließ Zhinlohr ihm Zeit, auf Myxa zurückzusehen. Die Sonne ging gerade erst auf, aber die Handelshäuser wirkten schon jetzt einladend und prächtig im Licht des beginnenden Tages. Ihre unterschiedlichen Giebel und Farben bildeten eine prachtvolle Kulisse für die Schiffe und Fischerboote. Solange Farim denken konnte, hatten stets mehrere Zwei- oder Dreimaster vor Anker gelegen, fest vertäut am Kai, gleichsam ein Bild der Freiheit und der Verbundenheit. Ein untrennbarer Bestandteil der Stadt, und gleichzeitig Teil des Meeres und aller Häfen dieser Welt.

Der einzige Ort aber, zu dem Farim bisher eine besondere Verbindung gespürt hatte, war das Turmzimmer seiner Mutter – und der Platz unter den Trauerweiden im Schlossgarten. Doch von alldem hatte er jetzt die Bande gelöst, um einer ungewissen Zukunft entgegenzusegeln.

Ein Gewinn für alle? Um das glauben zu können, müsste er mehr von Zhinlohr erfahren. Warum hatte er solange gesucht und was meinte er mit der Bestimmung, die vielleicht einmal für viele Menschen von Bedeutung sein könnte? Bisher war es doch nur um das Malen von Bildern gegangen.

Als sein Blick das Handelshaus seines Vaters fand, die großen Fenster des Kontors und den Turmanbau streifte, wurde ihm das Herz schwer. Er verließ nicht nur den ungeliebten Arbeitsplatz, rauchgeschwängert von flackernden Öllampen. Und nicht nur die Schauplätze schlechter Erinnerungen. Nein, er ließ seinen Vater, sein Elternhaus – sein einziges Heim hinter sich. Je kleiner es wurde, in der Ferne zusammenschrumpfte wie eine alternde Orangenfrucht in der Sonne, umso unbedeutender fühlte er sich selbst. Wie sollte es weitergehen?

»Nur wenigen ist es geschenkt, nie mit sich zu hadern.« Zhinlohr traf einmal mehr ins Schwarze. Es war, als läse er Farims Gedanken. »Den meisten Wesen fällt der Abschied schwer. Denk nur an die Wechselbeutler, Faltenfederer oder Sammlerkröten. All diese Wesen müssen in ihrem Leben immer wieder ihr angestammtes Revier verlassen, um weiterleben zu können. Selbst sie hadern mit sich und suchen nach Wegen, es besser zu ertragen.«

»Faltenfederer?« Von den Wechselbeutlern, die immerzu Samen und Zapfen auflasen und in ihrem Beutel verstauten, hatte man ihm berichtet. In der Gegend um Myxa gab es aber leider keine mehr. Ebenso wenig die Sammlerkröten, von denen Seeleute gerne erzählten, weil sich unter den Panzern dieser Tiere wahre Schätze verbergen konnten. Doch von solchen Federern hatte Farim noch nie gehört.

»Faltenfederer sind seltene Geschöpfe, die du in den Menschenlanden nicht antreffen wirst. Zu jagdfreudig sind die Königsvölker geworden.« Ein Schatten huschte über Zhinlohrs Gesicht, verschwand aber wieder. »Die Faltenfederer ziehen durch die östlichen Lande Jukahbajahns, wo die Magie der Welt noch atmen kann. Sie leben in Bäumen und schwingen leichthändig von Ast zu Ast. So rasch, dass ihr smaragdgrünes Federkleid mit den Konturen des Waldes verschwimmt.«

Wie wunderschön sie sein mussten. Farim hatte sofort ein Bild im Kopf, seine Neugier auf diese und andere Geschöpfe der Welt entflammte aufs Neue. Die Sehnsucht, all das mit eigenen Augen zu sehen, packte ihn und verjagte die trüben Gedanken. »W-warum nennt man sie F-faltenf-federer?«

Zhinlohr lächelte. »Ihre Haut ist zu groß für sie, fast so, als müssten sie noch hineinwachsen. Die Anordnung ihrer Federn aber erlaubt ihnen, ihre Falten als Taschen zu nutzen. Je älter sie werden, desto mehr machen sie davon Gebrauch.«

Wie fantastisch das klang. In Farims Kopf entstanden smaragdgrüne Bilder, die seine Finger zum Jucken brachten. Am liebsten hätte er sofort Pergament und Stifte gezückt. »Und was sammeln sie in ihren Federtaschen?«

»Raupen von Schmetterlingen und Vogeleier. Ihre liebsten Nachbarn, wenn man so will. Auch Lillibells wurden im Sammlerkleid von alten Weibchen gesehen. Sie können keine eigenen Jungen mehr bekommen und auf den Wanderungen mit dem Tempo ihrer Kinder und Kindeskinder nicht mithalten. So bleiben sie zurück und gründen auf diese Weise neue Familien, wenn man so will.«

»D-das bedeutet, d-dass sie fremden N-nachwuchs ausbrüten, nur d-damit sie nicht allein sind?« Farim war sich nicht sicher, ob er das gut finden sollte.

Doch Zhinlohr zerstreute seine Vorbehalte. »Sie brüten sie nicht nur aus, sondern kümmern sich auch um sie. Beinahe wie eine leibliche Mutter. Wer einmal eine alte Faltenfederin inmitten ihrer Schmetterlings- und Vogelkinder gesehen hat, wird die Harmonie nicht vergessen, die diesen Gemeinschaften innewohnt.« Zhinlohrs Blick richtete sich in eine unbestimmte Ferne. »Fürwahr ein tröstlicher Gedanke, dass sich immer und überall eine Familie finden lässt, in der man sich wohlfühlt, meinst du nicht?«

Ja, das war wirklich eine schöne Vorstellung. Das Leben barg so viele Möglichkeiten und bot mehr als nur einen Weg oder eine Antwort. Erleichtert sah Farim zur Küste. Windschiefe Bäume, über graue Felsen gebeugt, der Gischt der Wellen entgegenblickend, die sich an den Klippen unter ihnen brachen. Myxa verschwand bereits aus seinem Blickfeld, doch in diesem Moment war das für ihn in Ordnung.

Auch die fremden Gesichter auf dem Schiff hatten ihre Schrecken verloren, als er Zhinlohr folgte. Die meisten der Elben kletterten hoch in den Wanten, hangelten sich von Mast zu Mast, sprangen und balancierten über die Takelage wie Seiltänzer auf einem Gauklermarkt. Kaum mehr als tanzende

Striche waren sie von hier unten. Und obgleich es von Deck aus so kinderleicht aussah, geschmeidig und voller Kraft, hätte Farim um keinen Preis hinaufgewollt.

Segel um Segel wurde gesetzt, blähte sich im Wind, ließ die »Pazhmaarh« Fahrt aufnehmen. Die Küste wich zurück und unter ihren Füßen schwankte die Welt mit den Wellen des Meeres auf und ab – stärker, als es in Küstennähe der Fall war. Ein unangenehmes Gefühl, das Farim schon jetzt zu schaffen machte.

Als Zhinlohr ihn unter das Bugdeck brachte, um nach einem Schlafplatz für ihn zu suchen, krampfte Farims Magen sich zusammen, seine Knie wurden weich. *Bitte nicht.* Er durfte auf keinen Fall seekrank werden, wenn er sich an Bord behaupten wollte.

Einatmen und ausatmen, nicht daran denken. Er konzentrierte sich auf die Atmung und hielt sich dicht an der Wand, Zhinlohr direkt vor sich. Er würde es schaffen – er musste!

Die wenigen Sätze, die sein blonder Freund mit den anderen wechselte, führte er in der Menschensprache. Das gebot die Gastfreundschaft, wie er ihm erklärte. Farim gehöre jetzt zur Mannschaft des Schiffes und für Elben sei es selbstverständlich, für eine gute Verständigung zu sorgen. Miteinander zu reden sei die Grundlage für Frieden und Harmonie. Farim glaubte ihm.

»Warum k-können alle Elben d-die Menschensprache?«

»Nicht alle, aber die meisten von uns.« Zhinlohr sah ihn versonnen an. »Unser Leben währt lang, wie du weißt. Dekaden über Dekaden ziehen an uns vorbei, Erfahrungen und Erlebnisse, die uns wachsen und zweifeln lassen. Riten und Bräuche, die dem einen Elbenhaus fremd sind, sind einem anderen unserer Häuser womöglich vertraut. Wir unterscheiden uns und sind doch geeint in einem Streben: dem Wunsch, wissend zu sein. Dazu gehört auch das Lernen von Sprachen und Dialekten. Wie könnte man ein langes Leben besser füllen?«

Das also war die Schnittmenge zwischen Zhinlohr und seinen Brüdern und Schwestern aus Innelles, deren Unterschiede kaum augenfälliger hätten sein können. Da war die

Haarfarbe, die bei der Schiffsbesatzung von rotblond über kastanienbraun bis kupferrot, ja, fast blutrot reichte. Und da war ihre Körpergröße, die bei den meisten nicht an die seines Freundes aus Erellgorh heranreichte. Doch viel mehr noch waren es ihre Blicke, so abschätzend und wachsam, als hüteten sie ein Geheimnis, dessen Offenbarung ihr ganzes Dasein in Gefahr bringen konnte.

»W-warum mögen sie uns M-menschen nicht? W-warum bist du so v-viel aufgeschlossener?«

»Es ist eine lange Geschichte für einen anderen Tag, doch du solltest wissen, dass meine Brüder und Schwestern vor sehr langer Zeit aus ihrer Heimat vertrieben wurden.«

Farim konnte es nicht glauben. »Sie haben sich vertreiben lassen? Warum?«

»Als das rote Banner in ihr Land getragen wurde, werteten sie den Schutz des Lebens höher als die Verteidigung ihrer Heimat. Sie wichen zurück und erbauten Innelles neu.«

»Und es waren Menschen, die sie vertrieben haben?«

Zhinlohr nickte. »Die Feuerelben, wie sie von euch genannt werden, haben mit allen Menschen gebrochen und nie wieder Kontakt aufgenommen.« Er seufzte. »Aber das liegt Dekaden um Dekaden zurück und die Handelsschifffahrt war ein Versuch, die Verhärtung aufzubrechen.«

Schweigsam und in Gedanken versunken folgte Farim Zhinlohr durch das Schiff. Er verstand jetzt, wie schwer es für die Elben sein musste, ihn aufzunehmen. Ein Fremdling, um dessen Anwesenheit niemand gebeten hatte und der sie an ihre Vergangenheit erinnerte.

Ihre Vorbehalte, die er bei jedem Blick zu spüren glaubte, waren dennoch falsch. Denn er war nicht derjenige, der sie einst vertrieben hatte. Er hatte selbst seine Heimat verlassen, alles Gewohnte und Vertraute zurückgelassen und war auf ihre Hilfe angewiesen. Die Elben aus Innelles hatten auf ihrem Schiff die stärkere Position, er die schwächere. Sollte ihnen das nicht genug Selbstsicherheit und Gleichmut geben, um ihm ein wenig mehr Offenheit entgegenzubringen?

»Das ist Brannwahn-Helldirh.« Farim schrak zusammen, als Zhinlohrs Hand auf seine Schulter fiel. »Freund Helldirh ist ein Wächter der See, also dafür zuständig, das Meer im Auge zu behalten. Er wird dich aufnehmen.«

Völlig überrumpelt nickte Farim. Inzwischen hatte er schon gar nicht mehr zugehört, wenn Zhinlohr nach einem Schlafplatz gefragt hatte. Sie standen bereits im zweiten Unterdeck und waren an Dutzenden von Schlafnischen vorbeigekommen. Entweder war niemand da gewesen oder es hatte gute Gründe gegeben, warum Farim genau dort nicht aufgenommen werden konnte.

Hier nun hatte Zhinlohr anscheinend endlich jemanden gefunden, der offener gegenüber Menschen war. Einen Wächter der See also. Flüchtig musterte Farim den muskelbepackten Elben, der halb nackt neben einer Waschschüssel stand. Das krause Haar glänzte in einem dunklen Rotbraun. Wassertropfen perlten ihm wie Tau von den spitzen Ohren, sickerten in den feuchten Haarschopf und tropften von dort auf seine nackten Schultern.

Wasser schwappte in der Schale, ein Stück Seife trieb hin und her, Farim fühlte erneut Übelkeit aufsteigen. Ihm schwindelte und er musste schlucken. *Reiß dich zusammen!*

Mit einer anmutigen Bewegung griff der Elb nach einem Tuch und rieb seinen Oberkörper ab, während er Farim aus hellbraunen Augen musterte. Der Wächter der See war kräftiger als die anderen Elben und ließ sich viel Zeit fürs Abtrocknen, als bräuchte jede einzelne Kontur seiner Muskeln besondere Aufmerksamkeit. Es kam Farim etwas zu selbstverliebt vor, hoffentlich müsste er das nicht oft mit ansehen.

Er selbst vermied Nacktheit, weil er nur wenig athletisch war. Im Vergleich zu diesem Elb war er nicht einmal schlank, sondern geradezu schmächtig und dürr. Und ausgerechnet mit dem musste er eine Kabine teilen. Na prima.

Während Zhinlohr dem Schönling von den guten Beziehungen zum Handelskontor Peggelbohn berichtete und ihm erläuterte, warum der Sohn des Hauses mit den Elben reisen sollte, betrachtete Farim die Schlafnische. Sein neues Zuhause – zumindest für eine gewisse Zeit. Wenn ihm doch nur nicht so schlecht wäre. Wieder machte sich sein Magen bemerkbar, dabei hatte er noch gar nichts gegessen. Seine Beine fühlten sich weich an wie Pudding.

Mit unsicherem Schritt trat er an eine der Holzwände, die die Schlafstatt von den Nachbarkabinen trennte, lehnte sich dagegen und hielt sich den Bauch. Er musste durchhalten. Während er sich weiter umsah, versuchte er, nicht an das Schwanken zu denken. Hoch und runter, auf und ab.

Zum Gang hingen die gleichen cremefarbenen Wollvorhänge wie im oberen Deck. Ein schöner Kontrast zum dunklen Holz. Zwischen den hohen Betten, unter denen sich kleine Schrankfächer befanden, gab es nur noch den Waschtisch und einige Haken für Handtücher oder Wäsche. Alles war praktisch, platzsparend und schlicht. Keine Intarsien, keine Schnitzereien, keine Wandbemalungen. Ein wenig enttäuschend, dabei wäre über den Betten Platz genug dafür gewesen. Farim hielt sich die Hand vor den Mund, als er sauer aufstoßen musste. Rauf und runter, hin und her.

Ein leichtes Räuspern lenkte seine Aufmerksamkeit zurück auf den Elb, der endlich trocken war und auf ihn zutrat. »*Yt Zhar ezh tuhn!*«, sagte er mit bewegungsloser Miene.

»*E J-jigu i J-jylnuhn!*« Warum nur musste er immerzu stottern? Wenigstens ließ sein Kabinengenosse sich nichts anmerken. Vielleicht hatte er einfach keine großen Erwartungen, wenn es um Menschen ging.

»Du darfst mich Helldirh nennen.« Er streckte ihm einen muskelbepackten Arm entgegen, Farims Hand verschwand in der kräftigen Pranke des Elbenmannes. Schon befürchtete er, seine Finger würden in einer Art Schraubstock zerquetscht, doch sein Bettnachbar überraschte ihn mit einem zwar festen, aber angenehmem Händedruck.

»Helld-dirh«, wiederholte er, so freundlich es ihm möglich war, während der Druck in seinem Bauch immer stärker wurde. »Ich b-bin F-farim.« Er rang sich ein Lächeln ab, das die Unpässlichkeit überdecken, Selbstsicherheit und Sympathie ausdrücken sollte. Doch Gesichtsmuskeln und Magen gerieten in einen ungleichen Wettstreit, der seine Mimik verzerrte. So würde er keine Freundschaften schließen.

»Willkommen auf der ›Pazhmaarh‹.« Der Wächter der See hatte eine angenehme Stimme. Heller und weniger grollend als die des Heermeisters. Auch wenn sie einen ähnlichen Akzent hatten. »Du siehst missgestimmt aus.«

Fast wie zur Bestätigung entrang sich Farims Kehle ein Rülpser, der Säure in den Mund beförderte und Helldirh erstaunt innehalten ließ.

Der Wächter wirkte gleichsam verwirrt und verwundert, beinahe so, als müsste er überlegen, was für ein seltsames Geschöpf da vor ihm stand. Nach kurzem Zögern wandte er sich Zhinlohr zu. »Hat er schon eine Aufgabe?«

Er? Nicht, dass Farim scharf auf ein Gespräch gewesen wäre, aber nur dumm dabeizustehen, wenn andere über ihn sprachen, war auch nicht gut. Er kam sich vor wie ein Anhängsel ohne Namen.

»Nein, ich hielt es für besser, Farim erst das Schiff zu zeigen und einen geeigneten Schlafplatz für ihn zu finden. Dachtest du an etwas Bestimmtes, Freund Helldirh?«

»Ich hätte Verwendung für ihn.«

Verwendung? Wie meinte er das denn? Farims Magen verkrampfte sich, sein Herz schlug schneller, er sah nervös zwischen den beiden Männern hin und her.

»Wie du weißt, fehlt uns ein Steiger, nachdem einer unserer Brüder gefallen ist.«

Gefallen? Was bedeutete das denn?

»Nein, das geht nicht.« Zhinlohrs Stimme klang schroff.

»Wieso nicht? Er ist alt genug, als Steiger zu arbeiten.« Helldirh sprach gedehnt und zog die Vokale ungewöhnlich in die Länge. Vielleicht konnte Farim deshalb nicht einschätzen, wie ernst oder fordernd der Wächter der See meinte, was er von sich gab. Und der Begriff Steiger sagte ihm auch nichts.

»Unser junger Gast ist nicht so trainiert, wie wir es sind. Bedenke, Freund Helldirh, dass Körperertüchtigung nur bei wenigen Menschen eine Rolle spielt.«

Die hellbraunen Augen hefteten sich auf Farim. »Schmächtig ist er, das stimmt. Aber vielleicht auch drahtig. Und er ist leicht. Oder hat er etwa Höhenangst?«

Höhenangst? Das mulmige Gefühl verstärkte sich und Farim dachte an die Takelage, die hohen Masten, die Rahen und das Segelwerk, das jeden Balken im Schiff vibrieren ließ, wenn es im Wind hin- und herschlug.

»Das weiß ich nicht. Aber um dort oben zurechtzukommen, braucht es viel Erfahrung. Zu leicht kann ein Schritt fehlgehen und zu schnell ermüden die Hände, wo es festzuhalten gilt. Ein Sturz kann ihn schneller zu den Seelen bringen, als wir eingreifen könnten.«

Zu den Seelen? Unwillkürlich trat Farim einen Schritt zurück und verlor fast das Gleichgewicht, als das Schiff sich im selben Moment zur Seite neigte. Sein Magen rebellierte und die Kabinennische begann sich zu drehen. Er war zu müde und erschöpft für all das hier.

Helldirhs Pranke packte seine Hand, doch nicht, um ihn zu stützen. Der Elb drehte und wendete sie wie bei einer Fleischbeschau. Farim versuchte, sie wegzuziehen, hatte dem festen Griff des Wächters aber nichts entgegenzusetzen.

»Schmale Finger und nur wenig Kraft. Nun, das gibt sich. Er wird eben anfangs etwas aufpassen müssen.«

»Nein!« Zhinlohr fasste nach Helldirhs Arm, bis der Wächter der See losließ. »Das kann ich nicht erlauben.«

Farim taumelte gegen die Wand, sein ganzer Unterleib zog sich ruckartig zusammen. Er versuchte zu schlucken, wollte sich die Hände vor den Mund pressen und konnte es doch nicht aufhalten. Schwallartig erbrach er sich direkt vor Helldirhs Füße. Dann folgten krampfartige Schübe, die ihm die Luft zum Atmen raubten und ihn auf den Boden zwangen.

»Farim, bei den Seelen, komm zu dir.« Zhinlohrs Stimme, seltsam fern, vom Rauschen in Farims Kopf übertönt.

Dann eine Berührung. Jemand strich über seinen Nacken. »*Brian jyhr brian fellezh i tuhl.*«

Wieder schüttelte ihn der Brechreiz und jedes andere Empfinden verschwamm.

»*Brian jyhr brian fellezh i tuhl.*«

Für einen Moment ließ das Würgen und Spucken nach, Farim holte Luft. Er fand sich auf allen vieren hockend in einer Lache sauer stinkenden Schaums, der die Übelkeit erneut anfachte. Er fühlte sich schwach und elend, ekelte sich vor sich selbst. Dann gaben seine Arme nach, er sackte in das Erbrochene, seine Sinne schwanden.

Offenbarung

Farims Gedanken trieben wie Herbstlaub auf dunklem Wasser. Vögel mit feurigen Schweifen zogen vorbei, Kreaturen tauchten neben ihm auf und vergingen. Zauberhafte Wesen und hässliche Fratzen, Insekten, Nager und menschenartige Gestalten mit spitzen Ohren. Stimmen mischten sich in seine Wahrnehmung, formten Elbenohren zwischen rotem Haar. Er lag auf dem Rücken und er lag weich. Endlich verebbten die wirren Träume und ließen klarere Gedanken zurückkehren, Erinnerungen daran, was passiert war. Er spürte die Röte ins Gesicht schießen, als ihm bewusst wurde, was für ein Bild er dargeboten hatte. Der schwache Stotterer, umgefallen und in seinem Erbrochenen hockend. Entschlossen kniff er die Augen zusammen, nicht gewillt, jemals wieder aufzuwachen.

»Nein, mein Freund. Hadere nicht.« Zhinlohrs Stimme, leise und warm, unmittelbar neben ihm.

Woher wusste er, was Farim dachte? Er öffnete die Augen und sah ihn fragend an.

»Sorge dich nicht. Keiner von uns kann deine Gedanken lesen. Dein Gesicht ist es, das mir von ihnen erzählt. Die Röte deiner Wangen, die Lippen, die sich fest aufeinanderpressen, die Falte zwischen deinen Brauen. Pein über dein Elend und Strenge mit dir selbst sprechen daraus.«

Farim wünschte sich zurück nach Myxa, in die dunstige Schreibstube, dorthin, wo er niemandem auffiel und so etwas noch nie passiert war. Doch langsam ging es ihm besser. Die Worte seines Freundes waren tröstlich.

»Wisse, Freund Farim, dass du nicht der Einzige bist, der das durchlebt hat. Vielen vor dir ist es ähnlich ergangen.«

Farim setzte sich auf. »W-wird das mal b-besser?«

Zhinlohr nickte. »Ich denke schon. Die Gewöhnung an die Bewegungen des Schiffes machen einiges aus. Und wenn es dir schlecht geht, helfen frische Luft und der Blick zum Horizont, um zu begreifen, wo oben und unten ist.«

Farim schwang die Beine aus dem Bett. Eine zaghafte Entschlossenheit keimte in ihm auf. Wahrscheinlich war es, wie Zhinlohr sagte. Was hatte sein Vater gemeint? »Wo ein Wille ist, ist auch ein Weg.« Plötzlich musste er lächeln, als ihm einfiel, was der alte Gernhold dann oft gesagt hatte: »Und wenn dem Weg nicht mit bloßem Willen beizukommen ist, braucht es einfach einen anderen.«

Entschlossen stand er auf und drückte den Rücken durch. »Ich will es schaffen.«

Zhinlohr, der auf Helldirhs Bett gesessen hatte, erhob sich ebenfalls. Wo war der Wächter der See? Erst jetzt merkte Farim, dass sie allein waren. Sein Blick fiel auf den Boden der Kabine, doch nichts erinnerte mehr an sein Erbrochenes.

»Was willst du schaffen?«

Irritiert sah er Zhinlohr an. Ja, was eigentlich? Einfach nur zeichnen und malen? Bücher für die Reichen verzieren, denen es nur darum ging, etwas Schönes zu besitzen? Nein, das wollte er bestimmt nicht. Er schloss die Augen und horchte in sich hinein. Fast sofort kamen ihm die fantastischen Geschöpfe seines Traums in den Sinn. Eine bunte Welt voller magischer Wesen und Kreaturen, die nur darauf wartete, von ihm gezeichnet zu werden. Farim dachte an die Bilder, die er mit den Elbenstiften gemalt hatte, und an die Menschen, die sie so begeistert betrachtet hatten. Er dachte an die Freude Matten Schenkers, an dessen kranke Tochter, das Lob der Tintenmacherin und Billkes strahlende Augen. Für sie alle würde er die Welt umrunden. Würde die Seele Jukahbajahns in bunten Farben einfangen und ihr Leben feiern. Vom Zimbelspecht bis zum Adler und von der Assel bis zur Zecke. Er liebte sie alle. Jedes Geschöpf, das da kreuchte oder fleuchte, hatte seinen Zauber. Man musste nur hinschauen und es denen zeigen und erklären, die es nicht sehen konnten.

Wieder dachte er an das Buch in der Auslage des Ladens. Ihm wurde klar, dass es für ihn nicht mehr infrage kam, die Schriften anderer zu verzieren. Sein Ziel waren eigene Bücher.

»Ich sehe dir an, dass du etwas gefunden hast.«

»Aber ja. Ich werde nicht mehr nur malen und zeichnen, sondern auch schreiben«, verkündete er stolz.

Plötzlich erschien es ihm unbegreiflich, dass er nicht längst darauf gekommen war. Wie Bilder auf Pergamenten ganze Landschaften zeigten, konnten Worte sie in den Köpfen der Leser erzeugen. So wie die Logbücher seines Vaters, durch die er in ferne Welten gereist war. Beides zu verbinden, wäre etwas vollkommen Neues und würde selbst aus langweiligen Abhandlungen spannende Bücher machen. Er lachte. »Ich denke, ich habe endlich meine Bestimmung gefunden.«

Zhinlohr lächelte. »Nach deinem Gesicht zu urteilen, ganz bestimmt. Und was ist nun dein Schaffensziel?«

»Bücher«, sagte Farim voller Überzeugung. »Bücher mit Bildern und Worten. Keine Zeichnungen, die allein der Zierde dienen, sondern die veranschaulichen und erleben lassen.« Er fühlte sich so wohl mit diesem Gedanken, dass ihm gar nicht auffiel, wie flüssig das alles aus ihm heraussprudelte. »Und dazu Texte, die die Menschen tiefer in die Bilder hineinziehen und ihnen zeigen, was dahintersteckt. Sie sollen das Leben verstehen, die alltäglichsten und die sonderbarsten Geschöpfe schätzen lernen.« Farim merkte, wie er über das ganze Gesicht strahlte.

Sein elbischer Freund schenkte ihm ein anerkennendes Nicken. »Die Welt der Welt zeigen. Ein Ziel, das einer Bestimmung würdig ist, wenn es auch schwer zu erreichen sein wird.«

»Mit Freunden wie dir kann man alles schaffen!«

Zhinlohrs Mund öffnete und schloss sich wieder, als behielte er seinen ersten Gedanken lieber für sich. Aber nur einen Lidschlag später ergriff er doch das Wort. »Ich habe dir erzählt, dass ich lange gesucht habe, um jemanden zu finden, der würdig ist, die Elbenstifte zu führen.« Der Blick des Elbs verdunkelte sich. »Aber ich habe dir noch nicht erzählt, warum.«

Plötzlich erfasste eine innere Unruhe Farim, sein Herz schlug schneller. Gleich würde er erfahren, was es wirklich mit den Elbenstiften auf sich hatte.

Sein Freund bedeutete ihm, noch einmal Platz zu nehmen, und setzte sich dann ebenfalls. »Es gab nur fünf Elbenstiftpaare auf der Welt, eines für jedes Elbenreich.«

Das waren immerhin mehr, als Farim bisher gedacht hatte.

»Ihre Macht, die Seele der Dinge zu zeigen, sollte die Geschicke der Fürstinnen und Fürsten leiten, so das Ansinnen des Scheltar, der sie erschuf. Doch nur wenige konnten ihre Magie nutzen, ja, nicht einmal ihre Farben hervorlocken.«

»Das verstehe ich nicht. Es sind doch die Stifte eures Volkes.« Farim hatte fast von Anfang an die prächtigsten Bilder mit ihnen gemalt, ohne irgendeine magische Fähigkeit zu besitzen.

»Nun, lass es mich so sagen: Diese besondere Gabe ist keine Elementemagie und überdies im Begriff auszusterben. Es gibt keine Elbin und keinen Elb mehr, der sie besitzt. Das war der Grund, weshalb Fellen-Kehlanda mich bat, unter den Menschen nach jemandem mit dieser Gabe zu suchen.«

»Die Fürstin von Erellgorh?«

Zhinlohr nickte. »Es sind ihre Stifte gewesen.«

»Das tut mir leid.« Farim wusste nicht, was er sagen sollte. Plötzlich wog der Verlust noch schwerer.

»Mir auch. Denn die Elbenstifte wären ein Werkzeug gewesen, um den Völkern der Welt Erkenntnis zu bringen. Um ihre Gier nach Magie und Macht zu dämpfen.«

»Und ich sollte derjenige sein, der das vollbringt?« Das klang jetzt doch zu groß für ihn. Selbst wenn er gewusst hätte, was zu tun gewesen wäre – welches Herrscherhaus schenkte dem Sohn eines Händlers, einem Künstler Gehör?

»Du bist der Einzige, den ich finden konnte.«

Farim sprang auf. »Dann hast du nicht gut genug gesucht. Ich kann nur malen, mehr nicht. Tut mir leid.« Er setzte sich wieder.

»Ich kann verstehen, dass das schwer zu begreifen ist. Deshalb habe ich auch so lange damit gewartet, es dir zu offenbaren. Vielleicht zu lange.« Zhinlohr senkte den Blick.

Jäh dachte Farim an die Bruchstücke in seiner Zeichentasche. Fast hätte er sie hervorgeholt, doch der Augenblick war nicht der Richtige. »Ich nehme an, ohne Elbenstifte spielt meine Gabe sowieso keine Rolle mehr, nicht wahr?«

»Ohne die Magie ihrer Farben ist sie zumindest begrenzt.«

»Dann wäre es doch gut, wenn ich aus einem der anderen Elbenreiche ein Paar bekommen könnte, oder nicht?«

Zhinlohr schüttelte den Kopf. »Es gibt nur noch ein weiteres Paar, das die Jahrhunderte überstanden hat. Und das gehört dem Fürsten von Innelles.«

Farims Augen weiteten sich. »Deshalb hast du mich mit auf das Schiff genommen? Damit ich ihn selbst durch mein Talent überzeugen kann, sie mir zu überlassen?«

»Bei den Seelen, nein.« Zhinlohr stand plötzlich auf und wirkte nervös. Er trat in den Gang, schaute sich kurz um und kam zurück. Dann senkte er die Stimme. »Lass mich einen Zauber sprechen, damit wir ungestört reden können.«

Farim lauscht den elbischen Worten und war erstaunt, wie gut er ihnen folgen konnte.

»*Atharpazh, tuhr brian mahjilazh crun yl ezhanjo labrazh jaln yn garri. Jylna zhenbrehl yn garri e jylnuhn brian. Labre e horrezh jaln yn atharu!*«

(*Atharpazh, deine magische Kraft durch die Seele der Sprache ist ein Geschenk. Wir empfangen dein Geschenk und unsere Kraft. Sprechen und Hören sei ein Geheimnis!*)

Der Elb begleitete den Zauber mit einer kreisförmigen Geste der Hand und sah Farim dann aufmerksam an. »Jetzt kann uns niemand hören. Aber ich muss den Zauber lösen, ehe jemand kommt, um nicht noch mehr Verdacht zu erregen.« Noch einmal warf er einen Blick auf den Gang, dann fuhr er fort. »Auf der ›Pazhmaarh‹ darf niemand erfahren, dass du die Stifte der Fürstin von Erellgorh hattest, und erst recht nicht, dass sie in deiner Obhut zerstört wurden.«

Farim wurde mulmig. »Weil sonst was passiert?«

»Weil sonst unsere Sicherheit in Gefahr wäre.«

Bei dem Gedanken an Wehreng oder Kellwah glaubte Farim das sofort. »Ich werde es keinem erzählen.« Wieder dachte er an die Bruchstücke. Er dürfte seine Zeichentasche nicht aus der Hand geben. »Also gibt es keine Aussichten, die letzten Stifte vom Fürsten zu bekommen?«

»Im Moment sieht es nicht danach aus. Zu viel hängt davon ab, als dass wir offen darüber sprechen könnten. Ich muss erst sicher sein, dass wir nicht auf uns allein gestellt sind. Schon eine verbündete Seele würde helfen.«

Das klang alles mehr als beunruhigend; am liebsten wäre Farim von Bord gegangen und hätte das Ganze sofort wieder vergessen. Doch die Aussicht, neue Elbenstifte zu bekommen, entflammte sein Interesse. Unversehens loderte eine Hoffnung auf, die ihm einen anderen Gedanken zuwarf. »Vielleicht sollten wir gar nicht darauf aus sein, dass der Fürst uns hilft, sondern einfach neue Stifte herstellen. Das müsste doch möglich sein, oder nicht?«

Zhinlohr sah ihn nachdenklich an. Eine Pause entstand, deren Stille an Farim zerrte, als wollte sie ihn zu Boden werfen. Was war es nur, das seinen Freund zögern ließ? Wenn die Herstellung neuer Stifte unmöglich war, reichte doch ein einfaches Nein.

Der Blick des Elbs richtete sich ins Leere, als suchte er in den Tiefen seiner Erinnerung nach einer Antwort. Zäh zog sich der Moment der Stille, haftete unlösbar zwischen ihnen und spann mit jedem Lidschlag neue Fäden, die ihre Gedanken verklebten und ihre Münder lähmten. Sie verlieh dem unmerklichen Knarren der Balken bedrohliche Töne und ließ die leisen Stimmen vom Oberdeck zu einem Brüllen anschwellen. Wenn Zhinlohr nicht sofort antwortete, würde Farim schreien.

Doch gerade, als er überlegte, es zu tun, begann sein Elbenfreund zu sprechen. Er baute seine Sätze Wort für Wort, als müsste er sie abschmecken, damit die Botschaft nicht zu salzig oder zu süß würde. »Die Elbenstifte gehören zu den Heiligtümern der Scheltar. Ich weiß nicht, ob du von ihnen gehört hast. Sie sind die Auserwählten der Elemente. Fünf Elbenmagier, deren Macht unübertroffen ist und die über Jahrhunderte hinweg einzigartige Zauber und Werke ersonnen haben. Zu eben diesen Heiligtümern gehören auch die Elbenstifte.«

Mit jedem Wort, das Farim hörte, wog die Zerstörung der Stifte schwerer, er mochte sich gar nicht vorstellen, was ein Wehreng-Pronnjuhdor dazu sagte.

»Nur selten gelangt so ein Geheimnis in andere Obhut, zumal es die Macht der Scheltar benötigt, um so komplexe Magie zu wirken.« Zhinlohr warf wieder einen Blick in den Gang. »Ich bedaure sehr, dass ihre Magie unwiederbringlich vergangen ist. Doch Neue anzufertigen, kann ich uns kaum ermöglichen. Allein, dass ich mit dir darüber spreche und es in Erwägung ziehe, ist ein Sakrileg. Es erfordert nicht nur das Wissen um die Zutaten, sondern auch das Wissen um die Elemente selbst, die Macht eines Scheltar oder die Macht ...« Er schwieg und wandte den Blick ab.

Farim hielt den Atem an. Er musste ganz dicht davor sein, etwas Entscheidendes zu erfahren.

Als Zhinlohr fortfuhr, sprach er so leise, dass er kaum noch zu verstehen war. »Es ist nicht leicht, alle magischen Elemente im Pulver der Stifte zu vereinen. Die falschen Mengen, der falsche Zauber und schnell kann das Ansinnen fehlgehen.«

»Und doch ist es möglich, oder?« Irgendetwas verschwieg Zhinlohr, aber weshalb? Sie waren doch Freunde. »Ich möchte nur wissen, ob ich meiner Bestimmung folgen kann. Denn wenn ich es richtig verstehe, ist mein selbst gewähltes Ziel damit vereinbar.«

»Nicht nur das.« Zhinlohrs Augen leuchteten plötzlich – hellblau mit dunklem Rand. »Sie passen zueinander wie Kinder zu ihren Eltern. Die Seele der Dinge und damit ihre Wahrheit, transportiert über Bücher, die alle Menschen erreichen. Als du mir davon erzählt hast, wollte mein Herz jubeln.«

»Dann sag mir zumindest, ob die Herstellung neuer Stifte überhaupt möglich ist. Egal, wie gering die Hoffnung erscheinen mag, sag mir einfach die Wahrheit.« Farim schaute ihn so fest an, wie er konnte.

»Ja«, raunte Zhinlohr, »es wäre vielleicht möglich. Unter bestimmten Umständen, wenn du alle Ingredienzen zusammentragen würdest.« Er seufzte. »Aber die Gefahren sind groß und ich glaube nicht, dass es das wert ist. Deine Bestimmung ist auch so schon geweckt und die Magie der Stifte wird noch eine Zeit lang in dir nachwirken, auch wenn du ohne ihre Farben auskommen musst.«

»Und wenn eine Zeit lang nicht ausreicht? Ich fühle das Pulsieren ihrer Magie nicht mehr und bin unsicher, was ohne sie aus meiner Bestimmung werden kann.«

»Du musst sie nicht fühlen. Was da ist, wird wirken. Du musst nur deinem Weg folgen und deinem Talent vertrauen.«

Nein, so einfach ist das nicht. Nicht nach dem, was Zhinlohr erzählt hatte. »Ich möchte meinem Talent vertrauen, und vielleicht schaffe ich das sogar eines Tages. Aber es geht doch um mehr, wenn ich es richtig verstanden habe. Es geht um eine Gabe, die nur ich besitze, die aber für viele andere wichtig ist. Du hast zwei Sommer und Winter nach mir gesucht. Wie hättest du mir die Stifte deiner Fürstin überlassen können, wenn das nicht von Bedeutung wäre? Wir müssen an neue gelangen. Oder soll alles umsonst gewesen sein?«

Für einen Moment glaubte Farim, in Zhinlohrs Gesicht so etwas wie ein Lächeln zu sehen, doch nur einen Lidschlag später wirkte der Elb ernster als zuvor. »Mit der Magie der Elemente lassen sich nicht nur gute Dinge hervorbringen. Überall mag es Menschen und auch Elben geben, die der Verlockung dieser Macht nicht widerstehen können und das Geheimnis um die Elbenstifte an sich bringen wollen.«

»Dann müssen wir vorsichtig sein«, presste Farim hervor, das Herz stockte ihm. Fand sich das Geheimnis dieser Magie auch in dem Staub, den er Fenkorh überlassen hatte? Nein, das konnte nicht sein. Er hatte gesehen, wie die Magie als silbriger Dampf aufgestiegen und vergangen war. Mühsam zwang er seine Gedanken zurück. »Vorsichtig sein, genau. Der Fürst von Innelles hat eigene Stifte und wird an diesem Geheimnis kein Interesse haben.«

Das Schlagen einer Luke drang durch den Gang, Schritte näherten sich.

»*Labre e horrezh fellezh!*« (*Sprechen und Hören fließe!*) Zhinlohr wischte mit der Hand durch die Luft. »Seine Untergebenen aber vielleicht schon«, flüsterte er und trat aus der Kabine.

Sennah

»Freund Zhinlohr.« Im Gang kam ihnen die Schiffsführerin entgegen. »Mir ist zu Ohren gekommen, dass es unserem kleinen Menschen nicht gut geht.« Sie warf einen flüchtigen Blick auf Farim.

Unserem kleinen Menschen. Als wäre er nicht mehr als ein Haustier. Ihr Tonfall weckte Trotz in Farim, und er drückte den Rücken durch. Am liebsten hätte er ihr etwas entgegnet, doch Zhinlohr war schneller.

»Eine Unpässlichkeit, die ich mit einem schlichten Heilzauber beheben konnte.«

Farim erinnerte sich dunkel an die elbischen Worte, die sein Freund gesprochen hatte, und vergaß darüber seinen Groll auf die Schiffsführerin. Er hatte Elbenmagie erlebt und es noch gar nicht zu würdigen gewusst.

»Gerade sind wir auf dem Weg in den Speisesaal. Wie Ihr seht, ist alles in bester Ordnung, Freundin Kellwah.« Zhinlohrs Stimme klang freundlich aber bestimmt.

»Erst wenn der Menschensohn sich helfend einbringt, wird alles in bester Ordnung sein. Doch dafür steht eine Entscheidung aus, soweit ich gehört habe. Und an Deck fehlt uns immer noch ein Steiger.«

Helldirh war also bei der Schiffsführerin gewesen. Bestürzt sah Farim zu Zhinlohr. Der war gegen diese Arbeit, weil sie zu gefährlich war. Im Geiste sah Farim sich in den Masten hängen, verzweifelt an die Segel klammernd, um nicht in die Tiefe zu stürzen. Allein der Gedanke an solche Höhen trieb ihm den Angstschweiß auf die Stirn.

»In der Näherei werden auch helfende Hände gebraucht, wenn ich richtig informiert bin. Das scheint mir die bessere

Wahl zu sein. Es liegt Euch doch sicher daran, unseren Menschenfreund wirklich hilfreich und seinen Möglichkeiten entsprechend in die Gemeinschaft einzubinden.«

»Die da wären?«

»Nun, als Buchhalter und Künstler ist unser Farim eher feinsinnig als kräftig. Eher geschickt als grob, möchte ich sagen. Sein Fleiß an der richtigen Stelle könnte eine wirkliche Bereicherung sein. Es wäre doch bedauerlich, wenn wir diese Tatsachen außer Acht ließen und ihm dadurch Schaden zugefügt würde. Ist nicht die Betrachtung des Ganzen ein wesentlicher Bestandteil unseres elbischen Denkens?«

Kellwah-Liewiedah lächelte. »Gut gesprochen, Freund Zhinlohr.« Sie richtete ihren Blick auf Farim. »Du bist in guter Obhut, wie mir scheint. Wohlan, ich werde veranlassen, dass die Näherei dich aufnimmt. Zumindest für den Anfang.« Der letzte Satz klang mehr nach einer Drohung als nach einem Zugeständnis, doch Farim war einstweilen froh, dass er nicht zu den Steigern beordert wurde.

Kurze Zeit später, beim Essen im Speiseraum, hatte Farim versucht, Zhinlohr auf die Zutaten für die Elbenstifte anzusprechen, doch sein Freund hatte nur mahnend die Brauen gehoben. Stattdessen hatte er ihm ein paar Dinge zur Näherei erzählt, die im untersten Deck des Hecks untergebracht und nur von dort aus zugänglich war. Allerdings gab es auch einen Ladeschacht, durch den man größere Aufträge hinablassen konnte. Denn die Näherei war nicht nur für Kleidung, Tücher, Bettwäsche und sogar Schuhe zuständig, sondern insbesondere für Segel und Tauwerk.

Zhinlohr brachte ihn persönlich dorthin und verbeugte sich äußerst ehrerbietig vor der Elbin, die ihnen entgegentrat. Sennah-Lilldujah unterschied sich deutlich von allen anderen, sie war die Einzige mit vollkommen weißem Haar. Um ihre tiefbraunen Augen spann sich ein feines Netz dünner Fältchen, die wahrscheinlich die Ehrerbietung seines Freundes erklärten. Selbst für eine Elbin musste sie alt, wenn nicht uralt sein. Vielleicht wirkte sie deshalb gelassener als alle anderen, die er bisher getroffen hatte. Nach Zhinlohr war sie die erste an Bord des Schiffes, die freundliche Worte für Farim fand und sogar ein Lächeln für ihn übrig hatte. Und es wirkte nicht einmal gezwungen oder aufgesetzt. So wie es aussah, käme er gut mit ihr aus. Das war auch nötig, wie er schnell merkte, denn die Aufgaben unterschieden sich sehr von den Dingen, die er bisher in seinem Leben getan hatte.

Kaum hatte Zhinlohr sie allein gelassen, begann Sennah zu erklären, was Farim zu tun hatte. Sie beschloss kurzerhand, dass er mit den Segeln anfangen sollte, und zeigte ihm die verschiedenen Materialien und Werkzeuge.

Vor lauter Ahlen, Prickern und Spiekern schwirrte ihm schon nach kurzer Zeit der Kopf. Es gab Segelnadeln, Takelnadeln und besondere Segelmacherhandschuhe, die mit einer stählernen Scheibe die Handinnenseite schützten, während man die dicken Nadeln durch den festen Stoff trieb.

Am Nachmittag saßen sie mit einem der Segel an Deck und gingen dort ihrer Arbeit nach. »Nichts ist besser für die Seele als Sonnenlicht auf der Haut und Wind in den Haaren.« Für diesen Satz hätte Farim die Elbin küssen können. Obgleich die Beleuchtung in der Näherei heller war als in der Schreibstube seines Vaters, war er froh gewesen, nicht den lieben langen Tag unter Deck arbeiten zu müssen.

Sehr gesprächig war die ehrwürdige Sennah nicht, aber wenn sie etwas erklärte, ihm zeigte, wie er den Stoff und die Werkzeuge halten sollte, hing er an ihren Lippen. Er bemühte sich nach Kräften, alles so gewissenhaft wie möglich umzusetzen, denn ihm war klar, dass er nicht nur den guten Willen der ehrenwerten Sennah-Lilldujah, sondern auch den der Schiffsführerin rasch verspielen konnte.

Überdies war es sicher kein Zufall, dass Wehreng-Pronnjuhdor mehr als einmal vorbeikam und einen kritischen Blick auf sein Tun warf. In diesen Momenten mühte Farim sich besonders. Doch bei aller Anstrengung kam er kaum voran. Was bei Sennah so einfach aussah, kostete ihn unglaublich viel Kraft und Schweiß. Als sie ihn am Abend entließ, war die Haut unter seinem Handschuh wundgescheuert.

»Morgen zeige ich dir das Trensen, Smarten und Kleedern. Das ist für deine Hände womöglich einfacher.«

Farim nickte stumm und versuchte, das Gefühl der Nutzlosigkeit zu verdrängen.

»Aller Anfang kann schwer sein, und vielleicht wird es sogar schwer bleiben, aber es wird sich einfacher anfühlen.«

Farim wusste zwar nicht, wie etwas gleichzeitig schwer bleiben und sich trotzdem einfacher anfühlen konnte, aber er nickte noch einmal. »D-danke«,stammelte er und war froh, als Zhinlohr kam, um ihn abzuholen.

»Darf ich unseren Gast für den Rest des Tages unter meine Fittiche nehmen, ehrenwerte Sennah?«

Die alte Elbin nickte ihm zu und schaute dann Farim in die Augen. »Wenn es dem Einen gefällt, werden wir uns bei Tagesanbruch wiedersehen. Ich erwarte dich, Freund Farim. Melldu tuhr ezhanjo jaln hell e tuhr adorh jaln kurva.«

So viel hatte er noch nicht gelernt. Er erkannte nur die Wörter für Seele und Herz. »Ich f-fürchte, mein Iljaitt ist sehr b-begrenzt.«

»Vergib mir. Nur ein Wunsch, der dich bis morgen begleiten soll: Möge deine Seele rein und dein Herz wach bleiben.«

Farim reichte ihr die Hand und schluckte den Schmerz hinunter, als die wunde Haut sich spannte. »Das w-wünsche ich Euch auch, v-verehrte Sennah-Lilldujah.«

Auf dem Weg zu Zhinlohrs Kabine kamen die Fragen zurück, für die den ganzen Tag keine Zeit gewesen war. Es war möglich, neue Elbenstifte herzustellen, das hatte sein Freund zugegeben. Aber welche Zutaten dafür nötig wären und ob einer der fünf Scheltar ihnen helfen würde, wusste er nicht. Er erinnerte sich daran, was Zhinlohr gesagt hatte: Es brauchte die Macht der Scheltar oder die Macht ... und dann hatte er den Satz abgebrochen. Was mochte er damit gemeint haben? Gab es noch eine andere Möglichkeit?

Als sie endlich bei Zhinlohr in der Kabine ankamen, schaffte Farim es nicht einmal, eine Frage loszuwerden. Sein Freund übernahm das Wort und gab die Richtung ihres Treffens vor. »Wenn du es schaffst, bis nach Innelles mitzukommen, solltest du unsere Sprache verstehen.«

Wie meinte er das? Sie würden ihn kaum über Bord werfen, oder? Farim entglitt die Mimik, doch er fasste sich rasch.

Sein Freund hatte ihm die Gefühle jedoch mal wieder vom Gesicht abgelesen. »Keine Sorge. Bis wir im Hafen von Gelder ankommen, wirst du alle für dich eingenommen haben, da bin ich sicher.«

Die Königsstadt der Geldermark, aber ja. Farim hatte vollkommen vergessen, dass es auf dem Weg nach Innelles einen weiteren großen Hafen gab.

»Mach dir keine Sorgen. Du wirst bis Innelles mit uns reisen können, wenn du die Erwartungen erfüllst.«

So wie Zhinlohr das sagte, klang das ganz einfach. Aber Farim wusste aus Erfahrung, dass man es nie allen recht machen konnte. Natürlich wollte er sich anstrengen und sich einbringen, so gut er konnte. Doch ohne dieses Gefühl der Fremdbestimmung wäre es ihm leichter gefallen.

»Ich weiß, manchmal ist es schwer, sich auf das einzulassen, was andere von einem erhoffen.«

Ertappt! Schon wieder. Wie machte Zhinlohr das? Farim musste seine Mimik endlich besser unter Kontrolle bekommen.

»Es ist unbequem, die eigenen Wünsche und Ziele hintanzustellen. Die Vorteile mögen aber größer sein als die Nachteile. Denn die bestehen nur darin, Gewohntes abzulegen, über seinen Schatten zu springen und Fremdes anzunehmen. Wenn das Leben aber durch neue Erfahrungen und wertvolles Wissen reicher werden kann, sollte uns Lernen mit Spannung und Neugier erfüllen. Selbst wenn es dazu dient, die Erwartungen anderer zu erfüllen, findest du nicht?«

Farim nickte. So betrachtet, konnte man auch dann gewinnen, wenn man sich anpassen musste – sei es für kurze Zeit oder für länger.

»Ich weiß, du hast viele Fragen, und ich will sie gern beantworten, soweit mir das möglich ist. Aber für den Moment müssen wir sie zurückstellen. In Ordnung?«

Farim nickte wieder, auch wenn er sich heute mehr Wissen über die Herstellung der Elbenstifte erhofft hatte. Immerhin würde er dazulernen. Die Aussicht, die älteste Sprache der Welt zu erlernen, war für den Moment reizvoll genug. Iljaitt, die Sprache der Elben und der Zauberformeln. Vielleicht brachte sie ihn den Elbenstiften einen Schritt näher.

»Lass uns mit einfachen Dingen beginnen, damit du die Laute verstehst und sie gut nachahmen kannst.«

Sie begannen mit leichten Übungen, kurzen Grußformeln und den Worten für ja und nein, ich und du. Zhinlohr hatte eine kleine Tafel zur Hand und schrieb alles auf, was Farim sprechen sollte. So lernte er, dass »zh« sich wie »sch« sprach.

Schwerer tat er sich mit der Aussprache der r-Laute, die mit der Zunge am Gaumen gerollt wurden. Sein Freund machte es ihm unzählige Male vor; am liebsten wäre Farim ihm in den Mund gekrochen, um dem Trick auf die Spur zu kommen. Es gelang ihm nur leidlich, aber Zhinlohr war trotzdem zufrieden. Nach jedem neuen Wort sprangen sie zurück und wiederholten die ersten. Auch dann noch, als Farim immer mehr Mühe hatte, aufzupassen. Der Tag bei Sennah war anstrengend und lang gewesen. Als Zhinlohr statt einzelner Worte einen ganzen Satz auf die Tafel schrieb, bekam er nur ein Gähnen zur Antwort.

»Tut mir leid«, presste Farim hervor und gähnte erneut.

»Das braucht es nicht. Du hast vollkommen recht, mein Freund. Dein Tag war lang, es ist an der Zeit, zu schlafen. Ich bin ja selbst müde. Findest du allein zu deiner Kabine?«

Farim nickte und hielt sich rasch die Hand vor den Mund, als sein Kiefer erneut aufklappte. Er brauchte nur über das Deck nach vorne zu laufen, den Niedergang ins erste Unterdeck und eine weitere Stiege ins zweite zu nehmen.

»Sehr gut, dann kann ich noch einige der Handelsaufträge durchgehen, bevor ich mich schlafen lege. Der Fürst von Innelles schätzt kurze und klare Auskünfte. Da heißt es Filtern, um gut vorbereitet zu sein.«

Sie verabschiedeten sich, Farim trat schlaftrunken hinaus aufs Deck. Als die Tür hinter ihm zufiel, blieb er wankend stehen und rieb sich die Augen. Es war dunkel geworden, das Mondlicht reichte kaum aus, Schatten auf das Schiffsdeck zu malen. Wie gut, dass die Elben kleine Laternen entzündet hatten, die entlang der Reling angebracht waren und eine Orientierung boten. Ihr Schein tauchte die vielen Schnitzereien des Geländers in ein warmes, flackerndes Licht, das den kleinen Tier- und Pflanzenmotiven ein eigenes, seltsames Leben einzuhauchen schien.

Bis zur Mittellinie des Schiffes, wo die großen Masten aus dem Boden emporwuchsen, reichte die Beleuchtung jedoch nicht; also entschied Farim sich, zur Reling hinüberzugehen. Er wollte in der Dunkelheit weder über Taue stolpern, noch einen der Feuerelben anrempeln, die sich womöglich im Schatten der Masten aufhielten.

Schon beim ersten Schritt stolperte Farim, konnte sich gerade noch auf den Beinen halten. Der Seegang hatte deutlich zugenommen. Langsam wankte er vorwärts. Um ihn herum war es seltsam still. Nur das Knarren der Takelage mischte sich mit dem Geräusch von Wind und Wellen. Als wäre er vollkommen allein auf der »Pazhmaarh«.

Farim schaute zum Achterdeck, auf dem das große Steuerrad stand. Sonderbarerweise brannten dort keine Laternen, die einen Hinweis darauf hätten geben können, ob es besetzt war. Alles wirkte seltsam verwaist. Aber das konnte nicht sein, die Elben würden ihr Schiff kaum dem Wind und den Wellen überlassen. *Hab Vertrauen!*

Gerade wollte er den Weg fortsetzen, als sich die Wolkenschleier verzogen und Mondlicht die Szenerie erhellte. Doch, da. Er konnte Umrisse sehen. Ob es Kellwah und Wehreng waren? Oder gönnten auch sie sich endlich ein wenig Ruhe? Über Tag schienen sie unermüdlich gewesen zu sein. Überhaupt hatten die Elben eine bemerkenswerte Ausdauer. Selbst die ehrwürdige Sennah hatte ohne Unterlass gearbeitet.

Vorsichtig schwankte Farim weiter. Hoffentlich würde er sich an den Seegang gewöhnen. Im Vergleich zu den Elben, die geschmeidig über die Bohlen federten, als hätten sie festen Boden unter sich, fühlte er sich unbeholfen, wie ein Kleinkind, das seine ersten Schritte tat. Aber an der Reling könnte er sich festhalten. Er war schon fast da ...

Mit einem Mal legte sich das Schiff so heftig auf die Seite, dass Farim der Länge nach hinstürzte. Er versuchte, sich an irgendetwas festzuhalten, doch da war nichts. Das Licht der Laternen flackerte, er rutschte hilflos darauf zu und erkannte, dass er unter der Reling hindurchrutschen würde, wenn er keinen der Pfosten zu fassen bekäme.

Hektisch ruderte er mit den Armen, als das Schiff sich hob und er plötzlich in Richtung Heck zu rutschen begann. Seine Schulter schmerzte, ein Knie brannte, doch er biss die Zähne zusammen, versuchte, sich zu orientieren und die Angst zurückzudrängen.

Dort – die Reling im Schein der Feuerlaternen. Farim rappelte sich auf alle viere auf, sah sich nach Hilfe um, einem Seil oder etwas anderem zum Festhalten – aber es war zu dunkel. Nur das flackernde Licht der Laternen bot eine Orientierung. Jeden Moment konnte das Schiff sich erneut auf die Seite legen. Er musste einen der Relingpfosten erwischen, wenn er nicht von Bord fallen wollte.

Dann senkte sich der Bug der »Pazhmaarh« in ein Wellental und Farim klatschte zurück aufs Deck. Er stöhnte vor Schmerz, starrte auf das Licht vor sich und sah sonderbare Funken aus der Flamme stieben, als würde die Kraft des Feuers abgesogen. Das Schiff neigte sich bedrohlich zur Seite, die Laterne verlosch.

Feuerkugeln

Panik ließ sein Herz rasen, ein Schrei drang aus seiner Kehle, grell und fremd in den Ohren. Er rutschte, hilflos mit Armen und Beinen rudernd, auf den Abgrund zu. Jeden Moment würde er über die Kante stürzen.

Farim presste die Hände aufs Deck, doch die Planken glitten rau unter ihm hinweg und rissen seine wunde Haut mit sich. Tränen schossen ihm in die Augen. »N-nein – n-nicht!«

Wolken verschluckten das Mondlicht, ein kalter Wind fegte ihm um die Ohren. Alles war überdeutlich, drängend, sodass die Zeit sich zu einer schmerzenden Ewigkeit dehnte. Er wollte nicht sterben, nicht in der Dunkelheit, nicht im Wasser.

Das Schiff hob sich, Farim versuchte, sich zu drehen, hoffnungsvoll, doch in diesem Moment rutschten seine Beine über den Rand. »Neiiiiiin!«

Etwas Helles zischte an ihm vorbei, heiß und schnell. Einen Lidschlag lang sah Farim den Pfosten der Reling, streckte den Arm, griff danach, verfehlte ihn und fiel.

Er stürzte in die Leere, in die Dunkelheit, in die Kälte. Für diesen zähen Augenblick verblassten die Schmerzen, und Farim wartete auf den Moment, da tintenschwarze Wellen über ihm zusammenschlagen würden. Er zappelte, drehte sich unbeholfen in der Luft. Wie lange noch? Er versuchte, sich zu strecken. Gleich! Wind und Wellen rauschten in seinen Ohren, das Meer brüllte ihn an.

Wieder zischte etwas an ihm vorbei, eine helle, feurige Kugel. Er sah die Gischt auf dem brodelnden Wasser, dann tauchte er mit den Füßen voran in die eisige Dunkelheit. Das Meer verschluckte von einem Moment auf den anderen allen Lärm und umgab ihn mit einer Kakofonie wirbelnder Luftblasen und Wassermassen, die dumpf auf ihn eintrommelten. Kein Oben, kein Unten, kein Licht, keine Luft. Nur Dunkelheit und Kälte. Kälte und Angst, die in jeden Winkel seines Körpers drängte, sich durch Kleider, Arme und Beine fraß. *Auftauchen!* Er musste zur Oberfläche und Luft holen, sich über Wasser halten.

In Farims Innerem begann ein Kampf zwischen Verstand und Reflexen. Er musste atmen – jetzt – sofort! Aber er durfte nicht – nicht, wenn er leben wollte. *Ich kann noch aushalten – ich muss!* Plötzlich tauchte ein Licht unter ihm auf. Oder war es über ihm? Ja, es konnte nur oben sein.

Die Wellen wirbelten ihn mit sich, und er verlor das leuchtende Ziel aus den Augen. Panisch begann er zu paddeln. Da war es wieder, ein flimmerndes Schimmern. Vielleicht eine der feurigen Kugeln. Heißes Feuer, das tödlich sein konnte und doch Hoffnung versprach, auf einen letzten – einen ersten Atemzug. Einen von vielen.

Mit neuer Energie schwamm er darauf zu, ignorierte das Brennen in der Lunge, die dumpfe Ohnmacht, die an seinem Geist zerrte. Licht, Wärme, Luft – Luft holen – atmen.

Sein Mund wollte sich öffnen – noch ein paar Armschläge – der Feuerschein über ihm. Dann brach er durch die Wasseroberfläche und ächzte nach Luft.

Der Lärm der Welt stürzte wieder auf ihn ein, erlösendes Rauschen von Wind und Wellen. Gischt spritzte und er keuchte. Atmen, husten, würgen. Schwimmen.

Seine Gedanken wurden klarer. Gleißendes Licht blendete ihn. Da war nicht eine Kugel, da waren viele Kugeln. Um ihn her schwebten Dutzende von Feuerkugeln über dem Wasser und erhellten das Meer.

»*Perk jaln lenn!*«

»*Korl yn spierh!*«

Stimmen drangen durch das Rauschen in Farims Ohren, halb verschluckt, als wären sie nur ein ferner Gedanke. Er drehte sich, sah die »Pazhmaarh«, den riesig-dunklen Rumpf und das hell erleuchtete Deck im Schein der Laternen. Gesichtslose Silhouetten standen an der Reling und wandten sich ihm zu. Drei von ihnen warfen ein Netz aus, zwei weitere sprangen hinterher. Mit Armen und Kopf voran glitten sie geschmeidig ins Wasser, schwammen mit kraulenden Armbewegungen auf ihn zu und wurden von den Wellen verschluckt.

Farim paddelte wie wild, er schluckte Wasser, ihm brannten die Augen. Wo waren sie? Dort – er konnte sie im Schein der Feuerkugeln sehen. Doch schon schwanden sie erneut aus seinem Blick, tauchten wieder auf und verschwanden abermals in den Wogen des Meeres. Aber er hatte keine Zweifel: Die Elben aus Innelles kamen zu ihm. *Bei den Seelen, sie retten mich!*

Kalte Blicke, starke Arme, das Netz und die feurigen Lichter – Farim ließ alles geschehen, dankbar am Leben zu sein. Als er emporgezogen wurde, über die Reling an Deck, begann er zu zittern. Die Erschöpfung überkam ihn so plötzlich und unerbittlich, dass sein Körper von Krämpfen geschüttelt wurde. Für den Augenblick war er nicht in der Lage, alleine aufzustehen. Die Kraftlosigkeit ließ ihn verzweifeln und trieb ihm Tränen in die Augen. Doch nur einen Moment später hasste er sich dafür und spürte ein neues Gefühl. Wut! Wütend auf seine Ungeschicktheit, den Sturz, die Schwäche, das Stottern und darauf, dass er allem hilflos ausgeliefert war.

»Helldirh, seid so gut, und bringt ihn nach unten. Ich komme gleich nach.« Zhinlohrs Stimme, dann der kräftige Arm des Wächters der See und ein sanftes Flüstern in seinem Ohr, dunkel mit gedehntem Akzent. »Du bist zäher, als man meinen möchte. Gut gemacht!«

Farim drehte den Kopf, schaute in die hellbraunen Augen des Elbs, während er mühsam einen Fuß vor den anderen setzte. Helldirh sah unverwandt nach vorn, seine Lippen blieben fast unbewegt, als er weitersprach, die Stimme kaum mehr als ein Raunen. »Du solltest dich zusammenreißen und Haltung bewahren, wenn du den Respekt meiner Brüder und Schwestern gewinnen möchtest.«

Farim verstand nicht gleich, dass es kein Vorwurf, sondern ein gut gemeinter Rat war. Er wusste nicht, wie er es anstellen sollte, doch er mühte sich, den Kopf zu heben und aufrecht zu gehen. Er holte tief Luft, kämpfte mit jedem Atemzug gegen die Kälte und die Schmerzen in seinen Gliedern.

»Sie erwarten nicht, dass du es schaffst, wie wir zu sein. Aber sie werden es schätzen, wenn du es versuchst!«

Farim sah die schemenhaften Gestalten im Schein der Feuerlaternen. Er spürte Blicke auf sich und wusste, es war eine ungewollte Probe. Noch zwanzig oder dreißig Schritte bis zum Eingang zu den Mannschaftsdecks. Plötzlich wurde ihm bewusst, wie wichtig dieser Moment für ihn war, wie hilfreich Helldirhs Worte. Ein Vertrauensvorschuss, den er sich erst im Nachhinein verdienen konnte. Die Erkenntnis, neben Zhinlohr womöglich einen zweiten Freund gefunden zu haben, durchflutete ihn mit neuer Energie. Er riss sich zusammen, richtete sich weiter auf, reckte das Kinn und biss die Zähne aufeinander, um den Schmerz in Rücken und Beinen zu ignorieren.

»So ist es gut«, raunte Helldirh und ließ ihn beinahe los. Es war mehr Führung als Stütze, die er bot, während sie zum Niedergang und dann die Stiegen hinabgingen.

Als Farim endlich in seiner Koje lag, holte die Erschöpfung ihn sofort ein. Doch das letzte Gefühl, bevor er einschlief, war eine stolze Zufriedenheit.

»Du hast es Helldirh zu verdanken, dass dein Sturz ins Meer entdeckt wurde. Ihm entgeht kaum etwas, wenn er oben im Mast ist, um Ausschau zu halten.« Es war noch früh am Morgen und Zhinlohr lächelte aufmunternd, während er sich um Farims Verletzungen kümmerte.

Helldirh also. So etwas hatte er sich schon gedacht. Wehreng hätte sicher nicht Bescheid gegeben, sondern eher seiner Leiche freudig winkend hinterhergeblickt. Ein Schauder überlief Farim bei diesem Gedanken. Ob der Heermeister ihn wirklich hasste? Oder war er allen Menschen gegenüber so abweisend und unfreundlich?

»Fertig.« Zhinlohr hatte Farims zerschundene Hand mit einem Elbenzauber erstaunlich gut heilen können und ihm jetzt einen Schutzverband angelegt. »Du musst vorsichtig sein. Die neue Haut ist in den ersten Tagen sehr empfindlich.«

Farim nickte dankbar und dachte noch einmal an Helldirh. Erstaunlich, dass der von so weit oben überhaupt etwas sehen konnte. Selbst mit den Laternen an der Reling musste es schwer sein, Details auszumachen. Zumal der Blick immerzu von sich blähenden Segeln eingeschränkt war. »Er m-muss g-gute Augen haben.«

»Das fehlende Licht an der Reling hat ihn aufmerksam gemacht. Hättest du die Laterne beim Versuch, dich festzuhalten, nicht von Bord gerissen, wärst du nicht mehr bei uns.«

Das fehlende Licht, aber ja. Farim erinnerte sich, wie die Funken herausgeströmt waren und es immer kleiner geworden war. Aber Moment mal – was hieß hier abgerissen? »Nein, d-das war ganz anders.« Er erzählte Zhinlohr, wie es sich in seiner Erinnerung abgespielt hatte.

Sein Freund antwortete nicht gleich, Farim fürchtete schon, dass er ihm nicht glaubte. Doch schließlich nickte er. »Wir wollen das einstweilen für uns behalten, wenn es dir recht ist. Was du beschreibst, klingt, als ob die Energie der Flamme aufgezehrt wurde.«

»Aufgez-zehrt? Meinst d-du, da ... da war so was wie Magie im Sp-piel?« *Dumme Frage.* Wie könnte man sonst wohl die Energie einer Flamme absaugen?

»Elementemagie.«, antwortete Zhinlohr. »Jeder Elb, dem das Element Feuer innewohnt, hätte die Macht dazu. Aber auch einige andere Geschöpfe der Welt können die Kraft der Elemente nutzen. Feuertümmler zum Beispiel.«

»Feuertümmler?« In Farims Kopf entstanden Fische mit flammenden Schuppen, die in den Fluten seines Gedankenmeers jedoch sofort verqualmten. »Feuer kann im Wasser aber nicht lang überleben, oder?«

Sein Elbenfreund schüttelte nachdenklich den Kopf. Er antwortete eher beiläufig, als wären seine Gedanken mit etwas ganz anderem befasst. »Nein, eher nicht. Die Tümmler spicken auch nicht ihre Schuppen mit Flammen, sondern nehmen deren Energie in ihr Inneres auf.«

Zhinlohrs Antwort klang, als wäre das so selbstverständlich wie Kinder gebären. Doch für Farim war Magie immer noch neu und unvorstellbar. Er hätte Fenkorh beizeiten besser zuhören und mehr Fragen stellen sollen. Aber wie hätte er ahnen können, dass er es eines Tages selbst mit Elementemagie zu tun hätte?

»Und die F-feuerkugeln über dem Meer? Waren die v-vielleicht auch von einem Feuertümmler? Die erste hätte mich b-beinahe erwischt, als ich ins M-meer gestürzt bin. Das f-fühlte sich ganz schön heiß an.«

»Eine Feuerkugel hat dich beinahe getroffen? Schon, als du gefallen bist?« Zhinlohr griff nach Farims Schultern und starrte ihn durchdringend an. »Was ist genau passiert?«

Der bohrende Blick und das Drängen in Zhinlohrs Stimme verunsicherten ihn. »V-vielleicht habe ich mir d-das auch nur eingebildet. Aber etwas Feuriges zischte wie ein B-blitz an mir vorbei.« Oder war es tatsächlich einer gewesen? Alles war so schnell gegangen, er erinnerte sich nicht ganz genau.

»Unmittelbar, nachdem die Laterne verloschen war?«

Farim dachte an den Pfosten, der erst im Schein des Feuerblitzes wieder zu sehen gewesen war, und nickte.

Zhinlohr ließ seine Schultern los. Seine Mimik wirkte wie eingefroren, zeigte weder Erleichterung noch Bestürzung. »Gestern ist vergangen und morgen wird erst kommen. Wir wollen vorerst auf heute schauen. Die ehrenwerte Sennah-Lilldujah wird dich erwarten. Meinst du, es wird gehen?«

»Ja.« Farim hatte ein ungutes Gefühl im Bauch. Zhinlohr schickte sich bereits an zu gehen, drehte sich jedoch noch einmal um. »Mach dir keine Gedanken. Die Hauptsache ist, dass du am Leben bist.«

Was für ein Trost. Denk nicht an einen gelben Vogel, sieh auf keinen Fall nach unten, mach dir keine Gedanken. Es waren exakt solche Sätze, die bei ihm genau das Gegenteil bewirkten. Aber das behielt er lieber für sich und ließ Zhinlohr gehen, ohne etwas dazu zu sagen. Ihm blieb sowieso nichts anderes übrig, als auf seinen Freund zu vertrauen.

Malprobe

Die nächsten Tage vergingen ohne Zwischenfälle. Die Elben hatten sich offenbar an Farim gewöhnt, denn ihre Blicke waren weniger finster – zumindest bildete er sich das ein. Aber da er die meiste Zeit nur mit Sennah oder Zhinlohr verbrachte, hatte er kaum Berührungspunkte, um andere Erfahrungen zu sammeln.

Zhinlohrs Rolle an Bord hatte er inzwischen besser verstanden. Sein Freund war nämlich nicht nur erster Handelsberater des Elbenfürsten von Innelles und damit für die Waren zuständig, sondern auch der einzige Heiler auf der »Pazhmaarh«. Das erklärte natürlich, wie er Farims zerschundene Hand so schnell hatte wiederherstellen können, ohne dass größere Einschränkungen zurückgeblieben waren.

Wie selbstverständlich hatte Farim die anstrengende Arbeit in der Näherei wieder aufgenommen und erst an die Verletzung gedacht, als die Schmerzen am Nachmittag zurückgekehrt waren. Die frische Haut auf der Innenseite seiner Rechten war anfangs noch sehr empfindlich gewesen. Doch er hatte durchgehalten und nicht geklagt.

Sennah unterwies ihn weiterhin in den wichtigen Fertigkeiten der Näherei. Er erfuhr, wie er die Materialien und Gerätschaften halten musste, damit ihm die Arbeit leichter von der Hand ging. Darüber hinaus erläuterte sie, wie eng die Entwicklung des Elbenschiffbaus mit dem der Menschen zusammenhing und dass die Elben einige Fertigkeiten und Begriffe tatsächlich von ihnen übernommen hatten. Trensen, Smarten und Kleeden zum Beispiel. Bezeichnungen, die die Arbeitsschritte beschrieben, mit denen man Taue einkleidete, um sie vor großen Beanspruchungen zu schützen.

Oft schmückte Sennah ihre Ausführungen mit mehr oder weniger klaren Weisheiten. Zumindest vermutete Farim, dass es sich darum handelte, wenn sie in rätselhaften Sätzen sprach. Manchmal fragte er nach, oft nahm er es hin. Aber alles, was er verstand, sog er auf wie ein durstiger Schwamm.

Mit jedem Tag glaubte er, die Kultur der Elben besser zu verstehen. Besonders die abendlichen Stunden mit Zhinlohr halfen ihm dabei. Es brachte Farim Spaß, Iljaitt zu sprechen, und sein Freund bescheinigte ihm ein gutes Sprachgefühl. Inzwischen reichte es sogar schon für kleine Unterhaltungen.

Überdies brachte Zhinlohr ihm gleichzeitig das Schreiben der Elbensprache bei, was aufgrund des identischen Alphabets nicht so schwer war, wie Farim befürchtet hatte. Und wenn er schon einmal Papier zur Hand hatte, nutzte er natürlich die Gelegenheit, um die Übungssätze mit kleinen Zeichnungen zu verschönern. Tinte ersetzte zwar keine Elbenstifte und war auch weniger wandelbar als Kohle, doch die Satzbedeutungen bildhaft vor seinen Augen entstehen zu sehen, tat ihm ausgesprochen gut.

Das Schwerste in diesen Tagen war es, geduldig darauf zu warten, bis er mehr über die Zutaten der Elbenstifte erführe. Manchmal, wenn Sennah ihn allein ließ, grübelte er so sehr, dass er darüber fast das Arbeiten vergaß.

An genau so einem ruhigen Vormittag – der Wind der letzten Tage hatte sich etwas gelegt und die Sonne verdrängte bereits die Regenwolken der Nacht – kam Zhinlohr mit ernstem Gesicht zu ihm. Gerade hatte Farim die Arbeit an einem Segel abgeschlossen und festgestellt, dass Sennah noch nicht wieder aus dem Unterdeck zurück war und keinen weiteren Auftrag für ihn dagelassen hatte.

»Ist was p-passiert?« Kaum geschah etwas Unvorhergesehenes, meldete sich Farims Stottern. Kam dann noch jemand wie Wehreng, war es gänzlich vorbei.

Kaum war ihm der Gedanke durch den Kopf gegangen, als er den Heermeister hinter Zhinlohr auftauchen sah. Er hielt direkt auf sie zu, ein zufriedenes Lächeln auf dem Gesicht.

»Wehreng hat bei der Schiffsmeisterin vorgesprochen, um dich einer neuen Arbeit zuzuteilen«, raunte Zhinlohr.

»Was?«

»Ich konnte leider nichts dagegen ausrichten.«

Farim schaute alarmiert zum Heermeister, der erst zu den Masten hinaufsah und ihm dann schon von Weitem zuzwinkerte. Das war nicht gut. Gar nicht gut!

»Ich s-soll zu d-d-d-den St-teigern?«

Zhinlohr nickte. »Sicher wird er es dir gleich ...«

»Einen guten Tag, Freund Farim.« Wehreng begann schon zu sprechen, ehe er ganz bei ihnen war. Anscheinend konnte er es kaum erwarten, seine Mitteilung zu machen. »Ab sofort seid Ihr den Steigern zugeordnet. Helldirh wird Euch einweisen.«

»W-warum?« Wenn doch nur das Stottern nicht wäre.

Wehrengs Lächeln war prompt breiter geworden. »Vor uns liegen die Iklieten – gefährliche Riffe. Freund Zhinlohr wird Euch bestätigen, dass die Passage mehr als herausfordernd ist. Durch den Abbruch der steilen Klippen entstehen stetig neue Untiefen, und die Strömungen sind unberechenbar.«

Farim schaute fragend zu Zhinlohr und erntete ein stummes Nicken. Mit den Riffen hatte Wehreng endlich sein Argument gefunden, um den verhassten Menschen zu knechten.

Aus seiner Stimme troff förmlich die Vorfreude auf Farims Versagen. »Schon morgen werden wir sie erreichen. Es bleibt gerade noch Zeit, um das Nötigste zu lernen. Und glaubt mir, Ihr solltet Euer Bestes geben für diesen wohl schwierigsten Abschnitt unserer Reise. Nicht wahr, Heiler?« Sein Tonfall klang verächtlich und kalt. Er warf Zhinlohr einen hochmütigen Blick zu und ließ sie stehen.

Am Morgen noch hatte Farim gedacht, alles sei auf einem guten Weg. Jetzt fühlte er sich schlechter als am ersten Tag. Insbesondere das Verhältnis zwischen Wehreng und Zhinlohr beunruhigte ihn; die Anspannung im Gesicht des Freundes war deutlich.

Der Heerführer hatte jeden Respekt vermissen lassen. Er hatte den Handelsbeauftragten seines Fürsten ohne die übliche und höfliche Anrede angesprochen. Und das in einem Tonfall, der mehr als abwertend gewesen war.

»Du solltest zeichnen.« Zhinlohr sah dem Rotschopf nach.

»W-was?«

»Es wäre gut, wenn außer mir noch jemand anderes dein Talent sieht. Und durch deine Tintenzeichnungen bist du ja nicht ganz aus der Übung.«

»Aber w-was soll ich z-zeichnen?« Farims Herz schlug schneller bei dem Gedanken, dass ihm alle zusähen.

»Hol einfach deine Zeichentasche. Dort vorn auf der Truhe neben dem Großmast ist Platz. Wir haben kaum Wind und die See ist ruhig. Helldirh ist noch ganz oben im Ausguck. Bis er dich holt, sollte für dich etwas möglich sein.«

Bis er dich holt ... Ein Gefühl der Angst durchfuhr Farim. Wenn Helldirh kommt, muss ich mit ihm in die Wanten klettern. Mit trockenem Mund blickte er nach oben und schluckte. An dem, was ihn erwartete, würde ein Bild wohl kaum etwas ändern.

»Farim, bitte. Ich weiß nicht, wozu es gut sein wird, aber nutze deine Zeit. Jeder Moment zählt!«

Das Drängen in der Stimme des Freundes, die Art, wie er ihn anschaute, trieb ihn plötzlich zur Eile. War es nicht das, was er wollte? Hatte er sich nicht schon zu lange auf kleine Kritzeleien neben Übungssätzen beschränkt?

Farim eilte das Deck entlang, sprang über Taue, wich Hindernissen aus und versuchte, die Blicke zu ignorieren, die ihm folgten. Er durfte nicht darüber nachdenken, was sie sich fragten. Oder wie sehr sie seine fluchtartige Hast amüsierte – auf einem Schiff, auf dem man nicht weiter kommen konnte als bis zur nächsten Reling.

Überlege dir lieber, was du zeichnen willst. Beinahe wäre er gestolpert, als er die Stufen zum Unterdeck hinabeilte. In der Kabinennische angekommen, fand er seine Tasche dort, wo er sie vor Tagen verstaut hatte, weil er sie bei Zhinlohr nicht gebraucht hatte. Dabei hatte er ihm schon längst die Bilder aus Myxa zeigen wollen. Wie hatte er das vergessen können? Dann eben heute.

Er schnappte sie und lief zurück. Die »Pazhmaarh«? Sollte er das Schiff malen? Könnte er die Hoffnung zum Ausdruck bringen, die es für ihn barg?

Als er wieder auf dem Deck ankam, blieb er kurz stehen und beschirmte die Augen. Strahlend blauer Himmel, davor die hohen Masten, deren Holz wie Gold schimmerte. Mit den Elbenstiften könnte er – nein, hätte er das Spiel des Lichts wunderbar einfangen können. Jeder noch so kleine Schatten in den Segeln wäre ihm in allen Farbabstufungen gelungen und hätte sie so lebendig wirken lassen, als wehte die laue Meeresbrise direkt durchs Bild. Farim ging auf Zhinlohr zu, auf die Truhe, die ihm jetzt wie ein Richtertisch vorkam. Mit jedem Schritt schwand seine Zuversicht weiter. Er hatte die Elbenstifte nicht mehr.

Als er Zhinlohr erreichte, war ihm noch immer kein Gedanke gekommen, was er zu Papier bringen könnte. Trotzdem öffnete er die Tasche, zog einen Bogen Pergament hervor, kramte nach den Kohlestiften und verharrte.

»Du hast noch keine Idee?« Die Stimme seines Freundes war so leise, dass er sie kaum hören konnte.

Farim schüttelte den Kopf, ohne ihn anzuschauen.

»Wie hast du deine Motive bisher ausgewählt?«

Seine Hand zitterte, er zuckte mit den Schultern. In so einer Situation war er nie gewesen. Zeichnen, um einer schlimmen Aufgabe zu entgehen, war blödsinnig. Ja, es war töricht.

»Farim, sieh mich an.« Zhinlohrs Stimme war nicht mehr als ein Raunen, das sich mit dem Geräusch der Wellen mischte und beinahe darin unterging – kaum hörbar, aber doch voller Wärme und Verständnis. »Bilder sind wie Seelenfenster für unsere Augen. Geschichten aus Farben und Formen, die uns von den Dingen der Welt erzählen, wie es sonst nur Worte vermögen. Sie können mächtig sein, daran musst du glauben.«

Farim glaubte ihm, er hatte selbst erlebt, was die Bilder ausgelöst hatten, die er mit den magischen Stiften erschaffen hatte. Wie viel Freude und Harmonie durch sie entstanden war.

»Die Macht epischer Bilder erwarte ich nicht. Nur einen Versuch, dein Talent unter Beweis zu stellen. Eine schlichte Zeichnung, mit der du etwas zeigst, was dich und vielleicht sogar einige meiner Brüder und Schwestern beeindruckt hat. Meinst du, du würdest das schaffen?«

Ja, das muss ich schaffen! Und plötzlich fiel ihm ein, was ihn aufrichtig bewegt hatte. Flammende Kugeln, die über der Meeresoberfläche schwebten, deren feuriger Glanz sich auf dem dunklen Wasser brach – und dahinter die »Pazhmaarh«, erleuchtet von Hunderten Lichtern. Er würde den Moment nicht vergessen, als er aus den kalten Fluten auftauchte und von den Elben gerettet wurde.

Ohne ein weiteres Wort begann er zu zeichnen. Vorsichtig erst, mit kleinen Strichen und Punkten, mit denen er das Pergament in Felder unterteilte. Immer wieder schloss er die Augen, erinnerte sich, wie die Szene ausgesehen hatte – überlegte, welchen Raum das Schiff einnehmen und wie nahe er die Feuerkugeln an den Betrachter ziehen sollte. Sorgsam ging er zu Werke, um das Pergament dort unberührt zu lassen, wo das Licht am stärksten leuchten musste.

Im Kopf sah er die feurigen Farben, die strahlende Kraft der Laternen, spürte die Kälte des dunklen Meers, den Wind in den Haaren und die Gischt im Gesicht. Er zeichnete voller Tatendrang, mühte sich, all das aufs Pergament zu bannen, was sich in seinem Geist abspielte. Die Erleichterung, endlich wieder Luft in die Lungen zu bekommen, die Freude, noch nicht sterben zu müssen.

Doch immer, wenn Farim auf das Bild schaute, sah er nur schwarze Kohlestriche, die sich zu einer stümperhaften Kritzelei vereinten und keinerlei Gefühle transportierten. Mit den Elbenstiften war das wie von selbst gelungen. Und jetzt?

Hektisch nestelte er ein Tuch aus seiner Tasche, spuckte drauf und begann, die Schraffierung des Himmels zu verwischen, wollte fließende Wolken schaffen, die sich vor den Mond schoben und ihn verschleierten. Doch er erreichte nur, dass das Licht des Bildes hinter schmierigen Striemen verschwand. Er ließ das Tuch fallen, griff wieder nach dem Stift, mühte sich, klarere Konturen hinzubekommen. Den Rumpf der »Pazhmaarh«, der wie ein Scherenschnitt durch die mondlichte Dunkelheit ritt, gekrönt von Hunderten Laternen.

Farim blickte auf hölzern und künstlich wirkende Striche vor verwischtem Himmel. Er wischte sich den Schweiß von der Stirn, setzte den Stift neu an, malte Feuerballkonturen, so luftig und leicht, wie er es vermochte. Züngelnde Flammen, die sich in ihrem Inneren umschlangen. Doch alles wirkte roh, unausgegoren, unpassend in der Szenerie, wie misslungene Kreise auf einem Schmierpapier. »Nein, nein, nein.«

Er setzte neu an, wollte das Meer dunkler darstellen, damit das Licht seiner missratenen Bälle heller leuchtete, drückte viel zu fest auf, weil er nicht verstehen konnte, dass ihm nichts gelang. Ausgerechnet jetzt, wo es darauf ankam.

Schatten fielen auf sein Bild, Stimmen wisperten um ihn herum, doch er wollte nicht aufgeben.

»Farim.«

Jeder Zoll, den er hinaufklettern müsste, jeder Griff, um Halt in den Wanten des Schiffes zu finden, wäre schwerer, als dieses verdammte Bild zu malen. Wenn er das schon nicht schaffte, was dann? Wie besessen kritzelte er.

»Was soll das werden?«, hörte er eine dunkle Stimme und bildete sich vielfaches Kopfschütteln ein, dass die Frage begleitete.

Dann riss das Pergament, der Kohlestift in seinen Fingern zerbrach.

Höhenangst

Entsetzt sah er auf die Teile, die Kohlesplitter, die sich über das Papier verteilt hatten. Das Bild verschwamm vor seinen Augen, er musste Tränen wegblinzeln, um alles wieder scharf zu sehen.

»Ganz ruhig«, raunte eine Stimme, gedehnt mit rollendem r.

Farim hob den Blick und sah in Helldirhs hellbraune Augen. Dann erst bemerkte er die anderen Elben, die um ihn her standen, und ein Stück abseits entdeckte er Zhinlohr, die Lippen fest aufeinandergepresst.

Was immer Farims Zeichenkunst bewirken sollte, Wehrengs Plan hatte es wohl nicht verhindern können.

»Jetzt kommst du mit mir«, befahl Helldirh.

»Ich w-weiß nicht, ob ich d-das k-kann.«

»Das kannst du auch nicht, bevor du hinaufsteigst und es lernst. So ist das mit allem auf der Welt. Doch mit jedem Mal wird es einfacher, und irgendwann empfindest du Gewissheit. Erst dann musst du dich hüten, denn es gibt keine – nie. Das Leben bleibt immer spannend, auch dann, wenn wir es nicht wahrnehmen. Zu jeder Zeit kann alles passieren. Komm also!«

In diesem Moment hätte Farim es sich gern weniger spannend gewünscht, aber im Grunde wollte er genau das – ein Leben voller Abwechslung, mit neuen Erfahrungen und Erkenntnissen. Auch wenn er die lieber nicht so weit oben gewonnen hätte. Er schluckte die aufkeimende Furcht hinunter und folgte Helldirh zur Reling.

Wie ein Netz aus gleichförmigen Rechtecken zog sich das Tauwerk zum Großmast empor, war Halt und Leiter zugleich, an der sich der Wächter der See mit kraftvollen Bewegungen hinaufzog.

Auffordernd sah er Farim an. »Nur keine Scheu. Du wirst sehen, von hier oben sieht alles anders aus.«

Es hätte verlockend klingen können, wenn die Worte »von oben« nicht gewesen wären. Aber Hadern half nicht. Außerdem wollte er Wehreng nicht die Genugtuung geben, ihn in Gelder loszuwerden. *Ich muss an die neuen Elbenstifte denken, dann schaffe ich das schon.* Und spätestens nach dem, was er eben erlebt hatte, wusste er, dass er sie brauchte. Doch ohne Zhinlohrs Hilfe erführe er weder von den magischen Zutaten noch vom Zauber der Scheltar.

»Wichtig ist, dass du dich immer festhältst«, erklärte Helldirh weiter. »Lass niemals los!«

Auf die Idee wäre Farim auch von alleine gekommen. Er griff nach dem Tauwerk.

»Es ist nämlich sehr hoch.« Wehreng war wie aus dem Nichts neben ihm aufgetaucht. »Ein Sturz von dort oben kann tödlich sein. Wir würden es bedauern, Eurem Vater Eure Gebeine übersenden zu müssen.«

Ihr würdet es eher bedauern, wenn ihr einen Handelspartner weniger habt. Genau so wollte Farim es sagen. Doch dann fiel ihm sein Stottern ein, und er nickte. Schlagfertige Gedanken halfen nicht, wenn man sie nur stammeln konnte. Beherzt zog er sich auf die erste Seilstufe. Die Genugtuung, länger zu zögern, gönnte er dem Heermeister nicht.

In den letzten acht Tagen hatte Farim es sich angewöhnt, barfuß zu laufen, so wie die Elben es taten. Doch jetzt merkte er, dass seine Fußsohlen noch nicht sonderlich abgehärtet waren; er spürte jede einzelne Faser des rauen Takelwerks.

»Wenn du Probleme mit der Höhe hast, schau nur auf die Wanten vor dir, oder zu dem, was auf gleicher Höhe mit dir ist. Die anderen Masten oder Segel vielleicht. Du kannst auch nach oben schauen, aber besser nicht nach unten.«

Auf die Wanten schauen – Farims Herz galoppierte in der Brust. Entschlossen zog er sich weiter aufwärts – Stufe für Stufe. Auf das Tauwerk achten, alles, was auf gleicher Höhe ist, nicht nach unten sehen. Es kostete ihn Kraft, das zu beherzigen, und er blinzelte hinauf zu Helldirh. Der Wächter der See war nur zwei Schritte über ihm und rief ihm immer wieder die Namen der unterschiedlichen Masten und Segel zu. Viele dieser Begriffe waren Farim geläufig, weil er am Hafen aufgewachsen war. Irgendwie beruhigte ihn das, während er langsam höher hinaufkletterte.

Sein Herz raste nicht mehr ganz so wild in der Brust. Die Luft roch frischer hier oben, das Rauschen des Meeres, die Wellen, die sich am Bug der »Pazhmaarh« brachen, verloren an Macht. Selbst die Geräusche von Deck waren kaum zu hören, sodass es Farim leichter fiel, sich zu konzentrieren. Trotzdem spürte er immer noch die Anspannung steigen – mit jedem Zoll, den es weiter hinauf ging.

Als sie das vierte Segel passierten und Helldirh die Großbramrah erreichte, griff der Elb von der Ober- auf die Unterseite der Wanten um. Für einen Moment hing er über dem Abgrund, glitt dann aber geschmeidig zum Segel hinüber. Seine Füße fanden auf einem Tau halt, während er den Oberkörper an den Rahmast presste und lächelnd herübersah.

Das war der Moment, in dem Farim einen Fehler beging, denn er schaute nach unten. Sofort wurde ihm schwindlig, die Muskeln verkrampften sich, und seine Hände wurden feucht. Wie gelähmt starrte er in die Tiefe, spürte den Sog, der von ihr ausging. Das Gefühl, springen zu müssen, überkam ihn wie ein Sturm und jagte ihm pure Angst ein.

»Farim!«

Er hörte Helldirh rufen und wollte aufblicken, doch sein Körper gehorchte nicht. Von unten schauten winzige Gestalten zu ihm herauf. Elben aus Innelles, die nur darauf warteten, dass er versagte. Wie gerne hätte er ihnen gezeigt, dass er es schaffen konnte, dass er alles schaffen konnte. Doch seine Hände gehorchten nicht mehr. Sie krampften sich um das Seil und löschten jeden Gedanken an Bewegung aus.

»Farim, schau mich an!« Plötzlich war Helldirh bei ihm, ganz nah, schob sich in sein Gesichtsfeld und fixierte ihn. »Sieh mich an!« Sein Ton war schroff. »Wir sind hoch hinauf gekommen. Du hast das sehr gut gemacht und musst nicht mehr weiter. Also beruhige dich!«

Das klang gut, doch half es nicht gegen die Angst, den Halt zu verlieren und in den Abgrund zu stürzen.

»Eine Aufgabe liegt noch vor uns, dann bringe ich dich sicher wieder hinunter auf Deck.«

»Ich k-kann n-nicht.« Wie kläglich das klang. Farim hasste sich dafür.

»Doch, du kannst. Du bist stärker, als du glaubst, die Kraft deiner Hände ist durch die Arbeit an den Tauen und Segeln gewachsen, da bin ich mir sicher.«

Farim nickte, schüttelte den Kopf, nickte erneut und schüttelte ihn wieder. Er wollte hier weg, doch seine Gedanken drehten sich im Kreis. Alles erschien ausweglos, jede Möglichkeit bedeutete, loszulassen. Aber das konnte er einfach nicht.

»Ich habe verstanden, dass es Dinge gibt, die dir wichtig sind. Dass du Träume hast, die dich antreiben und einmal dein Leben bestimmen sollen. Ist es nicht so?«

Farim versuchte, die Tränen zurückzuhalten, die ihm die Angst aus den Augen presste. Warum musste das Schicksal ihm ständig Steine in den Weg legen? Warum konnte nicht alles einfacher sein?

»Möchtest du diese Träume verwirklichen?«

Ja, doch. Was für eine dumme Frage. Farim nickte.

»Und möchtest du für dich selbst einstehen können, dich verteidigen können, sprechen, ohne zu stottern?«

Ein Leben ohne Stottern? Diesen Wunsch hatte er längst aufgegeben.

»Dann musst du dich überwinden. Hier und jetzt. Ich kann das nicht für dich. Das kannst du nur alleine!«

Überwinden? Wie denn? Er öffnete die Augen, starrte den Elb fragend an und hoffte, er böte ihm eine neue Lösung. Etwas, an das er selbst noch nicht gedacht hatte. Doch Helldirh überraschte ihn nur mit einem gelassenen Lächeln.

»Lass dir Zeit. Soweit ich sehe, hast du alles fest im Griff. Tiefere und gleichmäßigere Atemzüge würden dir allerdings mehr Kraft schenken, um länger auszuharren.«

Atmen ist gut, ja. Farim sog die Luft ein und stieß sie wieder aus. Erst schnell, dann langsamer. Sie war frisch und kühl, fühlte sich gut an. Er konnte plötzlich das Meer riechen, das Tauwerk, an dem er sich festkrallte.

»So ist es gut. Mit dem richtigen Rhythmus beruhigt sich auch deine Seele. Spürst du es?«

Er nickte, obgleich die Angst immer noch da war und seinen Brustkorb mit festem Griff umklammerte.

»Atme tiefer, spüre die Kraft in deinen Gliedern.«

Helldirhs Stimme klang beruhigend, Farim sog die Worte auf, als würden sie ein unsichtbares Netz weben, das ihn auffinge, wenn er fiele.

»Warum wolltest du aus Myxa fort?«

Die Frage kam so unvermittelt, dass Farim glaubte, er hätte sich verhört.

»Du musst es mir nicht sagen, aber du solltest es dir sagen, ob in Gedanken oder laut, kannst du selbst entscheiden. Wenn deine Wünsche für die Zukunft dir noch zu weit weg erscheinen, um Antrieb für dich zu sein, deine Ängste zu überwinden – dann denk an das, was du dir auf gar keinen Fall für dein Leben wünschst!«

Sofort waren Farims Gedanken in der Schreibstube seines Vaters. Ein Raum mit geschlossenen Türen und milchigen Fenstern, durch die kaum Tageslicht fiel. Ein Leben im Dunst ranziger Öllampen, fern von den Wundern der Natur und ohne die Zeit, sie erleben zu können. Ein Leben von Zahlen bestimmt und ohne Platz für Farben und Bilder. Er spürte, wie sein Innerstes gegen diese Vorstellung aufbegehrte.

»Ich sehe, du hast etwas gefunden, das dir so widerstrebt, dass es deine panischen Gefühle unter Kontrolle gebracht hat. Ist es nicht so?«

Erstaunt sah Farim auf, als er spürte, dass die Panik schwand. Ein wenig Angst war noch da, doch sie fühlte sich eher wie ein mahnender Ratgeber an, der ihn vor unüberlegten Entscheidungen warnen wollte.

»Halt dich mit der Rechten fest und löse die linke Hand. Nur kurz, um deine Finger zu bewegen und den Arm zu lockern. Du bist Herr deiner Emotionen. Behalte im Blick, was du erreichen willst.«

Farim betrachtete seine Knöchel, weiß vor Anspannung. Dann versuchte er es und die Hand gehorchte.

»Jetzt die andere. Und dann mit den Füßen genauso. Du kannst alles schaffen, was du willst, das spüre ich.«

Das Vertrauen, das der Wächter der See in ihn setzte, tat gut. Dennoch kostete es Farim Überwindung, zum Großbramrahsegel hinüberzuklettern, allein hätte er es sicher nicht so schnell geschafft. Doch Helldirh war die ganze Zeit an seiner Seite und besprach jeden Griff und jeden Schritt mit ihm, bevor sie weiterkletterten.

Inzwischen war es beinahe windstill und die »Pazhmaarh« lag so ruhig im Wasser, dass der Mast nur wenig hin und her schwankte. Farim dachte an das Wiegen eines Kindes, das in den Schlaf finden sollte, und merkte, dass man die Bewegung hier oben in den Segeln sogar ein Stück weit genießen konnte. Die Übelkeit jedenfalls, die ihn in den vergangenen Tagen immer wieder heimgesucht hatte, blieb aus.

Als sie das Segel gerefft hatten, verharrten sie noch eine Weile. Mit dem Rahmast unter den Armen fühlte Farim sich sicherer als in den Wanten. *Wenn man an sich glaubt, kann man alles schaffen.* Er nahm sich vor, dieses Gefühl nicht zu vergessen. Er genoss sogar den Ausblick. »V-von hier oben hat man wirklich eine w-wunderbare Sicht.« Er schaute zur Küste und erkannte in der Ferne üppig grünen Bewuchs. »Ist d-das ein Wald?«

Helldirh folgte seinem Blick. »Das, Freund Farim, sind die Athür. Undurchdringliche Sümpfe und Heimat der Urda.«

»Urda?«

»Ein kleinwüchsiges Volk, das dort recht friedvoll vor sich hinlebt. Die meisten von ihnen sind Fischer.«

Farim hatte noch nie von ihnen gehört und spürte, wie ihn wieder der Wunsch durchdrang, die Welt zu erkunden. Wenn er erst neue Elbenstifte hätte, würde er das tun. Vielleicht könnte er einen Gönner finden, der ihm solche Reisen bezahlte. In Gedanken schrieb er die Athür auf seine Liste.

»Und das dort?« Weit voraus erkannte er eine schroffe Steilküste, die sich wie ein zackiges Gebirge aus dem Meer erhob. Einzelheiten waren auf diese Entfernung nicht auszumachen, doch sie wirkte unwirtlich. Nackte Felsen, ohne jedes Grün, als hätte jemand das Leben aus ihnen herausgesaugt.

»Das sind die Iklieten!«

»Die t-tödlichen Riffe s-sind schon so n-nah?« Der Gedanke ließ ihn erschaudern. »Sind sie w-wirklich so gefährlich, wie Wehreng-P-pronnjuhdor sagt?«

Helldirh nickte. »Worte können nicht wiedergeben, womit sie die Seefahrer heimsuchen. Furchtbare Stürme toben an diesem Küstenstreifen, als würden die Felsen jeglichen Wind magisch anziehen. In solchen Turbulenzen ist die Passage nahezu unmöglich, selbst für uns Elben.«

»Aber ihr verf-fügt über Elementemagie, oder n-nicht?«

»Nur der Scheltar der Luft könnte etwas gegen Stürme ausrichten, wenngleich seine Macht im Angesicht ungestümer Naturgewalten auch begrenzt ist.« Helldirh schien zu überlegen. »Die Scheltar des Wassers hätte womöglich die Macht, sturmgepeitschte Meereswogen zu besänftigen, zumindest in einem begrenzten Maß – doch keiner der beiden ist auf der ›Pazhmaarh‹ vertreten. Wir sind auf uns gestellt, wie jedes andere Schiff auch.«

Farim nickte, war aber mit den Gedanken schon woanders. Denn als Helldirh von der Macht der Elementemagier sprach, musste Farim an die Herstellung der Elbenstifte denken, für die es der Magie eines Scheltar bedurfte. Trotzdem war er erleichtert, dass keiner an Bord war. Für ihn war es nicht gut, dass einzelne Lebewesen über so viel Macht verfügten. Allein der Gedanke daran löste ein Gefühl der Angst aus. Mochte man Magie auch noch so sinnvoll einsetzen.

Unvermittelt musste er an Fenkorh denken, der nicht müde geworden war, davon zu sprechen, wie hilfreich die Elementemagie sein könnte. Ob er von den Scheltar wusste und geahnt hatte, dass die Elbenstifte zu ihren Heiligtümern gehörten? Wollte er deshalb die Essenz der zerbrochenen Stifte als Andenken haben?

Bei diesem Gedanken beschlich Farim ein ungutes Gefühl. Wenn es um die Beherrschung der Magie oder das

Wissen darum ging, war Fenkorh unersättlich. Er würde alles tun, um mehr darüber zu lernen. Ihm die staubige Essenz zu geben, war womöglich keine gute Idee gewesen. Wenngleich auch die Magie zu silbrigem Rauch verdampft war.

»Ist dir nicht gut, Freund Farim?«

»W-wie? Nein, nein.« Vielleicht sollte er Fenkorh darum bitten, ihm den Staub zurückzugeben. Er schaute gen Himmel, als könnte der Schöpfer selbst ihm einen Rat geben. Doch das Einzige, was er sah, waren Wolkenschlieren, die träge über sie hinwegzogen. »Es sieht nicht nach Sturm aus, oder?«

»Darauf sollten wir uns nicht verlassen.« Helldirh blickte zurück. »Siehst du die dunklen Wolken am Horizont? So wie ich es sehe, braut sich was zusammen, das uns folgen wird.«

»Das ist aber n-noch weit weg. Sollten wir es n-nicht vorher an den Riffen v-vorbeischaffen?«

»Würden wir Fahrt aufnehmen, vielleicht. Doch wir dümpeln rum wie eine Zirbelmaus, die sich in der Sonne rekelt.«

Farim liebte die bildhafte Sprache der Elben. Nichts machte eine Aussage verständlicher als Bilder. Er setzte die Zirbelmaus mit auf die Liste der Geschöpfe, die er malen wollte.

»Ich denke, es ist an der Zeit, hinabzusteigen, mein Freund. Du hast dir eine Pause verdient und deine Beobachter auch.« Helldirh wies nach unten, und Farim wagte einen Blick in die Tiefe. Sofort schwindelte es ihn, seine Hände krampften sich um die Seile. Doch er atmete ein paarmal durch und schaffte es, ruhig zu bleiben.

Eine Gruppe von Elben stand am Fuße des Großmasts, direkt neben der Truhe, auf der er gezeichnet hatte. Der Gedanke, dass sie seine Kritzelei anschauten und ihn anhand dieses misslungenen Versuchs beurteilten, versetzte ihm einen Stich. Natürlich wäre es gut, das Bild in Augenschein zu nehmen, um zu ergründen, was er beim nächsten Mal besser machen könnte, doch am liebsten hätte er es einfach weggeworfen und möglichst schnell vergessen. Warum hatte er sich nur darauf eingelassen? Die Wahrscheinlichkeit, ihn damit vor dem Dienst als Steiger zu bewahren, war von vornherein gering gewesen. Und doch musste Zhinlohr sich etwas dabei gedacht haben.

Als Helldirh ihn nach ihrem Abstieg zu der Gruppe führte, die sie von hier unten beobachtet hatte, nickten ihm einige der Elben zu, bevor sie sich abwandten und gingen.

»Ich bin stolz auf dich, Freund Farim.« Zhinlohr trat näher und legte ihm eine Hand auf die Schulter.

»D-danke. Es w-war nicht leicht, aber ich denke, ich b-bin jetzt auf dem richtigen Weg«, antwortete Farim. »Auch wenn ich das ohne Helldirh n-nicht überstanden hätte.« Er lächelte dem Wächter der See dankbar zu, der nur kurz nickte und dann Richtung Bug davon ging.

»Jetzt f-fehlen mir nur noch die Elbenstifte und alles w-wird gut.«

Bei der Erwähnung der Stifte zuckte Zhinlohr.

Von der Seite trat plötzlich eine Gestalt aus dem Schatten des Großmasts. »Was weißt du über Elbenstifte? Kein Mensch sollte etwas über die Heiligtümer unserer Scheltar wissen.«

Naturgewalten

Farim schluckte, als er Kellwah-Liewiedah erkannte. Die Hände der Schiffsführerin glitten an ihren Gürtel, erst jetzt sah Farim die beiden sichelförmigen Dolche.

»I-ich hatte ...«

»Ich habe ihm von Fürst Rahronn erzählt«, kam Zhinlohr ihm zu Hilfe. »Womöglich habe ich ein wenig geschwärmt. Ihr wisst selbst, dass Rahronn-Fjennjurh ein Liebhaber der Künste ist, wunderbare Bilder in prächtigen Farben anfertigt und mit seinen Elbenstiften wahre Magie entfaltet.«

In Farims Erinnerung hatte sein Freund ihm nur erzählt, dass der Fürst das letzte Paar der magischen Stifte besaß, aber vielleicht war es auch anders gewesen. Besser er schwieg.

»Geschmeidige Worte, Freund Zhinlohr.« Die Elbin sah ihn herausfordernd an. »Mit Euren Wortspielereien mögt Ihr menschliche Händler blenden, aber nicht mich. Glaubt Ihr, es war im Sinne unserer Völker, so viel preiszugeben? Die Heiligtümer der Scheltar sind genau das: Sie sind uns heilig. Auch Eurem Haus, wenn ich nicht irre.«

»Wir sollten das allein besprechen«, schlug Zhinlohr vor.

»Soll Euer Menschenfreund nicht erfahren, welchen Frevel Ihr begangen habt, als Ihr die Geheimnisse der Elbenvölker preisgabt? Was wird unser Fürst sagen, wenn er davon erfährt?« Kellwah klang angriffslustig, ihre Hände umfassten die Knäufe ihrer Dolche.

»Schweigt, Schiffsführerin!«

Farim zuckte zusammen, als sein Freund laut wurde.

»Ihr wisst, dass das Erbe der Scheltar höchst unterschiedlich angesehen ist. Wart Ihr nicht dabei, als vor Zeiten im Elbenrat von Gohlannbjahr nach der unseligen Vernichtung der Drachtarh über ...« Zhinlohr unterbrach sich, seine Augen zuckten zu Farim hinüber. »... als ähnliche Themen behandelt wurden? Wenn Ihr über Frevel sprechen wollt, sollten wir auch darüber reden.«

»Ihr wagt es ...«

»Nein, ich erinnere nur. Aber sei's drum; seit Dekaden gibt es niemanden mehr, der die Macht der Elbenstifte wecken kann. Was ihre Einzigartigkeit ausmachte und sie in den falschen Händen zur Gefahr machte, ist längst vergangen. Genauso wie die ...«

»Schweigt.« Plötzlich hielt sie einen Dolch in der Hand.

Nur einen Lidschlag später flammte eine Feuerkugel auf und schwebte lodernd über Zhinlohrs Fingern. »Kein Blut zwischen Elben. Habt Ihr den Schwur vergessen, der damals erneuert wurde?«

Kellwah zögerte, steckte dann aber beherrscht ihre Elbenklinge zurück. »Und keine Magie den Menschen. Auch das war Inhalt des Pakts.«

Die feurige Kugel wurde kleiner, senkte sich in Zhinlohrs hohle Hand und versickerte in seiner Haut. Farim konnte den Blick kaum abwenden, erschreckt und fasziniert zugleich.

»Was glaubt Ihr, würde mein Freund tun? Allein mit dem Wissen um die magischen Stifte gegen Eure ganze Mannschaft antreten? Oder aufgrund des Namens eines Heiligtums die ›Pazhmaarh‹ vom Antlitz des Meeres verschwinden lassen? Er ist nicht einmal ein Magister, und selbst deren Macht ist äußerst begrenzt.«

Sie wollte etwas entgegnen, doch er hob energisch die Hand. »Ich bin Vertrauter Eures Fürsten, und als Handelsbeauftragter ist es mir gestattet, alles zu tun, was einer guten Beziehung mit unseren Partnern zuträglich ist. Dazu gehört insbesondere, über Kultur und schöne Künste zu sprechen. Denn sie bereichern unsere Seele genauso wie die ihre.«

»Das ist mir gleich. Ich werde dennoch Fürst Rahronn Bericht erstatten, sobald wir in Innelles sind. Seid Euch darüber im Klaren.« Sie sah Farim an. »Es betrübt mich, dass Ihr diese Unstimmigkeit miterleben musstet. Eigentlich war ich hinzugekommen, um Euch meine Anerkennung auszusprechen. Bisher habt Ihr Euch redlich bemüht.« Dann wandte sie sich wieder ab und funkelte Zhinlohr an. »Euer Freund sollte sich jetzt stärken; zum Abend wird Wind aufkommen und dann gibt es anderes zu tun, als nach Dingen zu streben, die nicht in die Menschenwelt gehören.« Ohne ein weiteres Wort drehte sie sich um und ging.

Farims Herzschlag wollte sich kaum beruhigen, so hatte diese Begegnung ihn aufgewühlt. Wenn das in Kellwahs Augen nur eine Unstimmigkeit war, wollte er niemals einen Streit zwischen Elben miterleben. Und es war nicht nur die Schiffsführerin, die ihm Angst eingejagt hatte. Auch die Feuerkugel hatte ihn erschreckt, so faszinierend der Anblick gewesen war.

»Es ist mein Versäumnis.« Zhinlohrs Stimme klang immer noch scharf. »Die Kluft zwischen unseren Völkern ist größer, als ich wahrhaben wollte.« Er atmete geräuschvoll ein und aus, schien bemüht, seine gewohnte Ruhe wiederzuerlangen, und fuhr dann leiser fort: »Unsere Art zu leben, die Werte denen wir folgen, all das unterscheidet sich, weil unsere Geschichte unterschiedlich ist. Jedes Volk lebt unter anderen Umständen, in besonderen Regionen und mit ganz eigenen Problemen oder Gefahren. Es ist nur natürlich, wenn sich auf diese Art verschiedene Betrachtungs- und Lebensweisen einstellen.« Er hielt inne und sah versonnen aufs Meer hinaus. »Das macht den Umgang zuweilen schwierig.«

Farim nickte und folgte seinem Blick. Die Wellen schienen in der Ferne mit dem Himmel zu verschmelzen. Endlose Wogen, die nie zum Stillstand kamen, rastlos wie das Leben. Ob es da draußen noch etwas gab? Unbekannte Länder und andere Völker? Hatten sie ähnliche Probleme? Ja, Zhinlohr hatte recht. Selbst die Menschen in ein und derselben Stadt waren schon derart unterschiedlich, dass es allerorten zu Unverständnis kam. Jeder lebte in völlig verschiedenen Verhältnissen, ging einer anderen Arbeit nach, hatte ein eigenes Bündel im Nacken, wie man in Myxa zu sagen pflegte.

Unwillkürlich musste er an die letzte Begegnung mit Magistra Gluhnbar denken, die die Gemeinsamkeiten zwischen ihrem Sohn und Farim herausgestellt hatte. Dabei waren sie im Grunde so unterschiedlich, wie man nur sein konnte, und hatten sich fast im Streit getrennt. Wenn das schon in diesem kleinen Maßstab galt, musste es im Hinblick auf die Völker der Welt noch viel umfassender sein.

»Es gilt, alle Perspektiven zu bedenken«, nahm Zhinlohr den Faden wieder auf. »Das zu verstehen, ist der erste Schritt zu einem friedlichen Miteinander. Eine Erkenntnis, die einem Volk der Dichter und Denker nicht schwerfallen sollte. Doch schon der nächste Schritt, der Versuch des Teilens und des Aufeinanderzugehens, weckt Vorbehalte oder gar Ängste. Dabei ist es das Teilen, das uns reich macht.« Er legte Farim eine Hand auf die Schulter. »Ja, so ist das. Teilen macht reich. Vergiss das nie.«

Teilen macht reich. Ein wahrhaft selbstloser Gedanke in drei schlichten Wörtern.

»Ich werde Sennah-Lilldujah aufsuchen und ihr von der Unstimmigkeit zwischen Kellwah und mir erzählen. Sie ist sehr angesehen unter meinen Brüdern und Schwestern aus Innelles und kann den einen oder anderen womöglich milde stimmen.« Zhinlohr ging einige Schritte und sah sich dann noch einmal um. »Sie hat übrigens deine Zeichentasche und das Bild der ›Pazhmaarh‹ an sich genommen.«

Erst jetzt fiel Farim auf, dass sein missglückter Zeichenversuch nicht mehr da war. Ihm stockte das Herz. Warum hatte er Zhinlohr nicht erzählt, was er neben den Bildern noch in seiner Tasche hatte?

»Und jetzt geh etwas essen. Vor dir liegt eine schwierige Aufgabe, es zieht ein Sturm auf.«

Farim nickte nur. Er hatte den Eindruck, dass er die Vorboten gerade miterlebt hatte, und hoffte nur, dass er seine Zeichentasche zurückbekäme, ehe die ehrwürdige Sennah hineinschaute. Wenn sie die Bruchstücke fände, wäre alles aus.

Während er zum Essen ging, spukten ihm unzählige Fragen im Kopf herum. Sollte er seine Zeichentasche sofort zurückholen oder wäre das zu auffällig? Er grübelte erneut über Zhinlohrs Stellung auf der »Pazhmaarh«. Ob sein Freund es sich leisten konnte, die Schiffsführerin so scharf anzugehen? Reichte das Ansehen, das er unter der Mannschaft genoss, dafür aus?

Wenn Farim daran dachte, wie Kellwah mit Zhinlohr gesprochen hatte, kamen ihm Zweifel. Womöglich wurde sein Freund nur toleriert und nicht akzeptiert. Vielleicht brauchten sie ihn nur, damit er den lästigen Kontakt zu den Menschen übernahm und weil er als einziger ausgebildeter Heiler an Bord unverzichtbar war. Andererseits hatte Farim bisher keine Krankheiten oder Verletzungen beobachten können. Wenn die Elben doch nur nicht so in sich gekehrt wären. Es war wirklich schwer, ihre wahren Ansichten zu ergründen.

Als Farim im Speiseraum aß, begann das Schiff zu schwanken, erst unmerklich, dann immer stärker. Vor ihm glitt die Schale mit dem würzigen Reisgericht seitwärts über den Tisch. *Die Vorboten des Sturms.* Im Geiste sah er die Spiegelung von Zhinlohrs Feuerzauber in Kellwahs Dolch. Hastig spülte er den köstlichen Tee hinunter, für den er sich gerne mehr Zeit genommen hätte. In den Gebirgshängen um Nunahzhar geerntet. Auch eine der sagenumwobenen Elbenstädte.

Während er zurück an Deck lief, ließ er seine Gedanken treiben. Was, wenn er der erste Mensch wäre, dem es gelänge, jedes Elbenreich zu besuchen? Er würde einiges dafür geben, sie alle zu sehen. Erellgorh zum Beispiel, wo demnächst der Elbenrat tagen sollte.

Unvermittelt dachte er an das, was Zhinlohr zu Kellwah gesagt hatte. In Gohlannbjahr, der Stadt der Waldelben, hatte es auch ein Ratstreffen gegeben. Wegen der – wie sagte er? – unseligen Vernichtung der Drachtarh. Farim erinnerte sich an die Säulen aus Blutmarmor, die er im Lagerraum gesehen hatte. Er hatte mit Zhinlohr nur kurz über das traurige Schicksal der mächtigen Flugechsen gesprochen. Dass die Bedeutung dieser Geschöpfe so überaus groß war, hatte er aber schon geahnt. Es war nur zu verständlich, dass aufgrund ihrer Vernichtung ein Elbenrat stattgefunden hatte.

Doch Zhinlohrs Andeutungen eben und Kellwahs Reaktion darauf deuteten auf einen Umstand hin, der bis heute nachwirkte. Damals musste etwas geschehen sein, das noch immer an den Feuerelben haftete. Blut oder Verrat, Schuld oder Mitschuld vielleicht – irgendetwas hatte selbst nach unzähligen Dekaden nichts von seinem Schrecken verloren. Anders konnte Farim es sich nicht erklären, dass die Schiffsführerin sich den Wind hatte aus den Segeln nehmen lassen. Er seufzte. So viele Fragen. Und mit jeder Überlegung kamen neue hinzu.

Inzwischen schwankte das Schiff so stark, dass Farim sich an Deck festhalten musste. Das Brausen der Wellen hatte zugenommen und die Luft war diesig geworden.

Am Heck, unterhalb des Kommandodecks, sah er Zhinlohr in seiner Kabine verschwinden. Eine Bemerkung des Elbs fiel ihm ein: »Als Handelsbeauftragter ist es mir gestattet, alles zu tun, was einer guten Beziehung mit unseren Partnern zuträglich ist.« Der Satz klang so nachvollziehbar und schlüssig, das Farim gar nicht über ihn gestolpert war. Doch jetzt, mit etwas Abstand, brachte er ihn genauso aus dem Gleichgewicht wie die Wogen des Meeres. Plötzlich kauten seine Gedanken auf der Frage herum, ob Zhinlohr in ihm nur den Menschen mit der passenden Gabe für die Stifte sah und ihre Freundschaft gar keine Rolle spielte. War Farim nur ein Mittel zum Zweck, um den Auftrag der Fürstin von Erellgorh zu erfüllen? Nein, so sehr konnte er sich nicht in Zhinlohr geirrt haben.

»Freund Farim, rasch, her zu mir.«

Helldirh stand an der Reling auf Höhe des Großmasts. Neben ihm kletterten die Steiger bereits in die Wanten. Eine rege Betriebsamkeit war ausgebrochen, Kellwah brüllte Befehle, die von anderen weitergegeben wurden. Auch der Wächter der See rief seinen Leuten Anweisungen zu. Farim spürte, wie die Anspannung des Nachmittags mit Macht zurückkehrte. Sein Herzschlag beschleunigte sich. Mit bangem Blick starrte er hinauf in die Segel. *Ich habe es schon einmal geschafft, ich schaffe es auch wieder.*

Zu seiner Erleichterung teilte Helldirh ihn für die Großuntermarsrah ein. Er mochte sich nicht vorstellen, wie es bei Wind und Wetter weiter oben in den Masten schwankte. Zwei schwarzhaarige Elbinnen nahmen ihn auf Helldirhs Geheiß unter ihre Fittiche und Farim konzentrierte sich darauf, mit ihnen zusammen sicher an die Rah zu kommen.

Die »Pazhmaarh« hatte merklich Fahrt aufgenommen, es kostete ihn viel Kraft, sich in den Wanten zu halten. Zweimal glitt seine Hand vom feuchten Tauwerk. Aals er sich endlich zur Rah hinübergehangelt hatte, frischte der Wind weiter auf und starke Böen trafen auf die Segel. Er musste sich in Acht nehmen, um nicht zwischen die Seile zu geraten oder durch das schlagende Segeltuch abgeworfen zu werden.

Das Ächzen der Takelage wurde immer lauter, mischte sich mit dem Lärm von Wind und Wellen und hüllte ihn in ein Gefühl der Machtlosigkeit. *Ich schaffe das, ich muss.*

Dann verdunkelte sich der Himmel. Jäh ahnte Farim, dass alles bis hierhin nur ein Vorspiel gewesen war. Wie aus dem Nichts zog ein Sturm herauf, der die Segel bis aufs Äußerste blähte und die »Pazhmaarh« über die Wogen peitschte. Die Welt geriet in Bewegung, Farim musste sich festklammern, so gut es ging. Tapfer harrte er mit den anderen aus und wartete auf den Befehl, die Segel zu reffen. Doch die Schiffsführerin nahm alles, was sie kriegen konnte, um absolute Geschwindigkeit zu erreichen.

»Sie will die Passage durchfahren, solange es hell ist«, glaubte Farim, durch den Sturm zu hören. Der Himmel war so dunkel verhangen, dass es für ihn keinen Unterschied machte.

Dann zuckte der erste Blitz herab und tauchte die Iklieten in eisiges Licht. Es donnerte, prasselnder Regen peitschte ihnen ins Gesicht und durchnässte sie innerhalb weniger Lidschläge. Farim rutschte über den nassen Rahmast zur Seite, krallte sich gerade noch rechtzeitig an den Ösen des harten Segeltuchs fest. Ohrenbetäubend brüllten Sturm und Wellen in seinen Ohren, doch die »Pazhmaarh« pflügte durchs Meer, als bedeutete es nichts.

Farim versuchte, sich zu orientieren, irgendetwas zu erkennen. Er blinzelte die Regentropfen aus den Augen und sah voraus zum Bug. Doch plötzlich war vorne unten, das Schiff senkte sich so tief in die Wellen, dass überall um sie her nichts als schwarzes Wasser war. Farim starrte in den brodelnden

Abgrund und wünschte sich fort. Er wollte die eisigen Fluten nicht sehen, nicht so! Verzweifelt versuchte er, die Erinnerung an seinen Sturz in diese tödliche Kälte zu verdrängen, damit die Angst ihn nicht lähmte. Er brauchte klare Gedanken.

»Die Segel reißen!«, kam von irgendwoher ein Ruf. Farim starrte auf den Segelrand. Der Sturm zerrte so stark am Segeltuch, dass schon einzelne Fasern gerissen waren, obwohl ein Liektau eingearbeitet war. Die Kräfte, die hier wirkten, waren einfach zu gewaltig.

Endlich kam der Befehl, die Segel zu reffen, um dem Sturm etwas von seiner Macht zu nehmen. Farim war schon am Rand der Erschöpfung; trotzdem mühte er sich, keuchend und mit klammen Fingern, bis die Segelfläche sich auf ein knappes Drittel verkleinert hatte. Als er das Seil festzurrte, legte sich das Schiff gefährlich auf die Seite. Farim verlor den Halt und rutschte vom Rahmast. Er ruderte panisch mit den Armen, versuchte, sich irgendwo festzuhalten, und stürzte dann kopfüber Richtung Meer.

Ohnmacht

Hilflos, haltlos, machtlos. Unzählige Gedankenblitze schossen innerhalb eines Lidschlags durch seinen Geist, dehnten den Augenblick des Sturzes zu einer Ewigkeit und ließen Farim mit dem Leben abschließen.

Regen und Tränen – er kniff die Augen zusammen. Dann fuhr ein gewaltiger Ruck durch seinen Körper, als sein Sturz plötzlich endete. Er brüllte vor Schmerzen – schrie so laut, als wollte er das Unwetter selbst in die Knie zwingen. Kopfüber hing er in den Wanten, mit ausgerenktem Bein, den Fuß in einem Seil gefangen. Seine Schreie gellten durch die Dunkelheit und wurden vom Sturm verschluckt. Wer sollte ihn bergen, wenn es galt, ein ganzes Schiff zu retten?

Die »Pazhmaarh« hob sich und sackte hinab. Verzweifelt versuchte Farim, Halt zu finden, erreichte ein Tau, glitt ab und griff wieder zu. Wind und Wellen peitschten gegen das Schiff und die Takelage, warfen ihn in den Wanten hin und her, bis seine Schmerzensschreie nur noch ein heiseres Keuchen waren. Dann endlich, als er flehend auf die erlösende Ohnmacht wartete, bekam er eine der Seilstufen zu fassen und umschlang sie mit den Armen. Sein Körper war ein einziger Schmerz, ihm schwanden die Sinne. *Festhalten! Festhalten und überleben!*

In seinem betäubten Geist trieben haltlose Gedanken, lösten sich in Qualen auf, brachen erneut an die Oberfläche und vergingen in kläglichem Wimmern.

Der Regen kühlte ihn aus. Lichtere Momente wechselten mit Dunkelheit. Er konzentrierte sich auf die Stellen seines Körpers, die noch heil waren. Die Arme, die Hände. Der Fuß des ausgerenkten Beins wurde taub und ließ zumindest ein wenig der qualvollen Pein verblassen. In der Hüfte aber pochte der Schmerz, als schlüge jemand mit einem Hammer darauf. Verzweifelt versuchte Farim, Hilfe auszumachen, und fand doch niemanden.

Bilder, ich brauche Bilder. Der Ohnmacht nahe, stellte er sich vor, wie einzigartig ein Bildnis wäre, das diesen Sturm und alles darin darstellte. Düstergraue Farben kamen ihm in den Sinn. Blautöne in dunklen Schattierungen und weiße Blitze, die die Wolken über der »Pazhmaarh« in unheilvolle, hellgraue Glut tauchten. Dann ging ein Ruck durchs Seil und streckte sein verletztes Bein. Es wurde schwarz um ihn.

Alles schwankte, alles schmerzte. Stimmen in den Ohren, Seile unter dem Rücken, Meeresrauschen und absolute Dunkelheit.

Dann ein erneutes Erwachen aus der Ohnmacht.

»Haltet gut fest.«

Hände auf seinen Armen, seinen Schultern. Jemand packte ihn am Knöchel und griff nach der Wade.

»Jetzt!«

Ein Ruck, ein Schrei – sein Schrei! Brennende Schmerzen jagten durch den Körper, ließen sein Herz einen Schlag aussetzen und vernebelten jeden klaren Gedanken. Wieder fiel er in die erlösende Dunkelheit und umarmte das zeitlose Nichtsein, noch bevor es ihn ganz erreichte.

Seine Gedanken drifteten dahin, suchten hoffnungsvolle Erinnerungen festzuhalten, stellten Fragen, fanden keine Antworten. Ihm war warm, dann kalt und gleich darauf wieder heiß. Und immer ergab er sich der stillen Dunkelheit, die keine Fragen kannte und keine Erwartungen an ihn stellte.

»Erlösung!« Der drängende Wunsch, mit dem er erwachte, kam ungewohnt rau aus seiner Kehle, schmeckte bitter auf der Zunge und schwebte ziellos bettelnd im Raum.

Um ihn her war es seltsam still. Vorsichtig öffnete Farim die Augen. Warmes Licht, helle Wände, unklare Schemen. Er blinzelte. »Wo bin ich?«

»In meiner Kabine. Doch wichtiger ist, *dass* du bist.« Zhinlohr, erst verschwommen, dann deutlicher, setzte sich zu ihm.

»In deiner Kabine? Nicht bei Helldirh?«

»Psst. Warte!« Leise sprach Zhinlohr den Geheimniszauber, den Farim schon kannte, und machte die kreisförmige Geste. »Genau genommen ist dieser Raum nun auch deiner.«

Erst jetzt spürte Farim dem dumpfen Pochen in Hüfte und Bein nach. Seine Augen wurden groß. Es tat kaum noch weh.

»Du hast mich geheilt?« Er versuchte, sich aufzusetzen, fühlte sich aber zu schwach und blieb lieber liegen.

Sein Freund nickte. »Soweit ich es vermochte. Den Rest hat dein Körper selbst getan.« Er sah zur Tür, fast, als glaubte er, dass sie sich jeden Moment öffnete. Genau dieser Blick war es, der in Farim die Alarmglocken schrillen ließ.

»Was ist passiert?«

Sein Freund seufzte. »Ich werde sicher gleich abgeholt, wir haben nicht viel Zeit. Nur so viel: Ich bin in Ungnade gefallen. Die Schiffsführerin und der Heermeister haben mich – wie sagt man bei euch? Arrest? – sie haben mich unter Arrest gestellt.«

»Was?« Farim versuchte, sich aufzusetzen, und stöhnte, als sich die Schmerzen zurückmeldeten.

Sein Freund bedeutete ihm, ruhig zu bleiben. »Sobald sie wissen, dass du zur Besinnung gekommen bist, werden sie mich nicht mehr zu dir lassen.«

»Aber warum denn nur?« Farim verstand kein Wort. Was für eine Teufelei hatten sich die Feuerelben jetzt wieder ausgedacht? Hinter all dem konnte nur der Heermeister stecken. »Es ist Wehreng, richtig? Er wollte mich von Anfang an nicht auf dem Schiff haben.«

Zhinlohr schüttelte den Kopf. »So einfach ist das nicht. Du hast im Fieberwahn geredet und sie haben eins und eins zusammengezählt. Ich habe dir zu viel offenbart.«

»Offenbart? Du hast mir eure Sprache beigebracht, daran kann doch nichts falsch sein.« Nein, das konnte es kaum gewesen sein. Iljaitt war den Menschen nicht verboten. Auch die Orden lehrten es, bereits ihre jüngsten Schüler verstanden die gängigsten Redewendungen, wie er von Fenkorh wusste. Plötzlich hatte er eine Ahnung, ihm stockte der Atem. »Habe ich über die Elbenstifte gesprochen?«

»Ja. Doch das allein war es leider nicht.«

Draußen wurden Stimmen lauter. Als unterhielten sich zwei oder drei Elben direkt vor der Tür. Farim begann zu schwitzen. »Was war es noch?« Hoffentlich hatte Sennah nicht die Bruchstücke in seiner Zeichentasche gefunden. Er musste sie unbedingt so schnell wie möglich wieder haben.

»Sie haben dich über die Drachtarh sprechen hören.« Zhinlohr schaute ihn aufmerksam an, als gäbe es hier noch ein Geheimnis, dem er selbst auf die Spur kommen könnte. »Aber ich habe dir keine Einzelheiten erzählt, da bin ich sicher. Eigentlich dürftest du nicht wissen, dass eine Drachtarhschuppe der Schlüssel ist, um die magische Essenz der Stifte herzustellen.«

»Welcher Schlüssel?« In Farim schwirrten die Gedanken, er versuchte, den Sinn zu erfassen, die Erinnerungen zusammenzubekommen. »Drachtarhschuppe? Ich wusste noch nicht mal, dass sie welche haben.« Was konnte er nur geredet haben? »Ich bin nur fasziniert von dem Gedanken, dass es solche Geschöpfe mal gab. Seitdem du mir im Laderaum die Säulen aus Blutmarmor gezeigt und mir vom Flug der Seelenwächter erzählt hast, gehen sie mir nicht mehr aus dem Kopf. Und dann hast du mit Kellwah über den Elbenrat und die Vernichtung der Drachtarh gesprochen. Der Streit zwischen euch, das alles hat mich beschäftigt. Wahrscheinlich habe ich deshalb von ihnen geträumt.« Wer täte das nicht? Mächtige Flugechsen, auf deren Rücken man bis in den Himmel hinauffliegen konnte. »Aber deshalb weiß ich doch nichts von den Zutaten für die Herstellung der Elbenstifte. Geschweige denn, wie ich einen Scheltar finde, der mir helfen würde. Menschen stehen ja nicht eben hoch in eurem Ansehen. Die Zutaten für neue Elbenstifte würden mir also gar nichts nützen. Weshalb also die ganze Aufregung? Das ergibt doch alles keinen Sinn.«

Es sei denn, es gäbe einen Herstellungsweg, bei dem man nicht auf die Hilfe eines Scheltar angewiesen wäre. Aber dann müsste die magische Energie von woanders kommen. Eine Kraftquelle, von der Farim keine Ahnung hatte. Oder doch? Plötzlich hatte er das Gefühl, er wäre kurz davor, einen

Zusammenhang zu begreifen – eine Lösung, die für sein Leben von ungeheurer Bedeutung war. Aber ehe sein Hirn die Puzzlestücke zusammensetzen konnte, sprach Zhinlohr weiter.

»Kein Scheltar wird einem Menschen zu einem der Heiligtümer verhelfen, das sollten Kellwah und Wehreng wissen. Aber das ändert nichts. Mir ist nur wichtig, dass du vorsichtig bist, dein Leben hängt an einem seidenen Faden.«

»Und was ist mit dir? Was geschieht mit dir, wenn sie dich abholen?« In all der Aufregung hatte er gar nicht daran gedacht, was Zhinlohr alles riskiert hatte, um ihm zu helfen. Farim spürte die Schamesröte heiß in sein Gesicht schießen.

»Um mich brauchst du dir keine Sorgen zu machen. Noch stehe ich unter dem Schutz des Fürsten von Innelles. Sie dürfen mir nichts tun.«

»Und was, wenn sie ihn von deiner Schuld überzeugen?« Farim mochte sich nicht vorstellen, welche Strafen es bei den Elben geben könnte.

»Dann würde ich verstoßen und müsste zurück nach Erellgorh, wo meine Fürstin über mich richten würde. Aber sie kennt die Hintergründe, die außer dir und mir niemand erfahren hat. Deine Sorge um mich ehrt dich, ist aber unnötig, wie du siehst.«

Farim seufzte erleichtert auf. »Und meine Gabe? Soll ich das alles vergessen oder darf ich mir weiter Hoffnung auf neue Elbenstifte machen?«

»Du sollst vor allem deiner eigenen Bestimmung folgen. Wenn du dein Ziel erreichst, kann das viel verändern. Vielleicht für alle Völker. Das kann niemand wissen. Und was die Zutaten für neue Elbenstifte anbelangt, wird es sie hoffentlich auch in Zukunft geben.« Zhinlohr räusperte sich, als läge ihm noch etwas auf der Zunge, das nicht ausgesprochen werden durfte, doch dann sah er zur Tür. »Es ist plötzlich so still.«

Farim horchte nach draußen: Tatsächlich waren die Stimmen vor der Tür verklungen.

»Sie horchen«, raunte Zhinlohr. »Und sie hören mich keine Heilzauber sprechen. Also werden sie bald nachsehen, was los ist. Versprich mir, dass du immer an dich glaubst und nie aufgibst.«

Farim nickte. Auch wenn er sich nicht sicher war, ob Zhinlohr damit die Bücher oder die Elbenstifte gemeint hatte.

»Wo alte Wege enden, tun sich womöglich neue auf.«

Doch, er hatte die Stifte gemeint.

»Für alle Fälle solltest du dir fünf Namen merken.«

Ein Kratzen an der Tür unterbrach ihn.

»Keine Zeit mehr. Falls wir uns nicht wiedersehen ...«

»Aber wieso nicht? Werden sie mich in Gelder von Bord schmeißen?«

»*Labre e horrezh fellezh!*« Zhinlohr wischte durch die Luft.

Dann drehte sich ein Schlüssel im Türschloss.

»Wir haben den Hafen von Gelder schon gestern passiert«, flüsterte er. »Ohne zu ankern. Sie wollen nicht, dass ich noch einmal in ihrem Namen mit Händlern spreche.«

Die Tür öffnete sich und Wehreng-Pronnjuhdor trat ein. Zhinlohr beugte sich über Farim, als wollte er nach seinem Bein sehen, nutzte die Nähe aber, um ihm einen letzten Satz zuzuflüstern. »Halte dich an Freundin Sennah, sie kennt deine Bilder.« Dann sprach er laut und deutlich weiter. »Alles ist auf einem guten Weg der Heilung. Noch einige Tage Schonung und du kannst anfangen, dein Bein wieder zu belasten.« Er blickte sich zu dem Heermeister um. »Freund Wehreng, Ihr kommt gerade zur rechten Zeit. Unser Menschenfreund ist erwacht und wird wieder vollständig genesen.«

»Ich habe schon immer vermutet, dass Menschen widerstandsfähiger sind, als man gemeinhin glaubt.« Der Heermeister verzog seine Mundwinkel zu etwas, das vielleicht ein Lächeln sein sollte, aber die Bezeichnung nicht verdiente. »Dann ist Eure Arbeit hier getan, Zhinlohr. Draußen wartet Eure Begleitung. Wir sehen uns.«

»Gute Genesung, Freund Farim.« Zhinlohr nickte ihm zu und verließ die Kabine, die bis vor Kurzem noch seine war.

»Was soll das hier alles bedeuten, Freund Wehreng?« Es fiel ihm schwer, den Heermeister auf diese respektvolle Weise anzusprechen, aber er musste jetzt vorsichtig sein. »Wohin wird Zhinlohr gebracht und warum liege ich hier in seiner Kabine, nicht in meiner?«

»Wir Elben aus Innelles sind keine Unholde. Dieser Raum ist besser geeignet, um gesund zu werden. In den unteren Decks ist es zu dunkel, zu stickig und zu unruhig.«

Und außerdem habt ihr mich hier besser unter Kontrolle.

»Hat Euer Freund aus Erellgorh Euch nicht schon alles berichtet? Mir schien, er war lange genug hier drinnen.« Wehreng trat ans Bettgestell und verschränkte die Arme.

»Ich bin noch nicht lange wach und musste erst zu mir kommen. Womöglich habe ich nicht alles gehört, was er sagte.« Farim stützte sich auf, schob sich vorsichtig an die Rückwand des Bettes und übte einen unschuldigen Blick. »Ich freue mich sehr, dass die ›Pazhmaarh‹ den Sturm überstanden hat. Zumindest, was mich angeht, war es wohl sehr knapp.«

»Ihr spaziertet am Abgrund zu den Schatten – wieder einmal. Nur wollen die Seelen Euch anscheinend noch nicht haben, Händlersohn.«

Farim hörte das deutliche Missfallen, ging aber nicht darauf ein. »Wann werden wir in Gelder ankommen?« Es konnte nicht schaden, sich unwissend zu geben.

»Gelder haben wir hinter uns. Es dauert mich, dass Ihr den Anblick dieser denkwürdigen Stadt nicht genießen konntet. Ihre wechselvolle Geschichte kann uns einiges lehren.«

Von einem Moment auf den anderen war Farim hellwach. Puzzlestücke fielen in passende Lücken; er glaubte, zu wissen, was der Heerführer meinte. »Dann kennt Ihr diese Stadt schon lange?«

Die Augen des Heermeisters verengten sich. »Manche Themen führen an tödliche Abgründe.«

Treffer! Farims Herz schlug bis zum Hals. »Ich dachte nur, dass Euer Leben so viel länger währt als das meine. Vermutlich gab es für mich nur diese eine Möglichkeit, Gelder zu sehen. Schade, dass ich sie verpasst habe.«

»Unser Heiler war wohl nicht kunstfertig genug, Euch schneller gesund zu machen. Seit dem Sturm sind fast sieben Tage Eures kurzen Lebens verronnen, die Ihr im Fieber gelegen habt.«

Farim keuchte. So viel Zeit war vergangen?

»Ach, das wusstet Ihr noch nicht? Euer Freund Zhinlohr wird sicher sein Möglichstes versucht haben – die drei oder vier Mal, die er überhaupt hier war. Warum sollte ihm schließlich daran gelegen sein, die Genesung zu verzögern?«

Du hinterhältiger Lump! Farim bemühte sich um ein unbedarftes Nicken. Selbst wenn Zhinlohr nicht alles ihm Mögliche getan hätte, gäbe es dafür sicher gute Gründe.

»Ruht Euch einstweilen weiter aus und gebt Bescheid, falls Ihr wieder arbeiten mögt. Zwei helfende Hände mehr sind uns immer höchst willkommen.« Die Stimme des Heermeisters troff nur so vor Häme.

An der Tür wandte er sich noch einmal um. »Ich freue mich übrigens, dass die Heilkraft zumindest einen Erfolg hatte. Eure Aussprache ist viel besser zu ertragen.«

Was sollte das denn heißen? Als wenn er vor seinem Unfall immer die Worte verdreht hätte.

Als die Tür sich hinter Wehreng schloss, stutzte Farim. Jetzt erst ging ihm auf, dass er kein einziges Mal gestottert hatte. Und das in Gegenwart des Heermeisters. Diese Erkenntnis verblüffte ihn so sehr, dass er für den Moment alles andere vergaß. Sein Leben lang hatte er Mühe gehabt, auch nur einen einzigen vernünftigen Satz herauszubringen. Ständig hatte er herumgestammelt. Wenn er sein Gegenüber nicht kannte oder jemanden nicht verstand. Es verunsicherte ihn, wenn er Leute nicht einordnen konnte, nicht begriff, was sie von ihm wollten; und wenn er selbst nicht sagen mochte, was er sich eigentlich wünschte, zum Beispiel, weil er jemanden besonders gern hatte.

Billke war eine Ausnahme gewesen – in den letzten Mondzyklen, als ihr seine Bilder wichtig wurden und sie mehr Zeit für ihn hatte. Das Herz wurde ihm schwer, als er daran dachte, wie sehr er die Treffen genossen hatte. Im Schlosspark, am kleinen See, wo sie den Flimmlys bei ihrem Tanz über dem Wasser zugesehen hatten. Silbrige Netze, schillernde Flügel, apfelgrünes Schweben und ihr strahlendes Lächeln. Es hätte mehr werden können, wenn Jörgan nicht gewesen wäre. Das hoffnungsvolle Grün wich aus Farims Gedanken, wurde fortgeschwemmt von Worten aus einem Meer roter Lippenblüten und tauchte seine Erinnerungen in Melancholie – purpurblau wie die Beeren der Jabuticaba. Es hatte nicht nur an Jörgan gelegen, auch an ihm selbst, gestand er sich ein. *Wer sein Herz nicht öffnet, wird es nicht teilen.* Wenn er sie doch noch einmal treffen könnte, um ihr seine Zuneigung zu gestehen.

Farim schüttelte den Gedanken ab. Er sollte sich nicht in solche Wunschträume verrennen. Schon gar nicht, wo sein einziger Freund in Gefangenschaft saß. Er hatte Zhinlohr so viel zu verdanken. Wahrscheinlich sogar, dass er nun in der Gegenwart von Leuten wie Wehreng stotterfrei sprechen konnte. »Ich brauche mich nicht mehr zu sorgen, was jemand denkt, wenn ich etwas sage. Ich kann mit jedem reden oder einfach nur plaudern.« Was für ein kühner Gedanke: Plaudern um des Plauderns willen. Das hatte es für ihn bisher nie gegeben und Farim konnte nicht anders, als sich trotz aller widrigen Umstände der Freude darüber hinzugeben. »Ab sofort wird geplaudert.« Sein Gesicht verzog sich zu einem Lächeln. »Wie geht es heute? Ist das Wetter nicht wunderbar? Was macht der Rücken? Habt Ihr schon von der Nachbarin gehört?« Er lachte. Zum ersten Mal im Leben gefiel ihm der Klang seiner Stimme. Hell und gleichzeitig warm. »Ab heute kann ich mir jeden Satz zusammenbauen, der vorstellbar ist. Urgewaltige Wortbauungetüme mit himmelsfarbenfroher Silbenmagie.«

Farim musste über sich selbst lachen. Wenn die Feuerelben ihn hörten, hielten sie ihn für beschränkt. Aber das war ihm egal. »Ich spreche, also bin ich.« Er grinste. »Farim Peggelbohn, der Stotterer, dessen Wandlung das Ohr der Welt erhellen wird.« Vor Freude wäre er am liebsten aus dem Bett gesprungen. Doch schon der Versuch jagte ihm mahnende Schmerzen durch Bein und Hüfte. Stöhnend verfluchte er seine Unbedachtheit. Immerhin brachte es die Erinnerung zurück, in welcher Lage er sich befand. Und dass dieses einsame Herumgealbere ihn kein Stück weiterbrachte.

Er saß auf einem Elbenschiff, isoliert vom einzigen Freund und ohne die geringste Ahnung, was man mit ihnen vorhatte. Zhinlohr ging es wahrscheinlich noch schlimmer, weggesperrt in irgendeine Kammer. Wie sähe seine Strafe aus dafür, dass er angeblich zu viele Geheimnisse preisgegeben hatte? Konnte er sich wirklich so sicher fühlen, wie er gesagt hatte?

Farim konnte kaum glauben, dass der Arm der Fürstin von Erellgorh bis nach Innelles reichte. Und ihm wurde schlecht, wenn er daran dachte, was das alles in Myzehren bedeutet hätte. Hochverrat! Seit der junge König das Zepter übernommen hatte, gab es für minderschwere Fälle zwar nicht mehr die Todesstrafe, aber lebenslange Kerkerhaft klang auch nicht verlockend. Ob der Fürst von Innelles gnädiger war? Wenn Farim an den Heermeister dachte, schwante ihm nichts Gutes. Er musste Zhinlohr helfen, ihn entlasten. Aber wie? Und wer würde ihm glauben?

Sein Blick glitt über die Kabinenwände, als könnte er in den Malereien Antworten finden. Doch die kunstvollen Pflanzenornamente, die farbigen Blüten, Früchte, Nadeln und Blätter erinnerten ihn nur einmal mehr an seinen drängenden Wunsch nach neuen Elbenstiften. Den Wunsch, der Zhinlohr die Freiheit kostete. Farims Magen verkrampfte sich. Das alles wäre vollkommen umsonst gewesen, wenn er nicht erführe, welche Ingredienzen man für die Herstellung der Stifte brauchte. Irgendetwas hatte Zhinlohr ihm noch sagen wollen. Fünf Namen! Namen, ohne die er sein Ziel womöglich nie erreichen könnte. Aber was brachte das alles ohne die Magie der Scheltar? Und ohne die Schuppen von Geschöpfen, die seit Hunderten von Sommern und Wintern verloren waren?

Der Gedanke, er müsse für immer auf die magischen Stifte verzichten, ernüchterte Farim vollkommen. Plötzlich dachte er an die Schreibstube, und sein Magen zog sich zusammen. Ein tintenschwarzes Leben im dunstigen Licht flackernder Öllampen würde auf ihn warten. Knechtschaft für ihn und Gefangenschaft für Zhinlohr – er musste sich dringend etwas einfallen lassen.

Gratwanderung

Die folgenden Tage waren für Farim zermürbend. Er konnte noch nicht aufstehen und seine Gedanken drehten sich im Kreis. Wenn er zumindest Pergament und Stifte hätte, doch die waren in der Obhut der alten Elbin. Die meiste Zeit schlief er oder starrte grübelnd aus den Fenstern. Wenig Küste und viel Wasser, manchmal Regen, häufig Wolken, selten Sonne. Immerhin wurden ihm regelmäßig Speisen und Getränke gebracht. Momente, auf die er förmlich hinfieberte, nicht nur, weil das Essen vortrefflich schmeckte, sondern vor allem, weil er mal ein paar Worte mit jemandem wechseln konnte.

Zweimal schaute Helldirh zu ihm herein, blieb aber nur kurz. Er berichtete, dass mehrere Elben bei dem Sturm ebenfalls Verletzungen davongetragen hätten, und zollte Farim Respekt für seinen Einsatz und sein Durchhaltevermögen. Dann schilderte er, wie viele Segel Schaden genommen hätten und dass die Meisterin der Nadeln alle Hände voll zu tun habe, um sie zu flicken.

»Halte dich an Freundin Sennah«, hatte Zhinlohr gesagt. Aber wie sollte Farim das machen, wenn er aus diesen vier Wänden nicht heraus kam? Es half nichts, er musste sich in Geduld üben und auf den richtigen Moment warten. »Wichtig ist, dass du immer an dich glaubst und nicht aufgibst«, hatte Zhinlohr gesagt. Dieser Satz machte Farim Mut, den Wunsch nach neuen Elbenstiften nicht ganz zu begraben. Hoffentlich war das auch im Sinne seines Freundes. Fünf Namen ...

Als die Schmerzen weniger wurden, begann Farim mit Bewegungs- und Muskelübungen. Erst im Liegen, dann im Sitzen und schließlich im Stehen. Die Tage vergingen schleppend, aber langsam kehrte die Kraft in seinen Körper zurück.

Doch je mehr es aufwärtsging, desto mehr kam er sich wie ein Tier im Käfig vor. Eingesperrt zwischen Korbblüten und Kelchblüten, während das eigentliche Leben vor der Tür lief.

An manchen Tagen, wenn die Gischt der Wogen bis an die Fenster schlug und kein Teller oder Becher auf dem Tisch blieb, drangen die Befehle lauter durch die verschlossene Tür. Dann wusste er, dass die Steiger in die Wanten kletterten, und wünschte sich, er könnte helfen. Meist aber war das Meer ruhig, und er hörte nichts als das leise Rauschen der Wellen.

Zu viel Zeit, nachzudenken. Er musste aufpassen, dass er nicht anfinge, unguten Hirngespinsten nachzujagen. Zhinlohr, der ihm die Stifte nur geschenkt hatte, um dem Plan seiner Elbenfürstin zu folgen. Zhinlohr, der ihn hätte schneller heilen können und es doch nicht getan hatte. Zhinlohr, der Sätze nicht zu Ende sprach, weil er ihm etwas verheimlichte. Wehrengs Versuche, Farims einzigen Freund zu verunglimpfen, drängten immer wieder an die Oberfläche und quollen auf wie der stinkende Sud einer Gerberei. Doch er schaffte es, diesen Einflüsterungen zu widerstehen.

Zhinlohr hatte seine Stellung auf der »Pazhmaarh« riskiert, um Farim die Mitfahrt zu ermöglichen, und ihm viel mehr offenbart, als er durfte. Sogar im letzten Moment hatte er noch helfen wollen. »Halte dich an Freundin Sennah, sie kennt deine Bilder.« *Ja. Jetzt, wo ich endlich wieder bei Kräften bin, werde ich genau das tun.*

Während Farim auf jemanden wartete, der ihn für arbeitstauglich erklären konnte und ihm damit indirekt zu einem Treffen mit der ehrwürdigen Sennah verhelfen würde, lenkte er sich mit den Sprachübungen ab.

Die letzten Tage hatte er sich in der Elbensprache geübt, auch wenn es schwer war, weil er einzig auf seine Erinnerungen bauen musste und niemand die Aussprache korrigierte. Manche der Elben, die ihm Speisen gebracht hatten, waren immerhin bereit gewesen, ihm Fragen zu beantworten; diese Gelegenheiten hatte er so gut wie möglich genutzt.

Sollte er je dem Fürsten von Innelles gegenüberstehen, könnte es vielleicht helfen, um Zhinlohr zu entlasten und seinen Wunsch nach neuen Stiften verständlich zu machen.

Gerade als er daran dachte, was er in so einem Gespräch sagen oder besser nicht sagen sollte, schloss jemand die Tür auf. Farim hatte, wie so oft, aufs Meer hinausgeschaut; als er sich umdrehte, sah er zu seiner Überraschung die Schiffsführerin höchstpersönlich hereinkommen.

»Freund Farim, Ihr seht wohl aus, wie ich feststellen darf.« Ihr Ton klang sachlich und verriet keinerlei Gefühle.

»Danke, Freundin Kellwah.« Er räusperte sich. »Ich fühle mich so weit hergestellt, dass ich gern wieder etwas arbeiten könnte. Meinem Bein geht es von Tag zu Tag besser und meine Arme und Hände funktionieren tadellos.«

»Euer Fleiß ehrt Euch. Es ist jedoch kaum sinnvoll, noch etwas anzufangen. In zwei Tagen erreichen wir Innelles.«

So bald? Farim konnte seine Überraschung nicht verbergen.

»Ihr habt lange für Eure Genesung gebraucht.«

Zwei Tage nur, um mit der ehrwürdigen Sennah zu sprechen und sie für sich zu gewinnen. »Umso wichtiger wäre es mir, mich zumindest in der verbleibenden Zeit einbringen zu können und damit meine Dankbarkeit zu zeigen.«

Jetzt oder nie. Er wagte einen weiteren Vorstoß. »Vielleicht gibt es in der Näherei etwas für mich zu tun. Die ehrenwerte Sennah-Lilldujah hat mich sehr gut angeleitet und ich könnte eine große Hilfe sein. Das Flicken von Segeln ging mir gut von der Hand.« Wenn es stimmte, dass die Segel starke Schäden davongetragen hatten, musste es im Sinne der Schiffsführerin sein, der Meisterin der Nadeln Hilfe zukommen zu lassen.

Kellwah sah an ihm vorbei zum Fenster, hinaus aufs Meer. Eine Pause entstand, die für Farim schwer auszuhalten war. Gern hätte er noch etwas gesagt, ihr mehr Argumente geliefert, doch wenn er eins von seinem Vater gelernt hatte, dann, im richtigen Augenblick zu schweigen. Jeder Kunde brauchte einen ruhigen Moment, um einen Entschluss zu fassen. Auf Einwände einzugehen, dafür war später noch Zeit, falls die Entscheidung sich als falsch herausstellen sollte.

Farim wandte sich zum Fenster und sah ebenfalls aufs Meer. Er hatte in seinem Leben so oft nicht zu sprechen gewagt, da könnte er auch dieses Schweigen aushalten.

Weiße Wolken zogen über das Firmament, verstärkten das Blau des Himmels, schoben sich vor die Sonne und zauberten tanzende Schemen aufs Meer. Wunderbare Farben in stetem Wechsel von Hell und Dunkel, Glanz und Schatten. Doch mit jeder Veränderung des Bildes verrann auch die Zeit, die ihm blieb. Zwei Tage nur bis Innelles.

Aus dem Augenwinkel sah er, wie sich die Elbin zu ihm umwandte. Würde sie etwas entgegnen? Oder einfach kommentarlos gehen?

»Ich werde mit Freundin Sennah sprechen«, sagte sie schließlich. »Sie soll das selbst entscheiden.«

Farim nickte. »Ich danke Euch. Es tut gut, darauf hoffen zu können.«

Erst am kommenden Vormittag kam jemand zu ihm, der ihn tatsächlich zur Meisterin brachte. Als er ihr gegenübertrat, verbeugte er sich tief und grüßte in der Elbensprache. »*Jys bellzhahn tuhl e tuhr ezhanjo - jyhr adorh jaln tuhr adorh.*« (Ich grüße dich und deine Seele. Mein Herz ist dein Herz.)

»*Yl brian i Atharpazh jaln zhar e yt zhar ezh tuhn!*«, antwortete sie und nickte ihm zu. (Die Kraft in Atharpazh ist Friede und der Friede sei mit dir!)

»*E Jigu i Jylnuhn!*« (Und Leben in uns!) Farim gestattete sich ein Lächeln, das Sennah-Lilldujah erwiderte.

»Freund Zhinlohr hat Euch eine Menge beigebracht.«

Farim nickte und sah sich um. Sie waren allein, also beschloss er, etwas direkter zu werden. Nur noch ein Tag bis Innelles. »Er ist ein guter Lehrer, wenngleich er nicht alles preisgegeben hat, was ich gerne erfahren hätte.«

Eine Braue der Elbin hob sich. »Du willst andeuten, dass Zhinlohr dir nicht alles über die Elbenstifte erzählt hat, was ihm vorgeworfen wird?«

Farim nickte. »Ich habe ihn mit Fragen gelöchert, mehrfach sogar. Ich wollte wissen, welche magischen Substanzen es braucht, um welche herzustellen. Denn ohne Elbenstifte kann ich meiner Bestimmung nicht folgen.«

»Und die ist Zeichnen und Malen?«

Was sollte er mit dieser Frage anfangen? Wusste Sennah nichts von der Gabe, die Zhinlohr in ihm gefunden zu haben glaubte? »Sie hat deine Bilder gesehen«, hatte er gesagt. Dann musste sie doch wissen, dass er bereits Elbenstifte besessen hatte. Wie sie es sagte, klang »Zeichnen und Malen« wie eine alltägliche Beschäftigung. Etwas, das Kinder mit ihren Eltern oder Lehrern machten. »Ich möchte Menschen mit meinen Bildern erreichen«, antwortete er vorsichtig.

Sennah nickte. »Und was möchtest du ihnen mitteilen? Was ist es, das aus deinem Talent eine Bestimmung macht und dich in deinem Tun wichtig werden lässt?«

Ich kann mit den Elbenstiften die absolute Wahrheit ans Licht bringen. Er wagte nicht, das so offen auszusprechen. Er musste ganz bei sich bleiben, solange er nicht wusste, welche Kenntnisse Sennah von Zhinlohr erlangt hatte. »Es geht mir um das große Ganze, das Allumfassende des Lebens, das Verständnis um die Verbundenheiten und die Abhängigkeiten.« Er setzte neu an. »Das Leben ist für uns Menschen zu kurz, um mehr als einen Ausschnitt zu sehen. Wir kennen zu wenig, haben nur unzureichendes Wissen als Basis unseres Handelns, und handeln dennoch.«

»Du möchtest mit deinen Bildern das Verständnis für die Seele des Lebens offenbaren, wenn ich es richtig deute?«

Er nickte. »Die Natur ist der einzig wahre Schatz unserer Welt. Doch wir Menschen nehmen sie nicht mehr wahr, reduzieren unser Leben auf Haben und Nichthaben und unterwerfen uns der Macht der Zahlen.«

»Das sind weise Gedanken, denen ich mich nahe fühle, Freund Farim. Eine Bestimmung, für die es sich wahrlich zu leben lohnt. Wisse aber, dass es Menschen schwerfallen könnte, den Wert darin zu erkennen. Womöglich bleibt dein Wirken nur eine Knospe.« Sie griff hinter sich, zog Farims Zeichentasche hervor und öffnete sie. »Gesegnet sind die, die in einer Knospe erkennen, welche Schönheit in ihr steckt.«

Als Sennahs Hand in die Tasche glitt, stockte Farim der Atem. *Die Bruchstücke!* Doch sie zog nur die Mappe mit den Bildern heraus und öffnete sie.

Sein Blick fiel auf die Zeichnung der »Pazhmaarh«. Die Nacht seiner Rettung, hastig und unvollendet, aufgewühlt wie die Gefühle, die er gehabt hatte. Dies war wohl eher eine ausgedörrte Knospe, aus der sich nichts mehr entfalten würde.

»Zhinlohr hat gesagt, dir wohne ein besonderes Talent inne.«

Im Angesicht des Gekritzels, auf das sie blickten, mussten ihr die Worte wie eine Lüge vorkommen. Doch dann zog die Elbin eines seiner farbigen Bilder hervor. Anmutige Flimmlys in einem Schwarm winziger Motten über dem Wasser eines Sees, darin die schemenhafte Spiegelung zweier Menschen, die dicht beieinander saßen. Vertraut und verliebt. Farim schluckte.

»Ich kenne den Fürsten gut und denke, ihm würde dieses Bild gefallen. Es drückt Verbundenheit und Liebe aus, zeigt die Menschen von ihrer schönsten Seite, ohne ihnen den ganzen Schauplatz zu überlassen. Sie sind zugleich unwichtig und wichtig. Der Betrachter kann den Tanz der Flimmlys bestaunen, im vollen Leben der Natur schwelgen oder sich dem Geheimnis hingeben, das im Spiegel des Wassers verborgen liegt.«

Sie schob das Bild wieder zwischen die anderen und schloss die Mappe. Ihr Blick wurde ernst. »Aber es ist der Heermeister, der entscheidet, ob du unserem Fürsten vorgestellt wirst. Wehreng-Pronnjuhdor genießt hohes Ansehen im engsten Kreis des Fürsten.«

Farim öffnete den Mund und schloss ihn wieder. Dass jemand wie Wehreng so viel Einfluss hatte, konnte er nicht verstehen. Hoffentlich waren nicht alle, die sich um den Fürsten scharten, derart von Hass zerfressen.

Sennah schien ihm die Abneigung anzusehen, ihre Worte trafen ihn wie Nadelstiche. »Alles hat seine Geschichte, mag man das Ergebnis schätzen oder nicht. Niemand kann wissen, wie er selbst nach den gleichen Schicksalswegen denken und handeln würde. Weisheit ist, auch das anzuerkennen, was uns verborgen bleibt.« Ihre hellgrauen Augen fixierten Farim. »Das Wissen darum, dass Vergangenheit Folgen hat, mögen es kleine oder große sein, sollte zu Einsicht und Akzeptanz führen. Es sollte uns den Weg zueinander finden lassen, zumal die Hindernisse oft in uns selbst ruhen.«

Sie machte eine Pause, sodass Farim über ihre Worte nachdenken konnte. Er ahnte nicht, was der Heermeister in den Dekaden seines Elbenlebens gesehen und erlebt hatte. Aber dass es viel sein musste, lag auf der Hand. »Hat es mit der Geschichte von Gelder und Innelles zu tun?«

Die Braue der Elbin hob sich wieder. »Fürwahr, du erstaunst mich. Doch es steht mir nicht zu, das Leben und Wirken von Freund Wehreng zu offenbaren. Er allein sollte dazu etwas sagen.«

Farim nickte und entschied gleichzeitig, dass er den Heermeister niemals darauf ansprechen würde. »Warum begleitet Freund Wehreng die Handelsfahrten zu unseren Völkern, wenn wir für ihn so ein schwarzes Tuch sind?«

»Ich weiß weder, ob es sein Wunsch war, noch, was den Fürsten dazu bewogen haben könnte. Doch Kritiker oder Zweifler, mögen sie noch so unbequem sein, führen uns oft zu erstaunlichen Erkenntnissen. Und sie haben gerade dort ein scharfes Auge, wo andere nicht hinsehen.«

Farim begriff, was sie meinte, auch wenn es ihm schwerfiel, Wehrengs Denken und Handeln zu verstehen. Für ihn war der Heermeister vor allem derjenige, der seinen Freund gefangen genommen hatte. »Was wird aus Zhinlohr? Hat er womöglich die Gunst des Fürsten verspielt?«

Sennah zögerte. »Ich weiß es nicht. Aber ich fürchte, er schätzt seine Situation nicht so bedrohlich ein, wie sie tatsächlich ist. Und wenn ich recht habe, könnte deine Zeichentasche der Schlüssel sein, um dem Schicksal auf die Sprünge zu helfen. Wenn du gestattest, werde ich sie zur rechten Zeit zum Einsatz bringen.«

Was sollte er tun? Wenn es Zhinlohr helfen könnte, wenn sein Freund wirklich in größerer Gefahr schwebte, als er glaubte, müsste Farim der Elbin dann nicht seine Zeichentasche überlassen? Schweren Herzens nickte er.

Der Vormittag ging dahin, ohne dass sie noch einmal über die Situation sprachen. Sie verlegten ihre Arbeit an Deck, um eines der großen Segel zu flicken, für das in der Näherei nicht genug Platz war. Farim arbeitete konzentriert und voller Eifer, um der Elbin eine Hilfe zu sein. Als die Sonne ihren Höhepunkt überschritten hatte, waren seine Handflächen tiefrot, doch er verdrängte den Schmerz.

Sennah erhob sich und kam zu ihm herüber. »Du solltest eine Pause einlegen. Hände brauchen Eingewöhnung, um so viel leisten zu können.«

Farim nickte und wusste sofort: Dies wäre die einzige Gelegenheit, wenn er nach Zhinlohr sehen wollte. Ihm blieb nichts anderes übrig, als möglichst direkt zu sein. Nur noch ein halber Tag bis Innelles. »Ehrwürdige Sennah, ich möchte in der Pause gern einen Freund besuchen. Ihr wisst nicht zufällig, wo ich ihn finde?«

Hellgraue Augen fixierten ihn, blinzelten und sahen dann an ihm vorbei, hinaus aufs Meer. »Das Rauschen der Wellen ist für mich wie Musik«, sagte sie. »Es trägt meine Gedanken fort, und zuweilen bleibt das eine oder andere ungehört. Wenn ich recht verstanden habe, hungert oder dürstet dich nach der anstrengenden Arbeit.«

Farim starrte sie verständnislos an, schaute auch aufs Meer und schwieg erst einmal. Wenn er sich zu weit vorgewagt hatte, wollte sie es zumindest nicht gehört haben.

»Geh ruhig in den Speiseraum und nimm dir alle Zeit, die du brauchst. Das Segel wird fertig, ehe wir Innelles erreichen.«

Alle Zeit, die ich brauche. Meinte sie, was er hoffte?

»Und Freund Farim, mir fällt gerade ein, dass du in den Lagerräumen nach verdrilltem Mecklorgarn fragen könntest. Wenn wir die Segelränder damit verstärken, sollten sie den nächsten Stürmen standhalten.«

Er verkniff sich ein Lächeln und nickte dankbar. Die Meisterin der Nadeln verschaffte ihm mit diesem Auftrag die Möglichkeit, Zhinlohr zu suchen. »Halte dich an Sennah.« Vielleicht hatte sein Freund genau das gemeint. Sie war weise genug, um unwissend und wissend zugleich zu sein.

Es war das erste Mal seit den Iklieten, dass er alleine auf der »Pazhmaarh« unterwegs war, doch keiner der Elben kümmerte sich darum. Als gäbe es ein kollektives Wissen, was ihm gestattet und was untersagt war. Andererseits würde er sich selbst auch nicht gerade als Gefahr begreifen.

Womit er bei einer guten Frage gelandet war: Warum kümmerten die Elben sich überhaupt um ihn? Sie hätten ihn einfach ins Meer werfen können. Doch aus irgendeinem Grund ließen sie ihn am Leben und sorgten sich sogar um seine Gesundheit. Als hielte jemand eine schützende Hand über ihn. Die Einzige, die ihm dazu einfiel, war Sennah. Hatte sie so viel Einfluss? Der Heermeister würde ihn lieber früher los als später, da war Farim sich sicher. Und Kellwah? Es war schwer, die Schiffsführerin einzuschätzen. Doch vielleicht war das auch egal. Schon bald wären sie in Innelles. Und in der Stadt der Feuerelben würde sich letztlich zeigen, auf wen er zählen konnte und auf wen nicht.

Im Speiseraum hielt Farim sich nur kurz auf. Die Zeit lief ihm davon und die vielen ungeklärten Fragen machten ihn unruhig. Als er in Richtung Lagerräume ging, begann sein Herz schneller zu schlagen. Hoffentlich liefe er nicht ausgerechnet Kellwah oder Wehreng über den Weg.

Er versuchte, sich zu erinnern, welchen Niedergang Zhinlohr genommen hatte, um ihm die Handelswaren zu zeigen, und wählte einen aus, der ihm bekannt vorkam. Breite Treppen, rötliches Holz und der Duft von Veilchen und Mandeln. Ja, er war sich sicher, dass sie hier vorbeigekommen waren.

Plötzlich packte jemand seine Schulter. »Was um der Seelen willen machst du hier?«

»Helldirh!«, keuchte Farim erschrocken. »Ich bin auf dem Weg ins Lager.«

Der Wächter der See schaute sich um und senkte die Stimme. »Hat dich jemand gesehen?«

»Das weiß ich nicht. Aber Freundin Sennah hat mich gebeten, nach verdrilltem Mecklorgarn zu fragen. Wir brauchen das für das Großsegel.«

Helldirh lächelte. »Die ehrwürdige Sennah ist eine weise Frau. Aber mir brauchst du nichts vorzumachen. Ich weiß, was du hier unten willst.« Er sah sich noch einmal um. »Komm mit. Wenn wir vorsichtig sind, kannst du vielleicht mit ihm sprechen.« Ohne ein weiteres Wort der Erklärung eilte Helldirh voran, Farim hatte Mühe, hinterherzukommen. Langsam konnte er mit seinem Bein schon ganz gut gehen, laufen jedoch nicht. Bei jedem scharfen Auftreten schmerzte die Hüfte und er begann sofort, eine Schonhaltung einzunehmen. Er hüpfte mehr, als dass er lief.

Erst im Laderaum wurde der Wächter der See langsamer. »Soweit ich weiß, wird der Zugang zum dritten Raum bewacht. Wenn wir auf Brüder oder Schwestern treffen sollten, überlass bitte mir das Reden.«

Nichts lieber als das. Farim nickte. Er war einfach nur froh, dass Helldirh bei ihm war und ihn begleitete.

Als sie in den zweiten Laderaum kamen, wuchs seine Aufregung. Er erinnerte sich an die vergitterten Fächer der Rückwand und hoffte plötzlich, dass nicht einer dieser Käfige als Gefängnis für Zhinlohr diente.

Hinter den Säulen aus Blutmarmor, die Farim schon damals bestaunt hatte, standen Holzkisten in großen Stapeln, die bei seinem letzten Besuch noch nicht da waren und jetzt den Blick auf die Rückwand verdeckten. Handelswaren aus Myxa. Auf einigen fand er das vertraute Emblem seines Vaters.

Helldirh sah sich um und schlich weiter. Er legte einen Finger auf die Lippen und winkte Farim, ihm zu folgen. Einen Moment lang passierte gar nichts, dann hörten sie leise Stimmen, die sich auf Iljaitt unterhielten. Helldirh hielt zwei Finger hoch. Er horchte, zeigte auf sich und huschte davon.

Atharpazh, Schöpfer der Welt und der Seelen, falls du gerade Zeit hast, hilf uns, unentdeckt zu bleiben. Auch wenn Farim nie ein Tempelgänger gewesen war, hoffte er, dieses Stoßgebet würde zumindest seine Aufregung besänftigen. Der Gedanke, von Wehrengs Leuten entdeckt zu werden, trieb ihm Angstschweiß auf die Stirn. Mecklorgarn könnte sie wohl kaum herausreißen. Falls es das hier überhaupt gab. Um sich abzulenken, begann er zu zählen. Eins, zwei, drei, vier, fünf ... Als er bei dreiundneunzig war, kam Helldirh zurück. Er zeigte erst auf Farim, dann auf sich selbst und machte mit den Fingern etwas, das wie laufende Beine aussah.

Im Gegenzug deutete Farim auf seine Hüfte und wiederholte das Fingerzeichen, nur langsamer. Helldirh nickte.

Hinter dem Stapel fiel etwas zu Boden, Farim japste vor Schreck nach Luft. Helldirhs Hand schnellte auf seinen Mund, die andere packte ihn und hielt fest.

Nichts geschah. Dann lachte jemand, der Wächter der See ließ los, verdrehte die Augen und schüttelte den Kopf. Offensichtlich war er von den Bewachern nicht sehr begeistert.

Ein kurzer Moment des Wartens, dann eilte er los und Farim folgte, so schnell er konnte. Geistesgegenwärtig sprang er über ein Seil, mit dem die Kistenstapel an Bodenhaken vertäut waren, und stöhnte, als er auf seinem lädierten Bein landete. In der Hüfte begann es zu pochen, doch er ignorierte den Schmerz.

An der Außenwand des Lagerraums angelangt, pressten sie sich an einigen Kisten vorbei und eilten weiter. Farims Blick glitt über die Gitterfächer, die die Rückwand des Raums fast zur Gänze bedeckten. Irgendwo in der Mitte der Wand musste der Zugang zum dritten Laderaum liegen. Die Tür, die Wehreng ihnen damals versperrt hatte. Genau aus der Richtung kamen die Stimmen.

Abschied

Die Bewacher mussten direkt vor der Tür zwischen den Regalen stehen, denn sie waren nicht zu sehen. Ein Fehler, der Helldirh nicht passiert wäre. Gut, dass der Wächter der See auf seiner Seite war. Wie sie an den beiden vorbeikommen sollten, war Farim trotzdem ein Rätsel.

Vorsichtig schlichen sie weiter – immer dicht an den Gitterfächern. An einige erinnerte Farim sich. Purpurne Stoffballen, Heiltränke der Waldelben und die Edelsteintruhe, in der die kristallenen Schuppen der Glanzklippenspringer lagerten. Auch sie standen auf seiner gedanklichen Liste der Geschöpfe, die er einmal zeichnen wollte.

Im Fach daneben lag nur ein Haufen unscheinbarer Säcke, die Farim damals nicht aufgefallen waren. Wer schaute schon auf verschlissenes Leinen, wenn nebenan eine Schatztruhe funkelte? Doch gerade dort verharrte Helldirh, stieg in das Fach und schob die Säcke zur Seite. Aufrecht stehen konnte er nicht, aber in der Tiefe war Platz für sie beide. Der Wächter der See machte eine auffordernde Geste und Farim kletterte hinterher.

Helldirh zog ihn bis an die hölzerne Rückwand, stapelte alle Säcke nach vorn und verbarg sie so vor neugierigen Blicken. Wer sie nicht hörte, würde hier nicht suchen. Dann machte er sich an der Holzwand zu schaffen.

Was bis eben wie massive Balken ausgesehen hatte, erwies sich als Wand mit einem größeren Guckloch. Helldirh schob eine Holzscheibe zur Seite, griff in die kopfgroße Öffnung und klopfte an die Rückseite.

Nur einen Moment später öffnete sich eine zweite Klappe und es wurde heller. »Helldirh?« Zhinlohr sprach sehr leise, doch Farim erkannte seine Stimme sofort. Er lugte ins Loch, als der Wächter der See sich zur Seite drückte.

»Wir sind zu zweit«, gab er so flüsterleise zurück, wie er nur konnte. »Kannst du diesen Geheimnis-Zauber wirken, damit wir normal sprechen können?«

»Nein. Nicht mit der Wand zwischen uns. Farim, du solltest nicht hier sein. Es ist viel zu gefährlich.«

»Ich weiß, aber ich muss wissen, wie ich dir helfen kann.«

Zhinlohrs Gesicht lag im Schatten, weil der Raum hinter ihm viel heller war als ihre mit Säcken zugestapelte Seite. »Gar nicht, mein Freund. Es geht mir gut.«

Farim hätte ihm gerne geglaubt, doch wenn er es richtig sah, steckte Zhinlohr in einem ähnlichen Käfigfach wie sie selbst. Nur dass sie freiwillig hineingestiegen waren. »Das glaube ich nicht. Sie haben dich in ein Regalfach gesperrt.«

»Es ist geräumiger, als es aussieht, keine Sorge.« Zhinlohr sah sich um und Farim versuchte, etwas zu erkennen, doch sofort füllte der Kopf des Freundes wieder die Öffnung. »Ich habe ein Bett, zu essen und zu trinken. Mach dir keine Sorgen. Ich bin Abgesandter der Fürstin von Erellgorh. Selbst wenn mir eine hohe Schuld angelastet würde, müssten sie mich in meine Heimatstadt überstellen. Erst dort müsste ich mich verantworten.«

Ja, so müsste das laufen. Aber was, wenn Wehreng in den vorgeschriebenen Lauf eingriff? Wenn er seinen Fürsten überzeugte, in diesem Fall anders vorzugehen? »Und in Erellgorh? Wie wird das Urteil deiner Fürstin ausfallen? Wie hoch ist die Strafe für die Zer...?« Farim schaute zu Helldirh, doch es war zu dunkel, um in seinem Gesicht lesen zu können. Wie viel hatte Zhinlohr ihm erzählt? Konnten sie offen sprechen?

»Du solltest dir mehr Sorgen um dich selbst machen. Einige unserer Brüder und Schwestern nähren einen tiefen Hass gegen Menschen. Leider ist mir das erst jetzt bewusst geworden.«

»Du meinst den Heermeister?«

Zhinlohr nickte. »Er ist seinem Fürsten treu ergeben und würde einiges tun, um wieder in seiner Nähe bleiben zu dürfen. Er schreckt vor nichts zurück.«

»Ich werde vorsichtig sein.« Farim hatte keine Ahnung, wie er das anstellen sollte. Wehreng war ihm körperlich mehr als überlegen.

»Hast du dich an Sennah gewandt?«

»Ja.«

»Das ist gut«, raunte Zhinlohr. »Mit ihr und Freund Helldirh hast du zwei Vertraute, die dir besser helfen können als ich. Geh jetzt, bevor ihr entdeckt werdet. Der Wachwechsel ist schon überfällig.«

»Ich habe aber noch so viele Fragen.«

Zhinlohr seufzte. »Ich weiß. Du wirst sie jemand anderem stellen müssen. Geht jetzt, bitte.«

»Nein.« Farim beugte sich so weit wie möglich vor. »Warum werde ich besser behandelt als du? Ich bin der Eindringling hier. Ich bin der Mensch. Du bist ihr Bruder.«

Zhinlohr verharrte und es blieb eine Zeit lang still, bevor er zu sprechen begann. »Wir Elben glauben nicht an Zufälle. Unser Leben währt lang und wir haben gelernt, an Prophezeiungen und Vorhersehung zu glauben. Wir sind erfüllt von dem Gedanken, dass es jedem Leben bestimmt ist, Dinge zu tun, die wieder andere Dinge nach sich ziehen. Auch für meine Brüder und Schwestern aus Innelles ist das wichtig. Helldirh wird es dir bestätigen.«

Er machte eine Pause; Farim verstand, dass er passende Worte suchte, mit denen er es besser erklären könnte.

»Ich durfte ihnen nicht vom Auftrag meiner Fürstin oder von deiner Gabe erzählen, weil ein anderes Geheimnis damit in Verbindung steht, dem wir tief verbunden sind. Aber ich konnte von deiner Bestimmung sprechen und dass sie Gutes in die Welt bringen kann. Gutes, das in Zukunft auch für die Elben Vorteile bringen könnte.«

Vorteile für die Elben! Sofort kamen ungute Gedanken in Farim auf, Fragen, die an seinem Vertrauen zerrten und schmerzten. Ging es immer nur darum, welchen Nutzen man aus etwas ziehen konnte?

»Sennah hat es auch gespürt«, fuhr Zhinlohr fort. »Wir haben die Kunde über deine Bestimmung auf dem Schiff verbreitet. Deshalb wirst du so gut behandelt. Egal, wie hasserfüllt Kellwah und Wehreng sein mögen, sie dürfen das nicht ignorieren und sei es noch so vage. Denn wenn es stimmt und dir etwas geschieht, könnte die Zukunft Schaden nehmen, mag sie auch noch so weit entfernt sein.«

»Weit entfernt?« Farim fiel es schwer, so zu denken. »Meinst du, dass meine Gabe vielleicht erst nach meinem Tod etwas bewirken kann?«

»Das kann niemand wissen. Selbst die Sterne würden es mir nicht offenbaren. Wichtig ist nur, dass du daran glaubst und trotz allem auf der Hut bist. Solange du an Bord bist, wird niemand Hand an dich legen, doch wenn meine Brüder und Schwestern den Eindruck gewinnen sollten, dass nichts davon wahr ist und es dir nur um die Geheimnisse unserer Magie gehen könnte, ist alles vergeblich gewesen.«

»Und dazu gehören die Elbenstifte.« Farim dachte an die Bruchstücke, die noch in seiner Zeichentasche lagen. Mit Gold umwickelt und mit magischen Kristallen bestückt.

»Alle Heiligtümer.«

Blieb zu hoffen, dass Sennah sie nicht fände – oder das Wissen für sich behalten würde. Jäh fiel ihm ein, dass er Zhinlohr noch immer nichts davon erzählt hatte. Warum eigentlich hatte sein Freund nie danach gefragt? Wahrscheinlich ging er davon aus, dass sich die Überreste in Myxa befanden – in der Obhut von Farims Vater. Schließlich hatte der sie zerbrochen.

Sollte Farim offenbaren, dass die Bruchstücke hier auf dem Schiff waren? Und schlimmer noch – dass er die Essenz der Stifte in die Hände eines Magisternovizen gegeben hatte? »Ich muss ...« Er zögerte. »Ich werde vorsichtig sein.« Es hatte keinen Sinn, Zhinlohr jetzt noch damit zu behelligen. Es würde sowieso nichts mehr ändern.

Sein Freund wandte sich ab, in diesem Moment fiel das Licht des Lagerraums auf die vertraute Kontur seines Gesichts. Farim wurde das Herz schwer. Er würde ihn nie wiedersehen. »Zhinlohr, ich ... ich danke dir. Für alles.«

Das Gesicht des Freundes kam noch einmal näher, doch er antwortete ihm nicht. »Helldirh, pass gut auf ihn auf.«

Gerne hätte Farim besondere Worte zum Abschied gefunden, etwas Tröstliches vielleicht oder etwas, das von Herzen kam. Doch ihm fiel nichts ein, was ihm gut genug erschien, also schwieg er.

»Leb wohl, Farim«, hörte er die Stimme des Freundes. Dann schloss sich die Öffnung und er war fort.

Die plötzliche Stille legte sich wie ein Schatten auf ihn. Ein Gefühl der Einsamkeit, das durch die Dunkelheit noch verstärkt wurde. Wie sollte es jetzt nur weitergehen?

Helldirh ließ ein wenig Zeit verstreichen, ehe er vorsichtig die ersten Säcke zur Seite nahm. Die Stimmen der Elben waren noch da – und eine weitere war hinzugekommen. Farim spitzte die Ohren, um etwas von den Wortfetzen zu verstehen, die herüberdrangen. Die Worte »Speise« und »Hafen« konnte er sich übersetzen.

»Wir müssen zurück. Nicht lange und wir erreichen die Felsterrassen meiner Heimat.«

Farim nickte. Innelles war nicht mehr weit, und er hatte das Gefühl, keine der Fragen geklärt zu haben, die ihn in den letzten Tagen umgetrieben hatten. Die fünf Namen, bei den Seelen, er hatte nicht nach den Namen gefragt!

Das Geräusch einer sich öffnenden Tür, dann wurden die Stimmen der Elben leiser, als entfernten sie sich.

»Ich habe vergessen, etwas zu fragen.«

»Zu spät«, raunte Helldirh. »Sie sind zu ihm hineingegangen.« Er kletterte aus dem Regalfach. »Eine bessere Gelegenheit, ungesehen wegzukommen, haben wir nicht.«

Farim war hin- und hergerissen. Er könnte hierbleiben und still warten, bis Zhinlohr wieder alleine war. Wenn er nur wüsste, wie viel Zeit ihm bis Innelles blieb.

»Wir müssen gehen«, drängte Helldirh.

»Es ist aber wichtig.«

»Unser Leben ist auch wichtig.«

Immer noch zögerte Farim. Zhinlohr wollte, dass er neue Stifte bekam. Nur deshalb hatte er ihm von der Drachtarhschuppe erzählt und diese fünf Namen erwähnt. Das mussten die Zutaten für die Elbenstifte sein, da war Farim sich fast sicher. Vielleicht ging es um die Bestandteile, aus denen die Farben resultierten, die die Stifte so einzigartig machten, ohne die ihre besondere Magie nicht wirken konnte.

Nun gut, dann müsste er eben Sennah fragen. Seufzend legte er eine Hand auf die hölzerne Wand. »Lass es dir gut gehen, mein Freund. Ich werde versuchen, mich der Gabe würdig zu erweisen, das verspreche ich dir.«

Das Geräusch einer aufschlagenden Tür ließ ihn erstarren. Die Elben kamen zurück! Farim gab sich einen Ruck und stieg aus dem Lagerfach. Sofort eilte sein Begleiter los, hielt nach wenigen Schritten aber abrupt an und begann, in einer Kiste zu wühlen. Was sollte das denn jetzt? Farim sah sich um. Die Stimmen waren laut, auch wenn noch niemand zu sehen war. Jeden Moment mussten sie herauskommen.

Helldirh nahm sich eine weitere Kiste vor.

»Ich kann sie schon hören. Wir sollten verschwinden!« Jetzt war es Farim, der drängte.

»Hier.« Der Wächter der See lächelte plötzlich und streckte ihm etwas entgegen. »Mecklorgarn. Nur für den Fall, dass jemand Fragen stellt.« Ohne auf einen Dank zu warten, eilte er davon. Farim hastete ihm nach, humpelnd und hüpfend, so schnell er es vermochte.

Dass sie es bis ans Deck schafften, niemandem begegneten und von keinem angehalten wurden, kam ihm wie ein Wunder vor. Am Hauptmast verabschiedete Helldirh sich mit einem kurzen Nicken und erklomm die Wanten. Vor der Ankunft in Innelles waren seine scharfen Augen noch einmal gefragt.

Für einen Moment blickte Farim ihm nach, bewunderte die Leichtigkeit, mit der sein Helfer hinaufkletterte. Dann glitt sein Blick zum Heck der »Pazhmaarh« und verlor sich im Sonnenuntergang. Die Wolken glichen einem feurigen Farbenmeer und zauberten orangerote Reflexe ins Kielwasser des Schiffes. Es konnte nicht mehr lange dauern, bis sie Innelles erreichten und seine Reise auf dem Elbenschiff endete. Obgleich Farim sich an Bord nie wirklich willkommen gefühlt hatte, spürte er Wehmut.

»Das Reisen auf dem Meer hat eine ganz eigene Magie.«

Farim schreckte zusammen, als seine Lehrmeisterin neben ihn trat. »Wer dem Meeresrauschen einmal verfallen ist, kehrt stets zurück, heißt es.«

»Freundin Sennah, entschuldigt bitte. Ich wäre noch zu Euch gekommen ...«

Sie wischte die Worte mit einer Handbewegung beiseite. »Ich sagte doch, dass du dir so viel Zeit lassen kannst, wie du benötigst.« Sie sah zum Horizont und seufzte. »Es sind solche Augenblicke, die unserer Seele Ruhe schenken. Findest du nicht auch?«

Farim spürte nur, dass sein Herz endlich wieder langsamer schlug. Doch seine Seele war immer noch in Aufruhr. Er hatte sich von Zhinlohr verabschieden müssen, ohne ihm helfen zu können. Hatte die kostbare Zeit mit ihm für falsche Fragen genutzt. Und obgleich er selbst hoffen durfte, unbeschadet nach Innelles zu gelangen, hatte er auch verstanden, dass die vermeintliche Sicherheit dort schnell vorbei sein konnte. Die einzige Hoffnung, die ihm blieb, war der Elbenfürst. Aber würde der ihm helfen? »Ehrwürdige Sennah, darf ich Euch noch etwas fragen?«

»Ich hatte angenommen, du hättest heute schon alle Antworten gefunden. Hast du deinen Freund nicht gesprochen?«

»Es war nicht viel Zeit und ich traute mich nicht, alle Fragen zu stellen.« Himmel, war das schwer. Wie sollte er anfangen? Womöglich wäre ihre Gunst schon mit den nächsten Worten verspielt. Aber er sah keine andere Möglichkeit.

»Vielleicht kenne ich sogar die Antworten, die du suchst. Und doch mag es angebracht sein, sie nicht preiszugeben. Wisse, dass Ungesagtes zuweilen bedeutender sein kann.«

Würde er sich jemals an diese rätselhaften Sätze gewöhnen? Natürlich musste Sennah vorsichtig sein, doch das ließe sich mit Sicherheit einfacher ausdrücken. Andererseits war es vielleicht genau die richtige Art und Weise, mit heiklen Themen umzugehen. Er dachte an die vielen Gespräche, die er mit Zhinlohr geführt hatte, und legte sich seine nächsten Worte mit Bedacht zurecht. »Jedem von uns ist es bestimmt, Dinge zu tun, die auf uns und andere wirken. Wäre es meine Bestimmung, mit Elbenstiften zu zeichnen, würden Bilder entstehen, die die Seele der Dinge in sich tragen. Bilder, die gute Dinge bewirken mögen, für die Zukunft der Menschen, der Elben und anderer Völker.«

Hellgraue Augen richteten sich auf ihn. War das so etwas wie ein beginnendes Lächeln in den feinen Linien ihres Gesichts?

»Wer wollte diese Möglichkeit nicht befördern, um sich des Guten sicher zu sein?«, fuhr er fort.

Sennah sah ihn aufmerksam an, sagte aber nichts.

»Magische Stifte oder das Wissen um ihre Ingredienzen und den Weg, sie zu fertigen, würden ermöglichen, was in der Zukunft kostbare Früchte tragen mag.« Am liebsten hätte Farim sich den Schweiß von der Stirn gewischt, denn solche Sätze zu bauen, war echte Schwerstarbeit.

»Deine Worte sind gut gewählt, Freund Farim. Übst du dich an diesem Stil, wird auch der Fürst Gefallen an einer Unterhaltung mit dir finden.«

Wenn der Fürst genau solche Unterhaltungen schätzte, war Farim definitiv nicht der richtige Gesprächspartner. Doch das behielt er lieber für sich.

»Dennoch muss ich dir die Antwort schuldig bleiben. Ich kann weder sagen, welchen Geschöpfes Schuppe es bedarf, noch welcher fünf Pflanzen magische Essenzen hilfreich wären, um dieses hehre Ziel zu verfolgen.«

Die Elbin hatte recht. Auch Ungesagtes konnte nützlich sein, wenn die Worte drumherum so stimmig waren wie diese. Es brauchte also die Schuppe eines Drachtarh und darüber hinaus eine Handvoll Pflanzen. Auf die bezogen sich bestimmt die fünf Namen, die Zhinlohr ihm nennen wollte. Mit Sicherheit ging es um die Farben der Stifte. So, wie die Drukarni in Myxa mit Pflanzenfarben experimentierte, um neue Tinten zu kreieren, brauchte es pflanzliche Substanzen für die Elbenstifte, aus denen all die magischen Farben entstehen konnten, die Farim kannte. Endlich wusste er ein wenig mehr über die Zutaten.

»Es dauert mich, aber ich kann dir nicht helfen. Was immer auf dem Weg zu den Waldelben verborgen liegen mag, wird die Lippen keines Elbs von Innelles verlassen. Und ohne das Wissen ist es ein weiter Weg nach Norden. Kein Mensch sollte ihn alleine gehen. Für alles braucht es Freunde.« Sie sah an ihm vorbei, plötzlich erhellte sich ihre Miene. »Innelles kommt in Sicht! Lass uns zur anderen Seite hinübergehen.«

Während Farim ihr nacheilte, versuchte er, sich einzuprägen, was die Elbin preisgegeben hatte. Doch als er die

Ufer der Elbenstadt erblickte, war alles vergessen. Niemals im Leben hatte er etwas Ähnliches gesehen, sich auch nur vorstellen können, wie atemberaubend die Welt sein konnte.

In den Schatten der Dämmerung streckten sich ihnen die Klippen des Ufers entgegen wie Zungen einer riesenhaften Bergfestung. Unterhöhlte Steingiganten, wie sie nur die Gewalt des Meeres auszuschälen vermochte. Sie überragten glattgespülte Felsterrassen, die wie Rampen in der Brandung lagen und Schauplatz für ein feuriges Spektakel waren, das sich bis auf die Höhen der Klippen fortsetzte.

Die ganze Küste war von Elben bevölkert, mal in kleinen, mal in großen Gruppen tanzten sie in rhythmischen Bewegungen. Nackte Oberkörper glänzten im Schein flammender Kugeln, die in feurigen Kreisen um ihre Tänzer wirbelten. Dutzende solcher Schauplätze reihten sich wie lodernde Perlen zu einer Kette wogender Leuchtfeuer.

Das allein wäre schon einzigartig und unvergesslich gewesen. Doch hoch oben, über den feurigen Klippen, thronte, einem strahlenden Diadem gleich, die Elbenstadt Innelles.

Farims Staunen nahm kein Ende. Er hätte alles dafür gegeben, das Erlebnis festhalten zu können. Seine Augen streiften rastlos umher, seine Hände bewegten sich, als führten sie schon jetzt die neuen Elbenstifte.

Dann stimmten die Elben einen Gesang an, dunkle Stimmen, begleitet von leisen Trommelschlägen, einen düsterschaurigen Klangteppich ausbreitend. Ein Schaudern überlief Farim, als höhere Stimmen einfielen, einer spielerisch melodischen Tonfolge gehorchend, von schwermütiger Schönheit. Schließlich kamen weitere Stimmen dazu, trieben wie brillierende Fanfaren das Lied einem aufgipfelnden Höhepunkt zu. Wehmut und Melancholie wandelten sich zu einem furiosen Finale von Hoffnung und purer Freude – Farim liefen die Tränen.

Er wusste nicht, was ihn im Leben noch erwarten würde, aber dieses Erlebnis würde ihn für alles entschädigen. Die bisherigen Gefahren, die Mühen und die Schmerzen war es allemal wert gewesen.

Innelles

Er hatte noch nicht viel Magie erlebt, wusste nicht, was sie vermochte oder wie sie funktionierte. Vielleicht waren ihm deshalb Fenkorhs hartnäckige, fast gierige Bemühungen immer so fremd gewesen. Doch er war sich sicher: Keine Magie der Welt konnte die gleichen Gefühle und Emotionen hervorrufen, wie Worte, Musik und Bilder es vermochten.

Hier war alles zusammengekommen. Eine unvergessliche Szenerie und die Erhabenheit der alten Sprache, gekleidet in ein Lied der Elben. Sie hatten von Fernweh und Heimweh gesungen, so viel hatte er verstanden. Von Gedanken an gestern, ihren Wegen durch die Welt, geknüpft an die Gezeiten und den Kreislauf der Natur.

Während die Steiger die Segel einholten, die »Pazhmaarh« an Fahrt verlor und dem Ufer langsam näherkam, gewannen die Strukturen der leuchtenden Stadt, die Elben und ihre Feuertänzer an Schärfe. Kleinere Boote und Zweimaster legten von den Felsterrassen ab und kamen ihnen entgegen.

In wenigen Augenblicken musste Farim die »Pazhmaarh« verlassen, es war höchste Zeit sich auf das zu konzentrieren, was vor ihm lag. Der Heermeister würde ihn nicht ohne Prüfung zum Fürsten lassen, spätestens hier hatte Wehreng einen Ruf zu verlieren. Doch Farim hatte während der vielen Wochen an Bord eine Menge dazugelernt und wollte alles tun, um Zhinlohr zu helfen. In Gedanken ging er schon einmal die verschiedenen Begrüßungsformeln durch.

»Es ist so weit.« Sennah-Lilldujah stand immer noch neben ihm; Farim wurde sich peinlich bewusst, dass er ihr während der ganzen Zeit keine Aufmerksamkeit geschenkt hatte. Zu sehr hatte ihn die Ankunft an den Gestaden dieses magischen Elbenreichs gefangen genommen.

»Habe ich noch Zeit, mich umzuziehen?« Erst jetzt dachte Farim an seine Kleidung, die beim Unfall Schaden genommen hatte. Sie war längst geflickt und mit den anderen Sachen in dem Reisebündel gelandet, das er damals von Zuhause mitgenommen hatte. Denn seit der Sturmnacht trug er die Elbenkleidung, die ihm anfangs so fremd vorgekommen war. In Myxa würde niemand mit derart figurbetonten Kleidern auf die Straße gehen, aber der Stoff als solches wäre sicher ein kleines Vermögen wert.

»Entscheide selbst. Wir können es verschmerzen, wenn du behältst, was du am Leibe trägst.«

Farim glaubte zwar nicht, dass alle Elben auf dem Schiff Sennahs Ansicht teilten, doch er nickte dankbar, eilte unter Deck und holte sein Bündel, ohne sich umzuziehen.

Die »Pazhmaarh« ankerte in einer hafenähnlichen Bucht, geschützt zwischen Felsen, die hoch aus dem Wasser aufragten, als wären sie eigens zu diesem Zwecke aufgestellt worden. Ein kleiner Zweimaster kam heran und machte längsseits fest. Die Besatzung der »Pazhmaarh« klappte einen Teil der Reling zur Seite und ließ eine Leiter hinab, auf der Farim hinunterklettern sollte.

Er zögerte und sah sich suchend nach Helldirh um. Gern hätte er sich von ihm verabschiedet, doch Wehreng-Pronnjuhdor war sofort zur Stelle und trieb ihn an. »Die Zeit auf der ›Pazhmaarh‹ ist zu Ende. Eilt Euch, damit wir eine Entscheidung bekommen, bevor der neue Tag anbricht.«

»Was für eine Entscheidung?«

Die Art, wie der Heermeister ihn anschaute, versprach nichts Gutes. Farim blickte sich noch einmal nach Helldirh um, konnte ihn aber nicht sehen.

»Alle Dinge bedürfen einer sorgsamen Entscheidung. Das solltet Ihr Menschen auch irgendwann lernen. Es steht noch nicht fest, ob Eurem Wunsch, unseren Fürsten zu sprechen, stattgegeben werden kann. In Innelles weiß schließlich niemand von Eurer Ankunft – nicht einmal von Eurer bloßen Existenz.«

Wehrengs Tonfall troff vor Häme. Doch Farim versuchte, das zu ignorieren. Er hielt sich an dem fest, was Zhinlohr,

Helldirh und Sennah ihm entgegengebracht hatten: Freundschaft und Vertrauen. Sie würden zu ihm halten und ihn schützen, so gut es ging, da war er sich sicher.

Beherzt stieg Farim hinab in den Zweimaster und stöhnte innerlich, als Wehreng ihm folgte. Solange der Heermeister in der Nähe war, fiel es schwer, Hoffnung zu schöpfen. Doch als neben weiteren Elben auch die ehrwürdige Sennah herabstieg, fühlte Farim sich gleich etwas besser.

Der Zweimaster machte sich auf den kurzen Weg zur Felsterrasse, Farim sah zurück auf die »Pazhmaarh« und dachte an Zhinlohr. Hoffentlich würden sie ihn bald aus seinem Gefängnis holen und gut behandeln. Am liebsten hätte er Sennah-Lilldujah dazu befragt, doch es ergab sich keine Möglichkeit, weil andere Elben zwischen ihnen standen.

Wenig später erreichten sie das felsige Ufer; Farim betrat endlich wieder festen Boden. Unsinnigerweise spürte er dennoch das Schwanken des Schiffs – als wäre sein Gleichgewichtssinn an Deck geblieben.

»Hier, bindet Euch das um.«

Farim starrte auf einen Streifen Stoff, den Wehreng ihm hinhielt. »Umbinden? Was meint Ihr damit?«

Der Heermeister stöhnte. »Die Augen verbinden, das meine ich. Niemals hat ein Mensch das Tor von Innelles durchschritten und keiner soll jemals davon erzählen können.«

Ich könnte noch nicht einmal sagen, wo sich die Stadt überhaupt befindet. Doch Farim sagte nichts, sondern tat, wie ihm geheißen wurde.

»Legt einfach die Hand auf meine Schulter und geht mir nach.« Die Stimme der Elbin kannte er von der »Pazhmaarh«, doch ihm wollte kein Name einfallen. Dann erinnerte er sich an die Steigerinnen, die ihn in den Wanten und an der Rah unter ihre Fittiche genommen hatten. »Wenn Ihr Euch auf Eure anderen Wahrnehmungen besinnt, wird das Sehen Euch nicht fehlen und Ihr könnt mir sicher folgen.«

Sie hatte ja keine Ahnung. Sein Leben war auf Farben und Bilder ausgerichtet. Blind hinter jemandem herzulaufen, war für ihn alles andere als ein Spaziergang. Die Schwäche in

Beinen und Hüfte nach der langen Verletzungszeit machte die Sache auch nicht besser. Ganz zu schweigen von seinem Gleichgewichtssinn. Schon wenige Schritte später stolperte er und fiel der Steigerin in den Rücken.

»Menschen!«, hörte er Wehreng raunen.

»Spürt genau hin«, riet die Elbin. »An der Bewegung meiner Schulter erkennt Ihr, wann es auf- oder abwärtsgeht. Ihr solltet fühlen, mit welchem Bein ich stärker auftrete, und daran merken, ob der Weg eben ist oder Gefälle hat.«

Das klang einleuchtend, nur dass seiner Wahrnehmung gerade die passende Lichtquelle fehlte. Er stolperte erneut, fiel der Länge nach hin und stand wieder auf.

»Auch mit geschlossenen Augen können Bilder in deinem Kopf entstehen«, raunte eine Stimme im Vorbeigehen. Sennah.

Schon entfernte sie sich wieder. Farim hörte genau hin und konnte plötzlich die Schritte der Steigerin von den Geräuschen der anderen unterscheiden.

Als er sich stärker konzentrierte, wurden auch die Gerüche intensiver. Sein linker Arm streifte dünne Zweige, Kräuterduft stieg ihm in die Nase. Sand knirschte unter den Füßen, die Schulter der Steigerin bewegte sich aufwärts. Sie gingen bergan, er spürte es jetzt ganz deutlich. Es funktionierte tatsächlich. Seine anderen Sinne übernahmen die Führung, ohne dass er es mühsam lernen musste.

Geradeaus, eine längere Strecke bergab, einen Bogen nach links. Der Boden wechselte von Kies über Steine und Fels zu Moos und wieder Kies. Fast genoss er es, das Gefühl für den Boden, das Hören und Riechen so bewusst wahrzunehmen, doch der Ernst der Lage trübte diese Erfahrung. Immerhin konnte er seiner Führerin jetzt folgen, ohne noch ein einziges Mal zu straucheln. Zweimal blieben sie stehen, Farim lauschte den Worten, die gesprochen wurden.

»*Yl pazh ezhanjo urlon yn polldorh!*«

Die Macht der Seelen öffne das Tor! Ein Öffnungszauber. Einmal sprach ihn Wehreng, einmal Sennah. Leise Geräusche, kaum mehr als ein Windhauch. Etwas tat sich auf, er ahnte, dass sie in Bereiche kamen, die noch kein Mensch betreten hatte. Mit klopfendem Herzen versuchte er, sich vorzustellen, was für wunderbare Dinge er sehen könnte, wenn er sich die Binde von den Augen zöge. Die hoch aufragende Bauweise mit ihren zerbrechlich wirkenden Strukturen und das helle Licht, das er vom Meer aus gesehen hatte, müssten hier, im Inneren der Elbenstadt, fantastische Formen offenbaren, filigran und unvorstellbar.

Es juckte ihn in den Fingern, der Gedanke, die Wunder nicht sehen zu dürfen, die ihn in diesem Moment umgaben, machte ihn kribbelig. Er könnte die Augenbinde herunterreißen – jetzt sofort ... Doch Wehreng war nur wenige Schritte entfernt. Er musste sich fügen, wenn er Zhinlohr helfen wollte. Er durfte die Audienz mit dem Elbenfürsten nicht gefährden, nur der hatte die Macht, Milde walten zu lassen und Farim vielleicht ein letztes Treffen mit Zhinlohr zu erlauben.

Fünf Namen brauchte er, um alles zum Guten zu wenden. Spätestens heute wusste er, dass er ohne Elbenstifte nicht malen könnte, was die Welt an Farben zu bieten hatte. Doch das war nicht mehr der einzige Grund, der Farims Wunsch nach den magischen Stiften anfachte. Es gab noch ein höheres Ziel: Hätte er neue Elbenstifte in Händen, wäre Zhinlohrs Auftrag vollbracht, die Fürstin von Erellgorh wäre zufrieden und könnte ihren Untergebenen gnädig wieder aufnehmen.

Plötzlich blieb die Steigerin stehen, Farim hörte Schritte von vorne auf sie zukommen. Drei oder vier Elben?

»*Mellon Wehreng, lem bend ophana tuhl helder. Yt Zhar ezh tuhn.*« (*Freund Wehreng, es tut gut dich zu sehen. Friede sei mit dir.*) Die freundliche Begrüßung einer Elbin. Einmal mehr war Farim froh, dass Zhinlohr ihm Iljaitt beigebracht hatte.

»*E Jigu i Jylnuhn*«, antwortete der Heermeister. »Ihr hättet nicht selbst kommen müssen, verehrte Pillja.« Wehrengs Stimme klang ungewohnt ehrfürchtig. Wer immer die Elbin war, sie musste ein hohes Ansehen genießen.

»Wer ist der Mensch, den Ihr bei Euch habt?«

»Der Sohn des Peggelbohn aus Myxa.«

»Des Händlers?« Sie kannte seinen Vater, einen Kaufmann aus Myxa, der noch niemals hier war? »Was ist sein Begehr?«

Dass Zhinlohr frei kommt und ich neue Elbenstifte machen kann. Farim hütete sich, etwas zu sagen. Der Heermeister würde es nicht schätzen, wenn ihm jemand ins Wort fiele.

»Freund Zhinlohr hat ihn auf unser Schiff gebracht. Ich würde es Euch gern erklären – unter vier Augen.«

»Ich könnte auch ...«, begann Farim, doch eine Hand griff nach seinem Nacken, ein Daumen presste sich seitlich in seinen Hals und ließ ihn keuchend verstummen.

Man ließ ihn los, die beiden entfernten sich und es wurde still. Bis auf Wind in Laub oder Gräsern und vereinzelte Laute von Insekten und Vögeln konnte Farim nichts hören. Keiner der Elben sprach ein Wort. Die Zeit des Wartens erschien ihm wie eine Ewigkeit.

Was mochte Wehreng der Elbin weismachen? Der Gedanke, seinen Schilderungen ausgeliefert zu sein, war mehr als beunruhigend. Er dachte noch darüber nach, wie er sich erklären könnte, als die Schritte zurückkamen.

»Du kannst das Tuch herunternehmen.«

Farim riss sich den Stoff vom Gesicht und blinzelte ins Licht einer Laterne. Vor ihm stand, gefolgt vom Heermeister, eine Elbin, noch zierlicher als die Schiffsführerin – doch im Gewand einer Fürstin. Er ahnte, warum Wehreng ihr so ehrfürchtig begegnet war.

»Ihr wünscht eine Audienz bei meinem Vater, berichtete mir der Heermeister. Weshalb sollte der Fürst sie Euch gewähren?«

Langsam gewöhnten Farims Augen sich an die Helligkeit. Er versuchte, zu begreifen, wo sie waren. Ein schlichter Weg inmitten einer Wiese, die von einer wilden Hecke umfriedet war. Ein unscheinbares Tor führte hindurch. Das war ganz bestimmt nicht das Innere der Stadt. »Verzeiht, wenn ich nicht gleich antworte«, entschuldigte er sich. »Der lange Spaziergang mit verbundenen Augen hat mich verwirrt. Ich brauche einen Moment, um mich zu sammeln.«

Er sah sich um: Weit hinter ihm ragte die Elbenstadt auf – majestätisch und prachtvoll. Der Weg dorthin, von Laternen in helles Licht getaucht, glich einem schimmernden Band, das sich irgendwo im Strahlen der Stadt verlor. Doch alles andere um sie her lag verborgen im Dunkel der Nacht.

Die selbst erdachten Bilder, die wie zauberhafte Flimmlys durch seinen Geist geschwirrt waren, hatten Zeit und Ort verschwimmen lassen und ihn in die Irre geführt.

Die Fürstentochter folgte seinem Blick. Grüne Augen, von goldenen Strahlen durchzogen. »Unsere Stadt ist uns heilig. Es braucht gute Gründe, einem Menschen Einlass zu gewähren.« Ihre Worte klangen entschieden, aber nicht unfreundlich.

»Zhinlohr-Bennzhardizh war es, der in mir ein Talent erkannte, das ich anfangs selbst nicht wahrhaben wollte.« Farim dachte darüber nach, wie er seinen Weg hierher erklären könnte, ohne zu viel preiszugeben. »Sein Geschenk förderte das Beste zutage, das in mir steckt.« Beinahe hätte er sich auf die Lippen gebissen. Auf der »Pazhmaarh« dachten alle nur, er strebte nach Elbenstiften, weil Zhinlohr ihm von diesem Heiligtum erzählt hatte. Dass er schon einmal welche besessen hatte, wusste noch niemand.

Schnell fuhr er fort, ließ ihnen keine Gelegenheit, darüber nachzudenken. »Meine Leidenschaft ist das Zeichnen und Malen. Doch ich möchte mehr vollbringen, als einfache Zeichnungen anzufertigen, ich möchte die Seele der Natur verstehen lernen und sie in meinen Bildern offenbaren.«

Ja, das klang gut. Was dürfte er noch preisgeben? Sein Herz schlug schneller, er wagte sich weiter vor. »Freund Zhinlohr war es auch, der mir von den Elbenstiften erzählte.«

Sofort wurde er von Wehreng unterbrochen. »Hört seine Worte. Schlicht kommen sie daher und offenbaren doch den Verrat. Wie ich gesagt habe: Unser Bruder aus Erellgorh hat das Wissen um eines der Heiligtümer mit einem Menschen geteilt.«

»Ich habe durchaus verstanden, Heermeister. Nur geht es hier nicht um Freund Zhinlohr.« Es war eine sanfte Rüge der jungen Elbin, doch sie brachte Wehreng sofort zum Schweigen. Sie mochte nur die Tochter des Fürsten sein, aber es war offensichtlich, wie mächtig sie war. »Ihr seid also der Sohn des Händlers Peggelbohn und möchtet doch lieber Künstler sein?«

Farim nickte.

»Gibt es Bilder, an denen ich Euer Talent erkennen könnte, wenn ich sie betrachte?«

»Eines gibt es auf jeden Fall«, sagte Wehreng abfällig. »Er hat es auf der ›Pazhmaarh‹ mit einem Kohlestift gezeichnet – oder gekritzelt, um es passender zu beschreiben.«

»Ist das so?« Die Elbin schaute Farim durchdringend an. »Dürfte ich es sehen, um Eure Fähigkeiten zu beurteilen?«

Er schluckte. »Womöglich unterscheiden sich Situationen, in denen Bilder zustande kommen, also ... nun ja ... da wirken verschiedene Möglichkeiten, die ... wie soll ich das sagen? Die einer unterschiedlichen Herangehensweise in der Betrachtung bedürfen.« Er warf einen hilfesuchenden Blick zu Sennah hinüber, doch sie schwieg.

»Könnte ich dein Talent darin erkennen?«, setzte die Elbin nach.

»Ich würde mich glücklich schätzen, wenn Ihr meine Zeichnung betrachten wolltet.« Farim verstummte. *Schweigen und warten, wie Vater es macht.*

Tapfer hielt er ihrem Blick stand. Irritierend goldene Strahlen in grünen Augen. Lächelte sie?

»Ich sehe, dass Ihr bemüht seid, das Richtige zu tun. Etwas, was durchaus Anerkennung verdient. Womöglich seid Ihr der Audienz einen Schritt näher gekommen.«

Farim gestattete sich ein kurzes Aufatmen.

»Habt ihr das besagte Bild bei euch?«

Er nickte und schaute zu Sennah, die bereits seine Tasche öffnete. Ob es ihr gelänge, nur die Kohlezeichnung hervorzuholen? Er hoffte inständig, sie würde darauf achten, nicht mehr preiszugeben. »Ich danke Euch, ehrwürdige Sennah.« Er sah, wie sie die Mappe mit den Bildern herauszog und schluckte. »Reicht der Fürstentochter doch bitte die *eine* besagte Zeichnung.« Deutlicher konnte er nicht werden, sonst würde eine Frage zur nächsten führen und ...

In diesem Moment gab Sennah der Elbin die ganze Mappe, Farims Herz setzte für einen Schlag aus. »Bedenkt die Situation, in der die Kohlezeichnung entstanden ist, verehrte Pillja«, hörte er sie sagen und vergaß das Atmen, als die Fürstentochter seine Zeichenmappe öffnete.

Zuoberst lag die graue Zeichnung der Pazhmaarh, mit verschmiertem Himmel, misslungenen Wolken und runden Schemen, die niemand je als Feuerkugeln deuten würde.

Sie schaute auf. »Ich sehe hastige Versuche, unscharfe Formen, beschädigtes Papier und verwischte Konturen.«

Farim senkte den Blick.

»Dein Bild erzählt mir von deiner Not, in zu kurzer Zeit alles richtig machen zu wollen. Du hast es in großer Anspannung gezeichnet, ist es nicht so?«

Mit offenem Mund schaute er sie an. Hoffnung keimte in ihm. Doch dann schob sie die Zeichnung zur Seite und blickte auf grünes Laub, prächtige Flügel graziler Geschöpfe und die schemenhafte Spiegelung zweier Menschen. Die lebendigen Farben, die Feinheit der Linienführung und das gelungene Spiel von Licht und Schatten standen im starken Kontrast zu seiner misslungenen Kohlezeichnung.

»Hier sehe ich Ruhe. Ruhe, die aus Liebe geboren wurde.«

Farim fühlte sich seltsam ertappt und schluckte.

»Und ich sehe, dass ich falsch unterrichtet wurde.« Sie blickte auf den Heermeister, der näher getreten war und mit offenem Mund auf das Bild starrte. »Freund Wehreng«, ihr Ton klang plötzlich scharf, »dieser Mensch giert nicht nach Elbenstiften. Er besitzt sie bereits!«

»Das kann nicht sein.« Der Heermeister riss Sennah die Tasche aus der Hand, ohne dass Farim Zeit hatte, einzugreifen. »Er wollte unbedingt wissen, wie man sie herstellt. Zhinlohr hat es mir selbst erzählt.«

Nein, das durfte nicht sein. Nicht so.

Wehreng drehte die Tasche und schüttelte sie, das Gesicht starr vor Zorn. Pergamentblätter segelten durch die Luft, Kohlestifte fielen zu Boden und mit ihnen die Bruchstücke der Elbenstifte. Die Umstehenden schrien auf, beugten sich vor und starrten auf die Hölzer, stumm vor Entsetzen.

Der Heermeister fasste sich als Erster. »Frevel!« Seine tiefe Stimme überschlug sich fast. Er stürzte sich auf die Überreste der magischen Stifte, hob sie auf und fuchtelte damit vor Farims Gesicht. »Ein Heiligtum unserer Völker. Zerstört, um an die Rezeptur ihrer Magie zu kommen.«

»Nein!« Farim schaute sich hilfesuchend zu Sennah um. »Das stimmt nicht. Das war alles ganz anders!«

»Menschenpack!« Plötzlich hielt der Heermeister ein Messer in der Hand. »Tod und Zerstörung, wo immer ihr seid.«

Farim wich zurück, hob hilflos die Arme.

»Wehreng!« Die Stimme der Fürstentochter zischte so laut durch die Luft, dass alle erschraken. »Kein Blut in Innelles!«

Der Heermeister bebte vor Zorn, ließ keinen Zweifel daran, dass Farims Leben bei der kleinsten Bewegung verwirkt wäre. »Er hat uns getäuscht!«

Die junge Elbin nickte und trat näher, betont ruhig, doch ihre Lippen zitterten. Sie nahm die Bruchstücke an sich, strich über den goldenen Faden und die farbigen Kristalle. Ihre strahlenden Augen, die Farim eben noch Hoffnung geschenkt hatten, wirkten betroffen, richteten sich auf den Boden, suchten, was fehlte. »Wo ist der magische Staub?«

»Er ist nicht da, meine Herrin.«

Farims Kopf ruckte herum. Sennah-Lilldujah trat an ihm vorbei, ohne ihn eines Blickes zu würdigen.

»Das magische Pulver war nicht aufzufinden.«

Sie hatte danach gesucht? Hatte von den Bruchstücken gewusst und nichts gesagt? Farims Magen verkrampfte sich, ihm wurde schwindlig. Konnte er sich so in allen geirrt haben?

Plötzlich war der Heermeister der Elben so nah, dass sein Speichel Farims Gesicht traf. »Wo ist die Essenz der Stifte? Was hast du getan?« Das Licht der Laternen, Reflexe im Dolch und niemand, der helfen konnte.

»W-weg«, stammelte er. »Ich hab s-sie nicht m-mehr.« Plötzlich war das Stottern wieder da, erwischte Farim eiskalt und raubte ihm den Atem. Er stürzte auf die Knie, wollte schreien und brachte doch keinen Ton heraus.

»Wer hat sie dann?«

Farims Gedanken zogen hilflose Kreise, knüpften Ereignis um Ereignis zu einer unseligen Kette, die sich wie ein Strick um seinen Hals legte. Warum nur hatte er Fenkorh den magischen Staub überlassen?

»Sprich oder stirb!«, setzte der Heermeister nach.

Die Klinge kam näher, streifte Farims Wange. Kein Blut in Innelles. Verzweifelt sah er zur Elbin, doch diesmal blieb sie stumm und ließ Wehreng gewähren.

»Ein F-freund! Das Andenken für einen F-freund.« Das Blut rauschte ihm in den Ohren, er keuchte, als der Heermeister seinen Hals packte und zudrückte.

»Lasst ihn leben!« Die Stimme der Fürstentochter schnitt wie ein Schwert durch die Luft.

Wehreng ließ von ihm ab. Doch seine Klinge war immer noch gefährlich nahe.

»Steckt den Dolch weg!«

Die Elbin sah Farim an. Da war Enttäuschung in ihren Augen, aber vor allem Abneigung. Es war, als hätte sich ein Tor geschlossen und ihn für immer ausgesperrt. In diesem Moment begriff er, dass er keine zweite Gelegenheit bekommen würde. Dass er froh sein konnte, mit dem Leben davonzukommen.

»Weiß man etwas von seinem Freund?« Die Fürstentochter sah zu Sennah hinüber. »Hat er womöglich mit dem Magister-Orden zu tun?«

Nein, bitte nicht. Wenn sie auch dazu etwas herausfände, würde das alles nur schlimmer machen. Mit einem Mal wurde ihm bewusst, dass Fenkorh die ganze Zeit recht gehabt haben könnte. Dass die Vorurteile den Elben gegenüber stimmten. Und in diesem Moment war ihm klar, dass seine Verbindung zu dem Magisternovizen sein Todesurteil wäre – und auch Zhinlohr in große Gefahr brächte.

Sennah-Lilldujah nahm der Elbin behutsam die Bruchstücke aus den Händen und schüttelte den Kopf. »Zhinlohr hätte es mir erzählt, da bin ich sicher. Ich denke, es ist ein Unwissender, der den Staub längst verworfen hat. Schon die Flamme einer Kerze reicht aus, um es zu vernichten.«

Zhinlohr hätte es erzählt? Die Worte trafen Farim wie Nadelstiche. Sein Elbenfreund – sein einziger wahrer Freund – hatte ihn hintergangen. Hatte mit Wehreng gesprochen und Sennah alle Geheimnisse anvertraut.

»Setzt ihn aus!« Die Fürstentochter wandte sich ab. »Es gibt hier keinen Platz für Lügner.«

Hände griffen nach Farim und zerrten ihn hoch. Er sah, wie Wehreng ein weiteres Mal ausspuckte und sich mit funkelnden Augen abwandte. Sah, wie die alte Sennah seine

Sachen aufklaubte und zurück in die Zeichentasche steckte. Ihr Blick traf den seinen, kurz und seltsam ausdruckslos.

»Seine Taschen kann er behalten«, sagte sie und gab sie einem der Elben. »Werft sie ihm einfach hinterher. Wir wollen sie hier nicht.«

Das Bild vor Farims Augen wurde undeutlich. Tränen netzten seine Wangen, schmeckten salzig auf den Lippen.

Zwei Elben in Uniform zerrten ihn zum Tor, schleiften ihn hinaus und ließen ihn fallen.

Schalensteller

Als die Sonne aufging, lag Farim noch an derselben Stelle, wo sie ihn fallengelassen hatten. Vögel begrüßten den Tag mit ihrem lebendigen Gesang, doch in seinen Ohren klang es wie Hohngelächter. »Schaut das Häufchen Elend an«, riefen sie sich zu. »Schaut, wie es zittert, wie es bebt. Fremd ist es«, zwitscherten sie. »Einsam ist es.«

Hört auf, hört auf!

»Hilflos ist es, traurig ist es. Hässlich, armselig und kümmerlich.«

Ich weiß es doch, ja, ich weiß es! Farim griff nach einem Stein und schleuderte ihn von sich. *Seid still!*

Doch kein Stein der Welt konnte die Natur zum Schweigen bringen.

Er stemmte sich hoch, schaute sich um, suchte nach dem Tor zur Elbenstadt. Aber das Einzige, das er sah, war eine wilde Hecke – ein undurchdringliches Dickicht ohne Einlass. Erdiger Boden mit kargem Bewuchs und kein Hinweis auf elbisches oder gar menschliches Leben.

Mühsam kämpfte er die aufkeimende Panik nieder. Er hatte doch alles erklären und Zhinlohr damit helfen wollen – zählte das denn gar nicht? *Nicht, wenn man vorher so viel Mist baut!* Er raufte sich die Haare. Von Anfang an hatte er alles falsch gemacht. Warum hatte er die wertvollen Elbenstifte nicht besser beschützt? Im Kontor die Arbeit erledigt und erst nach Feierabend gezeichnet, statt Vater mit Zeichnungen im Kassenbuch zu provozieren? Und warum hatte er Fenkorh das Pulver überlassen, aber Zhinlohr nicht einmal die Bruchstücke übergeben? Wenn er ehrlich war, durfte er sich nicht wundern, dass es so gekommen war.

Er hatte wie ein Kind bis zuletzt daran geglaubt, dass er durch Zhinlohr und Sennah neue Elbenstifte bekäme und sein Leben eine wunderbare Wendung erleben würde. Fast hätte er lachen mögen bei dem Gedanken, dass ihn wirklich eine Wendung ereilt hatte, so wie er hier hockte – verlassen, verloren und dem Tod preisgegeben. Doch sein Lachen wurde von Verzweiflung erstickt, die fest zupackte, ihn umklammerte und die Luft zum Atmen nahm.

Pfeifende Schreie zwangen seinen Blick zum Himmel. Greifvögel zogen ihre Kreise, warteten auf ihre Beute. Bei dem Gedanken, langsam dahinzusiechen und von scharfen Schnäbeln zerhackt zu werden, überlief es ihn eiskalt. Wie nah er daran war, sich diesem Schicksal zu ergeben ...

Farim blickte auf die undurchdringliche Hecke, dorthin, wo das Tor gewesen war, schaute in Richtung der strahlend schönen Stadt, die sich nun mit ihrer Magie vor seinen törichten Menschenaugen verbarg.

Kein Blut in Innelles. Die Fürstentochter hatte Wort gehalten, obgleich ihr Heermeister anderer Meinung gewesen war. Ja, Wehreng hätte es liebend gerne zu Ende gebracht, da war Farim sicher. Und er könnte es noch – so nah vor den Toren von Innelles.

Der Gedanke ernüchterte ihn. Er war nicht den Fluten des Meeres entkommen, hatte nicht die Verletzungen und quälenden Schmerzen überstanden, um tatenlos auf den Tod zu warten. Entschlossen stand er auf, klopfte den Staub von der Kleidung und hob seine Sachen auf. Für einen Moment erwog er, die Zeichentasche liegen zu lassen und mit ihr die Erinnerungen an seine Fehler. Dann dachte er an die Bilder, die darin lagen. Er wusste noch genau, welche er ausgewählt hatte. Und in diesem Augenblick wurde ihm klar, warum. Sie hatten Gefühle in ihm ausgelöst – Emotionen, die zu ihm gehörten wie seine Haut. Sie zeigten die Seele seiner Empfindungen – die Sehnsucht nach Heimat, Harmonie und Liebe.

Der Hafenplatz mit seinem Elternhaus und das Bild mit dem gefleckten Wüstenhund, seinen kritischen Stirnfalten und dem anrührenden Blick. *Hilfesuchend, wie ich.* Und dann der alte Mann in der Schänke, das schlafende Gesicht, in dem ein ganzes Leben zu sehen gewesen war. Nicht weniger als der Wunsch, selbst einmal auf ein langes Leben zurückzublicken. Nicht zuletzt das Bild mit Billke.

Blaue, gelbe und orange Gefühle rangen in ihm. Sie vertrügen noch eine Prise mehr Rot, hätten zwei Handvoll Grün nötig, sollten aber nicht in Purpur und Schwarz enden.

Entschlossen nahm Farim die Tasche unter den Arm und ging los. Die Sonne zu seiner Rechten, die Elbenstadt im Rücken. Er fände einen besseren Platz zum Sterben als die Gestade der Feuerelben.

Er schritt langsam voran, machte kurze Pausen, versuchte, die Richtung beizubehalten. Nicht, dass er gewusst hätte, wo er war. Er konnte nur vermuten, dass die Elbenstadt an der Südküste ganz weit im Osten lag.

Farim versuchte, sich die Karte von Jukahbajahn in Erinnerung zu rufen, die sein Vater ihm immer gezeigt hatte, wenn sich neue Handelsbeziehungen auftaten. An Gelder waren sie vorbeigekommen, Handelsware Wolle. Östlich davon lagen Nifruh und Idsand, von denen sie Getreide bezogen. Innelles war nicht eingezeichnet gewesen. Vage kam ihm in den Sinn, dass es oberhalb von Idsand ein Gebirge gab. Hatte sein Vater nicht von einem Bergvolk gesprochen? Tangora, richtig. Sie handelten mit Fellen, Leder und Kräutern. Falls diese Berge auch nördlich von Innelles lagen, würde er vielleicht auf einen Handelsweg stoßen. Nur leider erinnerte Farim sich nicht gut genug, um sicher zu sein. Trotzdem behielt er die Richtung bei. Wenn er immer geradeaus ging, musste er irgendwann auf eine Straße gelangen, oder nicht?

Dass seine Schritte kürzer und sein Tempo langsamer wurden, wollte er sich nicht eingestehen. Um sich abzulenken, bastelte er in Gedanken weiter an der Karte. Tyklahr, mit den beliebten Töpferwaren, lag an den lehmigen Ufern des Nebelsees. Dann gab es noch Tonda mit dem haltbaren Pökelfisch, Clutt, das kleine Dorf der Steine, wie sein Vater stets sagte, und im Norden, an den grauen Hängen des Eskringebirges lag Crem, die weiße Stadt am Berg.

Crem, eine florierende Handelsstadt, in der man nach seinem Vater alles bekommen konnte, was das Herz begehrte. Insbesondere die seltenen Waren des Zwergenvolkes aus dem angrenzenden Gebirge gab es nur dort: Schmiedekunst aus Eskrinor. Noch so eine sagenumwobene Stadt, die nur wenige zu Gesicht bekamen. Doch die Handelsverbindungen dorthin hatten Crem reich gemacht.

Wenn Farim so darüber nachdachte, war der Wunsch seines Vaters durchaus verständlich. Eine Niederlassung in der weißen Stadt wäre sicher lukrativ. Doch ohne Hilfe könnte so ein Unterfangen nicht funktionieren.

Plötzlich dachte er an Myxa. Ob sein Vater zurechtkam, ohne den alten Sperber und ohne Sohn? Das schlechte Gewissen kam unerwartet, umklammerte Farims Eingeweide und verursachte Magenschmerzen. Hatte sein Vater den Brief gelesen?

Natürlich hatte er. Unter dem Tintenfass war er nicht zu übersehen gewesen. Die Frage war eher, was er dann damit getan hatte. Zerknüllt und weggeschmissen? Oder aufgehoben und in das Fach der Werttruhe gelegt, wo die anderen Erinnerungsstücke lagen? Der geschnitzte Anhänger und die kleinen Kinderschuhe. Farims Magen rebellierte erneut, er blieb stehen. Diese ganze Denkerei tat ihm nicht gut. Er sollte sich im Moment besser auf sein eigenes Leben konzentrieren. Seinem Vater konnte er jetzt nicht helfen.

Seufzend schaute Farim sich um. Vor ihm zog sich ein grünes Band über die Ebene, wahrscheinlich ein Wald, aber noch zu weit weg, um es genau zu erkennen. Von einem Gebirge war nichts zu sehen. Dann würde er wohl nicht auf das Tangora-Volk stoßen. Wie auch immer, ein dichter Wald bot ebenfalls Schutz vor Wind und Wetter.

Wieder zog sich sein Magen zusammen, doch diesmal dämmerte es ihm, warum ihn der Bauch quälte und seine Beine immer schwächer wurden. Wenn er überleben wollte, musste er etwas essen und vor allem trinken.

Er nahm das Bündel von der Schulter, wühlte darin, fand aber nur Kleidung und die Decke; die Speisen aus Myxa hatte er während der Schiffsreise aufgebraucht. Nicht einmal eine

Trinkflasche hatte er bei sich. Warum auch? Er war in seinem kindischen Anspruchsdenken nie auf die Idee gekommen, dass die Elben ihn nicht aufnähmen.

Noch etwas, das er auf die Liste von Versäumnissen und Dummheiten setzen konnte. Es war wirklich Zeit, erwachsen zu werden und selbst Verantwortung zu übernehmen.

Entschlossen fixierte er den Wald. Wo Bäume wuchsen, sollte es Wasser geben. Eine kleine Quelle oder einen Bach, um den Durst zu stillen. Er musste es nur bis dahin schaffen.

Wo Bäume sind, ist Wasser. Wie ein Mantra kreiste dieser Satz in seinem Kopf und trieb ihn an. Schritt für Schritt, Fuß um Fuß. Eine Zeit lang funktionierte das Gehen wie von selbst, und er dachte, er könnte das ewig durchhalten. Doch irgendwann spürte er den Schmerz in der Hüfte. Die Folgen seines Sturzes waren noch nicht ausgestanden.

Wo Bäume sind, ist Wasser. Farim biss die Zähne zusammen, behielt den Wald im Blick und mühte sich weiter.

Bäume – Wasser – Flimmlys – Bäume – Wasser – Billke – Bäume – Wasser – Tinte ... Seine Gedanken trieben dahin, ohne Halt zu finden. Der Wille, immer wieder einen Fuß vor den anderen zu setzen, kostete ihn jedes Quäntchen Kraft, das er aufbringen konnte. Den ebenen Weg, den er gefunden hatte, dem er jetzt folgte, bemerkte er kaum.

Längst schaute er nicht mehr nach vorn, sein Kopf hing, baumelte mit jedem Schritt von einer zur anderen Seite. *Bäume – Wasser – Farbe – Stifte – Wasser – Billke ...*

Gerissene Lippen, der Geschmack von Blut und pochende Schmerzen. Farim wusste kaum noch, worum es ging oder wohin er unterwegs war. Spürte nicht den kühlen Schatten und torkelte mehr seitwärts denn vorwärts – als hätte er ein ganzes Fass Würzwein geleert.

Dann stolperte er, fiel wie ein gefällter Baum nach vorn, ungebremst, direkt aufs Gesicht. Grelle Lichtblitze, dumpfer Schmerz und erlösende Dunkelheit.

Dunkel war es auch, als er zu sich kam und sich sofort in die Ohnmacht zurückwünschte. Überall Schmerzen, die ihn hinderten, klare Gedanken zu fassen. Er tastete um sich, fand eine Schale, roch daran, setzte sie an den Mund und wollte trinken. Die Lippen brannten, aber sein Durst war so stark, dass er es noch einmal versuchte. Mehr schlecht als recht gelang es ihm, die Hälfte des Wassers rann übers Kinn und tropfte aufs Hemd. *Von oben nach unten …*

Plötzlich wurde ihm klar, dass er saß und nicht lag. Mit einer Hand tastete er hinter sich. Da war Moos, weiches Moos und Rinde, die zu einem Baum gehören musste. Wenn es nur nicht so dunkel wäre. Farim stellte die Schale ab. Was für eine Schale eigentlich? Und woher kam das Wasser? Wo war er?

Rechts neben ihm raschelte es, ein leises Geräusch. Viel zu dicht. Farim überkam eine Gänsehaut. Für einen Moment war er wie gelähmt und traute sich nicht, auch nur einen Finger zu rühren. Dann tastete er vorsichtig nach der Schale, der einzigen Waffe, die er hatte. Doch sie war fort.

»Ehr isch da?« Sein Mund war so geschwollen, dass er kaum sprechen konnte. Er befühlte seine Lippen, das ganze Gesicht. Immer wieder zuckte er vor Schmerz. Die Augenlider waren dick angeschwollen, getrocknetes Blut klebte auf Stirn, Nase und Kinn. Vorsichtig fuhr er mit der Zunge an den Zähnen entlang. Einer der Schneidezähne saß etwas locker, doch immerhin fehlte keiner. Er atmete erleichtert auf.

Als er den Arm erschöpft sinken ließ, landete seine Hand im Wasser. Er zuckte vor Schreck. Die Schale war wieder da – frisch gefüllt. Es raschelte auf der anderen Seite, und er hörte etwas atmen. »Ehr isch da?« Farim wollte sich hochstemmen und erschrak abermals, als seine linke Hand nun auch im Wasser landete. »Ehrdannt nochnahl!«

Ein keckerndes Geräusch hinter ihm.

»Dasch isch nich luschdich.«

Das Keckern wurde lauter.

»Scheik disch. Ehr isch du.«

Zu dem Geräusch gesellte sich ein dumpfes Klopfen. Farim stellte sich vor, wie der Schalensteller sich vor Lachen krümmte und mit den Fäusten begeistert auf die Erde schlug. Besser so als anders. Er griff noch einmal nach einem der Trinkgefäße. Irgendjemand oder irgendetwas versorgte ihn mit frischem

Wasser, mehr spielte in diesem Moment keine Rolle. Bei Tage würde er den Wasserspender schon zu Gesicht bekommen.

Der Morgen weckte Farim in Form kreischender Schreie. Als er die Augen öffnete, zischte ein Federschweif über sein Gesicht hinweg, dann noch einer und noch einer. Wild lebende Aras – wie wunderbar war das? Er hatte erst einmal einen gesehen, in der Stube seines Hauslehrers – still, starr und ausgestopft. Das hier war etwas völlig anderes.

Farim schaute den Vögeln nach, wie sie anmutig emporflogen und in den Baumkronen verschwanden. Ihre schrillen Rufe hörte er noch, nachdem sie schon lange nicht mehr zu sehen waren.

Bäume! Farim setzte sich auf. Sein Kopf dröhnte und sein ganzes Gesicht schmerzte, aber er hatte es bis zum Wald geschafft. Um ihn her standen mächtige Stämme, umkränzt von zarten Farnen und weichem Moos. Doch mehr noch versetzten ihn die hölzernen Schalen in Staunen, die rings um ihn verteilt waren. Mindestens ein Dutzend und alle bis zum Rand mit Wasser gefüllt. Sein keckernder Helfer war über Nacht sehr fleißig gewesen.

Vorsichtig stand Farim auf und nahm auf wackeligen Beinen die Umgebung in Augenschein. Sein Kopf schmerzte bei jeder Bewegung, als er das Gesicht verzog, riss seine Lippe wieder auf und er schmeckte Blut.

Hinter einem Dickicht, zwischen hohen Farnen, fand er eine Art Durchgang, dem er folgte. Nach ein paar Schritten gelangte er auf einen breiten Weg. Das musste die erhoffte Handelsstraße sein. Während er nach Fußspuren suchte, entdeckte er einige Steine, die als Pfeil gelegt in eine der beiden Richtungen wiesen. War das eine Botschaft des Wasserspenders?

Farim beschloss, erst einmal zurück zu seinem Schlafplatz zu gehen und nach dem keckerenden Helfer Ausschau zu halten. Vorsichtig bog er die Zweige der Büsche auseinander, umrundete jeden Baumstamm – fand aber nichts. Keinen Menschen, kein Tier, keine Spuren, nicht den kleinsten Hinweis auf seinen Retter.

Wären die vielen Wasserschalen nicht gewesen, hätte er an einen Traum geglaubt. Doch die hölzernen Gefäße, die sich bei näherem Hinsehen als aufgebrochene Hälften großer Fruchtkapseln erwiesen, zeigten deutlich, dass die unverhoffte Hilfe keine Einbildung war.

Dann eben nicht. Vielleicht war es sogar besser, auf Abstand zu bleiben. Schließlich hatte er nicht die geringste Ahnung, was der Schalensteller im Schilde führte.

Plötzlich musste Farim an die gruseligen Geschichten der Seeleute denken, die von geflügelten Greifern handelten. Sie gaukelten eine menschengleiche Gestalt von anziehender Schönheit vor und lockten ihre unbedarften Opfer mit Geschenken und Versprechungen in ihre Todesnester. Dulltuhren. Farim spürte, wie ihm kalt wurde.

Er sollte nicht zu lange verweilen, sondern sehen, dass er wegkam. Andererseits wusste er nicht, wann er auf eine Quelle oder einen Bach treffen würde. Begierig griff er nach einer Schale und trank sie leer. Dann eine zweite und eine dritte. Das musste reichen.

Einige waren noch übrig, also nutzte Farim das Wasser, um sich zu waschen und die Wunden zu reinigen. Er nahm sein Bündel, zog ein Hemd heraus und riss es in Streifen. Vorsichtig tupfte er das Gesicht ab. Besonders um die Augen, an Nase und Lippen tat es so weh, dass es ihn Überwindung kostete, weiterzumachen.

Dazu die ungewohnten Geräusche des Waldes, das Rauschen der Blätter und die Schreie von Vögeln und Tieren, die ihm fremd waren. Kalte Schauer jagten ihm über den Rücken.

Als er fast fertig war, hatte er mit einem Mal das ungute Gefühl, beobachtet zu werden. Er schluckte bei dem Gedanken, es könnte eine Dulltuhra sein. *Was, wenn dieses grausame Geschöpf plötzlich vor mir steht? Sich mit gespreizten Flügeln auf mich stürzt, die Krallenhände ausgestreckt, das Maul mit den spitzen Zähnen weit aufgerissen?* »Mannsgroß, hinterhältig und immerzu gierig nach Blut«, hatten die Seeleute gesagt. Die Weibchen spielten gerne mit ihren Opfern, bevor sie sie ausweideten. Gaukelten den Männern schöne Frauenkörper vor. Plötzlich fror Farim.

Ausgeschmückte Geschichten, um der Held des Abends zu sein, angetrunken in den Hafenkneipen der Welt, so hatte er damals gedacht. Was, wenn das alles nicht ausgedacht war?

Vorsichtig hob Farim seine Sachen auf. Er wäre machtlos ohne Waffe. Mit Kohlestiften ließ sich kein Kampf gewinnen. Nicht gegen eine hungrige Bestie – mochte sie anfangs auch mit ihrem Opfer spielen. Er bückte sich nach seiner Zeichentasche. Keine hektischen Bewegungen. Er durfte nicht die Jagdlust der Dulltuhra wecken.

Hinter ihm knackte ein Zweig. *Bitte nicht.* Farim schloss die Augen, drehte sich langsam um, die Tasche vor der Brust. Doch da war nichts zu sehen. Nur ein leises Atmen, das ihm die Nackenhaare aufstellte. Unwillkürlich presste er die Zeichentasche fester an sich, dachte an die Bruchstücke der Elbenstifte, an seine Bilder und hatte plötzlich einen irrwitzigen Gedanken. Vielleicht könnte er die geflügelte Greiferin mit einem Geschenk besänftigen und ihre Begierde auf etwas anderes lenken?

Nein, das war eine abwegige Idee. Unschlüssig trat er von einem Fuß auf den anderen. Andererseits konnte man nicht wissen, ob es funktionieren würde. In jedem Fall war es besser, als sich auf ein aussichtsloses Wettrennen einzulassen.

Entschlossen holte Farim Stifte und Pergamentblätter aus der Tasche, setzte sich und begann zu zeichnen. Zuerst war er verkrampft und schaute sich ständig um, doch bald ließ die Anspannung nach und er konzentrierte sich ganz auf sein Tun. Endlich wieder einen Stift in der Hand zu halten und das leicht schabende Geräusch von Kohle auf Papier zu hören, beruhigte ihn. Er merkte, wie ihn eine sorglose Ruhe überkam, versank gänzlich in seinem Tun und vergaß die Angst vor der Dulltuhra.

Baumstämme entstanden, Moos, einzelne Farne und zwölf hölzerne Schalen, in deren Wasser sich das Lichtspiel der Sonne mit dem Laub der Bäume spiegelte. Lange hatte er nicht mehr so sorgfältig und detailversessen mit einem Kohlestift gearbeitet. Mal setzte er die Unterseite schräg auf, malte flächig, dann wickelte er einen der unbenutzten Stoffstreifen um einen Finger und verwischte die Strukturen zu fließenden Übergängen von Dunkel bis Hell. Dann wieder drehte er den Stift und führte ihn fast senkrecht, um mit dünner Spitze feinere Linien zu schaffen oder wichtige Konturen herauszuarbeiten.

Er betrachtete die Szenerie um sich her und ergänzte kleine Details auf der Zeichnung. Bei einem der Baumstämme war die Borke unterschiedlich ausgeblichen, wirkte beinahe wie ein Bild – der undeutliche Scherenschnitt einer rätselhaften Gestalt.

An einem anderen Stamm war die Rinde heilend über mehrere Aststümpfe gewuchert, runde Knoten, die sich einer Treppe gleich hinaufwanden, hin zu einigen Pilzen, die wie Baldachine hervorragten.

Eine tiefe Zufriedenheit überkam Farim, als er sein fertiges Werk betrachtete und es dann behutsam unter eine der Schalen schob. Das Gefühl, beobachtet zu werden, war noch da, doch er hatte sein Möglichstes getan. Leise steckte er die Kohlestifte ein, schulterte seine Taschen und ging auf dem Trampelpfad durch die Farne zur Handelsstraße. Für einen Moment überlegte er, ob er dem aus Steinen gelegten Pfeil folgen sollte. Doch da er nicht zurückgehen oder querfeldein durchs Unterholz stolpern wollte, blieb ihm nichts anderes übrig. Die Dulltuhra würde ihn ohnehin finden, wenn sie es darauf anlegte. Beherzt ging er los, in der Hoffnung, dass es die richtige Entscheidung wäre.

Der Tag schleppte sich träge dahin wie ein alter Hund in der Sonne, und Farim schleppte sich mit. Immer wieder hielt er an und suchte nach Essbarem. Vorsichtig probierte er einzelne Beeren oder Blütenknospen und pflückte erst dann mehr von ihnen, wenn sie süß schmeckten. Ihm war bewusst, dass das keine Garantie war, weil nicht alle Gifte bitter schmeckten. Doch an irgendetwas musste er sich halten.

Die meiste Zeit kaute er die faserigen Blätter junger Rimmpur-Triebe. Das orangefarbene Laub schmeckte nicht besonders, aber er kannte es aus Myxa und wusste, dass die Bäume ungiftig waren. Lieber hätte er von ihren süßen Früchten genascht, doch die samtigen Schalen, die er fand, wirkten noch unreif und würden nur Übelkeit und Erbrechen verursachen.

Am Nachmittag hörte er es plätschern, schlug sich entschlossen durch hohes Nesselkraut und fand endlich einen Bach mit herrlich klarem Wasser. *Alles wendet sich zum Guten.* Er hatte seine Angst vor den geflügelten Greifern schon fast vergessen, trank aus hohlen Händen. Dann tupfte er vorsichtig sein geschwollenes Gesicht ab und wusch das Blut aus den Stofffetzen, ehe er sie zum Trocknen ins Gras legte und sich daneben ausstreckte. Er war erschöpft und brauchte eine Pause. Nur kurz, nur für einen Augenblick. Der Wald erschien ihm so friedlich, dass er gar nicht auf die Idee kam, etwas Böses könnte sich heranschleichen. Ein angenehmer Geruch nach Holz und Pilzen hing in der Luft, das Summen der schwirrenden Insekten klang vertraut – fast wie zu Hause. Er sollte die Augen schließen, für einen Moment nur – oder für zwei. Das Rascheln von Laub und das Knacken brechender Zweige wurde Kulisse für seine Träume und vermochte ihn nicht zu wecken.

Er schlief unruhig, wand sich auf dem Gras, hing in den Wanten der »Pazhmaarh«, die durch die windumtosten Kronen eines düsteren Waldes pflügte. Elben mit feuerroten Haaren stürzten sich in die Bäume und schlugen auf achtbeinige Wesen ein, die groß wie Pferde durch die Wipfel krochen. Etwas brüllte, quiekte und fiel zu Boden. Ein Schatten huschte über ihn hinweg.

Von einem Moment auf den anderen war es still. Ein Schweigen, das nicht zu seinen wilden Träumen passen wollte. Zu dem Schiff, das plötzlich fliegen konnte und auf die Drachtarh zuschoss, die sich ihm entgegenwarfen – brüllend und doch ohne Geräusch – absolut lautlos. Dann landete etwas auf Farims Brust, ganz leicht nur, während die mächtige Flugechsen flüsterleise über ihn hinwegrauschten. Zusammenhanglose Gefühle, die nicht in den Himmel silberfarbener Schuppen passen wollten.

Wieder traf etwas auf seine Brust und rollte dann zur Seite herunter. Farim griff danach und fühlte einen kleinen Stein. Die Silberschuppen schwanden. Ein weiterer Treffer und er schrak hoch – Auge in Auge mit einer widerwärtigen Kreatur.

Bestien

Lidlose Augäpfel in einer pockennarbigen Fratze mit riesigen Fangzähnen, keine fünf Zoll von Farim entfernt. Er zuckte zurück. Dann erst merkte er, dass das grausige Geschöpf reglos auf der Seite lag, und wagte doch nicht zu atmen. Fauliger Gestank umwaberte die Bestie.

Farim wollte sich abwenden, weglaufen, aber eine morbide Neugier fesselte seinen Blick auf die grauenhafte Kreatur. Der Kopf, fast so groß wie der gesamte Rumpf, lag im Gras. Der mächtige Hinterleib, rohe, schuppige Haut, von wunden Stellen übersät, halb im Wasser.

Vorsichtig stand Farim auf. Die Angst beschleunigte seinen Atem, und alles in ihm drängte zur Flucht – weg von der Kreatur. Doch solange das Monster sich nicht bewegte, gab es keinen Grund für Panik.

Mit Todesverachtung trat er einen Schritt vor und gab dem hässlichen Tier einen Tritt. Nichts. Er starrte auf messerscharfe Sichelklauen, größer als seine Hände. Ein Hieb von ihnen bedeutete das Ende.

Plötzlich ging ein Zittern durch die Läufe, Farim sprang zurück. Doch mehr passierte nicht. Mit klopfendem Herzen stand er da und starrte auf den Kadaver. Es brauchte einen Moment, bis ihm klar wurde, dass dieses Vieh, das auf abartige Weise einer Mischung aus Wildschwein und Gibbo glich, wahrscheinlich nicht von allein gestorben war.

Vorsichtig umrundete er das Tier, suchte nach einer Wunde und kämpfte einmal mehr gegen die Übelkeit, als er in den aufgebrochenen Leib sah. Aufgeschlitztes Fleisch und zerfetzte Innereien, aus denen faulige Brocken quollen, die sich mit Blut und Wasser mischten und vom Bach davongetragen wurden. Es stank bestialisch. Farim hielt sich die Hand vors Gesicht und stolperte rückwärts. Er wollte nur noch weg, griff hastig nach seinen Sachen und eilte durch das hohe Nesselkraut zurück auf den Weg. Jeder Schritt tat ihm weh und ließ seinen Kopf dröhnen. Die Schwellungen im Gesicht spannten, erneut schmeckte er Blut auf den Lippen, doch es war ihm egal – er konnte nicht hierbleiben.

Beinahe wäre er in die falsche Richtung gerannt, so eilig hatte er es. Schwer atmend hielt er an und schaute sich um. Das Geschöpf hatte grässlich ausgesehen, aber es war getötet worden, bevor es Farim etwas antun konnte. War die Gefahr dann nicht vorüber?

Er versuchte, sich zu beruhigen, ging weiter – langsamer, hörte auf die Umgebung, das Knirschen von Sand unter seinen Füßen, das mit jedem Schritt die gleiche Frage zu stellen schien: Wer? Wer hatte die Bestie getötet?

Und plötzlich war es wieder da – das Gefühl, nicht allein zu sein. Farims Nackenhaare stellten sich auf, das unangenehme Empfinden, von irgendwoher beobachtet zu werden, ließ ihn frösteln. Wie hatte er glauben können, dass eine Zeichnung für die Dulltuhra genug Beute wäre?

Er blieb stehen und lauschte, doch sein Herzschlag pochte so laut in den Ohren, dass er sich auf nichts anderes konzentrieren konnte. Er hielt die Luft an, horchte, atmete weiter und versuchte, irgendetwas wahrzunehmen.

Die geflügelte Greiferin hatte ihren Blutdurst gestillt. Sie hatte sich auf diese widerwärtige Kreatur gestürzt, um – *ja, um noch länger mit mir spielen zu können.* Farim spürte, wie die Angst erneut mit eisiger Hand nach ihm griff.

Er war für die Dulltuhra ein Geschöpf, das ihre Neugier geweckt hatte. Etwas, das sie nicht kannte, weil es hier keine Menschen gab. Nur deshalb war Farim noch am Leben. Die Hilfe, das Verfolgen und Abwarten war nichts anderes als das morbide Vorspiel der blutrünstigen Greiferin, bevor sie ihren Hunger auch an ihm stillen würde.

Plötzlich klang das Summen der Insekten bedrohlich, und der urige Wald mit dem rettenden Wasser, den fremdartigen

Pflanzen und wundersamen Geschöpfen, wirkte düster. Er zeigte seine dunkle Seite, die Farim vor sich hertrieb, ihm wie die Dulltuhra auf den Fersen war und ihm keine Ruhe ließ.

Den ganzen Tag lang verfolgten ihn düstere Gedanken, hing ihm das Gefühl im Nacken, weiter im Visier der Greiferin zu stehen. Immer wieder sah er sich um, und wenn er rastete, wagte er es nicht, sich hinzulegen oder auch nur gegen einen Baumstamm zu lehnen. Überall vernahm er neue Geräusche, hörte es rascheln, knistern, knacken.

Als es dunkel wurde, hatte er noch einmal das Glück, einen Bach zu finden, wusch sein wundes Gesicht und stillte den Durst. Dann verkroch er sich unter einen dichtlaubigen Busch, zog die Taschen dicht an sich und schlief erschöpft ein.

Eine traumlose Nacht, in der alles und nichts geschehen sein konnte, erst gegen Morgen jagten ihm tintenschwarze Bilder durch den Kopf, die schon im nächsten Moment in blutroten Flammen versanken. Ein loderndes Meer, aus dem der Heermeister der Feuerelben emporstieg, der Mund ein aufgerissener Schlund, der immer größer wurde, bis schließlich das ganze Gesicht nur aus Rachen und Zähnen bestand.

Farim schreckte aus dem Schlaf, als ein Schrei direkt über ihm durch die Luft gellte. Große geflügelte Wesen, deren Schemen durch die Zweige riesig wirkten. Dulltuhren! Sofort raste sein Herz, doch gleichzeitig erstarrte er, unfähig zu entscheiden, was er jetzt tun sollte. Er machte sich klein, krümmte sich zusammen und wartete auf den Angriff, auf die Klauen, die den schützenden Busch zerpflücken würden.

In diesem Moment streifte eine der Bestien die Blätter über ihm und riss die ersten Zweige fort. Kreischende Laute, stürzende Schatten, Moos und Erdklumpen, die auf ihn einprasselten. Ein dumpfes Geräusch, als würde etwas fallen.

Farims Körper verkrampfte immer mehr, sein Atem ging flach und viel zu schnell. Endlose Attacken auf die Zweige über ihm, Klauen, die bedrohlich nahe kamen. Dann regnete es warme Tropfen, und ein lebloser Körper fiel direkt neben ihm zu Boden.

Von einem Moment auf den anderen war es vorbei, Farim hörte nichts außer seinem eigenen Hecheln. Angstschweiß netzte seine Haut und schmeckte salzig auf den Lippen. Sein Körper bebte, es brauchte lange, bis er sich bewegen konnte, bis die Verkrampfung nachließ und er sich aus dem Versteck traute, von dem nicht viel geblieben war. Umständlich robbte er unter den Zweigen hervor und versuchte zu begreifen, was geschehen war.

Vor ihm lag ein abstoßendes Wesen, dessen Gesicht grausam entstellt war, fast so, als hätte man die Nase herausgerissen und unzählige Furchen ins verbliebene Fleisch geschnitten. Zwischen den dünnen Knochen der Schwingen spannten sich ledrige Häute, der dicht behaarte Leib war von blutigen Wunden übersät, als hätte jemand immer wieder auf das Tier eingeschlagen, bis es endlich zu Tode gekommen war. Farim drehte sich der Magen um, er erbrach sich. Als der Krampf nachließ, kroch er weiter, robbte bäuchlings bis zum nahen Bach und tauchte den Kopf unter Wasser. Das kühle Nass ernüchterte ihn, kühlte die Aufregung und erfrischte ihn.

Er durfte nicht in Angst verharren, sondern musste sich dem stellen, was geschehen war. Vorsichtig stand er auf und betrachtete den Kadaver eingehender. Die Kreatur hatte nichts Menschliches und war kaum größer als ein Hund. Für eine Dulltuhra zu klein. Zumindest, wenn er die Schilderungen der Seeleute richtig erinnerte.

Ihm fiel ein, dass Dulltuhren Menschlichkeit vortäuschen konnten, weil sie neben ihren Flügeln Arme und Beine besaßen. Diese Kreatur jedoch hatte das nicht. Farim entdeckte Reste von Laub an den scharfen Klauen der ledrigen Flügel und war dankbar, dass sie ihn nicht getroffen und seine Haut aufgeschlitzt hatten. Irgendjemand hatte ihm erneut Aufschub gewährt und ihm ein weiteres Mal das Leben gerettet.

Er sah sich um und entdeckte noch zwei Kadaver, die ähnlich zerschunden aussahen. Als er einen Schritt darauf zumachte, stieß er gegen einen Stein, der ein Stück davonrollte. Farim hob ihn auf. Moos klebte daran – und Blut!

Um sich entdeckte er weitere Brocken. Die toten Kreaturen waren vom Himmel geworfen worden – im Flug gesteinigt. Eine Dulltuhra würde das nicht machen. Sie könnte ihre Gegner in der Luft mit den Klauen zerfetzen und bräuchte nicht mit Steinen nach ihnen zu werfen. Aber was für ein Geschöpf war es dann, das ihm nachstellte? Das ihm zusah bei allem, was er tat. Der Gedanke, so schutzlos ausgeliefert zu sein, machte ihm Angst und weckte einmal mehr den Wunsch, wegzulaufen. Zu rennen, bis er endlich wieder allein wäre.

Farim eilte zu seinen Taschen zurück und blieb wie angewurzelt stehen, als er auf eine hölzerne Schale mit frischem Wasser stieß. Vorsichtig nahm er seine Sachen, ohne die Holzschale anzutasten, und ging langsam rückwärts. Er wollte weg und nichts mehr mit dieser unbekannten Kreatur zu tun haben. Doch ein leises Grollen ließ ihn erstarren. Das war definitiv kein Keckern wie am ersten Abend, sondern ein tiefer Laut, der unmissverständlich den Unwillen des Untiers zum Ausdruck brachte.

Wie eingefroren verharrte Farim, trat dann widerwillig zu der Schale und hob sie auf. Mit zitternden Händen führte er sie zum Mund und versuchte zu trinken. Vielleicht lag es am Zittern oder daran, dass seine Lippen noch nicht ganz abgeschwollen waren: Er schaffte es nicht, zu trinken, ohne dass ihm Wasser übers Kinn lief und hinunter auf das Elbenhemd troff. Und plötzlich hörte er wieder das fremdartige Keckern, das er für ein Lachen gehalten hatte.

Jetzt aber, nach den Erlebnissen der letzten Tage, wirkte es auf ihn ungehalten, vielleicht sogar lüstern oder lechzend. Und es war nah, viel zu nah. Was, wenn es nur mit ihm spielte? Was, wenn es bald keinen Spaß mehr an diesem Spiel hatte und der Hunger die Neugier überwog? Wie könnte er die Bestie weiter hinhalten?

Die Idee, erneut den Kohlestift zur Hand zu nehmen, kam ihm albern vor. Er wusste nicht einmal, ob das letzte Bild etwas bewirkt hatte. Wenn er Elbenstifte hätte, könnte er womöglich die Seele der Bestie besänftigen, doch mit stumpfgrauen Kohlezeichnungen könnte er kaum große Wunder vollbringen.

Ein Schnaufen, diesmal von der anderen Seite. Farims Kopf ruckte herum, darauf gefasst, in eine mordlüsterne Fratze zu sehen. Doch da war wieder nichts – nichts außer dem Atemgeräusch, das so unglaublich nah war und ihn fast verrückt machte. Vorsichtig griff er nach seiner Zeichentasche. Falls sein Leben hier enden sollte, dann mit einem Stift in der Hand. Mit bebendem Herzen holte er einen Bogen Pergament hervor. Viele hatte er nicht mehr, doch wenn er sich mit jedem weiteren einen Tag erkaufen konnte, wollte er das tun.

Als er diesmal den Kohlestift aufs Papier setzte, blieb die beruhigende Wirkung aus. Seine Hände zitterten, und er hatte kein klares Motiv vor Augen. Immer wieder nahm er einen neuen Anlauf, zuckte bei jedem Geräusch in der Umgebung zusammen und wusste nicht, wohin sein Gekritzel führte. Inständig hoffte er, das Bild würde auch dann helfen, wenn man den Sinn nicht begreifen könnte.

Hilflos setzte er noch ein paar Konturen auf die Fläche und verwischte den äußeren Rand der Zeichnung mit dem Finger, um die Augen des Betrachters auf die Mitte zu lenken. Dann ließ er das Bild auf den Boden sinken.

Es war ein rohes Werk, auf das er hinabblickte. Bewegte Wellen, tanzende Zweige und Baumkronen im Wind. Fische, die über die Wipfel flogen, und Vögel, die in den Tiefen des Meeres verschwanden. Nichts war da, wo es sein sollte, so wie er nicht da war, wo er sein sollte. Ein schmächtiges Männchen, das ziellos durch eine gefährliche Welt stolperte.

Farim hatte einen wunden Punkt getroffen, zu lange schon ließ er sich von den Ereignissen und seiner Angst treiben. Er gestand den Bildern im Kopf mehr Raum zu als den Dingen, die wahrhaftig vor ihm lagen. Betäubt von dieser trüben Erkenntnis und ohne darüber nachzudenken, was er tun sollte, stand er auf, schulterte seine Sachen und ging zurück auf den Weg. Er achtete weder auf das Rascheln und das Keckern noch auf das Knacken im Unterholz, sondern setzte einfach einen Schritt vor den anderen.

Irgendwo tief in seinem Inneren regte sich der Wunsch, wieder zurück auf den rechten Weg zu finden, um die Pläne zu verwirklichen, die ihn hierhergebracht hatten und in denen Zhinlohr ihn bestärkt hatte – neue Elbenstifte.

Der Gedanken an den elbischen Freund, der für ihn alles riskiert und letztlich sogar die Freiheit eingebüßt hatte, war schmerzhaft und zerrte an seiner Seele wie ein klebriger Verband an heilender Haut. Was hatte Sennah gesagt? »Er ist ein guter Lehrer, auch wenn er nicht alles preisgegeben hat.« Darüber durfte Farim sich kein Urteil anmaßen, hatte er doch selbst nicht alles offenbart. Ein Fehler, den er sich jetzt eingestand. Obgleich es ohne bösen Willen geschehen war.

Aber war das nicht immer so? War das, was man sah, was man hörte oder zu verstehen glaubte, nicht immer nur ein Abbild der eigenen Gedanken, die letztlich zum Handeln verleiteten? War nicht alles gebunden an die eigene Geschichte?

Farim blieb stehen, beugte sich zu einer Blüte am Wegesrand und pflückte sie. Die Kronblätter umhüllten ihre Mitte wie ein goldenes Kleid, und er betrachtete sie mit aufrichtigem Interesse. Wie mochte sie für andere aussehen?

Er dachte an Walltan Wildlich, den Laternenmacher aus Myxa, der ihm einmal erzählt hatte, dass Grün und Rot für ihn das Gleiche waren. Er hatte sich sein halbes Leben gewundert, warum andere einen Unterschied sahen. Vielleicht war alles relativ – insbesondere das, was man selbst für wichtig hielt.

Nachdenklich strich er mit den Fingern über die Blüte. Wie von Zauberhand öffnete sie sich und verströmte einen betörenden Duft, der in ihm die Sehnsucht nach Zuhause weckte. Er sog ihn ein, inhalierte seine Seele und fühlte sich plötzlich ganz leicht.

Erinnerungen an feines Gebäck und duftenden Tee kamen ihm in den Sinn, an Morgentau im Sonnenglanz, an Spiegelbilder im Wasser. Farims Gedanken schwirrten umher wie Flimmlys bei ihrem Jungferntanz, luden ihn ein, betteten ihn auf Wolken.

Schon gaben seine Beine nach und er kippte vornüber, schwebte zu Boden, fiel vogelfederleicht zwischen goldene Kronblätter, die sich alle öffneten und ihn mit ihrem köstlichen Duft vollständig einhüllten.

Wenige Zoll vor sich sah Farim dichtes Moos, herrlich grün und weich. Darauf die Elbenstifte, juwelengekrönt, mit Gold umwickelt und gebettet auf samtzartem Boden.

Seine Hand streckte sich danach – und griff doch immer ins Leere. Wenn er die Stifte nur zu fassen bekäme, endlich wieder das Pulsieren der Magie in den Fingern spüren könnte!

Die Luft verdichtete sich zu einem dunstigen Schleier. Farim rieb sich die Augen, versuchte, einen klaren Gedanken zu fassen. Doch der Schleier umwölkte ihn wie dichter Nebel.

Dann, von einem Moment auf den anderen, welkten die Blüten, der liebliche Duft wurde ätzend, brannte in Farims Nase und tränkte die Luft mit beißendem Gestank. Jäh erschien eine düstere Kreatur und kam mit erhobenen Klauen auf ihn zu. Leichenblasse Augen in einem unförmigen Kopf. Eine Fratze des Todes.

Farim wollte schreien, doch die Angst schnürte ihm die Kehle zu. Etwas flog heran, schlug neben ihm auf die Erde und rollte über das Moos. Rauch erfüllte die Luft, der Boden unter ihm öffnete sich zu einem verschlingenden Sumpf. Er wollte sich festhalten, sich freikämpfen, zurück auf den Weg finden und fliehen, doch er konnte nicht atmen, war wie gelähmt.

Und die Todesfratze kam immer näher. Das Letzte, was Farim sah, waren dornige Wurzeln, die wie Schlangen auf ihn zukrochen. Das Letzte, was er hörte, war sein eigener Schrei.

Scherenschnitt

Als er wieder zu sich kam, fehlte ihm jede Orientierung, er erinnerte sich nicht an das, was geschehen war. Es gab nur ein Bild, das sich ihm eingeprägt hatte: seine neuen Elbenstifte, direkt vor ihm gebettet auf samtgrünem Moos.

Dann war es wieder da: das Gefühl, nicht allein zu sein, die peinigende Angst, schutzlos ausgeliefert zu sein. Zweige knackten, und er kniff die Augen zu, stellte sich tot, wollte, dass dieser Albtraum endlich vorbei wäre. Es raschelte hinter ihm, kam näher. Jäh erinnerte er sich an die Fratze des Todes.

Als das Gefühl der Nähe zur Gewissheit wurde, etwas seinen Arm streifte, setzte sein Herz für einen Schlag aus. Farim bewegte sich kein Stück, hielt die Augen geschlossen und wartete. In der Hoffnung, er würde einfach zurückgelassen.

Die Geräusche entfernten sich, kamen wieder näher. Was immer da war, machte sich an etwas zu schaffen. Farim hörte ein Stöhnen, dann ein Keckern, und er wusste: Er konnte nicht darauf hoffen, liegengelassen und vergessen zu werden.

Sein unbekannter Schatten hatte seine hässliche Gestalt offenbart und stellte ihm weiter nach. Der Gedanke an die Fratze mit den leichenblassen Augen zerrte an Farims Verstand, war eine Prüfung, die immer schwerer zu bestehen war, je länger sie dauerte. Schreie formten sich in seiner Kehle und blieben hilflos stecken – von Panik abgeschnürt.

Farim bebte am ganzen Körper, presste die Lippen aufeinander und wappnete sich gegen das, was kommen würde. Welche Möglichkeiten hatte er überhaupt? Konnte er irgendetwas tun? Er versuchte, sich über seine Verletzungen klar zu werden. Die stechenden und brennenden Schmerzen waren fast überall. Erträglich im Vergleich zu dem, was er in den

Wanten der »Pazhmaarh« durchgemacht hatte, und doch zu peinigend, um kämpfen oder gar fliehen zu können.

Als die Geräusche um ihn verstummten, zählte er langsam bis hundert, erst dann öffnete er die Augen. Über ihm die Zweige von Bäumen, neben ihm aufgewühlte Erde mit dornigen Ranken. Eine weitere Erinnerung kam zurück: Wurzeln, die schlangengleich auf ihn zugekrochen kamen, dahinter der große Schatten mit den erhobenen Klauen. Leichenblasse Augen, den gierigen Blick auf die Elbenstifte gerichtet.

Die Stifte! Aber ja, er hatte sie deutlich gesehen. Ob sie immer noch in der Nähe waren? Farim wollte sich aufsetzen, nach ihnen sehen, doch sofort bohrten sich spitze Dornen in seine Beine, und er stöhnte auf. *Nein!* Er biss sich auf die Lippen und schluckte den Schmerz herunter. Jeder Laut könnte die Bestie anlocken, die das Leben der anderen Kreaturen so zielsicher ausgelöscht hatte. Es raschelte, Farim hielt die Luft an. *Bitte nicht!*

Augen zu, schlafend stellen und ruhig atmen. Wenn er doch nur eine Waffe hätte, oder irgendetwas, mit dem er sich verteidigen könnte. Vorsichtig schob er die Hand über den Boden, ignorierte die holzige Ranke, die seinen Arm umschlungen hatte und ihm die Dornen bei jeder Bewegung unter die Haut trieb. Er fühlte die aufgewühlte Erde, suchte nach irgendetwas, das ihm helfen könnte – und fand einen Stein.

Plötzlich machte sich etwas an seinen Beinen zu schaffen. Dornen rissen an der Haut seiner Wade. Stöhnend versuchte Farim, das auszublenden und sich weiter auf den Stein zu konzentrieren. Er ignorierte die spitzen Sandkörner, die sich schmerzhaft unter die Nägel schoben, während er sich mühte, die Waffe aus dem Boden zu hebeln.

Dann griffen kalte Hände nach seinen Knöcheln. Sein Herz begann zu rasen, das Gefühl ledriger Finger auf der Haut machte ihn fast wahnsinnig.

Farim kratzte weiter, bis sich endlich der Stein löste. Erleichtert schloss er ihn in die Faust und öffnete vorsichtig die Augen. Er wusste nicht, wie viel Spielraum die dornige Ranke ihm ließ. Und er hatte nur einen Versuch.

Schabende Geräusche und brechende Zweige. Weitere Dornen, die in seine Haut stachen und sie aufrissen. Diesmal konnte er einen Aufschrei nicht zurückhalten, doch die ledrigen Finger hielten nicht inne. Zogen an den Ranken, glitten über ihn hinweg – erst am linken Bein, dann am rechten.

Farim erkannte endlich einen Schatten, hob den Stein und zuckte, als ein Dorn sich in seinen Arm bohrte. Der Stein rutschte ihm aus der Hand und rollte außer Reichweite.

Fast gleichzeitig ließen die Schmerzen an den Beinen nach. Die ledrigen Finger wanderten zum linken Arm. Farim sah einen kahlen Kopf und kniff sofort die Augen zu. Er durfte nicht riskieren, die Kreatur abzulenken oder womöglich zu provozieren. Dornen wurden ihm aus der Haut gezogen, Ranken entfernt, und die ledrigen Finger, die sich seltsam grobknochig und unvollständig anfühlten, wanderten zum rechten Arm. Farim blinzelte, sah den Schatten, der sich über ihn beugte, und erkannte glatte Haut.

Plötzlich richtete das Wesen sich auf und wandte sich ab, ohne das Gesicht zu zeigen. Die peinigenden Ranken waren fort, das Stechen und Reißen hatte endlich aufgehört. Das Geschöpf hatte ihm geholfen – erneut.

Vorsichtig streckte Farim seine Glieder, vermied aber jede plötzliche Bewegung, um das kahlköpfige Wesen nicht aufzuregen. Wo war es eigentlich abgeblieben? Er konnte es nirgendwo sehen. Sollte er es suchen oder nach ihm rufen? Nein, er durfte nichts riskieren. Dieser Wald war gefährlich, wahrscheinlich uralt und voller Magie. Monster mit riesigen Fangzähnen und Sichelklauen, giftige Blüten mit betäubendem Duft und angriffslustige Dornenranken lebten hier. Ob es hier überhaupt irgendetwas gab, das ungefährlich war? Andererseits hatte er es satt, vor einem Gespenst davonzulaufen. Er wollte endlich wissen, womit er es zu tun hatte.

Es raschelte erneut, ein Stück hinter Farim. Dann kratzte etwas im Sand, ein Rascheln weiter entfernt, dann war es still. Ganz langsam setzte er sich auf und drehte sich um.

Als Erstes sah er eine hölzerne Schale mit Wasser. Ein dankbarer Seufzer entrang sich seiner Kehle. Was immer dieses Geschöpf sein mochte, Farim wollte nicht mehr an eine Bestie glauben. Und Flügel, wie Dulltuhren sie besaßen, hatte es nicht gehabt.

Erst auf den zweiten Blick entdeckte er die Zeichen, eingeritzt auf einem Stück erdiger Fläche, das von Moos und Kraut befreit war. Ein Stock lag daneben. Das Bild war schlicht, aber mit geübter Hand ausgeführt. Ein Strichmännchen mit einer langen Nase, davor eine Blume, die durchgestrichen war. Gleich nebenan zwei Fußabdrücke und ein Pfeil.

Farim schaute auf die Handelsstraße und sah erst jetzt die goldgelben Knospen, die den Straßenrand säumten, soweit das Auge reichte. Ein Weg der Versuchung für alle, die Düfte mochten und gern an Blüten rochen. Was diese anbelangte, war Farim geheilt. Einer weiteren Warnung bedurfte es nicht.

Er sah sich nach seinem Schalensteller um, doch er war wieder wie vom Erdboden verschluckt. Hilfsbereit, mutig, ja, kämpferisch sogar – und gleichzeitig so ängstlich? Farim schüttelte den Kopf bei dem Versuch, die blutigen Kämpfe der letzten Tage mit den Wasserschalen in Einklang zu bringen. Für ihn stand jetzt fest, dass sein Dornenzieher und Wasserspender keine bösen Absichten haben konnte. Und die Stockzeichnung war immerhin ein erster Schritt, um in Verbindung zu treten. Er würde seinen Retter schon noch kennenlernen – von Angesicht zu Angesicht.

Langsam und etwas ungelenk erhob er sich. Die Dornenwunden schmerzten, Beinkleider und Hemdärmel hatten Löcher und blutige Flecken, sein Gesicht war immer noch geschwollen – genug Gründe, sich keinen Zoll vorwärts zu bewegen. Doch der Gedanke, einen Helfer zu haben, motivierte Farim. Er hob die Holzschale auf und nahm einen kräftigen Schluck – *frisches Wasser für frische Gedanken.* Tristes Schiefergrau verwandelte sich in hoffnungsvolles Grün. Womöglich hatte er einen wirklichen Freund gefunden. »Danke«, sagte er laut, stellte die Schale zurück und machte sich mit neuer Entschlossenheit auf den Weg. Manchmal gab es selbst in den dunkelsten Stunden ein Licht, dem man folgen konnte.

Am nächsten Tag – Farim hatte unter einer Schirmtanne geschlafen und war morgens erneut mit Wasserschalen und Früchten begrüßt worden – kam er endlich besser voran. Ein Pfeil aus Steinen wies ihn zu einem kleinen Bach, dessen Wasser herrlich frisch schmeckte und dem er den halben Tag lang folgte, denn er blieb in Sichtweite der Handelsstraße.

Seinem Gesicht ging es besser, die Lippen waren abgeschwollen und die Dornenwunden an Armen und Beinen begannen zu heilen. Auch die Ängste legten sich. Und das Gefühl, beobachtet zu werden, störte ihn nicht mehr, seitdem er glaubte, einen Freund in der Nähe zu haben.

Endlich konnte er die Natur genießen. Vögel mit prächtigem Federschmuck und leuchtenden Schnäbeln glitten durch die Zweige, gestreifte Fellspringer jagten sich von einem Baum zum anderen und lausten einander liebevoll den Rücken, wenn sie sich fingen.

Während der Rastpausen hielt Farim seine Eindrücke in einfachen Skizzen fest. Er hatte noch eine Reihe von Blättern übrig, ging aber sparsamer damit um. Ein Pergamentbogen musste für mindestens vier Geschöpfe und kleinere Notizen ausreichen, denn der Wald steckte voller Überraschungen. Farim machte häufiger Rast, beobachtete genau, zeichnete und notierte, was ihm auffiel, und ging beinahe vollkommen auf in dieser Beschäftigung.

Er achtete nicht mehr auf die Tage, folgte einfach der Handelsstraße. Womöglich hätte er es sogar verpasst, sich Schlafplätze für die Nacht zu suchen, wenn er nicht auf die aus Steinen gelegten Pfeile gestoßen wäre. Ja, auf seinen Helfer war Verlass, obgleich er sich immer noch vor ihm versteckte. Nur ein einziges Mal hatte Farim ihn nachts gesehen – eigentlich nur die Umrisse von Kopf und Rücken. Doch als er sich aufgesetzt hatte, war das Wesen sofort verschwunden – die Skizzenblätter zurücklassend.

Auch jetzt folgte Farim wieder einem Pfad niedergetretener Kräuter und Gräser. Was hatte sein guter Geist sich heute für ihn ausgedacht?

Als er auf eine Lichtung zukam, leuchtete ihm ein munter prasselndes Lagerfeuer entgegen. Das war neu. Ob er seinen Schalensteller hier endlich kennenlernen würde?

In der Nähe des Feuers standen die hölzernen Schalen, die Farim schon kannte, randvoll mit Wasser gefüllt. Daneben lag eine längliche Frucht, die auf einem Ast steckte. Er hatte keine Ahnung, um was für ein Gewächs es sich handelte, doch er verstand sofort, wozu es gedacht war, hob es an und hielt es über die Flammen. Sein Magen hatte schon den ganzen Tag geknurrt, und so freute er sich darauf, endlich wieder etwas Festes zwischen die Zähne zu bekommen. »Danke.« Er schaute sich um, ohne zu wissen, wo sein Helfer sein mochte.

Als Farim aufgegessen hatte, war es dunkel außerhalb des Feuerkreises. Er trat in die Schatten am Rande der Lichtung und erleichterte sich, ließ sich dann neben dem Feuer nieder und wickelte sich in seine Decke. Über ihm prangte der Nachthimmel mit Tausenden von Lichtern, und plötzlich kam Farim sich ganz klein und unbedeutend vor. »Es heißt, in den Sternen könne man die Zukunft sehen«, sagte er. »Ob dort oben wohl auch etwas über uns geschrieben steht?« Er hatte schon vor einigen Tagen begonnen, mit seinem unsichtbaren Freund zu sprechen, obgleich er nie wusste, ob er in der Nähe war. Es tat einfach gut, eine Stimme zu hören – auch wenn es die eigene war.

»Mein Elbenfreund Zhinlohr hat mir erzählt, dass die Fürstin von Erellgorh es vermag, in den Sternen zu lesen.« Und dass sie ihm deshalb ihre Elbenstifte anvertraut hatte, um einen Menschen zu finden, der sie führen könnte – aber das behielt er besser für sich. »Ich würde einiges dafür geben, zu erfahren, ob es ihm gut geht.« Ob Zhinlohr in Innelles weiter gefangen gehalten wurde oder die Stadt inzwischen verlassen hatte und auf dem Weg nach Erellgorh war? Und wenn er dort ankäme, würde er von seiner Fürstin mit Wohlwollen empfangen werden, weil er nichts für die Untaten der Peggelbohns konnte? Oder würde sie ihm den Verlust ihrer Stifte vorhalten? Müsste er gar mit einer harten Strafe rechnen ob der unseligen Zerstörung ihres Heiligtums?

Farim legte sich dicht ans Feuer, wickelte sich fester in die Decke und starrte in die Flammen. *Ich brauche neue Elbenstifte. Nicht nur für mich und diese Gabe, die ich haben soll, auch für ihn.* Seine Gedanken kreisten um die Drachtarh-Schuppe und fünf Pflanzen, deren Namen er noch immer nicht kannte. Doch schließlich überkam ihn eine erlösende Müdigkeit und er ließ davon ab. »Schlaf gut«, sagte er.

Statt einer Antwort hörte er nur ein leises Rascheln. Aber das reichte ihm, um mit gutem Gefühl die Augen zu schließen. »Morgen male ich dir ein Bild«, versprach er und schlief kurz darauf ein.

Als er erwachte, warteten wieder einmal reich gefüllte Schalen auf ihn. Mehrere mit Wasser, eine mit Früchten und eine mit Nüssen. Doch ehe er davon kostete, öffnete er als Erstes die Zeichentasche, schließlich hatte er seinem Helfer ein Bild versprochen. Ihm war sogar schon eine Idee gekommen, was er zeichnen könnte.

Das Lagerfeuer war zwar heruntergebrannt, doch auf dem Pergament sollte es wieder zum Leben erwachen. Die Steine, mit denen die Feuerstelle grob eingefasst war, würden sich gut im Bildvordergrund machen.

Farim entschied sich, trotzdem dafür nur einen Teil davon an den Bildrand zu zeichnen, um mehr Platz für den Hintergrund zu haben. Die Flammen sollten von der Seite ins Bild züngeln, um so den Blick des Betrachters in die Bildmitte zu lenken, wo die gefüllten Schalen seines Helfers ihren würdigen Platz bekämen. Im Hintergrund und auf der anderen Seite war dann ausreichend Fläche für die Lichtung und die Bäume am Waldrand.

Emsig setzte er kleine Punkte für die Einteilung des Blattes und begann zu zeichnen. Diesmal fiel es ihm noch leichter als zuvor. Die täglichen Skizzen hatten seine Finger wieder geschmeidig gemacht. Linien, Schraffuren und Schatten kamen wie von selbst und setzten sich zu einem detailreichen Bild zusammen, dem es weder an Schärfe noch Tiefe mangelte. Auch bei den Baumstämmen im Hintergrund achtete er auf jeden

Zweig, obwohl er sie, genau wie die Steine im Vordergrund, behutsam verwischen würde, um den Betrachter einzig in den Bann der hölzernen Schalen zu ziehen. Nach seiner Erfahrung ließen ein leicht verschwommener Vorder- und Hintergrund die Szenerie spannender und glaubwürdiger aussehen.

Zu sehen, wie die Zeichnung auf dem Pergament Gestalt annahm, erfüllte Farim mit wohltuender Wärme. Nur die Farben der Elbenstifte hätten sein Glück vollkommener machen können. Mit leisem Seufzen ließ er den Gedanken rasch wieder ruhen und konzentrierte sich auf das Bild.

Er nahm einen der großen Bäume für den rechten Rand ins Visier und stutzte. Der mächtige Stamm wies eine Besonderheit auf, die ihm vage bekannt vorkam. Ein seltsames Farbenspiel, vielleicht durch eine Flechte, die die Rinde bildhaft prägte. Wie der Scherenschnitt einer Figur. Hatte er so etwas nicht schon einmal gesehen? Fast wäre er aufgestanden, um es sich genauer anzusehen, doch er wollte erst einmal die Zeichnung vollenden. Wolken zogen auf, es war besser, das Licht der Morgensonne auszunutzen, solange sie schien. Später könnte er die Details nicht mehr so gut erkennen.

Als das Bild fertig war, hob er es hoch und zeigte es in alle Richtungen. Von irgendwo würde sein Helfer schon zuschauen. »Das versprochene Dankebild. Ich hoffe, es gefällt dir.«

Er pflückte lange Grashalme, rollte das Pergament auf und band es vorsichtig mit ihnen zusammen. Mit einem zufriedenen Lächeln griff Farim nach der Schale mit den Früchten und begann endlich zu essen. Er nahm eine Handvoll Nüsse und begann vorsichtig zu kauen. Bei manchen Bewegungen hatte er noch Schmerzen im Kiefer, auch wenn er den Eindruck hatte, dass der Schneidezahn wieder fester saß.

Seine Kohlestifte und die Zeichenmappe, die er als Unterlage genutzt hatte, lagen neben ihm. Wie sehr er sich auch von Sennah verraten fühlte, ohne sie wären weder Dankebilder noch Skizzen und Notizen möglich gewesen.

Plötzlich hielt Farim inne. Sie hatte gar keinen Grund gehabt, ihm die Tasche mitzugeben. Schließlich war er der verhasste Mensch, der eines ihrer Elbenheiligtümer zerstört hatte.

Ob sie geahnt hatte, dass ihm seine Zeichensachen helfen könnten? Nein, wenn er darüber nachdachte, dass sie es gewesen war, die der Fürstentochter die farbigen Bilder und die Bruchstücke offenbart hatte, war es sicher als Mahnung gedacht. Er sollte begreifen, wohin es führte, wenn man mit Dingen hantierte, die einen nichts angingen. Hätte ihn damals jemand vor der Meisterin der Nadeln gewarnt, hätte er es nicht geglaubt. Doch jetzt wusste er es besser. Sie war berechnend, gefühllos und kaltherzig. Die Sonne verschwand hinter Wolken, Farim fröstelte.

Er trank einen Schluck Wasser, aß eine letzte Frucht und wischte sich die Finger im Hemd ab. Sein Blick ruhte auf der Zeichenmappe und ihm kam plötzlich ein sonderbarer Gedanke. Was, wenn sie einen triftigen Grund für ihr Handeln gehabt hatte und deshalb einem anderen Plan gefolgt war?

Er streckte den Arm aus, zog ihn aber sofort zurück. »Nein, das ist Blödsinn.« Er würde nichts darin finden, das ihm weiterhelfen könnte. Was hätte Sennah ihm hinterlassen sollen – und vor allem wann? Für eine Botschaft war keine Gelegenheit gewesen. Es sei denn, sie hätte ... aber ja, jetzt fiel es ihm wieder ein: Sie hatte nicht nur ausreichend Zeit, sondern auch die Möglichkeit gehabt. Auf der »Pazhmaarh«.

Ein kleiner Sonnenstrahl huschte über die Zeichenmappe, fachte seine Gedankenspiele weiter an und weckte eine Hoffnung, die alles in einem neuen Licht zeigen könnte. Während der ganzen Zeit, die er in Zhinlohrs Kabine verbracht hatte, um gesund zu werden, hatte die Tasche bei Sennah gelegen. Es war ein aberwitziger Gedanke, aber könnte die Verräterin am Ende doch seine Helferin sein? Farim griff nach der Mappe und zog sie auf den Schoß. Er musste sich Gewissheit verschaffen.

»Au!« Etwas traf ihn an der Schulter. Er sah sich um, konnte aber nichts entdecken. Er lauschte. Nein, bestimmt war nur etwas von einem der Bäume gefallen. Der Wind hatte aufgefrischt, da konnte das passieren.

Er nahm sich wieder seine Zeichenmappe vor und griff nach dem Band, um die Schleife zu öffnen.

»Au!« Ein kleiner Stein rollte ins Gras. »Was soll das?«

»Wreiter gehen!« Eine Stimme, die wie das raschelnde Laub der Bäume zu ihm herüberwehte und ihn doch alarmierte, als wäre es ein greller Schrei gewesen. »Wreiter gehen!« Jetzt war sie lauter, kam von rechts.

Farim sah sich um, hin- und hergerissen zwischen Angst und Neugier. Was für eine sonderbare Art zu sprechen. War das die Stimme seines neuen Freundes? Dann sollte er auf ihn hören, oder nicht? Aber vielleicht könnte er ihn endlich sehen, wenn er bliebe.

»Wreiter!«, klang es jetzt drängender, und Farim begriff, dass nicht die Zeit war, die Zeichnungen durchzusehen. Enttäuscht packte er alles zusammen, hoffte aber zumindest darauf, den Schalensteller zu sehen. Doch sein sonderbarer Begleiter blieb verschwunden. Farim steckte Kopf und Arm durch den Riemen der Tasche und machte es mit der Schnur des Bündels ebenso. Einer der Bäume zog seinen Blick auf sich. Irgendetwas hatte sich verändert.

Dann begann der Boden zu vibrieren.

»Schrell! Brutkeiler!« Dieser Schrei war deutlich. Ein Schatten floh aus den Bäumen und spurtete zur Straße. Farim hastete hinterher.

Hinter ihnen brach etwas Großes durchs Unterholz. Farim hörte ein Brüllen, warf einen Blick über die Schulter und rannte schneller. Ellenlange Fangzähne, ein aufgerissenes Maul und Hufe, die Sandwolken von der Straße wirbelten.

Wie verbissen lief er, voller Angst, nicht entkommen zu können. Sein Herz raste, Schweißtropfen flogen ihm von der Stirn. Er rannte um sein Leben, folgte seinem Retter, der längst außer Sicht war, vom Staub der Handelsstraße verschluckt.

Laufen, rennen, immer weiter, nicht stolpern, nicht aufgeben, nicht langsamer werden. Hinter ihm dröhnte der Boden, die Vibrationen gingen ihm durch Mark und Bein. Seitenstiche quälten ihn, einige der Dornenwunden rissen wieder auf. Wo war sein Helfer?

Das Schnaufen und Brüllen hinter ihm wurden lauter, das Hecheln, das Stampfen der Hufe.

»Schrell!«

Eine Lücke im Dickicht, gerade rechtzeitig sah Farim den Pfad und rannte hinein. Gräser, Nesseln, Dornen, Farne. Dann ein Baumstamm, der wie ein Balkenweg vor ihm lag. Er sah seinen Helfer darauf entlanghasten, sprang ebenfalls hinauf und eilte hinterher.

Erst als die Büsche schwanden und der Blick sich öffnete, sah er die Schlucht. Bodenlose Tiefe, keine Zeit, anzuhalten oder umzukehren. Farim streckte die Arme aus, spürte den beginnenden Schwindel. Würde das niemals besser? In den Wanten der »Pazhmaarh« hatte er sich doch überwunden. Aber hier gab es keine Taue zum Festhalten. Er musste freihändig balancieren, und je schmaler der Stamm wurde, desto langsamer ging er.

Hinter sich hörte er das Untier brüllen, dachte an die messerscharfen Zähne, versuchte, schneller zu gehen und nicht an die Tiefe zu denken. Doch der Baumstamm war feucht und moosig. Farims Fuß glitt aus, er zuckte zurück, seine Taschen rutschten, hingen plötzlich an einer Seite und zogen an ihm wie zentnerschwere Mehlsäcke.

Hektisch ruderte er mit den Armen, versuchte, sich aufrecht zu halten. Die Angst, in den Abgrund zu stürzen, ließ sein Herz stolpern und seinen Atem flach werden. *Nicht nach unten sehen. Nicht!*

Spitze Felsen und Wasserstrudel – Farims Oberkörper neigte sich immer stärker der Schlucht entgegen. In einem letzten Versuch, das Gleichgewicht wiederzufinden, riss er den Arm hoch und schaffte es, die Taschen zu verlagern. Gleichmäßig atmen. Endlich schwankte er nicht mehr und balancierte weiter. Etwa zwölf Fuß noch. Schweiß rann ihm von der Stirn. Dann zehn, seine trockenen Lippen spannten. Acht. Er atmete viel zu flach. Und hinter ihm kam das Untier.

Den festen Boden schon vor Augen, verließ ihn die Geduld und er sprang. Sand und Steine begannen zu rutschen, als Farim auf den Rand der Böschung traf. Geistesgegenwärtig hechtete er nach vorn, krallte sich in die Erde, aus Angst, in die Schlucht zu stürzen. Seine Füße hingen in der Luft, doch er lag auf festem Grund, seufzte vor Erleichterung und wünschte, er könnte einfach nur liegen bleiben und verschnaufen.

Doch das Brüllen sagte etwas anderes. Ohrenbetäubend hallte es durch die Schlucht, kündete vom unbeugsamen Willen der Bestie und ließ das Blut in den Adern gefrieren. Es hatte den Baumstamm erreicht!

Etwas packte Farims Arm. Drei ledrige Finger, deren Farbe sich wie Wasser wellte, in das ein Stein gefallen war. Gras wandelte sich zu Grün, zu Braun und wurde Haut.

»Der Braum muss wreg!« Rollende Rs, wo keine hingehörten. Sein Helfer zog ihn zum Stamm und machte sich sofort daran, ihn von der Kante zu schieben.

Farim verhedderte sich mit den Taschen in den Zweigen, schlüpfte aus den Riemen und stürzte zu seinem Retter, um ihm zu helfen. Er versuchte, den Anblick des Schalenstellers zu ignorieren, der fast nackt neben ihm hockte und gegen das Gewicht des Baumstamms kämpfte.

Das Brüllen auf der anderen Seite der Schlucht ließ Farim aufblicken und jagte ihm eiskalte Schauer über den Rücken. Das Untier glich dem Monstrum, das er vor Tagen gesehen hatte und dessen aufgebrochener Leib das klare Wasser eines Baches besudelt hatte. Doch dieses Exemplar war noch größer. Es stierte zu ihnen herüber, schnaubte vor Wut und scharrte angriffslustig mit den Vorderläufen – eine grausige Mischung aus Hufen und Klauen – Fuß und Waffe. Ein Wesen, das für den Kampf geboren war.

Wie besessen stemmte Farim sich gegen den Stamm. Und endlich, Stück für Stück bewegte sich der Baum über die Böschung. Nur noch zwei oder drei Fuß, und sie wären in Sicherheit. Doch in diesem Moment sprang die Bestie auf die Baumbrücke, Rindenstücke flogen durch die Luft, der Stamm vibrierte, als das grausige Geschöpf grollend näher kam. Ein fauliger Geruch wehte ihnen entgegen.

Ihr Unterfangen war nun um ein Vielfaches schwerer geworden, Farims Füße gruben sich in Moos und Erde, während er sich mit dem ganzem Gewicht gegen die Baumbrücke stemmte. Er hörte seinen Helfer stöhnen, sah aus den Augenwinkeln die nackte Haut erzittern, Gänsehaut in hektischen Wellen kommen und gehen. *Nicht ablenken lassen!* Einfach ignorieren und schieben – nur noch ein kleines Stück.

Plötzlich verfärbte die Haut seines Helfers sich leuchtend rot. Er stieß einen ohrenbetäubenden Schrei aus, sodass das Untier stehen blieb. Farim stemmte sich noch einmal mit ganzer Kraft gegen die hölzerne Brücke. Und mit einem Mal sackte der Stamm in die Böschungskante und riss die Erde ein.

»Wreeeeg!« Drei Finger griffen nach Farim, zogen ihn mit kraftvollem Ruck von der Kante.

Er sah, wie der Baumstamm inmitten von Erdkrumen und Steinen hinabstürzte, hörte das Untier brüllen. Ein letzter Schrei gellte angstvoll und panisch durch die Schlucht, bis er von der Tiefe verschluckt wurde. Dann war es still.

Farims Herzschlag beruhigte sich nur langsam, er atmete auf und sah sich dankbar nach seinem Helfer um, der ihm jetzt schon zum dritten Mal das Leben gerettet hatte. Nur war niemand bei ihm. Er lag allein im Gras, neben sich üppiges Grün. Moos, Farne und ein Stück Rinde lagen wie vergessen vor ihm.

Seltsam. Farim griff danach. Wie aus dem Nichts grapschten moosige Finger nach seinen Händen, packten ihn und verwandelten sich im gleichen Moment in hölzerne Rindenstücke, die ihn festhielten.

»Nicht die Rose.«

Rose? Welche Rose?

Moos und Gräser, eben noch grün, verfärbten sich, welkten, waberten, zogen sich wie Gänsehaut zusammen und schwammen in kleinen Wellen davon. Die moosige Struktur wurde glatt, das Grün wandelte sich zu sonnengebräunter Haut. Farim stockte der Atem beim Anblick dieser Wandlung. Was für ein faszinierendes Schauspiel.

Endlich verstand er, warum er seinen Retter nie gesehen hatte, begriff, dass jener dennoch stets in der Nähe gewesen war. Ein rätselhafter Scherenschnitt am Stamm mächtiger Bäume, ein magisches Wesen, dessen Haut jede beliebige Farbe und Struktur annehmen konnte.

Große, grüne Augen musterten ihn aus einem sonderbaren Gesicht, das gleichsam Tier und Mensch war. Es erinnerte an eine Mischung aus Katze und Eule, nur ohne Fell und Federn. Ängstlich wirkte es, so bar jeder Tarnung. Bis auf das Rindenteil, das um die Hüfte gegürtet war und die Scham bedeckte.

Farim schlug sich mit Hand vor die Stirn. »Eine Hose.« Jetzt verstand er, warum sein Retter ihn gepackt und aufgehalten hatte. »Du meintest deine Hose. Keine Rose.« Er stand auf, sein Helfer tat es ihm nach.

»Hr...hrose«, versuchte sein Gegenüber es leise. Seine Stimme klang etwas schnarrend und leicht heiser. *Raschelnde Blätter im Wind.* Farim betrachtete ihn. Weder Mensch noch Elbe oder Zwerg, obgleich der Oberkörper dem eines Mannes glich. Ein wenig kurz, die langen Arme wollten nicht so recht dazu passen.

Farim riss seinen Blick los, als ihm bewusst wurde, dass er ihn anstarrte. »Schon ganz gut«, lobte er, weil ihm nichts Besseres einfiel. »Noch ein bisschen mehr H und weniger R, dann wird das schon.«

Der Hautwechsler klopfte sich Moos und Erde vom Körper und rieb sich die Arme. Drei kräftige Finger an jeder Hand. Daumen, Zeige- und Mittelfinger, wenn man so wollte. Ein ungewohnter Anblick, zumal sie kurze Krallen anstelle von Fingernägeln trugen.

Als der Hautwechsler sich zufrieden streckte, war er mindestens um einen halben Kopf größer. Er gab ein belustigtes Keckern von sich, wies nach unten und hob ein Bein.

Farim starrte auf äußerst lange und kräftige Schenkel, die nicht in Füßen, sondern in haarlosen, aber krallenbewehrten Pfoten endeten und eher zu einem großen Wolfshund passten. Kein Wunder, dass er so schnell laufen konnte.

Nun klopfte auch Farim sich den Dreck von der Kleidung und reichte ihm die Hand. »Mein Name ist Farim.« Er richtete den Blick auf das freundliche Gesicht mit den großen Augen, die seinem Gegenüber einen beinahe kindlichen Ausdruck verliehen. Grün mit braunen Sprenkeln.

»Kiri«, antwortete sein Helfer. »Mein Name Kiri.« Drei Finger schlugen auf die Brust.

Farim nickte. Was könnte er noch sagen? Er war so froh, endlich seinen Retter kennenzulernen, dass ihm einfach die Worte fehlten. »Hallo Kiri.« *Wir originell.* »Du bist ... du hast ... außergewöhnliche Fähigkeiten.«

»Kiri Bahr-haumskrat.« Sein neuer Freund mühte sich mit der Aussprache und kämpfte mit seinem Sprachfehler. Die Angewohnheit, immer ein rollendes R einzubauen, ließ sich nicht so einfach abstellen. Und um Farims willen müsste er das auch gar nicht tun. Farim wusste nur zu gut, wie schwer es war, gegen einen Sprachfehler anzukämpfen.

»Ein Baumskrat also – freut mich«, antwortete er, als hätte er selbst drauf kommen können. In Wahrheit hatte er nie von einem solchen Geschöpf gehört. Angestrengt suchte er nach weiteren Worten, bemüht, nicht zu starren. »Ich bin ein Mensch.« Was für ein Dialog. Zu allem Überfluss setzte er noch »Aus Myxa.«, hinzu. Als ob ein Baumskrat am anderen Ende der Welt wüsste, wo oder was Myxa war.

»M-rüxa?« Kiri schüttelte sich, dass die spitzen Ohren haltlos gegen seinen Kopf klatschten. »Müxa? Krenne nicht.«

Farim seufzte. »Das ist eine lange Geschichte. Wenn du mich auf meinem Weg weiter begleiten magst, kann ich sie dir gern erzählen.«

Sein neuer Freund nickte eifrig. »Kiri krommt gerne mit.« Wieder schlug er sich mit der dreifingrigen Hand auf die Brust und verlieh den Worten damit mehr Gewicht.

»Das freut mich sehr. Ohne dich käme ich wahrscheinlich nicht sehr weit.«

Kiri reckte sich stolz und grinste über sein ganzes Katzenkauzgesicht. Große Kindereulenaugen mit braunen Sprenkeln in hoffnungsvollem Grün, die pure Freude schenkten.

Wenn Farim erst die neuen Elbenstifte hätte, würde er ihnen ein eigenes Bild widmen. Ja, wenn. Nur hatte er keine Idee, wie es weitergehen sollte. Seine Bestimmung erschien ihm inzwischen wie ein Traum, der im Sturm des Lebens unrettbar und für immer verloren gehen könnte. Ständig schlitterte er in neue Gefahren.

Immerhin, das Zeichnen und Skizzieren mit Kohlestiften machte ihm inzwischen mehr Freude, als er angenommen hatte. Trotzdem reichte nichts an die farbigen Bilder der Elbenstifte heran – und schon gar nicht an das Gefühl, sie in Fingern zu halten und ihre Magie zu spüren. Dieses sanfte Pulsieren und Kribbeln, das in den Fingerkuppen gekitzelt und ihm stets ein Lächeln auf das Gesicht gezaubert hatte. Bei dem Gedanken, er würde vielleicht nie wieder welche besitzen, verdüsterte sich seine Stimmung und färbte Freude in Trübsinn. Dunkelbraun wie das Holz des Jacarandabaums.

Fünf Namen. Im Grunde hatte er keine Ahnung, wie er jemals mehr über die Zutaten herausfinden sollte. Er wusste nicht einmal, wohin diese Handelsstraße führte – wenn es denn eine war. Spuren von Pferden oder Kutschen hatte er bisher keine gesehen und für sichere Warentransporte erschien ihm der Weg ohnehin nicht geeignet zu sein. Es war fast, als wollte der Wald selbst jeden davon abhalten, diesem Weg zu folgen.

Farim hob sein Kleiderbündel auf, und Kiri bückte sich nach der Zeichentasche. Als er sie in Händen hielt, strahlte er über sein ganzes Katzeneulengesicht.

»Schröne Brilder.«

»Danke, Kiri.« Farim erinnerte sich, wie der Baumskrat sich die Skizzen der gemeinsamen Wanderung nachts heimlich angeschaut hatte. Wahrscheinlich war er deshalb so anhänglich. »Dabei kennst du noch nicht mal die Bilder aus der zugebundenen Mappe.«

Die Augen des Schalenstellers wurden groß. »Mehr Brilder in Mappe mit Schreife?«

Farim nickte. Er wurde ernst, als er sich an sein misslungenes Bild von der »Pazhmaarh« erinnerte. »Aber auch eins, das nicht so gelungen ist.« Er dachte an den Moment, da er mit Zhinlohr unter dem Mast gestanden hatte, als er die Elbenstifte erwähnt, und der Streit mit Kellwah begonnen hatte.

Irgendwie war seine stümperhafte Zeichnung ein schicksalhaftes Bild; wenn man auch noch bedachte, dass er danach lange nicht mehr zeichnen konnte, weil Sennah die Zeichentasche an sich genommen hatte. Dabei hätte Zhinlohr einfach nein sagen müssen. Mit einem Mal fiel ihm wieder ein, was er eben vorgehabt hatte, und er riss Kiri die Tasche aus den Händen.

Kräuterkunde

»Sennah hat auf der ›Pazhmaarh‹ über Wochen meine Tasche bei sich gehabt. Vielleicht hat sie mich doch nicht verraten.« Plötzlich war er ganz aufgeregt. Fünf Namen und fünf Pflanzen. Sie hätte ihm das nicht sagen müssen, nicht, wenn es ihr nicht wichtig gewesen wäre.

Farim hockte sich auf den Boden und holte seine Zeichenmappe hervor. »Halte dich an Sennah«, hatte Zhinlohr gesagt – und zwar, nachdem sie die Tasche längst gehabt hatte.

»Verraten? Srennah?« Sein neuer Freund schüttelte verständnislos den Kopf.

»Eine lange Geschichte«, rief Farim aus. »Ich werde dir alles erzählen, aber erst mal ...« Er zog an der Schleife. »Ich wollte schon vorhin schauen ...« Die Schnur der Mappe verhedderte sich, er musste anfangen, Knoten zu pulen. *Ganz ruhig bleiben. Du weißt noch nichts – noch gar nichts.* Aber er glaubte, etwas zu wissen. Nein, er hoffte es.

Endlich schlug er die Mappe mit seinen gesammelten Werken auf. Die farbigen Bilder, die er seit Innelles nicht mehr angesehen hatte.

Nach den vielen Tagen, in denen er mit den Kohlestiften nur stumpfgraue Skizzen gefertigt hatte, verschlug es ihm fast den Atem, so wunderbar strahlten ihm die Farben entgegen.

»Srooooo schrön!« Kiri hockte sich begierig neben ihn. »Brilder in brunt.«

»Ja, Brilder in brunt«, wiederholte Farim und nahm sich die erste seiner Arbeiten vor. Den Hafenplatz mit dem Handelskontor, dem Kai, dem Laden des Laternenmachers. Er schaute es sich ganz genau an, drehte es sogar um und untersuchte die Rückseite, doch da war nichts. Aber das musste nichts bedeuten. Es war ja nur eines von vielen.

Kiri zog die Zeichenmappe ein Stück zu sich herüber und nahm auch eines der Bilder. Farim ließ ihn. Er durfte sich davon nicht ablenken lassen.

Der Wüstenhund inmitten geknickter Blumen, neben ihm der alte Blumenmann mit seinem kopfschüttelnden Lachen. Jede Stirnfalte des Hundes, jedes Blütenblatt, jedes Detail sah noch so aus, wie Farim es in Erinnerung hatte. Auch auf diesem Bild war alles unverändert – verbarg sich keine Botschaft für ihn.

Er nahm die nächsten Arbeiten in Augenschein, bekam nur am Rande mit, dass sein neuer Freund sich von ihm wegdrehte und langsam aufstand. »Srooo wrunderschrrrön!«, hörte er ihn gurren.

Farim nahm sich das Bild mit dem alten Mann in der Schenke vor. Das runzelige Gesicht, schlafend neben dem leeren Glas. War da etwas auf der Tischplatte eingeritzt? Nein, das war auch schon da gewesen und nicht neu.

Vielleicht war es falsch, in den Bildern der Elbenstifte zu suchen. Er kramte nach der misslungenen Zeichnung, die den Augenblick seiner Rettung darstellen sollte. Die Fürstentochter hatte allein aufgrund dieser Kritzeleien einen Blick in sein Innerstes erhascht. Auch wenn das Bild selbst keine Seele besaß. Kohleschwarz verwischte Nacht ohne jegliches Gespür für Details und Konturen. Vor allem aber ohne Botschaft von Sennah, ohne Nachricht – und ohne Hoffnungsschimmer.

»Es muss etwas da sein«, rief er aufgebracht. »Irgendetwas!« Seine aufgeflammte Hoffnung wurde dunkler – wie das helle Grün, von wachsenden Schatten durchzogen, in Indigo zu versinken drohte. *Ich darf nicht aufgeben. Es muss etwas da sein.* Warum hätte Sennah ihm sonst die Tasche mitgegeben? Sie musste etwas in ihm gesehen, sogar von seiner Gabe gewusst haben. Zhinlohr hatte schon vor der Gefangennahme mit ihr gesprochen, sich mehrere Male mit ihr getroffen. Sicher hatten sie einen gemeinsamen Plan gehabt.

Farim stülpte die Tasche kopfüber und schüttete den gesamten Inhalt auf die Erde. Lose Pergamentblätter segelten durch die Luft, die letzten, die noch übrig waren. Kohlestifte fielen herab, mit ihnen die Skizzen, die er mit Gräsern zu einem provisorischen Buch gebunden hatte, und – die Bruchstücke seiner Elbenstifte.

Für einen kurzen Moment stockte ihm der Atem, als er die gebrochenen Schäfte sah, den goldenen Faden, der die einzelnen Teile immer noch zusammenhielt, die Kristalle, deren Farben in all den Tagen nicht verblasst waren.

Sennah hatte dafür gesorgt, dass er sie behalten hatte. War das ihre Botschaft? Ihr Geschenk an ihn? Womöglich könnte man die Schäfte richten, wenn man eine Art Schiene aus weiteren Süßgräserzweigen fertigte. Er brauchte sie nur noch zu befüllen. Wieso war er nicht längst darauf gekommen?

Weil es sinnlos war, solange er nicht wusste. Er schüttelte seine Tasche erneut, förderte aber nichts mehr zutage. »Nein – das kann nicht sein. Sie hat sie mir doch überlassen.«

»Kräuter aus heiligem Wrald«, raunte der Baumskrat.

»Mich interessieren jetzt keine Kräuter«, herrschte Farim ihn an und kramte hektisch in den Sachen. Er musste etwas übersehen haben. Fahrig blätterte er in seinem Skizzenbuch, suchte auf jedem Pergament nach Abdrücken oder Kerben.

»Wro hast du gresehen?«

»Ich habe nichts gesehen. Das ist ja das Problem. Hier ist nichts, gar nichts!« Farim raufte sich die Haare, spürte die Enttäuschung wie eine Flut auf sich zukommen. Wellen der Hoffnungslosigkeit, die ihn verschlingen würden. Er kämpfte gegen Tränen, krallte die Finger Halt suchend in die Erde. Seine Kehle wurde eng.

Er hatte sich zu früh gefreut, auf etwas gehofft, das all die Zweifel Lügen strafen sollte. Das ihm die Freundschaft zu Zhinlohr und Sennah wieder zurückgeben könnte. Doch sein Herz hatte ihn in die Irre geführt. Wie hätte die Meisterin der Nadeln auch schon an Bord der »Pazhmaarh« wissen sollen, wie ihre Ankunft in Innelles verlaufen würde?

»Freuerkraut ist srelten.« Kiri stand einige Schritte entfernt und war immer noch mit dem Bild der Kräuter beschäftigt.

Konnte er nicht endlich Ruhe geben? Am liebsten hätte Farim ihn verscheucht, doch er brachte es nicht übers Herz.

Während er selbst mit den Tränen kämpfte, strahlte sein Retter ihm über den Rand des Bildes entgegen, das er in seinen groben Fingern hielt. Große Augen in hoffnungsvollem Grün.

Welche Arbeit hatte Kiri da eigentlich in der Hand, die ihn so gefangen nahm? Farim sah sich um. Seine Farbenbilder aus Myxa waren alle hier – lagen um ihn herum auf der Erde verteilt. Selbst das graue Kritzelbild war da. Und warum faselte er ständig etwas von Kräutern?

In Gedanken ging Farim die Motive nochmals durch und sammelte die passenden Bilder gleich ein, um sie zurück in die Mappe zu legen. Sie waren alle da – bis auf eins.

Er schlug sich mit der flachen Hand vor die Stirn. Plötzlich war er wieder hellwach, sprang auf, stürzte auf den Baumskrat zu und hätte ihn fast umgerissen, als er sich an seine Schultern hängte, um mit auf das Bild zu schauen. Wie hatte er das nur vergessen können?

Licht fiel durch Zweige und brachte hauchfeine Flügel zum Strahlen. Tanzende Flimmlys über einer schemenhaften Spiegelung im Wasser.

Alle Bilder hatte er sich angeschaut, untersucht, gedreht, gewendet und nicht bemerkt, dass eines gefehlt hatte. Dabei hätte er gerade dieses vermissen müssen. So wie er Billke vermisste, in jedem ruhigen Augenblick, bei jeder Linie, die er zeichnete, und bei jeder Kontur – weil alle Bilder stets auch für sie waren. Immer noch. Farim schluckte, als ihm bewusst wurde, wie sehr er ihr verbunden war.

»Freuerkraut.« Ein kräftiger Zeigefinger deutete auf den linken Rand des Pergaments.

Auf den ersten Blick fiel es nicht auf, doch jetzt erkannte Farim die Veränderung, und ihm stockte der Atem. Vorsichtig nahm er Kiri die Arbeit aus der Hand und betrachtete sie eingehender. In schemenhafter Schraffur wuchsen Pflanzen in das Bild. Schmiegten sich in schimmernd silbrigem Grau an die farbigen Konturen, die Farim so vertraut waren. Wie flüchtige Schatten, einzig dazu geschaffen, den Blick des Betrachtes auf die Bildmitte zu lenken, schmückten sie in unauffälligem Einklang den Randbereich des Pergaments. Eine wunderbare Arbeit, die sich einfügte, als gehörte sie dorthin.

Die Pflanze, auf die Kiri deutete, hatte Farim noch nie gesehen. Ihre kelchförmige Blüten strebten weit hinauf, überragten längliche Blätter, die sich weiter unten zu einem filigranen Netz verschlangen. Wie von selbst folgten seine Finger den Konturen, als könnte er auf diese Weise ergründen, was die Zeichnung darstellte.

Am unteren Bildrand schob sich eine niedrige Pflanze mit zart gefiederten Blättern über das Pergament, die ihm bekannt vorkam. Einzelne Halme mit winzigen Blüten wuchsen daraus hervor, waren aber so durchscheinend gemalt, dass man ihre Form kaum erahnen konnte. »Kindswurz vielleicht?« Er schaute kurz auf und sah Kiri nicken.

Farim richtete den Blick wieder auf das Bild und dachte an Sennahs Worte: »Ich kann nicht sagen, welches Geschöpfes Schuppe es bedarf, noch welcher fünf Pflanzen magische Essenzen hilfreich wären.« Von der Drachtarh-Schuppe hatte Zhinlohr erzählt, und dass es um die Farben von fünf Pflanzen ging, hatte er sich zusammengereimt. Mit diesen Zeichnungen könnte er endlich herausfinden, was er sammeln musste. Und Kiri hatte bereits eins davon benannt.

Farim lächelte, während er das Bild betrachtete. Sie hatten ihm doch geholfen. Und das, ohne wirklich das Geheimnis über ihr Heiligtum preiszugeben.

Weiter rechts schienen die fiedrigen Blätter der Kindswurz einen eigentümlichen Zweig oder ein Stück Holz zu überranken. Die Rinde hatte eine ganz eigenwillige Maserung und erinnerte Farim an eine Holzart, die er aus dem Handelshaus seines Vaters kannte. »Jothosholz.«

»Magrischer Jothos«, bekräftigte Kiri leise und ehrfürchtig.

»Das hier kenne ich aber nicht.« Farims Finger strich über eine Art fiedriges Kissen, das gleich neben dem Jothosholz das Pergament zierte. »Und das hier ist mir auch nicht bekannt.« Am rechten Bildrand wuchs ein Gewächs empor, das ganz außergewöhnlich aussah. Ovale Früchte hingen wie durchscheinende Lampions unter den aufstrebenden Blättern.

Farim hielt das Bild etwas weiter weg und bewunderte die feine Arbeit. Auf die Entfernung waren die grazilen Ergänzungen kaum mehr als eine Andeutung. Konturen, die ein flüchtiger Betrachter nicht einmal wahrnehmen könnte, geschweige denn, eine Botschaft darin erkennen. Leider hatte sie keine Farben verwendet, doch wenn er alle Pflanzen beisammen hätte, würden die neuen Elbenstifte sie ans Tageslicht holen, da war er sicher.

»Schröner noch als Drankebilder.« Kiri sah ihn bewundernd an. »Viel Tralent.«

»Das Lob gebührt nicht mir allein. Die silbergrauen Ergänzungen sind von einer elbischen Freundin.« Es war ein gutes Gefühl, Sennah so zu nennen, und gleichzeitig beschämte es ihn, wie sehr er gezweifelt hatte. Farim räusperte sich und wandte sich dem Baumskrat zu. »Kennst du die Pflanzen?«

»Frast alle«, antwortete er sofort. »Magrische Pfranzen.«

»Pflanzen!«

»Pfranzen.« Kiri nickte eifrig und fuhr dann mit seinen dicken Fingern von links nach rechts über das Bild. »Freuerkraut, Krindswurz, Jothros, wreißnicht und Brallonbrume.«

»Wreißnicht und Brallonbrume.« Farim seufzte. Es war anstrengend, jedes Wort zu übersetzen. Zumal er noch kein System im Sprachfehler seines Freundes erkennen konnte. Manchmal fügte er ein R ein, dann wieder nicht. Und dort, wo Farim den Begriff oder Namen selbst nicht kannte, war es gänzlich unmöglich.

Er setzte sich und nahm sein Skizzenbuch, um die Pflanzen abzumalen und dort zu beschriften. Freuerkraut hieß Feuerkaut? Nein, da gehörte das R sicher hin: Feuerkraut.

Kindswurz und Jothos kannte er zum Glück; das fiedrige Kissen bekam ein Fragezeichen. Neben der »Brallonbrume« notierte er sich den Namen »Ballonblume«. Dann prüfte er noch einmal, ob seine Skizzen mit der Vorlage übereinstimmten, und packte alles zusammen.

»Wofür srind die Pfranzen?« Kiri schaute ihn fragend an.

Wie könnte Farim das am besten erklären? »Sie sind die Zutaten für einen Kunstgegenstand, den ich brauche. Für eine Gabe und für einen Freund.« Er dachte an Zhinlohr. Selbst wenn Farim es nicht nach Erellgorh schaffte, weil kein Mensch jemals dorthin gelangt war, gäbe es sicher einen Weg, seinem Freund und der Fürstin die Botschaft über neue Elbenstifte zukommen zu lassen. Er musste sie nur erst haben.

Doch in diesem Moment schien es zum ersten Mal wirklich möglich zu sein. Fünf Pflanzen und die Schuppe eines Drachtarh, dann hätte er die Zutaten für seine magischen Stifte beisammen. Klang eigentlich ganz einfach. Er lächelte. »Lass uns auf Kräutersuche gehen!«

Es dauerte lange, bis sein neuer Freund einen zweiten Weg über die Schlucht gefunden hatte und sie endlich wieder zurück auf die Handelsstraße kamen.

Während der ganzen Zeit war Kiri in unmittelbarer Nähe geblieben. Er hatte Farim die verschiedensten Bäume, Sträucher und Kräuter gezeigt, ihn vor giftigen Beeren, bitteren Pilzen und fleischfressenden Pflanzen gewarnt. Doch weder Feuerkraut, Kindswurz oder Ballonblumen noch die beiden anderen Pflanzen waren dabei gewesen.

In den Rastpausen, wenn sie nicht gerade darüber nachdachten, wo man die magischen Kräuter finden könnte, fertigte Farim weitere Skizzen der reichen Pflanzenwelt an und notierte sich die Erläuterungen seines Freundes.

Auch Tiere gab es zu bestaunen. Mulchkröten, Schreitechsen und Ohrrüsselspringer zum Beispiel. Wobei ihm Letztere am besten gefielen. Selten hatte er so drollige Tierchen gesehen. Ihre Ohren hingen genauso lang herunter wie die Nase, und wenn sie ihre Köpfe aufgeregt hin- und herschüttelten, erkannte man gar nicht mehr, wo vorn und hinten war. Richteten sie ihre Ohren dagegen auf, wusste man Bescheid.

Und dann waren da noch die weniger schönen Begegnungen, die Farim ohne seinen Freund nicht hätte erleben wollen. So wehrte Kiri bissige Vögel ab, die keine Schnäbel, sondern Mäuler hatten. Er führte Farim sicher an Schlangennestern vorbei, die so gut getarnt waren, dass wahrscheinlich nur ein Baumskrat sie sehen konnte. Darüber hinaus erklärte er ihm noch, in welche Dornenranken er auf keinen Fall treten durfte, wenn er nicht unrettbar umschlungen werden wollte.

Faszinierende und beängstigende Schönheit, wohin man sah. Der Lichtblick des Tages war eine prächtige Schattenstaude, deren große Blätter man trocknen und wie Papier nutzen konnte. Dreckbratt, nannte Kiri sie und Farim notierte sich den Namen Deckblatt. Sie ernteten gleich zwei Dutzend der hellgrünen Faserblätter, denn wenn es so weiter ginge, hätte er spätestens in drei Tagen jedes Pergament auf der Vorder- und Rückseite bis zur letzten Lücke gefüllt.

Für seinen neuen Freund hatte er gleich vier Seiten im Skizzenbuch reserviert und notierte alles, was ihm auffiel. Der Baumskrat war das sonderbarste Geschöpf, das er je kennengelernt hatte. Eine fast selbstlose Freundlichkeit, eine bemerkenswerte Klugheit und außergewöhnlich gute Instinkte. In Kiris Obhut fühlte Farim sich sicher aufgehoben.

Im Prinzip musste er nichts anderes tun, als den Baumskrat im Auge zu behalten und im Fall des Falles schnell zu reagieren. Denn immer, wenn Gefahr lauerte, erzitterte die Haut, verfärbte und verformte sich.

In solchen Momenten war der Gute von einem Augenblick zum anderen mit der Umgebung verschmolzen und nicht mehr zu sehen. Leider passierte das auch, wenn Kiri sich einfach nur erschreckte und wie eingefroren stehen blieb. Da kam es schon mal vor, dass Farim ihn ungewollt über den Haufen rannte und sie beide der Länge nach hinschlugen.

Im Großen und Ganzen jedoch waren sie unbeschadet durch den Tag gekommen und es hatte ruhige Momente gegeben, in denen Farim über Sennahs und Zhinlohrs Hilfe nachdenken konnte. Er ging davon aus, dass er inzwischen Kenntnis über alles hatte, was er zur Herstellung der Elbenstifte wissen musste. Nur die Sache mit den Scheltar war ihm ein Rätsel. Brauchte er einen der fünf Elementemagier, um aus den Zutaten das magische Pulver herzustellen? Irgendetwas hatte Zhinlohr auch darüber gesagt, doch er konnte sich einfach nicht mehr daran erinnern.

Kaum waren sie zurück auf der Handelsstraße, setzte schon bald die Dämmerung ein. Kiri huschte davon, um einen geeigneten Schlafplatz zu finden. Es war ein ungewohntes Gefühl, plötzlich wieder alleine zu sein, obgleich Farim nur dem Weg folgen musste.

Dank seiner bisherigen Erlebnisse und den Hinweisen von Kiri ignorierte er jede gelbe Blüte am Wegrand und ließ sich auch von den sonderbaren Geräuschen der einsetzenden Nacht nicht einschüchtern. Nach allem, was er schon hinter sich hatte, dürfte er ohnehin keine Angst mehr haben. Trotzdem atmete er erleichtert auf, als Kiri plötzlich wieder auftauchte und ihn seitlich des Weges zu einem geschützten Schlafplatz führte.

Als sie wenig später an einem prasselnden Feuer saßen, beschloss Farim, mit seiner Geschichte nicht länger hinter dem Berg zu halten und dem Baumskrat alles zu erzählen. Er begann mit Zhinlohrs Geschenk, berichtete vom Leben in Myxa, von seinem Vater, Billke und Fenkorh, der ihn nach den unseligen Vorkommnissen darin bestärkt hatte, sein Zuhause zu verlassen.

Kiri war ein guter Zuhörer und hing gebannt an Farims Lippen. Obgleich die Nacht voranschritt, schien er begierig zu sein, immer noch mehr zu erfahren. Als saugte er jedes Wort in sich auf. Also berichtete Farim auch von der Schiffsreise und den Elben aus Innelles.

Als er auf Wehreng zu sprechen kam, dessen Wut und den Dolch, änderte sich Kiris Stimmung. Ein Schatten waberte über seine Haut, dunkel wie die Erde, auf der sie saßen. Nur einen Lidschlag später hatte er sich der Umgebung angepasst und war verschwunden.

»Kiri, bist du noch da?«

Grüne Augen blinzelten ihm aus einem erdfarbenen Körper entgegen, der sich nur zögerlich zurückfärbte.

Eigentlich achtete Farim die Gefühle des Baumskrats, doch wirkte er in seiner Art auch sehr drollig, und dann fiel es zuweilen schwer, ernst zu bleiben.

»Freuerelben srind bröse.«

Diesmal hatte Farim wirklich Mühe, sich das Grinsen zu verkneifen. Das Schlechte der Welt verlor wahrlich an Schrecken, wenn es als »bröse« entlarvt wurde.

Doch als er an die hasserfüllte Aura des Heermeisters denken musste, wurde er rasch wieder ernst. »Ja, einige von ihnen sind sehr böse, das kann ich aus eigener Erfahrung bezeugen. Aber nicht alle. Sennah hat mir geholfen und die Fürstentochter hat mich vor Wehrengs Dolch bewahrt.«

»Vrielleicht ihr deine Brilder grefallen.«

»Meinst du? Hätte sie mir womöglich geholfen, wenn nicht so viel schief gelaufen wäre?«

»Warum nicht – srind nur Strifte, oder?«

In den Augen der meisten schon. Besondere Stifte, mit denen man ungewöhnlich hübsche Bilder malen konnte. Doch zumindest Zhinlohr wusste, dass sie in den Händen des richtigen Menschen mehr wären und dass Farim diese Gabe hatte – als Letzter überhaupt. »Vielleicht nicht ganz« wand er ein, aber Kiri hob einen Finger.

»Srolange srie nicht in fralsche Hände geraten.«

»Falsche Hände? Wie meinst du das denn?«

»Magrie der Elemente«, hauchte der Baumskrat so ehrfürchtig, dass Farim ein Schauer über den Rücken lief.

Wieder dachte er an die Essenz der Stifte, die er Fenkorh überlassen hatte. Die Bestürzung der Elben von Innelles, als sie das Pulver nicht bei ihm fanden. Nach Kiris Bemerkung drückte ihn die Schuld noch mehr. Er hatte Fenkorh etwas in die Hand gegeben, dem er womöglich das Geheimnis der Elementemagie entlocken könnte. Und in diesem Moment wurde Farim klar, dass sein Magisterfreund genau das versuchen würde.

»Du Srorgen?«

»Was?« Farim schreckte aus seinen Gedanken. »Nein«, log er, ohne nachzudenken. »Ich bin einfach nur müde.« Er übte sich in einem Lächeln, wünschte Kiri eine gute Nacht und legte sich hin.

Doch es dauerte lange, bis die Müdigkeit Farims Grübeleien Einhalt gebot. Bis der magische Staub aufhörte, durch seinen Kopf zu wirbeln, und das Gesicht mit dem messerschmalen Nasenrücken ihn in Ruhe ließ. Sein letzter Gedanke galt dem Vorsatz, Fenkorh aufzusuchen, um die Essenz der Elbenstifte von ihm zurückzuholen.

Am nächsten Morgen fühlte Farim sich wie gerädert.

Doch Kiri begrüßte ihn mit einem keckernden Lachen. »Endlich wrach, Triefschrafmütze.« Er wies strahlend auf seine morgendliche Schüsselparade. »Frühstrück.«

»Frühstück«, korrigierte Farim unwillkürlich und ließ den Blick über die Früchte, Nüsse und Wasserschalen gleiten.

»Frühstrück.« Der Baumskrat nickte.

»Nein, ohne R.«

Kiri sah auf die angerichteten Speisen und zog seine Brauen hoch. »Rohne R?«

»Das Wort meinte ich. Ohne R. Und auch ›ohne‹ ohne R.«

Kiris Stirn legte sich in Falten, färbte sich rosaviolett und nahm dann wieder die ursprüngliche Farbe an. »Dras Www-ooot«, mühte er sich, »rohne rohne r.« Er strahlte.

Farim lachte. »Lass gut sein. Ich versteh dich ja.«

Obgleich ihr morgendliches Mahl sich stets ähnelte, war die Mischung aus verschiedenen Früchten, Sämereien und Nüssen immer ein Genuss. Und darüber hinaus hatte er große Freude daran, Kiri beim Essen zuzusehen.

Der Baumskrat ging in dieser Beschäftigung vollkommen auf. Manche der Früchte oder Nüsse reihte er erst nach Form und Größe auf und gab ein frohes Keckern von sich, ehe er sie hastig verschlang. Andere schaute er sich voller Bewunderung von allen Seiten an, bevor er sie genüsslich vertilgte. Dann wieder legte er sich welche auf den Rücken seiner Dreifingerhand und zauberte fantastische Abbilder hervor. Dabei wölbte und verfärbte sich die Haut so gekonnt, dass die echte Frucht kaum von der anderen zu unterscheiden war.

Farim versuchte, sich diese Szenerie als Bild vorzustellen, und wusste im selben Moment, dass ihm so ein Werk nur mit der Magie der Elbenstifte gelingen würde. Womit er wieder bei der Frage war, wie es weitergehen sollte.

Die Zutaten waren das eine, aber brauchte er wirklich einen Scheltar? Oder reichte nicht doch die Hilfe eines gewöhnlichen Elbs? Er grinste bei diesem Gedanken. Gab es so etwas überhaupt? Gewöhnliche Elben? Sie beherrschten schließlich alle irgendeine Magie. Hilfreiche Zauber, die sogar heilen konnten. Wenn er sich doch nur erinnern würde, was Zhinlohr gesagt hatte. Aber es wollte ihm einfach nicht einfallen, dabei fühlte er die Antwort beinahe schon. Als stünde er vor der richtigen Tür und ihm fehlte nur der passende Schlüssel, um sie zu öffnen.

Nein, es half nichts, sich den Kopf zu zermartern. Schon gar nicht, wenn der erste Schritt noch nicht getan war. Er brauchte erst einmal die Kräuter, das Jothosholz und die Schuppe eines Drachtarh – was wahrscheinlich das Schwierigste war, weil die Zeit der geflügelten Echsen lange vorbei war. Aber vielleicht hätte irgendein Händler in Crem noch eine oder wüsste, wo er sie bekommen könnte.

Dann also erst einmal die Kräuter. Wenn sein neuer Freund sich hier auskannte, sollte das einfach sein. Zumindest bis auf die eine Pflanze, die selbst der Baumskrat nicht gekannt hatte.

»Kiri, du bist doch hier im Wald zu Hause, oder?«

Sein Freund leckte gerade eine der Schalen aus und nickte.

»Gibt es einen Ort, an dem du noch nie warst?«

Die Stirn des Baumskrats krauste sich. »Ich nicht wrissen, wrenn ich wro nicht wrar.«

Farim seufzte. »Ach Kiri, du kennst dich doch gut aus. Da wirst du wissen, ob du irgendwelche Wege noch nicht gegangen bist.«

Kiri zuckte mit den Schultern, und Farim versuchte es anders. »Ich habe dir doch von den Elbenstiften erzählt, die mein Vater zerbrochen hat«, holte er etwas weiter aus. »Die, mit denen ich die farbigen Bilder gemalt habe.«

Das Gesicht des Baumskrats erhellte sich. »Wrunderschrön.«

»Genau. Wrunderschrön.« Farim lächelte. »Ohne die Kräuter kann ich keine neuen machen, und wir haben bisher noch kein einziges davon.«

Kiri nickte. »Magrische Kräuter.«

»Genau. Ich dachte, du kennst dich aus, aber wir haben noch keins gefunden. Wie kann das sein?«

»Srie lagen nicht auf Wreg.«

»Wie meinst du das?«

»Freuerkraut braucht frelsigen Broden und Krindswurz erdigen und Brallonbrume klare Luft.«

»Was heißt das jetzt wieder?«

»Ich frühre dich. Auf Frelsenbroden wir frinden Erstes.«

Also hatte Kiri einen Plan. Das war doch schon mal ein Anfang. »Und die anderen Pflanzen?«

»Zeit bringt Kraut.« Er keckerte fröhlich und sprang auf.

Farim wusste zwar nicht genau, was er von dieser Baumskratweisheit halten sollte, aber er hoffte sehr, dass sie die Zutaten fanden, bevor es Herbst oder gar Winter wurde. Schon jetzt konnten die Nächte empfindlich kalt werden.

So schnell verging die Zeit natürlich nicht, doch von den Kräutern sahen sie auch nichts.

Der Tag verrann und eine Nacht folgte ihm. Dann ein weiterer Tag und noch eine Nacht. Als sie am folgenden Tag aufbrachen, war Farims Stimmung auf dem Tiefpunkt angekommen. Selbst das Zeichnen von Kronenkäfern und Klettfröschen verschaffte ihm keine Befriedigung mehr.

Als sie an eine Abzweigung kamen und endlich einmal eine Entscheidung das stumpfsinnige Folgen der Straße unterbrach, hellte Farims Gesicht sich auf. Kiri zeigte erst nach links und dann nach rechts.

»Menschenstadt Trangris oder Elbenstadt Grohlannbjahr.«

Die Waldelbenstadt. Hatte Sennah nicht das Elbenvolk im Norden erwähnt? »Ein weiter Weg«, hatte sie gesagt und es hatte geklungen, als wäre es der einzig richtige. »Zu den Waldelben«, antwortete Farim.

»Sehr grut.« Kiri lief keckernd voraus. »Srind brald da.«

»In Gohlannbjahr?«

Der Baumskrat schüttelte belustigt den Kopf. »Grohlannbjahr noch wreit, wreit wreg.«

»Dann bleibt uns ja noch viel Zeit, Kräuter zu suchen.« Farim stöhnte. »Was meintest du dann?«

»Den Frelsbroden.«

Über die Definition von »bald da sein« sollte er mit seinem keckernden Freund noch einmal sprechen. Am Folgetag war noch immer kein Frelsbroden zu sehen.

Doch am Nachmittag führte er ihn endlich auf einen steinigen Pfad in Richtung Ophringebirge, wie er sagte.

Farim überlegte, was er über das Gebirge wusste. Das Tangoravolk lebte auf der Südseite, aber von der Ostseite war ihm nichts bekannt. Er kramte in seinen Erinnerungen, und endlich fiel ihm doch noch etwas ein. »Ist das nicht die Heimat von einem der Zwergenvölker?«

»Ophrindarh«, raunte der Baumskrat und ein dunkelroter Schatten waberte über seine Haut.

»Magst du sie nicht?«

»Zwerge frällen Bräume und schreppen ihre Leiber fort.«

Farim schluckte. In der Umgebung von Myxa gab es viele Holzfäller und Sägewerke. Ein alltägliches Geschäft in den Königreichen, mit dem auch sein Vater zuweilen Geld verdiente. Doch erst durch die Worte des Baumskrats kam ihm in den Sinn, dass jeder gefällte Baum ein genommenes Leben war. Für ein Wesen, das so sehr mit dem Wald verbunden war, musste das furchtbar sein.

Als er sich die Stämme als Menschen vorstellte und daran dachte, wie Äxte in unversehrte Haut schlugen, überlief es ihn eiskalt. Scharfe Klingen, die das Holz, das Fleisch der grünen Riesen spalteten, weil sie sich nicht wehren konnten. »Die Bäume sind wie Brüder für dich, ist es nicht so?«

»Brüder und Schwestern.«

Farim wollte etwas Tröstendes sagen, doch ihm fiel nichts ein. »Weißt du, was sie mit dem Holz machen?«, fragte er und hätte sich gleich darauf ohrfeigen können.

Erneut waberten dunkle Schatten über Kiris Haut, und er schüttelte sich. »Ich grehe nicht unter drie Erde!«

Was stelle ich bloß für dumme Fragen? Warum sollte der Baumskrat sich das antun? Es musste eine Qual für ihn sein, zu sehen, wie die Leiber seiner Freunde für die Zwecke der Zwerge missbraucht wurden. Sich wahrscheinlich zu Balken verarbeitet gegen die Last der Berge stützten, um ihren Mördern einen sicheren Durchgang zu verschaffen. Was für ein makabrer Gedanke!

»Dort!« Kiri lief jetzt schneller, und Farim eilte ihm nach. Vor ihnen kam eine Lichtung in Sicht, deren Helligkeit ihn schon von Weitem blendete. Dabei hatte er die letzten Tage gar nicht als dunkel empfunden. Die Sonne hatte es immer wieder geschafft, durch die Zweige zu brechen, und goldene Schemen auf die Straße gezaubert. Doch erst jetzt, als der Wald sich öffnete, erinnerte Farim sich, wie hell das Tageslicht sein konnte.

Schützend hielt er die Hände vors Gesicht und spähte aus zusammengekniffenen Augen über die Lichtung. Felsiger Boden wölbte sich wie weiß gesplitterter Marmor empor, hob sich wie der Rückenpanzer einer uralten Schildkröte aus dem saftigen Grün. Aus beinahe jeder Furche und jedem Spalt strebten längliche Blätter hervor, woben ein filigranes Netz, über dem sich kelchförmige Blüten in feurigem Rot zum Himmel reckten. Feuerkraut.

Regengrau

»Du bist ein Schatz!« Farim ließ seine Taschen fallen und lief auf das Feuerkraut zu. »Das sind so viele, dass man ganze Karren damit befüllen könnte.« Als er näherkam, blieb er ehrfürchtig stehen und betrachtete voller Bewunderung die kelchförmigen Blüten in flammendem Rot. »Muss ich die Blütenblätter pflücken oder braucht es auch die Stiele?« Er sah sich zu Kiri um und war für einen Moment irritiert, als er ihn immer noch am Rande der Lichtung stehen sah. »Wo bleibst du? Komm schon. Sie sind aus der Nähe unfassbar schön!«

Kiri schüttelte den Kopf.

»Was ist denn? Ich brauche doch deine Hilfe. Ohne dich weiß ich überhaupt nicht, was ich machen soll.«

Als sein Freund sich nicht rührte, lief er zurück. »Was ist los?«

»Richtung zu groß. Brin ein Braumskrat.«

Farim verstand nicht, was er meinte. »Ich weiß, was du bist. Aber was hat das mit dem Feuerkraut zu tun? Kannst du es nicht vertragen?« Holz und Feuer passten nicht gut zusammen. Ob die Magie der Pflanzen vielleicht sogar daran schuld war, dass diese Lichtung so groß war?

»Braumskrate breiben bei Bräumen. Grehen nie wreg.«

Farim sah zu dem felsigen Hügel mit den Kelchblüten und dann wieder zurück zu Kiri. Kaum mehr als dreihundert Fuß, schätzte er. »Aber es ist doch so nah.«

Sein Freund zuckte die Schultern. »Greht trotzdem nicht.«

»Das tut mir leid.« Ob es ein grausames Schicksal war, so eng an etwas gebunden zu sein?

»Du allein srammeln. Ich frechte sro lange eine Trasche.« Sein Freund wandte sich ab und begann, Gräser zu pflücken, als wäre es das Natürlichste der Welt.

»Kannst du mir denn sagen, was ich brauche? Die Blüten, die Stängel oder die Blätter?«

»Nur Brüten, nicht Strängel«, antwortete Kiri, ohne mit dem Sammeln innezuhalten. Es schien ihm nichts auszumachen, dass er den Wald nicht verlassen konnte. Farim lief zurück auf die Lichtung. Endlich hätte er die erste Zutat für neue Elbenstifte.

Vorsichtig schritt er durch die hüfthohen Pflanzen. Als er Tiere entdeckte, von denen eines ihn durch die ganze Kindheit begleitet hatte, traute er seinen Augen nicht. *Flammis!* Fasziniert hockte er sich hin. Nicht zu fassen, wie klein diese Feuer-Chamäleons waren. Kaum größer als ein Daumen saßen sie auf den Blüten des Feuerkrauts oder klammerten sich an ihre Stängel, auf dem Weg nach oben. Wie in einer Art Trance bewegten sie sich, ruckelten mit erhobenen Klammerfüßen vor und zurück, als könnten sie sich nicht entschließen, ob sie vorwärts oder rückwärts gehen sollten.

Eine Zeit lang beobachtete Farim sie und prägte sich alles ein, um sie später zeichnen zu können, dann schaute er sich um und suchte nach einer Blüte, auf der kein Flammi saß.

»Frast vergressen«, rief Kiri, während Farims Hand sich hob. »Srei vorsichtig!«

Er griff zu.

»Nicht verbrennen!«

»Aaaaah!« Der Schmerz fuhr wie ein Blitz in seine Hand; er zuckte zurück.

»Oh! Schron zu spät.«

»Und ob das zu spät war!« Farim schaute auf die Innenfläche seiner Hand, die sofort rot wurde.

»Am Strängel pfrücken.«

Gut zu wissen – und besser noch: vorher. Farim pustete und wartete, dass der Schmerz endlich nachließ. Dann ergriff er den Stängel, vorsichtshalber weit unterhalb der Blüte.

Bloß nicht dagegen kommen! Behutsam zog er. Womöglich würde eine Berührung seine ganze Kleidung entflammen.

Als der Stängel sich nicht lösen wollte, zog er stärker. *Vorsichtig!* Doch zu seiner Überraschung ließ er sich mit einem kleinen Ruck problemlos abreißen.

Fast im selben Moment welkte die Blüte und schmurgelte zu einem aschgrauen Kokon zusammen. Vor Schreck ließ Farim los und sah Stängel samt Kokelblüte zu Boden fallen. Beinahe hatte er erwartet, dass etwas Außergewöhnliches passierte, dass der Felsboden sich entzünden oder alles um ihn her verdorren könnte. Doch nichts dergleichen geschah. Farim hob den Kokelblütenstängel auf, pflückte noch zwei weitere und betrachtete interessiert, wie sich das Welken der Blüten wiederholte.

»Reicht!«, rief Kiri und winkte ihm zu.

Er war emsig dabei, Grashalme ineinander zu verweben, und als Farim wieder bei ihm war, hatte eine kleine Tasche Gestalt angenommen. Mit welch erstaunlicher Geschwindigkeit der Baumskrat die schmalen Halme mit den groben Fingern verarbeitete! Man hätte es diesen Dreifingerhänden nicht zugetraut, doch der Trick waren die leicht gebogenen Spitzen seiner Krallen, mit denen er die dünnen Gräser in Windeseile durch die Zwischenräume ziehen konnte.

Als die Kräutertasche fertig war, knipste Kiri die Stängel der verkokelten Feuerkrautblüten ab und ließ nur die aschgrauen Kokons in die Tasche gleiten.

»Werden sie darin nicht kaputt gehen?« Farim hatte inzwischen verstanden, dass Feuerkraut selten war.

Doch sein Freund schüttelte nur den Kopf, drehte sich um und führte ihn zurück auf die Straße. Dort angekommen, beschleunigte er sofort seine Schritte.

Sie kamen gut voran. Der Baumskrat war schweigsam – nicht einmal ein Keckern, Summen oder Pfeifen kam über seine Lippen. Farim begann, sich Sorgen zu machen.

Plötzlich stellte Kiri eine Frage. »Du sricher zu Wraldelben wrillst? Ich krönnte grehen für dich.«

»Das ist sehr lieb von dir, aber ich denke, ich muss das selbst machen.« Er dachte an Zhinlohrs Hinweise. »Ich brauche eine Drachtarh-Schuppe, und in Gohlannbjahr hat es wegen der Drachtarh mal einen Elbenrat gegeben. Vielleicht wissen sie, wo ich so eine Schuppe finden kann.«

»Oh.« Ein farbiger Schauer waberte über Kiris Haut.

»Was behagt dir nicht?«

»Drachtahr wraren mächtige Wresen.«

»Umso besser, dass es keine mehr gibt«, tröstete er ihn.

»Aber Elben raben ...« Kiri unterbrach sich und wurde rot.

Farim schaute ihn fragend an. »Was haben die Elben?«

Der Baumskrat wich seinem Blick aus und wies ungelenk in eine unbestimmte Richtung. »Schrau, eine Brume.«

»Hier sind überall Brumen. Was hast du gemeint?«

»Und Bräume – vriele grute Bräume.« Er zeigte nach links, nach rechts und wieder zurück.

Farim packte ihn beim Arm. »Sie haben also tatsächlich die magischen Schuppen bewahrt, stimmt's? Ich wusste es.«

Kiri riss sich los und stolperte von ihm weg. Das Rot auf seiner Haut waberte, bekam braungrüne Stellen und nahm von einem Moment auf den anderen die Farbe der Umgebung an. Dann war er nicht mehr zu sehen.

»Das ist jetzt nicht dein Ernst.« Farim schüttelte den Kopf, ließ aber nicht locker. »Wenn du dich verstecken willst, mach das ruhig. Doch ich gehe in jedem Fall zu den Waldelben. Und wenn ich ihnen sage, dass ich von den Drachtarh-Schuppen weiß, weil mir ein Baumskrat ...«

»Nein!« Plötzlich tauchten Kiris Augen auf, leuchtend grün mit braunen Sprenkeln. Dann ein Kopf und schließlich der ganze Körper. »Wraldelben srehr mächtig.«

»Alle Elben sind mächtig, das ist nichts Neues für mich.«

»Srie aber mit Macht vron Holz- und Wrasserschreltar.«

»Es gibt Scheltar in Gohlannbjahr? Gleich zwei?« Farim massierte sich die Schläfen und brauchte einen Moment, um diese Neuigkeit zu verdauen. Zwei der fünf mächtigsten Wesen der Welt – und er lief genau auf sie zu.

Sie wären ohne Weiteres in der Lage, neue Elbenstifte herzustellen – und neugierige Menschen innerhalb eines Lidschlags auszulöschen. *Hoffnung und Verderben – beides ist möglich.* Die Waldelbenstadt war ein Schmelztiegel gefährlicher Macht, so viel war sicher. Farim spürte die unbestimmte Angst aufsteigen, die er schon auf der »Pazhmaarh« gefühlt hatte, als Zhinlohr von den Scheltar erzählt hatte. Niemand sollte über solch unbeschreibliche Macht gebieten. Doch solange er keinen anderen Schlüssel zur Herstellung des magischen Pulvers besaß, brauchte Farim einen der Elementemagier.

»Umso besser«, sagte er, ohne sich auch nur annähernd so sicher zu fühlen, wie es sich anhörte. »Ich brauche sowieso die Hilfe eines Scheltar.«

»Dann also wreiter.« Kiri klang wenig begeistert, setzte sich widerwillig in Bewegung.

Farim sah ihm nachdenklich hinterher. Wenn der Baumskrat ahnte, dass die Elben noch Drachtarh-Schuppen besaßen, dann wusste er vielleicht auch, wo.

»Warte! Du musst mir sagen, wo sie sind. Und ich meine nicht die Waldelben.« Farim spürte eine erwartungsvolle Erregung in sich pulsieren. Erst durch Kiris Ausflüchte war ihm klar geworden, wie einzigartig die Magie der Drachtarh gewesen sein musste. Um eine ihrer Schuppen in Händen zu halten, wäre die Überwindung seiner Furcht vor den Scheltar ein notwendiger Preis.

Kiri blieb stehen. »Elben eigen – lieben Greheimnisse.«

»Aber wir können es herausfinden, oder nicht?«

»Vrielleicht ja, vrielleicht nein.«

Farim stöhnte. »Was heißt das? Willst du es mir nicht sagen oder kannst du nicht? Ich will die Schuppen doch für nichts Schlimmes benutzen, sondern nur neue Stifte herstellen. Dir gefallen meine Bilder doch. Wäre es so schlimm, wenn ich weitere erschaffen könnte?«

Kiri neigte den Kopf, fast so, als müsste er Farim neu begreifen und verstehen, wie er funktionierte, aber schließlich fing er an zu erzählen. »Es grab Grerücht unter den Greschöpfen des Wraldes ...«, begann er zögernd. »Magrische Schrätze – sro wie die Schruppen.« Er kam wieder näher, der Geruch frischer Waldkräuter stieg Farim in die Nase. »Großes Greheimnis. Das größte, denke ich. Vriel Magrie, um srie zu verbergen.«

»Aber wir könnten diesen Ort finden, oder nicht?«

Kiri verzog sein Katzeneulengesicht und wirkte nachdenklich. »Magrie der Elben macht es vrielleicht unmöglich. Srie wrerden nichts sragen und sricher kreine Schruppe greben.«

Er hielt inne, dunkle Schemen waberten über seine Haut. »Aber srie werden Grefahren vernichten.«

Farim seufzte. Die Aussicht, sich in die Höhle des Löwen zu begeben, behagte ihm nicht. Nur sah er keine andere Möglichkeit, wenn er der Gabe folgen und Zhinlohr helfen wollte. *Erfolg hat immer einen Preis.* Die Worte seines Vaters waren gleichsam Antrieb und Warnung, das verstand er jetzt. Doch eine Alternative gab es nicht.

»Wir müssen ja nicht gleich mit der Tür ins Haus fallen«, beruhigte er Kiri. »Erst mal hingehen und sehen, wie unser Besuch läuft. Außerdem sind wir ja nicht gleich morgen da.« *Wenn die anderen Kräuter so schwer zu finden sind, wie das Feuerkraut, kann es bis dahin ewig dauern.*

Dann fiel ihm etwas ein. »Wir könnten vorgeben, wegen der Kissenpflanze zu kommen. In Gohlannbjahr wissen sie bestimmt, um was für ein Gewächs es sich handelt. Sie sind schließlich Elben.«

»Hm.« Kiris Stirn legte sich in Falten, er wirkte skeptisch. »Wraldelben srind schwer einzuschrätzen.«

»Das muss bei Elben angeboren sein«, seufzte Farim und dachte an seine Erfahrungen mit Wehreng, Kellwah und den anderen auf der »Pazhmaarh«. Aber wer könnte ihm sonst Antworten geben? Menschen wohl kaum, und die Ordensmagister würden nichts verraten, selbst wenn sie es wüssten. Sie hüteten ihr Wissen ebenso eifrig, wie sie den Elben Geheimniskrämerei vorwarfen. Fenkorh war das beste Beispiel dafür. Doch das waren unnütze Gedanken. Es war nicht damit zu rechnen, dass ihnen welche über den Weg liefen.

»Grut.« Kiri wirkte etwas entschlossener. »Wir srowriesro hinmüssen. Wegen einer von magrischen Pfranzen.«

»Na also.« Farim überlegte. Kindswurz und Jothos gab es außerhalb des heiligen Waldes, wie er wusste. Das Feuerkraut hatten sie bereits, und was die Kissenpflanze anbelangte, tappten sie noch im Dunkeln. »Die Ballonblume, richtig?«

Kiri nickte. »Srie wrächst in ältesten und höchsten Bräumen.« Ehrfürchtig legte er seine Hände aufeinander. »In den Wripfeln der Mütter der Wrälder.«

»Und die sind in der Nähe der Waldelbenstadt?«

Kiri schüttelte den Kopf. »Srie srind die Stradt.«

Während sie weiterzogen, verschwand die Sonne hinter grauen Wolken, und leichter Nieselregen setzte ein. Nach und nach verstummte der Gesang der Vögel, nur noch einzelne Schreie gellten durch den Regen. Das trübe Licht senkte sich wie ein Schleier auf den Wald, raubte ihm die Farben – und Farim die Zuversicht.

Unzählige Gedanken gingen ihm durch den Kopf und schafften Probleme, die keine Lösung fanden. Seine Schritte verloren die Unbeschwertheit, die ihn nach dem Fund des Feuerkrauts angetrieben hatte, und ihn fröstelte.

Ursprünglich hatte er sich auf die Waldelbenstadt gefreut. Schlimmer als in Innelles konnte es nicht werden, hatte er gedacht. Doch Kiris Warnungen verunsicherten ihn. Vielleicht waren die Elben des Waldes ja abweisender als die Feuerelben, oder sogar gefährlicher. Zwei Scheltar – Elementemagie, die nicht nur bedrohlich, sondern tödlich sein konnte.

Farim spürte, wie seine Kräfte nachließen, wie seine Stimmung sich verdüsterte – schiefergrau wie ausgebranntes Feuer. Selbst, wenn er sich gegen die Hilfe der Scheltar entscheiden und einen anderen Weg zur Herstellung der Stifte suchen wollte, blieb ihm keine Wahl: Er brauchte die Ballonblume und er konnte nur hoffen, dass Gohlannbjahr nicht unauffindbar im Zauber der Elbenmagie verborgen war.

Er sah zu Kiri hinüber, dessen Stimmung sich ebenfalls zu verdüstern schien, denn immer häufiger waberten dumpfe Farben der Umgebung über seinen Körper. Wenn er sich nicht unter Kontrolle brächte, würde er einfach entschwinden. Und Farim hätte keine Möglichkeit, ihn wiederzufinden.

Die Nacht verbrachten sie zwischen zwei dichtstehenden Bäumen, in deren Astwerk sie ein Dach aus belaubten Zweigen flochten, die Kiri aus großblättrigen Büschen brach. Trotzdem war der Boden zu feucht, um sich hinzulegen, und so lehnten sie sich müde an die Baumstämme und hofften einfach nur auf besseres Wetter.

Doch der kommende Tag brachte keine Änderung mit sich. Farim hatte den Eindruck, es würde nie mehr hell. Als hätte der Tag vor der Nacht kapituliert und sich gänzlich aus der Welt zurückgezogen. Selbst, als sie die fiedrigen Blätter der Kindswurz entdeckten und damit endlich die zweite Zutat in die Kräutertasche wanderte, hielt Farims Freude nicht lange an. Das nasse Wetter tränkte seine Kleidung, die schwer auf den Schultern lastete, als wollte sie ihn zu Boden zwingen.

Aber auch dieser Tag verging, und als der Nieselregen aussetzte, spürte Farim einen kleinen Funken Hoffnung, dass sich alles zum Guten wenden könnte. Er war noch auf den Beinen, er hatte seine Zeichentasche und einen Freund an der Seite. Auch wenn der gerade mal wieder vorausgelaufen war, um einen Schlafplatz für die Nacht zu suchen.

Farim ging hinterher, beharrlich einen Fuß vor den anderen setzend. Unsinnigerweise überlegte er erst jetzt, wo es trocken war, wie Kiri die Nässe und Kälte aushielt, so nackt wie er war. Auch wenn seine Haut sich verändert und dichte Falten ausgebildet hatte, fehlte ihm ein Pelz oder Federkleid, das ihn zusätzlich warm hielt. Anscheinend reichten die Hautfalten aus. Farim beschloss, Kiri zu fragen, bevor er sich dazu eine Notiz in sein Skizzenbuch machen würde. Wo war sein Freund überhaupt geblieben? Müsste er nicht längst einen Schlafplatz gefunden haben?

Zögernd blieb Farim stehen und starrte in die Dunkelheit. Tropfen rannen ihm aus den feuchten Haaren in die Augen, dass er blinzeln musste. Das Dämmerlicht des Tages war der Nacht gewichen und hatte die letzten grauen Schemen in Schwärze getaucht. Er lauschte. Jetzt, wo er seine eigenen Schritte nicht mehr im Ohr hatte, drangen andere Geräusche ins Bewusstsein. Der Schrei einer Eule, das Keuchen von Mulchkröten und noch etwas Fremdes – das Brüllen eines Tieres? Was konnte das gewesen sein?

Er horchte nach diesem seltsam unwilligen Geräusch, doch es wiederholte sich nicht. Unschlüssig trat Farim von einem Bein aufs andere. Sollte er weitergehen oder lieber auf Kiri warten? Solange er auf der Straße bliebe, würde die Dunkelheit ihm nur wenig zu schaffen machen. Direkt neben dem Weg war der Boden weich und uneben, er müsste schon sehr schlaftrunken sein, um nicht mitzubekommen, wenn seine Schritte fehlgingen. Andererseits könnte er im Dunkeln einen der Trampelpfade verpassen, den Kiri womöglich genommen hatte. Falls er weiterliefe und der Baumskrat ihn woanders vermutete, fänden sie sich nur mit Mühe wieder.

Plötzlich ertönte das Brüllen noch einmal. Lauter und näher. Farim ging unwillkürlich weiter. Dann hörte er etwas vor sich und schrak zusammen. Ein Schatten kam auf ihn zu und ließ ihn erstarren.

In diesem Moment sah er Kiris Augen. »Kromm, rasch!«

Ledrige Finger krallte sich um seinen Arm und zogen ihn mit sich. In schnellem Tempo eilten sie über die Straße, bogen auf einen Pfad ab und schlängelten sich durch hohes Buschwerk. Zweige schlugen ihnen ins Gesicht, und Kiri wurde langsamer. Farim versuchte, etwas zu erkennen, dem Baumskrat über die Schulter zu sehen. Aber da war nichts als Finsternis, als würde jedes bisschen Licht aufgesaugt. Eine unnatürliche Dunkelheit – schwärzer als die Nacht.

Kiri ging, ohne zu zögern, darauf zu, als wartete eine strahlende Laterne auf sie, ein prasselndes Feuer, dessen Wärme sie einlud, näherzukommen. Als Farim zurückbleiben wollte, packte der Baumskrat ihn beim Arm und zog ihn weiter. Erst als Kiri nach oben griff und herabhängende Zweige wie einen Vorhang zur Seite schob, atmete Farim auf. In diesem Moment erkannte er den typischen Geruch, der immer ein wenig an Kuchen erinnerte. »Du hast einen Jothosbaum gefunden.«

»Driese Nacht wird wrarm und trocken.«

Und beschert uns gleichzeitig die dritte Zutat für meine Elbenstifte. Farim spürte den Funken Hoffnung in sich erneut etwas aufflackern.

Sie traten unter das Blätterdach. Kiri ließ die Zweige los, und die feuchte Luft blieb draußen. Fast im selben Moment spürte Farim die magische Wärme des Baums, die er auch aus seiner Heimat kannte. Er probierte einen Pfiff und überall in den Zweigen begann es zu leuchten und vertrieb die Dunkelheit. Hunderte Käfer tauchten den heimeligen Platz unter dem Blätterdach in ein grün funkelndes Lichtermeer.

»Du krennst die heiligen Bräume.« Kiri sammelte heruntergefallene Äste vom Boden, um Platz für ihr Nachtlager zu schaffen.

Erst jetzt wurde Farim bewusst, wie groß dieser Jothos war. Eine ganze Familie hätte ihr Lager hier aufschlagen können. Der Baum musste uralt sein. Andächtig kniete er sich hin und spürte sofort die Wärme des welken Laubs. Er zog die nassen Elbenkleider aus, breitete sie zum Trocknen aus und schlüpfte in seine eigenen Sachen. Ein komisches Gefühl, sie nach so vielen Tagen wieder zu tragen, doch ebenso fühlte es sich vertraut und gut an.

Als er fertig war, reichte Kiri ihm ein paar trockene Aststücke und wies auf die Kräutertasche.

»Danke dir.« Farim steckte sie zu den Kokelblüten des Feuerkrauts und dem Wurzelschaft der Kindswurz. Die Hälfte der Zutaten. Er lächelte und die Hoffnungsflamme wuchs weiter.

»In der Nähe meiner Heimatstadt gibt es einen Jothoshain. Meine Eltern sind mit mir dort gewesen, als ich noch ein Kind war.« Die Erinnerung daran wärmte sein Herz. »Vater hat mir damals erklärt, dass im Holz dieser Bäume Magie pulsiert und sein Wurzelwerk für den warmen Boden sorgt. Er hat mir auch den Pfiff beigebracht, mit dem man die Lillibells zum Leuchten bringt.« Plötzlich sah Farim das Gesicht seines Vaters vor sich, erinnerte sich an dessen leuchtende Augen und die Faszination, mit der er ihm das erklärt hatte. »Die Welt ist voller Wunder. Und ich hoffe, wir können irgendwann einmal Reisen unternehmen, um uns weitere Wunder anzusehen. Du, deine Mutter und ich. Das wäre mein größter Wunsch!« Farim seufzte, als ihn die Erinnerung überkam. Sie hatten den gleichen Wunsch gehabt. Wie hatte er das nur vergessen können.

Er streckte sich aus und starrte in das Leuchten der Lillibells, sah das Spreizen ihrer winzigen Flügelpanzer, unter denen es so leuchtend grün hervorschimmerte.

»Für jedes Licht kannst du dir was wünschen. Und wenn es gute Wünsche sind, darfst du sie weitergeben«, hatte seine Mutter gesagt. Er hörte ihre Stimme, als stünde sie direkt neben ihm. Im selben Moment fiel ihm ein, was er damals gefragt hatte. »Gehen Lillibellwünsche immer in Erfüllung?«

»Einige werden in Erfüllung gehen und einige nicht.«

Farim wischte sich eine Träne aus den Augen. Wie hatte es ihm zu schaffen gemacht, dass man vorher nicht wissen konnte, welche Wünsche in Erfüllung gingen und welche nicht. »Was ist, wenn ausgerechnet meine wichtigsten nicht dazu gehören?«

»Wünsche, die nicht in Erfüllung gehen, sind nicht verloren«, hatte sein Vater erklärt. »Du kannst sie in deinem Herzen sammeln, von ihnen träumen und aus ihnen gute Gedanken schöpfen. Denn Wunschträume zaubern Ideen in deinen Kopf. Ideen, die zu wunderbaren Geschichten werden können. Allein dafür lohnt sich eine Sammlung unerfüllter Wünsche!«

In diesem Moment der Erinnerungen fühlte Farim sich seinem Vater plötzlich so nah wie lange nicht. Er war sich sicher, dass irgendwo tief in dessen Herzen, das zwischen Pflichtbewusstsein, Verantwortungsgefühl und kaufmännischen Aufgaben eingepfercht war, eine Sammlung unerfüllter Wünsche ruhte. Womöglich brauchte es nur den richtigen Anstoß von außen, um den Blick dafür wieder freizumachen.

»Drenkst du an zru Hause?« Kiri hatte sich neben ihn gelegt und flüsterte, als hätte er Angst, zu stören.

Farim nickte. »Ich glaube, ich vermisse es.«

»Ist sricher nicht leicht, sro wreit wreg.«

Nein, das ist es wirklich nicht. Nicht, wenn man im Zorn gegangen ist und plötzlich die Liebe der Eltern erkennt, die man zurückgelassen hat. »Ich sollte zurückgehen, wenn ich meine Elbenstifte habe.«

»Srollen oder wrollen?«

»Vielleicht sogar beides, ich bin mir nicht sicher. Es war nicht richtig, einfach wegzulaufen, ohne ein Wort.«

Es dauerte einen Moment, ehe Kiri darauf einging. »Manchmal srind es fralsche Wrege, die Erkenntnis bringen. Bedaure aber nicht, wras dich wreiter bringt.«

Eine weitere Träne suchte ihren Weg über Farims Wange, hastig wischte er sie weg. Er wollte gerne daran glauben, dass die Flucht ihn und vielleicht sogar seinen Vater weiterbringen würde. Doch das Einzige, woran er im Moment denken konnte, war, wie egoistisch sein überhasteter Aufbruch gewesen war. Wenn ihm etwas zustieße, hätte er keine Gelegenheit mehr, es seinem Vater zu erklären. Der Gedanke erdrückte ihn fast und löste so intensive Gefühle aus, dass er am liebsten sofort nach Hause geeilt wäre, um alles in Ordnung zu bringen.

Mit einem Mal merkte Farim, dass sein Zorn fort war, dass die Enttäuschungen verblassten und die Zuneigung zu seinem Vater wieder Platz fand und Luft zum Atmen hatte. Er würde nicht vergessen, was geschehen war, die wunden Momente, die ihn so verletzt hatten, mittragen, doch die Erkenntnis, die er jetzt gewonnen hatte, rückte alles in ein sanfteres und mildes Licht. *Wo Sorge und Liebe der Grund für Verletzungen sind, können Seelen heilen. Zumindest, wenn ich es zulasse.* »Ich werde nach Hause zurückkehren«, sagte er leise und schaute neben sich.

Kiri fielen gerade die Augen zu, und fast im selben Moment erzitterte er. Die nackte Haut wellte sich, schuf ein Relief welken Laubs und tauchte den Körper in die Farben der Umgebung. Nur an den Rindenstücken des Lendenschurzes konnte Farim ihn ausmachen. *Nicht die Rose.* Lächelnd schüttelte er den Kopf. »Schlaf gut, mein magischer Freund.«

Eine Zeit lang horchte er noch auf den Atem seines Begleiters, ehe er die Decke hervorholte und es sich darunter bequem machte. Irgendwo in der Ferne grollte ein Tier, doch Farim schlief ein, ehe er sich darüber Sorgen machen konnte.

Prelkenjagd

Der folgende Tag begrüßte sie mit dichtem Nebel, der sie einhüllte wie der fein gesponnene Kokon einer Seidenspinne. Es kam Farim vor, als wären alle Nieseltropfen der Welt einfach stoisch in der Luft stehen geblieben, um ihnen den Weg ungemütlich und beschwerlich zu machen.

Seit der Himmel so wolkenverhangen war, hatte Farim Schwierigkeiten gehabt, den Lauf der Sonne zu verfolgen. Jetzt raubten ihm diese widrigen Verhältnisse jegliche Orientierung. Am liebsten wäre er unter dem Jothos geblieben, bis das Wetter sich besserte, doch sein neuer Freund meinte, solche Regen- und Nebeltage könnten zuweilen ganze Monde anhalten. Was für motivierende Worte.

Also riss Farim sich zusammen und setzte unerschütterlich einen Fuß vor den anderen. Auch wenn mit jedem Schritt mehr Feuchtigkeit in seine Kleider drang und das trockene Gefühl der Nacht gänzlich zunichtemachte.

Irgendwann am späten Vormittag – er hatte inzwischen vollkommen das Zeitgefühl verloren – blieb Kiri plötzlich stehen. Die Katzeneulenohren bewegten sich, er wandte sich um und über seine Haut waberten farbige Schemen. Sofort war Farim alarmiert, doch erst, als das Brüllen einsetzte, rau aus tiefer Kehle hervorgepresst, stockte sein Herz.

»Wrir laufen. Breib brei mir.« Kiri zögerte keinen Augenblick, spurtete los und Farim hastete hinterher; bemüht, dicht bei ihm zu bleiben. Nur einen Moment später hörte er, dass hinter ihnen nicht ein Tier brüllte, sondern eine ganze Meute. Und sie wurde lauter!

Noch lief Kiri aufrecht auf seinen Wolfsbeinen, in langen federnden Sprüngen, und schon jetzt war es schwer, Schritt zu halten. Wenn er erst auf allen vieren davonhetzen würde, wäre er im nächsten Lidschlag im Nebel verschwunden.

Farims Herz raste, sein Atem wurde schneller, und in seinen Ohren begann es zu rauschen. Dann vibrierte der Boden, als ob Sechsspänner durch die Straßen Myxas donnerten.

»Schreller!« Kiris Haut wallte, färbte sich grün, blau, lila und dann signalrot. Unvermittelt hetzte er auf allen vieren voraus.

Farim versuchte panisch, mitzuhalten. Das Herz schlug ihm bis zum Hals, die Muskeln seiner Beine brannten. »Warte«, keuchte er.

Doch Kiri war nur noch ein konturloser Schatten im Nebel und verschwand schließlich ganz.

»Nein, warte!«

Wieder Gebrüll, donnernde Hufe. Und eine dreifingrige Hand, die ihn packte und vom Weg riss. Farim hatte nicht die Zeit, zu reagieren, und Kiri keine Kraft, um die Geschwindigkeit abzufangen, mit der Farim auf ihn prallte. Ungebremst stürzten sie ins Dickicht, überschlugen sich mehrfach und landeten mit voller Wucht in den Zweigen niedriger Büsche. Nur wenige Fuß neben ihnen preschte die Meute vorbei. Flüchtige Schemen seltsam gehörnter Wesen, wie Farim sie noch nie zuvor gesehen hatte.

»Dras krann nicht srein«, ächzte Kiri.

Farim sah Buschwerk in Baumskratgestalt, das sich aufrichtete und sich sofort wieder zu Boden warf. Es war noch nicht vorbei.

Erneut wurde es laut, ratterte und klirrte. Ein zweispänniger Karren kam lärmend durch den Nebel gerast. Diesmal brüllten nicht die Tiere, sondern eine gedrungene Gestalt auf dem Kutschbock. »Schrundenschwert und Knorzenknüppel – Haaaaalt!« Dann war das Gespann vorbeigerast.

Farims Kopf ruckte zu Kiri, von dem nichts mehr zu sehen war. »War das ein Mensch?«

Gedämpft tönte noch einmal das Brüllen des Kutschers zu ihnen. »Himmel, Axt und – neiiiin ...«

Farims Kopf ruckte zurück. Er hörte ein Krachen, als wäre der Karren in die Luft geflogen und mit Wucht hinabgestürzt.

Doch der Nebel verschluckte einen Teil des Geräusches, das Galoppieren des Gespanns war kaum noch zu hören, bis es schließlich in der Ferne verklang.

Als es endlich still war und Farim nichts mehr hörte außer ihrem Atem, überlegte er, was da eben geschehen war. Neben ihm regten sich die Zweige der Büsche oder der Körper des Baumskrats, so genau ließ sich das nicht sagen, wenn Kiri in seinem Tarnmodus war.

Die grünen Augen waren das Erste, was Farim sehen konnte, dann wellten sich Laub und Zweige, der Leib des Baumskrats kehrte zurück. Er stand auf, reichte Farim drei ledrige Finger und zog ihn auf die Beine.

Auf der Straße klopften sie sich den Dreck von Körper und Kleidung und Farim ließ es zu, das Kiri mit spitzen Krallen ein paar Blätter aus seinen Haaren pflückte.

Gerade wollten sie weitergehen, da packte sein Freund ihn bei der Schulter. »Pssst.«

Sofort blieb er stehen und horchte. Zuerst hörte er es kaum, doch dann vernahm er irgendwo vor ihnen ein tiefes Stöhnen. Auf leisen Pfoten schlich Kiri voran. Farim folgte ihm, darauf bedacht, kein Geräusch zu machen.

Plötzlich knackten Zweige und jemand ächzte. »Verbrutzelte Eberkacke. Als wenn ich es nicht gewusst hätte.«

Kiri schob Farim an den Straßenrand und bedeutete ihm, sich hinter ihn zu hocken, während er selbst sich in nebelgrünes Dickicht verwandelte.

Wieder das Geräusch brechender Zweige – dann, wenige Schritte von ihnen entfernt, taumelte ein stämmiger Zwerg auf den Weg und klopfte sich den Dreck vom Leib.

Farim konnte eine Art Rüstung erkennen. Schulterklappen, Armschienen und einen ledernen Harnisch, unter dem ein Kettenhemd hervorlugte.

Der Zwerg beugte sich vor, schüttelte seinen roten Haarschopf aus und zupfte sich am Bart herum. »Und ich sagte noch, das ist nicht meins. Prelkböcke vom Ophringebirge zum Eskringebirge treiben. Firlefanz, verschmurgelter!«

Kiri keckerte leise, der Kopf des Zwergs zuckte herum. Sofort schwieg der Baumskrat, doch der Rotbart war gewarnt.

»Glaub ja nicht, dass ich in dieser Suppe keine Wechselhaut erkenne.« Er stierte aufs Geratewohl in den Nebel, ohne wirklich eine Ahnung davon zu haben, wo sie sich befanden. »Los, du Tarnkappenwicht, zeig dich und mach dich nützlich.« Der Rotbart stierte jetzt in die andere Richtung, machte ein paar ziellose Schritte und kam ihnen durch Zufall doch gefährlich nahe.

Wer einen Baumskrat schon am Keckern erkennt, muss sich hier auskennen. Andererseits würde wohl kaum einer alleine durch den heiligen Wald ziehen, wenn es anders wäre.

Wieder machte der Rotbart einen Schritt auf sie zu, Kiri robbte plötzlich rückwärts, sodass Farim das Gleichgewicht verlor und umkippte. Er versuchte noch, sich zur Seite zu rollen, verfing sich aber in den Zweigen einer Dornenranke und keuchte, als die Dornen sich in seinen Arm bohrten.

»Hab ich dich!«

Farim zuckte zusammen, doch der Zwerg hatte es gar nicht auf ihn abgesehen und griff ins Leere. »Himmelsstahl und Glut noch mal. Wo bist du, du altes Keckermaul?« Er sah sich schnaufend zur anderen Straßenseite um, wo er eben noch selbst in den Zweigen irgendwelcher Büsche gehangen hatte. Dann schaute er Farim an. »Du bist keine Wechselhaut.« Er runzelte die Stirn, packte ihn beim Kragen und zog ihn mit Schwung auf die Beine.

Der Zwerg war mindestens einen Kopf kleiner als Farim, doch seine Kraft war beträchtlich. Mit so einem sollte man es sich nicht verscherzen. Farim hoffte darauf, dass der Rotbart andere Sorgen hatte, als einem schmächtigen Zeichner aus Myxa das Leben schwer zu machen. Doch der Zwerg war nicht gewillt, loszulassen. Kraftvoll zwang er ihn auf Augenhöhe, brachte sein Gesicht dicht an Farims, funkelte ihn aus graublauen Augen an und hüllte ihn in eine Atemwolke, die streng nach Bärlauch stank.

»Damit wir uns verstehen: Ich habe gerade sehr viel Grund, mich zu ärgern. Stelle dir einen Kessel über einem lodernden Feuer vor, der kurz davor ist, überzukochen. Du möchtest nicht, dass er sich über dich ergießt, richtig?«

Farim schluckte schwer und nickte. Seine Augen zuckten zur Seite, aber Kiri war nirgends zu sehen. Zu spät erkannte er, dass das ein Fehler war.

»Dachte ich mir's doch. Irgendwo kriecht der Hautwechsler noch rum.« Der Rotbart blickte sich um. »Dann fühlt euch mal beide angesprochen. Mir ist nämlich gerade meine Herde Prelkböcke durchgegangen und ich bin sehr wütend.«

»Aber wir können doch gar nichts dafür.« Die Worte purzelten aus Farims Mund, ehe er sie aufhalten konnte.

»So, vorwitzig sind wir wohl auch noch.«

Von »wir« konnte keine Rede sein. Farim gewann den Eindruck, dass er dem Rotbart besser nicht sagte, wen er hier für vorwitzig hielt.

»Wir könnten dir helfen, sie wieder einzufangen.«

Aus einem Busch von rechts kam ein Stöhnen.

»Dein Tarnkappenfreund scheint anderer Meinung zu sein«, grollte der Zwerg mit tiefer, leicht knarrender Stimme. »Aber ich will mal nicht so sein.« Er ließ los und klopfte auf Farims Brust herum wie auf einem Teppich, der gereinigt gehörte, sodass er hustend rückwärtsstolperte.

»Wenn ihr mir helft, lasse ich euch vielleicht leben«, grollte der Rotbart.

»Oder wrir dich.« Der Busch rechts keckerte frech.

»Treib es nicht zu weit, flüchtiges Freundchen.« Der Zwerg hob drohend seine Faust. »Du magst vielleicht schnell sein, aber eine Herde Prelkböcke auch.« Plötzlich grinste er. »Vor allem aber sind sie hungrig! Es liegt auch in deiner Verantwortung, ob ich ihnen Gras zu fressen geben kann oder ob sie hungrig an der Rinde deiner Baumfreunde nagen.«

Farim hatte noch nie gesehen, dass Büsche blass wurden. Doch genau das passierte. Das Laub neben ihm verlor seine Farbe. Große grüne Augen blinzelten hervor, einen Moment später war Kiri zur Gänze wieder da.

»Das wrürdest du nicht trun.«

Der Zwerg lachte scheppernd. »Wie sollte ich das verhindern, wenn ich sie nicht wieder einfangen kann.« Er ließ Farim los und stapfte zurück in die Büsche, aus denen er vor

Kurzem herausgekommen war. Hier und da bückte er sich, augenscheinlich suchte er nach etwas.

»Und was machen wir jetzt?«, fragte Farim Kiri so leise wie möglich, damit der Zwerg sie nicht hören konnte.

»Dem Friesling helfen. Sronst wrimmelt es brald von Elben.«

»Wissen sie denn von den Prelkböcken?«

»Srie wrerden die Kragen der Bräume hören.«

Für einen kurzen Moment versuchte Farim, sich Bäume mit Kragen vorzustellen, bis er das R gegen ein L eintauschte. Doch bevor er fragen konnte, wie Kiri das meinte, kam ein Ruf aus den Büschen gegenüber. »Dank sei den Göttern der Himmelsschmiede!« Offenbar hatte der Rotbart gefunden, was er gesucht hatte.

Als er zurück auf den Weg kam, wischte er das Blatt eines Beils an seinen Hosen ab und reckte es ihnen entgegen. »Nicht, dass ich euch nicht trauen würde. Aber manchmal sind geschmiedete Argument einfach die besten.« Er wog die Waffe gewichtig in den Händen. »Mein kleiner Freund hier, ist übrigens äußerst scharf. Und man kann mehr damit machen, als Brennholz hacken.«

Ein Schauder knorriger Baumrinde lief über Kiris Körper. Farim mochte sich nicht vorstellen, welche Bilder sich gerade in seinem Kopf abspielten.

»Baumrinde? Ehrlich?« Der Zwerg schaute Kiri kopfschüttelnd an. »Willst du mich etwa in Versuchung führen?« Mit scheppferndem Lachen steckte er das Beil weg.

Das Erste, was sie fanden, war der Karren mit den beiden Zugtieren, die, wie Kiri erklärte, auch Prelkböcke waren. Die robusten und gleichzeitig anmutigen Tiere standen vollkommen unbeeindruckt am Wegrand, immer noch im Geschirr und grasten in aller Seelenruhe ein dichtes Polster von Goldnesseln ab.

Wäre die Luft nicht so feucht gewesen, hätte Farim sofort Papier und Stifte gezückt, denn diese Tiere gefielen ihm auf Anhieb. Sie hatte gedrungene, doch muskulöse Körper. Ihr cremefarbenes Fell besaß eine pelzartige Mähne, die sich wie ein Kragen um den Hals wand, sich vorne traf und in ein langes Brusthaar überging. Aber das Faszinierendste war das einzeln stehende Horn auf ihrer Stirn.

Staunend versuchte Farim, sich jede Einzelheit einzuprägen. Frei in der Natur, ohne Geschirr und Karren, wären sie ein Sinnbild für Stolz und Kraft.

»Mach den Mund zu, sonst regnet's noch rein und dein Herz ertrinkt.« Der Rotbart grinste. »Hast wohl noch nie einen Prelkbock gesehen, was?«

Farim sparte sich eine Antwort.

»Sie sind die Wappentiere der Ophrindarh.«

»Und die, die wir einfangen sollen, sehen auch so aus?«

»Das möchte ich wohl meinen.« Der Rotbart stapfte um seinen Karren herum, stieg erstaunlich behände hinauf und öffnete eine Kiste, aus der er eine Seilrolle zutage förderte. »Wollen hoffen, dass meine Mädels etwas zum Futtern gefunden haben. Dann wird es nämlich nur halb so schwer, und ihr kommt vielleicht ohne größere Verletzungen davon.«

»Verletzungen? Sind sie etwa bissig?«

»Firlefanz, natürlich nicht. Warum auch? Sie haben schließlich ein spitzes Horn auf dem Kopf.«

Dass diese eindrucksvollen Tiere die Zierde auf ihrer Stirn im Kampf einsetzen könnten, war Farim überhaupt nicht in den Sinn gekommen.

Ungläubig schüttelte der Zwerg den Kopf. »Menschen«, stöhnte er. »Denken immer nur vom Hirn bis zur Stirn. Als würde die Natur etwas nur zur Zierde erschaffen.« Er verschränkte die Arme. »Ein bisschen wundert's mich ja schon, dass eure Rasse sich durchsetzen konnte. Kurzlebig, zerbrechlich und nicht sehr helle, wie ich finde.«

»Ein längeres Leben erhöht nur unnötig die Wahrscheinlichkeit auf häufigere Zusammentreffen mit Zwergen. Kein Wunder, dass wir früher sterben.«

Kiri keckerte und Farim wurde rot. Hatte er das eben gesagt? Seit wann war er so schlagfertig? Womöglich brächte er den Rotbart noch gänzlich gegen sich auf.

Die Mine des Zwergs verfinsterte sich, seine Brauen schoben sich zusammen, hoben sich wieder, und plötzlich begann er zu lachen. »Sehr gut gekontert, das muss ich dir lassen. Sehr gut. Womöglich bist du doch nicht so schlicht.«

Sie brauchten den ganzen Tag, um die Prelkbockkühe, oder Prelken, wie der Zwerg sie nannte, wieder zusammenzutreiben. Kiri war zwar wunderbar darin, sie aufzustöbern, weil seine Sinne außergewöhnlich gut ausgeprägt waren, doch die Tiere dachten überhaupt nicht daran, sich ihre Freiheit nehmen zu lassen. Erst als sie das Leittier gefangen hatten, einen besonders kapitalen Bock, dessen Horn fast drei Fuß lang war und der sie damit geraume Zeit äußerst erfolgreich auf Abstand gehalten hatte, wurden die anderen Tiere ruhiger.

Farim hatte befürchtet, der Zwerg würde rüde mit den Prelken umspringen, zumal er über ihre Flucht so ungehalten gewesen war, doch er erwies sich als ausgesprochener Tierfreund. Seine knarrende Stimme nahm einen geradezu liebevollen Ton an, wenn er mit ihnen sprach. Und man hätte den Eindruck gewinnen können, dass sie ihm wirklich zuhörten.

Am späten Abend führte Kiri sie zu einer Lichtung, auf der sie samt Karren und Prelkböcken Platz fanden. Der Baumskrat hatte ein besonders starkes Halfter für den Leitbock geflochten, ihn persönlich geführt, und das Leittier hatte sich erstaunlich schnell gefügt. Die Prelken waren ihm auf den Huf gefolgt, so wie der Rotbart es prophezeit hatte, während Farim derweil auf dem Karren mitgefahren war und sich von den Strapazen des Tages erholen konnte. Es war wie ein Geschenk gewesen, nicht mehr in den Nebel starren zu müssen, sondern sich einfach fahren zu lassen.

Inzwischen saßen sie zusammen an einem kleinen Feuer, zur einen Seite den Karren und zur anderen den Leitbock mit seinen zwölf Prelken.

Für Außenstehende musste es wirken, als wären die drei von Beginn an zusammen gereist, so wie sie hier saßen, gemeinsam aßen und tranken. Das Einfangen der Prelken hatte zwischen ihnen eine Art Verbindung geschaffen. Zwar neigte der Rotbart immer noch zu Flüchen und grummelte oftmals unverständliches Zeug in den Bart, doch alles in allem war er ein verträglicher Zeitgenosse.

Sogar Kiri schien sich an ihn zu gewöhnen. Seine Haut war wieder sonnengebräunt und makellos, ganz ohne Falten, Wölbungen oder farbige Schauer.

»Mein Name ist übrigens Farim Peggelbohn«, begann Farim, als sie aufgegessen hatten.

»Aha«, grummelte der Rotbart. »Übrigens Farim Peggelbohn also.«

Kiri keckerte.

»Vielleicht einfach Farim, das ist kürzer.« Er hatte nicht vor, sich von schlechten Scherzen schrecken zu lassen.

Genüsslich schob der Rotbart das letzte Stück des Brots in den Mund, das er mit ihnen geteilt hatte, und kaute. Farim wartete, bis er es hinuntergeschluckt hatte. »Und wie heißt du?«

»Uninteressant, unsere Wege werden sich morgen sowieso wieder trennen.«

»Uninteressant also. Ein ungewöhnlicher Name.«

Kiri keckerte erneut.

»Würdest du uns erzählen, wohin du die Prelken bringen willst, Uninteressant?«

»Kommst dir wohl witzig vor, was?«

»Eigentlich nicht, aber ich versuche, herauszufinden, mit wem wir es zu tun haben. Immerhin haben Kiri und ich einen ganzen Tag lang Uninteressant geholfen.«

»Kiri also«, raunte der Zwerg, sah zum Baumskrat hinüber und starrte dann wieder ins Feuer. »Und was versprichst du dir davon, Übrigens?«

Wenn diese Unterhaltung nicht völlig danebengehen sollte, musste Farim es früher oder später ernster angehen. Wahrscheinlich war früher die bessere Entscheidung. »Ehrlich gesagt, hatte ich darauf gehofft, dass wir vielleicht noch ein Stück des Weges mit dir zusammen reisen könnten.«

»Und wovon träumst du nachts?« Der Zwerg nahm einen Stock und begann, damit im Feuer herumzustochern.

»Von ehrbaren Zwergen, die helfen, wenn ihre Hilfe gebraucht wird.«

»Dass ich nicht lache.« Der Rotbart hielt sich den glühenden Stock vors Gesicht und pustete, bis er Feuer fing. »Da musst du dir schon was Besseres ausdenken.«

»Nun gut, dann eben die Wahrheit«, antwortete Farim ohne Umschweife. »Zum einen ist der Gedanke verlockend, auf deinem Karren mitzufahren, und zum anderen habe ich das Gefühl, dass du dich besser auskennst als wir.«

»Wenn sich hier im Wald jemand auskennt, dann sicher dein wechselhäutiger Freund.« Er fuchtelte mit dem Stock in Richtung Kiri, der sofort aus der Reichweite rutschte. »Ist ja schon gut, ich tu dir nichts.«

»Du brist ein Zwerg und hast ein Breil«, entgegnete Kiri, und eine unscheinbare Welle brauner Borke wallte über seinen Körper.

»Erstens ist es ein Beil und kein Breil«, polterte der Rotbart. »Und zweitens ist es für Brennholz – zumindest bisher.«

Kiri rückte noch ein Stück weiter weg, und Farim überlegte, wie er den Zwerg zum Einlenken brachte.

»Du hast recht, mein Freund kennt sich vorzüglich im Wald aus. Aber ich denke, dass du dich außerhalb des Waldes besser auskennst. Und ich hatte nicht vor, ewig im Schatten dieser Bäume zu bleiben. Irgendwann möchte ich wieder zurück in meine Heimat.«

»So so.«

Immerhin keine Widerworte. »Als du von den Ophrindarh gesprochen hast, klang es, als ob du selbst einem anderen Zwergenstamm angehörst. Das bedeutet, dass du von weit her kommst, ist es nicht so?«

»Schlaues Kerlchen«, grummelte der Rotbart.

»Und es ist ja nicht so, dass du nur uns oder mir hilfst, wir könnten dir auch helfen, deine Prelken sicher nach wo auch immer zu bringen. Wenn einer den Karren fährt und einer den Leitbock führt, sollte ...«

»Ist ja schon gut. Hauptsache, du hörst auf zu reden. Meine Ohren haben für heute genug ertragen.«

»Hand drauf.« Er streckte ihm die Hand entgegen.

»Auf meine Ohren?«

»Nein. Darauf, dass du mich mitnimmst.«

Der Rotbart starrte auf Farims schmale Hand, als wäre sie ein seltenes Tier, das jederzeit zubeißen könnte. Vorsichtig streckte er die eigene aus, und für einen Moment überlegte Farim, ob er seine zierliche Zeichnerhand lieber in Sicherheit bringen sollte. Die Pranke des Zwergs wirkte im Vergleich geradezu grotesk. Doch dann griff der Rotbart zu und überraschte ihn mit einem zwar festen, aber angenehmen Händedruck.

»Mein Name ist Semjon, Semjon Hammerschlag.«

Baumriesen

Die Fahrt auf dem Karren war ermüdender als gedacht, zumal Semjon klar gemacht hatte, dass er nicht ständig zum Schwatzen aufgelegt sei.

Morgens hatte Farim noch versucht, ihn in ein Gespräch zu verwickeln und ihn auf die Kisten und Fässer angesprochen, die auf der Ladefläche verstaut waren.

Doch der Rotbart hatte nur einsilbig reagiert. »Wasser und Kräuter, in der Hauptsache zumindest.«

Farim hatte sich still neben den Zwerg gesetzt und sich fröstelnd in den Umhang gewickelt. Es war trockener als an den vorangegangenen Tagen, nur einzelne Nebelschwaden hingen in der Luft. Trotzdem fühlte es sich kälter an.

Kiri schien das nichts auszumachen. Seine Haut hatte wieder die schützende Faltenschicht gebildet, die von Weitem wie dick geraffter Stoff aussah. Er ging mit unvermindert federnden Schritten voraus, und summte dem Prelkbock, den er am Halfter führte, leise Melodien vor.

Als sie gegen Mittag rasteten, damit die Prelken grasen konnten, nahm Farim das Thema Kräuter wieder auf. Und er weihte den Zwerg darin ein, dass er einen Besuch in Gohlannbjahr machen wollte.

»Du willst zu den Waldelben?« Semjons Kopf ruckte herum und Wasser schwappte aus seinem Becher. »Wir können von Glück sagen, wenn wir die Langohren nicht zu Gesicht bekommen.«

Das fing ja gut an. Gab es überhaupt jemanden, der Elben mochte? »Kennst du sie denn?«

»Natürlich nicht!«, polterte der Zwerg. »Mir reichen die Besserwisser aus Nunahzhar. Sie sind eingebildet, erteilen uns ständig Ratschläge, was wir zu tun und zu lassen haben. Bilden sich sonst was ein, nur weil sie über die Kräfte der Elemente verfügen. Zu viel Magie, wenn du mich fragst.«

»Zwerge auch magrisch begrabt«, sagte Kiri und erntete einen scharfen Blick von Semjon.

»Sei nicht so vorlaut, sonst begrabt ich dich gleich mal«, polterte der Rotbart. Anscheinend hatte das Thema Elben ihn wirklich verstimmt. »Runenmagie ist etwas vollkommen anderes. Sie ist hart erarbeitet und braucht immer einen Träger. Bauwerke, Waffen oder Körper. Sie ist nicht so beliebig und wankelmütig wie die Elementemagie der Elben.« Er spuckte in den Sand und verschränkte die Arme. Offenbar war damit alles gesagt, was es zu sagen gab.

»Da kennst du dich natürlich besser aus als ich«, begann Farim vorsichtig, »aber es gibt auch magische Dinge der Elben, die ganz hilfreich sein können. Elbenstifte zum Beispiel.«

»Ha! Jetzt erzähl mir nicht, die Langohren hätten was gestiftet. Was sollte das wohl sein? Ein Gesundhaus für gestrauchelte Wanderer oder für die Opfer ihrer Magie?«

»Nicht solche Stifte. Stifte zum Malen und Zeichnen.« Wie konnte er diesen grummeligen Zwerg nur besänftigen? So war mit ihm ja nicht zu reden.

»Bildergedöns-Schnickschnack. Alles Tarnung, wenn du mich fragst. In der Waldelbenstadt leben zwei der mächtigsten Zauberinnen unserer Zeit. Die Holz-Scheltar und die Wasser-Scheltar. Insbesondere dem Wasserweib möchte ich nicht begegnen. Man erzählt sich so das eine oder andere.«

Der Zwerg verstand es wirklich, Bedenken zu schüren. Erneut kroch Farim die Furcht vor der Macht der Fünf den Rücken hinauf – einem krallenbewehrten Scorpion gleich, der bereits den Stachel hob, um ihn mit Zweifeln und Hoffnungslosigkeit zu vergiften.

»Wrasserschreltar – schrimme Macht«, wisperte Kiri und verschmolz unversehens mit den Büschen hinter sich.

»Ich w-weiß, dass die Magie der Fünf besonders ist«, brachte Farim hervor und mühte sich, selbstbewusst zu klingen. Er ahnte, dass ein Besuch bei den Waldelben ein Risiko und womöglich sein letzter Fehler sein könnte, doch er war nicht so weit gekommen, um aufzugeben. Das Kissenkraut, die Ballonblume und die Drachtarh-Schuppe. Er war so dicht dran. »Wenn die Scheltar ihre Macht missbrauchen würden, gäbe es uns schon gar nicht mehr.«

»Da sei der Stammesvater aller Ahnen vor!« Semjon beugte sich näher und senkte seine Stimme. »Ich bin dieser Ana-Kyri-Irgendwas noch nicht selbst begegnet, aber es heißt, sie mehre ihre Macht auf unnatürliche Weise und würde versuchen, die anderen Elbenhäuser gegen die Menschen und Zwerge aufzustacheln. Zumindest wurde sie im vergangenen Winter am Nebelsee gesehen, wo sie eine Kostprobe ihrer Macht gezeigt hat, als ihr ein paar Ordensmagister über den Weg gelaufen sind.«

Plötzlich hatte Farim die Stimme von Fenkorhs Vater im Ohr: »Einige Magister sind spurlos verschwunden.« Dann war es doch kein Gerücht? Selbst nach den schlimmen Erfahrungen mit den Feuerelben in Innelles hatte Farim noch darauf gehofft, nicht zuletzt, weil sie ihn am Leben gelassen hatten. »Wenn jemand davon erzählen konnte, wird es vielleicht gar nicht so schlimm gewesen sein ...«

Semjon gab den verschwörerischen Ton auf und wurde lauter. »Ha! Sie hat einen ganzen Acker überflutet und mehrere Häuser weggeschwemmt. Aber ja, *irgendjemand* muss das überlebt haben. Also alles nur halb so schlimm.«

Farim begriff ja, wie furchtbar und grausam die Magie der Elemente sein konnte und dass die Scheltar übermächtig waren. Doch er wollte nicht spekulieren, wie viele Opfer dieser Angriff gekostet hatte. Keiner von ihnen war dabei gewesen, und durch irgendwelche Gerüchte durfte er sich nicht von seinen Elbenstiften abbringen lassen. Er wusste aus Myxa, dass Geschichten sich besser verbreiten ließen, wenn etwas hinzugedichtet wurde, und dass am Ende aus einem Pixxi-Schwarm eine ganze Melboherde werden konnte. »Wie auch immer. Ich muss nach Gohlannbjahr, es ist meine Bestimmung.«

Und noch ehe Semjon etwas einwenden konnte, erzählte er ihm, worum es ging. Er versuchte, dem Zwerg begreiflich zu machen, warum die Stifte für ihn so wichtig waren, nahm seine Zeichenmappe zur Hand und zeigte ihm das farbenprächtige Bild vom Hafenplatz in Myxa. Die schlechten Erfahrungen, die er mit den Feuerelben von Innelles gemacht hatte, ließ er aus. Er wollte die Vorurteile des Zwergs nicht weiter befeuern. Bevor er das entscheidende Bild hervorholte, um Semjon von den Kräutern zu erzählen, gab er ihm einen Moment, um Myxa zu betrachten und das alles zu verdauen.

Gerade wollte er den Faden wieder aufnehmen, als der Zwerg den Blick hob und selbst das Wort ergriff. »Ich weiß, wie das ist, wenn der Vater zu wissen glaubt, was für seinen Sohn das Beste ist, ohne ihn nach seinen Wünschen zu fragen. Und ich weiß auch, wie schwer es ist, sich dagegen durchzusetzen. Blut wirkt stärker als Stein, sagt man. Inmitten einer sorgenden Familie eine eigene Meinung zu vertreten, womöglich gänzlich aus der Art zu schlagen, ist ein hartes Los. Man versucht, es allen recht zu machen, und fühlt sich ständig fehl am Platz.«

Semjons Offenheit überraschte Farim. Zu wissen, dass es dem Rotbart offenbar ähnlich ergangen war, machte ihn sprachlos. Ein zeichnender Mensch und ein bärbeißiger Zwerg, Künstlerhand und Pranke, sie hätten nicht unterschiedlicher sein können. Aber anscheinend war es egal, welchem Volk man angehörte, das Leben bot für alle die gleichen Herausforderungen. Womöglich gäbe es weniger Streit auf der Welt, wenn sich diese Erkenntnis verbreiten würde.

»Und was war es bei dir?« Farim flüsterte fast, weil er fürchtete, jedes laute oder unbedachte Wort könnte den rotbärtigen Zwerg verschrecken und den Moment der Offenheit zerstören. »Welchen Weg solltest du einschlagen?«

»Steinmetz sollte ich werden, wie mein Vater, dessen Vater und dessen Vater davor.« Semjon schüttelte den Kopf. »Aber das ist nichts für mich. Es gibt zu viel in der Welt, um nur an einem Ort zu verweilen.« Er schlug mit der flachen Hand auf das Beil an seiner Seite. »Im Herzen bin ich ein Kämpfer. Und irgendwann werde ich das beweisen.«

Sie schwiegen, Farim sah zu Kiri hinüber, der unweit der Prelken aus dem Nebel aufgetaucht war. Wahrscheinlich gerade außerhalb der Hörweite, um nicht noch mehr über die Scheltar hören zu müssen. Jetzt hockte sich der Baumskrat ins Gras und betrachtete fasziniert einen Falter, der sich auf seine Hand niedergelassen hatte.

Wie es Kiri wohl ergangen war? Sie hatten nie über Eltern oder Geschwister gesprochen. Hatte er überhaupt welche? Gab es eigentlich richtige Familien bei den Skraten?

Ehe Farim weiter darüber nachdenken konnte, ergriff Semjon wieder das Wort. »Es steht mir nicht zu, dir dein Vorhaben auszureden, aber dein Zutrauen ist, nun, nennen wir es mal weltfremd. Glaubst du wirklich, dass du bei den Waldelben neue Stifte bekommst?«

Farim schüttelte den Kopf. »Nein, das glaube ich nicht, auch wenn ich nur allzu gerne darauf hoffen möchte. Mein Ziel ist es, die Zutaten für die Herstellung zusammen zu bekommen.« Er berichtete Semjon von den Kräutern, gab wieder, was Kiri von den Ballonblumen erzählt hatte, und dass sie darauf hofften, von den Elben etwas über die Kissenpflanze zu erfahren.

»Von den Langohren? Diesen Geheimniskrämern? Pah. Alle Welt glaubt immer, die hätten die Weisheit mit Löffeln gefressen. Nur weil sie solche Schönlinge sind und rätselhaftes Zeug daherplappern. Hier sitzt ein Zwerg neben dir. Ist das vielleicht nichts?«

»So war das nicht gemeint. Ich bin nur gar nicht auf die Idee gekommen, dich zu fragen. Schließlich leben Zwerge doch unter der Erde. Da werden Kräuter und Pflanzen sicher keine Rolle spielen, dachte ich.«

»Dachte, dachte. Natürlich gibt es Pflanzen bei uns. Meinst du, wir leben von Gesteinsstaub? Und überhaupt ...« Semjon breitete die Arme aus. »Sind wir hier vielleicht unter einem Berg? Also, um was für eine Kissenpflanze geht es?«

Farim griff in seine Mappe und holte die Zeichnung hervor, die die ehrwürdige Sennah so kunstvoll ergänzt hatte.

Der Rotbart pfiff durch die Lippen. »Tanzende Flimmlys, das gefällt mir. Vielleicht steckt tatsächlich ein wenig Talent in dir.« Er zog das Bild dichter heran, zwischen seinen buschigen Brauen bildete sich eine nachdenkliche Falte. Dann erhellte sich seine Mine. »Schau mal einer an. Deine Zutaten hast du aber gut versteckt. Kunstvoll und wirkungsvoll, man könnte sie glatt übersehen.« Er tippte auf das Stück Holz, das aus den fiedrigen Blättern der Kindswurz hervorlugte. »Jothosholz ist aber kein Kraut.«

»Stimmt, es sind fünf Pflanzen, vier davon sind Kräuter.«

»Wie auch immer, die vier Kräuter sind jedenfalls sehr gut zu erkennen. Wozu also brauchst du die Langohren?«

Farim seufzte. »Weil mir das Aussehen nicht hilft, wenn ich nicht weiß, worum es sich handelt und wo man es findet. Selbst Kiri kennt nicht alle.«

»Dann schick deinen Hautwechsler besser noch mal in die Baumschule.« Semjon lachte sein schepperndes Lachen und schlug sich auf die Schenkel. »Baumschule. Bei den Göttern, du musst zugeben, der war lustig.«

Farim rang sich ein Lächeln ab. »Ich werde es ihm vorschlagen.«

Semjon japste nach Luft. »Stell dir das vor, lauter Skrate und vorne ein *Stramm* mit einem Stück Kreide in der Hand.« Er gluckste vergnügt und auch Farim konnte sich ein Grinsen nicht verkneifen. Der Rotbart machte den Akzent seines Waldfreundes wirklich gut nach. »Und dann, und dann – pass auf, jetzt kommt's –, dann springen plötzlich alle auf und *früchten, wreil* sie merken, dass *srie* auf *Reichen sritzen*.« Er gluckste. »*Reichen* – du verstehst? *Holzbränke* aus ihren Freunden.«

Den Gedanken fand Farim allerdings nicht mehr so witzig. Er sah sich zu Kiri um, der sich erhob und Anstalten machte, wieder in ihre Runde zu kommen. Wenigstens schien er Semjons Scherze nicht gehört zu haben.

Höchste Zeit, die Aufmerksamkeit des Zwergs zurück aufs Bild zu lenken. »Bis wir diesem bemerkenswerten Moment deiner Fantasie beiwohnen können, müssen wir die Namen aber selbst herausfinden. Denn was wir nicht kennen, können wir nicht finden. Und am Ende fehlt es dann an Farbe für die Stifte.«

»Feuerkraut, Kindswurz, Jothosholz, Quellschwamm und Ballonblume. Was gibt es da herauszufinden?«

Farim starrte Semjon fassungslos an. »Du kennst sie? Alle?«

»Was hast du denn gedacht? Kleiner Mann, kleines Hirn? Wir Zwerge leben mindestens halb so lange wie die Spitzohren. Da bekommt man so einiges zu sehen.«

»Schon verstanden. Aber sag bitte noch mal, wie du das hier genannt hast?« Farim zeigte auf die Kissenpflanze. Er konnte kaum glauben, dass das Rätsel endlich gelöst war.

»Quellschwamm. Nicht allzu selten, denke ich. Hält die Zähne gesund und den Atem rein. Außerdem ist es sehr nahrhaft und hält sich lange. Zumindest, wenn man es in klarem Wasser aufbewahrt – muss wohl an der Magie liegen, die darin schlummert. Ich hab immer zwei oder drei Fässer dabei.«

»Du hast was?« Farim sprang auf und drehte sich im Kreis. Wie wunderbar war das? Wenn das stimmte, fehlte nur noch die Ballonblume. Und die Schuppe des Drachtarh. Sollte er Semjon auch dazu befragen? Ihm fiel das Gespräch mit Kiri wieder ein, also behielt er es erst einmal für sich. Besser, es wussten nicht zu viele von der sechsten Zutat.

Die folgenden Tage verliefen ohne Besonderheiten. Das Wetter meinte es gut mit ihnen, und Farim konnte die Pausen nutzen, um seinem Skizzenbuch weitere Zeichnungen hinzuzufügen. Semjon schaute ihm manches Mal über die Schulter, wandte sich aber meist sehr schnell wieder ab. Sie sprachen wenig miteinander, es schien alles gesagt.

Nur einmal stellte der Rotbart noch eine Frage, auf die Farim keine Antwort wusste. »Was machst du eigentlich, wenn du deine Zutaten hast? Wenn ich richtig verstanden hab, braucht es Elbenmagie, um die Stifte herzustellen.«

»Magrie der Schreltar«, raunte Kiri und nickte eifrig.

Doch Farim schwieg. Er wollte jetzt nicht daran denken. Bis es so weit war, gab er sich mit dem zufrieden, was er dabei hatte: Pergament, die Pflanzenblätter und seine Kohlestifte. Die Probleme der Zukunft schob er lieber noch vor sich her, um die aufkeimende Hoffnung auf ein Leben mit magischen Farben nicht zu gefährden. Denn erst einmal musste er in die Elbenstadt Gohlannbjahr gelangen.

Allem Anschein nach würde das ohne große Hindernisse gelingen. Weder fliegende Hunde noch Blutkeiler lauerten ihnen auf, die Prelken benahmen sich und auch die Pflanzenwelt behielt ihre giftigen Dämpfe und scharfen Dornen für sich.

Als der Wald lichter wurde und immer mehr Sonnenstrahlen zu ihnen hindurchdrangen, glaubte er sich seinem Ziel schon ganz nah. Bis sie an eine Waldschneise kamen und sein Blick auf wahrhaft gewaltige Baumriesen fiel. Hier erst wurde ihm richtig bewusst, dass er nicht den leisesten Schimmer von dem hatte, was noch kommen würde.

Auf der anderen Seite der Schneise erhob sich ein Wald, der alles in den Schatten stellte, was Farim bisher gesehen hatte. Die Kronen dieser gewaltigen Bäume schienen bis in den Himmel zu ragen. Was immer er bislang als groß bezeichnet hatte, und sei es der mächtigste Rimmpurbaum von ganz Myzehren, wäre zwischen den Giganten vor ihnen kaum mehr als ein kümmerlicher Trieb.

»Die Mütter der Wrälder«, raunte Kiri.

»Das Reich der Waldelben.« Selbst in Semjons Stimme schwang Ehrfurcht mit.

Farim versuchte, seine aufkeimende Unsicherheit abzuschütteln, und senkte den Blick auf den Weg, der über die schmale Schneise in den Elbenhain führte. »Die Straße geht weiter. Wir brauchen ihr nur zu folgen.«

Semjon sah gen Westen. »Wenn ich die Prelken sicher nach Eskrinor bringen will, sollte ich den Pass zwischen den Kesseln nehmen und die Mütter der Wälder passieren, ohne ihren Boden zu betreten.« Er wirkte unentschlossen. »Ist wohl besser, unsere Wege trennen sich hier.«

»Willst du denn nicht wissen, wie sie wirklich sind?« Farim schaute ihn aufmerksam an. »Du redest zwar über die Waldelben, bist aber noch nie bei ihnen gewesen, oder?«

»Ich muss nicht herausfinden, was andere längst wissen. Es reicht mir, wenn andere schlechte Erfahrungen gemacht haben. Da muss ich sie nicht auch noch machen.«

»Das ist ein guter Standpunkt. Aber angenommen, du könntest auch gute Erfahrungen machen. Was, wenn unsagbare Schätze und wertvolle Geheimnisse auf dich warten? Das wäre doch ein Abenteuer wert, findest du nicht? Womöglich sind es gerade solche Geheimnisse, die dir in Zukunft andere Aufträge bescheren, als Prelken von A nach B zu bringen.«

Semjon stöhnte. Offenbar hatte Farim einen wunden Punkt getroffen, also sprach er weiter. »Informationen sind ein hohes Gut. Damit könntest du es bis in die Königshäuser schaffen.« Ein wenig hoch gegriffen vielleicht, aber einen Versuch war es wert.

»Es ist ja nicht so, dass ich nicht auch ein kleines bisschen neugierig wäre«, lenkte der Rotbart ein. »Nur können wir es nicht riskieren, mit den Prelken durch den Elbenwald zu ziehen. Womöglich schaben sie mit ihren Hörnern ein wenig Rinde von den Bäumen und schon bricht ein Krieg aus. Diese Mütter der Wälder sind was Heiliges, das begreife sogar ich.«

»Wrir srie hierlassen und wriederkommen«, schlug Kiri vor. »Ein kreines Strück gren Osten gribt es einen Brach und frisches Gras. Srie krönnten Trage ausharren.«

Semjon verlagerte sein Gewicht von einem Bein auf das andere, starrte nachdenklich in die Wipfel der mächtigen Bäume und sah dann zu Kiri. »Sie würden nicht bleiben, sondern womöglich zurück ins Gebirge laufen. Dort hätte ich keine Möglichkeit, sie je wieder einzufangen.«

Der Baumskrat schüttelte den Kopf und tätschelte die Nüstern des Leitbocks. »Er wrürde es nicht trun, wrenn er wreiß, dass du wriederkommst.«

Farim sah Kiri ab. Der hatte in den vergangenen Tagen eine enge Beziehung zu dem prächtigen Prelkbock aufgebaut. Aber hatte das Tier ihn wirklich verstanden? Anderseits erlebten sie fast täglich neue Wunder.

»Ich frechte eine range Reine für ihn. Wro er breibt, breiben sricher auch die Prelken.«

Zu Farims Überraschung nickte der Rotbart.

»Na gut. Ihr habt mich überredet. Ich hoffe nur, dass ich diese Entscheidung nicht bereue«, grummelte er. »Na dann zeig uns mal deine Lichtung, du Prelkenflüsterer.«

Und so zogen sie ostwärts, um die Tiere zu ihrem vorübergehenden Weidegrund zu bringen. Kiri lief mit dem Leittier voran und Farim bildete zusammen mit Semjon die Nachhut. Dazwischen die Prelken, hübsch beieinander, als könnten sie kein Wässerchen trüben.

Als die Schatten länger wurden, erreichten sie die weite Lichtung, von der Kiri erzählt hatte. Kreisrund und umsäumt von nahezu perfekten Bäumen, als wäre sie von Zauberhand geschaffen. Neben dem Zugang, direkt am Waldrand, wo es natürlicher und wilder aussah, sprudelte eine Quelle hervor und speiste einen Bach, der ein Stück weiter im Wald verschwand. Die Strahlen der Abendsonne zauberten tanzende Reflexe aufs Wasser und tauchten die Gräser und Kräuter in ein warmes Licht. *Ein wunderschöner Anblick.*

Farim hob den Blick zur Lichtung im Hintergrund, dem Ort, an dem die Prelken in den nächsten Tagen weiden würden. Im direkten Vergleich sah es dort seltsam eintönig aus. Das Spiel von Licht und Schatten wirkte ungewöhnlich gleichförmig, die Pflanzen bewegten sich in einem kaum spürbaren Wind beinahe synchron, als folgten alle derselben Melodie. Ein traumhafter, fast magischer Ort, der allerdings durch die perfekte Symmetrie an Ausstrahlung verlor. *Wirklich seltsam.*

»Wenn ich Pflanzenfresser wäre, würde ich hier nie wieder fortgehen.« Semjon sah zu Kiri. »Ein wahrlich guter Weidegrund. Hätte ich dir gar nicht zugetraut, du alter Hautwechsler.« Der Rotbart machte Anstalten, dem Baumskrat dankbar auf die Schulter zu klopfen, reichte aber nicht heran und begnügte sich widerwillig mit dessen Unterarm. Farim verkniff sich ein Lachen. Neben Semjon wirkte Kiri absurd groß.

»Hab granz anders in Erinnerung. Dachte, es wrär wreiter wreg. Viel drichter zrum Meer.« Der Baumskrat hob schnuppernd den Kopf. »Kromisch.«

»Nun werd mal selber nicht kromisch. Hauptsache, die Prelken sind sicher aufgehoben, während wir den Waldelben einen Besuch abstatten.« Semjon spannte die beiden Zugtiere vom Karren ab, während Kiri immer noch nachdenklich zur Lichtung blickte und farbige Wellen über seine Stirn zogen.

Aus irgendeinem Grund machte der Baumskrat sich Sorgen. Farim versuchte sich an einer Erklärung. »Vielleicht bist du schon länger nicht hier gewesen? Sämlinge wachsen schnell zu jungen Bäumen heran, ist das nicht so? Das Meer wird schon nicht verschwunden sein. Es stehen einfach nur Bäume davor.«

»Ja«, raunte Kiri, »vrielleicht ist das sro.« Er neigte den Kopf. »Hmm, strimmt wrohl. Brin lange nicht dra gewesen.«

Er schüttelte sich, und als die nachdenklichen Flecken auf seiner Stirn schwanden, ging es auch Farim wieder besser. Wenn den Prelken etwas zustieße, könnte er sich das kaum verzeihen.

»So ihr Lieben, ab mit euch! Schlagt euch die Bäuche voll und genießt euren Aufenthalt.« Der Rotbart gab seinen Zugtieren einen Klaps. »Wenn wir wieder da sind, haben wir einen langen Weg vor uns.«

Wenn wir wieder da sind ... Farim hoffte, dass er bei den Waldelben mehr Glück hätte als bei den Feuerelben. Denn um an die letzten Zutaten zu gelangen, blieb ihm keine andere Wahl.

Während er Semjon half, den Pflock für das Seil des Leitbocks in die Erde zu rammen, dachte er an die rätselhafte Macht der Drachtarh-Schuppen. Allein, um darüber mehr zu erfahren, lohnte der Besuch von Gohlannbjahr. Als der Zwerg den Prelkbock festband, erkannte Farim, wie sorgsam er den richtigen Platz ausgewählt hatte: Das Tier konnte sich in den Schatten der Bäume flüchten und überdies die Quelle erreichen, um zu trinken. Trotzdem war Farim ein wenig besorgt. »Wie lange wird er zurechtkommen? Wird er genug zu Fressen haben?«

»Das Seil ist lang und ein paar Äste sind auch in Reichweite, falls die Gräser und Kräuter knapp werden. Einige Tage wird es schon gehen. Und zur Not würde er das Seil durchbeißen, denke ich. Was allerdings heißt, dass wir uns nicht zu viel Zeit lassen dürfen. Denn ich möchte nur ungern den Leitbock mitsamt der Herde verlieren.«

Die Nacht verbrachten sie in unmittelbarer Nähe zwischen Karren und Prelken. Ungewohnte Geräusche ließen Farim zweimal hochschrecken, das eine Mal glaubte er, der Boden unter ihm würde vibrieren, doch als er sich aufsetzte und lauschte, war das Gefühl verschwunden. Nichts. Absolute Stille. Helles Mondlicht fiel auf die gleichförmige Lichtung. Für einen Moment sah er den Gräsern und Kräutern zu, die hin- und herwogten, als folgten sie immer derselben Melodie.

Kiri und Semjon waren nicht wach geworden. Der Zwerg schnarchte friedlich vor sich hin, und vom Baumskrat war außer der Borkenhose nichts zu sehen. Farim lächelte, als er an die ersten Begegnungen mit seinen neuen Freunden zurückdachte. Alles in allem war es bislang gut gelaufen. Mit diesem Gedanken schlief er ein, ohne ein weiteres Mal hochzuschrecken.

Im Morgengrauen machten sie sich auf den Weg. Kiri hatte darum gebeten, die Kräutertasche mit den magischen Zutaten für die neuen Elbenstifte tragen zu dürfen, und ging mit federnden Schritten und stolzgeschwellter Brust voran.

Farim folgte ihm. Er hatte sein Kleiderbündel zurückgelassen und nur noch die Zeichentasche bei sich. Sie unbewacht zurückzulassen, war für ihn nicht infrage gekommen, denn inzwischen ruhten schon zwei unbezahlbare Schätze darin: die Bruchstücke der Elbenstifte und sein Skizzenbuch.

Die Aufzeichnungen seiner Reise durch den heiligen Wald waren der Grundstock für das Buch, das er schreiben und zeichnen wollte. Er dachte an die Auslagen des neuen Ladens in Myxa. Irgendwann, so hoffte er, läge dort sein eigenes Werk und würde von den Menschen bestaunt.

Deshalb durfte er nicht riskieren, dass die Tasche und ihr Inhalt durch Tiere, Insekten, Unwetter oder sonst etwas Schaden nahmen. Er müsste ganz von vorne anfangen. Mal abgesehen davon, dass es vielleicht unmöglich wäre, wenn er die Kristalle der Bruchstücke verlöre. Nein, es war auf jeden Fall besser, die Tasche mitzunehmen.

Ausgerechnet Semjon, der eine Provianttasche zusammengepackt hatte, die allein beim Hinsehen Rückenschmerzen verursachte, hatte ihm davon abgeraten, weil die Zeichensachen nur unnötiger Ballast seien. Doch als Farim im Gegenzug Schinken und Käse aus dem Proviantrucksack herausholen wollte, da sie in ein oder zwei Tagen schon zurück wären, lenkte der Rotbart ein. Offenbar war ihm das Essen dann doch wichtiger, als dass seine Ratschläge befolgt wurden. Und so hatte Semjon die Köstlichkeiten wieder eingepackt und stampfte schwer beladen, aber zufrieden hinter ihnen her.

Den Weg, der in den uralten Wald führte, erreichten sie, ehe die Sonne den Zenit überschritten hatte. Ehrfürchtig hielten sie inne, legten ihre Köpfe in den Nacken und sahen noch einmal staunend zu den Baumriesen hinauf.

Und das, so hatte Kiri erzählt, waren nur die Kinder der Mütter der Wälder? Dass es irgendwo hinter diesen mächtigen Riesen ältere und größere Bäume geben sollte, überstieg Farims Vorstellungsvermögen. Aber der Gedanke, sie einmal im Leben mit eigenen Augen zu sehen, erfüllte ihn mit neuer Entschlossenheit. Zuversichtlich nickte er seinen Begleitern zu. Stumme Blicke, schmale Lippen und endlich ein Nicken zurück. Wortlose Botschaften, die einer Übereinkunft gleich kamen, einem Pakt, der sie für diesen Abschnitt der Reise untrennbar aneinanderketten sollte.

Sie gingen los, betraten den ältesten Wald der Welt und spürten sofort, wie unvergleichlich er war. Das dunkle Rauschen der Blätter und das Knarren der mächtigen Äste hatten einen gänzlich anderen Klang als die Geräusche des heiligen Waldes, der hinter ihnen lag. Wie ein weises Raunen kamen Farim die dunklen Töne vor, die sie empfingen. In vollkommener Harmonie mit den lebendigen Rufen der Vögel verwoben sie sich zu einem anmutigen Gesamtklang, der alles durchdrang und vollständig einhüllte. Eine beeindruckende und beängstigende Wucht magischen Lebens, die ihnen allen eine Gänsehaut bescherte, dem Baumskrat jedoch besonders zu schaffen machte.

»Kiri, wenn du dich noch weiter verfärbst, sehen wir dich nicht mehr.«

»Zu vriel Magrie in diesem Wrald. Es frällt schwer, zu wriderstehen.«

»Du bist aber der Einzige von uns, der sich hier auskennt. Wir müssen dich sehen können, wenn wir dir folgen sollen.«

Das Gesicht des Baumskrats verzog sich zu einer fremdartigen Grimasse, als er versuchte, sich gegen die Magie des Waldes zu wappnen. Er schien jeden Muskel anzuspannen, um seine Wechselfarbigkeit in den Griff zu bekommen. Und es dauerte eine gefühlte Ewigkeit, bis der bronzefarbene Teint zurückkehrte.

Entschlossen eilte der Baumskrat weiter, während sie ihm folgten, so gut es ging. Allerdings stellte sich heraus, dass der Zwerg kein guter Läufer war. Mit den kurzen Beinen brauchte er vier Schritte, wo Farim nur drei machte – und Kiri nur einen. Dazu forderte der viele Proviant seinen Tribut. Kaum eine Meile mochten sie gelaufen sein, als der Rotbart schnaufend um eine Pause bat, ächzend stehen blieb und den Rucksack zu Boden gleiten ließ.

Farim schüttelte den Kopf. »Der Proviant ist zu schwer.«

»Nichts ... ist ... hier ... zu schwer«, schnaufte Semjon und taumelte rückwärts, bis ein Baum ihn aufhielt. »Ich ... brauche nur ... eine Pause.« Erschöpft sackte er gegen den Stamm und rutschte daran herunter.

»Vrorsricht!« Kiri war wie aus dem Nichts bei ihm. »Dein Breil!«, schrie er.

Farim starrte auf die scharfe Klinge, die gerade einen Teil der Rinde abgehobelt hatte und jetzt im Holz hängen geblieben war. Semjon warf sich herum, zog das Beil heraus und versuchte vergeblich, die klaffende Wunde mit seinen Pranken wieder zuzudrücken.

Plötzlich hielt er inne und schaute auf. Farim verstand sofort, warum. Das Raunen des Waldes war verstummt. Eine bedrohliche Stille umgab sie, als wäre alles Leben zum Stillstand gekommen, als wären sie Teil eines stummen Bildes, für immer auf Pergament gebannt, ohne die Möglichkeit der Verständigung.

Doch mit einem Mal erhob sich ein Tosen und Stürmen, das sie erstarren ließ. Als brüllten sämtliche Bäume des Waldes auf sie ein – wollten sie allein mit der Macht des Lärmens in die Knie zwingen. Die Baumkronen über ihnen schwankten, das Astwerk bebte, Blätter segelten durch die Luft und Früchte, hart wie Steine, regneten auf sie herab.

»Wreg!«, schrie Kiri und rannte voraus.

Farim und Semjon hetzten ihm hinterher, hielten sich schützend die Arme über den Kopf und schrien doch, weil die Geschosse sie trotzdem trafen.

»Wohin?«

Kiri rannte zu schnell, sein Körper verfärbte sich und wurde zu einem gehetzten Schemen, der jeden Moment im Sturm der Blätter verschwinden musste.

Farim hastete ihm nach, sprang über trockene Zweige, herabgestürzte Äste und hatte Mühe, die Straße noch zu erkennen – so viel Laub, Blüten und Zapfen überall. Semjon fiel zurück und Farim verlangsamte seine Schritte, um ihn nicht aus den Augen zu verlieren.

Kaum hatte er den Rotbart beim Arm gepackt, um ihn mitzuziehen, zuckten Ranken aus dem Unterholz und zischten so dicht an ihnen vorbei, dass Farim den Lufthauch an der Wange spürte. Sie sprangen zur Seite, versuchten einen anderen Weg, doch es war kein Durchkommen.

Peitschende Zweige trafen sie, zeichneten blutige Striemen auf ihre Gesichter. Äste schlugen hin und her, beugten sich tiefer und würden ihnen bald die Schädel einschlagen.

»Sie zielen auf unsere Köpfe!«, schrie Semjon und riss Farim zu Boden. Schneisen öffneten und schlossen sich. Längst war keine Straße mehr zu sehen, sie krochen vorwärts, seitwärts, versuchten, einen schützenden Platz zu finden. Dann schlug ein Ast herab, verfehlte sie nur um Haaresbreite und bohrte sich neben ihnen in den Boden.

Farim lief der kalte Schweiß von den Schläfen, sein Puls raste und sein Atem ging viel zu schnell. Was konnte er tun? Er dachte an Sennah, an Zhinlohr, an die Dinge, die er gelernt hatte und die jetzt nutzlos waren. Ein pfeifendes Geräusch über ihm.

»Nein!« Semjon stieß ihn zur Seite und ein beindicker Ast landete zwischen ihnen, schnellte zurück in die Luft und ließ Sand auf sie herabregnen.

»*Zhar!*«, schrie Farim und klammerte sich plötzlich an die Hoffnung, die Elbensprache könnte sie retten. »*Zahr turuhn ezhanjotäe!*« (Friede euren Seelen!)

»Glaubst du ernsthaft, das hilft?« Semjons Stimme ging fast unter im Sturm des Waldes.

Nein. Trotzdem schrie er, so laut er konnte. »*Jylna filktar i zhar!*« (Wir kommen in Frieden!)

Dann brachen baumdicke Wurzeln hervor, rissen einen tiefen Krater in den Boden, und Farim verlor das Gleichgewicht.

Gohlannbjahr

Er stürzte in den Erdspalt – um ihn her nichts als Erde, Steine und Staub. Farim hustete, kaute auf Sand, schmeckte pilziges Erdreich. Sie würden lebendig begraben. Der Gedanke jagte panische Angst durch seinen Körper, ihm brach der kalte Schweiß aus. Er versuchte auszuspucken, Luft zu holen, doch weitere Baumtriebe drangen aus dem Boden, umschlossen ihn und machten ihm das Atmen schwer.

Dann rissen sie ihn plötzlich empor, und ein scharfer Wind schlug ihm ins Gesicht. Im Klammergriff der Wurzeln schleuderte er hin und her, das Innere seines Magens kehrte sich nach außen, spülte den Sand aus dem Mund und hinterließ ätzende Säure auf der Zunge.

Farim würgte, schnappte nach Luft und versuchte verzweifelt, sich von den Wurzeln zu befreien, doch sie umschlangen ihn fest wie Eisenringe. Im Griff der zuckenden Bäume flog er durch die peitschenden Äste des Waldes und verfehlte nur um Haaresbreite einen ihrer Stämme. Er sah den Boden auf sich zu rasen und schrie um sein Leben. Gleich würde sein Schädel zerschmettert.

Seine Haare streiften die Erde, er wusste nicht, wo oben und unten war, sah Semjon im Griff eines Astes vorbeifliegen. Er hörte sein Fluchen und war erleichtert, dass er noch lebte. Aber wo war Kiri? Hatte er entkommen können oder hatte diese unselige Magie den ganzen Wald erfasst?

Plötzlich veränderte sich etwas. Die Bewegungen der Bäume verlangsamten sich, Farims Flug stoppte. Kopfüber hing er über dem aufgepflügten Waldboden. Der Griff der Wurzel löste sich. *Nein, jetzt nicht.* Er würde mit dem Kopf voran in die Tiefe stürzen.

Stimmen erhoben sich, erst leise, dann immer lauter – bahnten sich einen Weg durch den Lärm des tosenden Waldes, dunkel und monoton, ein fremdartiger Singsang, dessen Klang bis in Farims Innerstes drang.

Das Blut staute sich in seinem Kopf, rauschte in den Ohren, er hatte das Gefühl, sein Schädel müsste platzen. Die zerfurchte Erde unter ihm verschwamm vor seinen Augen, die Schmerzen wurden stärker, je lauter das Singen wurde. Dann packte die Wurzel ihn wieder fester, setzte sich mit einem Ruck in Bewegung und schwang ihn auf den Abgrund zu. Das Letzte, was er sah, war dunkle, aufgebrochene Erde.

Quälende Schmerzen holten ihn aus der Ohnmacht zurück, rissen den schützenden Mantel fort, der ihn in einen schwebenden Zustand des Nichtseins gehüllt hatte. In dem Zeit und Pein keine Rolle gespielt hatten, alle Ängste und nagenden Gedanken vergessen waren. »Nein, nicht. Lasst mich zurück.« Sein Kopf dröhnte, die Haut brannte und ein starkes Pulsieren geißelte ihn, das bei jedem Auf- und Abwallen glühende Nadeln in seinen Körper bohrte.

Farim schrie, wand sich und merkte, dass er damit alles nur schlimmer machte. Also biss er sich auf die Lippen und kämpfte die Fluchtgedanken nieder, vermied jegliche Bewegung, in der Hoffnung, dass die Schmerzen nachließen. Tränen liefen ihm aus den Augen, doch er sah ohnehin nichts als dunkle Zweige, die sich hoch über ihm zu einem dichten Kronendach verwoben.

Dann hörte er ein Wispern, Stimmen, die miteinander sprachen, und plötzlich legte sich eine Hand auf seine Stirn. Farim wollte den Kopf wegdrehen, aufspringen und weglaufen, doch der einsetzende Schmerz hinderte ihn.

»*Tuhn kerr-pruhl wurak.*« (Du musst keine Angst haben!)

Langsam gesprochene Worte in Iljaitt, sanft und beruhigend. Er konnte sie hören und ihren Sinn begreifen, doch das Einzige, woran er dachte, war die Macht des Elbenwaldes, die Klammergriffe der Wurzeln und das Peitschen der Äste. Die Schmerzen quälten ihn und ließen nichts als düstere Erinnerungen aufwallen. Bilder einer Elbenklinge vor seinem Gesicht und Wehreng-Pronnjuhdors drohende Stimme im Kopf. *Tenkorh hat recht gehabt.* Er kniff die Augen zu, als die Stimme weitersprach. *Man kann den Elben nicht trauen.*

»*Brian jyhr brian fellezh i tuhl – yt raell ezhanjotäe jaln ezh tuhn.*«

Er wollte schreien, diesen verräterisch milden Klang übertönen, doch seiner Kehle entrang sich nur ein heiseres Krächzen. Er hustete, versuchte, einen klaren Gedanken zu fassen, die elbischen Worte zu verstehen. Und dann, als die Stimme sie wiederholte, begriff er, dass sie anders war, als die des Heermeisters aus Innelles. Dass sie nicht verräterisch, sondern freundlich klang und Linderung versprach. »Kraft meiner Kraft fließe in dich – der Segen der Seelen sei mit dir.«

Die Hand auf Farims Stirn strahlte eine pulsierende Energie aus, die nach einem Zugang suchte, vorsichtig über die Haut strich und endlich in sein Bewusstsein sickerte. Heilende Magie, die sich behutsam vortastete und sanft seine Schläfen netzte, wie der kühle Hauch eines Sommerwinds. Erfrischendes Wasser, das sein Gesicht liebkoste, weiterfloss und endlich den ganzen Körper einhüllte.

Die Angst fiel von ihm ab und die Schmerzen wurden erträglich. Jetzt erst begriff Farim, wie gepeinigt er gewesen war und welchen Anblick er ihnen bieten musste, die Augen zusammengekniffen, die Kiefer aufeinandergepresst, den Körper vor Schmerzen gekrümmt. Ein Häufchen Elend, das nur noch auf den erlösenden Moment des Todes gewartet hatte. Doch die Verkrampfungen lösten sich, langsam entspannte er sich und klärte seinen Geist.

Er schaute in das Gesicht eines Elbs. Goldbraune Augen unter geschwungenen Brauen, die ebenso dunkel waren wie das lange Haar.

»Willkommen zurück, Menschensohn.« Der Elb strich sich eine Strähne aus dem Gesicht und stand auf.

Als sein Heiler aufstand, kam Farim sich entsetzlich klein vor, auf dem Boden liegend, zu Füßen des unbekannten Retters. Er fühlte sich schutzlos, ausgeliefert und zu schwach, um ebenfalls aufzustehen. Aber vielleicht war es für den Moment auch klüger, liegen zu bleiben.

Er betrachtete den Heiler, wandte sich sofort wieder ab und schaute die hochgewachsene Gestalt dann doch noch einmal an. So also sahen Waldelben aus. Farim starrte auf nackte Füße und Beine, eine Hose, so kurz, dass niemand sie in Myxa offen getragen hätte, und einen Oberkörper, der ihm einmal mehr das Gefühl vermittelte, ein Hänfling zu sein. Der grüne Umhang, der dem Elb seitlich von den Schultern hing, verbarg so gut wie nichts von seiner Nacktheit. Ob es hier üblich war, sich so zur Schau zu stellen?

»Er muss noch zu Kräften kommen, doch er hat Glück gehabt, denke ich. Schon bald wird er weiterziehen können.«

Mit wem sprach der Heiler? Farim schaute sich um und erinnerte sich plötzlich an die Stimmen, die er hatte wispern hören. Natürlich waren sie nicht allein. Weitere Elben standen in einem Halbkreis um sie herum. Alle einte der grüne Umhang, doch keiner der anderen war so spärlich bekleidet.

»Ich danke dir, Freund Raiwen. Es war mir wichtig, dass der Mensch nicht zu Schaden kommt.«

Farim sah zu der Elbin hinüber, die gesprochen hatte. Sie stand mittig zwischen den anderen, als bräuchte sie deren Schutz, doch ihre stolze Haltung vermittelte eine Selbstsicherheit, die diesen Gedanken Lügen strafte. Noch mehr als das faszinierte ihn jedoch ihre glockenklare Stimme, die die vollkommenen Züge ihres Gesichts auf besondere Weise unterstrich und jeden Mann zum Schmachten bringen musste.

»Euer Wunsch ist mir Befehl, Valehna-Tanuhnjell.« Der Heiler deutete eine Verbeugung an. Raiwen hieß er also.

»Soll ich noch nach dem Zwerg schauen?«

Semjon? Farim wollte sich aufsetzen, hielt aber inne. Er musste vorsichtig sein. Unauffällig versuchte er, den Rotbart neben sich auszumachen. Doch er war nirgendwo zu sehen.

»Das ist nicht notwendig, denke ich. Der Zwerg hat nur kleine Verletzungen davongetragen. Vermutlich hätte er den Schlägen des Waldes noch länger standgehalten. Ein wahrlich robustes Kerlchen.«

»Kerlchen?« Die Stimme klang etwas entfernt, doch sie war unverkennbar. »Wer hat da Kerlchen gesagt? Bei den Pickeln meines Hintern, wartet nur, bis ich wieder auf den Beinen stehe.«

Farim atmete auf. Wenn man von Semjons Fluchfertigkeit ausgehen konnte, ging es ihm gut.

»Dann werde ich mich mit Eurer Erlaubnis zurückziehen. Die Nacht ist noch jung und es ist kühl, müsst Ihr wissen.«

Wieso Nacht? Farim stutzte. Dafür war es viel zu hell.

Raiwen fasste seine Robe und öffnete sie mit ausgebreiteten Armen, bevor er sie mit einer schwungvollen Drehung um sich schlang. *Was für ein selbstgefälliges Schauspiel.* Er sah zur Elbin hinüber und erhaschte einen Blick auf ihr Gesicht. Dunkle Wimpern über geröteten Wangen.

»Kümmert Euch darum, dass der Mensch sicher untergebracht ist.« Sie legte einem ihrer Begleiter die Hand auf die Schulter und der Elb nickte.

»Also doch!« Eine scharfe Stimme schnitt durch die Luft. Farims Kopf ruckte herum. Eine hochgewachsene Elbin kam mit wehendem Umhang auf sie zu. »Ihr wagt es, einen Menschen in unsere Stadt zu lassen?«

»Sehr richtig, Kyriejah-Scheltar.«

Farim stockte das Herz, als er den Namen hörte, den Semjon schon erwähnt hatte. Eine der beiden Scheltar – nur wenige Schritte von ihm entfernt. Er schluckte. Wenn er es richtig erinnerte, war es diejenige, vor der Semjon gewarnt hatte. Ein Lichtblick und ein Dämpfer – wieder einmal.

»Ich habe das entschieden und sehe nichts Verwerfliches.«

Na also, das war doch mal gut gesagt.

»Ihr habt das entschieden?«

Das klang allerdings weniger gut. Und ohne es zu sehen, konnte Farim fast spüren, wie die Scheltar vor Zorn bebte. Doch es war Valehna, die das Wort erhob, ehe Kyriejah fortfahren konnte. »Das Menschenkind wäre um ein Haar durch die Wut des Waldes getötet worden. Das konnte ich nicht zulassen.« Die glockenklare Stimme klang jetzt härter, Farim hoffte, dass sie der Scheltar Einhalt gebot.

Als er sich ihr zuwenden wollte, um ihre Entschlossenheit mit eigenen Augen zu ergründen, wurde sein Blick auf die Scheltar gelenkt. Irgendetwas passierte mit dem Boden um sie herum – als würde die Erde dunkler.

»Ich nehme doch an, Ihr habt das mit unserer Fürstin-Mutter abgestimmt, junge Valehna-Tanuhnjell?«

Farim hörte die Geringschätzung in ihrem Ton, aber seine Aufmerksamkeit galt mehr dem Sand zu ihren Füßen, der immer feuchter wurde und bereits den Saum ihrer Robe tränkte. Mit einem unguten Gefühl blickte er zur Scheltar auf und sah, wie sich ihre Finger kreisend und greifend bewegten. Was machte sie da? Er sah ihren Blick, starr auf die Widersacherin gerichtet.

Farim drehte den Kopf, erwartete, dass Valehna zu einer Antwort ansetzen würde, doch sie blieb stumm.

»Dachte ich mir.« Triumph lag in der Stimme der Magierin. »Dann ist es an mir, aufzudecken, was es mit diesem Überfall auf sich hat.«

Mit Schwung riss sie ihre Arme hoch, Wasserstrahlen schossen aus dem Boden. Feuchtigkeit schlug Farim entgegen und ihm wurde kalt. Er sah die Hände der Scheltar durch die Luft tanzen, sah die Bewegungen, die immer mehr Wasser aus der Erde sogen, und spürte das Pulsieren ihrer Macht. Dann, auf ein Fingerschnippen, verwirbelten die Strahlen und Tropfen zu einem Strudel, der sich rotierend auf ihn zubewegte.

»Nein.« Valehna hob ihre Hand und trat einen Schritt auf sie zu. »Er ist gerade erst dem Tod entronnen.«

»Und hat vielleicht den unseren im Sinn«, schrie Kyriejah.

Das konnte sie doch nicht glauben. Ein einzelner Mensch? Ohne Waffen und Magie?

Aber das irre Leuchten in ihren Augen ließ keinen Zweifel daran. Farim stemmte sich hoch, robbte unbeholfen zurück, als der Wasserwirbel plötzlich eine Kugel ausspie, die auf ihn zuschoss, mit Wucht gegen ihn klatschte und ihn niederstreckte. Keuchend rang er nach Luft.

»Er ist kein Magister, nicht einmal ein Magur. Wir fanden keinen Reif an seinem Handgelenk«, rief Valehna.

»Das wird sich zeigen.« Die Scheltar stieß eine Hand vor, eine weitere Wasserkugel schoss auf Farim zu.

Er hob schützend einen Arm vors Gesicht, doch es half nichts. Der Wasserzauber traf ihn mit eiskalter Wucht und nagelte ihn förmlich auf die Erde.

Wasser in den Ohren, in der Nase und vor den Augen. Aber es konnte nicht lange dauern, hoffte er. Im nächsten Moment müsste es von seinem Gesicht rinnen und in den Boden zurücksickern. Er begann zu zählen – eins, zwei, drei – es sollte ihn beruhigen, doch je weiter er zählte, umso drängender wurde die Gier nach Luft. Zehn, elf – der Wasserzauber umgab seinen Kopf wie ein wässriger Kokon und ließ nicht locker. Ein eisiger Wasserball, der den Kopf mit Haut und Haaren verschluckt hatte.

»Er ... nicht ... wehren.« Dumpf tönte die Stimme durch den erstickenden Zauber und Farim begann zu zappeln. Achtzehn, neunzehn – seine Hände peitschten durch das Wasser, das nicht weichen wollte, versuchten, das umhüllende Nass zu zerstören, um Luft zu bekommen. Hilflose Versuche, die keine Bresche schlugen.

Dreißig, einunddreißig – Farim kämpfte gegen den unbändigen Willen, seinen Mund zu öffnen, und spürte auf ein Neues die Angst vor dem Ertrinken. Er fühlte sich zurückkatapultiert in die tosenden Wogen des Meeres, nur gab es hier keine Oberfläche, die er schwimmend durchbrechen konnte.

Farim vergaß die Zahlen und kämpfte einzig gegen den übermächtigen Drang, einzuatmen. Er wollte den Kampf gegen die kalte Magie der Scheltar nicht verlieren.

Völlig unvermittelt wandelte sich das Bild und grüne Schlieren waberten auf ihn zu. Schlangengleiche Pflanzen tauchten in sein wässriges Gefängnis, blätterdünne Halme, die ihm ganz nahe kamen, ihn berührten. Das Rauschen in seinen Ohren wurde zu einem Seufzen, zu einem saugenden Schlürfen, das den Wasserball verzehrte. Der Zauber fiel in sich zusammen. Farim keuchte, rang nach Luft, sog begierig den Odem des Lebens ein.

»Das hättet Ihr nicht tun sollen, Valehna-Tanuhnjell.«

Grell tönte die eisige Stimme der Wasser-Scheltar durch die Luft. Und plötzlich fürchtete Farim nicht mehr nur um sein eigenes Leben, sondern auch um das seiner Retterin.

Doch als sie antwortete, hörte er ihre Entschlossenheit. »Ich tue, was ich für richtig halte.« Mit hoch erhobenem Haupt und vorgestreckten Armen stand sie da, bereit, sich zu verteidigen. Vor ihr züngelten Halme aus dem Boden, lang wie Gerten schienen sie nur darauf zu warten, auf ein Ziel zu peitschen, aber ihre Hände zitterten. »Ich bin die Urtochter der Holz-Scheltar und werde ihr dereinst auf den Thron folgen.« Valehnas Augen funkelten. »Vergesst das nicht, Anastina-Kyriejah.«

Als Farim sich erneut der Scheltar zuwandte, glaubte er, ein Zaudern in ihrem Blick zu erkennen, als wöge sie ab, ob sie es darauf ankommen lassen sollte, als zöge sie tatsächlich einen Kampf in Erwägung. Dann sah er aus den Augenwinkeln, wie die anderen Elben, die sich die ganze Zeit im Hintergrund gehalten hatten, neben Valehna traten und ebenfalls ihre Arme hoben.

»Nun denn. Es ist Eure Entscheidung«, lenkte Anastina-Kyriejah ein. »Doch es wird darüber zu sprechen sein – vielleicht auch auf dem Elbenrat in Erellgorh. Dann müsst Ihr Stellung beziehen – und auch die Fürstinmutter. Zu viel haben die Menschen uns schon gekostet.« Ohne eine Antwort abzuwarten, wandte sie sich ab und ging davon, eine wehende Robe im Schatten der Bäume.

Farim sah ihr nach, immer noch starr vor Schreck. Erst als eine Fledermaus über ihn hinwegflog und der Ruf einer Eule die Stille unterbrach, fasste er sich und mühte sich auf die Beine. Er fühlte sich schwach, ignorierte es aber, so gut es ging, und schaute dankbar zu Valehna hinüber.

»Ich bedaure, was geschehen ist«, sagte sie ohne Umschweife. »Doch wisset, dass Ihr zu keinem Zeitpunkt in tödlicher Gefahr gewesen seid.«

Gerne würde ich Euch glauben. Aber er konnte es nicht. Valehnas Zauber wäre um ein Haar zu spät gekommen. Und wenn die Scheltar danach nicht eingelenkt hätte, wäre es mit ihm zu Ende gewesen.

Nein, so glockenrein ihre Worte auch klingen mochten – Sicherheit vor einer so unermesslichen Macht wie der der Wasser-Scheltar gab es nicht.

Doch dann, wie um seine Gedanken Lügen zu strafen, wies sie mit ausgestrecktem Arm zur Seite. Aus dem Dickicht hoher Farne traten fünf Elbenkrieger mit Langbögen.

»Ich bin die Urtochter unserer Fürstin«, rief sie ihm in Erinnerung. »Meine Macht ist zwar anderer Art als die einer Scheltar, doch ich kann mich auf sie verlassen.«

Farim starrte in die entschlossenen Gesichter der Elbenkrieger, sah das Glänzen der Pfeilspitzen und glaubte ihr aufs Wort. Obgleich Krieger, Soldaten oder Bewaffnete in ihm bisher noch nie Vertrauen hatten wecken können, fühlte er sich in diesem Augenblick ein wenig sicherer. Er war ein Mensch im Reich der Waldelben, war lebendig und hatte zumindest für den Moment eine mächtige Fürsprecherin auf seiner Seite. Was könnte er mehr erwarten?

»Der Sturm des Waldes war für uns alle aufregend. Wir sollten uns erst einmal zur Ruhe begeben«, fuhr die Urtochter der Fürstin fort. »Um Geschehnisse zu verarbeiten, braucht es Zeit. Jeder sollte sich eigene Gedanken machen können, bevor darüber zu reden ist. Für den Moment muss es reichen, dass wir Euch eine sichere Unterkunft gewähren. Morgen werde ich mit unserer Fürstinmutter Rücksprache halten. Vielleicht werden wir uns wiedersehen.« Ein letzter durchdringender Blick, dann ließ sie ihn stehen. Ohne innezuhalten, ging sie davon. Federnde Schritte auf grünem Moos.

Valehna-Tanuhnjell – Farim nahm sich vor, diesen Namen nicht zu vergessen. Womöglich war sie die einzige Elbin hier, auf die er hoffen konnte. Dann fiel ihm der Heiler Raiwen ein. Zwischen ihm und der Urtochter war etwas Besonderes, das hatte er gespürt. Wenn er sie auf seiner Seite hatte, durfte er vielleicht auch von ihm Hilfe erhoffen.

Unwillkürlich sah Farim sich nach ihm um, obgleich er längst gegangen war. Doch wider Erwarten entdeckte er den dunkelhaarigen Elb. Aber ja, wenn er etwas für Valehna übrig hatte, musste ihn der Zwist zwischen der Scheltar und ihr besorgt haben. Vielleicht war er bereit gewesen, einzugreifen, hatte dann erleichtert den Abgang der Wasser-Scheltar beobachtet und schließlich Valehna nachgeblickt.

Nun stand er, gar nicht weit entfernt, in der beleuchteten Tür eines riesigen Baums, drehte sich just in diesem Moment um und verschwand im mächtigen Stamm.

Farim rieb sich die Augen. Türen in Baumstämmen? Erst jetzt, nachdem die Aufregung nachließ und sein Geist sich für das öffnen konnte, was ihn umgab, verstand er, was er gesehen hatte. Raiwen war wahrhaftig in das Innere eines Baums gegangen.

Es war einer dieser Momente, die unvergesslich blieben. So einzigartig und magisch, dass niemand Worte finden könnte, ihn zu beschreiben.

Vor Farim stand ein Baum, dessen Alter unermesslich sein musste, so gewaltig war sein Stamm. Die Wurzeln ragten wie brettartige Mauern aus dem Erdreich und bildeten Nischen, in denen ganze Häuser Platz gefunden hätten. Farim erkannte Spuren von Behausungen, die den Baum vor Zeiten vielleicht einmal umgeben hatten, inzwischen aber Teil des Stammes geworden waren, überwallt von Holz und Rinde.

Langsam trat Farim einen Schritt darauf zu, ignorierte den Nachhall der Schmerzen, von denen er gerade erst befreit worden war, und gab sich dem Staunen hin. Die knorrige Borke musste für Insekten, Vögel und anderes Getier ein Paradies sein. Er drehte sich langsam im Kreis, erblickte noch mehr dieser gewaltigen Bäume, weitere Türen, die sich zwischen den Wurzeln befanden. Manche waren verschlossen, andere geöffnet, als wollten sie ihn einladen zu erkunden.

Doch es gab noch mehr zu bestaunen. Den Kopf in den Nacken gelegt, erkannte er Leuchtkörbe, die von den Ästen herabhingen und die Helligkeit spendeten, die er eben für Tageslicht gehalten hatte.

Sprachlos starrte er in die gewaltigen Kronen dieser uralten Baumriesen und begriff endlich, was Kiri gemeint hatte. Sie sind die Stadt. Gohlannbjahr war nicht nur inmitten der Mütter der Wälder gebaut worden, sondern längst ein Bestandteil von ihnen.

Im Kopf begann Farim zu skizzieren, teilte Pergamente ein, zog Hilfslinien und legte sich auf Blickwinkel fest. Bereits jetzt wusste er, dass es sein ganzes Können herausfordern würde, die Waldelbenstadt wiederzugeben.

Schon die Gestade der Feuerelben hatten ihn in ihren Bann geschlagen. Den Anblick von Innelles, das sich wie ein riesiger Leuchtkörper aus den Feuern der Elben erhob und strahlend hell gen Himmel strebte, würde er auch nicht vergessen.

Doch was er hier sah, war einfach überwältigend. Niemand hätte ihn darauf vorbereiten können. Eine geschaffene Synergie pulsierender Magie, die etwas Neues und Einzigartiges hervorgebracht hatte. In allem hier steckte so viel Alter, Weisheit und Leben, dass es ihm das Herz sprengen wollte.

»Gohlannbjahr kann zuweilen verstörend sein.« Eine dunkle Stimme, direkt hinter ihm.

Farim wirbelte herum.

»Entschuldigt, wenn ich Euch erschreckt habe. Doch es ist meine Aufgabe, Euch zu Eurem Schlafplatz zu geleiten.«

Farim blickte in dunkelgrüne Augen.

»Mein Name ist Ramuhrlon-Borkadazh«, sagte der Elb. »Doch Ihr könnt mich Freund Ramuhr rufen.«

»Mein Name ist Farim, Sohn eines Händlers aus Myxa.«

Der Elb hob eine Braue. »Myxa in Myzehren?«

Er nickte. »Ich habe einen weiten Weg hinter mir.«

»Fürwahr, eine lange Reise für einen jungen Menschen.« Er legte Farim eine Hand auf den Rücken und nahm ihn einfach mit sich, als er näher auf den Baumriesen zuging. »Die Gnade Valehna-Tanuhnjells hat Euch nach der langen Reise mit dem Anblick der Mütter der Wälder belohnt. Eine Ehre, an die Ihr Euch erinnern mögt, bei allem, was kommen mag.«

Farim hatte das Gefühl, dass Freund Ramuhr ihm gerade in schlichten Worten eine schlechte Nachricht vermittelt hatte. Doch bei der rätselhaften Art der Elben wusste man ja nie so genau, was Sache war.

Dass er sich an Valehna-Tanuhnjell halten sollte, war ihm inzwischen klar. Sie hatte ihn in kurzer Zeit schon zweimal gerettet und würde es womöglich wieder tun. Und wenn er ihr die Bilder der Elbenstifte zeigen dürfte ... Plötzlich stockte Farims Atem. Er schaute an sich herab, fasste sich an die Seiten, auf den Rücken. »Meine Zeichentasche ist fort.« Sein Magen schnürte sich zusammen und ihm wurde ganz elend, als er daran dachte, was damit geschehen sein konnte.

»Eure Zeichentasche? Seid Ihr Künstler?«

»In meiner Tasche ist alles, was mich ausmacht. Mein einziger Besitz, meine Bilder, meine Skizzen.« Er drehte sich einmal um sich selbst und sah dahin zurück, wo er gelegen hatte. Doch da war nichts. »Ich muss sie suchen. Irgendwo im Wald muss sie sein ...«

Ramuhr hielt ihn fest. »Ihr müsst jetzt ruhen, das ist wichtiger. Der Wald ist zu groß für Euch. Wenn die Tasche dort ist, werden wir sie finden, das verspreche ich.«

Farims Herz klopfte laut vor Aufregung und es fiel ihm schwer, sich zu beruhigen. Die Bruchstücke der Elbenstifte und das Skizzenbuch – wie sollte er ohne diese Schätze weitermachen? Und was wäre, wenn sie den Elben in die Hände fielen und er nicht gleich erklären könnte, was es mit den Bruchstücken auf sich hatte. »Ich ... ich möchte nicht, dass jemand meine Bilder sieht«, begann er in der irren Hoffnung, dass er sich selbst auf die Suche machen dürfte. »Sie ... sind sehr persönlich.«

Ramuhr schaute ihn aufmerksam an und nickte. »Ich verspreche Euch, dass ich keinen Blick hineinwerfen werde.« Er fasste Farim beim Arm. »Vorerst bringe ich Euch in eine sichere Unterkunft.«

Nach all der Unsicherheit, den Schicksalsschlägen und Gefahren, fiel es ihm schwer, Ramuhrs Worten Glauben zu schenken. Er riss sich los. »Versteht Ihr nicht? Meine Zeichentasche ist wichtig.« Hätte er doch auf Semjon gehört und sie beim Karren gelassen. »Ich muss sie suchen oder meine Freunde fragen.«

»Freunde?« Der Elb horchte auf.

Farim hätte sich ohrfeigen können. Die Elben wussten vermutlich gar nichts von Kiri, und er verplapperte sich vor lauter Aufregung. Tief durchatmen. Konzentrieren und Ruhe bewahren. Wenn das doch nur so einfach wäre. »Eine Redewendung.« Ihm fiel nichts Besseres ein. »Der Rotb-bart und seine Ratschläge. Meine b-besten Freunde.« Würde der Elb es ihm abnehmen? Wenn nicht, konnte Farim auch nichts daran ändern. Viel wichtiger war, dass es Kiri gut ging.

Der Gedanke, es wäre nicht so, trieb ihm plötzlich Tränen in die Augen. Sein gutherziger Führer, Helfer und Lebensretter. Ohne ihn hätte Farim nicht überlebt und sicher noch keine einzige Zutat für die neuen Stifte.

Jäh fiel ihm die Kräutertasche ein. Seit sie von der Lichtung aufgebrochen waren, war einfach alles schief gegangen. Farim war endlich in der Waldelbenstadt, aber ohne Bruchstücke und Zutaten. Was für ein Schlamassel.

»Ihr müsst den Kopf nicht hängen lassen. Ich weiß zwar nicht, ob Euer Zwergenfreund wirklich ein guter Ratgeber ist, aber er ist wohlauf, das kann ich Euch versichern.«

Farim nickte nur und hoffte darauf, dass das auch für Kiri galt. »Werdet Ihr ihn an denselben Ort bringen?«

»Euer Freund war etwas ... nun, sagen wir, unverständig.«

»Er ist manchmal etwas eigen«, gab Farim zu und dachte an Semjons Neigung zu wortgewaltigen Flüchen. »Aber unter seiner rauen Schale steckt ein weicher Kern. Man darf ihn nur nicht bedrängen.«

»Mag sein. Aber bislang hatten wir genug mit seiner Schale zu tun, als dass Platz für seinen Kern gewesen wäre. Es war notwendig, ihn vorerst ein wenig ruhigzustellen.« Ramuhrs Stimme klang so verständnisvoll und sanft, dass Farim den Worten nichts Böses entnehmen mochte. Sicher meinte der Elb einen Trank, der Semjon schlafen ließe, damit er keine Dummheiten anstellen konnte. Wenn er an die burschikose Art des Rotbarts dachte, war das vielleicht die einzige Möglichkeit gewesen.

Ramuhr führte ihn einige Schritte weiter und blieb dann stehen. Er hob die Hand und raunte geheimnisvolle Worte, die Farim diesmal nicht verstand, obgleich er es für Iljaitt hielt. Beizeiten sollte er sich einen Lehrer wie Zhinlohr suchen, um mehr zu lernen. Doch durch die Angewohnheit der Elben, in der Sprache ihrer Gäste zu sprechen, würde sich kaum eine Gelegenheit ergeben.

Der Elb verstummte und nur einen Lidschlag später kam Bewegung in die Baumkrone über ihnen. Ein vielstimmiges Säuseln, als besprächen die Blätter des Baums, wer Antwort geben durfte. Ein leises Rauschen wurde daraus, und schließlich mischte sich noch ein anderes Geräusch ins Wispern des Laubs, erst schabend, dann knarrend wie ein alter Stuhl.

Einen Moment später änderte sich der Ton, wurde klarer – klang fast so, als bräuchte da etwas die Zeit, um beweglich zu werden, als müssten sich starre Glieder nach langer Rast erst einmal strecken. Und dann erinnerte ihn das Geräusch plötzlich an eine Schlange, die sich durch welkes Laub wand. Unversehens wurde es lauter, Blätter fielen herab, Farim duckte sich.

»Habt keine Angst. Ihr habt nichts zu befürchten.«

Nach dem Erlebnis mit der Scheltar bezweifelte er das, sagte aber nichts. Mit wachsender Unruhe stierte er hinauf in die Baumkrone. Irgendetwas geschah dort oben.

Dann sah er eine Bewegung und schrak zurück. Eine beindicke Liane schlängelte sich aus dem Blätterdach und steuerte direkt auf sie zu. Farim stolperte rückwärts, doch Ramuhr hielt ihn fest.

»Ihr braucht wirklich keine Angst zu haben.« Der hatte leicht reden. Er hatte schließlich die Mütter der Wälder hinter sich, von der Elbenmagie ganz zu schweigen.

Farims Blick auf die Pflanzenwelt von Jukahbajahn hingegen war in jüngster Zeit etwas strapaziert worden. Schlagende Bäume, brennende Blüten, giftige Düfte und fesselnde Dornenranken.

Der Schweiß trat ihm auf die Stirn, als die Liane immer näher kam. Keine Angst haben, das sagte sich leicht, wenn man sie selbst nicht kannte. Doch wer die falschen Erfahrungen gemacht hatte, konnte diesen Gefühlen kaum entkommen.

Immer dichter heran schwebte die Lianenschlange, bis sie plötzlich verharrte. Fast schon in Reichweite hing sie vor ihm – still und bewegungslos.

Einige Blätter fielen noch aus der Baumkrone und segelten gemächlich zu Boden. Zögernd schaute Farim hinauf, prüfte, ob mehr Lianen kamen, doch statt weiterer Pflanzenarme entdeckte er etwas ganz anderes.

Hoch oben in der Baumkrone gab es Plattformen, die wie dünne Scheiben im Geäst der Zweige hingen. Mal größer mal kleiner, mal mit, mal ohne Geländern. Sie waren ihm vorher noch gar nicht aufgefallen. Teilweise krönten glänzende Lauben diese grazilen Balkone. Filigrane Streben verwoben sich zu käfiggleichen Pavillons, die so silbrig schimmerten, als wären sie aus Mondlicht gefertigt.

»Setzt Euch.« Ramuhr drückte Farim auf das Lianenholz, das jetzt wie eine Schaukel geformt war und ihm ermöglichte, an beiden Seiten Halt zu finden.

Er blinzelte ins Blätterdach über sich und ahnte bereits, wohin die Reise ging. *Bitte nicht bis ganz nach oben.*

Raunende Worte, ein Wink der Elbenhand, und mit einem Ruck setzte die Liane sich in Bewegung. Farim klammerte sich fest, dachte an die Rahen der »Pazhmaarh« und spürte sofort die Höhenangst aufbegehren, die er längst überwunden geglaubt hatte. Entschlossen sperrte er sich dagegen und vermied es, hinabzusehen, während er immer weiter in die Höhe gezogen wurde. Er hatte den Sturm des Meeres in den Wanten der »Pazhmaarh« überstanden, da sollte ihn das hier nicht stören.

Doch je weiter es hinaufging, desto mehr spürte er das Gefühl der Angst zurückkehren, der Drang, hinunterzusehen, wurde immer stärker, seine Panik, dem Sog des Abgrunds nachzugeben, wuchs mit jedem Zoll. Er könnte einfach loslassen, sich fallen lassen und fliegen. Nein, das wollte er nicht. Wieso nur löste bloße Höhe so fatale Gedanken in ihm aus?

Seine Finger krampften sich um die Liane, Schweißperlen rannen ihm von der Stirn und bissen in den Augen. Farim schüttelte sie fort, versuchte, an etwas Gutes zu denken, und konzentrierte sich auf die Hoffnung, dass alles gut werden könnte. Er dachte an die Elbenstifte und die Zutaten, die er beinahe schon zusammengetragen hatte. Einzig die Drachtarhschuppe und die Ballonblume fehlten noch.

Aber ja – wieso war es ihm nicht früher eingefallen? Die Ballonblumen wuchsen in den Wipfeln der Mütter der Wälder. Plötzlich wich die Höhenangst der Erkenntnis, dass er just in diesem Moment seinem Ziel immer näherkam.

Farim hatte keine Ahnung, wo Kiri geblieben war, ob es ihm gut ging und ob er die Kräutertasche noch bei sich hatte. Doch er erinnerte sich an dessen Worte und wusste, dass er zugreifen musste, wenn sich eine Gelegenheit bot.

Er versuchte, sich an die Zeichnung von Sennah zu erinnern, und schaute konzentriert nach oben. So es dort Ballonblumenblüten gab, wäre das wie ein neuer Anfang für ihn, eine Flamme der Hoffnung, die ihn anfeuern würde, weiter an sein Vorhaben zu glauben. *Vielleicht ist noch nicht alles verloren. Zhinlohr.* Seine Furcht vor der bodenlosen Tiefe wich dem Ehrgeiz, diese letzte Pflanze einzusammeln.

Er lehnte sich nach rechts, nach links, reckte den Hals und konzentrierte sich ganz auf die Baumkrone. Und dann entdeckte er sie. Kiri hatte recht gehabt. Weit über ihm, wo das Blätterdach dünner wurde, schon erste Lücken zeigte und den Blick auf den Nachthimmel freigab, fiel Mondlicht auf ovale Früchte, die wie helle Lampions unter aufstrebenden Blättern hingen.

Die Äste, an denen Farim vorbeigezogen wurde, waren hier immer noch kräftig, für einen geübten Kletterer gab es genügend Halt. Wenn er die Gelegenheit bekäme, könnte er es vielleicht wagen. Bei dem Gedanken schwindelte es ihn ein wenig, doch die Sehnsucht nach den Elbenstiften war stark und würde ihm helfen, sich zu überwinden.

In diesem Moment zog die Liane ihn an eine ausladende Plattform heran, die auf mehreren baumdicken Ästen ruhte und von einem der filigranen Pavillons gekrönt war, die Farim von unten gesehen hatte. Größer als angenommen, umschloss er ein ganzes Baumhaus.

Als die Lianenschaukel sich über die Plattform senkte, stieg Farim ab, trat durch den Bogen der mondsilbernen Laube und ging auf den Eingang zu. Ein sirrendes Geräusch ließ ihn herumwirbeln und in Deckung gehen. Mondsilbrige Streben hatten den Zugang zum Pavillon verschlossen, die Liane war fort.

Seelenmagie

Die Ruhe, mit der Farim die Gefangenschaft hinnahm, überraschte ihn selbst. Aber Zetern oder Schreien war nicht seine Art – und so hoch über den Behausungen der Elben hätte er damit wohl auch nichts erreicht, höchstens Vögel verschreckt. Nein, er musste sich dem Schicksal fügen und durfte nicht aufgeben, wenn er die winzigen Flämmchen der Hoffnung bewahren wollte.

Neugierig ging er auf die Wand des silbernen Käfigs zu, die den Bogen verschlossen hatte. Die Stangen wirkten so filigran, dass sie ihn förmlich aufforderten, ihre Stabilität zu prüfen. Womöglich ließen sie sich verbiegen oder zerbrechen. Es musste so sein, sie waren zu durchscheinend, um ein wirkliches Hindernis darzustellen.

Farim streckte den Arm aus. Mondsilberne Verzierungen luden ein, mit den Fingern darüberzustreichen. Im Unterbewusstsein spürte er ein magisches Pulsieren, doch er war zu unbedarft, um es mit den anmutigen Streben des Käfigs in Verbindung zu bringen. Kleine Blüten und Blätter zierten das Gestänge, seine Hand streckte sich begierig nach ihnen, um ihre Schönheit in Gänze zu begreifen. Für einen Moment zögerte er, unsicher, ob er die grazilen Formen beschädigen würde. Doch dann tastete er nach einem der silbrigen Blätter und griff zu.

Der Schmerz war so heftig, dass Farim keine Zeit zum Reagieren blieb. Ein Blitz aus heiterem Himmel, der seine Hand mit Wucht von sich stieß und ihn damit von den Füßen riss. Er flog durch die Luft und landete rücklings auf dem Boden.

Alles ging so schnell, dass er zuerst nicht begriff, was geschehen war. Doch die seltsame Taubheit in den Fingern, die auch dann noch blieb, als die Schmerzen des Sturzes nachließen, erinnerte ihn daran.

Wenn der Käfig nach außen die gleiche Wirkung zeigte, verstand er, warum Valehna bezüglich seiner Sicherheit keine Sorgen hatte. Er jedenfalls würde die filigranen Streben nicht wieder berühren und nur aus der Entfernung bewundern.

Es gab genug Platz, um der Käfigwand aus dem Weg zu gehen, und das Baumhaus war ja auch noch da.

Vorsichtig umrundete Farim die Hütte und suchte nach silbrigen Stangen oder Gittern. Erst als er nichts fand, ging er hinein und stellte dankbar fest, dass Speisen und frisches Wasser auf ihn warteten. Was die Gastfreundschaft anbelangte, hatten die Waldelben ihren Brüdern und Schwestern in Innelles einiges voraus. Und der Rest ließe sich vielleicht klären, wenn die Urtochter der Fürstin ihn wirklich besuchen käme. Zufrieden aß und trank er und legte sich schließlich schlafen.

Am nächsten Morgen nahm er alles bei Tageslicht in Augenschein. Viel gab es allerdings nicht zu entdecken. Bis auf seine Unterkunft war die Plattform vollkommen leer. Und im Inneren des Baumhauses gab es nur zwei Räume. Einen mit zwei Betten, Tisch und Stühlen, einen weiteren mit Waschschale und Abort.

Das Ungewöhnlichste waren die Kräuter, die zu kleinen Sträußen gebunden kopfüber von der Decke hingen. In der Nacht hatte er sie nicht gesehen, doch jetzt erklärte er sich den erholsamen Schlaf durch ihren Duft.

Einige Zeit beschäftigte Farim sich mit dem Frühstück, wohlwissend, dass es sonst nichts für ihn zu tun gab, außer zu grübeln, ob es Semjon und Kiri gut ging. Als er gesättigt war, legte er sich hin, konnte nicht schlafen, stand wieder auf, umrundete das Baumhaus und warf sich noch einmal aufs Bett, um nur Augenblicke später erneut aufzustehen.

Er sehnte sich nach einer Beschäftigung. Doch ohne Zeichentasche, Kohlestifte und Papier wusste er absolut nichts mit sich anzufangen. Nachdenklich setzte er sich und massierte seine Schläfen. Er musste immer wieder an seine Freunde denken, die nur seinetwegen mit in diesen Wald gekommen waren.

Kiri war immerhin frei. Er käme hoffentlich zurecht als unsichtbarer Scherenschnitt, ungesehen zwischen den Stämmen der Bäume. Doch Semjon war irgendwo da unten. Vielleicht wurde er verhört? Bei dem Gedanken, die Wasser-Scheltar könnte das selbst übernehmen, wurde Farim ganz anders. Dabei wusste sein rotbärtiger Freund noch nicht einmal alles. Von der sechsten Zutat zum Beispiel hatte er keine Ahnung. Und auch nicht davon, dass zur Herstellung der Stifte die Macht eines Scheltar gebraucht würde.

Farim schüttelte den Kopf, als er an Anastina-Kyriejah dachte. Es gab nur fünf Elementemagier auf der Welt, und die erste, auf die er getroffen war, hatte sofort versucht, ihn umzubringen. Keine guten Voraussetzungen für eine Zusammenarbeit. Vielleicht waren die Scheltar eine Sackgasse. Aber das würde bedeuten, dass er eine ähnlich große Macht finden müsste, damit die Farben der Pflanzen ihre magische Verbindung eingingen, um in bunter Vielfalt aus den Stiften fließen zu können. Gab es so etwas? Waren die Scheltar nicht die mächtigsten Magier der Welt?

Zhinlohr hatte ihm etwas dazu sagen wollen, da war Farim sicher, doch er konnte sich noch immer nicht daran erinnern. Es ging um eine Art Schlüssel, oder?

Er raufte sich die Haare. In seinem Skizzenbuch hatte er auf der Seite mit den Zutaten angefangen, Verbindungen zu zeichnen und Notizen zu machen. Er wusste von Kiri, dass die Pflanzen alle unterschiedliche Magie in sich trugen. Verschiedene Kräfte kamen da zusammen ...

Unvermittelt setzte Farim sich auf. Was hatte Zhinlohr gesagt, als er ihm die Symbole am Hauptmast der »Pazhmaarh« gezeigt hatte? Wenn alle Elemente beteiligt sind, ist Magie immer besonders wirkungsvoll.

Farim riss die Augen auf und klatschte in die Hände. In Gedanken ging er noch einmal die Zutaten durch, nur um ganz sicher zu sein. Und dann verstand er: Es ging gar nicht um die Farben der Kräuter, sondern einzig um die magischen Elemente: Feuerkraut für Feuer, Kindswurz für Erde, Jothos für Holz, Quellschwamm für Wasser und die Ballonblume für

Luft. Fünf Elemente – fünf Zutaten. Und ihm fehlte nur noch eine davon. Zumindest, falls es Kiri gut ginge und er die Tasche brächte.

Plötzlich stutzte Farim. Wenn es von Anfang an nicht um die Farben, sondern um die fünf Elemente gegangen war, was bewirkte dann die Schuppe des Drachtarh? War sie am Ende die mächtigste der Zutaten? Er dachte daran, was passiert war, als er die silbrigen Streben des Pavillons berührt hatte, und schluckte. Wenn machtvolle Magie sich so auswirkte, könnte er die Schuppe dann überhaupt tragen?

Er ließ sich wieder auf den Stuhl fallen und rieb sich müde die Augen. Durch Kiri wusste Farim immerhin, dass die Möglichkeit bestand, an die sechste Zutat zu kommen. Nur wusste er nicht mehr, ob er sie dann auch mitnehmen könnte. Wenn sein dreifingriger Freund doch nur bei ihm wäre. Ohne ihn würde er nicht weiterkommen, das wurde immer klarer.

Plötzlich hatte Farim das Gefühl, seine Zukunft stürzte wie ein Kartenhaus in sich zusammen. Jede Erkenntnis, die er eben gewonnen hatte, wäre umsonst gewesen, wenn Kiri nicht wiederkäme. *Nein, nein, nein.* Er hämmerte wütend mit der Faust auf den Tisch. Irgendetwas musste ihm einfallen. Es gab immer einen Weg. Er stand auf, ging hinaus und lief rastlos hin und her. Was konnte er tun, um Kiri zu finden und Semjon zu helfen?

Farim kam sich wie ein Tier im Käfig vor, begrenzt durch eine Magie, die er nicht verstand und der er nichts entgegensetzen konnte. Immer öfter wagte er den Blick in den Abgrund und rief nach den Elben. Er musste mit Valehna-Tanuhnjell sprechen, um hier herauszukommen.

Doch es kam keine Antwort. Nur das Zwitschern der Vögel, die durch die Kronen der Bäume flogen, gellte in seinen Ohren. Farbenprächtige Gefieder und schillernde Schweife, die den Wunsch nach Elbenstiften verhöhnten. »Wir sind die Farben«, schienen sie zu rufen. »Nichts ist so bunt wie die Wirklichkeit.« Als wenn er das nicht längst wusste. Genau deshalb brauchte er die Stifte. Damit er auch diese Wahrheit zeigen konnte. Denn die einzige Wirklichkeit war die Natur.

Sie allein war die Grundlage allen Lebens, die Menschen mussten endlich lernen, mit ihr, statt von ihr zu leben.

Mein Skizzenbuch ist der Ausgangspunkt dafür! Unzählige Pflanzen, Insekten und Kreaturen, versehen mit Notizen, die die Zusammenhänge der Natur und die Verflechtung dieser Lebensformen zeigten. All das und mehr steckte in seinem Skizzenbuch. *Ich bin längst auf dem richtigen Weg!*

Erst jetzt begriff Farim, was für einen Schatz er erschaffen hatte. Doch als ihm einfiel, wo diese wertvollen Aufzeichnungen lagen, wurden seine Beine schwach, und er wankte zurück ins Baumhaus. Er müsste die Zeichentasche wiederfinden, wenn er nicht ganz von vorne beginnen wollte. Aber wie sollte er das tun – gefangen im silbernen Käfig der Waldelben? Er sackte auf sein Bett und kauerte sich zusammen. In seinem Kopf kreisten Fragen ohne Antworten und Aufgaben ohne Möglichkeiten. Ihm fiel sein Vater ein, der bei jedem Rückschlag einfach weitergemacht und neue Handelspartner gefunden hatte. Es hatte immer so selbstverständlich gewirkt, aber jetzt glaubte Farim zu verstehen, wie viel Energie das oft gekostet haben musste.

Dann fiel ihm Billke ein, die fast täglich in den Schlosspark ging, um die eine Entdeckung zu machen, die ihrer Mutter endlich rote Tinte ermöglichen würde. Er hatte sie einmal gefragt, warum sie es nicht längst aufgegeben hatte, und sie hatte mit den Schultern gezuckt und gelächelt. »Ich weiß es selbst nicht. Aber wenn ich meine Augen schließe, ist sie schon fertig. Ich sehe die verkorkten Fläschchen auf unserem Regal und das Strahlen im Gesicht meiner Mutter, wenn sie den Kunden die Tinte vorführt und ihnen rote Herzen auf ein Pergament malt.« Es war diese Fähigkeit, die er an ihr besonders liebte. Bilder im Kopf zu erschaffen, die so genau waren, dass sie echt wirkten. Eine Form der Wahrheit, die für Billke eine Quelle der Energie und Freude war. Wie das Zeichnen und Malen es für ihn war.

Er hätte bei diesen Gedanken verweilen sollen, doch mit den Erinnerungen an Bilder kehrten auch die Sorgen um Zhinlohr, Semjon und Kiri zurück. Und als Farim irgendwann einschlief, war er vollkommen erschöpft von den vielen

Grübeleien, die seine Gefühle immerzu in neue Farben tauchten, die Jacarandabraun mal in Rimmpurorange, dann in Wiesengrün und schließlich in Jabuticabapurpur wandelten.

Wilde Träume stürzten ihn in einen Schmelztiegel verwirrender Bilder, die ihn haltlos durch Raum und Zeit katapultierten. Die fliegende Schreibpulte über schäumende Wogen trugen, Flimmlys in rote Lippenblüten kleideten und Billke mit einer riesigen Stabschrecke tanzen ließen. Feuerbälle flogen durch Kreise züngelnder Lianen, Semjon lag in einem grünen Umhang darunter, gebettet auf ein Meer goldgelber Kronblätter, die Augen weit aufgerissen.

Plötzlich war Farims Vater da, den alten Sperber auf seinem Schoß wiegend. Ein Pergament segelte durch die Luft, ein Bild, aus dem ein gefleckter Wüstenhund hervorsprang und sich davonmachte, tintenschwarze Pfotenabdrücke, die immer kleiner wurden. Farim lief ihm hinterher, sprang über Blumen, Bäume und ganze Wälder. Er stürzte sich in die tosenden Fluten des Meeres und fand sich plötzlich zwischen den zerbrochenen Krügen des Blumenmannes wieder.

Fünf Zutaten, gepflanzt inmitten der Scherben, aus denen sich Kiri erhob, die Drachtarh-Schuppe in Händen, silberglänzend im Schein der Sonne. Doch dann legten sich Schatten auf den Baumskrat, und plötzlich war die Scheltar des Wassers da, hob ihre Arme und wob einen ihrer tödlichen Zauber. Farim schrie, um Kiri zu warnen, stürzte sich auf die Magierin und versuchte, das Unvermeidliche zu verhindern, doch es war umsonst. Kugeln gefrorenen Wassers flogen auf den Baumskrat zu, trafen und begruben ihn unter sich. Farims Traumbild zersprang in wässrige Splitter, die alles zerrissen. Begleitet von den Rufen einer dröhnenden Stimme.

»Nun wach endlich auf, oder ich prügel dich wach.«

Farim schreckte hoch und fand sich schwer atmend auf hölzernem Boden wieder. Vollkommen verwirrt rutschte er in eine schützende Ecke und versuchte zu begreifen, wo zum Unglück er war.

»Mann, Mann, Mann. Und ich dachte, es wäre eine gute Idee, nach dir zu fragen!«

Farim sah auf, blickte in Semjons mürrisches Gesicht und erinnerte sich im selben Moment an die Mütter der Wälder, das Baumhaus und seine Gefangenschaft im magischen Käfig der Waldelben. Aber warum der Zwerg bei ihm war, verstand er nicht. »Wie kommst du hierher?«

»Das willst du nicht ernsthaft wissen, oder?« Semjon ließ sich auf einen Stuhl fallen. »Immerhin war das alles deine Idee.« Er griff nach einem Becher. »Prost Mahlzeit.«

»Ich meinte, wie du in dieses Baumhaus kommst?« Farim rappelte sich hoch und massierte sich die Arme. Vorsichtig bewegte er die Schultern.

»Mit so einem Lianenhöhenwechslerdingens. Was glaubst du denn? Dass ich wie ein Vöglein heraufgeflattert bin?«

Semjon war ein unverbesserlicher Grummelkopf, aber es tat wirklich gut, ihn wiederzusehen. Farim setzte sich dem Zwerg gegenüber an den Tisch. »Natürlich nicht. Und das mit der Liane habe ich mir gedacht. Ich wollte wissen, wie du es geschafft hast, dass sie dich zu mir gebracht haben. Sie hatten uns doch getrennt. Was hast du gemacht, um hier zu landen? Wollten sie dir was Gutes tun?«

»Ob das was Gutes ist, bleibt abzuwarten«, gab Semjon mürrisch zurück und griff nach dem Brot. »Ich hab gemacht, was man eben so macht, wenn man unschuldig festgehalten und eingesperrt wird.« Er biss ab und kaute.

»Du hast um eine Anhörung gebeten und sie haben sie dir tatsächlich gewährt?« Farim war beeindruckt. Er hatte den Zwerg gar nicht so diplomatisch eingeschätzt.

»Schnickschnack. Auf so eine Anhörung hätte ich sicher tagelang warten müssen. Ich habe gemacht, was jeder vernünftige Zwerg machen würde.«

»Und das wäre?«

»Schimpfen und Zetern natürlich. Was das Zeug hält. Bin jetzt noch ganz heiser.« Er lachte wieder sein schepperndes Lachen und versprühte dabei speichelfeuchte Krümel über den Tisch. »Ihr Wortschatz dürfte um einiges reicher geworden sein. Am Ende war den Spitzohren meine Stimme dann aber wohl etwas zu laut und zu un-me-lo-disch. Ich zeig denen, was unmelodisch ist.«

Der Rotbart nahm einen kräftigen Schluck aus seinem Becher und ergänzte mit verstellter Stimme. »Mich deucht, ein anderer Atemrhythmus könnte Eurem Klang gut tun. Pah. Hätte ich gewusst, wo sie dich hingesteckt haben, hätte ich mir das alles gespart.« Er griff sich die letzte Frucht aus dem Obstkorb und biss herzhaft zu. Ein Teil des Fruchtfleisches troff in seinen Bart.

Er war nicht nur grummelig und laut, sondern auch ohne jegliche Tischmanieren. Wahrscheinlich fände man in dem roten Urwald unter seinem Mund Speisereste der ganzen letzten Woche. Farim schüttelte es. »Lebst du eigentlich allein?«

»Wieso fragst du das?« Semjon zog die Brauen hoch.

»Nur so ein Gedanke.« Farim schenkte sich von dem Wasser ein und ignorierte Krümel und Fruchtfleisch.

Er musste an den wirren Traum denken, aus dem sein Zwergenfreund ihn gerettet hatte. Die Bilder verblassten bereits und er hatte keine Ahnung von Traumdeutung. Aber Kiris Auftreten wollte er gern als einen Hoffnungsschimmer deuten. Wenn sein Traum allerdings seherische Inhalte gehabt hatte, könnte die Begegnung mit der Scheltar diesen Lichtblick schnell zunichtemachen. Ein Gedanke, dem er lieber nicht folgen wollte.

»Ich bin jedenfalls froh, dass du da bist.« Er prostete seinem Zwergenfreund zu. »Auf unsere Gefangenschaft in Zweisamkeit.«

»Graustaubbröckeliger Sandstein, was ist das denn für ein Trinkspruch? Wenn schon, dann stoßen wir auf unsere Freiheit an, oder hast du vor, hierzubleiben?«

Nein, das hatte Farim ganz bestimmt nicht vor. »Du hast recht.« Er hob noch einmal den Becher. »Auf unsere Freiheit!«

»Auf unsere Freiheit.« Semjon trank, ließ seinen Becher auf den Tisch krachen und wischte sich mit dem Ärmel den tropfenden Bart ab. »Und jetzt schauen wir erst mal, was für ein verdammter Käfig das ist, in den sie uns gesteckt haben.«

»Ein magischer Käfig, so viel ist sicher. Ich hab schon versucht, ihn anzufassen, das war keine gute Idee.«

»Mit bloßen Händen? Jungchen, du musst noch einiges lernen.«

Semjon schenkte sich noch einmal Wasser ein, stand auf und nahm den Becher mit. Farim folgte ihm nach draußen und sah zu, wie der Zwerg sich sorgfältig umsah, ehe er dichter an die silbrigen Streben herantrat.

»Kein Spitzohr in der Nähe, denke ich. Sie kriechen lieber in ihren Baumhöhlen herum und gehen ihren seltsamen Künsten nach, diese melodischen Wortverdreher.«

»Seltsame Künste?« Farim wusste nicht, ob er eine Antwort darauf haben wollte. Begegnungen mit Elben waren auch so beängstigend genug. Dabei hatte er sie bis vor Kurzem für besonders achtsam und weise gehalten.

»Was weiß ich? Aber sie leben zu lange, das kann ja nicht spurlos an einem vorübergehen.«

»Wenn du es sagst.« Farim gab nichts auf Vorurteile, fand dieses Argument aus Semjons Mund allerdings bemerkenswert. »Ich habe gehört, ihr Zwerge lebt auch sehr lange.«

»Das ist was anderes«, polterte der Rotbart. »Wir vergessen nur vor lauter Arbeit, zu sterben. Und nun stör mich nicht.« Er trat näher an den Käfig heran. »Wollen mal sehen, mit was für einer Magie wir es zu tun haben.« Mit Schwung spritzte er den Inhalt des Bechers gegen das silbrige Gitter.

Farim traute seinen Augen nicht: Sofort begann es zu flirren, die Tropfen des Wassers blieben zwischen den Streben hängen, als wären sie eingefroren. Doch das waren sie nicht. Schon im nächsten Moment änderten sie ihre Form und zogen sich in die Länge, als saugte das Gitter an ihnen.

»Das ist doch nicht ... Rasch, hol noch einen.«

Farim eilte ins Baumhaus und kam mit einem weiteren Becher zurück.

»Auf die gleiche Stelle. Los doch!«

Er schüttete es direkt ins Gitter und starrte auf die flirrenden Streben, die dort, wo das Wasser sie zur Gänze bedeckte, ebenfalls ihre Form aufgaben, als würde diesmal das Wasser an ihnen saugen.

»Ich kann's nicht glauben. Geh ein Stück weg da, los!« Semjon hob den Fuß und trat mit Wucht gegen die Stelle. Die seltsame Lache des Gitters kippte wie ein Stein nach hinten, traf auf die Plattform und spritzte zu allen Seiten. Wassertropfen netzten den Holzboden, als hätte es die andere, feste Form nie gegeben. Das Erstaunlichste war jedoch, dass an der Stelle, wo eben noch das Wasser gefangen war, ein kleines Loch zwischen den magischen Streben zurückgeblieben war.

»Seelenmagie«, stellte Semjon fest. »Wenn das mal keine Überraschung ist.«

Wenn der Zwerg schon so erstaunt war, sollte es Farim wohl aus den Latschen kippen. Doch für ihn war jede Form von Magie erstaunlich und nie ganz geheuer, weshalb er gar nicht erst nachfragte. »Hauptsache wir kommen hier raus. Soll ich den Wasserkrug holen?«

Er wollte schon gehen, doch Semjon hielt ihn fest und zeigte auf das Loch. Die Wand des Käfigs wuchs gerade wieder zu. Wie konnte das sein?

»Ein kleiner Krug Wasser reicht da nicht. Wir brauchen ein viel größeres Loch, damit wir beide durchpassen. Außerdem muss es lange genug offen bleiben.«

Farim seufzte. »Es wäre auch zu schön gewesen. Willkommen im Leben des Farim Peggelbohn. Auf jede Hoffnung folgt ein Dämpfer.«

»Na, na, na. Wie trübsinnig klingt das denn? Schon mal an Henne und Ei gedacht?«

»Was hat das denn damit zu tun?« Resigniert starrte Farim auf das silbrige Gitter, das inzwischen wieder vollkommen unversehrt war.

»Es ist eine Sache der Betrachtung. Denk einfach andersrum, und schon folgt auf jeden Dämpfer eine Hoffnung.«

»Sehr witzig.« Farim ließ die Worte des Rotbarts nur widerwillig auf sich wirken. »So funktioniert Selbstmitleid aber nicht.«

»Selbstmitleid funktioniert nie!« Semjon ging an der Käfigwand entlang und schaute sich um. Dann blieb er stehen und sah Farim fragend an. »Willst du Wurzeln schlagen?« Er verzog das Gesicht zu einem Grinsen. »Wurzeln schlagen.« Plötzlich lachte er. »Seit gestern hat dieser Spruch eine völlig neue Bedeutung, findest du nicht?«

Farim rang sich ein Lächeln ab, merkte aber, wie seine düstere Stimmung sich aufhellte, wie Indigo sich in helles Grün färbte. Semjon hatte womöglich recht. Vielleicht folgte tatsächlich auf jeden Dämpfer eine Hoffnung.

»Bevor wir uns über das Wasser Gedanken machen, sollten wir schauen, welchen Weg wir überhaupt nehmen könnten, wenn wir durchs Gitter durch sind.«

Dankbar folgte Farim den Ratschlägen seines rotbärtigen Begleiters und begann, sich umzusehen. Der Baum musste der Schlüssel zu ihrer Flucht sein, wenn sie aus dieser gewaltigen Höhe nicht in den Tod stürzen wollten, das war klar.

Drei baumdicke Äste stützten die Plattform. Zwei davon entwuchsen dem Baumriesen, zu dem Ramuhr ihn gebracht hatte und in dessen Tür der Heiler verschwunden war. Der andere war ein weit ausladender Ast, der einem benachbarten Baum entwuchs; weniger mächtig, aber beinahe ebenso hoch. *Vielleicht ein fast erwachsenes Kind der Mütter der Wälder.* Nicht so viele Äste, überdies wuchsen sie in größeren Abständen und ihre Rinde sah noch sehr glatt aus. Dort hätten sie keine Möglichkeit, sich festzuhalten. Nein, wenn sie klettern wollten, blieb ihnen nur der ältere Baum mit seiner knorrigen Borke.

Farim besah sich den Verlauf der Äste genauer und wies Semjon darauf hin. »Ich denke, wir sollten den linken Ast wählen. Er führt fast waagerecht zum Stamm und mündet in einer Astgabel, von der aus wir verschiedene Möglichkeiten haben, weiterzukommen.« Er deutete auf die Rillen und Furchen in der Rinde des Baums, die ausreichten, um sich festzuhalten.

»In Ordnung. Bis dahin könnte es klappen.« Semjon kratzte sich das Kinn und brachte seinen Bart damit zum Wippen. »Von dort nach rechts hinunter bis zu diesem Stumpf und dann weiter.«

»Bist du sicher, dass das geht?« Farim taxierte den Abstand zum nächsten Ast, konnte ihn aber von hier aus nicht richtig einschätzen.

»Der Stumpf liegt direkt darüber und der Seitenarm ist mächtig genug, um ihn zu treffen. Wenn es trocken bleibt, sollte es kein Problem sein, Halt zu finden.«

Wenn. Farim nickte. »Zumindest sollte das Moos dort unser Auftreffen etwas dämpfen.« Er folgte in Gedanken dem Weg. Das könnte wirklich klappen. Er zeigte noch einmal auf den bemoosten Ast und wies auf einen Schatten im Stamm. »Siehst du die große Furche? Ich hab dort gestern ein paar Baumläufer gesehen. Drei passten spielend nebeneinander.«

»Sehr gut.« Semjon schlug Farim zuversichtlich auf die Schulter. »Dann passen wir da auch rein und klettern ganz einfach weiter bis zu dem Vorsprung dort. Von da ist es nur noch ein Sprung auf die nächste Plattform.« Er rieb sich zufrieden die Hände. »Mehr lässt sich von hier oben nicht voraussehen, denke ich.« Er trat ein paar Schritte zurück und nahm die Streben ihres Käfigs ins Visier. »Womit wir zu unserem magischen Gefängnis kommen.«

»Und dem Problem, dass wir nicht ausreichend Wasser für eine türgroße Öffnung haben«, ergänzte Farim. »Aber kannst du mir erst mal sagen, was es mit dieser Seelenmagie auf sich hat?« Bevor sie weiterplanten, wollte er gern mehr darüber erfahren. »Warum bist du so überrascht gewesen? Bei Elben ist Magie doch alltäglich, oder?«

»Elementemagie vielleicht, aber Seelenmagie ist selten. Sehr selten sogar. Die Menschen erzählen sich, es ist die Magie der Seelenflüsterer. Das ist Quatsch, wenn du mich fragst. Die Fähigkeit, mit den Seelen Kontakt aufzunehmen, hat vielleicht ein Mensch unter Tausenden, aber ich habe noch keinen, wirklich keinen erlebt, der diese Magie wirken kann.«

Farim konnte Semjon nicht ganz folgen. »Aber wir sind hier doch gar nicht bei den Menschen. Weshalb warst du also so überrascht?«

»Lass mich ausreden«, polterte der Rotbart. »Willst du was drüber wissen oder nicht?«

Farim nickte kleinlaut und nahm sich vor, ihn nicht wieder zu unterbrechen.

»Seelenmagie ist so alt wie das Leben selbst, eine Kraft, die es schon gab, lange bevor die Menschen auf die Welt gekommen sind. Die Magie der Dinge nennt man sie auch, denn sie kann alles sein.«

»Eine Art sechstes Element?« Jetzt verstand Farim gar nichts mehr. Zhinlohr hatte immer von fünf Elementen gesprochen.

»Papperlapapp. Seelen sind kein Element. Sie sind der Funke des Lebens, Antrieb und Gedächtnis allen Seins. Das kann doch nicht so schwer zu verstehen sein.«

Wenn man als Sohn eines Händlers aufgewachsen war, schon. Eine Welt aus Zahlen und Münzen hatte nur wenig mit den Kräften der Natur zu tun.

»Seelenmagie steht über der Magie der Elemente. Nur die ältesten Geschöpfe können über sie gebieten, oder aber solche, die Verbindung zum Jenseits haben.«

»So alt wie die Elben also?«

»Schnickschnack, zerbröselter. Die Spitzohren mögen ja alt werden, aber zu den ältesten Geschöpfen Jukahbajahns gehören sie mitnichten. Da gibt es sicher einige andere. Wir Zwerge wissen immerhin von drei Wesenheiten, die älter als alle Völker sind. Auf einem davon sitzen wir gerade.«

»Dann sind es die Bäume, die die Magie wirken?« Auf sonderbare Weise ergab das einen Sinn. Der Käfig wuchs geradezu aus der hölzernen Plattform heraus. Und wenn Bäume sich neigen und winden, Wege versperren und um sich schlagen konnten, mussten wahrlich starke Kräfte durch ihr Holz pulsieren.

»Nicht allein die Bäume. Nein, das kann ich mir nicht vorstellen. Da steckt sicher noch mehr dahinter.«

»Aber du weißt nicht, was?«

»Wäre ich sonst so überrascht gewesen?« Er gab ein unwilliges Schnaufen von sich. »Außerdem bin ich vorher noch nie hier gewesen. Aber wenn wir Zwerge eines gelernt haben, dann, dass die Spitzohren immer ihre Finger im Spiel haben. Die Verbindung der Grünmäntel zu den Müttern der Wälder besteht seit Tausenden von Jahren. Sie kommunizieren miteinander, da bin ich sicher. Das hier ist der Beweis.«

Deshalb waren die Bäume zur Ruhe gekommen, als die Elben auftauchten. Das bedeutete auch, dass letztlich die Waldelben sie beschützt hatten. Farim sah Semjon an, sprach seine Überlegungen aber lieber nicht aus, sondern nickte nur. Gute

Gedanken über Langohren regten den Zwerg nur auf. Und sie mussten schließlich ein Problem lösen. Was Farim zu einer neuen Frage führte: »Wie funktioniert das mit dem Wasser?«

»Was weißt du überhaupt?«, herrschte der Rotbart ihn an, sprach dann jedoch wieder leiser. »Ist dein Myxa so ein abgekapseltes Nest am Ende der Welt?«

»Es ist nicht *mein* Myxa. Aber ja, es liegt womöglich etwas abgelegen.« Farim kam sich zunehmend dumm vor. Dabei hatte er als Sohn eines Händlers schon viel mehr von der Welt mitbekommen als andere; auch wenn das meiste davon nur Geschichten von Handelspartnern oder Seemännern waren.

»Seelen reisen mit dem Wasser, noch nie gehört? Sie brauchen es, um in den Schoß der Welt zurückzukehren und dereinst wiedergeboren zu werden.«

Den Glauben an Wiedergeburt pflegte Farims Familie auch, doch er hatte bisher nie verstanden, wie das funktionieren sollte. Hier draußen bekam das eine ganz neue Dimension und verknüpfte sich zu einem umfassenden Netz, das alles miteinander zusammenhängen ließ.

Gespannt rückte Farim näher. »Dann stirbt nur der Körper, und der Lebensfunke zieht weiter?«

»Was hast du denn gedacht?«

Ehrlicherweise hatte er schon lange nicht mehr darüber nachgedacht. Aber damals, als seine Mutter gestorben war und er nichts als Einsamkeit und Leere gespürt hatte, hätte er diese Erkenntnis als sehr tröstlich empfunden. Der Gedanke, dass sie nicht ganz von der Welt gegangen und etwas von ihr zurückgeblieben war, gefiel ihm. »Ich war mir nie so sicher. Und von Seelenmagie hat mir nicht mal Fenkorh erzählt.«

»Fenkorh?«

»Nicht so wichtig.« Farim winkte ab. Im Reich der Elben über einen Magur zu sprechen, war sicher keine gute Idee. Außerdem ging es hier um ihre Flucht, und dazu mussten sie durch dieses seelenmagische Gitter. »Und weshalb bleibt das Wasser hängen?«

»Ich dachte schon, du fragst gar nicht mehr.« Semjon hob die Hände und richtete sie aufeinander. »Beides zieht sich gegenseitig an und geht dann eine Verbindung ein.« Er verschränkte die Finger. »Zumindest, bis die Verbindung unterbrochen wird.« Der Rotbart löste sie wieder voneinander.

»Und dazu reicht ein einfacher Tritt?« Farim biss sich auf die Lippen, weil er fürchtete, den Zwerg erneut bei seinen Ausführungen gestört zu haben.

Doch Semjon antwortete, ohne eine Grummelattacke loszulassen. »Je größer die Fläche, desto mehr Kraft wird es brauchen, denke ich. Du kannst von Glück sagen, dass du einen Zwerg in deinem Käfig hast.«

»Zusammen können wir es also schaffen, verstanden. Aber wo bekommen wir genügend Wasser her? Was die Elben uns bringen, reicht gerade, um den Durst zu löschen.«

»Ja«, raunte der Zwerg. »Genau das ist unser Problem.«

Maronenbraun

Der Tag verging, ohne dass ihnen eine zündende Idee kam. Einige Male hielt Farim nach Kiri Ausschau, in der Hoffnung, der Baumskrat würde plötzlich auftauchen und helfen. Seine Wasserschalen könnten die erhoffte Rettung sein. Aber sein wechselfarbiger Freund blieb verschollen.

Erst, nachdem ein Elb zu ihnen gekommen war und eine neue Karaffe Wasser sowie frische Speisen gebracht hatte, setzten sie sich wieder zusammen und führten das Gespräch fort.

»Könnte Regen die Lösung sein?« Der Gedanke kam Farim ganz plötzlich, doch der Blick des Zwergs sagte schon alles.

»Wenn es regnet, bildet sich eine Glocke, die uns wie eine Glaskuppel umschließt. Eine Scheibe können wir heraustreten, eine ganze Kuppel wohl kaum. Und selbst, wenn wir sie schieben könnten, müssten wir das Baumhaus gleich mit bewegen.« Semjon schüttelte resigniert den Kopf. »Der Gedanke war nicht ganz dumm, das muss ich zugeben, aber er wird uns nicht weiterhelfen. Nein, wir bräuchten so was wie einen wirklich großen Eimer, in dem wir mehr Wasser sammeln könnten, als in so einer kleinen Karaffe Platz hat.«

»Etwa so was wie den großen Kübel in unserem Abort?«, meinte Farim scherzhaft. »Ist aber leider schon benutzt.« Er schob den Teller beiseite und rieb sich den Bauch. »Und demnächst landen da wieder einige feste Teile drin.«

Semjon schlug mit der Hand auf den Tisch, dass Farim zusammenzuckte. »Der Goldeimer, aber ja. Dass ich da nicht schon früher drauf gekommen bin.« Hastig verschwand er im Abort. Farim hörte es rumpeln. »Bisher nichts als Pisse drin«, rief der Zwerg begeistert. »Jetzt müssen wir nur noch dafür sorgen, dass es so bleibt und er voll wird.«

»Dass es so bleibt?« Farim sah seinem Freund kopfschüttelnd entgegen, als der zurückkam. »Wie soll das wohl gehen? In meinem Bauch grummelt es jetzt schon.«

»Geschissen wird ab jetzt draußen. Hock dich hinter die Hütte, möglichst dicht an das Gitter, dann kannst du den Haufen vielleicht über die Kante schieben.«

Farim traute seinen Ohren nicht. »Ich kann doch nicht auf die Plattform machen. Was, wenn die Elben das sehen?«

»Von da unten wohl kaum. Und wenn schon ...« Semjon lachte. »Sicher kein Thema, über das diese hochwohlgeborenen Langohren sprechen werden. Und wenn doch, sagen wir einfach, wir mussten gleichzeitig. Wird schon klappen.« Er rieb sich die Hände.

»Und wenn dieses Wasser-Magie-Anziehungsding mit unserem Urin nicht funktioniert?«

»Hm, ein guter Punkt. Ich denke, Urin dürfte nicht viel anders als Wasser sein, aber man weiß ja nie. Besser wir probieren das erst mal aus.« Er ging zur Tür und öffnete sie.

»Du willst doch nicht ...«

»Was denn sonst? Wir wollen schließlich nicht umsonst hinter die Hütte kacken.« Er stapfte hinaus.

Farim lief ihm nach. »Du kannst doch nicht ...«

Aber Semjon stand schon am Gitter und öffnete seine Hose. Als der Zwerg sein bestes Stück herausholte, schaute Farim weg.

Es plätscherte, Semjon begann zu lachen. »Das ist noch besser, als Muster in den Schnee zu pinkeln. Mal schauen, ob ich ... ja ... da noch und da noch ... ha, hat gerade gereicht.«

Das Geräusch verstummte und Farim besah sich kopfschüttelnd die Bescherung. Im Gitter prangte eine gelbliche Scheibe, die eine wirklich sonderbare Form hatte. Sie sah aus wie eine Art Kürbis mit dicken Auswüchsen auf der Oberseite. Erinnerte ein wenig an Hörner. »Was soll das denn sein? Ein unförmiger Käseigel?«

»Willst du mich beleidigen? Ein Tier natürlich, das kann man doch wohl sehen.«

Farim legte den Kopf schief und überlegte, ob er schon mal etwas in der Art gesehen hatte. Er kniff ein Auge zu.

»Wenn diese vier Auswüchse Hörner sein sollen, könnte ich mit viel gutem Willen einen Doka erkennen.«

»Na also, geht doch.« Semjon trat gegen den unförmigen Dokakopf, und er fiel im ganzen Stück heraus, spritzte von der Kante und war im nächsten Moment verschwunden. Zurück blieb das kleine Loch im Gitter.

»Warum ein Doka?«

»Nur so ein Gedanke, der mich umtreibt. Dokabullen sind größer und kräftiger als Prelkböcke. Mit so einem Tier könnte ich einen größeren Karren anschaffen und mehr Ladung transportieren. Außerdem gefallen mir die spitzen Hörner. Erinnern ein wenig an Piken, findest du nicht?«

Farim hatte gehört, dass Bauern aus dem Norden Myzehrens von ihren Dokabullen regelrecht aufgeschlitzt worden waren, weil sie ihnen die Hörner nicht abgenommen hatten. In Myxa würde man solche Tiere nicht einmal durchs Stadttor lassen, doch er behielt diesen Gedanken für sich.

Semjon seufzte. »Ja, ja, ich weiß. Bei euch an der Westküste nimmt man ihnen die Hörner ab. War auch nur ein Scherz. Wahrscheinlich werde ich eh nie einen haben.«

»Wer weiß«, sagte Farim, um ihn aufzumuntern. »Man soll nie ›nie‹ sagen.« Und wirklich wünschte er dem Zwerg seinen vierhörnigen Doka. Selbst, wenn er nicht daran glaubte.

»Wie auch immer. Es hat funktioniert und ich hab Hunger.« Entschlossen ging Semjon zurück ins Haus.

Einen Tag später hatte Farim verstanden, dass die Elben immer kurz nach Sonnenaufgang und vor Sonnenuntergang Wasser und Speisen brachten. Dazwischen blieb also genug Zeit zum Reden. Allerdings verbrachte sein Zwergenfreund die Zeit meist liegend und schnarchend. Erst als Farim ihn wachrüttelte, weil er draußen etwas gehört hatte, setzte Semjon sich auf und rieb sich den Schlaf aus den Augen.

Schon beim letzten Besuch hatten sie befürchtet, dass die Elben nach dem Abort sehen würden. Und diesmal war es wirklich so weit. Der Elb, der zu ihnen heraufgekommen war, tauschte nicht nur den Krug und die Körbe aus, sondern hatte auch einen leeren Kübel dabei, um ihn gegen den vollen auszutauschen. Semjon war ihm aber zuvorgekommen und hatte die Tür von innen verrammelt.

»Ist noch längst nicht voll«, rief er von drinnen und gab dann Geräusche von sich, von denen Farim lieber nicht wissen wollte, wie er sie produzierte.

Die gewünschte Wirkung ließ nicht auf sich warten. »Bringt einfach den Kübel vor die Tür, wenn er voll ist.« Mit gerümpfter Nase stellte der Elb den leeren ab und ging.

»Danke«, antwortete Farim. »Genau das haben wir vor.«

Natürlich hatte Semjon die abartigen Geräusche nur vorgetäuscht, denn die großen Geschäfte mussten sie ja auf der Plattform hinter dem Baumhaus erledigen. Auch wenn Farim versuchte, es zurückzuhalten.

»Stell dich nicht so an. Während deiner langen Reise hast du es auch nicht anders machen können.«

Farim seufzte. Das war ein Thema, über das er nicht reden wollte. Wer interessierte sich schon für solche Details? In keinem Tagebuch der Welt stünden derartige Einzelheiten. »Im Wald konnte ich Löcher machen, außerdem gab es Büsche.«

»Löcher und Büsche. So siehst du aus.« Der Rotbart schüttelte den Kopf. »Hier sind ringsherum die größten Bäume der Welt. Denk dir einfach, sie stünden dichter dran. Verkneifen ist schließlich keine Lösung, oder willst du krank werden? Was raus muss, muss raus. Das ist bei Menschen nicht anders als bei Elben und Zwergen. Die Alternative wäre ein Bader, der dir Kotsteine aus dem Darm schneidet.«

»Ist ja schon gut. Ich gehe nach draußen.« Es kostete Farim Überwindung, sich ins Freie zu hocken, bis zum Schluss fühlte er sich beobachtet. Doch jetzt, wo sie einen zweiten Kübel hatten, blieb es ihm zumindest erspart, seine Hinterlassenschaften durch das Gitter zu schieben. Als Farim alles erledigt hatte, stand er erleichtert auf und ging ums Baumhaus herum. Er fühlte sich schmutzig und wollte sich erst einmal waschen.

Doch als er die Liane entdeckte, die sich direkt vor der Plattform nach oben wand, blieb er wie angewurzelt stehen.

Zuerst sah Farim nur glänzendes Haar, maronenbraun wie die Früchte der Sativa. Eine plötzliche Erinnerung an Billke spülte in seine Gedanken und ließ sein Herz für einen Schlag aussetzen. Ihre erste Begegnung, vor der Tür der Tintenmacherin, als sie ineinander gelaufen waren. Ihr schüchternes Lächeln, ihre strahlenden Augen und ihr schönes Gesicht, umschmeichelt von seidigem Haar – maronenbraun wie dieses. Sogar jetzt noch spürte er das Kribbeln im Bauch.

»Seid gegrüßt, Menschensohn.«

Eine glockenklare Stimme riss ihn aus den Gedanken und er sah auf. Vor ihm stand Valehna-Tanuhnjell – die Elbin, deren Name er sich so sorgsam eingeprägt hatte. Die Urtochter der Fürstin von Gohlannbjahr, machte er sich noch einmal klar – die Frau, die dereinst auf den Thron folgen wird. Und sie war gekommen, um mit ihm zu sprechen, so wie sie es versprochen hatte.

Jetzt galt es, alles richtig zu machen. »*Jys bellzhahn tuhl e tuhr ezhanjo.*« (Ich grüße dich und deine Seele.) »*Jyhr ... jyhr ...*« Er stockte, weil ihm das Wort für Herz nicht einfiel. Ausgerechnet jetzt.

»*Adorh*«, half sie ihm weiter und kam näher.

Er nickte beklommen. Was für ein holpriger Anfang. »*Jyhr adorh jaln tuhr adorh – e yl brian i Atharpazh jaln zhar!*« (Mein Herz ist dein Herz, und die Kraft in Atharpazh ist Friede.) Es war die längste Begrüßungsformel, die Zhinlohr ihn gelehrt hatte, er hatte sie immer wieder üben müssen. Sie war für die Audienz beim Fürsten von Innelles gedacht gewesen, und er war froh, dass er sie nicht vergessen hatte. Besser könnte er seinen Respekt gegenüber der Elbin nicht zum Ausdruck bringen.

»*Yt Zhar ezh tuhn!*« (Friede sei mit dir!) Valehna nickte ihm zu, ein zartes Lächeln umspielte ihre Lippen. »Es freut meine Seele, die Sprache meines Volkes aus dem Mund eines Menschenkinds zu hören.«

Farim deutete eine Verbeugung an. »Leider bin ich noch am Anfang meiner Studien und beherrsche sie nicht annähernd so gut, wie ich es mir wünschte.«

»Das macht nichts, wir sprechen deine Sprache.«

Sie musterte ihn und er senkte den Blick. Hoffentlich erwartete sie nicht von ihm, dass er anfinge, Fragen zu stellen. Er war so mit dem Fluchtplan beschäftigt gewesen, dass er überhaupt nicht mehr an sie gedacht hatte.

»Ich komme mit einer Entschuldigung«, begann sie. »Ich versäumte es, mich vorzustellen.«

Farim dachte an den Auftritt der Wasser-Scheltar und konnte es ihr nicht verdenken.

»Ich bin Valehna-Tanuhnjell, das Kindeskind der ehrwürdigen Mijah-Glajurdah.«

Mijah-Glajurdah, das also war der Name der Herrscherin über die Waldelben. Farim nickte. »Es ist mir eine Ehre, Urtochter der Fürstin von Gohlannbjahr.« *Und Urtochter der Holz-Scheltar.* Ob sie ähnlich zuvorkommend wie ihr Kindeskind war? Oder eher aufbrausend und ablehnend wie die Scheltar des Wassers?

Die Tür des Baumhauses klappte auf. »Bei den Pickeln ...«

»Mein Begleiter«, unterbrach Farim ihn schnell. »Semjon Hammerschlag aus dem Eskringebirge.«

»Aus Eskrinor, wenn ich bitten darf.« Er verschränkte die Arme. »Und ihr Langoh...«

»Das ...«, Farim unterbrach ihn abermals und hörte ihn stöhnen, »... ist Valehna-Tanuhnjell, Urtochter der Fürstin.« Er betonte jedes einzelne Wort.

Anscheinend begriff sein rotbärtiger Freund, wie wichtig dieser Besuch für sie sein könnte – zumindest war er für einen Moment still. Vielleicht würde er sich sogar auf so etwas wie Manieren besinnen.

Tatsächlich presste der Zwerg ein paar Brocken Iljaitt hervor. »*Yt Zhar ezh tuhn,* oder wie ihr zu sagen pflegt.« Semjon trat näher heran – ein wenig zu nah. Als ginge es darum, in nachbarschaftlicher Plauderei die neuesten Gerüchte auszutauschen. Immerhin deutete er eine Verbeugung an. »Kindeskind der Fürstin von Gohlannbjahr.«

Na also, geht doch.

»Noch vor einigen Tagen hätte ich das als Ehre bezeichnet.«

Farim hielt die Luft an, als Valehna sofort antwortete. »Bis vor wenigen Tagen hätten wir auch nicht damit gerechnet, dass die Kinder unserer Mütter der Wälder vom Beil eines Zwerges angegriffen und verletzt würden.« Ihre Stimme war einen Hauch schärfer geworden.

»Angegriffen? *Angegriffen?*« Semjon schnaufte und rang sichtlich um Fassung. »Ich bin gegen einen Baumstamm gefallen und an ihm hinabgerutscht. Dabei hat mein Beil winzigste Späne der Rinde abgeschabt. Ich konnte es leider nicht nachprüfen, weil verrückt gewordene Bäume nach meinem Leben trachteten. Und das war der wirkliche Angriff.«

»Die Magie der hiesigen Bäume ist uralt und unergründlich. Ein notwendiger Schutz für die Mütter der Wälder.«

»Notwendiger Schutz? Eine Armee wahnsinniger Bäume, die auf zwei harmlose Wanderer einprügelt, weil sie ein kleines Beil für Brennholz dabei haben? Langohren-Irrsinn.«

»Womöglich haftet ein Geruch an Euch, der diese heftige Gegenwehr ausgelöst hat.«

»Geruch? Was soll das denn heißen? Bei den Pickeln meines Hintern, lieber bleibe ich mondelang ungewaschen, als so eklig süß wie Ihr Meilen gegen den Wind zu stinken.«

»Semjon!« Farim packte den Arm des Zwergs. »Die ehrwürdige Valehna hat lediglich Vermutungen geäußert. Nichts davon muss zutreffen.«

Semjon schüttelte ihn ab und schnaubte unwillig. »Was soll das heißen? Wie meinst du das?«

»Es waren die Kinder der Mütter der Wälder, die uns angegriffen haben. Verzeiht, wenn ich das so formuliere.« Er warf der Elbin einen kurzen Blick zu, wartete ein Nicken ab und wandte sich wieder an seinen rotbärtigen Freund. »Eine beängstigende Erfahrung, da gebe ich dir vollkommen recht. Aber womöglich war tatsächlich ein Geruch für dieses Ausmaß verantwortlich.«

»Fängst du auch noch damit an? Ich stinke nicht.«

»Das sagt doch keiner.« Farim mühte sich, ruhig zu bleiben. »Es könnte der Geruch der Prelken sein, den die Bäume wahrgenommen habe. Du sagtest selbst, dass man sie nicht an die Bäume lassen dürfte.«

»Nun ... äh ... ja. Deshalb haben wir sie ja auch zurückgelassen.« Bei den letzten Worten stemmte er die Hände in die Seiten und schaute zur Elbin auf.

»Prelkengeruch? Das könnte in der Tat eine Erklärung sein.« Valehna nickte bedächtig. »Wo sind die Tiere jetzt?«

»Auf auf einer schönen, saftigen Wiese«, antwortete Semjon und wurde schon wieder lauter. »Auf der sie aber nicht bleiben werden, wenn wir sie dort nicht bald abholen.«

Farim hoffte, dass die Elbin die versteckte Drohung nicht übel nehmen würde, und versuchte rasch, das Gespräch in andere Bahnen zu lenken. »Das alles hat uns etwas durcheinandergebracht, bitte seht uns das nach. Wir sind sehr dankbar für die Rettung und Heilung, ehrwürdige Valehna.«

So weit, so gut. Der Zwerg war still und die Elbin hörte ihm zu. Aber wie sollte er weitermachen? »Darüber hinaus ehrt uns Euer Besuch.« Er suchte nach Worten. »Gibt es etwas, dass wir für Euch tun können?« Na toll. Ein Gefangener, der seine Wärterin fragte, was er für sie tun könne. Als wartete die Thronfolgerin einer Fürstin auf die Hilfe eines niederen Menschen und eines dreisten Zwergs.

»Das könnt ihr.« Sie schaute ihn ernst an. »Meine Urmutter wünscht eine Erklärung für das, was wir im Wald fanden.« Sie öffnete ihren Umhang und zog etwas hervor, das Farim sprachlos machte.

Erkenntnisse

»Meine Zeichentasche?« Er hätte sie ihr am liebsten aus den Händen gerissen. Sie war wieder da. Nicht verloren, nicht vernichtet.

Valehna neigte ihren Kopf und betrachtete ihn. »Dann stammen die farbigen Bilder von dir?«

Farim ahnte, worauf das hinauslaufen würde, doch er nickte zustimmend.

»Die Fürstin ist die Scheltar des Holzes und erkennt, wenn ...«

»... wenn Bilder mit Elbenstiften gezeichnet wurden«, vervollständigte er ihren Satz. Es war nicht seine Art, jemandem ins Wort zu fallen, doch er wollte dieses Verhör abkürzen. Zumindest, wenn es um die Stifte und Bilder ging, gab es nichts, was er sich vorwerfen lassen musste. »Die Stifte waren das Geschenk eines Freundes«, ergänzte er und hielt inne. Ob sie die Bruchstücke ebenfalls gefunden hatten?

»Ein Geschenk, das zerbrochen wurde.«

Farim seufzte. Elben waren gründlich, das musste man ihnen lassen. »Das stimmt. Deshalb bin ich hier. Ich möchte den Verlust wiedergutmachen. Wenn ich die letzten Zutaten für die Herstellung finde und eine Scheltar mir hilft, werden die Elbenstifte zu neuem Leben erwachen.«

»Es gab nur noch zwei Paare auf der Welt, wenn ich es richtig erinnere.« Sie ging gar nicht auf ihn ein. »Waren es die Stifte aus Erellgorh?«

Er nickte und hoffte inständig, dass er Zhinlohrs Namen heraushalten könnte, solange er nicht wusste, wie die Urtochter der Mijah-Glajurdah dazu stand.

Valehnas Blick schien sich an ihm festzusaugen, als wollte sie ihm bis in die Tiefen seiner Seele schauen. »Brüder und

Schwestern unseres eigenen Volkes haben dich auf diesen Weg geführt?« Sie schüttelte den Kopf. »Sie haben dieses Heiligtum offenbart und damit das Verlangen nach Magie und Macht in dir geweckt, ist es nicht so?«

»Aber nein, darum geht es nicht. Ich wollte schon immer Zeichner werden. Das ist nicht neu.« Er suchte nach Worten. »Mein ganzes Denken ist seit jeher von Farben und Bildern durchdrungen gewesen. Stifte und Pergament waren die einzige Stimme, mit der ich Menschen erreichen konnte.«

Kurz überlegte er, ob er ihr erzählen sollte, dass er zeitlebens gestottert hatte. Würde es ihr das verständlicher machen? Nein, es würde hilflos wirken und nichts an der Sache ändern. »Schon als Kind habe ich gelernt, die Dinge so zu zeichnen, wie sie sind, damit die Menschen sie verstehen.« Farim massierte seine Schläfen, er war sich nicht mehr sicher, wo er begonnen hatte. Sein Blick fiel auf die Zeichentasche, er dachte an sein Skizzenbuch und das prunkvolle Buch im Ladenfenster in Myxa.

»Ich möchte Bücher zeichnen, die die Natur so zeigen, wie sie ist – mit all ihren Wundern. Darin sehe ich meine Bestimmung. Das ist mir von Tag zu Tag klarer geworden. Nur werde ich sie ohne Elbenstifte nicht erfüllen können.« Er sah Valehna fest in die Augen. »Ich brauche sie, damit ich meinen Weg weitergehen kann.«

»Darüber muss ich nachdenken«, begann sie vorsichtig. »Vielleicht waren dir die Elbenstifte bestimmt. Doch auch der Verlust kann Bestimmung sein, eine Mahnung des Schicksals, diesen Weg nicht zu beschreiten.«

»Nein, das glaube ich nicht. Ich ...«

»Glaube ist nicht Wissen«, fiel sie ihm ins Wort. »Es ist nicht an mir, über dein Schicksal zu entscheiden. Doch ein Heiligtum unseres Volkes ist verloren, und es ist sehr wohl an uns, zu bedenken, was das bedeuten kann. Ihr werdet unsere Gastfreundschaft wohl noch länger erdulden müssen.«

»Bitte was?« Semjon trat einen Schritt vor. »Der Junge erzählt Euch ehrlich und aufrichtig seine Geschichte, ist so nobel und will den Verlust dieser heiligen Pinsel ungeschehen machen und zum Dank bleibt er eingesperrt? Und ich noch dazu? Bei den Göttern der Himmelsschmiede, was für eine Willkür ist das?«

»Erdreistet Euch nicht, Zwerg! Es hängt mehr daran, als Ihr wissen könnt.«

»Was soll denn dran hängen, verkochter Höhlenfisch noch mal? Der Junge hat schon fast alle Zutaten und braucht nur noch die letzten Sachen.«

Valehnas Brauen hoben sich, als horchte sie nach dem Sirren einer Fliege, darauf hoffend, dass sie blitzschnell zuschlagen könnte, wenn das Insekt sich niederließ. Nur dass es kein Insekt war, auf das sie wartete.

»Sag ihr halt, was du noch brauchst. Diese Blume war doch nicht das Einzige, oder? Ich habe dich doch mit ...«

»Was redest du da«, unterbrach Farim ihn, um zu verhindern, dass er etwas über Kiri ausplauderte.

»Mit ... mit dir selbst reden hören.«

Gerade noch mal gut gegangen. Farim versuchte, Semjon unauffällig Zeichen zu geben, damit er endlich still wäre. Er redete sich um Kopf und Kragen.

»Jedenfalls hast du da irgendwas erzählt, da bin ich mir sicher. Auch, wenn ich es nicht genau verstanden habe.«

»Lass gut sein, Semjon«, presste Farim hervor.

»Ah, jetzt weiß ich es. Eine sechste Zutat, oder?«

Er konnte förmlich hören, wie diese Erkenntnis im Kopf der Elbin Platz fand. Wie das Insekt sich setzte und das Sirren verstummte. Wenn die Elben von Innelles über die sechste Zutat Bescheid wussten, kannte Valehna sie auch.

Ergeben wartete er darauf, dass die Urtochter der Fürstin zuschlug. Doch als er den Blick hob, sah er keine Wut in ihrem Gesicht, keinen Zorn, sondern ein Erschrecken, das ihre Mimik erstarren ließ. Als wäre alles Gute der Welt unrettbar verloren, als stünde der Sinn des Lebens selbst auf dem Spiel.

In diesem Moment glaubte Farim, dass er das Geheimnis um die Macht der Drachtarh förmlich greifen konnte. Was, wenn ihre Magie einzig und allein in ihrer Schuppenpanzerung gesteckt hatte? Und was, wenn nicht nur wenige Schuppen der Seelenwächter existierten, sondern noch viele? Gehütet wie ein mächtiger Schatz in einem Hort magischer Kostbarkeiten. Aber ja, darum ging es. Um das Versteck ihrer Heiligtümer. Im Reich der Mütter der Wälder, verborgen vor den Augen der Welt.

Und dann, als Valehna blinzelte, erkannte er, dass sie wusste, dass er es wusste. Wie ein Schmerz, der nicht vergehen wollte, zog sich dieser Moment der Erkenntnis in die Länge, hing wie ein Schwert über ihm. Zu viel Wissen und kein Entkommen.

Plötzlich brach Semjon das Schweigen. Der Zwerg hatte nicht verstanden, worum es ging, und spürte deshalb die Bedrohung nicht. »Nun gib dir einen Ruck, junger Künstler. Ohne Hilfe kannst du diese Farbstöcker sowieso nicht herstellen. Oder traust du ihr nicht zu, dass sie diese Zutat findet? Kannst es auch mir sagen. Wenn die Langohren nicht helfen wollen, beschaff ich dir das Ding ... Zeug ... was auch immer.«

»Wagt es nicht, Euch einzumischen, Zwerg!« Die Stimme der Elbin peitschte förmlich durch die Luft.

Semjon trat unvermittelt einen Schritt zurück. Dann sah er zu Farim. »Was, um der Seelen willen, ist hier eigentlich los? Was fehlt dir noch, zum Henker?«

»Die Schuppe eines Drachtarh«, gab Farim zu.

Dem Zwerg entglitten die Züge. »Eine der magischen Schuppen? Da halt ich mich dann doch besser raus«, flüsterte er.

Für einen langen Moment sagte niemand ein Wort. Farim dachte an die Elben von Innelles zurück, an ihre Feindseligkeit, als er im Fieber von den Drachtarh gesprochen hatte.

Erst jetzt begriff er, warum die leidvolle Geschichte der Seelenwächter bis heute nachwirkte, warum Angst und Groll in den Elbenvölkern weiterlebten. Sie versuchten, das magische Erbe der ältesten Geschöpfe für sich zu behalten, weil ein dunkler Schatten darüberlag, der nicht ans Licht kommen durfte. Sie mühten sich, ihre Emotionen zu kontrollieren, und waren doch wie kochendes Wasser, das jeden Moment den Kessel sprengen könnte.

Dann fiel ihm wieder ein, was Zhinlohr die Schiffsführerin der »Pazhmaarh« gefragt hatte: »Wart ihr nicht auch dabei, im

Elbenrat von Gohlannbjahr, nach der unseligen Vernichtung der Drachtarh?« Welche unaussprechlichen Dinge lagen wohl noch im Verborgenen?

Jäh stockte ihm der Atem. Hatten die Elben den Seelenwächtern die magischen Schuppen aus dem Leib gerissen? Waren sie so versessen darauf gewesen, ihren Hort der Heiligtümer zu bereichern? Er war drauf und dran, Valehna den Verdacht ins Gesicht zu schreien. Doch dann riss er sich zusammen. Er suchte noch nach versöhnlichen Worten, als die Urtochter der Fürstin ihm plötzlich seine Tasche reichte.

»Eines Tages musste es passieren«, sagte sie. »Menschen sind neugierige Wesen, begreifen jede Grenze nur als Herausforderung, die es aufzubrechen gilt. Besser, das Schicksal führt einen Zeichner zu uns als einen Krieger.«

Farim spürte die Wehmut in ihrer Stimme und wagte kaum, ihr in die Augen zu sehen. Mit einem Mal kam sie ihm unendlich jung und zerbrechlich vor. Vielleicht war sie selbst gar nicht dabei gewesen und musste mit dem Erbe leben, das ihre Ahnen hinterlassen hatten.

»Ich weiß nicht, welcher Bestimmung du noch folgen wirst. Eine, so glaube ich, hast du soeben erfüllt.«

Was meinte sie damit? Er hatte doch seine Gedanken für sich behalten.

»Es tut mir leid, dass ich mehr erfahren habe, als ich wissen sollte.« Er versuchte, den Schaden zu begrenzen. »Ich möchte einfach nur Bilder malen. Bilder, die die Seele der Dinge zeigen.« So hatte Zhinlohr es formuliert, und so ergab seine Bestimmung einen Sinn. »Glaubt Ihr mir, wenn ich sage, dass niemand jemals etwas von mir darüber erfahren wird?«

Sie nickte. »Ja, das glaube ich dir, junger Farim. Und es ist gut so.« Sie warf einen Blick zu Semjon, der abwechselnd zwischen ihnen hin- und hergeschaut hatte, als versuchte er immer noch, zu begreifen, worüber sie sprachen.

»Was ist?«

Valehna antwortete nicht, sondern neigte nur den Kopf ein klein wenig mehr in seine Richtung.

»Was denn? Ich sage sowieso nichts. Ich will nichts wissen und ich weiß nichts. Damit bin ich immer gut gefahren.« Er rubbelte sich den Bart und grummelte so etwas wie: »Verstehe eh nicht, worum's hier geht.«

»Gut so«, entgegnete Valehna. »Andernfalls würde ich dich finden. Wo immer du dich verstecken magst; und sei es in den tiefsten Tiefen von Eskrinor. Ich bin schließlich eine Elbin und habe viel Zeit, zu suchen.«

»Zwerge verstecken sich nicht. Wenn was ist, komme ich Euch entgegen. Mal sehen, wer sich dann versteckt.«

Etwas hatte sich verändert. Farim versuchte, zu begreifen, was hier gerade passierte. Die Drohungen zwischen den beiden mochten ernst gemeint sein, doch ihr Umgang war vertraulicher geworden. Als knüpfte das gemeinsame Wissen um den Hort der Heiligtümer ein unsichtbares Band zwischen ihnen. Hatte Valehna ihn eben nicht auch schon mit einem schlichten »du« angesprochen? Vielleicht war sie ihm trotz allem wohlgesonnen, und er konnte sich am Ende doch Hoffnung machen, lebend aus Gohlannbjahr zu entkommen. Durfte er in dem Fall sogar auf die Hilfe der Holz-Scheltar hoffen?

»Die Fürstin hat deine Bilder gesehen und dein Talent erkannt.« Valehnas glockenklare Stimme unterbrach seine Gedankengänge. »Sie zieht in Erwägung, dass deine Bestimmung in der Zukunft der Völker eine Rolle spielen mag. Deshalb bin ich heute zu dir gekommen.«

»Und was bedeutet das?«

»Sie bat mich, den Inhalt deiner Tasche geheim zu halten.«

Semjon stöhnte. »Mann, Mann, Mann. Ohne Geheimnisse könnt ihr aber auch nicht sein.«

Er fing sich einen strengen Blick der Elbin ein. »Ohne dieses Geheimnis, könntet vor allem *ihr* nicht. Und zwar überleben.«

Farim ahnte sofort, was – oder vielmehr, wen sie meinte. »Dann weiß Anastina-Kyriejah nichts über die Elbenstifte?«

»Nein, die Scheltar des Wassers hat den Fund der Tasche nicht mitbekommen. Und es wäre sicher von Vorteil, wenn das so bliebe.«

»Hört, hört.«

Noch ein strenger Blick für Semjon, diesmal von einem Kopfschütteln begleitet.

»Will ja nichts gesagt haben ...«, begann er, und Farim wünschte, er würde den Mund halten. »Aber die Scheltar ist eine Waldelbin, wie du es bist, Thronfolgerin. Mich dünkt, du müsstest auf ihrer Seite sein.«

Auch wieder wahr.

»Und mich dünkt, du müsstest die Reihenfolge von Reden und Denken neu ordnen.«

»Mein Denken neu ordnen? Bei den Hammerschlägen der Ahnen, das muss ich mir nicht sagen lassen. Ich bleibe keinen Tag länger hier. Das hält man ja im Kopf nicht aus.«

»Semjon, bitte. Freundin Valehna will uns nur helfen.« Farim legte ihm beruhigend die Hand auf die Schulter, doch sein aufbrausender Freund schüttelte sie ab.

»Wenn sie uns helfen will, soll sie so ein Lianenhöhenwechslerdingsbums heranpfeifen und uns aus diesem Seelenkäfig befreien.«

»Das täte ich sogar, wenn es diese Möglichkeit gäbe. Wer will schon ständig so ein Gezeter hören?«

»Gezeter?« Semjon holte Luft und schaute zu Farim. »Hat sie eben Gezeter gesagt? Ich hab es doch gewusst. Mit diesen langlebigen Wortverdrehern darf man sich nicht einlassen. Ich hätte schon längst auf dem Pass zwischen den Kesseln sein können, aber nein, ich musste dir und deinem Welpenblick ja auf den Leim gehen.«

»Semjon, bitte!« Zum erstem Mal im Leben erhob Farim seine Stimme, um jemand anderen zu unterbrechen. Und er war vollkommen überrascht, dass es klappte und der Zwerg tatsächlich zu reden aufhörte. »Könntest du bitte, bitte einen Augenblick ruhig sein.« Farims Stimme zitterte, er atmete tief durch, ehe er leiser fortfuhr. »Ich möchte gerne wissen, ob ich das gerade richtig verstanden habe.« Er trat zwischen die beiden und schaute Valehna fragend an. »Ihr würdet uns befreien? War es das, was Ihr eben gesagt habt?«

Sie nickte. »Wie auch immer deine Bestimmung aussieht, Freund Farim, du kannst sie nicht erfüllen, wenn du unser Gefangener bist, das wird auch der Fürstin klar sein. Sie wird die Sterne befragen und eher zugunsten einer möglichen

Zukunft entscheiden, als diese unmöglich zu machen, da bin ich sicher. Bestimmungen und Prophezeiungen sind allen Elbenvölkern wichtig.«

Ja, das hatte Zhinlohr ihm auch schon gesagt und ihm damit die Angst genommen, dass die Feuerelben ihm auf der »Pazhmaarh« etwas antun würden.

»Doch ebenso wichtig sind uns unsere Riten und Heiligtümer. Ihr müsst begreifen, dass deshalb auch deren Schöpfer, unsere Scheltar, einen ähnlichen hohen Rang bekleiden wie die Fürsten unserer Reiche.« Valehna schaute in eine unbestimmte Ferne und hielt inne, bevor sie weitersprach. »Die Scheltar des Wassers weiß, dass ihr hier seid.« Sie richtete ihren Blick wieder auf Farim. »Wir sollten einen Weg finden, ihr Einverständnis zu gewinnen, damit sie Teil der Entscheidung über eure Freilassung ist. Und das wird nicht einfach. Ihre Befürchtung, dass zumindest einer von euch Verbindungen zum Magister-Orden hat, ist dieser Tage von besonderer Bedeutung und bleibt nicht ungehört.«

»Ihr meint den bevorstehenden Elbenrat in Erellgorh?« Farim dachte an Fenkorh und dessen Eltern. Sollte er Valehna von ihnen erzählen?

Bevor er sich entschließen konnte, ergriff sie erneut das Wort. »Du weißt von der Einberufung der Elbenhäuser?«

Farim nickte.

»Dann weißt du vielleicht auch, dass es um den Frieden der Völker schlecht bestellt ist, und der Orden hat seinen Anteil daran. Das Schicksal der Völker liegt leider oft in den Händen weniger, doch das rote Banner winkt allen. Gerade deshalb ist es wichtig, keine Macht vor den Kopf zu stoßen und besonnen zu bleiben.«

»Das rote Banner?«

»Krieg«, antwortete Semjon. »Sie spricht von einem Krieg zwischen den Völkern. Aber ganz so weit ist es noch nicht. Vielleicht sollten wir erst mal über unsere eigene Lage sprechen, bevor wir einen Rettungsplan für Jukahbajahn schmieden.«

»Ein Tropfen kann reichen ...«, hob Valehna an.

»... um ein Fass zum Überlaufen zu bringen, schon klar.«

»Wer kann sagen, wer dieser Tropfen sein wird?«

»Ich jedenfalls nicht. Und Farim ist höchstens ein Tröpfchen. Abgesehen davon, kann gerade in angespannten Zeiten jeder Tag einen Unterschied machen. Je eher wir hier wegkommen, umso eher kann unser Künstler seine guten Werke verrichten.«

Die burschikose Art des Rotbarts konnte einen zur Verzweiflung bringen, aber was er sagte, gefiel Farim. Vorsichtig schaute er zu Valehna hinüber, die gerade so rüpelhaft von Semjon unterbrochen worden war.

Zu seiner Überraschung nickte sie. »Auch das mag sein. Dennoch müssen wir Anastina-Kyriejah im Blick behalten.«

»Also!« Semjon richtete sich zur vollen Größe auf, was aus Farims Sicht nicht wirklich einen Unterschied machte. »Ich kann ja nur von meinen Erfahrungen sprechen und kenne mich bei euch nicht aus, das gebe ich zu. Aber unser Stammesvater würde einfach entscheiden und dann dazu stehen. Mehr gibt es nichts zu sagen, denn wenn ich es richtig verstanden habe, ist die Fürstin selbst eine Scheltar. Das Machtgefälle sollte also klar sein.«

Ausnahmsweise gab Farim ihm recht. Mijah-Glajurdah sollte entscheiden können. Wenn nicht sie, wer dann?

»Doch das alles sollte nicht hinter dem Rücken der Kyriejah geschehen, wenn wir sie nicht herausfordern wollen.«

»Muss es auch nicht. Pfeift sie ran, sagt es ihr und fertig.«

Valehna lächelte mit schmalen Lippen. Farim glaubte, zu verstehen, was sie dachte. Semjon stellte sich die Situation zu einfach vor. Wer nicht selbst über eine derartige Macht gebot, konnte sich niemals in die Lage der Elben versetzen. Deshalb war Valehna auch nachsichtig mit ihm.

»Vor morgen Abend wird die Scheltar des Wassers nicht wieder in der Stadt sein. Fasst euch also noch ein wenig in Geduld. Spätestens in zwei Tagen kehre ich zurück und bringe euch dann persönlich zu euren Prelken. Falls ihr mir sagen wollt, wo die Lichtung ist. Ich bewundere diese Tiere schon lange. Ausdauer und Kraft, gepaart mit Anmut und einer einzigartigen Magie, wie man sie nur selten findet.«

Semjons Augen strahlten, als er die Schmeicheleien hörte, und zu Farims Verwunderung gab er ihr bereitwillig Auskunft. »Nicht schwer zu finden. Man muss nur der Schneise zwischen den Müttern der Wälder und dem heiligen Wald nach Osten folgen. Die Prelkböcke grasen auf einer nahezu magischen Lichtung, die so ebenmäßig ist, dass jeder Alchimist in Verzückung geraten würde. So was findet man wahrscheinlich nur im Elbenreich.«

»Der Weltenspiegel? Bei den Seelen!« Die Augen der Thronfolgerin weiteten sich. »Ich muss gehen. Sofort!«

Ihre alarmierte Stimme jagte Farim Angst ein, und auch Semjons Gesicht erschlaffte, als Valehna sich umwandte, ohne ein weiteres Wort auf die Liane sprang und in der Tiefe verschwand.

Flucht

Die beiden Freunde sahen überrascht zu, wie die Streben ihres Käfigs emporwuchsen und sich mit einem Sirren schlossen. Sie waren vollkommen überrumpelt, ohne die geringste Ahnung, was gerade passiert war.

»Weltenspiegel? Was ist das wieder für ein Elbenschnickschnack?« Semjon kratzte sich den Bart. »Irgendwie hab ich kein gutes Gefühl bei dieser Sache.«

Farim konnte es ihm nicht verdenken. Die Elbin war völlig unerwartet aufgebrochen. »Es muss was mit deinen Prelken zu tun haben.« Er rief sich den Ablauf des Gesprächs noch einmal in Erinnerung. »Als du den Weg zur Lichtung beschrieben hast, wirkte sie plötzlich angespannt.«

»Und als ich dann von dieser Gleichförmigkeit gesprochen habe, kam sie mit diesem Weltenspiegel.«

»Magische Lichtung, ebenmäßig ...« Farim musste an den Abend denken, als sie mit den Prelken dort ankamen und ihm die Landschaft so unnatürlich vorkam. »Magische Lichtung ...« Plötzlich kam ihm ein beunruhigender Gedanke. Er packte seinen Freund bei den Schultern. »Semjon, was, wenn die Lichtung gar nicht echt ist?«

»Nicht echt? Blablablab. Du bist doch selbst da gewesen. Licht und Schatten, Wind in den Gräsern und Kräutern, da war alles in Bewegung. Wie soll das denn nicht echt sein?«

Auch wieder wahr. Trotzdem hatte Farim das Gefühl, dass etwas nicht gestimmt hatte. Und dass Valehna so überstürzt reagierte, musste einen triftigen Grund haben. »Kiri meinte, sie hätte weiter weg sein müssen. Dichter am Meer.«

»Ja, ja. Aber Baumskrate können auch sehr alt werden. Wer weiß, wie lange der Hautwechsler nicht mehr da war?«

»Trotzdem war da was Seltsames, ich weiß nur nicht, was.«

»Natürlich war da was. Eine fast kreisrunde Lichtung mit saftigen Gräsern, Kräutern und himmlischer Ruhe.«

Ruhe. Das war es. »Aber natürlich, du hast recht.« Farims Herz begann vor Aufregung schneller zu schlagen, als er sich erinnerte. »Ich bin nachts aufgewacht und es war absolut still. Kein Lüftchen rührte sich.«

»Kommt vor, oder nicht?«

»Aber kommt es auch vor, dass die Pflanzen einer ganzen Lichtung sich im Wind wiegen, wenn es nicht weht?« Farim erinnerte sich an tanzende Blüten im Mondlicht.

»Bei den Göttern der Himmelsschmiede, natürlich nicht.« Semjon riss die Augen auf. »Warum hast du nichts gesagt?«

»Weil ich den Zusammenhang nicht verstanden habe. Ich hatte auf etwas vollkommen anderes geachtet. Ein Vibrieren des Bodens irritierte mich. Außerdem war ich halb im Schlaf.«

»Wie auch immer. Das Vibrieren würde zu Magie passen. Zu großer Magie.« Semjon kratzte sich den Bart. »Wenn ich an die Ausmaße der Lichtung denke ... Könnte das der Spiegel sein? Bei dem Gedanken wird mir ganz anders.«

»Mir auch. Ich wusste ja, dass sie mächtig sind, aber ich hätte nie gedacht, dass sie eine ganze Welt spiegeln können. Und es ist sicher nicht gut, dass wir es herausgefunden haben.«

»Solange keiner weiß, was wir wissen, stört mich das nicht.« Semjon machte eine wegwerfende Geste. »Wir wissen ja noch nicht einmal, ob dieser Weltenspiegel wirklich ein Spiegel ist. Oder wie er überhaupt funktioniert.«

»Immerhin wissen wir, dass er da ist. Aber wozu?«

»Hm.« Semjons buschige Brauen hoben sich. »Ich würde so einen Aufwand nur betreiben, um von der Wahrheit abzulenken. Oder um was wirklich Wichtiges zu verstecken.«

»Bei den Seelen!« Der Stein der Erkenntnis polterte mit Wucht in Farims Bewusstsein. »Natürlich verbergen sie was, da hätte ich sofort drauf kommen müssen.«

»Als wenn das was Neues wäre, bei diesen langohrigen Geheimniskrämern.«

»Semjon, ich denke, ich weiß jetzt, was hinter dem Spiegel ist.« Farim schlug dem Zwerg auf die Schultern. »Das

Gespräch zwischen Zhinlohr und Kellwah, die Andeutungen von Valehna und Kiri ... selbst das Vibrieren des Bodens ergibt jetzt einen Sinn.«

»Wenn ich es nicht besser wüsste, würde ich dir vorhalten, dass du absichtlich in Rätseln sprichst. Pass bloß auf, dass du nicht genauso wirst wie diese Wortverdreher.«

»Da ist nichts, was du nicht selber erraten könntest.« Hatte sein grummelnder Freund noch immer nicht begriffen, dass es um einen geheimen Schatz ging? Einen Hort der Heiligtümer, in dem sich auch die Schuppen der Drachtarh befinden mussten. Seine Elbenstifte würden kein Traum bleiben. »Semjon, du weißt von der sechsten Zutat und hast Valehnas Reaktion mitbekommen. Muss ich dir ernsthaft sagen, was hinter dem Weltenspiegel ist?«

Farim konnte es im Gesicht des Zwergs sehen. Die buschigen Brauen, die sich grübelnd zusammenzogen, fragend hoben, um im nächsten Moment nach oben zu schnellen und den graublauen Augen Platz zu verschaffften, die weit aufgerissen blankes Staunen zeigten. Nur, um einen Lidschlag später sofort in Skepsis umzuschlagen. »Du meinst die Drachtarhschuppe, die dir noch fehlt? Der ganze Zauber, nur wegen einer magischen Schuppe? Die würde sicher auch unter das Bett der alten Fürstin passen und wäre dort bestimmt viel besser aufgehoben.«

»Semjon.« Farim schüttelte ungläubig den Kopf. »Es geht doch um viel mehr. Oder hast du noch nie von den Heiligtümern der Scheltar gehört?«

»Natürlich, aber was hat das mit diesem Spiegel zu tun?«

»Stell dir einfach einen Hort vor, an dem alle magischen Heiligtümer der Elben verwahrt werden. Einen Ort, so groß, dass die Werke aller Elbenvölker dort Platz finden.«

Die Augen des Zwergs begannen zu leuchten. »Das ... das wäre einfach zu fantastisch.« Fassungslos schüttelte er den Kopf. »Aber hätte davon nicht längst etwas durchsickern müssen? Kann so was über die Zeiten hinweg geheim bleiben? Ein solcher Schatz müsste alles Gold der Welt aufwiegen.«

Farim nickte. »Und jetzt stell dir vor, dass dort womöglich unzählige Drachtarhschuppen bewahrt werden.«

»Nein, das kann ich nicht. Dann müsste dieser Hort nicht nur groß sein, er müsste ungeheure Ausmaße haben. Eine magische Schuppe, ja, vielleicht auch zehn. Die kann es noch geben und schon ihr Wert wäre unermesslich. Aber Hunderte oder Tausende?« Der Zwerg schüttelte den Kopf.

»An welche Ausmaße denkst du? Würde dir ein Stück Land reichen, das sich bis zum Meer erstreckt?«

Semjon starrte ihn mit offenem Mund an.

»Hinter dem Weltenspiegel liegen die Schuppen der Drachtarh, es muss so sein«, bekräftigte Farim.

»Und wenn schon.« Der Zwerg schluckte mühsam seine Begeisterung herunter, dabei wäre er sicher am liebsten sofort aufgesprungen, um den Hort mit eigenen Augen zu sehen. »Selbst wenn die Schuppen dort sind«, Semjons Stimme klang rau, »würde kein Elb der Welt auch nur eine davon rausrücken. Allein zu sagen, dass man eine haben möchte, grenzt an Dummheit. Ich musste sofort an die Geschichten denken, die man sich über den Elbenrat erzählt – von damals, als die Weltenhunde vernichtet wurden. Nichts, was mit den Drachtarh zu tun hat, und seien es die magischen Schuppen, ist ein Thema, das man hier, ausgerechnet hier, wieder aufkocht.« Er raufte sich die Haare. »Himmel, Rost und Nagelbruch. Du glaubst wirklich, dass es den Hort gibt?«

»Ja Semjon, das glaube ich.«

Sein rotbärtiger Freund wankte an die Wand des Baumhauses und rieb sich die Augen, als wollte er die Bilder tilgen, die ihm jetzt durch den Kopf schwirrten.

»Und ich glaube auch, dass wir nie im Leben mit irgendjemandem darüber sprechen sollten.« Farim versuchte, dass Jucken in seinen Fingern zu ignorieren, die schon jetzt darauf brannten, die Heiligtümer der Elben auf ein Bild zu bannen. Ein Bild, das es niemals geben dürfte.

»Mir egal«, raunte Semjon und richtete sich wieder auf. »Den Hort sehen und sterben wäre auch in Ordnung.«

Diese Augenblicke der Erkenntnis, voller Hoffnung und Vorfreude, kosteten sie beide trotz ihrer Gefangenschaft aus. Sie saßen in ihrer Baumhütte, aßen, tranken und hatten für den Moment vergessen, welche Gefahren vor ihnen lagen.

Semjon überlegte, ob in Eskrinor jemals eine der magischen Schuppen gesehen worden war, erinnerte sich aber nicht. Dafür erzählte er von seinem Vater und einem Standbild, das einen Drachtarh zeigte.

»Ist das so etwas wie eine Statue?«, fragte Farim.

»Mehr als das. Wie ein ganzes Bild, nur eben nicht gemalt, sondern aus Stein gehauen. Mein Vater hat daran mitgewirkt, als er noch jung war. Es ist eine der größeren Arbeiten auf dem Pfad der Giganten.«

»Dem Pfad der Giganten?« Semjons Erzählungen brachten Farims Finger zum Jucken, völlig beseelt griff er nach seinem Skizzenbuch, um sich Notizen zu machen.

»Ein Gebirgspass, wie er auf der Welt nur einmal zu finden ist«, fuhr Semjon fort. »Hoch im Eskringebirge, wo Schnee und Eis die wahren Gebieter sind. Mein Vater erzählt gerne, wie er mit seinen Freunden allen Widrigkeiten trotzen musste, um das Standbild des Drachtarh fertigzustellen. Fast ein ganzes Jahr haben sie daran gearbeitet. Du kannst dir nicht vorstellen, was das bedeutet.«

Farim sah in Pelzen vermummte Zwerge vor sich, die im eisigen Wind der Berge ausharrten und mit halb erfrorenen Fingern Hammer und Meißel führten. Schon bei dem Gedanken daran fröstelte ihn. »Es müssen unglaubliche Strapazen gewesen sein.«

»O ja, darauf kannst du einen lassen. Keine Stumpenlänge hält man das durch, ohne zwischendrin die Hände über einem Feuer aufzuwärmen. Aber es hat sich gelohnt. Wenn du mich fragst, gibt es nichts Vergleichbares.«

»Was genau zeigt es?«

»Einen Weltenhund mit seinen Schützlingen. Wächter der Seelen, wie die Elben sie nennen. Stell dir eine riesige, geflügelte Echse vor, deren Leib mit gezähnten Schuppen bedeckt ist und in deren Maul spitze Zähne aufblitzen, scharf wie Schwerter. Ihr mächtiger Schwanz windet sich schützend um geisterhafte Gestalten, die an Menschen erinnern. Stell dir vor, wie der

Drachtarh dich anstarrt und dir warnend eine Flügelpranke entgegenstreckt, deren Klauen lang wie deine Arme sind und dich im Augenblick eines Lidschlages zerfetzen können.«

Semjons Stimme war dunkler und eindringlicher geworden – düster wie die Szene, die er beschrieb und die in Farims Kopf beunruhigende Gestalt annahm. »Zu keiner Zeit gab es auch nur annähernd ähnlich mächtige Geschöpfe wie sie, heißt es. Anmutige Schönheit paarte sich mit beeindruckender Kraft – erhabene Magie mit brutaler Gewalt.«

Je länger Farim zuhörte, umso beklommener wurde ihm bei dem Gedanken, dass er eine ihrer Schuppen in Händen halten würde. Welche Macht mussten erst zehn, hundert oder mehr ausstrahlen? Dann fiel ihm ein, was Semjon gesagt hatte: Den Hort sehen und sterben wäre auch in Ordnung.

War es das, was ihnen drohte, weil die magischen Energien zu gewaltig sein könnten? Er dachte an das Vibrieren im Boden. Schirmte womöglich der Weltenspiegel nicht nur den Hort vor der Welt, sondern auch die Welt vor dem Hort ab? Doch im nächsten Moment verwarf er diesen Gedanken, als ihm einfiel, dass Zhinlohr etwas über Reiter erzählt hatte. Wenn das stimmte, und davon ging Farim aus, konnte die Magie der Schuppen nicht tödlich sein, denn dann hätte niemand auf ihnen sitzen können. Ob Semjon was darüber wusste? »Ich habe gehört, dass es Freundschaften zwischen Menschen und Seelenwächtern gab.«

»Das ist wahr. Auch zu einigen Elben und Zwergen gab es Verbindungen. Aber soweit ich es sagen kann, weiß keiner so genau, wie sie funktionierten. Die Drachtarh konnten nicht sprechen. Zumindest nicht wie du und ich.«

»Aber sie waren klug und weise, nicht wahr?«

»Weisheit entsteht durch die Verklärung der Zeiten, wenn du mich fragst. In dem Moment, wo Dinge geschehen und Entscheidungen gefällt werden müssen, mögen sie noch ganz anders beurteilt werden als später.«

Semjon hatte recht, zumindest in vielen Fällen, doch darauf wollte Farim gar nicht hinaus. »Um Bindungen einzugehen, müssen sie einen Weg gefunden haben, sich mitzuteilen, oder nicht? Es soll sogar Reiter gegeben haben, die auf ihrem Rücken bis in die Wolken hinaufgeflogen sind.«

»Wohl eher auf ihrem Nacken.« Semjon schob die Unterlippe vor. »Lass mich mal nachdenken.« Seine dicken Finger verschwanden zwischen roten Barthaaren, Farim hörte das Kratzen am Kinn. »Ich glaube, ich habe meinen Vater einmal mit einem der Alten darüber reden hören, als es noch darum ging, wie das Standbild aussehen sollte. Sie sprachen über Reiter. Genau.« Semjon streckte triumphierend den Zeigefinger vor. »Man wollte den letzten Zwergenreiter auf einem Drachtarh zeigen und ihre Verbindung darstellen, so war das. Weiß noch, wie mein Alter darüber nachgegrübelt hat. Aber dann wurde nichts draus, war irgendwie zu schwierig. Es gab nichts Äußerliches, das man glaubhaft hätte hinmeißeln können. Keine Ringe, Ketten oder so ein Quatsch. Seelenwächter und Reiter verbinden sich nämlich über Bilder im Kopf, ja, so war das. Deswegen wurde der erste Plan verworfen. Nicht, dass mein Vater kein genialer Bildhauer wäre, aber ich glaube, da stößt jeder Steinmetz an seine Grenzen.«

Farim nickte nachdenklich. Bilder im Kopf. Das erklärte, warum es nur wenige Reiter gegeben hatte. Wahrscheinlich brauchte es eine besondere Magie.

»Nun aber genug der alten Geschichten.« Semjon stand auf und reckte sich. »Wir sollten uns langsam bereit machen.«

»Bereit machen? Wofür?«

Der Rotbart stöhnte. »Willst du etwa ewig in diesem Baumhaus bleiben?«

»Nein. Aber wir müssen doch auf Valehna warten.«

»Krüppelschwert und Messerrost«, polterte Semjon. »Sind wir ihre Lakaien? Wir müssen gar nichts. Wer weiß, was sie da draußen anstellt und wie lang sie wegbleibt.«

Was Letzteres anbelangte, musste Farim ihm recht geben. Durch Valehnas Aufbruch konnte sich alles verzögern, vielleicht sogar um mehrere Tage. Dennoch war die Thronfolgerin vermutlich ihre einzige Verbündete, und es widerstrebte ihm, sie gegen sich aufzubringen. »Bei allem, was wir tun, sollten wir aber nicht außer Acht lassen, dass ...«

»Vor allem sollten wir bedenken, dass irgendwas mit den Prelken sein könnte – von der Macht dieses Spiegels mal ganz zu schweigen. Und ...«, Semjon hob die Stimme, als käme jetzt sein wichtigstes Argument, »dass wir keine bessere Gelegenheit bekommen werden als heute Nacht.«

»Und wieso? Was ist an dieser Nacht anders?«

»Wozu hast du eigentlich das runde Ding auf deinen Schultern? Valehna ist fort und wird sicher nicht allein gegangen sein. Was schon mal bedeutet, dass weniger Schönlinge da unten rumlungern. Vor allem aber – und das sollte sogar dir einleuchten – ist ab morgen Abend die Wasserhexe wieder in der Stadt. Und wenn ich mich richtig erinnere, ist sie dir sehr zugetan.«

Das hatte gesessen. Der Gedanke, in einem ihrer Wasserzauber zu ertrinken, jagte Farim einen kalten Schauer über den Rücken. Mit einem Mal drängte es ihn auch, möglichst schnell von hier zu fliehen.

Semjon verschwand im Abort, und Farim hörte ihn mit kräftigem Strahl pinkeln. Triumphierend kam er samt Kübel zurück. »Und genug Pisse haben wir jetzt auch.«

Sie warteten, bis endlich die Dämmerung einsetzte und Semjon den geeigneten Zeitpunkt für gekommen hielt. Er positionierte sich mit dem Kübel vor der Stelle, unter der ihr Fluchtweg wartete. Ein breiter Ast, der nahezu waagerecht bis an den Stamm der uralten Baumriesin führte, weit oberhalb der Elbenbehausungen.

»Möchtest du uns den Weg freischütten?« Semjon hielt ihm auffordernd den Kübel hin, doch Farim winkte ab.

»Lass mal. Du hattest schließlich die Idee.« Sicherheitshalber trat er einige Schritte zurück. Der Gedanke, dass Urin auf seine Kleider spritzen könnte, missfiel ihm. Vom Geruch ganz zu schweigen.

»Dann mal los. Hast du deine Tasche? Wir müssen gleich schnell sein.«

Farim presste seine Hand auf die Zeichentasche und nickte. Noch einmal würde er sie nicht verlieren. Er hatte Kopf und Schulter durch den Riemen gesteckt und aus einem der Betttücher eine Art Gürtel geflochten, den er zusätzlich um Brust und Tasche gebunden hatte.

»Also gut.« Semjon fasste den Kübel mit beiden Händen. »Eins.« Er schwang den Eimer vor und zurück. »Zwei.« Er holte ein weiteres Mal aus. »Und drei!«

Mit Schwung kippte er den stinkenden Inhalt auf das magische Gitter und sprang zur Seite, als ihn eine Dusche weißgelber Tropfen von oben bis unten vollspritzte. »Eberkacke, vergammelte!« Er taumelte zurück und ließ den Kübel auf die Plattform poltern.

Farim verkniff sich ein Lachen. »Es ist doch kein normales Gitter«, gluckste er.

»Ist doch kein normales Gitter«, äffte Semjon ihn nach. »Vielleicht hättest du mich vorher warnen können? Vergammelter Käsedreck noch mal.« Er fasste seinen Harnisch mit spitzen Fingern und versuchte, die Tropfen abzuschütteln.

»Ich dachte, du wusstest das.« Farim reckte den Hals, um an Semjon vorbeizuschauen, doch der stand vor ihrem Fluchtweg. Ob es mit Urin so gut wie mit Wasser funktioniert hatte?

»Dachte, du wusstest dass«, grummelte Semjon. »Und ich dachte, die Anziehungskraft wäre größer. Wie es zwischen Seelenmagie und Wasser auch sein müsste.«

»Nur, dass es eben kein Wasser war. Hauptsache, es hat überhaupt geklappt.«

Bei diesem Satz wirbelte Semjon herum und atmete erleichtert auf. »Musst du mich so erschrecken? Ich dachte schon, es wäre nicht genug hängengeblieben.«

»Und? Ist es?« Obgleich der Zwerg kleiner war, verdeckte er den größten Teil der Scheibe.

»Genug geredet. Wir dürfen keine Zeit vergeuden.« Semjon trat einen Schritt zurück, endlich konnte Farim die gelbliche Platte in den Streben ihres magischen Käfigs hängen sehen. *Es könnte gerade reichen.*

Semjon holte aus und trat mit voller Wucht gegen die Scheibe. Sofort kippte sie aus der Wand, traf auf die Kante der Plattform und zerspritzte in eine Wolke gelber Tropfen. Der Zwerg beugte sich zum Loch hinunter. »Gib mir mal deine

Hand. Ich will nicht das Gleichgewicht verlieren und an unserem Fluchtast vorbeistürzen.«

Farim ergriff die Pranke des Rotbarts und fühlte klebrige Nässe auf der Haut. Fast hätte er wieder losgelassen.

»Ich will den guten Geruch ja nicht für mich allein beanspruchen«, feixte der Zwerg, ging glucksend auf die Knie und kroch rückwärts durchs Loch. Dann prüfte er den Abstand zum Stamm unter sich, gab Farims Hand frei und ließ sich fallen. »Uff, das war knapp«, grummelte er leise, kaum zu verstehen. »Gut zu erreichen und so breit wie ein Bett.«

In diesem Moment begannen die Streben des Gitters zu sirren. Hastig stieg Farim hinter Semjon her. Er drehte sich um, versuchte, es dem Zwerg gleichzutun und sich hinzuknien. Es hätte klappen können, wenn das Loch noch vollständig gewesen wäre. Doch die Öffnung schmolz schnell dahin, und als seine Haare in die letzte Lücke gerieten, zischte es. Ein lautes Sirren, ein blitzartiger Schmerz und er wurde nach hinten geworfen.

Er spürte den freien Flug, sah, wie die Plattform sich entfernte. Doch schon im nächsten Moment traf er auf ein Hindernis und hörte einen unterdrückten Schrei.

»Uff!« Semjon keuchte, schaffte es aber, auf den Beinen zu bleiben. Seine Arme schlossen sich wie ein Schraubstock um Farims Brust, taumelnd versuchte er, das Gleichgewicht zu halten. »Hast du es immer so eilig?«

Der Uringestank des Zwergs war so penetrant, dass Farim sich am liebsten losgerissen hätte, doch Semjon hielt ihn fest umklammert. »Ganz ruhig jetzt. Stell dich erst mal ordentlich auf deine Füße. Hier gibt es nämlich kein Gitter, dass uns vor dem Absturz bewahrt.«

Farim unterdrückte den beginnenden Schwindel. *Die Höhe ist nichts Neues für mich. Und der Ast ist breit wie ein Bett. Wenn es doch nur nicht so dunkel wäre.*

»Stehst du sicher?« Die Stimme des Rotbarts klang seltsam angespannt.

»Ja.«

Semjons Griff lockerte sich. »Jetzt machst du Folgendes: Du gehst ganz langsam in die Knie und hockst dich auf alle viere, in Ordnung?« Seine Stimme klang mühsam beherrscht.

Farim lief ein kalter Schauer über den Rücken. »Ich kann nichts sehen. Auf der Plattform war es viel heller.«

»Es ist Nacht und wir sind unter dem Blätterdach eines Baums. Was hast du erwartet?«

Keine Ahnung. Farim konzentrierte sich darauf, in die Hocke zu kommen, ohne zu schwanken. Doch im Dunkeln war das gar nicht so einfach. Mit den Händen tastete er nach dem Ast. *Breit wie ein Bett*. Das Wissen gab ihm zumindest die Sicherheit, nicht gleich von der Kante zu stürzen. Endlich spürte er die Borke an den Knien und Moos unter den Händen. »Und jetzt? Wie soll das hier gehen, wenn wir nichts sehen können?«

Ihre Flucht war doch kein verdammter Test, den sie nach Belieben wiederholen konnten. Es gab nur diesen einen Versuch, ein einziger Fehltritt wäre zugleich der letzte. Im Geist sah er sich auf der Liane sitzen und die Erde unter sich verschwinden. *Es ist hier viel zu hoch.*

»Du kannst vielleicht nichts sehen, aber ich schon. Zumindest ein wenig.«

»Was? Wieso?«

»Ich bin ein Zwerg, schon vergessen? Unsereiner wird unter dem Berg geboren. Und jetzt red nicht. Achte einfach auf dein Gleichgewicht. Immer schön in der Mitte bleiben. Ich bewege mich jetzt ganz langsam rückwärts zum Stamm. Aber du bleibst, wo du bist, in Ordnung?«

Farim hörte das Knarzen der Zwergenstiefel auf der Rinde. Der ätzende Geruch wurde schwächer, nun war keine rettende Hand mehr hinter ihm. Unwillkürlich beugte er sich tiefer über den Stamm. Seine Finger suchte nach Seitenästen oder Zweigen, die Halt bieten konnten, und griffen ins Leere. Der Schreck schoss ihm durch die Glieder, und er verlagerte das Gewicht zur anderen Seite. Doch als sein linkes Bein ausscherte, hing der Fuß plötzlich im Freien. »Scheiße!«

»Was machst du denn? Bei den Göttern der Himmelsschmiede! Flach auf den Bauch und festhalten!«

Farim presste sich an den Ast und schlang die Arme darum. Er spürte den Puls in den Schläfen und schnappte keuchend nach Luft.

»Gut so. Und jetzt ganz ruhig bleiben. Komm erst mal wieder zu Atem.«

Zu Atem? Die knorrige Rinde war unangenehm hart, die Muskeln in den Armen brannten und der Stamm war viel zu schmal, um sich im Stockfinstern darauf zu bewegen. »Breit wie ein Bett? Was habt ihr Zwerge denn für Betten?« *Luft holen, ganz ruhig Luft holen.* Was hatte dieser Grummelzwerg sich nur dabei gedacht?

»Bett?« Semjon gab auf einmal sonderbare Geräusche von sich. Er würde sich doch nicht übergeben? War er kurz davor den Halt zu verlieren? Dann wären sie beide verloren. Was sollte er ohne die Führung des Zwergs tun – blind, wie er war? Bis zum Sonnenaufgang warten? Doch plötzlich verstand er die Geräusche. Der Rotbart lachte in seinen Ärmel, sein Wams oder sonst etwas.

»Verdammt noch mal, das ist nicht lustig! Um ein Haar wäre ich vom Baum gestürzt.«

»Recht hast du«, japste Semjon. »Bist du aber nicht. Du lebst noch. Trotz unserer schmalen Betten.« Er kicherte.

»Noch.« Immerhin beruhigte Farims Herz sich langsam. Die knorrige Rinde des Baumes bot Körper und Händen sicheren Halt.

»Brett«, erklärte der Zwerg, »ich sagte, breit wie ein Brett.« Er gluckste. »Und jetzt stelle ich mir meine Familie gerade schlafend auf Brettern vor. Herrlich.«

Eine schnarchende Zwergenfamilie, übereinander auf mehrere Regalbretter verteilt. Auch Farim musste grinsen. *Wenn schon abstürzen, dann mit einem Lächeln.*

Er folgte seinem Freund – nicht ohne Anspannung, aber mit neuem Mut und wachsender Sicherheit. Semjon gab ihm Anweisungen, beschrieb jede Besonderheit überdeutlich und brachte ihn damit wohlbehalten durch die Dunkelheit.

Kurz darauf wurde es wirklich haarig. Sie waren am Baumstamm angekommen und mussten sich mit den Füßen zuerst auf einen Stumpf heruntertasten, der kaum mehr Platz bot, als der Kübel, der ihnen die Flucht ermöglicht hatte. Semjon hielt sich exakt an den Weg, den sie sich von der Plattform aus überlegt hatten, das erkannte Farim, während der Rotbart ihm jeden Schritt erklärte. Doch auch ohne das erinnerte er sich, dass sie von diesem Stumpf aus nur auf einem Weg weiterkommen würden. Sie müssten sich fallen lassen.

»Bei den Göttern der Himmelsschmiede, es mag ja gut sein, dass zumindest einer von uns sehen kann«, murmelte Semjon von unten. »Aber warum muss ich das sein? Himmel, Arsch und Schieferbruch – ist das hoch.«

»Semjon, nicht solche Sätze. Das ist nicht hilfreich.« Farim starrte hinunter, doch er sah nichts als Schwärze. Auf der anderen Seite des Stammes hätten sie vom Licht der magischen Leuchtkörbe profitiert, die überall in den Ästen hingen. Aber hier lag alles im Schatten.

»In Ordnung, in Ordnung. Also, wenn wir uns mittig auf den Stumpf hocken und langsam herunterlassen, müssen wir uns vielleicht nicht gleich fallen lassen. Besser, wir klammern uns irgendwo fest und lassen uns der Länge nach hängen, dann sind wir zumindest etwas näher dran.« Semjon stöhnte. »Warte, ich mach es erst mal selbst. Dann kann ich es besser erklären. So ... Autsch. Verdammte Knochenrinde, meine Knie sollen noch hundert Jahre halten.«

Angeber! Farim sah nach unten, ohne etwas zu erkennen. Er erinnerte sich an die bemooste Oberfläche des Astes. Bei Tageslicht, von der Plattform aus hatte es ganz leicht ausgesehen. Allerdings hatten sie den Abstand nicht gut einschätzen können. Er hoffte inständig, dass sich das nicht rächte.

»Bin jetzt mittig über dem Ast. In Ordnung. Da unten ist das Ziel. Verdammt weit weg, wenn du mich fragst.«

»Semjon!«

»Ist ja schon gut. Festhalten ...« Seine Stimme klang angestrengt und gepresst. »Und jetzt ... ganz ... langsam ...«

Etwas knackte und brach.

»Neiiiiin!«

Ein dumpfes Geräusch, ein Schmerzenslaut – und Stille.

Rettung

»Semjon?« Farim starrte in die Dunkelheit. Er glaubte, etwas zu hören, ein Stöhnen vielleicht, doch zu undeutlich, um es zu verstehen. »Semjon!« Noch immer keine Antwort. Entschlossen drehte er sich auf den Bauch, umfasste den Ast und suchte mit den Füßen Halt in der knorrigen Rinde. Er musste seinem Freund helfen. Langsam ließ er sich hinunter, die Brust auf den Ast gepresst. Als er mit dem Fuß einen Spalt in der Borke fand, gab er etwas mehr Gewicht darauf. Zum Glück hielt der Spalt.

Der kübelgroße Stumpf musste direkt unter ihm sein. Wenn es doch nur nicht so dunkel wäre. Nicht jammern – konzentrieren. Ein oder zwei Zoll, viel tiefer konnte es nicht sein. Semjon hatte es ohne Probleme dorthin geschafft und war deutlich kleiner.

An einem Arm hängend suchte Farim nach Halt. Es musste doch etwas geben – eine Borkenkante oder ein Astloch. Rindenstücke brachen, seine Hand glitt immer hastiger über Holz und Flechten. Schweißtropfen rannen ihm von der Stirn, und die Muskeln in Arm und Schulter zitterten. Lange könnte er sich nicht mehr halten.

Endlich fand er einen Spalt und griff erleichtert hinein. Etwas Glitschiges gab unter dem Druck seiner Finger nach, zerplatzte und entließ feuchten Schleim. Er fühlte sich eklig an, und nicht sehen zu können, was es war, machte Farim fast wahnsinnig. Die zähe Flüssigkeit brannte auf der Haut, doch er durfte jetzt nicht loslassen.

Eine Gänsehaut überlief ihn bei dem Gedanken, dass sich in jeder einzelnen Furche etwas verstecken konnte. Und es im Baum sicher noch mehr Viecher gab. Dann hörte er es zischeln.

Sofort hatte er Bilder im Kopf, die ihn förmlich lähmten. Nester, in denen sich unzählige Körper wanden, gespaltene Zungen, die aus ihnen hervorzüngelten. Er horchte mit angehaltenem Atem. Etwas kroch auf ihn zu. Farim presste sich an den Stamm, klammerte sich fester in den Spalt, suchte mit der anderen Hand, fand eine Borkenleiste und griff zu.

Das Zischeln kam näher. Gleich wäre es bei ihm. Bei den Seelen! Er tastete mit dem Fuß, trat erst ins Leere, mühte sich weiter und fand endlich den Stumpf. Erleichtert verlagerte Farim das Gewicht, griff mit der einen, dann mit der anderen Hand um und zog sich ganz auf den rettenden Vorsprung.

Eine Zeit lang stand er nur da. Sein Blut pulsierte laut in den Ohren, der Handrücken brannte wie verrückt und er atmete viel zu schnell. Aber Semjon brauchte seine Hilfe. Farim streifte sich den brennenden Schleim von der Hand und horchte. Das Zischeln über ihm war fort. Langsam ging er in die Hocke, sorgsam aufs Gleichgewicht achtend. »Semjon?«

Stille.

»Semjon? Verdammt, antworte gefälligst!«

»Nein.«

Es war nur ein Flüstern, doch Farim atmete erleichtert auf.

»Lass mich in Ruhe, bis der Schmerz nachlässt.« Der Zwerg klang schwach, aber der grummelnde Unterton war noch da.

»Du lebst, bei den Seelen. Atharpazh sei Dank.«

»Ganz bestimmt nicht.« Semjons Stimme wurde lauter. »Hätte besser aufpassen können, dieser alte Weltenschöpfer. Um ein Haar wär ich abgekratzt.«

»Hauptsache, du lebst.«

»Was man so leben nennt. Aaaah!«

»Tut dir was weh?«

»Nein, ich probiere zu singen. Natürlich tut mir was weh!«, herrschte Semjon ihn an und klang schon fast wie immer. »Was denkst du denn? Ich bin mit voller Wucht auf dem Arsch gelandet. Und Holz ist nicht gerade weich.«

Nie zuvor hatte Farim sich so über Kraftausdrücke gefreut. »Wenigstens bist du nicht abgestürzt.«

»Nein, bin ich nicht. Auch, wenn es knapp war. Aber zumindest ist dieser Ast tatsächlich breit wie ein Bett. Und das Moos ...«, er stöhnte, »hat den Aufprall etwas gedämpft.«

Farim hörte Semjon ächzen, linste nach unten und sah schemenhafte Bewegungen. Er stellte sich vor, wie sein Freund sich ungelenk auf die Beine wuchtete.

»Die knorrigen Borkenstücke an dem Stumpf da oben waren schuld. Die haben mein Gewicht nicht gehalten. Sei bloß vorsichtig, wenn du dich runterlässt.«

»Danke für die Warnung.« Farim beschloss, den Gewichtsunterschied nicht zu erwähnen. »Soll ich einfach gerade runterspringen?«

»Wie ich das von hier unten sehe, sind es acht bis zehn Fuß. Ich würde es dir nicht empfehlen. Besser, du hangelst dich erst mal so weit runter, wie es geht.«

Acht bis zehn Fuß? Farim musste an das Obergeschoss im Haus seiner Eltern denken, das hatte etwa dieselbe Höhe. Womöglich hätte man unbeschadet hinunterspringen können, am helllichten Tag, wenn man sah, wo man landen würde, und Platz war, um sich abzurollen.

»Mach, wie du willst. Künstlerische Freiheit, sozusagen.« Semjon lachte, doch es klang ein wenig nervös. »So, ich bin aus dem Weg gegangen. Du kannst loslegen.«

Leichter gesagt als getan. Farim zögerte.

»Nun mach schon. Hast es eben doch ganz allein geschafft. Sah einigermaßen gekonnt aus, übrigens.«

»Du hast die ganze Zeit zugeguckt?« Farim fasste es nicht. »Hättest du nichts sagen können?«

»Ich sag ja jetzt was.«

Na gut. Immerhin hat es wie ein Lob geklungen. Das musste er dem Rotbart wohl durchgehen lassen. Allen Mut zusammennehmend setzte er sich rittlings auf den Stumpf – vor sich den mächtigen Stamm, hinter sich gähnende Leere.

»Das sieht gut aus«, kam es von unten. »Behalt den Baum mittig vor dir, wenn du dich runterlässt. Dann sollte es klappen.«

Farim beugte sich vor und schob sich mit klopfendem Herzen vom Stamm weg. Die Kunst war es, just in dem

Moment Halt zu finden, in dem sein Körpergewicht beginnen würde, ihn nach unten zu ziehen. Mit zitternden Händen tastete er am Stumpf herum und suchte Löcher oder Spalten zum Festhalten. Als er zu jeder Seite etwas gefunden hatte, fuhr er zunächst vorsichtig mit einem Finger hinein und schob Asseln und eklige Schleimviecher aus den Hohlräumen.

»Was machst du denn da oben?«

»Unliebsamen Überraschungen vorbeugen. Was dachtest du denn?« Farim schob sich weiter und griff gerade noch rechtzeitig in die Hohlräume, ehe er abrutschte und sein Körpergewicht ihn mit Wucht hinabzerrte. Sein Gesicht schrammte über die Rinde, der Ruck in Armen und Schultern war so stark, dass er sich kaum halten konnte. Die Angst vor dem Absturz schnürte ihm den Atem ab.

»Ruhig bleiben. Nicht so viel bewegen!«

»Meine Hände – ich muss loslassen!« Hilflos strampelte er mit den Beinen.

»Nicht zappeln, verdammt noch mal! Oder willst du den Elben auf den Kopf plumpsen?«

Plötzlich waren seine Hände schweißnass. Er keuchte.

»Ruhig blieben und dann einfach ...«

Farim konnte sich nicht mehr halten. Panische Angst, freier Fall und der Aufprall.

»... loslassen.«

Seine Knie knickten ein und er stürzte auf den moosbedeckten Ast. Hastig versuchte er, sich festzuhalten, bekam aber nichts zu fassen und rutschte.

Etwas Schweres landete auf ihm und presste ihm die Luft aus den Lungen. »Eins muss man dir lassen«, keuchte der Zwerg. »Es wird nicht langweilig.«

Von hier an verlief der Abstieg einfacher. Die Furche im Stamm, die ebenfalls Teil ihres Planes gewesen war, reichte tief ins Holz hinein – vielleicht Ergebnis eines Blitzschlags oder Feuers, wie Semjon vermutete. In jedem Fall bot sie reichlich Halt, den Farim dankbar nutzte. Je weiter sie hinabkamen, umso heller wurde es. Erst sah er nur Umrisse, dann schon grobe Strukturen und schließlich Einzelheiten, wie Raupennester und Spinnweben.

Semjon hatte keinerlei Berührungsängste, doch Farim, dessen Handrücken mit wunden Stellen übersät war, wollte keine erneuten Verbrennungen riskieren und schaute sehr genau, wo er hineingriff. Sie bewegten sich ohnehin nur langsam, weil sie beide einige Stauchungen und Schürfwunden davongetragen hatten. Doch je weiter sie kamen, desto sicherer und zuversichtlicher wurden sie.

Schweigend kletterten sie durch Furchen, ruhten auf käfiglosen Plattformen und hangelten sich durch Äste und Zweige, um letztlich in der immer knorriger werdenden Rinde wie auf einer Art Leiter oder Treppe hinabzusteigen.

Wie viel Zeit inzwischen vergangen war, wusste Farim nicht, aber er hoffte, dass die Nacht noch eine Zeit lang andauern würde. Bislang hatten sie nämlich keine vernünftige Idee entwickelt, wie es weitergehen sollte, wenn sie unten ankämen. Doch ohne einen guten Plan, das war ihnen beiden klar, konnten sie nicht riskieren, ganz hinabzusteigen.

Sie hatten schon einen der Wurzelausläufer erreicht, die wie kleine Bergrücken vom Stamm ausstrahlten, als Farim Lichter aus den Elbenbehausungen in ihrem Schatten sah. Er seufzte innerlich. Das musste bedeuten, dass nicht alle Elben schliefen. Sein Blick glitt über die Lichtung zwischen den Baumriesen. Wie ausgestorben lag sie da – keine Bewegung, keine Stimmen.

Plötzlich packte Semjon Farim beim Arm. »Dort.« Der Zwerg wies auf eine Stelle, an der zwei der mächtigen Brettwurzeln aufeinandertrafen und eine Art Höhlung gebildet hatten. »Vielleicht ein guter Platz für eine letzte Abstimmung, bevor wir in die Höhle der Löwen hinabklettern.«

Farim nickte, und vorsichtig stiegen sie darauf zu, Semjon immer ein Stück vor ihm. Als der Zwerg hineinging und kein Laut der Warnung kam, folgte er ihm.

Die Luft fühlte sich feucht an, es roch intensiv nach Wald. Der überraschend ebene Boden sah aus wie Lehm, verschwand jedoch wenige Schritte später er im Schatten der

Höhlung. Farim blieb stehen und gab seinen Augen Zeit, sich an die Dunkelheit zu gewöhnen. Irgendwo vor sich hörte er Semjon mal hierhin-, mal dorthingehen. Zwischendurch verharrte er, um sich kurz darauf wieder in Bewegung zu setzen.

»Anscheinend wollte jemand mal mehr daraus machen«, raunte er. »Ist recht groß.« Seine Schritte entfernten sich. »Geht tief in den Baum rein.«

»Meinst du, sie ist bewohnt?« Farim flüsterte immer noch. Die Elben waren nicht mehr weit.

»Nein, ich denke nicht. Scheint verwaist zu sein. Ich kann einigen Unrat ausmachen, ein paar Säcke an der Wand, alte Felle vielleicht, und ein paar Tonscherben.« Farim hörte ihn weitergehen. »Hier hinten steht eine breite Bank. Du kannst einfach geradeaus drauf zugehen, dann können wir uns ausruhen und in Ruhe überlegen, wie wir weitermachen.«

Farim setzte vorsichtig einen Fuß vor den anderen und schritt langsam auf die Stelle zu, an der er seinen Freund gehört hatte. Ein dunkler Schemen bewegte sich, und er versuchte, die Umrisse von Semjons Kopf zu erkennen.

Dann knarrte Holz. Der Zwerg hatte sich gesetzt.

Farim tastete sich weiter. »Ist sie frei von Schnecken und anderen Tieren? Ich möchte ungern noch was zerdrücken.«

»Da will es aber jemand ganz genau wissen. Ich denke ja, kann dir aber keine Sicherheit bieten, bin ja schließlich kein Leuchtkäfer. Aber soweit ich erkennen kann, ist sie leer, ja. Bis auf ein Stück Holz oder so was. Liegt aber weiter hinten. Kannst dich einfach neben mich setzen. Das passt schon.«

Farims Knie stießen an die Bank, er drehte um, nahm dankbar Platz und sprang sofort wieder auf.

»Au!«

»Oh.«

»Ah.«

»Tut dir was weh?«

»Nein.«

»Nein.«

»Was?«

»Was?«

Farim sah nach links, die Bank knarrte und Semjon stand plötzlich dicht vor ihm. »Willst du mich ärgern?«

»Nein.«

»Nrein.«

Farims Kopf ruckte nach rechts. Eine zweite Stimme.

»Sehr komisch. Selten so gelacht«, grollte Semjon.

»Sei mal ruhig.« Farim beugte sich vor und ein vertrauter Kräuterduft zog ihm in die Nase. »Kiri?«

»Frarim?«

»Kiri – wo um der Seelen willen kommst du her?« Ein Glücksgefühl flutete Farims Herz, und wenn er gekonnt hätte, hätte er im Kreis gegrinst. »Geht es dir gut? Bist du gesund?«

»Ja. Greht mir sehr grut. Jetzt bresonders.«

»Wie wunderbar, dich zu sehen, oder eher zu hören.« Farim spähte in die Dunkelheit. »Wo bist du eigentlich?«

»Hier.«

»Und wo genau? Ich kann dich nicht sehen.«

»Grenau hier.«

»Der macht mich fertig«, stöhnte Semjon.

»Kannst du dich zeigen? Oder geht das nicht?« Farim fiel ein, dass der Baumskrat Schwierigkeiten gehabt hatte, der Magie der Mütter der Wälder zu widerstehen.

»Droch. Habe greübt.«

Neben Farim tauchten Umrisse auf, das wenige Licht vom Eingang spiegelte sich plötzlich in großen Augen, die ihn direkt anschauten.

»Sehr gut, Kiri. Ich bin begeistert.«

»Wrarte.« Sein verschollener Freund eilte in eine Ecke des Raums und kam zurück. »Rabe Schrale Wrasser frür euch.«

Dankbar nahm Farim die Schale, trank begierig und reichte sie an Semjon weiter.

»Aber nun erzähl erst mal, was du hier machst.«

»Wrarten.«

»Warten? Auf was denn?«

»Auf euch.«

»Ist nicht wahr, oder?«, grollte Semjon dazwischen. »Wir stürzen fast zu Tode und der Hautwechsler sitzt hier gemütlich im Trockenen und wartet.«

»Lass gut sein.« Farim wandte sich wieder Kiri zu. »Du konntest doch nicht wissen, wo wir vorbeikommen, oder wusstest du, wo wir gefangen gehalten wurden?«

»Ja.«

»Wie ja?«

»Doch, ja.«

»Dann wusstest du es also und warst oben?«

»Nein.«

»Hammer, Stein und Meißelrost. Geht's auch schneller?«

»Nicht so laut«, mahnte Farim.

»Vor allem nicht so langsam«, grummelte Semjon und schob Farim zur Seite. »Also, du alter Hautwechsler, erzähl einfach, wie es war und was du dir gedacht hast. Wir müssen nämlich schleunigst hier weg. Morgen kommt die spitzohrige Wasserhexe zurück und die willst du bestimmt nicht treffen.«

Kiris Augen blinzelten besorgt. »Nicht die Wrasserhexe.«

»Mach ihm keine Angst!« Farim dachte daran, wie schnell der Baumskrat verschwand, wenn er unsicher wurde.

»Wenn er uns alles erzählt, droht ja keine Gefahr«, raunte Semjon dunkel.

»Rabe euch im Strurm vrerloren und dann gresucht. Dann rabe ich Freunde getroffen.«

»Freunde?« Bisher war es Farim nie in den Sinn gekommen, dass Kiri Freunde haben könnte.

»Fraltenfrederer.«

Die Bank knarrte und Semjon stöhnte. »Wer hat dem eigentlich das Sprechen beigebracht?«

»Wrieso?«

»*Wreil* der *Wrelt* durch dich schon bald die Rs ausgehen.«

»Semjon!«

»Ist ja gut.«

»Kiri, erzähl einfach weiter und lass dich nicht von unserem Grummelzwerg unterbrechen.«

»Hast du Grummelzwerg gesagt?«

»Semjon!«

Der Rotbart stöhnte so heftig, als koste es ihn seine ganze Beherrschung, nicht auszusprechen, was ihm auf der Zunge lag. »Ich ... bin ... ganz ... ruhig.«

»Danke.«

»Fraltenfrederer sind trolle Freunde.«

»Trolle ...« Semjon gab ein kehliges Geräusch von sich, war aber sofort still, als Farim ihn anstieß.

»Zhinlohr hat mir mal von den Faltenfederern erzählt. Ich stelle sie mir wie gefiederte Äffchen vor, die in den Bäumen leben und sich von Ast zu Ast schwingen. Stimmt das?«

»O ja, sind srehr grut darin. Nur das srie größer sind. So wrie Grummelbrart.«

Semjon stöhnte.

»Krenne vriele lange schron. Wrerden uns helfen.«

»Dann hast du ihnen von uns erzählt?«

Farim sah, wie sich Kiris Kopf bewegte, und wertete das als Nicken. »Srie raben retzte Brume aus Wripfeln greholt.«

Er klopfte auf etwas, und Farims Herz machte einen Sprung. »Du hast die Kräutertasche bei dir?«

»Aber ja. Und drie Kräuter sind nun kromprett.«

In Farims Kopf verwirbelten Glück und Sorgen mit Dankbarkeit und Hoffnung, mischten die Farben seiner Gefühle durcheinander und jagten ihm Freudentränen in die Augen. Die Elbenstifte rückten immer näher. Wenn es jetzt noch gelänge, eine Schuppe aus dem Hort der Elben zu bekommen, könnte ihn niemand mehr aufhalten.

»Ich bin wirklich beeindruckt, alter Hautwechsler.« Semjon stand auf – das Knarren der Bank hörte sich wie ein Aufseufzen der Erleichterung an. »Nun sag aber auch, wie deine Faltenfreunde uns helfen wollen, damit wir endlich zu meinen Prelken können.«

Farim war ausnahmsweise froh, dass Semjon das Heft in die Hand nahm, denn er stand gedanklich schon vor dem Weltenspiegel.

»Wreg greht durch Stradt. Meine Freunde srorgen frür Abrenkung.«

»Und wie wollen sie das machen?« Semjon klang misstrauisch. »Indem sie sich von Liane zu Liane schwingen?«

»Treschka wird sringen.«

»Wer um der Ahnen willen ist Treschka?«

In diesem Moment raschelte es und Farim ruckte herum.

»Eine Falle!«, schrie Semjon.

»Nein«, rief Kiri.

Dann erhob sich etwas in der Nähe des Eingangs aus einem Haufen Lumpen. Oder nein, es waren die Lumpen selbst, die sich aufrichteten.

»Meine Freundin Treschka.« Kiri schlug eifrig in die Hände.

Das Wesen vor dem Eingang schüttelte sich und nahm langsam Konturen an. Zwergengroß und fast ebenso breit stand es vor ihnen, bewegte erst den Kopf und dann die Schultern, als müsste es testen, ob alles noch funktionierte.

Im Widerschein des einfallenden Lichts glaubte Farim, ein smaragdgrünes Schimmern zu erkennen, und erinnerte sich an Zhinlohrs Schilderungen über die Faltenfederer. »Ich freue mich, dich kennenzulernen, Treschka.«

Wieder ein Rascheln, als Kiris Freundin den Kopf neigte. Ihr Gesicht blieb im Gegenlicht verborgen, doch wie zur Erwiderung breitete sie einen Arm aus und öffnete ihr Federkleid wie einen übergroßen Umhang. Sie gab einen pfeifenden Laut von sich und unmittelbar darauf begann es, in ihrem Gefieder grün und golden zu funkeln.

Farim stockte der Atem, so wunderschön war der Anblick.

»So was hab ich noch nie gesehen«, murmelte Semjon. »Als hätte sie das Sternenzelt eingefangen und zur Erde getragen.«

»Lillibells«, hauchte Farim.

»Und Goldjungfern«, ergänzte Semjon. »Wunderbar.«

Farim wagte kaum, Luft zu holen, aus Angst, Treschka könnte das Schauspiel beenden.

»Wenn srie alle Krinder friegen lässt, ist es richtig schrön.«

»Alle? Es gibt noch mehr?«

Wer einmal eine Faltenfederin inmitten ihrer Kinder sehe, werde das nie vergessen, hatte Zhinlohr gesagt. Farim wusste jetzt, was er gemeint hatte. Und wenn die Waldelben wirklich die Natur verehrten und nur ein wenig des Staunens fähig waren, müsste diese Ablenkung gelingen. Doch schon im nächsten Moment, als Treschka ihr Federkleid schloss und das grüngoldene Funkeln erstarb, zweifelte er daran. Natürlich könnte es grundsätzlich funktionieren, aber würde es ihnen ausreichend Zeit verschaffen?

Auf Kiris Zeichen kletterte die Sammlerin mit bedächtigen Bewegungen hinaus, und sie eilten ihr nach. Erst im magischen Licht der Kristallkörbe kam ihr schillerndes Federkleid zur Geltung. Doch es war nicht nur smaragdfarben, wie Zhinlohr es beschrieben hatte, sondern von silbrigweißen Federn durchzogen, die, wie Farim annahm, von einem beträchtlichen Alter kündeten. Das Federfell bedeckte ihren gebeugten Körper wie ein zu groß geratener Mantel. Ihre Bewegungen wirkten seltsam müde. Behäbig und immer wieder nach Halt suchend, kam sie nur langsam vorwärts, als ob jede Bewegung schmerzte und jeder Schritt hinab auf die Erde eine Bürde wäre. Eine Gefahr für sie selbst und für die Familie in ihrem Federkleid.

»Srie ist wrunderbar«, flüsterte Kiri andächtig.

Ja, das ist sie.

Es dauerte lange, bis die Faltenfederin so weit hinabgestiegen war, dass sie ihr in sicherem Abstand folgen konnten. Kiri hatte erzählt, dass Treschka sehr alt war und von den Elben fast wie eine Heilige verehrt wurde. Lange hatte sie nicht mehr den Weg in die Elbenstadt auf sich genommen, sondern sich einzig ihrer neuen Familie hingegeben – tief im Wald und fern von allen Störungen.

»Und sie macht das jetzt nur, um uns zu helfen? Sie kennt uns doch gar nicht.« Farim sah zu, wie Treschka sich am Fuß der Baumwurzel niederließ, um sich auszuruhen.

Sie waren ihr mit dem nötigen Abstand gefolgt und lagen jetzt bäuchlings auf dem pilzförmigen Dach, das direkt über einigen beleuchteten Elbenfenstern lag. Von hier aus kämen sie innerhalb weniger Augenblicke auf die Lichtung, um dann im Laufschritt die nächste Baumriesin anzusteuern.

Kiri hatte genau beschrieben, wo sie lang laufen mussten, und sogar Semjon hatte aufmerksam zugehört und den Baumskrat kein einziges Mal unterbrochen.

»Srie wrollte noch reinmal hierher«, sagte Kiri traurig.

Farim glaubte zu wissen, warum. »Wird sie sterben?«

Der Baumskrat nickte und Semjon seufzte. In einvernehmlichem Schweigen sahen sie der Faltenfederin nach, die auf die Lichtung ging, in der Mitte Platz nahm und langsam ihre Arme hob. Nur leise klang das Pfeifen zu ihnen herüber, mit dem sie ihre Lillibells und Goldjungfern weckte.

Im Licht der magischen Laternen war ihr Leuchten kaum zu erkennen, doch als Treschka zu singen begann, schien das Funkeln plötzlich heller und strahlender zu werden.

Gebannt hörte Farim dem dunklen Singsang zu, der mit nichts anderem vergleichbar war. Wie ein liebliches Heulen, ein tönendes Bitten oder ein klangvolles Liebkosen umschmeichelten die Laute der Treschka ihre Ohren. Unterschiedlichste Töne, die sich in absoluter Harmonie aneinanderreihten, zu sanften Höhen aufgipfelten und in tiefere Lagen hinabfielen, nur um von dort mit neuer Kraft emporzusteigen. Eine melancholisch schöne Weise, die er nie mehr vergessen würde.

So gebannt waren Farim und seine Freunde, dass sie die langsamen Bewegungen auf der Lichtung zunächst nicht wahrnahmen. Als sie aufblickten, sahen sie jedoch, wie immer mehr Fenster aufleuchteten, Türen sich öffneten und Elben in andächtigem Staunen auf die Sammlerin zuschritten.

Farim sah zu dem Baum hinüber, der sie auf ihrer Flucht vor den Blicken der Waldelben schützen sollte. Kiri hatte achtzehn Elben beobachtet, die dort ein- und ausgegangen waren, und er zählte im Stillen mit, damit sie wussten, wann sie ungesehen hinüberlaufen könnten.

... fünfzehn, sechszehn, siebzehn.

Semjons Hand schloss sich um Farims Arm und lenkte seine Aufmerksamkeit erneut zu Treschka hinüber. »Das solltest du dir ansehen«, flüsterte er.

Rings um die Faltenfederin hatten sich unzählige Elben niedergelassen, und die Lichtung füllte sich immer noch. Ein schönes und gleichsam beängstigendes Schauspiel, Farim hatte bislang keine Vorstellung gehabt, wie viele Elben hier lebten.

Plötzlich ging ein Raunen durch die Menge, auf einer Seite der Lichtung erhoben sich die Elben und machten einen Durchgang frei. Eine Sänfte wurde herangetragen, auf der eine Elbin thronte, soweit Farim das von hier aus erkennen konnte. Das musste die Fürstin sein. Wem sonst würde man solch eine Wertschätzung zuteilwerden lassen?

Und dann, als die Fürstin anmutig den Arm reckte, verdunkelten sich die magischen Laternen und überließen den Lillibells und Goldjungfern den strahlenden Mittelpunkt. Wie ein funkelndes Juwel, gefasst in einen Ring aus staunenden Elben, saß die Faltenfederin da und schenkte ihnen den letzten Besuch ihres Lebens. Ein Bild, das man mit keiner Magie der Welt verwirklichen könnte. Nicht einmal die Farben der Elbenstifte würden ausreichen, den Zauber des Augenblicks in Gänze einzufangen. Nicht das Flackern der Lichter, nicht die wundersamen Klänge und nicht das andächtige Schweigen.

In diesem Moment hob die Treschka ihre Arme. Die Goldjungfern schwirrten aus ihrem Gefieder, und mit ihnen, im Singsang der zauberhaften Töne, flogen schillernde Vögel und Schmetterlinge aus den Federn empor und tanzten in einem Wirbel überschäumenden Lebens um sie her.

»Wrir müssen los«, drängte Kiri, doch Farim konnte kaum den Blick abwenden. »Schrell, brevor ihre Kraft nachlässt.«

Aber ja, die Zeit lief ihnen davon. Widerwillig robbte er hinter Kiri her, drehte sich immer wieder um und sah plötzlich, dass sein Zwergenfreund sich keinen Zoll bewegt hatte. Immer noch starrte er wie gebannt auf die magische Szenerie.

»Semjon.« Farim kroch zurück. Fest packte er den Rotbart beim Arm. »Semjon, wir müssen los.«

Graublaue Augen, in denen Tränen der Freude standen, blickten ihn verständnislos an.

»Deine Prelken, Semjon, sie brauchen dich. Oder willst du sie der Wasserhexe überlassen?« Farim hasste sich dafür, die Scheltar so zu nennen, auch wenn er sie nicht leiden konnte, doch es verfehlte nicht die Wirkung. Endlich kehrte Leben in den Zwerg zurück. Er rieb sich das Gesicht, als müsste er sich aus einem Tiefschlaf befreien, und robbte an Farim vorbei.

»Dann mal los. Worauf wartest du?«

Einen Blick noch zurück, die tanzende Familie der Sammlerin und Hunderte Waldelben. Unvermittelt fiel Farim ein, dass er eben nicht zu Ende gezählt hatte. Nur siebzehn Elben waren aus den Behausungen des Baums gekommen, an dem sie jetzt vorbeilaufen mussten. Vielleicht hatte er sich verzählt, doch es war besser, Kiri zu warnen. Hastig kroch er hinter den anderen her. Solange die Treschka sang, bliebe das Licht dunkel, aber unsichtbar waren sie deshalb noch lange nicht.

Seine beiden Freunde warteten schon am Fuß des Baums.

»Endrich«, rief der Baumskrat und lief los, ehe Farim etwas sagen konnte.

Semjon hastete ihm sofort hinterher, vier Schritte für zwei, und Farim eilte ihnen nach. Er sah nicht zurück, sondern richtete den Blick besorgt auf die Lichter der Elbenfenster. Hohe Bögen mit kunstvollen Mustern inmitten mächtiger Wurzeln, geschwungene Treppen, die zu ihnen hinaufführten. Nichts rührte sich, Farim hoffte inbrünstig, dass es so bleiben würde.

Er lief jetzt neben Semjon, hörte seinen schweren Atem und sah den Abstand zu Kiri größer werden. Immerhin kannten sie den Weg und könnten ihm auch dann folgen, wenn sie ihn nicht mehr sahen.

Mit einem Mal hörte Farim ihre eigenen Schritte überdeutlich laut im Ohr, als fehlten alle anderen Geräusche. Und als Semjon hinter ihm keuchend fluchte, begriff er, dass die Ablenkung vorbei war.

Der Gesang der Treschka war verstummt, und die plötzliche Stille, trotz der unzähligen Elben auf der Lichtung, jagte wie eine drohende Macht hinter ihnen her und trieb sie zur Eile. Wann würden die Zuhörer in ihre Häuser zurückkehren? Wendeten sich die ersten schon ab, wie Farim es von den Gaffern auf den Marktplätzen kannte, die das Weite suchten, ehe die Kappe herumging, um für das zu sammeln, was sie eben noch begeistert hatte?

Kiri lief seitlich um den mächtigen Stamm herum und war damit aus dem Sichtfeld der Fenster heraus.

Achtzehn, achtzehn hätten es sein müssen. Farim lief jetzt vor Semjon, drei Schritte für vier, in der Hoffnung, dass der Zwerg seine letzten Kräfte mobilisieren und an Geschwindigkeit zulegen würde.

Ein Raunen hob hinter ihnen an, irgendetwas geschah dort. Eine einzelne Stimme, die Farim nicht verstehen konnte. Die Fürstin und Holz-Scheltar vielleicht?

Ein Felsen, eine Wurzel und dahinter ein weiteres Fenster, das er vorher nicht gesehen hatte. Es lag im Schatten, unbeleuchtet und ohne Hinweis auf Bewohner. Bewegte sich da etwas? Eine Eule flog auf, etwas Kreischendes in den Krallen. Farim wischte sich den Schweiß von der Stirn.

Er warf einen hektischen Blick über die Schulter, wollte jetzt doch sehen, was auf der Lichtung hinter ihnen geschah, und erschrak, als die Lichter in den Bäumen wieder heller wurden. *Nein, nein, nein. Noch nicht.*

Sein Atem ging schnell, sein Herz raste und er merkte, dass er das Tempo nicht länger halten konnte. Semjon war jetzt wieder neben ihm, die Haare klebten ihm nass an der Stirn und er keuchte.

Nur noch eine Wurzelwand, dann wären sie aus dem Sichtbereich der Lichtung heraus. Nur noch wenige Schritte und sie hätten es geschafft.

Fenster, Lichter und ein Schatten. Instinktiv wich Farim aus.

»Ihr also! Ich hatte schon gedacht, dass er zu Euch gehört!«

Noch bevor er etwas erkannte, verstand Farim, wer gemeint sein musste, und wurde langsamer.

»Bei den Ahnen ... nicht ... stehen bleiben.« Semjon versuchte, ihn mit sich zu reißen. »Komm ... weiter.«

Doch Farim konnte nicht. Vollkommen außer Atem blieb er stehen und starrte auf Kiri, der seltsam verdreht in den Ranken einer sich windenden Pflanze hing, unfähig, sich zu bewegen oder zu sprechen.

»Wo wollt Ihr hin? Mitten in der Nacht und ohne Geleit?«

Farims Blick löste sich vom Baumskrat und wandte sich dem Elb zu, der ihn erst vor Kurzem ins Leben zurückgeholt hatte – Raiwen.

»Was ... geht es ... dich an?« Semjon trat auf ihn zu, immer noch völlig außer Atem. Woher nahm er nur den Mut? Er musste doch wissen, dass ein Fingerzeig des Heilers weitere Ranken aus dem Boden schießen lassen konnte. »Sag uns lieber ... was du hier machst ... Spitzohr?« Der Rotbart verhörte Raiwen, als hätte er ihn auf der Flucht erwischt und nicht umgekehrt. »Warum bist du nicht auf der Lichtung? Sollten nicht alle Elben bei der alten Treschka sein?«

Der Heiler hob eine Braue, sah kurz zum Baumskrat und begann zu lächeln. »Ich verstehe. In der Tat eine gute Frage, Herr Zwerg. Ich denke jedoch, es ist an Euch, mir zu antworten, denn meine Brüder und Schwestern werden schon bald in ihre Häuser zurückkehren und Euch hier entdecken.«

Wie auf Kommando erhob sich lautes Stimmengewirr in der Ferne, und Farims Gedanken überschlugen sich. Sie mussten weg. Sollten sie einfach loslaufen? Warum gab Raiwen ihnen überhaupt die Gelegenheit, sich zu erklären?

Er sah zu Kiri, der immer noch in den Ranken hing. Doch glücklicherweise hatten sie keine Dornen. Und was Farim so verrenkt vorgekommen war, waren die Läufe, die sich von denen eines Menschen unterschieden. Sie sollten ehrlich sein. »Der Baumskrat ist unser Freund und wollte uns helfen. Mein Zwergenfreund hat eine Herde Prelkböcke, die wir auf einer Lichtung zurückgelassen haben.«

»Ausgewachsene Prelken mit magischen Hörnern?«

»Da kennt sich aber jemand aus«, höhnte Semjon.

»Ja.« Farim ignorierte ihn und erklärte weiter. »Valehna-Tanuhnjell war außer sich vor Sorge, als sie davon erfuhr. Wir wissen nicht warum, aber ...«

»Valehna-Tanuhnjell? Ihr wisst, wo sie ist?« Plötzlich klang die Stimme des Heilers alarmiert, auf ein Zeichen zogen sich die Ranken in den Boden zurück und gaben Kiri frei. Sofort wallten Farben über dessen Körper, und nur einen Lidschlag später war der Baumskrat verschwunden.

»Na toll. Das habt Ihr ja ganz großartig gemacht«, grollte Semjon und funkelte den Elb wütend an.

»Wo ist die Thronfolgerin?« Raiwens Stimme wurde drängender und Farim beschlich ein ungutes Gefühl.

»Ihr macht Euch Sorgen – aber sie wird doch Gefolge bei sich haben, oder nicht?«

Raiwen kam näher. »Sie ist allein und nicht nur ich mache mir Sorgen. Die Fürstin hat bereits Vertraute ausgesandt, doch wir wissen nicht, wo wir nach ihr suchen sollen.«

Farim erinnerte sich an Valehnas Einschreiten, als die Scheltar des Wassers ihn gefoltert hatte. »Mir schien, sie kann gut auf sich selbst aufpassen.«

Plötzlich war Raiwen bei ihm und packte ihn bei den Schultern. »Bei den Seelen, wo ist sie?«

Semjon stürzte sich auf den Elb, um Farim zu Hilfe zu kommen, doch schon im nächsten Moment zog ihn eine Ranke von den Füßen. »Himmel, Rost und Nagelbruch! Immer diese Scheiß-Magie! Könnt Ihr nicht ohne diesen Hokuspokus kämpfen?«

Raiwen ging nicht darauf ein, sondern fixierte Farim. »Valehna ist in der Anwendung dieser Magie unerfahren und muss noch lernen, ihre Kräfte einzuteilen. Wenn sie zu viel versucht, wird sie sich verausgaben und dann ...« Er sprach den Satz nicht zu Ende, doch der Glanz in seinen goldbraunen Augen sagte mehr, als er hätte erklären können.

Stimmen kamen näher, lösten sich aus dem Gewirr der Menge heraus. Raiwen schaute sich kurz um und richtete den flehenden Blick dann wieder auf Farim. »Wir dürfen nicht zulassen, das ihr etwas geschieht. Bitte!« Das war mehr als die bloße Sorge um eine Thronfolgerin.

»Sie wollte zum Weltenspiegel.«

Raiwen ließ ihn los. »Valehna?« Dann weiteten sich seine Augen. »Prelken vor dem Weltenspiegel? Atharpazh sei uns gnädig.« Mit einem Fingerschnippen befreite er den Zwerg von den Ranken. »Schnell! Vielleicht ist es noch nicht zu spät.«

Er hastete los und Farim eilte hinterher. »Los Semjon! Ihm nach!« Auf Kiris Sichtbarkeit konnten sie nicht warten, der Baumskrat würde ihnen sicher folgen. Ein Blick über die Schulter, keine Elben in Sicht, dafür ein entschlossen dreinblickender Zwerg, der hinter ihm her hetzte, vier Schritte für drei. »Für deine Prelken und für Valehna!«

»Nicht ... für ... die Spitzohren«, hörte er ihn schnaufen. »Aber ... für die ... Prelken.«

Sie liefen ohne Unterlass, vorbei an den riesigen Müttern der Wälder, an ihren Kindern, Büschen und Farnen. Immer wieder versperrten mächtige Wurzeln den Weg und sie mussten darunter herkriechen oder darüber hinwegspringen. Schon hatten sie die magischen Laternen hinter sich gelassen und Raiwens grüne Robe und das lange wehende Haar verschwammen mit den Schatten des Waldes. Er flog förmlich, so leichtfüßig und ausdauernd war er; sie hatten Mühe, ihn im Auge zu behalten.

Irgendwann tauchte Kiri wieder auf und half, den Anschluss zu halten, wenn sie stehen bleiben mussten, kurz nur, um Atem zu holen.

Farim versuchte die ganze Zeit, zu verstehen, warum Valehna und Raiwen so alarmiert waren, doch er kam zu keinem Schluss, war erschöpft und wurde immer wieder von neuen Herausforderungen abgelenkt. Wie dem glitschigen Baumstamm, der der einzige Weg über ein ausgedehntes Sumpfloch war, oder dem Wurzelspalt, aus dem er Semjon heraushalf, als er stecken geblieben war.

Inzwischen liefen sie nur noch langsam, um überhaupt in Bewegung bleiben zu können. Plötzlich war Raiwen wieder da. »Es ist nicht mehr weit. Schnell, ich brauche Eure Hilfe.«

»Nur ... einen ... Moment«, keuchte Semjon auf die Oberschenkel gestützt. Doch der Heiler war schon weitergelaufen.

»Brin greich wieder dra«, rief Kiri und lief ihm nach.

»Was ... ist eigentlich ... das Problem?«, fragte Farim seinen Freund und versuchte, zu Atem zu kommen.

»Die Elben ... was sonst?«, kam es sofort zurück.

»Nein, ich meine ... die Prelken.« Er holte tief Luft. »Was für eine Magie .... steckt denn in ihnen ... die so gefährlich ist?«

»An ihren Hörnern ... haftet Seelenmagie, aber die ... ist nicht gefährlich ... jedenfalls nicht ... bei ihnen.«

»Es ist die gleiche Magie wie bei den Müttern der Wälder, richtig?« Farim versuchte, das zusammenzubringen, verstand es jedoch nicht.

Semjon richtete sich erschöpft wieder auf und nickte. »Deshalb ist es auch besser, sie kratzen nicht an deren Rinde.«

»Aber diese uralten Bäume sind doch viel mächtiger.«

»Eben drum.«

Jetzt verstand Farim gar nichts mehr.

»Wreiter, schrell!« Kiri kam zurück und winkte hektisch.

»Bei den Göttern der Himmelsschmiede«, schnaufte Semjon und setzte sich wieder in Bewegung. »Langsam hab ich die Schnauze voll. Diese Laufstrecke reicht mir für die ganze nächste Dekade.«

Farim eilte neben ihm her und achtete auf ein gleichbleibendes Tempo, während er seine Gedanken weiter spann. Warum waren Prelken für den Weltenspiegel gefährlich? Oder war es umgekehrt? Welche Magie wirkte da nur?

Plötzlich wurde es heller und Farim schaute auf. Der Tag brach an und durch die Bäume war endlich das Ende des Waldes zu sehen. Steuerten sie überhaupt auf die kreisrunde Lichtung zu, die ihm so unwirklich vorgekommen war? Oder gelangten sie von hier nur auf die Schneise, die darauf zuführte – auf den Weltenspiegel? Hoffentlich wären sie rechtzeitig bei Valehna, um ihr und den Prelken zu helfen.

Noch eine kurze Laufstrecke, dann sah er Raiwens Umrisse im Licht der aufgehenden Sonne am Rand der Lichtung. Warum war er nicht weitergelaufen? Worauf wartete er?

Farim kämpfte sich durch Büsche und Farne, die hier dichter und üppiger wuchsen als unter dem dunklen Laubdach des Waldes. Als er endlich durch die letzten Zweige brach, blieb er wie angewurzelt stehen. Die Waldschneise mit ihrem herrlich grünen Bewuchs, über die Kiri sie vor Tagen zu der verheißungsvollen Lichtung geführt hatte, gab es nicht mehr. Nur rohe Erde, wo vorher Gräser und Kräuter wuchsen.

An vielen Stellen war der Boden wie aufgepflügt, als hätten sich riesige Schlangen aus der Erde gewunden. Nur zu ihrer Linken war es noch grün, dort, wo der Weltenspiegel ihnen das Bild einer vollkommenen Wiese vorgaukelte. Die abgegraste Fläche bildete einen starken Kontrast zu den sich wogenden Gräsern und Kräutern, deren Grenze sich jetzt wie eine gerade Linie über die Schneise zog und den genauen Standort des Spiegels deutlich machte.

Doch was Farim den Atem stocken ließ, war nicht die abgegraste Fläche oder die aufgewühlte Erde. Was ihm einen eisigen Schauer über den Rücken jagte, waren die Ranken, die die Schneise wie ein verkrüppeltes Geflecht überzogen und in deren hölzernen Fängen die Prelken lagen.

»Neiiiiin!« Semjons Schrei klang markerschütternd. »Was habt Ihr getan?« Ohne innezuhalten, lief er auf die Ebene.

»Sie muss hier irgendwo sein«, flüsterte Raiwen, als hätte er nichts von dem Grauen gesehen, das sich vor ihnen ausbreitete. »Vielleicht ist es noch nicht zu spät.«

»Noch nicht zu spät?« Farim packte den Heiler beim Arm. Er war es satt, diplomatisch und zurückhaltend zu sein. »Seht Ihr überhaupt, was hier passiert ist?«

»Versteht Ihr nicht?« Raiwen sah ihn aus seinen goldbraunen Augen fragend an. »*Sie* war das. Valehna muss hier irgendwo sein. Und wenn wir sie nicht bald finden, ist es womöglich zu spät.«

Aus den Augenwinkeln sah Farim Kiri über die Ranken springen. Ihm war klar, wen er suchte. »Und die Tiere? Kümmert Euch nicht, was mit ihnen ist?«

»Was?« Raiwen hörte ihm gar nicht zu, reckte immer noch den Hals. Plötzlich rannte er los. »Ich sehe sie.«

Farim sah Semjon, der sich langsam zu einer der Prelken niederkniete, und Kiri, der auf die andere Seite der Schneise hetzte, um nach seinem Freund zu suchen. Er wusste nicht, warum das hier geschehen war, doch wenn Valehna überlebt hatte, musste sie es erklären. Entschlossen rannte er dem Heiler hinterher.

Momente später fand er Raiwen bei der Thronfolgerin, die in der Nähe des Karrens lag, den Arm in hilfloser Geste Richtung Bach gestreckt.

»Schnell! Sie braucht Wasser!« Der Heiler war neben sie gestürzt, legte ihr die Hände auf Brust und Stirn und begann, elbische Worte zu sprechen.

Auf dem Karren fand Farim eine von Kiris Wasserschalen, lief zum Bach und eilte zurück. Er stellte das Wasser ab und hockte sich still neben die beiden. Ungläubig betrachtete er das ebenmäßige Gesicht der Thronfolgerin. Jetzt, da sie so hilflos vor ihm lag, wurde ihm zum ersten Mal bewusst, dass auch Elben sterblich waren und dass ihre Magie, mochte sie noch so mächtig sein, Grenzen hatte. Darüber musste Valehna sich im Klaren gewesen sein. Warum hatte sie dann die Prelken angegriffen?

Als Farim an Semjons Schrei dachte, wusste er nicht, ob er sich die Rettung der Elbin wirklich wünschen sollte oder ob das für seinen Zwergenfreund nicht schlimmer wäre. Er seufzte, während sein Blick sich auf ihren Brustkorb heftete, der sich nicht wieder bewegen wollte.

Raiwen zog die Elbin auf den Schoss, richtete sie so weit auf, wie es ging, und Farim reichte ihm das Wasser. Ob sie überhaupt etwas davon schluckte, konnte er nicht sehen. Wohl aber, dass es über ihr Kinn lief und heruntertropfte.

Noch einmal wiederholte der Heiler den Zauber und netzte ihre Lippen. »Bitte«, hörte er Raiwen flüstern und sah, wie er ihr liebevoll eine Strähne aus dem Gesicht strich. Maronenbraun, wie die Früchte der Sativa. Und das Haar von Billke. Wie gebannt schaute Farim zu.

Ein Schrei ließ ihn zusammenzucken. »Bei den Götterpranken, sie leben!«

Endlich eine gute Nachricht! Er sah Semjon, der zwischen den Ranken umher lief und sich immer wieder hinunterbeugte. »Diese auch. Bei den Ahnen, es ist noch nicht zu spät!«

Unwillkürlich sah Farim zu Kiri hinüber. Der Baumskrat hatte unweit des Karrens den Leitbock gefunden und versuchte, ihn mit Gräsern zu füttern. Wie tot lag das Tier inmitten einer kreisrund abgegrasten Fläche, doch seine Nüstern bewegten sich.

Dann zuckte Valehna, so heftig, dass Farim erschrak. Die Elbin bäumte sich auf und holte ruckartig Luft.

»Mehr Wasser«, befahl Raiwen, »das erfrischt ihre Magie.«

Farim sprang auf, nahm die leere Schale mit, fand eine weitere und brachte dem Heiler einen Augenblick später gleich die doppelte Menge.

Erneut hörte er Raiwen den Heilzauber sprechen, und diesmal trank Valehna, ohne dass etwas danebenlief. Ihr Gesicht gewann an Farbe. »Danke.« Sie hustete. Ihr Blick glitt am Heiler vorbei, wirkte bestürzt, als könnte sie nicht fassen, was sie angerichtet hatte. Als sie sprach, klang sie müde. »Konnte ich sie retten?«

Retten? Farims schaute über die zerstörte Wiese. Meinte sie das wirklich ernst?

»Vor allem konnten wir Euch retten«, flüsterte Raiwen. »Und es war knapp. Ihr hättet nicht allein gehen dürfen.«

»Ich musste es tun. Niemand darf erfahren, wie dicht das Menschenkind dem Geheimnis gekommen ist. Anastina-Kyriejah hat bereits genügend Geschichten für den Elbenrat gesammelt. Diese sollte nicht auch noch dazukommen.«

»Und doch wird sie davon erfahren, falls Ihr nicht alle retten konntet.«

»Ich denke nicht, dass sie noch drinnen ist.«

Die Scheltar des Wassers? Wo? Farim schwirrte der Kopf von all den Geheimnissen und Andeutungen. Um sie her sah es aus wie auf einem Schlachtfeld, und sie sprachen von Rettung? »Was ist mit den Prelken geschehen? Und warum hätten sie nicht hier sein dürfen, vor dem Weltenspiegel?« Er wollte endlich Antworten, egal, wie schwach Valehna noch war oder wie besorgt der Heiler dreinblickte. »Und was hat das alles mit der Scheltar des Wassers zu tun? Sagt es mir, bitte! Unser Leben liegt ohnehin in Eurer Hand. Ich muss wissen, was das alles zu bedeuten hat.«

Valehna nickte. »Du hast recht ...«

Doch ihr Heiler unterbrach sie. »Hoheit – das ist ein Sakrileg. Selbst für Euch.«

»Nein. Aber was wir getan haben oder immer noch tun, ist eines.« Mühsam setzte sie sich auf und legte die Hand sanft auf Raiwens Arm. »Er weiß ohnehin schon fast alles.« Sie sah ihrem Heiler tief in die Augen und Farim hatte den Eindruck, dass die Gesichter der beiden einander näherten, als wäre eine unsichtbare Kraft der Anziehung zwischen ihnen.

Doch Raiwen zögerte, der Augenblick war vorbei und Valehna wandte sich an Farim. »Die Prelken tragen die gleiche Magie, die auch Teil des Weltenspiegels ist.«

»Er besteht aus Seelenmagie?«

Sie nickte. »Und aus der Elementemagie des Wassers.«

»Die Verbindung unterschiedlicher Magie in diesem Ausmaß ...« Farim sah zum Weltenspiegel. »Ein Scheltar-Zauber?«

»Ja. Er gehört zu den Heiligtümern der Scheltar. Auch wenn er von anderer Art ist, als deine Elbenstifte es waren.«

»Kenne ich die Scheltar, die den Zauber entfacht hat?« Er hoffte, dass es nicht so war. Dass nicht ausgerechnet Anastina-Kyriejah derart mächtige Heiligtümer erschaffen konnte.

Doch Valehna nickte. »Ich bedaure, dass du sie in einem Augenblick des Zorns kennengelernt hast. Aber du verstehst jetzt vielleicht, wie wichtig sie für unser Volk ist. Mit dem Weltenspiegel hat sie etwas Einzigartiges geschaffen.«

Vor allem verstand er, dass die Scheltar des Wassers noch mächtiger war, als er angenommen hatte. Er nickte. »Und warum ist es schlecht, dass die Prelken Seelenmagie tragen?«

»Weil es ihnen ermöglicht, hindurchzugelangen.«

»Wo ist das Problem? Wenn sie durch den Spiegel gehen können, kann man sie doch einfach zurückholen.«

»Wir haben nicht darüber gesprochen, was hinter dem Spiegel verborgen ist, aber du weißt es, oder?«

Farim sah, wie Raiwen sich versteifte. Er schien zu fürchten, Valehna könnte es hier und jetzt laut aussprechen und damit einen unverzeihlichen Verrat begehen. »Ja«, antwortete er. »Ich weiß es.«

»Dann kannst du vielleicht ermessen, welcher Gefahr die Prelken ausgesetzt wären.«

Er dachte an das Vibrieren des Bodens, stellte sich mächtige Schutzzauber und Fallen vor, die die Heiligtümer auch für den Fall schützen würden, dass jemand Ungebetenes durch den Spiegel gelangte. Und in diesem Moment begriff er. »Ihr selbst könnt nicht hindurch.«

»Nein.« Sie wirkte erleichtert, alles gesagt zu haben, ohne Verrat auf der eigenen Zunge zu schmecken.

Doch Farim hatte noch eine letzte Frage. »Warum nicht?«

Valehna schaute ihn nachdenklich an, es dauerte einen langen Augenblick, ehe sie ihm antwortete. »Nur wer über die Magie des Wassers oder Seelenmagie verfügt, kann den Spiegel passieren.« Sie hustete, und Raiwen reichte ihr noch etwas zu trinken.

Nachdenklich wandte Farim den Blick ab, bemüht, alles zu verarbeiten. Er sah Semjon, nur ein paar Schritte entfernt. Seine Tiere mussten am Leben sein, denn er wirkte ruhig und gefasst. Seit wann stand er da? Hoffentlich hatte er zumindest das Wichtigste mit angehört.

»Es ist besser, wenn wir den Heimweg antreten, Hoheit. Der Weg ist weit und Ihr seid geschwächt.«

»In Eurer Obhut bin ich sicher, Freund Raiwen.«

Ihre Augen fanden sich erneut und hielten sich einen kurzen Moment fest. Doch der Zauber von eben war vergangen. Vielleicht, weil sie ihm keinen Platz einräumten – der Heiler und die Thronfolgerin.

Farim dachte an den See im Schlosspark von Myxa und an Flimmlys über einer Spiegelung im Wasser. Auch er hatte dem Zauber keinen Platz eingeräumt, sondern ihn allein auf Bildern zugelassen. Doch neben der Magie der Seelen und der Elemente gab es noch diese eine Macht, die alle anderen übertraf – wenn man sie denn zuließ. Nur war jetzt nicht der passende Zeitpunkt, versäumten Gelegenheiten hinterherzuweinen.

Valehna schien seine Traurigkeit zu spüren und wollte darauf eingehen, doch sie war gedanklich woanders unterwegs. »Ich weiß, dass dich der Anblick der gefesselten Tiere verstört haben muss. Aber mit etwas Wasser und frischen Kräutern werden sie wieder gesund.« Sie nickte ihm aufmunternd zu. »Als ich sah, wie eines der Tiere in den Spiegel glitt und weitere schon Anstalten machten, ihm zu folgen, musste ich handeln. Deshalb die Fesseln, die Umzäunung und das Durcheinander. Ich hatte keine Zeit, mir etwas Besseres auszudenken.« Mit einem müden Lächeln sah sie ihn an.

Farim nickte ihr zu und versuchte, getröstet und zuversichtlich zu wirken. »Ich danke Euch.« Doch in seinem Geist kreisten schon ganz andere Gedanken. *Nur wer über die Magie des Wassers oder Seelenmagie verfügt, kann den Spiegel passieren.* Also gab es keine Möglichkeit, hindurchzugelangen.

Raiwen half Valehna auf und stützte sie, als ihr schwindlig wurde. »Es hätte Euer Tod sein können«, flüsterte er.

»Es galt Schlimmeres zu verhüten.«

Die beiden wandten sich zum Gehen, doch der Heiler drehte sich noch mal um und warf ihnen einen mahnenden Blick zu. »Ihr solltet Eure Prelken rasch aus der Reichweite des Spiegels führen und alles vergessen, was Ihr gesehen und gehört habt.«

Semjon verschränkte die Arme. »Was mich anbelangt, ich weiß sowieso nichts.«

Farim erwiderte den Blick des Heilers. »Ich werde mit niemandem darüber reden. Darauf gebe ich Euch mein Wort.« Er hatte nicht einmal das Verlangen, eines dieser Erlebnisse zu zeichnen. Ohne die Elbenstifte wäre es nicht dasselbe.

Er löste die Tücher, mit denen er sich die Zeichentasche an den Leib gebunden hatte. Wenigstens war ihm das Skizzenbuch geblieben, aber das Jucken in den Fingern vom sanften Pulsieren der Elbenstifte würde er vermissen.

»Farim?« Valehna war noch einmal stehen geblieben und sah zu ihm herüber. »Du weißt, dass das, was hinter dem Spiegel ist, von Anfang an nie für eure Augen bestimmt war?«

»Ja.« Noch während die Thronfolgerin mit ihrem Heiler davonging, hätte er schreien mögen. So dicht – er war so dicht davor gewesen. Schweigend sah er ihnen nach. Er versuchte, ein Gefühl der Erleichterung heraufzubeschwören, weil er Gohlannbjahr und die Mütter der Wälder mit seinen Freunden gesund und lebendig verlassen durfte und Kyriejah nicht noch einmal begegnen musste.

Doch das Einzige, was er fühlte, war Enttäuschung. Dass er den Hort der Elbenheiligtümer nicht erblicken würde, konnte er verschmerzen, auch wenn die Neugier wie ein ganzes Ameisennest in ihm gekribbelt hatte. Aber auf die Schuppe des Drachtarh zu verzichten und den Traum von neuen Elbenstiften zu begraben, das tat weh. Er sah auf seine Tasche, nur mehr Erinnerung an eine Reise, die ihn nicht zum Ziel geführt hatte.

»Und was nun?« Semjon schaute ihn fragend an.

»Wie, was nun?« Farim verstand ihn nicht. Sie würden die Prelken fortbringen und nach Crem gehen – mehr nicht.

»Nun veräppel mich nicht. Du wirst ja wohl kaum ohne die Schuppe gehen, oder?«

»Grenau.« Kiri war herübergekommen und sah ihn erwartungsvoll an. »Nur Schruppe frehlt noch.«

Wie die beiden so vor ihm standen, mit großen Augen und voller Tatendrang, regte sich auch in ihm ein Fünkchen Widerstand. Sollte er, nur weil er gerade nicht weiter wusste, gleich den Wunsch nach neuen Stiften aufgeben? Er dachte daran, was sie alles für ihn riskiert hatten. Was Zhinlohr riskiert hatte, um ihm die Erfüllung seiner Gabe zu ermöglichen.

Nein, aufgeben war nicht drin. Sie waren einem magischen Käfig entflohen, da würden sie es auch schaffen, durch diesen Weltenspiegel zu gelangen. Er brauchte nur etwas Ruhe, um darüber nachzudenken.

»Worauf warten wir denn noch?«, fragte Semjon.

Farim stöhnte. So viel zum Thema Ruhe. »Was meinst du?«

»Bei diesen Langohren weiß man nie, ob sie sich im nächsten Moment alles anders überlegen. Könnte ja sein, dass sie am Waldrand noch mal ausruhen und uns beobachten.«

»Und dann? Was ändert das?« Verstehe einer diesen Zwerg. War es nicht vollkommen egal, ob sie sich jetzt sofort oder gleich auf den Weg machen würden?

»Ich dachte nur, dass sie nicht sehen müssen, wenn wir durch den Spiegel gehen.«

»Erst einmal muss ich zu Ende denken, wie wir hindurchkommen.« Farim versuchte, zuversichtlich und selbstsicher zu klingen, doch seine Stimme zitterte. »Fest steht nur, dass ich ohne Schuppe nicht weggehe.«

»Grenau«, bestätigte Kiri mit strahlenden Augen. »Ich prass sro lange auf Prelken auf.«

Semjon starrte Farim unverwandt an, ein seltsames Lächeln im Gesicht. »Du hast keine Ahnung, stimmts?«

»Das würde ich so nicht sagen.« Er wich seinem Blick aus. Der Zwerg konnte echt lästig sein.

»Wäre aber die Wahrheit, oder?«

»Sag du doch, wie du dir das vorstellst. Ich bin immer offen für Ideen.«

Semjon lachte plötzlich und klatschte begeistert. »Ich wusste, dass du nicht dran gedacht hast.«

Quellschwamm

»Woran hab ich nicht gedacht?« *Versteh einer die Zwerge.*

»Ach nichts. Ich will dir nicht vorgreifen.« Semjon grinste. »Du musst ja noch zu Ende denken.«

»Sehr witzig. Ich hab nicht gesagt, dass ich mir keine Vorschläge anhöre.«

»Schon recht.« Semjon tätschelte Farim beschwichtigend auf die Schulter. »Schätze bringen jeden etwas durcheinander – mach dir nichts draus. Aber der Schatz läuft ja nicht weg.«

Einundzwanzig, zweiundzwanzig – nicht aufregen.

»Wir sollten erst mal die Prelken aufpäppeln. Ein wenig Quellschwamm wirkt Wunder, denke ich.« Sprach's und stapfte lächelnd zum Karren.

Farim sah ihm kopfschüttelnd nach, musste ihm aber, zumindest, was das anbelangte, recht geben. Er sammelte Kiris Schalen auf und ging zum Karren. Mit Semjon zu diskutieren, hätte eh nichts gebracht und ihn beknien, um ihm einen Hinweis zu entlocken, kam gar nicht infrage. Erst die Prelken, dann der Spiegel.

Doch während sie den Tieren auf die Beine halfen, alle nach und nach zum Leitbock führten, dem es dank Kiris Hilfe schon besser ging, kreisten Farims Gedanken die ganze Zeit um den Weltenspiegel. Die Lösung des Problems steckte in der Magie des Spiegelzaubers – oder in seiner Zusammensetzung. Gab es eine ähnliche Möglichkeit wie bei dem Baumkäfig? Nein, das wäre zu einfach, und außerdem bestand der Spiegel aus zwei Magieformen. Als sie alle Prelken beisammen hatten, war ihm noch immer nichts Schlüssiges eingefallen.

Dafür stellten sie fest, dass neben den Zugtieren und dem Leitbock nur mehr neun von zwölf Prelken übrig waren. Ein derber Verlust, und Farim mochte sich nicht vorstellen, wie schlimm es ohne Valehnas Hilfe ausgesehen hätte.

Schweigend führten sie die verbliebenen Tiere ein gutes Stück nach Westen, um sie dort in Sicherheit zu wissen. Kiri hatte weitere Leinen geflochten, und als sie die Prelken am Waldrand festmachten, begannen sie, zufrieden zu grasen.

»Wrollen wrir jetzt den Karren holen?« Der Baumskrat wies in Richtung Spiegel. Auf Semjons Drängen hatten sie das Gefährt im Schatten der Bäume stehen lassen. Erst die Prelken, dann die Waren, hatte er verlangt.

Zurück vor dem Weltenspiegel stand Farim neben dem Karren, und wartete gespannt, dass Semjon endlich preisgeben würde, woran er gedacht und was Farim vergessen hatte.

Der Zwerg räusperte sich. »Also. Ich habe mir das mal genau überlegt.« Er schob die Unterlippe vor und schaute zu ihrem wechselfarbigen Freund. »Kiri, ich denke, du wirst uns in anderer Weise helfen müssen, als du denkst.«

Braungrüne Muster wallten über die Stirn des Baumskrats, und seine Augen blinzelten verstört.

Farim stöhnte. »Willst du nicht endlich sagen, was du vorhast?«

»Durch den Spiegel gehen und deine Schuppe holen, was hast du denn gedacht.«

»Semjon, du musst da schon genauer werden. Wer nicht über Seelen- und Wassermagie verfügt, kann nicht ...«

»Blablablab, schon klar. Aber du hast etwas Entscheidendes vergessen. Wir verfügen über die Magie des Wassers.«

Farim schaute Kiri an. *In anderer Weise helfen, als er denkt?* Gebot der Baumskrat etwa über diese Macht, ohne es zu wissen? Auf eine sonderbare Art ergab das Sinn. Immerhin hatte der Schalensteller sich von Beginn an um frisches Wasser gekümmert. »Kiri? Kannst du etwa ...?«

Der Baumskrat schüttelte den Kopf. »Nein. Kiri hat kreine Magrie des Wrassers.«

»Und selbst wenn«, polterte der Zwerg dazwischen. »Das würde uns auch nicht durch den Spiegel bringen.«

Jetzt verstand Farim gar nichts mehr. »Du sagtest doch, er wird in anderer Weise helfen.«

»Natürlich. Er wird sich um die Prelken kümmern, während wir da drin sind. Einer muss das schließlich tun.«

Also keine unerwartete Baumskratmagie. Farim seufzte. »Und was bringt uns dann durch den Spiegel?«

»Kiri.« Semjon lachte. »Klingt komisch, aber ich meine das auch gar nicht so, sondern ganz anders.«

»Ich glaub das einfach nicht.« Farim raufte sich die Haare. »Du machst mich noch wahnsinnig mit diesem Gerede.«

»Ganz ruhig, Kleiner.«

»Da spricht der Richtige.«

»Das habe ich überhört«, grollte der Zwerg. »Ich erkläre es ja, wenn du mich endlich lässt.« Semjon holte Luft. »Du hast vergessen, dass deine fünf Pflanzen den fünf Elementen entsprechen. Sie sind magisch!«

»Das habe ich nicht vergessen.«

»Aber anscheinend hast du vergessen, dass du eine davon von mir hast. Kommt dir jetzt eine Idee?«

»Der Quellschwamm, wie könnte ich das vergessen? Hab ja eben einen Großteil davon an deine Prelken ...« Farim brach ab, als er an die Zutaten für die Elbenstifte dachte und ihm endlich ein Licht aufging. »Der Quellschwamm steht für die Magie des Wassers.«

»Er steht nicht nur dafür, er trägt sie in sich.«

Farim sah zum Spiegel hinüber und dann zum Karren. »Und du hast zwei ganze Fässer dabei.«

»Die ich bereitwillig opfern werde, schlaues Kerlchen.«

Von einem Moment auf den anderen wichen die Dunkelheit des Jacarandabaums und der Purpur der Jabuticaba einem hoffnungsvollen Wiesengrün, das neue Energien freisetzte. »Semjon, du bist wirklich einmalig.«

»Ich weiß.«

Farim lachte, sprang auf den Karren und stellte sich neben die Fässer. »Und was müssen wir jetzt tun? Darin baden? Davon essen? Sag es mir und wir können loslegen.«

»Nun ja ... es gibt da einen klitzekleinen Haken. Aber den gibt es ja immer.« Semjon kratzte sich den Bart.

Kiri setzte sich ins Gras und schüttelte den Kopf.

»Was für ein Haken?« Farim sprang vom Karren herunter.

»Ich ... ich hab keine Ahnung, wie wir die Magie einsetzen müssen, damit wir heil durch den Spiegel kommen.«

»Auf jede Hoffnung folgt ein Dämpfer. Sag ich doch immer.« Fast hätte Farim sich entmutigt neben Kiri fallen lassen, als ihm genau das klar wurde: Er hatte das schon viel zu oft gesagt. »Ja – zumindest bis heute. Aber unlängst sagte mir ein kluger Zwerg, dass es andersrum ist. Auf jeden Dämpfer folgte eine Hoffnung.«

Er strahlte Semjon an, doch der runzelte die Stirn.

»Meinst du etwa mich?«

Farim nickte. »Und du hast recht gehabt. Bisher war es immer so. Ich war fast am Verdursten und dann kam Kiri. Dir sind deine Prelken ausgerissen und du hast uns getroffen.«

»Also ob das jetzt ein Vorteil war ...«

»Der Angriff der Bäume aufgrund deines Beils, die Hilfe der Elben durch mein Iljaitt.« Farim ließ sich nicht irritieren.

»Eigentlich bin ich ja nur durch dich ...«

»Wie auch immer. Ich könnte noch viele Beispiele finden. Meine Gefangenschaft und dein Urin.«

»Wras?«

»Nicht so wichtig.«

»Die Prelken vorm Spiegel und Valehnas Magie.«

»Schon gut, schon gut.« Semjon wedelte mit den Armen. »Wenn diese Weisheit von mir war, braucht es keine Erklärung. Dann stimmt sie einfach.«

Kiri gab ein Keckern von sich.

»Eben. Also stecken wir den Dämpfer weg und halten nach der Hoffnung Ausschau.« Farim nickte zufrieden, seine Freunde schlossen sich an und es wurde still.

Bis Kiri die zentrale Frage stellte. »Und wrie ist der Pran?«

»Es gibt keinen Pran, das ist ja das Problem«, polterte Semjon, und Kiris Stirn erzitterte in braungrünen Farben.

»Dann machen wir eben einen«, schaltete Farim sich rasch ein. »Was hattest du dir denn bislang überlegt?«

»Ich dachte an ein Loch, so wie bei dem Seelenkäfig. Und dass wir das mit dem Quellschwammwasser testen könnten.«

Farim überlegte. »Ich weiß nicht, ob das klappt. Bei der Seelenmagie ging das wegen der Verbindung mit dem Wasser. Hier haben wir die aber schon im Scheltar-Zauber drin.«

»Stimmt. War eine blöde Idee.«

»Prelken grehen durch ...«, überlegte Kiri, »Wrasser vrielleicht auch?«

»Wassermagie.« Farim sprang auf den Karren. Er öffnete eines der Fässer und fischte etwas Quellschwamm heraus. Dann suchte er sich zwei Stöcke und lief zum Spiegel, gefolgt von seinen Freunden.

»Was hast du vor?«

»Testen.« Farim warf ohne Vorwarnung eines der Aststücke in den Spiegel. Es zischte, das Holz barst und wurde blitzartig in einem Splitterregen zurückgestoßen.

»Aah!«

»Raua!«

»Eberkacke noch mal, sag doch Bescheid.« Semjon lag auf dem Boden und Kiri leckte sich eine Streifwunde am Arm.

Wie durch ein Wunder war Farim unversehrt. »Entschuldigt. Aber immerhin wissen wir jetzt, was passiert, wenn man es mit Gewalt versucht.«

»Danke für diese Erkenntnis«, grummelte Semjon.

Farim sah sich um. Die Wucht war so groß gewesen, dass manche Teile bis an den Karren geflogen waren. Er nahm den anderen Stock und rieb ihn sorgfältig mit dem Quellschwamm ein. Je mehr Feuchtigkeit und Bestandteile hängen blieben, desto wirksamer müsste die Magie haften. Vielleicht ließe sich der Spiegel auf diese Weise wirklich durchdringen. »Besser, ihr geht ein Stück zurück.« Er sah sich zu seinen Freunden um, doch die waren schon geflüchtet, und drückten sich flach auf dem Boden.

In Ordnung. Er ging selbst auf Abstand, holte aus und warf. Das Aststück traf auf den Spiegel, und das Bild der Lichtung verschwamm, als flöge ein Stein ins Wasser. Dann war der Stock verschwunden.

»D-d-das war ...«, Semjon rappelte sich hoch, »wirklich gut. So könnte es also gehen.«

»Ich weiß nicht so recht.« Farim kaute noch auf einem Problem herum, das sich nicht so einfach lösen ließ.

»Wieso? Wir baden im Quellschwamm und laufen hindurch. Solange wir nass sind, reicht die Magie bestimmt.«

»Und was machen wir, wenn wir wieder trocken sind? Wir wissen nicht, wie weit es bis zum Hort der Heiligtümer ist und wie lange wir brauchen werden. Wahrscheinlich ist die Wassermagie längst verpufft, wenn wir zurückwollen.«

»Verdammt, daran hab ich nicht gedacht.« Semjons Finger verschwanden in seinem Bart und ließen ihn auf- und abwippen. »Und wenn wir die Fässer mitnehmen?«

Kiri war auf den Karren gesprungen und beschnüffelte die hölzernen Tonnen, als wolle er prüfen, was wirklich darin ist. Dann legte er sein Gesicht daran. »Alte Frässer.«

»Du bist auch so ein Frässer«, grummelte Semjon.

»Schron immer Qrellschwamm drin?«

»Natürlich, was denkst du denn? Dass ich das Wasserkraut in Fischfässern bade? Das schmeckt doch nicht. In diesen Fässern hab ich seit mindestens zwei Dekaden nichts anderes transportiert.«

Kiri nickte und legte eine Hand auf das Holz. Seine Haut verfärbte sich und war im nächsten Moment verschwunden. Freudestrahlend blickte er sie an. »Ich krann es spüren.«

»Schön für dich.« Semjon schüttelte den Kopf. »Und was jetzt? Nehmen wir die Fässer nun mit oder nicht?«

»Aber ja«, rief Farim begeistert, weil ihm dank Kiri die zündende Idee gekommen war. »Wir tauschen nur den Inhalt.«

Etwas Überredungskunst hatte es gekostet, doch schließlich hatte Semjon sich bereit erklärt, seinen Vorrat fast gänzlich zu opfern. Ein wenig Quellschwamm konnten sie auf zwei kleine Trinkwasserfässer verteilen, die sie extra dafür leerten, und einige Flaschen befüllten sie mit dem magischen Wasser. Der Rest wurde vor den Spiegel gekippt.

»Wenn Kiri uns über die Pfütze rollt, nehmen unsere Transporttonnen noch ein wenig zusätzliche Magie auf«, beruhigte Farim seinen Zwergenfreund, der zweifelnd neben einem der leeren Fässer stand.

»Bist du sicher, dass das gut geht?«

Natürlich war er das nicht. Aber Kiri hatte die Wassermagie im Holz gespürt, und das reichte ihm, um es zumindest zu versuchen. »Wenn wir in den Fässern stecken, sind wir geschützt. Es ist nichts anderes als ein rollendes Käfigloch. Nur, dass wir hier nicht in den Tod stürzen können.«

»Deine Worte im Gehörgang der Ahnen«, murmelte Semjon.

Farim nahm seine Zeichentasche und übergab sie Kiri. »Magst du darauf achtgeben, bis ich wieder da bin?«

Sechs Finger, die behutsam, fast ehrfürchtig zugriffen. »Kiri wird grut aufprassen.« Er verbeugte sich tief, um seinem Versprechen mehr Bedeutung zu verleihen, doch Farim vertraute ihm ohnehin. Der Baumskrat hatte schon die Kräutertasche unbeschadet durch den Sturm des Waldes gebracht, er würde auch die Tasche mit dem Skizzenbuch und den Bruchstücken sicher verwahren.

Noch einmal schaute Farim zu seinem Zwergenfreund hinüber. »Ich probiere es als Erster, dann kann dir nichts passieren. Du musst also keine Angst haben.« Er stieg in das Fass und gab Kiri ein Zeichen.

»Angst? Wer hat hier Angst?« Semjon kletterte sofort in seine eigene Tonne und kippte prompt auf die Seite.

Farim lachte, obgleich ihm nicht danach zumute war. Doch es half, die Anspannung zu lindern. »Lass dir ruhig Zeit, ich warte drüben auf dich.« Mit pochendem Herzen zwängte er sich in seine hölzerne Tonne und nickte Kiri zu, der schon mit dem Fassdeckel zur Stelle war, aber noch einmal innehielt.

»Drenk an die Magrie. Srie wird strark srein.«

»Ich versprech's.« Farim zog den Kopf ein, der Deckel schloss sich und um ihn war nichts mehr als Dunkelheit. Absolute Schwärze und plötzliche Stille.

Unvermittelt kippte das Fass auf die Seite, und seine Stirn rammte gegen das Holz. »Au.«

»Alles grut?«, klang es dumpf von draußen.

»Ja.« Er überlegte, ob es wirklich so war. Wenn er nicht haltlos wie Fallobst hin- und hergeschüttelt werden wollte, müsste er sich gehörig abstützen. Andererseits könnte ihm viel Schlimmeres als nur blaue Flecke drohen, falls das Fass der Magie des Spiegels nicht standhielte. Gerade versuchte er, sich mit Rücken, Armen und Beinen vernünftig einzukeilen, als sein Gefährt sich schon in Bewegung setzte. Und was das bedeutete, hatte er sich im Traum nicht vorstellen können.

Allein das Rollen verlangte ihm alles ab, seine Orientierung war von einem Moment auf den anderen wie ausgelöscht. Zusätzlich nahm das Fass jede Unebenheit des Bodens mit und es war unmöglich, die plötzlichen Stöße abzufedern.

Als er nicht aufpasste, schlug er mit dem Gesicht gegen das Holz, und seine Nase gab knirschend nach. Sofort rann ihm Blut über Mund und Kinn, tropfte hinunter, spritzte zurück, erst auf die Wangen und dann ins Auge.

Farim wurde schwindlig, und er stauchte sich die Handgelenke. Gegen aufsteigende Übelkeit kämpfend, schluckte er sauer hinunter und dachte schon, es nähme überhaupt kein Ende, als ein gewaltiger Stoß eine Seite des Fasses bersten ließ und die Fahrt jäh zum Stillstand kam.

Benommen blinzelte Farim ins Licht. Das Gefühl, alles wäre weiterhin in Bewegung, während er nur still dalag und darauf wartete, dass die Schmerzen nachließen, war am schlimmsten. Er wollte nur noch raus hier, probierte unnützerweise, die kaputte Seitenwand aufzubrechen, und presste sich dann gegen den Deckel, der sofort aufsprang.

Erst als Farim sich aus der hölzernen Tonne herausgewunden hatte, sah er, warum das Fass so schnell und anhaltend gerollt war: Der Boden war hier im Spiegel abschüssig. Wäre der Felsbrocken nicht gewesen, hätte es noch schlimmer kommen können. Sein Blick ging hangabwärts. *Glück gehabt.*

Er betastete seine Nase, wischte sich das Blut vom Mund und wandte sich dem kaputten Fass zu. Für den Rückweg müsste er sich wohl etwas anderes ausdenken.

Plötzlich rumpelte es, er schaute auf und sah das zweite Fass kommen. Ungelenk rappelte er sich hoch und schwankte. Ihm war schlecht. Und die Tonne donnerte genau auf ihn zu. Hilflos ließ Farim sich zur Seite fallen und hob schützend die Arme über den Kopf, doch der Aufprall blieb aus.

Als er sich umblickte, sah er Semjons Fass weiterrollen. Es hatte den Felsen verfehlt und wurde immer noch schneller. Das konnte der Rotbart unmöglich aushalten.

Farim mühte sich auf die Beine und stolperte hinterher. Er versuchte abzuschätzen, wo Semjon landen würde, und fluchte, als er ein Wasserloch entdeckte. Wenn das Fass im Wasser landete, würde sein Freund ertrinken. Nach dem endlosen Abhang und dem wahnsinnigen Tempo käme er nicht alleine heraus.

Das Gleichgewicht kam zurück, auch wenn Farims Schädel bei jedem Schritt dröhnte. Er lief, so schnell er es vermochte, und behielt Semjons Tonne im Auge. Bei Atharpazh, sie kam dem Wasser immer näher. *Bitte nicht!* Dann sah er die Steine – das Fass sprang, kam wieder auf und rollte weiter. Aber die Richtung hatte sich geändert. Farim rannte schneller. Vielleicht gab es Hoffnung ...

Plötzlich blieb sein Fuß an etwas hängen, er stürzte, überschlug sich und landete mit dumpfem Schmerz im Gras.

Semjon! Er versuchte, sich hochzustemmen, sah hinunter auf das Wasserloch und das Fass, das genau in diesem Moment nur wenige Zoll daran vorbeirollte und in einem Dickicht verschwand. Brechende und knirschende Zweige, aber kein Wasser. Jetzt kam es darauf an, dass Semjon die Abfahrt einigermaßen heil überstanden hatte.

Farims Schulter schmerzte, doch er konnte aufstehen, und eilte hangabwärts, um seinem Zwergenfreund zu helfen. Erst jetzt sah er, wie groß das Glück des Zwergs gewesen war: Nur ein Stück weiter und er wäre an einem Felsen zerschellt.

»Semjon? Alles in Ordnung?« Farim stieg über niedergewalzte Sträucher und gebrochene Zweige und fand das Fass unbeschädigt zwischen einigen Büschen liegen. »Semjon?«

Er beugte sich zum Deckel der hölzernen Tonne, kam aber nicht gleich dran. Aus dem Inneren drangen stöhnende Laute, die er nicht einschätzen konnte. Hoffentlich hatte der Zwerg keine schlimmen Verletzungen erlitten.

Farim stemmte sich gegen das Fass und schaffte es, die Oberseite freizuruckeln. Doch der Deckel hatte sich verklemmt. Er klopfte auf das Holz. »Wenn du kannst, hilf mit und stemm dich von innen dagegen. Ich krieg das Fass nicht auf.« Farim schrie fast, damit sein Freund ihn hören konnte. »Auf drei. Eins und zwei und ...« Als der Deckel ihm entgegenflog, ging er rasch in Deckung.

»Drei!« Kam es von drinnen.

Verdattert sah Farim zu, wie Semjon sich aus dem Fass schob.

»Bei den Göttern der Himmelsschmiede.« Er wuchtete sich auf die kurzen Beine und plumpste direkt wieder auf den Hintern. »Farim Peggelbohn, du niederträchtiges Menschenkind. Gaukelst einem langweilige Einfachheit vor und dann ...« Er hustete und spuckte ein Stück Quellschwamm aus.

»Ich konnte doch nicht wissen, dass es auf dieser Seite des Spiegels ganz anders ist, als es von draußen aussah.«

»Pff!« Semjon pulte sich ein weiteres Stück Quellschwamm aus den Zähnen. »Himmel, Rost und Eberfett – da denkt man gerade noch, man wird jeden Moment von Magie zersprenkelt, und dann so was.« Plötzlich grinste er übers ganze Gesicht. »Das war mit Abstand die beste Abfahrt seit meinem letzten Besuch in Abrinor. Im Vergleich zu diesem Fassritt können die Abrindarh mit ihrem Fernzahn einpacken.«

Farim verstand gar nichts mehr. »Fernzahn? Fassritt? Dir hat das gefallen? Die schwindelerregenden Drehungen und die schmerzhaften Stöße bei jeder Unebenheit?«

»Für ein wenig Nervenkitzel muss man schon mal was in Kauf nehmen. Und das bisschen Drehen und Stoßen kann einen Zwerg nicht schrecken.« Er schaute noch einmal ins Fass. »Aber ja, man könnte beim nächsten Mal für ein wenig Polsterung sorgen.«

»Beim nächsten Mal?«

»Natürlich. Ist besser als jede Ringelbahn.« Er schaute sich um. »Hammer und Meißelrost. Die Landezone war aber etwas knapp bemessen.« Endlich wuchtete er sich hoch und machte zwei Schritte auf den Felsbrocken zu. »Um das zu überleben, hätte womöglich nicht mal mein dicker Zwergenschädel ausgereicht.« Er kratzte sich hinter dem Ohr und schüttelte den Kopf. »Wie auch immer. Wo ist dein Fass?«

Farim zeigte nach oben. »Es ist an einem kleineren Felsbrocken hängen geblieben.«

»Au«, meinte Semjon mitfühlend. »Ist es kaputt?«

»Ja. Ich fürchte, wir müssen uns für den Rückweg was einfallen lassen.«

»Kommt Zeit, kommt Herausforderung.« Der Zwerg schaute sich um, als hätte er die Tragweite gar nicht begriffen.

»Ich denke nicht, dass der Spiegel einfach verschwindet. Und wie es aussieht, kann nur noch einer von uns zurück.«

Semjon starrte zum Weltenspiegel. »Genau. So, wie es aussieht.« Er stemmte die Fäuste in die Hüften und schob die Unterlippe vor. »Eins muss man diesen Langohren ja lassen. Von Magie verstehen sie was.«

Erst jetzt nahm Farim sich die Zeit, genauer dorthin zu schauen, wo sie hergekommen waren. Er hatte erwartet, etwas Ähnliches oder aber dasselbe zu sehen wie von außen. Doch von dieser Seite spiegelte der Scheltarzauber ihnen etwas vollkommen anderes vor. Zerklüftete Felswände, die wie Wände eines riesigen Kraters wirkten.

»Wenn ich es nicht besser wüsste, würde ich denken, wir sind im Kessel der Fruchtbarkeit.« Semjon sah sich um. »Aber die Gräser und Büsche hier drinnen passen nicht dazu.« Er drehte sich einmal um die eigene Achse und Farim folgte seinem Blick.

Zu ihrer Linken und Rechten verschwand der Spiegel zwischen den Bäumen, doch man konnte den Verlauf erkennen, weil die Kraterwand höher war und sich dort, wo der Himmel begann, nach innen wölbte.

Der Spiegel war nicht mehr und nicht weniger als eine riesige Kuppel, die alles in ihr umschloss und von der Außenwelt abschottete.

»Ist aber zu klein«, sagte Semjon.

Farim traute seinen Ohren nicht. »Zu klein? Mir scheint das Gelände hier riesig zu sein.«

»Ja, ja, natürlich. Aber zu klein für den Kessel der Fruchtbarkeit.« Semjon sah ihn an. »Für einen kurzen Moment dachte ich schon, die Elben hätten eine Art Portalzauber erschaffen, um von einem Ort zu einem anderen zu gelangen. Aber das ist natürlich Quatsch.« Er schaute sich weiter um und ging zu dem Wasserloch. »Mir ist es jedenfalls lieber, wenn wir später an der gleichen Stelle rauskommen.«

Plötzlich blieb er stehen. »Schau mal einer an.« Er bückte sich, nahm etwas Sand zwischen die Finger und roch daran. Ein paar Schritte weiter wiederholte er das. »Aber zunächst sollten wir uns auf das konzentrieren, was hier drinnen wichtig ist, bevor wir uns Gedanken über draußen machen.«

Farim nickte. »Der Hort der Heiligtümer und meine Drachtarhschuppe.« Er ging zu Semjon hinüber und sah endlich, was den Zwerg interessiert hatte.

»Und meine Prelken.«

Die Spuren waren im feuchten Untergrund deutlich zu sehen. Anscheinend hatten die Tiere es unbeschadet durch den Spiegel geschafft.

»Wollen hoffen, dass sie in keine Elbenfalle geraten.« Semjon ging den Spuren nach.

Farim folgte ihm. Er hatte keine Vorstellung, mit welcher Art Fallen die Elben ihren Hort schützten, aber ihm war klar, dass sie vorsichtig sein mussten, wenn sie am Leben bleiben wollten.

Schon nach einer kurzen Wegstrecke wurde es schwerer, der Spur der Prelken zu folgen. Dichte Büsche und junge Bäume hatten die ehemalige Schneise zwischen den Wäldern eingenommen und hinderten an einem weiten Blick. Dazwischen lagen größere Felsen und erschwerten die Suche ebenfalls, weil die Prelken sie übersprungen haben oder – was schlimmer wäre – von Felsplatte zu Felsplatte hinaufgesprungen sein konnten. Weitere Hufabdrücke zu finden wurde zusehends schwerer.

»Raustaubfelsiger Prelkenkot, verdammter!«, schimpfte Semjon, als die Spuren erneut vor einem Felsen verschwanden. »Das ist doch nicht normal.«

»Was?« Farim schaute sich um. »Wahrscheinlich finden wir sie auf der anderen Seite wieder.«

»Das meine ich nicht«, grummelte der Rotbart. »Die Felsen meine ich, die sind sonderbar. Irgendwie kommt mir das alles künstlich vor, findest du nicht?«

Farim sah sich um und ahnte, was sein Freund meinte. »Als würden sie noch nicht lange hier liegen.«

»Genau. Aber wo kommen sie her?« Semjon kratzte sich das Kinn und brachte damit seinen ganzen Bart in Bewegung. »Wir sollten vorsichtiger sein. Womöglich sind wir dem Schatz der Elben schon näher, als wir dachten.« Er stiefelte langsam weiter und blieb kurz darauf erneut stehen.

Ein Baum lag umgeknickt auf dem Boden – die Krone unter einem Felsbrocken. Nachdenklich starrte Semjon in die Luft.

Dann hörten sie jemanden aus voller Kehle schreien – und liefen los.

Elbenhort

Es war ein Reflex, der sie laufen ließ. Der anerzogene Impuls zu helfen, wenn jemand in Gefahr war. Doch schon nach wenigen Schritten kamen Farim Zweifel. Es war eine Frauenstimme gewesen, da war er sich sicher, aber er hatte die Worte nicht verstehen können. Und wer konnte sich überhaupt innerhalb des Spiegels aufhalten?

»Semjon. So warte doch.«

Der Rotbart lief schneller, als Farim ihm zugetraut hätte. Er hetzte hinterher, um ihn aufzuhalten. Bäume, Büsche, Felsen – nach rechts, nach links – vier Schritte für drei – aber sein Freund schlug bessere Haken, wenn sie ausweichen mussten.

Als Semjon einer Felsplatte auswich, sprang Farim hinauf, sprintete hinüber und machte einen Hechtsprung, um seinen Zwergenfreund zu Fall zu bringen. Sie stürzten, überschlugen sich und landeten in den Zweigen niedriger Büsche. Dann spürte Farim das Vibrieren des Bodens.

»Was soll das denn?«, schimpfte der Zwerg, aber Farim presste ihm sofort eine Hand auf den Mund.

Irgendetwas passierte hier – nicht weit weg. »Ruhig.«

Semjon packte seinen Arm und befreite sich, doch der Blick des Freundes zeigte, dass auch er etwas gespürt haben musste. Trotzdem legte Farim warnend einen Finger auf die Lippen, bevor er langsam vorwärtskroch. Sein Herz klopfte bis zum Hals. Vor ihm wurde es heller. Trotzdem konnte er durch die Zweige nicht erkennen, was da vor sich ging. Ein Ast knackte, er zuckte zusammen, doch es war nur Semjon, dicht hinter ihm.

Farim wurde langsamer und vermied jedes Geräusch, um besser hören zu können. Vor ihnen rauschte etwas. Dann hörte er wieder die Schreie – aber diesmal verstand er sie. Ihm stockte der Atem.

»*Fekehr ezh tuhn. Fekehr! Yn lys eddabenn tuhr liewen!*« (Zurück mit dir. Zurück! Das Blut verwirrt deine Sinne!)

Wieder vibrierte der Boden, Steine flogen durch die Luft, das Rauschen wurde lauter, als würde ein Sturm entfesselt.

In diesem Moment wusste er, wer da vor ihnen gerufen hatte. Er erinnerte sich an Wasser, das vor seinen Augen aus der Erde geschossen war, und an die wässrigkalte Kugel, die ihn getroffen, umschlungen und innerhalb eines Lidschlags im Klammergriff des Todes gehalten hatte. Anastina-Kyriejah!

Sofort war seine Angst zurück. Doch diesmal ließ er sich nicht von ihr überwältigen oder die Sinne vernebeln. Er brauchte die Drachtarhschuppe, wenn er Zhinlohr helfen wollte.

Wieder hörte er sie schreien, Aber ihre Stimme klang anders als damals; als wäre die Scheltar unsicher, ob sie ihren Gegner in die Schranken weisen könnte.

Das Rauschen wurde immer lauter, wurde vom Sturm zum Orkan – ohne, dass ihnen Blätter oder Bäume um die Ohren flogen. Bei den Seelen, was tat sie da? Farim robbte vorwärts. Er musste wissen, was sie heraufbeschwor und gegen wen sie ihre Macht richtete.

Doch dann hing sein Bein fest, er kam nicht weiter. Nachdem er zunächst vergeblich versucht hatte, sich freizustrampeln, drehte sich um.

Semjon hielt ihn verbissen fest. »Bist du lebensmüde? Bleib gefälligst hier!«

Farim las es mehr von den Lippen, als dass er es hören konnte. »Ich muss wissen, was da vorgeht. Du kannst ja hierbleiben, aber ich nicht.«

»So weit kommt das noch. Der Künstler zieht in den Kampf und der Kämpfer den Schwanz ein. Ohne mich!« Semjon schnaubte, versuchte, vorbeizukommen, und schob sich schließlich direkt neben Farim durchs Unterholz. Einer Macht entgegen, die ihr sicherer Tod sein konnte.

Das Rauschen nahm zu und die Luft wurde feuchter, doch auch Semjon ließ sich nicht mehr aufhalten. Er wollte genauso begierig sehen, mit wem die Wasser-Scheltar rang. Farim sah es an seinem Gesicht, den verbissenen Lippen und den zusammengezogenen Brauen.

Welche Gegner hatten es noch gewagt, den Weltenspiegel zu durchschreiten? Wer würde es überhaupt wagen, in den Hort der Elben einzudringen? Mut allein reichte nicht aus. Es brauchte Kenntnisse der Magie.

Feuchtigkeit saugte sich in Farims Kleidung, kühlte seinen Körper aus und machte jede Bewegung zur Qual. Nieselregen schlug ihm eisig ins Gesicht, dass er blinzeln musste. Würden sie überhaupt etwas erkennen oder würde die Scheltar sie zu erst entdecken und ihnen den Garaus machen? Unvermittelt dachte Farim an das, was Valehna gesagt hatte: Das Schicksal der Völker liegt oft in den Händen weniger, doch das rote Banner winkt allen. War es das, was sie hier miterlebten? Die Vorboten eines Krieges?

Plötzlich packte Semjon Farim am Arm und riss ihn zurück. Er blinzelte durch den Nieselregen und erstarrte. Vor ihnen stand die Scheltar auf einem Hügel aufgeworfener Felsen. Er sah ihre erhobenen Arme und die Bewegung ihrer Hände, mit denen sie einen Zauber wob, so gewaltig, dass ihm der Atem stockte. Kaum hundert Fuß entfernt ragte eine rauschende Wand empor, einem wogenden Meer gleich, das senkrecht in den Himmel strebte.

Farim sah zur Scheltar hinüber, deren ganze Aufmerksamkeit ihrem Zauber galt, dann zurück auf die Wasserwand. Was, um der Seelen willen, mochte dahinter sein?

Plötzlich stieß Semjon ihn an und gestikulierte wie wild, zeigte immer wieder auf die Scheltar. Erst verstand er nicht, was der Zwerg meinte, doch dann erkannte Farim, was ihm Sorgen bereitete: Anastina-Kyriejah ging langsam rückwärts in Richtung Kraterwand, der rauschende Zauber tosender Fluten folgte der Scheltar und kam damit auch ihnen näher.

Schon schob Semjon sich zurück, doch Farim bewegte sich keinen Zoll. Er starrte in diese unglaublichen Wogen, versuchte zu erahnen, was hinter der riesigen Wand aus Wasser vorging, welche Feinde sich versammelt haben mochten, um eine Scheltar wie Kyriejah in die Enge zu treiben.

»*Jys norta lemna tuhn kerr-fall. Fekehr!*« (Ich kann sie dir nicht lassen. Zurück!)

Semjon packte Farims Arm, die Augen weit aufgerissen, und zeigte immer wieder auf die Scheltar. Seine Lippen formten überdeutliche Worte. »Weg. Hier!«

Doch der Sturm der Magie vernebelte Farim den Verstand und ließ ihn nicht los. Wie gebannt starrte er auf die Scheltar. Er blinzelte, schützte seine Augen mit den Händen und versuchte mehr zu erkennen.

Und dann sah er eine andere Bewegung, hinter Kyriejah, beinahe verdeckt von den Felsen, die dort lagen. Ein kräftiges Tier mit weißem Horn, das in diesem Moment auf die Kraterwand traf und darin verschwand. *Ich kann sie dir nicht lassen!* Die Scheltar hatte die Prelken gemeint und führte sie durch den Spiegel hinaus.

»*Brotahn lys tuhn kerr-pruhldan.*« (Mehr Blut wirst du nicht haben.)

Ihre brüllende Stimme, unnatürlich laut im Tosen ihrer Macht, war noch nicht verklungen, als Farim endlich verstand, was gleich geschehen würde. Er drehte sich um, sah Semjon zurückweichen und robbte hinterher, so schnell er konnte. Sie mussten hier weg, ehe die Scheltar selbst durch den Weltenspiegel ginge und ihr Zauber in sich zusammenfiele.

Dann wurde das Rauschen leiser, Semjon rappelte sich hoch und begann zu laufen. Farim wollte ihm nach, konnte der Neugier jedoch nicht widerstehen und schaute zurück. Die Scheltar war verschwunden, doch ihre mächtige Wand aus Wasser stand noch – nur das Tosen und Rauschen hatte aufgehört. Alles wirkte seltsam erstarrt, bis kleine Schlieren hinabzufließen begannen. Dann Rinnsale, ganze Wellen, und plötzlich fiel diese ungeheure Wand in sich zusammen.

»Lauf, Semjon. Lauf um dein Leben!« Farim schrie und rannte, rannte und schrie. Doch die Flutwelle war schneller, holte ihn ein und traf ihn mit voller Wucht. Sie riss ihn von den Beinen, wirbelte ihn herum und drückte ihn mit Macht zu Boden. Sie raubte ihm den Atem und walzte über ihn hinweg wie eine Schneelawine. Bäumen entwurzelten, Felsen gerieten in Bewegung und Farim wurde mitgerissen.

Alles ging so schnell, dass für Schmerzen kein Platz war, und dauerte doch so lange, dass seine Lungen bersten wollten. Kurz kam er an die Oberfläche, holte Luft, wurde wieder verschluckt, auf den Grund gedrückt, schlug mit dem Kopf auf einen Felsen und verlor fast das Bewusstsein.

Endlich beruhigte sich der reißende Strom, Farim schaffte es, sich über Wasser zu halten, schaute sich um, versuchte, etwas zu erkennen, und suchte seinen Freund. »Semjon!« Er japste nach Luft, hustete mehr, als er schrie. »Semjon!«

Jäh änderten die Fluten die Richtung und schwappten zurück. Noch einmal ging Farim unter, kämpfte sich aber wieder an die Oberfläche. Er suchte etwas, an dem er sich festhalten könnte – sah Baumstümpfe, wo eben Wald war, und paddelte wie ein Hund darauf zu. Endlich schaffte er es, sich an einem der Stümpfe festzuhalten, und zog sich über Wasser.

»Farim!«

Sein Kopf ruckte herum, doch er sah nicht, woher die Stimme kam.

»Verdammte Wasserhexe!«, hörte er Semjon schimpfen und hätte heulen können vor Erleichterung. »Farim, hier!«

Dann sah er seinen Freund, der sich wie ein nasser Lumpen an einen geborstenen Stamm klammerte. Die roten Haare hingen ihm wie ein triefender Vorhang ins Gesicht, verdeckten Nase und Mund, sodass gar nicht auszumachen war, wo der Bart anfing.

Unter ihnen sackte der Wasserstand jetzt so zügig, als hätte jemand ein Loch geöffnet. Farim war froh, dass sie nicht in der Nähe des Strudels waren und mit hineingesogen wurden. Sie hatten die Macht der Scheltar überlebt. Und ihre Gegner?

»Scheiße noch mal – ich bin nass bis auf die Knochen. Elende Wasserhexe. Wenn ich die in Reichweite bekomme ...«

Farim stieg umständlich vom rettenden Baumstumpf herunter und versackte mit seinen Füßen im Schlick. »Mist.«

Er sah sich um, während sein rotbärtiger Freund mühsam auf ihn zustapfte, jeder Schritt ein schmatzendes Geräusch.

»Und was jetzt?« Strahlender Sonnenschein, doch Farim zitterte vor Kälte, und seine Zähne klapperten aufeinander.

»Ausziehen, was sonst. Erträgt ja keiner, in diesen triefenden Klamotten rumzulaufen. Da.« Semjon zeigte auf eine Felsplatte und wrang sich den Bart.

»Und was ist mit den anderen?«

»Welchen anderen?« Sein Freund beugte sich nach vorn und knetete das Wasser aus seinen Haaren.

»Die Widersacher, deretwegen Kyriejah ihre Wasserwand gewirkt hat.«

»Gammelige Krötenkadaver, du hast recht.« Semjons Oberkörper schnellte hoch und sein Haar klatschte nach hinten. »Dann sind wir nicht allein mit dem Schatz.« Kopfschüttelnd ging er zum Felsen hinüber.

Farim folgte ihm. Wie viel von einem Schatz übrig blieb, über den gerade eine Flut hinweggerollt war, wollte er sich lieber nicht vorstellen und hütete sich, es anzusprechen.

Semjon kletterte auf die Felsplatte und schnürte umgehend sein Wams auf. »Wenn Feinde im Spiegel sind, ist es umso wichtiger, ein wenig trockener zu werden. Und wir können getrost davon ausgehen, dass sie momentan dasselbe Problem haben.«

Farim zog seine Hemden über den Kopf und begann, sie auszuwringen. »Was glaubst du, wer es sein könnte?«

Es klirrte, als Semjon sein Kettenhemd auf dem Felsen ausbreitete. Ein Wunder, dass er bei all dem Gewicht nicht ertrunken war.

»Da kommen einige infrage.« Der Rotbart zog sich die nächste Stoffschicht vom Körper und quetschte einen Schwall Wasser heraus. »Dummdreiste Magister, mutige Zwerge oder hinterhältige Elben, die anderen etwas in die Schuhe schieben wollen.« Er nestelte an seinen Hosen herum.

»Die Hosen auch?« Farim sah sich um.

»Wird dir schon keiner was abgucken. Oder willst du dir in den nassen Hosen die Beine wund laufen?«

»Ist ja gut.« Er beobachtete, wie Semjon seine Unterhosen auf den Felsen legte und sich danebenhockte. Es ihm gleich zu tun, kostete ein wenig Überwindung, doch schließlich setzte Farim sich neben ihn, genoss die Sonne auf der Haut und wartete, dass ihm wieder warm würde.

Eine Zeit lang saßen sie schweigend da und starrten über den Wald abgeknickter Bäume. Der Dunst der Feuchtigkeit waberte in dünnen Schleiern darüber. Alles wirkte seltsam friedlich nach dem Toben der Macht, Farim hoffte, dass das noch etwas anhalten würde.

»Hat sich da was bewegt?« Semjon hob die Hand.

»Wo?«

»Dort, auf diesem Felsenhaufen.« Er zeigte nach Norden.

Farim sah zu dem felsigen Hügel hinüber, der mittig im Kessel lag. »Felsenhaufen« traf es gut, es sah wirklich aus wie ein Haufen aufgeschichteter Felsen. Aber ob sich dort etwas bewegte, konnte er nicht erkennen und schüttelte den Kopf.

»Umso besser.« Semjon rieb sich die Hände. »Wenn mich nicht alles täuscht, müssen wir genau dorthin. Die Anhöhe ist ideal, um einen Hort magischer Heiligtümer zu verteidigen.« Er tastete nach seinen Kleidern. »Noch nicht trocken, aber annehmbar feucht, würde ich denken. Wir sollten versuchen, vor den anderen dort zu sein.«

»Sollten wir nicht erst mal rausfinden, wer die anderen sind? Oder zumindest, wie viele? Oder welche Absichten sie haben?« Der Gedanke, auf Gegner zu treffen, gefiel Farim gar nicht. Aber Menschen ließen vielleicht mit sich reden.

»Wie stellst du dir das vor? Willst du erst mal den ganzen Spiegel absuchen? Falls die auch zum Hort wollen, werden wir sie dort schon früh genug finden. Wir müssen einfach nur vorsichtig sein.«

Leichter gesagt, als getan. Farim versuchte das, seitdem er aus Myxa aufgebrochen war und hatte irgendwann aufgehört die Katastrophen zu zählen.

»Willst du nun deine Schuppe haben, oder nicht?«

»Ja doch.« Farim stand auf und zog sich an. Die dünne Unterbekleidung war sogar schon trocken. Und auch wenn die anderen Sachen noch feucht waren, war es allemal besser, als triefend nass loszuziehen.

Semjon brauchte etwas länger, übernahm dafür aber dann bereitwillig die Führung.

Der Weg war nicht sehr weit, eine Meile vielleicht oder zwei, doch das Gelände war uneben, der Boden feucht. Einige Male traten sie in Schlammlöcher und mussten sich gegenseitig wieder heraushelfen. Regelmäßig hielten sie an, stiegen auf Felsen oder erklommen Bäume, die ihnen eine bessere Übersicht verschafften, doch auf Gegner trafen sie nicht.

Als sie sich dem Felsenhaufen weiter näherten, wurde Farim unruhig. Seine Gedanken spielten verrückt, immer wieder tauchte das Bild von Kyriejah vor ihm auf. Als er plötzlich die Wasserwand vor Augen hatte, blieb er stehen.

»Was ist?« Semjon hatte seine Stimme gesenkt, weil sie schon fast unterhalb des Felsenhügels waren. »Hast du was gesehen? Oder gehört?«

»Ich glaube, wir sollten umkehren.«

»Bis du des Wahnsinns fette Beute?« Semjon gab ihm einen Klaps auf die Stirn. »Wir sind fast da.«

»Aber ...« Farim verstummte. Jetzt, da er stehen geblieben war, spürte er den Boden unter den Füßen vibrieren. Er dachte an ihre Nacht vor dem Spiegel. Doch diesmal war es anders – deutlicher. Ein Ab- und Anschwellen.

»Was?« Semjon sah ihn stirnrunzelnd an.

Plötzlich rauschte wieder eine Erinnerung an die tosende Wasserwand durch Farims Gedanken, und er hörte Kyriejah unverständliche Worte schreien. Sein Kopf ruckte herum, doch da war nichts.

»Was ist denn?« Der Rotbart folgte seinem Blick und sah sich nach allen Seiten um. »Hast du was gehört?«

Farim massierte sich die Schläfen. Warum verfolgte ihn immer noch dieser Zauber der Scheltar? Wieso konnte er ihn nicht vergessen?

Wieder das Rauschen, wieder die Wasserwand – doch diesmal wich sie zurück. Er kniff die Augen zusammen und das Bild verschwand.

Semjon kam näher. »Bei den Kenluren von Eskrinor, sag endlich, was los ist!«

Farim schaute sich nochmals um, spürte den Erinnerungen nach, doch so plötzlich, wie sie gekommen waren, waren sie auch wieder verschwunden. Nur das Vibrieren, das war noch da. »Spürst du es nicht?« Er starrte auf seine Füße.

»Das Pulsieren im Boden?« Der Rotbart nickte. »Das könnte einer ihrer Bannzauber sein.« Er hob einen Stein auf und warf ihn in Richtung Felsenhaufen, der von hier aus eher einem Berg glich.

Farim zuckte, als der Stein einen Felsbrocken traf, davon abprallte und über mehrere Felsen zu Boden polterte. »Was soll das denn? Willst du alle auf uns aufmerksam machen?«

»Dachte nicht, dass es so laut ist.« Semjon kratzte sich hinter dem Ohr. »Ich wollte nur sichergehen, dass wir in keinen Schutzschild hineinlaufen. Wegen dem Pulsieren.«

Farims Gedanken blieben am Wort Pulsieren hängen. Beschrieb es sein Gefühl überhaupt passend? Vielleicht meinte sein Freund damit das An- und Abschwellen. Wobei es dann allerdings ein sehr langsames Pulsieren wäre.

»Nun lass uns endlich weitergehen«, brummte Semjon. »Es wird schon dunkler und ich möchte ungern die Nacht im Spiegel verbringen. Weiß der Himmelsschmied, ob die Wasserhexe noch mal wiederkommt.« Er stieg die ersten Felsen hinauf.

Farim folgte ihm. Zwischen zwei Felsbrocken hatte sich ein längerer Ast verkantet, den er kurzerhand herausbrach.

»Was willst du denn damit?«, fragte sein Freund mit gedämpfter Stimme. Wahrscheinlich war er ängstlicher, als er zugeben wollte.

»Ihn dir geben«, flüsterte Farim. »Mir wäre lieber, du würdest keine Steine mehr werfen. Und wenn du den Ast vorausstreckst, kannst du sicher auch damit magische Schilde entdecken, oder?«

»Kommt auf den Zauber an, denke ich.«

»Egal, wir dürfen nichts riskieren, wenn wir den geheimsten und heiligsten Ort der Elben sehen wollen.« *Samt Hunderter Drachtarhschuppen. Und eine davon ist für mich bestimmt.*

Plötzlich schoss wieder eine Erinnerung in seinen Kopf – drei Prelken an einem Wasserloch. Er kniff die Augen zusammen, versuchte, das Bild auszusperren, doch die Tiere wollten nicht verschwinden. Er konnte von hier oben das Spiel ihrer Muskeln sehen – bei jeder einzelnen Bewegung. Bekömmliches Fleisch, das nur auf ihn wartete.

»Nun gib schon her.« Semjon nahm ihm den Stock ab. »Weiter jetzt. Ich möchte endlich sehen, wie der Elbenhort aussieht. Vielleicht ist ja sogar für mich was dabei.«

Farim schüttelte den Kopf, um das Bild loszuwerden. Seine Gedanken spielten verrückt? Ob er mehr abgekommen hatte, als geglaubt hatte? Die Kopfschmerzen hatten doch nachgelassen.

»Was denn? Man wird ja wohl noch träumen dürfen.« Semjon zog eine Flunsch und kletterte weiter.

Aber nicht mit offenen Augen – und nicht von Fleisch. Farim beeilte sich, seinem Freund zu folgen, und verharrte plötzlich. Drei Prelken am Wasserloch? Als sie dort vorbeigekommen waren, hatten sie doch nur ihre Spuren gesehen. »Semjon«, rief er im Flüsterton und kletterte ihm eilig hinterher. »Semjon, warte.«

Der Zwerg hörte ihn nicht, also versuchte Farim, ihn einzuholen, griff in Felsvorsprünge, setzte seine Füße auf Absätze, in Spalten und merkte nicht, wie hoch sie inzwischen geklettert waren. Erst als sein Freund sich umdrehte und ihm mit rotem Kopf entgegenblickte, sah Farim, dass sie den Berg fast zur Gänze erklommen hatten.

»Nur ... einen Augenblick ... verschnaufen«, keuchte der Rotbart und sah sich um. »Dort.« Er wies auf eine Felsplatte, die ein wenig vorstand und unter der eine Art Höhle lag.

Farim nickte völlig außer Atem und grübelte, wie er Semjon seine Visionen erklären sollte, ohne dass er ihn für verrückt hielte. Falsche Erinnerung nach einer Kopfverletzung – es gab Schlimmeres.

Als er sich neben den Zwerg in die Höhlung hockte und gerade etwas sagen wollte, packte Semjon seinen Arm und zeigte auf den Boden. Farim hatte die ganze Zeit gemerkt, dass das Vibrieren stärker geworden war, doch jetzt konnte man es sogar sehen. Der trockene Staub auf der felsigen Fläche bewegte sich. Kleinste Teilchen, die aufsprangen und über den Boden tanzten. Mal höher, mal niedriger.

»Das ist nicht gut«, raunte der Zwerg. »Dachte immer, die Magie der Elben müsste gleichförmiger pulsieren.«

»Vielleicht sollten wir umkehren.« Die Worte waren draußen, ehe Farim sie richtig zu Ende gedacht hatte. Doch seine falschen Erinnerungen, der ungute Bannzauber und die unbekannten Widersacher der Wasser-Scheltar, die jeden Moment auftauchen konnten – all das flößte ihm Angst ein.

»Nun mal hübsch ruhig bleiben. Wir sind kurz davor, einen Blick in den Hort zu werfen. Ich will kein Zwerg sein, wenn ich gehe, ohne über die Kante zu gucken. Und außerdem brauchst du die Schuppe, oder nicht?«

»Nicht, wenn ich es nicht schaffe, lebend aus dem Spiegel rauszukommen.«

»Dort. Siehst du das?« Semjon wies nach Westen.

Farim wusste nicht, was er meinte. Er sah nur eine weite Ebene, zerfurchte Erde, abgeknickte Bäume und Felsbrocken, die wie hingeworfen dazwischenlagen. Er schüttelte den Kopf und warf ihm einen fragenden Blick zu.

»Die Kraterwände sind ähnlich gleichförmig wie der Waldsaum der Lichtung, den man von außen sieht.«

Farim sah genauer hin und nickte. »Und wie soll uns das helfen, am Leben zu bleiben?«

»*Ähnlich* gleichförmig, sagte ich. Wo hast du deine Augen gelassen? Ich dachte immer, ihr Künstler schaut genau hin.«

»Nur, wenn uns ein Motiv interessiert.« Farim versuchte, das leichte Beben zu ignorieren, das kleine Steinchen über den Boden rollen ließ.

»Kein Bannzauber«, murmelte Semjon, hob aber noch einmal die Hand und zeigte zur Kraterwand. »Es gibt einen Spalt im Westen. Anscheinend hat sich das Bild nicht nahtlos zusammengesetzt. Siehst du es?«

Farim schaute hin, nickte und bereitete sich innerlich auf ein größeres Beben vor.

»Dann merk es dir. Genau dahinter wartet Kiri auf uns. Dein Freund, der viel auf sich genommen hat, damit du alle deine Zutaten bekommst. So wie ich auch.«

Das hatte gesessen. Farim sah in graublaue Augen, die ihn unnachgiebig fixierten, konnte dem Blick aber nicht standhalten und schaute weg. Semjon hatte ja recht. Jetzt umzukehren, war ein irrwitziger Gedanke.

»Was immer gleich passiert – und irgendwas wird passieren ...« Sein Freund wies auf den Kraterspalt im Westen. »Dort treffen wir uns wieder. Und zwar mit so einer verdammten Schuppe unter dem Arm. Ist das klar?«

Farim nickte.

»Ich habe mich doch nicht von dieser Wasserhexe nass machen lassen, um mit leeren Händen zu gehen. Wär ja noch schöner.« Grummelnd kroch Semjon aus der Höhlung heraus.

Farim schob sich hinterher, ergriff die Hand des Zwergs, der ihn mit einem Ruck aufhalf. Er starrte hinab und schaffte es, die Höhe zu ignorieren. Zum Klettern eigneten sich die zerklüfteten Felsen definitiv besser als nackte Felswände – aber stürzen sollte man hier lieber nicht. Der Gedanke, er könnte doch das Gleichgewicht verlieren, ließ ihn schwanken, er mühte sich, die aufkeimende Angst zurückzudrängen, als der Berg wieder erbebte.

»Festhalten!«, schrie Semjon.

Farim warf sich flach auf den Boden und klammerte sich an einen Vorsprung. Steine fielen von oben herab, sprangen an ihm vorbei und kippten über die Kante. Dann fluteten neue Erinnerungen in seinen Kopf, zeigten ihm die Prelken am Wasserloch, und die Kraterebene zog unter ihm hinweg. Felsen, angstvolles Kreischen und Blut. Blut auf grauem Stein.

Farims Kopf schmerzte, wehrte sich vor diesen Gedanken, die wie ungebetene Besucher in seinen Geist strömten. Rot und glänzend – köstliches Blut auf grauem Stein.

Nein, er wollte kein Blut. Nicht in Innelles, nicht in Gohlannbjahr – nirgendwo.

Etwas klatschte in die tiefrote Lache, dass es spritzte. Ihm wurde schlecht, als er den zerfetzten Hals sah – und die leblosen Augen. Helles Fell und ein silberweißes Horn. »Nein!«

»Farim!«

Knochen fielen neben den Kopf, an denen noch Fetzen von Fleisch hingen. »Nein! Ich will das nicht!« Er ließ los, ignorierte das Beben, die tanzenden Stein und hielt sich den Kopf.

»Farim! Halt dich fest!«

Er hörte Semjon, wusste, dass es wichtig war, und sah weitere Knochen fallen. Abgenagte Wirbel, an denen ganze Rippen hingen.

Das Beben nahm zu, und Farim begann zu rutschen. Als etwas seine Beine packte, trat er zu.

»Ah. Bei den Kenluren, bist du toll?«

Plötzlich prügelte jemand auf ihn ein und er riss die Augen auf. Unter ihm ein tiefer Abgrund und zerklüftete Felsen. Vielleicht war es die aufflammende Höhenangst, die seine Gedanken frei machte, oder die Schläge, mit denen der Rotbart ihn zur Besinnung bringen wollte.

Farims Hände tasteten nach einem Vorsprung und fanden Halt. Mühsam zog er sich zurück auf den Sims, und Semjons Schläge hörten auf; so, wie das Beben plötzlich aufhörte, von einem Moment auf den anderen. Farim robbte auf einen größeren Felsen und presste sich in einen Spalt.

Sein Freund kroch hinterher. »Bei den Göttern der Himmelsschmiede, was war das denn eben?«

»Woher soll ich das wissen? Die Erde hat gebebt. Keine Ahnung, warum.«

»Das habe ich gemerkt, du Einfaltspinsel. Was mit dir los war.« Semjon stemmte sich auf die Beine und blickte kopfschüttelnd auf ihn herunter.

»Ich habe falsche Gedanken. Erinnerungen, Albträume – irgendwas, was in meinen Kopf eindringt und alles andere überdeckt. Verdammtes Elbenmagie-Bannzauber-Sonstwas.« Er versuchte, sich zu beruhigen, doch da fluteten neue Bilder in sein Bewusstsein. Zwei Prelkböcke, die über die Kraterebene liefen. Glänzendes Fell und leckere Muskeln. »Deine Prelken sind es. Sie sind schon wieder in meinem Kopf.«

»Die Wasserhexe hat sie doch rausgebracht«, sagte sein Zwergenfreund. »Das können nur Erinnerungen sein.«

Farim versuchte, sich auf Semjon zu konzentrieren, drängte das Bild der Tiere zurück und sah ihn erstaunt an. *Aber ja, die Prelken sind gar nicht mehr hier. Es müssen Erinnerungen sein.* Und plötzlich wurde ihm klar, dass es nicht seine Erinnerungen waren, sondern dass sie jemand anderem gehörten. Egal, wie sie in seinen Kopf gelangt waren – irgendjemand hatte all das wirklich gesehen und erlebt. »Semjon?« Hoffentlich konnte sein Freund ihm eine Antwort geben. »Können Elben Gedanken verändern? Gibt es solche Zauber?«

Doch sein rotbärtiger Freund reagierte nicht. Leichenblass und mit offenem Mund starrte er zum Himmel.

Silberweiß

»Semjon?« Alles in Farim verkrampfte sich, eine unbestimmte Angst umschlang seinen Körper und ein kalter Schauer lief ihm über den Rücken.

»Keine Elben«, stammelte Semjon und ging rückwärts.

»Semjon!« Farim rappelte sich hoch.

»Keine Heiligtümer.« Der Rotbart trat noch einen Schritt zurück, kleine Steine rieselten über die Felskante.

»Vorsicht!« Farim packte den Freund am Gürtel.

Plötzlich sah der Zwerg ihn an und nickte mit leichenblassem Gesicht. »Ja.« Dann schaute er noch einmal hinauf. »Ganz vorsichtig jetzt.« Er bewegte sich seitwärts, achtete auf den Sims, suchte Halt, sah immer wieder nach oben.

Farims Nackenhaare stellten sich auf, als er ein neues Geräusch hörte. Er wollte sich umdrehen – herumwirbeln und sehen, was einem Zwerg wie Semjon Angst machen konnte. Aber die Furcht hielt Farim in eisiger Umklammerung und hatte ihn zur Bewegungslosigkeit verdammt. Plötzlich kam er sich wie ein Kind vor, dass die Augen zusammenkniff, weil es nicht gab, was man nicht sah. Erneut vibrierten die Felsen, doch diesmal war das Beben nur kurz, gerade so, als wäre ein mächtiger Baum zur Erde gestürzt.

Er musste wissen, was über ihm war. Jetzt – sofort! Ganz langsam drehte Farim sich um, hob den Blick und erstarrte.

Eine krallenbewehrte Pranke hatte den oberen Rand des Felsenhügels gepackt. Eine tödliche Klaue, grotesk groß, an einem Arm, der sich knochenartig in den Himmel erstreckte und von dunkler Haut überspannt war. Ein leibhaftig gewordener Albtraum, der sich plötzlich bewegte und die Welt erzittern ließ.

Narbige Hautfalten dehnten sich, als die Pranke sich hob und ein Stück weiter erneut auf die Felsen hinabstieß. Der ganze Hügel bebte, doch Farim nahm es kaum wahr, denn etwas anderes war in sein Sichtfeld gekommen, das den Himmel über ihm verdeckte – eine riesige Wand silbergrauer Schuppen, die aus ihrem Inneren heraus leuchteten.

Bilder im Kopf. Als die nächste Flut von Erinnerungen auf ihn einstürzte, wusste er, dass die kühnsten Träume seiner Kindheit Wahrheit waren. Und dass es das mächtigste Geschöpf, das die Welt je gesehen hatte, immer noch gab.

Ein Sturm fremder Bilder fegte seine Gedanken beiseite. Ein unbekanntes Land, schneebedeckte Gipfel und graue Schluchten, abgrundtief. In atemberaubendem Tempo flogen sie darüber hinweg, er konnte beinahe den eisigen Wind in seinen Haaren spüren, so vollkommen war die Erinnerung. Sie setzte sich in Farims Gedanken fest, als zeigte sie das Schönste der Welt, den letzten Sehnsuchtsort. Er begriff, dass sie Heimat bedeutete.

Wieder bebten die Felsen, als der Drachtarh über ihm sich bewegte und ein lautes Grollen den Himmel erfüllte. Wie Wehklagen drang es in Farims Herz. Vielleicht hätte es ihn warnen sollen vor dem, was kam – doch vor solchen Erinnerungen konnte man sich nicht verstecken.

Ein letzter Gipfel, und es ging abwärts, im Sturzflug in eine breite Schlucht. Dunkle Flecken auf weißem Grund. Je näher sie kamen, desto mehr begannen die Bilder, zu beben – desto klarer wurde der Blick auf die Male im Schnee. Die Kadaver erstreckten sich über die ganze Weite und tränkten die eisige Landschaft mit Blut. So viele. So unsagbar viele!

Überall lagen aufgeschlitzte Körper, erst jetzt sah Farim die Schatten, die auf ihren Leibern herumkletterten und mit Piken die leuchtenden Schuppen aus den Brustpanzern hebelten. Elben, die wie Schmeißfliegen an den Kadavern hafteten und nicht genug bekommen konnten, obgleich sie doch mehr Magie hatten, als sie zum Leben brauchten.

Tränen verschleierten das Bild, die Trauer des Wächters war so greifbar, dass Farim die Beklemmung wie seine eigene empfand. Er kannte dieses unsagbare Gefühl, das einen so klein und hilflos werden ließ, wenn man allein zurückblieb. Und er erinnerte sich an die Wut ob der Machtlosigkeit, die ihn gequält hatte, als Mutter gestorben war. All das fühlte Farim in seiner Verbindung mit dem Drachtarh und dachte jäh an den eigenen Verlust – an die Angst, die einen zitternd und voller Unsicherheit zurückließ.

In diesem Moment spürte er eine drängende Verbundenheit, die ihn aufblicken ließ. Fast erwartete er, dass der Drachtarh auf ihn herabschaute, dass die Erinnerungen allein für ihn gedacht gewesen waren, um das Leid mit ihm zu teilen.

Doch der Kopf des Drachtarh, dessen hornige Konturen Farim nur als Schatten vor dem Abendhimmel ausmachen konnte, war auf etwas anderes gerichtet.

Und dann kamen neue Erinnerungen – Knochen, an denen kein Fleisch mehr war, und zwei Prelken, die stoisch über die Kraterebene zogen. Jetzt verstand Farim, dass das Blut des Prelkbocks einen unbändigen Hunger in dem Drachtarh geweckt hatte und dass er alles tun würde, um ihn zu stillen.

Wieder ein Bild – diesmal die Wasserwand und die schemenhafte Kontur der Scheltar dahinter. Doch im Zentrum der Erinnerung standen die Tiere, deren Schemen neben ihr zu sehen waren. Farim hörte die unverständlichen Worte der Kyriejah und sah die Prelken mit einem Aufblitzen durch die Kraterwand des Spiegels verschwinden.

Plötzlich wurde er in die Luft gerissen, um den stürzenden Wassermassen zu entkommen. Farim keuchte, so echt wirkte alles in seinem Kopf. Fast dachte er, er verlöre den Boden unter den Füßen, während der Wächter sich in die Luft schraubte und dem Felsenhügel entgegenflog.

Ein Brüllen, die Bilder schwanden und Farim presste sich die Hände auf die Ohren. Alles um ihn vibrierte und bebte. Er legte den Kopf in den Nacken und sah schockiert zu, wie der Wächter der Seelen sich aufbäumte und die knochigen Flügelpranken reckte – bereit, abzuheben. Seine Flügelhäute spannten sich, dann stieß der Drachtarh sich ab und der Felsenhaufen erzitterte so gewaltig, dass ganze Felsplatten sich verschoben, Gesteinsbrocken brachen und mit Getöse in den Abgrund stürzten.

Farim warf sich auf den Sims, entging nur knapp einem Felsbrocken und drehte sich hastig zur Seite. Er sah dem Drachtarh nach, der Wächter der Seelen gewann mit kräftigen Flügelschlägen erst schwerfällig, dann immer leichter an Höhe und glitt zuletzt beinahe anmutig über den Himmel. Riesige Flügel und ein gepanzerter Körper mit schlangengleichem Schwanz. Dunkel mit silberleuchtender Brust – schön und einschüchternd zugleich.

Wenn nur dieser unbändige Hunger nicht wäre. Farim spürte, wie es ihm zusetzte und ihn quälte. Plötzlich verstand er, was die Scheltar gemeint hatte: »Das Blut verwirrt deine Sinne. Ich kann sie dir nicht lassen.«

Es musste an der Magie der Prelken liegen. Sie war von anderer Art als die der Weltenhunde, wie Semjon sie nannte. Seelenmagie ... Farims Gedanken überschlugen sich. Die Drachtarh waren die Wächter der Seelen ... Nein, das ergab keinen Sinn. Oder doch? Sie würden diese Magie schützen und nicht in sich aufnehmen. Es sei denn ... es sei denn, sie wären über Jahrhunderte hinweg ausgehungert worden und die Gier nach Blut wäre stärker geworden als ihr Impuls, die Seelen zu schützen.

Plötzlich verstand Farim, wovor die Scheltar sich gefürchtet und warum sie alles daran gesetzt hatte, die verbliebenen Prelken aus dem Spiegel zu bringen. Er starrte dem Weltenhund hinterher, der direkt auf die Kraterwand zuhielt. Eine Barriere aus der Magie des Wassers und der Seelenkraft, um ihn vor der Welt zu verbergen und ihn gleichzeitig vor der Gier der Menschen zu schützen. Der Weltenspiegel würde seine Jagd auf die Prelken verhindern, sein Entkommen vereiteln und ... ihm wehtun.

Dreh ab, dachte Farim und schrie es plötzlich. »Dreh ab!« Die Magie der Wasserscheltar konnte nur funktionieren, weil die des Drachtarh anderer Natur war. Wächter der Seelen – er hatte immer an Seelenmagie gedacht. »Dreh doch endlich ab!«, flehte er und dachte an den Stock, der ihnen um die Ohren geflogen war – zersplittert in tausend Stücke, weil er keine Magie des Weltenspiegels in sich getragen hatte.

Blut verwirrt deine Sinne. Ich kann sie dir nicht lassen.

Die Kraft der Prelken, die Macht des Weltenspiegels.

Augen, die ihn leblos anstarrten. Helles Fell und ein silberweißes Horn, mit dem Semjons Tiere durch den Weltenspiegel gekommen waren.

Nein, das dufte nicht sein! Farim sprang auf den Felsen vor sich und kletterte los. Er packte Vorsprünge, Spalten Unebenheiten – suchte Halt und zog die Beine nach.

Donnergrollen, das Brüllen des Drachtarh. Farims Kopf ruckte herum. Er sah, wie der Wächter über den Himmel wirbelte, weggestoßen von der Magie des Spiegels. Blitze zuckten an der Kraterwand entlang, Farim verfolgte atemlos, wie die Flugechse durch die Luft trudelte.

Das Horn muss noch da sein. Er darf es nicht bekommen. Noch einmal schaute er voller Sorge nach dem heiligen Geschöpf und sah erleichtert, dass der Drachtarh sich kurz vor dem Aufprall fing und mit schweren Flügelschlägen wieder aufstieg. Farim kletterte weiter, schneller, als er sich selbst zugetraut hätte, hinauf zum Nest des Drachtarh, einzig getrieben von der Hoffnung, dass er vor der Flugechse da wäre.

Als er endlich das Plateau erreichte, sah er, wie der Wächter sich mit schlagenden Schwingen aufrecht in der Luft hielt. Er schwebte jetzt direkt vor der Kraterwand und warf den Kopf unwillig hin und her, als müsste er verstehen, warum er den Prelken nicht folgen konnte. Wieder brüllte er, doch diesmal klang es lauter und trug einen Zorn in sich, der ein beginnendes Inferno versprach.

Farim riss sich von dem Anblick los und sah über die Ebene des Felsenhügels. Irgendwo hier hatte der Prelkbock sein Ende gefunden, da war er sich sicher. Leuchtendes Blut auf grauem Stein. Doch außer einer Mulde zertrümmerter Felsbrocken sah Farim nichts. Das also war der unfassbare Hort ihrer Einbildung, der Ort, wo sie unermessliche Schätze, sogar die Heiligtümer der Scheltar vermutet hatten – das größte Geheimnis der Welt. *Aber ja, das ist es wirklich.*

Wieder ein Brüllen, und plötzlich stürmten Hunderte Bilder auf ihn ein. Erinnerungen an mächtige Flugechsen, die, vor Schmerzen kreischend, vom Himmel fielen, blutende Kadaver, Menschen, die auf ihren Leichen herumhackten. Plötzlich war eine Stadt zu sehen und sein Blick ging nach unten. Krallenbewehrte Füße, so nah, dass Farim jede ihrer gehörnten Schuppen erkennen konnte. Sie streckten sich, griffen zu und rissen Dächer ein, zerstörten Hütten und brachten Häuser zum Einsturz. Menschenleiber flogen durch die Luft, Schmerzensschreie, Todesschreie und überall Blut.

Die Wucht der Emotionen zwang Farim auf die Knie. Er keuchte, musste dagegen ankämpfen, wenn er bestehen wollte. Sollte eigene Bilder heraufbeschwören, damit er seinen Verstand nicht verlor. Sein Herz schlug ihm bis zum Hals und sein Atem ging viel zu schnell, doch er zwang sich, Erinnerungen hervorzuholen, die ihm Kraft schenken würden. Er dachte an die Erlebnisse seiner Reise, suchte nach Bildern, die ihm Halt und Sicherheit geben konnten. Erinnerte sich an Kiri, der ihm mehr als einmal das Leben gerettet hatte. Der sich für ihn in den Kampf gestürzt und den Blutkeiler getötet hatte, bevor ...

Das Brüllen des Drachtarh dröhnte über die Ebene hinweg, und neue Bilder fluteten in Farims Kopf. Fliehendes Wild unter ihm und eine Meute von Raubtieren. Sie kamen näher, er erkannte Lannpinns und drei Blutkeiler dicht hinter ihnen. Dann der Schatten des Drachtarh – die dunkle Silhouette wurde größer und hielt direkt auf die grausigen Keiler zu. *Nein!* Farim taumelte, keuchte, verdrängte das Bild. Das konnte nicht sein.

Dann ein Hieb auf seine Schulter. Sein Kopf ruckte herum und sein Herz stolperte.

»Das nächste Mal kommst du gefälligst mit, wenn ich mich in Sicherheit bringe, schartige Axt noch mal.«

Woher kam Semjon? Farims Blick flog zum Drachtarh, der unweit des Spiegels zu Boden gegangen war und den Kopf wand, als nähme er Witterung auf.

»Vielleicht braucht unser Großer nach dem Aufprall eine Verschnaufpause«, raunte Semjon. »Hat ganz schön gerumst.«

»Nein ... ich glaube, ich ... ich habe ihn abgelenkt.«

»Abgelenkt? Red keinen Unsinn. Der ist so weit weg, dass er uns nicht hören kann.« Der Rotbart machte eine wegwerfende Geste, aber seine Stimme war flüsterleise, und sehr zuversichtlich sah er nicht aus.

Farim dachte an den Blutkeiler, den Kiri erlegt hatte, und an die Jagd des Drachtarh. Vielleicht doch ein Zufall?

»Trotzdem müssen wir uns beeilen. Wir müssen nach den Überresten eines Prelkbocks suchen, schnell.«

»Eines was?« Semjon packte ihn bei den Schultern. »Was redest du denn? Die Wasserhexe hat sie doch gerettet.«

»Aber nicht alle. Einen hat der Drachtarh gefressen.« Farim hatte auf die Schnelle keine anderen Worte gefunden und sah die Bestürzung im Blick seines Freundes.

»Woher weißt du das denn?«

»Ich habe es gesehen. In meinem Kopf.«

Semjon riss die Augen auf, aber für Erklärungen war keine Zeit. »Los jetzt. Wir müssen diese Fläche absuchen, bevor der Wächter zurückkommt.« Ohne zu warten, eilte er los, nein, es war eher ein Steigen, Gehen und Springen zwischen all den Steinen und Felsbrocken.

Dann kamen die nächsten Bilder, zerrissenes Fleisch und gespaltene Blutkeilerschädel. Blut, immer wieder Blut – und ein Grollen, das tief über die Ebene zu ihnen herüberrollte. Farim hielt sich die Ohren zu, versuchte, dem Druck standzuhalten, den die fremden Erinnerungen in seinem Kopf auslösten. Er musste etwas dagegensetzen und suchte nach friedlichen Bildern – ohne Kampf.

Kiri, wie er Wasserschalen aufstellte, Schüsseln mit Früchten füllte, Skizzen und Zeichnungen bewunderte, ihm Kräuter erklärte und die Prelken hütete. *Nein, nicht das!* Doch es war zu spät. Das Bild des Baumskrats inmitten der gehörnten Tiere, für Farim Sinnbild von Friedfertigkeit und Hilfsbereitschaft, hatte Gestalt angenommen, hing in der Luft und nahm seinen Weg. Wie Worte, die, einmal ausgesprochen, nicht zurückgenommen werden konnten. Man musste machtlos hoffen, dass sie aufgenommen wurden, wie sie gemeint waren.

Der Augenblick zog sich hin wie verdrilltes Mecklorgarn, dehnte sich, spannte sich bis zum Zerreißen. Farim drehte sich um, hoffte, es käme anders.

Und dann, noch ehe er den Drachtarh sah oder sein Brüllen hörte, sah er seine Erinnerung durch die Augen des Wächters. Muskeln, die sich unter Fell bewegten, eine Fleischquelle, die versprach, den Hunger zu stillen. Bilder, in denen nur die Tiere vorkamen, die es zu jagen und zu erlegen galt. Diesmal suchte der Drachtarh nicht mehr, sondern starrte direkt zu Farim herüber. Dann spannten sich seine Schwingen, und mit lautem Brüllen stieß er sich ab.

»Ich sehe es, bei den Ahnen, du hast recht gehabt!«

»Schnell Semjon, er kommt!« Farim hastete ihm nach, sah, wie sein Freund erstarrte, als er den Drachtarh kommen sah. »Semjon, er darf das Horn nicht kriegen!« Seine Stimme überschlug sich fast.

Endlich erwachte der Rotbart aus der Starre. »Ich hol es, such du einen sicheren Platz.«

Einen sicheren Platz? Er musste doch helfen.

»Ich trag das Ding schon allein. Kümmer du dich um deine Erinnerungen. Bei den Götterpranken – mach schon!«

Hin- und hergerissen sah Farim ihm nach, dann dem Drachtarh entgegen und schließlich noch einmal seinem Freund hinterher. Hatte er das mit den Bildern wirklich verstanden? Oder wollte er ihn nur schützen?

Wieder brüllte der Wächter der Seelen, und Farim wusste, dass sie zu langsam wären, um zu flüchten. Seine Verbindung mit dem Drachtarh war die einzige Möglichkeit, Zeit zu gewinnen.

Rotes Blut auf grauem Fels und ein fallender Kopf. Er spürte die Vorfreude der Flugechse. Überall Blut, alles rot, rot wie die Lippenblüten der Ranken im Garten von Myxa. Es war diese Empfindung, die Farim an seine Leidenschaft erinnerte, an sein Talent gute und schöne Bilder in die Welt zu bringen – und plötzlich wuchs in ihm eine kühne Idee.

Er schloss die Augen, konzentrierte sich und ließ gedanklich Elbenstifte entstehen. Fast konnte er ihr Pulsieren spüren und glitt mit ihnen über die Lache aus Blut. Er gab ihr neue Konturen, zeichnete Ranken und wandelte das Rot zu einem Meer aus Blütenblättern.

Die Erinnerungen des Wächters schwanden, als Farim ihm entgegensah, sah er ein Taumeln im Flugbild der riesigen Flugechse. »Hier ist kein Blut!«, schrie er voller Übermut. »Du bist nicht der Einzige, der die Macht der Bilder versteht!«

Unwillig warf der Drachtarh den Kopf hin und her, flog ihnen aber weiter entgegen.

Hastig schaute Farim sich nach Semjon um, der genau in diesem Moment triumphierend ein silberweißes Horn über dem Kopf schwenkte. Doch das Strahlen im Gesicht verging, als er den Weltenhund sah, der immer näher kam.

Farim winkte ihm hektisch zu und zeigte nach Norden. »Wir sehen uns dort!«, schrie er und lief los. Er musste vom Plateau herunter, bevor der Wächter da war. Schon war der Gedanke bildlich im Kopf und der Drachtarh brüllte. Keine Zeit mehr – Farim sprang über Steine und Felsbrocken hinweg. Er musste seinen Geist kontrollieren.

Noch einmal dachte er an das Bild für Mattens Tochter, versuchte, die Atmosphäre zu fassen, die ihn damals ergriffen hatte. Bewunderung war es gewesen – und Zufriedenheit. Er sah den knorrigen Ast des Makopabaums, eingehüllt in rote Blütenblätter – doch jäh wurde der Ast zu Knochen eines abgenagten Beins, Ranken und Blüten zu sehnigen Fleischfetzen.

Der Drachtarh flog direkt über ihn hinweg. Farim warf sich hin, rettete sich vor den Pranken und konnte der Wucht der Bilder doch nicht entkommen. Mit der Nähe des Wächters wuchs ihre Macht, wurde unmittelbarer und dröhnte in seinem Schädel wie Hammerschläge.

Dann wurde der Abstand wieder größer, Farim rappelte sich auf und lief weiter – ein fliehender Schatten auf grauen Steinen. Der Wächter hatte ihn nicht gesehen, hatte nur die Überreste des Prelkbocks im Visier, als müsste er retten, was noch übrig war, und jeden in die Flucht schlagen, der sich daran zu schaffen machte.

Glänzende Fleischfetzen an abgewetzten Knochen ...

Rote Lippenblüten, ein Meer von Blütenblättern ...

Farims Gedanken kreisten wie im Fieber um dieses Bild, während er weiterhastete, bis er endlich den Rand des Nests erreichte. Er kletterte über die Kante, fand Halt an einem Vorsprung und ließ sich auf einen schmalen Sims hinuntergleiten.

Dann bebte der Berg, und er konnte nur mit Mühe den Absturz verhindern. Der Wächter war beim Kadaver gelandet. Trockenes Blut auf grauem Stein.

Nein! Farims Gedanken übermalten das Bild erneut mit roten Lippenblüten an üppigen Ranken.

Wirbel, Rippen und abgenagte Knochen

Zweige und grünes Laub

Lidlose Augen

Das Gesicht der Stabschrecke

Ein aufgebrochener Schädel

Blinzelnde Äuglein und eine lange Nase – *nein, die nicht!*

Das Loch im hellen Schädelfell

Farim kletterte weiter, ahnte, dass er einen Fehler gemacht hatte, hangelte sich auf einen Felsvorsprung, der einige Fuß unter ihm lag, und versuchte, sein Gedankenbild zu ändern. Die Stabschrecke blähte sich, wurde runder, bekam ein flaches Gesicht. Doch der Wächter hatte Farims Bilder gesehen und mischte sie mit den eigenen.

Die Form der Nase, die in das Loch des Schädels passte, wie eine schemenhafte Erinnerung des Prelkenhorns.

Der Drachtarh brüllte vor Zorn, die Erde bebte und Farim rutschte haltlos in die Tiefe. Sein Hemd riss, der raue Felsen schälte ihm die Haut von der Schulter. Er schrie, versuchte, sich festzuhalten, prallte gegen einen Felsvorsprung, fiel weiter und landete unvermittelt auf einem breiten Sims. Der Aufprall raubte ihm den Atem, Blitze zuckten durch seinen Kopf. Der Schmerz ließ alles vor ihm in Tränen verschwimmen. Er kämpfte gegen die Ohnmacht, die ihn vollkommen wehrlos machen würde.

Dann hörte er das Grollen des Drachtarh und das Rauschen seiner Schwingen! Der Wächter der Seelen hatte sich wieder in die Luft geschwungen, getrieben von Wut und einer neuen Erinnerung, die Farim Angst machte: ein Schatten, unscheinbar in einer Ebene aus Steinen, nur eine flüchtige Erscheinung in dem großen Nest, doch plötzlich das Zentrum seiner Gedanken.

Unvermittelt wechselte das Bild, zeigte eine ältere Erinnerung: einen Wehrgang auf einer hohen Mauer, laufende Soldaten und einen riesigen Schatten, der ihnen folgte. Angstvolle Schreie, schlagende Pranken und spritzendes Blut.

Dann wieder Farim, hinstürzend auf dem Plateau des Wächters, und noch einmal die sterbenden Männer auf der Mauer – eine unmissverständliche Aneinanderreihung von bewussten Bildern: der Beginn einer Jagd!

Ein Rauschen, ein Schatten und Farim duckte sich. Sein Herz raste, seine Schulter brannte, alles tat ihm weh. Es fiel ihm schwer, einen klaren Gedanken zu fassen. Aber er konnte nicht hier sitzen bleiben, mitten im Hang des Felsenhügels. Er musste weg! Semjon würde beim Spiegel auf ihn warten. Sein Freund – *nein!* Hastig dachte Farim an graue Gesteinsbrocken, fügte sie in jeden Gedanken ein und versuchte, zu verhindern, dass in seinem Kopf klare Bilder entstanden.

Ein Schritt nach dem anderen, Fels und Stein, hinabsteigen, hinaufschauen, Orientierung bekommen und Orientierung nehmen. Graue Felsen, einen Weg finden ...

Der Drachtarh kreiste über dem Felsenhügel, suchte Bewegungen und warf immer wieder den Kopf hin und her. *Er wird Witterung aufnehmen!* Farim hoffte verzweifelt, dass der Geruchssinn nicht zu den stärksten eines Drachtarh gehörte, dass es andere Sinne waren, die sie über die Jahrtausende ausgebildet hatten.

Er bewegte sich, stöhnte vor Schmerz, biss die Zähne zusammen und mühte sich weiter. Ein Stück voraus ragte ein breiter Felsen aus der Wand, wie eine Zunge, die sich jemandem entgegenstreckte. Darunter eine Höhlung, die als Unterschlupf geeignet gewesen wäre – zu einer anderen Zeit, ohne Drachtarh im Nacken. Vielleicht gelangte er im Schatten der Felsenzunge sicherer hinunter? Nein, der Felsen war zu prominent und der Weg darunter zu offen. Farim sah zur anderen Seite und fand dort einige Vorsprünge, die ihm helfen würden, in einen Spalt zu gelangen, in dem er sich Halt versprach.

Grollen und das Rauschen der Schwingen – der Drachtarh kam wieder näher. Farim schob sich weiter, kletterte, so gut seine Verletzungen und Stauchungen es zuließen. Er wappnete sich gegen die grausamen Bilder des Wächters, doch noch blieben sie aus. Also suchte er nach eigenen, mit denen er den Drachtarh ablenken könnte. Pflanzen und Blüten kamen ihm in den Sinn, aber er musste sich konzentrieren, um nicht abzurutschen. Ein Vorsprung, eine Felskante, ein Riss, eine Kerbe – mit Händen und Füßen suchte er nach Halt, fand ihn und kämpfte sich weiter.

Plötzlich war das Flügelrauschen wieder da, ein Schatten zog über ihn hinweg, und Farim presste sich mit pochendem Herzen an den Felsen. Er wünschte sich Unsichtbarkeit und konnte doch nur darauf hoffen, dass er zu klein war, um aufzufallen. Schon erwartete er eine neue Flut grausamer Bilder, die ihn quälen und mit voller Gewalt überfluten würden, weil der Drachtarh so unglaublich nah war. Doch es kamen keine. Nur noch seine eigenen Gedanken, als wäre die Verbindung unterbrochen. Der Schatten schwand, das Rauschen wurde abermals leiser.

Pflanzen, Blüten, ein Vorsprung – hatte er das nicht eben schon gedacht? Farim schüttelte die Erinnerung ab, kletterte weiter, versuchte, sich auf den Weg zu konzentrieren, und erstarrte, als die Bilder sich in seinem Kopf erneut wiederholten. Gedankenbilder, die sich glichen wie ein Haar dem anderen und sich trotzdem fremd anfühlten – eine Felskante, ein Riss, eine Kerbe.

Und dann verstand er, warum ihn keine bedrohlichen Erinnerungen mehr erreichten, warum Tod und Verderben aus seinem Geist verschwunden waren. Und die Erkenntnis überlief ihn eiskalt. Der Seelenwächter brauchte keine Witterung aufzunehmen, musste nicht den Gerüchen folgen. Nein, seine Macht war von anderer Art, reichte weiter und war hinterhältiger. Er drang in die Köpfe seiner Opfer, verband sich mit ihrem Geist und sog jeden bildlichen Gedanken auf, um sie auf diese Weise zu finden und zur Strecke zu bringen.

Ein Riss, eine Kerbe und ein dunkler Schemen, der über ihm hinwegzog ...

Nein! Das hätte er nicht sehen dürfen.

Die frische Erinnerung in Verbindung mit dem eigenen Schatten. Das Brüllen des Weltenhunds klang wie ein vorweggenommener Sieg, und Farim wusste, dass der Drachtarh verstanden hatte, sein Suchfeld eingrenzte und zurückkam.

Gab es nichts, was er tun konnte? Er sah sich um, suchte nach irgendetwas und blieb an dem Zungenfelsen hängen, den er hinter sich gelassen hatte. Eine schwache Hoffnung, aber vielleicht die einzige Möglichkeit – zumindest, wenn seine Bilder stimmten.

Das Rauschen der Flügel wurde lauter, Farim eilte gedanklich auf den Zungenfelsen zu, nahm die Höhlung darunter in den Blick, gab vagen Einzelheiten im Kopf Gestalt. Graues Gestein und tarnender Schatten. Grauschwarze Strukturen, wie mit Kohlestiften auf Pergament gebannt. Ein hängender Zungenrücken, die rettende Höhlung und der raue Fels unter seinen Händen.

Das Brüllen wurde lauter, der Drachtarh schnellte über ihn hinweg, während Farim versuchte, sich bildlich vorzustellen, wie der Wächter auf ihn zuflog. Er stellte sich den Blick vor, den er aus dem Schatten des Felsens heraus hätte, ins Gegenlicht der untergehenden Sonne schauend, den näherkommenden Leib der Flugechse vor Augen. Er erinnerte sich an die krallenbewehrten Pranken, den Blick, als der Drachtarh vom Spiegel zurückgekommen war, an den Schlag der mächtigen Schwingen. All das zeichnete er in das Gegenlicht unter die steinerne Decke und sah den Wächter der Seelen auf den Zungenfelsen zustürzen.

Erst in dem Moment, da die Flugechse auf den Felsen traf, wusste Farim, dass auch seine Bilder einstürzen mussten, damit der Drachtarh ihn für tot hielte und von ihm abließe.

Felsbrocken brachen aus dem Hang, doch die Felsenzunge blieb unversehrt, und Farims Gedanken fieberten nach einem passenden Bild, um den Drachtarh zu überzeugen, sein Opfer wäre noch da. Eine brauchbare Zeichnung, die das Chaos von Anspannung und Not widerspiegelte.

Dann fiel Farim sein missglücktes Bild der »Pazhmaarh« ein – die fehlende Leuchtkraft, die hinter schmierigen Striemen verschwunden war. Wie das Licht im aufwirbelnden Staub brechenden Gesteins verschwand. Er erinnerte sich an sein Unvermögen, die züngelnden Flammen zu zeichnen, die Feuerbälle zeigen sollten und nur wirre Kreise geworden waren. Roh und unpassend in der damaligen Szenerie – aber hier und jetzt die Rettung. Raue Muster wirbelten umeinander, ließen Konturen verschwimmen und jeden Gedanken zur Unkenntlichkeit verdammt in den Abgrund stürzen.

Ein lautes Krachen, und alles bebte. Der Drachtarh war zu dicht an die Felsen geflogen und brüllte auf. Er schlitterte über den Hang, krallte sich fest, breitete die Schwingen aus und schaffte es, sich abzustoßen. Mit gerecktem Hals, weit aufgerissenem Rachen stieß er eine neblige Wolke eisigen Atems aus, die sich wie glitzernder Tau auf die Felsen legte. Blut troff aus einer klaffenden Wunde seiner silberleuchtenden Brust, doch das schien ihn nicht zu schwächen. Mit unveränderter Kraft sprang er nach vorn und brach die Felsnase mit einem einzigen Hieb.

Farims kohlegraues Gedankenbild wurde düsterer und verlor jede Möglichkeit des Erkennens. Schattenschlieren ohne jedes Licht.

Die Felszunge kam ins Rutschen, knirschte über loses Geröll und riss den gesamten Hang in die Tiefe. Wie vom Wahnsinn verzehrt packte der Drachtarh Fels um Fels und warf sie den stürzenden Massen hinterher. Endlich ließ er ab und schraubte sich mit mächtigen Flügelschlägen in die Höhe. Bilder des Wächters fluteten in Farims Geist – der eingestürzte Hang des Felsenhügels, die runde Kontur des vertrauten Nestes, angenagt und fremd.

Vielleicht würde die Flugechse nicht noch einmal nach ihm suchen, nicht erneut die geistige Verbindung aufnehmen, doch Farim durfte nichts riskieren und konzentrierte sich auf die letzten Felsbrocken, die der Geröllawine folgten. Er dachte noch einmal an die konturlosen Schraffierungen und die Kohlesplitter auf Papier. Dann fügte er eine andere Erinnerung hinzu – pechschwarze Tinte, die sich über ein Pergament ergoss und jegliche Kontur tilgte.

Wieder brüllte der Drachtarh und Farim sah auf. Der Wächter der Seelen flog immer höher – viel zu hoch. Jeden Moment müsste er ... Blitze schossen über den Himmel, das Brüllen klang markerschütternd und glimmende Funken flogen zu Boden.

Der Weltenspiegel hatte dem Drachtarh die Stirn geboten, doch der Wächter taumelte nur, beschrieb eine Wende und flog abermals gegen ihn. Wieder zischten Blitze über den Himmel und zeichneten die Kuppel des Spiegels beängstigend grell ins Abendrot der einsetzenden Nacht.

Farim starrte entsetzt nach Westen. Er musste zurück, der Spalt in der Kraterwand, hinter dem Kiri auf sie warten würde, wäre schon bald nicht mehr zu sehen.

Keine Bilder! Mit jedem Schritt wiederholte er die Mahnung, obgleich er die Schreie des Wächters hörte, der wieder und wieder versuchte, dem magischen Gefängnis zu entkommen. *Tintenschwarze Nacht.* Während er Felsen um Felsen hinter sich ließ, seine Arme zu zittern begannen und die Finger immer kälter wurden, überkamen ihn Bilder einer anderen Zeit. Erinnerungen an einen Flug über Berge und Täler einer alten Welt. Ein Himmel so blau und rein, dass es einem den Atem rauben konnte. Und neben ihm glitten weitere Drachtarh dahin, getragen durch die anmutigen Schläge ihrer mächtigen Schwingen.

Erneutes Brüllen über ihm, doch der Klang war ein anderer. Farim hielt inne und schaute hinauf, sah die Kontur des Wächters schemenhaft am Himmel stehen und spürte tiefe Traurigkeit aus seiner Seele branden. Ferne Erinnerungen an gute Tage. Weitere Bilder trafen ihn: ein silberglänzender Fluss, der auf die Berge zufloss, sich zu ihren Füßen in einen riesigen Krater ergoss und darin verschwand. Als wäre er einzig dazu bestimmt, den Durst der Welt zu stillen. *Das Grehum.* Der Ort, an dem die Seelen der Geschöpfe hinabgleiten, um dereinst mit neuer Kraft wiedergeboren zu werden.

Das Brüllen wurde zu einem Heulen, dann zu einem Keuchen. Farim blickte hinauf, sah, wie die Schwingen sich blähten und der Drachtarh noch einmal Anlauf nahm.

Doch das Bild verschwamm vor seinen Augen, plötzlich sah er ein steinernes Plateau, einen Seelenwächter mit angelegten Schwingen, anmutig, den dunklen Schwanz schützend um sich gelegt. Als sie näherkamen und das Geschöpf den Blick hob, fixierten ihn zwei Augen – so blau wie ein Sommerhimmel. Und als sie hinabsahen und der Schwanz sich zur Seite bewegte, sah er drei silbergraue Eier.

Das Heulen des Drachtarh zwang Farims Blick zurück, und die Bilder verschwammen. Über ihm flog das mächtige Tier einen weiten Bogen und gewann an Geschwindigkeit. Der Schlag seiner Flügel wurde wieder stärker und ließ den riesigen Körper immer schneller kreisen.

Er will zurück. Farim dachte an die Eier im Nest des Seelenwächters. Eine ferne Erinnerung nur, von der längst nichts mehr übrig war und die dem Wächter doch alles bedeutete.

Plötzlich scherte der Drachtarh aus seinem Kreis aus und hielt direkt auf den Spiegel zu.

»Nein!« Farims Arm ruckte nach vorn, als könnte er verhindern, was geschehen würde. Das Rauschen der Flügel, das Grollen, das zu einem Brüllen der Entschlossenheit anschwoll. Das Nest mit der Partnerin, den blauen Augen, dem Nachwuchs. Der Drachtarh schoss förmlich auf den Spiegel zu.

Wie lange konnte man so etwas aushalten – als Letzter übrig zu sein? Gefangen und einsam ... Farim hätte alle Magie der Welt gegeben, um ihm zu helfen.

Dann krachte der Wächter mit so gewaltiger Macht in den Spiegel, dass die Blitze die Nacht zum Tag erhellten. Farim hielt sich die Ohren zu, wollte den Schrei nicht hören und die Qualen aussperren – doch er blieb aus. Nur das Knistern der vergehenden Blitze im Spiegel begleitete den Rückstoß, der den Wächter hinwegfegte – haltlos, ohne der Wucht etwas entgegenzusetzen. Farim konnte den Blick nicht abwenden, sah zu, wie der Körper durch die Luft wirbelte, hörte das Krachen der Knochen, als die Schwingen nicht mehr standhielten, brachen und sich seltsam verdrehten.

Fassungslos, sah er zu, wie das riesige Geschöpf sich noch einmal krümmte und dann wie gelähmt hinabstürzte, mit dem Rücken voran, die Gliedmaße und Schwingen wie abgeknickte Äste hinter sich herziehend.

Nur einen Lidschlag später bebten die Felsen, Farim spürte den Boden ein allerletztes Mal vibrieren.

Lebewohl

Die eintretende Stille war so allumfassend, als hätte der Schöpfer selbst jeden Laut von der Welt verbannt. Alles hatte sich verändert, von einem Moment auf den anderen, und Farim fühlte sich leer.

Sein Geist hatte sich fremden Erinnerungen ergeben müssen, Bildern, die ihn verstört, bedroht und geängstigt hatten. Doch sie waren mehr als das gewesen. Sie hatten ihm Einblick in die Seele des letzten Drachtarh gegeben. Und jetzt, gerade, als Farim verstanden hatte, wie sie zu deuten waren, als er endlich begriffen hatte, wie einzigartig diese Verbindung war, war sie zerstört.

Er wankte und musste sich festhalten, als die letzten Puzzlestücke sich zusammenfügten und er Zhinlohrs Worte begriff: »Die Macht der Elbenstifte sollte die Geschicke der Fürstinnen und Fürsten leiten, doch nur wenige konnten ihre Magie nutzen.« *Weil diese Fähigkeit an das Leben der Drachtarh gebunden und keinem Volk allein vorbehalten ist.* »Die Gabe ist im Begriff auszusterben. Es gibt niemanden mehr, der sie besitzt. Du bist der Einzige, den ich finden konnte.« *Weil es auch nur noch einen Wächter gegeben hat.*

Tränen verschleierten Farims Blick, während er die letzten Felsen hinabstieg. Er spürte der Leere nach, die der Tod des Drachtarh hinterlassen hatte, und versuchte, sie mit eigenen Gedanken zu füllen. Doch er konnte nicht anders, als immer wieder an dieses heilige Geschöpf zu denken, das Trauer und unerfüllte Sehnsucht zur Verzweiflung getrieben hatten.

»Seelenwächter und Reiter verbinden sich durch Bilder im Kopf«, hatte Semjon gesagt. Eine seltene Gabe war Farim zuteilgeworden. Er spürte seine Brust eng werden, als ihm die ganze Tragik bewusst wurde. Er war der letzte Reiter gewesen – und hatte es erst begriffen, als es zu spät war. Immer mehr Tränen rannen ihm übers Gesicht. Wie sollte es nun weitergehen?

Plötzlich sah er ein Schimmern im Geröll des eingestürzten Felsenhangs. Langsam ging er darauf zu, ahnte, dass es eine der magischen Schuppen sein musste, und erinnerte sich an die klaffende Wunde in der Brust des Wächters. *Die sechste Zutat.* Deshalb war er hergekommen, doch in diesem Moment wusste er nicht mehr, ob er sie wollte.

Trotzdem ging er weiter, das helle Strahlen fest im Blick – ein mächtiger Schutz, der seinem Träger entrissen war. Könnte Farim die Drachtarhschuppe überhaupt berühren, ohne Schaden zu nehmen? Er kam ihr immer näher, und sein Herz schlug schneller. Würde seine Gabe ihn vor ihrer Macht bewahren?

Dann war er da, öffnete den Mund und staunte. Sie war so viel kleiner, als er erwartet hatte – kaum größer als zwei Hände – und doch war er geblendet von ihrem magischen Leuchten. *Neue Elbenstifte.* Vor ihm lag die letzte Zutat, und er würde sie mitnehmen, für Zhinlohr und seine Freunde, die die ganze Zeit zu ihm gehalten hatten.

Farim beugte sich vor, streckte entschlossen den Arm aus und griff zu. Erleichtert spürte er die pulsierende Wärme und das sanfte Kitzeln auf der Haut. Es reichte nicht, seine Gefühle in Helligkeit zu tauchen, doch das dunkle Jacarandabraun begann sich zu wandeln und ließ purpurblaue und arbengrüne Töne zu.

Langsam schleppte er sich über die Ebene und strebte der Wand des Weltenspiegels entgegen. Er spürte die Kälte, ohne sie wahrzunehmen, und ignorierte stoisch jeden Schmerz, der ihn zur Pause zwingen wollte, während seine Gedanken um den Wächter der Seelen kreisten.

Er war eine tödliche Gefahr gewesen, und Farim hätte froh sein sollen, ihm entkommen zu sein – doch er empfand nichts als Trauer. Und obgleich Verletzungen ihn peinigten, seine Schulterwunde brannte und die Stauchungen jeden Schritt zur

Qual machten, schmerzte der Verlust des Drachtarh mehr, als irgendeine der Wunden es gekonnt hätte. Es war eine unselige und hoffnungslose Verbindung gewesen, an diesem Ort und zu dieser Zeit. Doch sie war überstanden – für sie beide.

Farim dachte an die heiligen Bäume, die ältesten Geschöpfe der Welt, und an Kiri, dessen Leben an den Wald ihrer Nachkommen geknüpft war. Erlebte der Baumskrat die Verbindung auf eine ähnliche Weise? Litt er gleichartige Qualen, wenn einer seiner Freunde gefällt wurde? Solche und andere Fragen stellte sich Farim, während er sich mit der leuchtenden Schuppe durch die Dunkelheit schleppte. Sie führten ihn zu keiner neuen Erkenntnis, doch sie schenkten ihm Gedanken an seine Freunde und nahmen der dumpfen Leere im Kopf etwas von ihrer Macht.

Inzwischen war es so dunkel, dass ihm nur das Licht der Sterne blieb, um die Richtung zu halten, funkelnde Edelsteine auf schwarzem Samt, es reichte gerade aus, um die Kraterwand des Spiegels auszumachen. Doch erst, als der Mond aufging, konnte er den Spalt sehen, den Semjon ihm gezeigt hatte, und seinen Weg danach ausrichten.

Irgendwann, als der Grund sanft anstieg und der Boden fester und trockener wurde, wusste er, er wäre gleich da, sie konnten es wirklich schaffen. Er sah sich um, suchte im fahlen Mondlicht nach seinem Freund und fand einen Schatten, auf den er zuging. Doch es war nicht Semjon, auf den das schimmernde Licht der Drachtarhschuppe fiel, sondern ein zersplittertes Fass. Von einem Felsbrocken aufgehalten und zu kaputt, um damit durch den Spiegel zurückzurollen.

Plötzlich war die Erschöpfung größer als der Wille auf den Beinen zu bleiben, und Farim sackte zu Boden. Er hatte vergessen, dass nur noch eines ihrer Fässer intakt war. Und nach allem, was er erlitten hatte, fehlte ihm die Kraft, damit umzugehen. »Atharpazh«, flüsterte er, nicht wissend, ob Gebete halfen, »hilf uns bitte. Wir können es brauchen, nach all dem ...« Dann forderte die Entkräftung ihren Tribut, und er schlief ein.

Eine warme Hand auf der Stirn und ein sanftes Rütteln am Arm. Nur widerwillig reagierte Farim und hätte sich am liebsten zurück in den traumlosen Schlaf geflüchtet, in dem alles gut gewesen war und ihm nichts wehgetan hatte.

»Du musst aufwachen. Für Künstlerträume haben wir keine Zeit«, raunte eine dunkle Stimme. »Es sei denn, du willst den Spitzohren erklären, was hier passiert ist.«

»Semjon?« Farim setzte sich auf und sog scharf die Luft ein, als der Schorf auf seiner Schulter riss.

»Was hast du denn gedacht?« Der Zwerg flüsterte auffallend leise. Irgendetwas war nicht in Ordnung. »Was für ein Glück, dass du die magische Schuppe doch noch bekommen hast, sonst hätte ich dich nicht gefunden.«

Die Schuppe, ja. Aber warum fehlte das Leuchten?

»Hier drunter.« Semjon klopfte auf Holz. »Passte spielend unter den Deckel deines Fasswracks.«

Erleichtert atmete Farim auf. »Und wieso versteckst du sie? Warum sprichst du überhaupt so leise?«

»Weil ich nicht will, dass die Wasserhexe und ihre langohrigen Begleiter uns hören.«

»Was?« Farim sah zum Weltenspiegel.

»Nicht hier. So nah sind sie zum Glück noch nicht. Weiter links. Erkennst du die kleinen Lichter dort?«

Farims Herz schlug schneller, als er sah, was Semjon meinte. Mindestens ein Dutzend Lichtpunkte bewegte sich auf den Felsenhügel zu. »Wo kommen die plötzlich her?«

»Aus der Waldelbenstadt vielleicht? Die liegt hier um die Ecke, schon vergessen? Oder bist du immer noch nicht wach genug, um mitzudenken?«

»Doch, bin ich. Ich dachte nur, sie würden nicht ... also, sie hätten vielleicht ...«

»Nicht das Beben der Erde gespürt, nicht das Aufleuchten des Weltenspiegels gesehen? Ein taghelles Strahlen inmitten der Dunkelheit? Dachtest du, sie würden die Störung im Pulsieren ihrer eigenen Magie nicht spüren?« Semjon seufzte. »So in sich gekehrt können nicht mal Elben sein. Aber zumindest dürften sie nicht wissen, dass wir hier waren.«

Ein schwacher Trost, dachte Farim, während er die Lichter durch die Dunkelheit ziehen sah.

»Nun komm schon. Wir sollten weg hier.« Der Rotbart packte ihn beim Arm und zog.

»Semjon, mein Fass ist kaputt und deins liegt irgendwo in der Dunkelheit. Wir können nicht so einfach zurückgehen.«

»Ach was! Erzähl mal was Neues. Dass du auf deine Quellschwammtonne nicht gut genug aufgepasst hast, wussten wir schon bei unserer Ankunft. Und was meine anbelangt, die habe ich längst nach oben geholt, während du hier faul geschlafen hast.« Kraftvoll half er Farim auf die Beine.

»Du weißt aber schon, dass wir nicht zusammen in dein Fass passen? Du musst ohne mich gehen.« Der Gedanke kam so unvermittelt, dass er gar keine Zeit hatte, darüber nachzudenken. Und fast im selben Moment erkannte er die Lösung: Semjon würde als erster durch den Spiegel rollen und ihm sein Holzfass einfach zurückschicken. »Wenn du drüben bist, schickst du das Fass zurück und ich kann dann nachkommen.«

»Guter Versuch, Künstler. Aber nicht mit mir. Will mir ja von dem Hautwechsler keine *Vrorwrürfe* machen lassen.«

Farim blieb stehen. »Wieso Vorwürfe? Ich komm doch nach.«

»Und wer soll deine Tonne in Bewegung setzen? Die Wasserhexe vielleicht?«, stöhnte Semjon.

Farim öffnete den Mund und schloss ihn wieder. Er konnte unmöglich gleichzeitig ins Fass steigen, den Deckel schließen und sich auch noch Anschwung geben. Im selben Moment wurde ihm bewusst, dass sie dieses Problem genauso mit zwei heilen Fässern gehabt hätten. Ihr Plan war von Anfang an zum Scheitern verurteilt. Sie hatten verloren.

»Nun guck nicht so belämmert. Du hast ja mich. Mit einem Zwerg kommt man immer weiter«, versicherte er und zog schon wieder an Farims Arm.

»Warte.« Farim kippte den Fassdeckel zur Seite, nahm die Schuppe an sich und stutzte kurz. War das Leuchten schwächer geworden? Nein, das sah sicher nur so aus. Der Tag brach an und dämpfte die Wirkung. Hastig hinkte er hinter Semjon her. »Und was hast du dir überlegt?«

»Weißt du noch, wie dick die Käfigwand im Baum war?«

»Ja. Kaum dicker als meine Hand.« Farim verstand nicht, was sein Zwergenfreund meinte.

»Genau. Ich hätte längst darauf kommen können. Doch erst, als ich meine Tonne den Hang hochgerollt hab und der Deckel rausfiel, dachte ich an unser Fluchtloch. An die Platte, zu der sich die Seelenmagie mit dem Wasser verbunden hatte. Die war nämlich nicht dicker als so ein Holzdeckel. Ich sehe noch genau vor mir, wie ich sie aus der Wand getreten habe.«

Farim konnte sich zwar erinnern, verstand aber nicht, was das mit ihrer jetzigen Situation zu tun hatte. »Wir können kein Loch aus dem Weltenspiegel treten, schon vergessen?«

»Das müssen wir auch nicht.« Gluckste Semjon. »Wir schieben es einfach hinein.«

»Wir tun was?« Doch bereits im Moment seiner Frage begriff Farim die Idee. *Das könnte tatsächlich funktionieren.* Er klopfte Semjon begeistert auf die Schulter. »Du bist wirklich genial.«

»Blitzmerker.«

Als sie die Spiegelwand erreichten, sah Farim, dass der Zwerg schon alles vorbereitet hatte. Er hatte dem Fass den Boden herausgeschlagen und es mit dem Deckel voran bis an den Spiegel geschoben. Links und recht lagen Steine, die ein seitliches Wegrollen verhindern würden; daneben das Horn der toten Prelke. Sie mussten nur noch das Fass in die magische Wand schieben und hindurchrobben.

»Bist du sicher, dass es funktioniert?«

»Was ist schon sicher?«, raunte Semjon. »Aber ja, solange die Wassermagie des Quellschwamms im Holz steckt, sollte es wohl gehen.«

Farim seufzte. »Dann vertrauen wir mal darauf.«

»Hauptsache, wir sind schnell genug. Könnte sein, dass der Weltenspiegel die Magie aus dem Holz saugt, wenn das Fass zu lange in der Wand steckt.«

Farim dachte an den Ast, den er zur Probe in den Spiegel geworfen hatte, und hoffte inbrünstig, sie würden nicht in tausend Stücke zerbersten.

»Willst du als Erster durchkriechen?«

»Nein«, antwortete Farim. »Es war deine Idee.«

»Wie du willst. Dann also los.« Der Zwerg packte die Tonne und schob sie kurzerhand gegen die Wand. Es zischte, kleine Blitze knisterten ums Holz herum. »Hilf mir mal!«

Farim packte mit an und spürte den Widerstand der Magie. *Bitte, es muss klappen!*

Dann durchbrachen sie die Oberfläche, und ihr Tunnel glitt butterweich durch die Wand, rutschte sogar fast zu weit.

»Halt!« Farim hielt es fest. »Das war knapp.«

»Egal.« Semjon warf sich sofort auf die Knie. »Die Steine jetzt. Schieb sie dichter unters Fass.« Er setzte seine Pranken vor den Tunnel und schob sich hinein.

Farim trat einen der Steine bis ans Holz, lief um die Beine des Zwergs herum und wiederholte es auf der anderen Seite. Dann hockte er sich hinter seinen Freund und versuchte, hindurchzusehen. Aber im Fass war es zu dunkel.

»Mist, Verfluchter. Ich häng irgendwo fest. Schieb mal!«, klang es dumpf von drinnen. »Nun schieb doch endlich! Ich häng hier fest, verkochte Schuppen und Hörner noch mal.«

Farim packte die Stiefel des Zwergs und stemmte sich dagegen. Ein kleines Stück bewegte er sich, dann rührte sich nichts mehr.

»Moment, der Deckel klemmt.« Ein dumpfes Geräusch, etwas plumpste zu Boden. Ein Ächzen, ein Knarzen und plötzlich ein Luftzug. »Jetzt noch mal schieben.«

Farim packte Semjon bei den Stiefeln, schob mit aller Kraft und der Rotbart bewegte sich vorwärts.

»Ich bin gleich draußen. Die Tonne ist tatsächlich lang genug für den Spiegel. Hätte ich nicht gedacht.«

Farim schüttelte ungläubig den Kopf. *Trau einer einem Zwerg. Die erzählen einem auch nur die Hälfte von dem, was sie wissen oder denken.*

»Los jetzt. Beeil dich! Wirf das Horn durch und dann komm! Wer weiß, wie lange das hält«, drängte Semjon.

Farim schob das Horn durchs Loch und kroch hinterher, die Schuppe vor sich herschiebend. *Ihr Leuchten ist doch schwächer geworden.* Im Schatten des Fasses hätte sie ihn blenden müssen. Mühsam versuchte er, sich abzustützen und gleichzeitig so flach wie möglich zu bleiben, um nicht mit seinem Schulterblatt über das Holz zu schrammen. Die Wunde brannte und schränkte ihn noch mehr ein als die Stauchungen. Jede Berührung schmerzte wie Messerstiche.

Ungelenk robbte er voran. Ein einfaches Holzfass, kaum drei Fuß lang und doch ein massives Hindernis, wenn man verletzt war und sich nicht richtig bewegen konnte.

Dann hörte er das Holz knirschen.

»Streck die Arme aus!«

Hände ergriffen seinen rechten Arm und zogen an ihm, als erste Blitze durch den hölzernen Tunnel jagten.

»Schnell!«

Jemand packte seinen anderen Arm, und Farim flog förmlich aus dem Fass. Hinter ihm krachte es, Holzstücke schossen durch die Luft und Splitter versenkten sich im Boden neben ihm. Kurz darauf war alles vorbei.

»Frarim greht es grut?«

Kiri! Der Klang dieser eigentümlichen Stimme war wie ein Verband für Farims Seele, egal, wie sehr die Stauchungen und Verletzungen ihm zusetzten. Er rang sich ein Lächeln ab. »Ja. Jetzt geht es mir besser.« Die Schemen magischer Blitze tanzten ihm noch vor den Augen, doch das würde vergehen.

»Zur richtigen Zeit am richtigen Ort, unser Hautwechsler.« Semjon reckte den Arm, um dem Baumskrat anerkennend auf die Schulter zu klopfen, ließ es aber, weil er nicht herankam. Stattdessen reichte er Farim die Hand und half ihm auf die Beine.

»Was würde ich nur ohne euch machen?«

»Irgendwo tot im Wald liegen, denke ich.«

Kiri keckerte und Farim sah lächelnd zu ihm auf. Im Mondlicht wirkten die grünen Augen des Baumskrats fast ein wenig gespenstisch, doch in diesem Moment gab es keinen schöneren Anblick. Sie hatten die Magie der Scheltar und die Begegnung mit dem letzten Drachtarh überlebt, waren aus dem Spiegel entkommen und wieder vereint. Mehr konnte er sich nicht wünschen.

»Die Schruppe«, raunte Kiri und hob sie auf.

»Ganz schön mutig, unser Hautwechsler.« Semjon schüttelte den Kopf. »Weiß der Schöpfer, was diese Magie mit einem machen kann.«

Farim schluckte, als er sah, wie schwach das Leuchten geworden war. »Sie verliert ihre Magie.« Er starrte auf das silbrigschimmernde Panzerstück. Eigentlich hatte er beschlossen, von hier seinen Weg allein zu gehen – zurück nach Gohlannbjahr, um die Hilfe der Holz-Scheltar zu erbitten. Doch was nützte das, wenn die Magie der sechsten Zutat verflog? Hilfesuchend wandte er sich an Kiri. »Können wir was dagegen tun?«

»Wrir nicht. Abrer er vrielleicht.« Er sah an ihm vorbei.

Farim drehte sich um. Eine Gestalt löste sich aus dem Schatten der Bäume und trat auf sie zu. Für einen irrwitzigen Moment dachte Farim, die Fürstin würde kommen, dabei war ihm klar, dass sie anderes zu tun hätte, als hier auf ihn zu warten. Endlich erkannte er die Gestalt. »Raiwen? Was macht Ihr hier? Solltet Ihr nicht längst wieder in Gohlannbjahr sein?«

Der Heiler verbeugte sich. »Das war ich. Doch meine Gebieterin schickte mich zurück.«

»Valehna? Aber wieso?«

Der Elb verneinte mit leichtem Kopfschütteln. »Diesmal war es die Fürstin selbst. Sie hat die Sterne befragt und glaubt jetzt an Eure Bestimmung. Sie wünscht, dass ich Euch helfe, sofern Ihr die Zutaten habt.«

»Aber man braucht die Macht eines Scheltar, das sollte sie doch wissen. Oder seid Ihr auch einer?« Konnte es sein, dass es in Gohlannbjahr noch einen dritten gab?

»Ich bedaure. Meine Macht ist geringer, doch Scheltar-Magie braucht es nicht mehr, denn Ihr habt den Schlüssel zur Herstellung bei Euch.« Er nickte zu Kiri.

Farims Blick fiel auf das schimmernde Stück aus dem Brustpanzer des Seelenwächters. Endlich verstand er Zhinlohrs Botschaft: »Die Herstellung erfordert die Macht eines Scheltar oder die Macht ...« *... einer Drachtarh-Schuppe.* Farim spürte eine Hoffnung aufflammen, die seine besorgten Farben endlich in helles Grün wandelten. Dankbar nickte er Raiwen zu. »Ich nehme die Hilfe gerne an. Was gilt es jetzt zu tun?«

»Wir brauchen ein Feuer, ein metallenes Gefäß, eine Klinge und natürlich die Zutaten.« Vorsichtig nahm der Elb Kiri die Drachtarh-Schuppe aus den Händen. »Und wir sollten schnell sein. Denn die Magie der Schuppe schwindet.«

Farim humpelte sofort los, doch Semjon hielt ihn fest. »Bis du so weit bist, verliert die Echsenschuppe auch noch den letzten Funken Magie, Hinkebein. Nimm schon mal mein Beil, das sollte als Klinge reichen. Ich kümmer mich ums Feuer, hole meinen Kochtopf, und Kiri ...«, er sah dem Baumskrat hinterher, »holt schon die Zutaten.«

Farim schaute seinen Freunden dankbar nach und reichte Raiwen die Klinge.

»Ihr seid ein recht ungewöhnliches Gespann«, sagte der Elb. »Doch es tut gut, Eure Freundschaft zu erleben.«

Farim lächelte. »Noch vor Kurzem habe ich so etwas weder gekannt noch für möglich gehalten.«

»Umso mehr könnt Ihr dieses Geschenk wertschätzen, nicht wahr?« Der Heiler der Fürstin erwiderte das Lächeln, und Farim entspannte sich ein wenig.

Sein Blick fiel auf die Schuppe des Wächters, kaum größer als zwei Hände, silberweißer Glanz im Licht der aufgehenden Sonne. Doch das Pulsieren wurde immer schwächer. »Wird die Magie noch ausreichen?«

»Solange ein Schimmern in ihr ist, gibt es Hoffnung.«

»Ich möchte es gern glauben.« Farim seufzte. »Aber wenn ich sie so vor mir sehe, kann ich mir nicht vorstellen, dass die Macht an die einer Scheltar heranreichen könnte.«

Semjon kam zurück, einen Topf am Gürtel und den Arm voller Aststücke und Zweige. »Feuer«, keuchte er. »Gleich ... fertig. Nur einen ... Moment noch.«

Auch Kiri war wieder da, legte die Zeichentasche und die Kräutertasche ab und hielt ein Büschel trockene Gräser parat, als Semjon zwei Feuersteine aneinanderschlug.

Der Elb sah ihnen zu und richtete dann den Blick auf Farim. »Manchmal sind es unscheinbaren Kräfte, die uns erstaunen. Die Magie der Drachlarh, die auch in den Schuppen ruht, nennen wir das weiße Feuer. Es ist eine gezügelte Macht ...«, Raiwen kniete sich neben die Flammen, »und eine lange Geschichte. Aber ihre Kraft wirst du erst erkennen, wenn wir sie entfesseln. Und dafür bin ich da.« Er griff nach der Kräutertasche. »Sind hier die anderen Zutaten drin?«

Kiri nickte. Der Elb entnahm die Pflanzenteile, zerkleinerte sie und gab sie in den Topf. Dann nahm er das Beil und bat alle, zurückzutreten.

Farim hatte erwartet, dass der Elb die Schuppe gänzlich in Stücke zerhacken würde, doch er schlug nur einen kleinen Splitter aus der Mitte heraus.

»Das sollte reichen. Bitte geht noch etwas weiter zurück.« Er gab das Fragment in den Topf, stellte ihn in die Flammen und nahm ein wenig Abstand. Dann hob er die Arme und schloss die Augen.

Gleich, gleich wird alles zu einem guten Ende finden. Farim spürte, wie sein Herz schneller schlug. Gebannt beobachtete er den Heiler, lauschte den elbischen Worten.

»*Ezhanjo pazh e frakforh blazh. De-churp yl rozhurh pazh e nostro yl brian.*« (Macht der Seelen und weißes Feuer. Folgt der Macht der Wächter und entfesselt ihre Kraft.)

»*Mahjyl perkyn eltarurhtäe, eltarurhtäe perkyn ezhanjotäe, ezhanjotäe yt wrihr, wrihr perkyn kreinda, tscherp e jamm.*« (Magie den Elementen, Elemente den Seelen, Seelen der Wahrheit, Wahrheit den Dingen, immer und jetzt.)

Es war ein langer Zauber, und Raiwen sprach, nein, betete ihn voller Inbrunst. Farims Aufregung wuchs mit jeder Silbe.

Plötzlich begann der Topf zu glühen.

»Dunkelrostzerkochte Bohnen, noch mal. Er wird mir doch nicht meinen einzigen Topf ...«

»Semjon, bitte.«

»Du hast leicht reden«, grummelte der Zwerg.

»*Mahjyl perkyn eltarurhtäe, eltarurhtäe perkyn ezhanjotäe, ezhanjotäe yt wrihr, wrihr perkyn kreinda, tscherp e jamm.*« (Magie den Elementen, Elemente den Seelen, Seelen der Wahrheit, Wahrheit den Dingen, immer und jetzt.)

Raiwens Stimme wurde leiser, als dem Topf silberner Rauch entstieg.

»Hoffentlich verkocht er das Zeug nicht«, raunte Semjon.

Doch Farim ließ sich nicht ablenken. Er hoffte nur darauf, dass die neue Essenz gleich fertig wäre. Dann fiel ihm ein, dass er die Bruchstücke noch nicht zurechtgelegt hatte, also trat er näher an den Topf.

In diesem Moment schoss eine Fontäne weißen Lichts empor und er taumelte zurück. Er wandte sich ab, hielt die Hände vor die Augen und sah nur mehr tanzende Punkte.

»*Mahjyl perkyn eltarurhtäe, tscherp e jamm.*« (Die Magie der Elemente, immer und jetzt.)

»Ist ja nicht wahr«, stieß Semjon hervor.

Farim versuchte, etwas zu erkennen, doch die tanzenden Flecken trieben ihm Tränen in die Augen, und er musste blinzeln.

»Die Bruchstücke«, mahnte Raiwen.

»Schron da.«

Kiri. Erleichtert trat Farim näher. Er konnte erkennen, dass der Elb den Inhalt des Topfes auf den Rest der Schuppe gab, dorthin, wo er den Splitter herausgeschlagen hatte.

»Ihr seid sorgsam mit den Fragmenten umgegangen«, lobte er. »Die magischen Kristalle sind noch da und der goldene Faden hält noch die Verbindung zwischen den Bruchstücken. Das macht es einfacher.«

Einige der hellen Flecken vor Farims Augen schwanden, seine Sicht wurde wieder klarer. Als Raiwen die Bruchstücke des ersten Elbenstifts, befüllte, fiel Farim ein, was er vergessen hatte. »Die Süßgräserzweige. Ich habe versäumt, die passenden Halme zu sammeln, damit wir die Enden zusammenstecken können.«

Der Elb lächelte nur und raunte einen weiteren Zauber: »*Yl brian jyhr eltarurh zhekehrde e birkazh, cryn i jyhr manotäe jaln.*« (Die Kraft meines Elementes erwache und heile, was in meinen Händen liegt.)

Staunend verfolgte Farim, wie die Bruchstücke an Farbe gewannen, seidenzarte Fasern aus ihren geborstenen Rändern strebten, sich umschlangen und die Enden aneinanderzogen, bis der Schaft zur Gänze geheilt war. Als Raiwen die Prozedur mit den anderen Bruchstücken wiederholt hatte, legte er Farim die Elbenstifte in die Hände, und selbst Semjon bewunderte sie in stillem Staunen.

Später dann – sie hatten ihre Sachen zusammengetragen, sorgsam auf dem Karren verstaut und waren abfahrbereit – trat Farim auf Raiwen zu. »Wie kann ich Euch danken?«

»Indem Ihr die Stifte weise nutzt, Freund Farim.« Der Elb sah ihn lächelnd an. »So wie es im Sinne der Fürstin von Erellgorh war und dem Wunsch meiner Fürstin entspricht.«

Farim nickte. »Werdet Ihr ausrichten, dass die Stifte nicht verloren sind? Mir ist wichtig, dass mein Freund Zhinlohr ...«

»Zhinlohr?« Raiwens Brauen hoben sich. »Zhinlohr-Bennzhardizh?«

»Ihr kennt ihn?«

Der Elb nickte. »Ihn und seinen Bruder Nannlohr-Bennzhardizh. Wir reisten eins gemeinsam, um ... nun ... um einen Auftrag zu erfüllen. Zhinlohr ist Heiler wie ich.« Raiwen neigte den Kopf. »Dann war er es, der Euch gefunden hat?«

»Ja«, antwortete Farim. »Und es hat ihm viele Schwierigkeiten eingebracht. Er wurde von den Feuerelben gefangen gesetzt, und ich weiß leider nicht, wie es ihm geht.«

Der Blick des Heilers wurde ernst. »Unsere Elbenbrüder und -schwestern sind zuweilen eifrig.« Dann legte er Farim die Hand auf die Schulter. »Sorgt Euch nicht länger. Sie werden ihn nach Erellgorh gebracht haben, da bin ich sicher. Aber ich werde mich jetzt selbst darum kümmern.« Er lächelte. »Meine Fürstin gebietet über geheime Wege, die mir ein schnelles Handeln ermöglichen, denke ich.«

Die Botschaft erleichterte Farims Herz. Doch sein Lächeln erstarb sofort wieder, als er auf den Weltenspiegel sah.

Raiwen folgte seinem Blick. »Zheazhkahn ist ins Reich der Seelen getreten und hat diesen Weg selbst gewählt. Vergesst das nicht.«

»Das war sein Name?« Farim schluckte.

»So ist es. Er bedeutet ›der Sehende‹.«

Der Name verlieh dem Drachtarh auch nach seinem Tod noch eine erhabene Aura, die sein Leben überdauern würde. Doch ihn zu kennen, machte die Gefühle nicht leichter, die in Farim tobten. Er rang um Fassung. »Wäre ich nicht gewesen ...«

»Hätten seine Einsamkeit und seine Not noch länger angedauert. Es wäre eine Frage der Zeit gewesen, lang vielleicht, aber das ist nicht gewiss. Am Schluss ist jedes Leben endlich.« Ein Schatten zog sich über Raiwens Gesicht, für einen Moment wirkte er ungewöhnlich ernst. »Vielleicht kam es sogar rechtzeitig, um anderes zu verhindern.« Seine Züge entspannten sich wieder. »Mein Volk wird es verwinden. Die Zahl derer, die sich gegen den Weltenspiegel aussprachen, hatte sich längst gemehrt. Sorge dich also nicht. Es waren Prelken, die durch den Spiegel gingen.« Er nickte ihm zu. »*Melldu tuhr ezhanjo jaln hell, e tuhr adorh jaln kurva.*« (Möge deine Seele rein und dein Herz wach bleiben.) »Leb wohl, Freund Farim.«

Er sah zu Semjon und Kiri, die geduldig wartend neben dem Karren standen, und hob die Hand. »Lebt wohl«, rief er ihnen zu, entfernte sich einige Schritte und wandte sich dann doch noch einmal um. »Ich werde Zhinlohr ausrichten, dass es Euch gut geht, und ihn grüßen.«

Am Ende hatte das Schicksal es wahrlich gut mit ihm gemeint, dachte Farim, während der Karren dahinrumpelte. Wäre der Preis dafür doch nur nicht so hoch gewesen.

Semjon und Kiri hatten ihm hinten auf der Ladefläche mit Farnen, Moos und Decken ein Lager bereitet, direkt neben dem silberweißen Prelkenhorn, das noch immer eine leichte Wärme abstrahlte. So hatte er sich ausruhen können, während die beiden geschoben hatten. Anfangs hatte Farim sich gesträubt und zu helfen versucht, doch es war schnell klar geworden, dass die Verletzungen ihn zu sehr beeinträchtigt hatten, als dass er eine Hilfe gewesen wäre.

Inzwischen hatten sie die Prelken längst erreicht, und Semjon hatte seine Böcke wieder vor den Karren gespannt. Sie folgten dem Waldrand der Mütter der Wälder in gemächlichem Tempo. Kiri ging hinter ihnen, den Leitbock der Prelken am Halfter führend. Im Vorbeigehen pflückte er Gräser, die er dem

Tier reichte, und summte beglückt eine leise Melodie. Ein Leben im Hier und Jetzt, konzentriert einzig auf das, was gerade um ihn war. Es wäre gut, es ähnlich zu halten und die Kraft nicht für etwas aufzuwenden, von dem man nicht einmal wusste, ob es je eintreten würde. Mit diesen Gedanken fiel Farim in einen leichten Schlummer.

Längst war es heller Tag, doch Farim dämmerte immer wieder weg. Mitunter, wenn die Schmerzen ihn weckten oder Schreie von Vögeln und Tieren ihn aus dem Schlaf rissen, hörte er Semjon leise schnarchen, aber der Karren fuhr weiter. Nur einmal nutzen seine Böcke die Gelegenheit aus und blieben stehen, um zu grasen. Da übernahm Kiri mit dem Leitbock einfach die Führung, und so ging es wieder voran.

Als die Sonne hoch am Himmel stand und sie in der Nähe eines Baches rasteten, hielt Farim es nicht länger aus und öffnete seine Zeichentasche. Er nahm sich eines der getrockneten Pflanzenblätter, die er mit Kiri gesammelt hatte, und holte behutsam die neuen Elbenstifte hervor.

Sofort spürte er das Pulsieren der Magie und das vertraute Kribbeln in den Fingern, das ihm durch und durch ging und ihm ein seliges Lächeln auf das Gesicht zauberte. Dann hielt er inne, dachte darüber nach, was er zeichnen sollte. Er hatte so viel gesehen und erlebt, doch er konnte sich nicht entscheiden, was würdig genug wäre, das erste Motiv zu sein.

Vögel sangen in den Zweigen über ihm, Semjon schnarchte und Kiri warf keckernd kleine Steinchen in den Bach. Das Geräusch des Wassers erfrischte Farims Gedanken, und beherzt setzte er den Stift mit Pinselhaar aufs Blatt.

Er dachte an die Auslagen des neuen Geschäfts in Myxa, den grünen Samt, in geschwungenen Falten drapiert. Und darauf nur ein einziger Schatz.

Behutsam führte er den Pinselstift, sah den silbrigen Glanz herausfließen und fühlte sein Herz schneller schlagen, als wenig später die Farbe deutlich wurde. Dann wechselte er auf den Elbenstift mit Federkiel und arbeitete präziser weiter.

Er wechselte noch einige Male zwischen den Stiften hin und her, freute sich, als das Bild immer klarer wurde, und ließ es endlich gut sein. Zufrieden sah er auf sein Werk, das alles verband, was ihm wichtig war.

Die Auslage des Fensters, mit moosgrünem Samt ausgeschlagen und nur einem einzigen Ausstellungsstück darin: eine aufgebrochene Fruchtschale, gefüllt mit Wasser, in dessen Oberfläche sich schemenhaft drei Umrisse spiegelten.

Kiri war neben ihn getreten und staunte. »Wrir drei?«

Farim nickte.

»Dricker Zwerg«, keckerte der Baumskrat.

»Ich bin nicht dick«, grummelte Semjon und rieb sich müde die Augen, als er zu ihnen herüberkam und mit auf das Bild guckte. »Das sind alles Muskeln«, beteuerte er und Kiri keckerte so laut, dass es in den Ohren schmerzte. »Na warte!« Semjon wollte ihm einen Klaps an den Kopf geben, kam aber nicht heran, und der Baumskrat schüttete sich aus vor Lachen. Der Zwerg grunzte und schaute noch mal auf das Bild. »Außerdem liegt das nur am Wasser. Das verzerrt etwas. Stimmt doch, oder?« Er sah Farim an, der nur den Mund öffnete, und musste dann selbst lachen. »Egal. Hauptsache, wir haben alles gut überstanden, oder? Und so als Gruppe haben wir erstaunlich gut funktioniert, wie ich finde.«

Das fand Farim auch. Er nickte zufrieden und steckte Bild und Stifte in die Tasche. Dann ließ er sich von Semjon die Schulter mit einem Kräuterverband versorgen, und ehe sie weiterfuhren, aßen sie Früchte und Nüsse, die Kiri ihnen brachte.

Das Gebirge zu ihrer Linken rückte immer näher, ihr Weg stieg langsam an, und erst jetzt wurde Farim bewusst, dass er einen seiner Freunde schon bald zurücklassen musste.

Und als Kiri zwischen dem Waldrand und den Bergen hin- und herschaute, sein Summen verstummte und er schließlich, den Leitbock am Halfter, einfach stehen blieb, zog sich Farims Magen schmerzhaft zusammen.

»Semjon.« Er räusperte sich. »Semjon! Bitte halt an.«

»Ho.« Sein Zwergenfreund riss an den Zügeln und wandte sich um. »Was ist denn?«

»Die Bäume. Kiri kann nicht weiter.«

»Oh. Bei den Göttern der Himmelsschmiede – daran hab ich gar nicht gedacht.«

Farim schob sich an den Rand des Karrens und kletterte vorsichtig hinunter. Langsam ging er auf den hochgewachsenen Freund zu, Semjons Schritte hinter sich.

»Ich krann nicht wreitrer«, flüsterte Kiri und blinzelte. Tränen standen in den großen Augen.

Farim schluckte. Was könnte er tun, um diesen Abschied leichter zu machen? Wie sollte er seinen Freund und sich selbst darüber hinwegtrösten? Wie ihm sagen, was ihre Freundschaft für ihn bedeutete? Für die viele Hilfe gab es keine Worte, die stark genug waren. »Ich weiß.« Er trat auf ihn zu und blickte in die glänzenden Augen – waldgrün mit braunen Sprenkeln.

»Kiri ist traurig.« Drei Finger wischten Tränen beiseite und eine farbige Welle wallte über das Katzeneulengesicht – purpurblau wie die Beeren der Jabuticaba.

Wieder musste Farim schlucken, machte noch einen Schritt und nahm den Freund unbeholfen in die Arme. »Danke«, flüsterte er. »Danke für alles.«

Einen Moment ließen sie die Trauer des Abschieds zu, spürten den Trost durch die Gegenwart des anderen und lösten sich dann voneinander.

Semjon räusperte sich und kam näher. »Danke, du alter Hautwechsler.« Er reckte den Arm und klopfte ihm gegen die Schulter. »Ohne dich wäre es nicht gegangen.« Er nickte noch einmal, nahm ihm den Halfter des Leitbocks ab und ging zurück zum Karren, um das Tier dort anzubinden.

»Was wirst du jetzt machen?«, fragte Farim.

»Grehe zu Treschka. Srie wird Hilfe brauchen.« Er verzog sein Gesicht zu einem Lächeln.

»Sie könnte keine bessere finden.« Farim freute sich für die alte Faltenfederin, für ihre Familie, für Kiri – und kämpfte trotzdem mit den Tränen.

»Auf Wriedersrehen«, sagte sein wechselfarbiger Freund und schaute wehmütig den Prelken nach, die sich hinter den Leitbock scharten.

»Werden wir das?«, fragte Farim hoffnungsvoll. »Werden wir uns wiedersehen?«

Kiri neigte den Kopf und schenkte ihm ein Katzeneulen-Lächeln. »Vrielleicht. Wrenn du zurückkrommst?«

Das möchte ich. Farim nickte. »Sobald es mir möglich ist. Das verspreche ich dir.«

»Ich wrerde dra srein.«

Der Baumskrat schenkte ihm ein letztes Keckern, drehte sich um und ging mit federnden Schritten davon. Farben wallten über seinen Rücken, verschwanden, tauchten wieder auf, veränderten sich, färbten Beine, Arme und schließlich den ganzen Körper. Dann, von einem Moment auf den anderen, war Kiri verschwunden.

Wiedersehen

Schweigsam setzten Farim und Semjon ihren Weg fort. Jeder hing seinen Gedanken nach. Auch in den folgenden Tagen sprachen sie nur wenig. Das Erlebte hatte sie tiefer verbunden, als Worte es gekonnt hätten.

Farim erinnerte sich an die Zeit, in der er aus Angst geschwiegen hatte, weil man sich lustig gemacht oder ihn immerzu missverstanden hatte. Aus freien Stücken zu schweigen und sich damit verstanden zu fühlen, genoss er sehr.

Die Tage vergingen dennoch wie im Flug und es gab fantastische Momente, an die Farim sich stets zurückerinnern würde. Der Pass zwischen den Kratern zum Beispiel, der sie hoch in das Gebirge führte und ihnen einen atemberaubenden Blick in den Kessel der Fruchtbarkeit bescherte. Oder das Tal der Winteradler, wo er einige dieser riesigen Greifvögel mit eigenen Augen sah. Wie blaue Edelsteine glitten sie über das Firmament.

Doch auch kleine Dinge sog er förmlich auf und skizzierte sie in seiner Zeichenmappe. Die doppelhäusigen Schnecken, deren zweites Haus so verlockend groß und auffällig farbenprächtig war, dass Vögel sich immer zuerst auf dieses stürzten. Kein Tier, das einmal von dem ungenießbaren Sekret darin gekostet hatte, versuchte es ein zweites Mal, wusste Semjon zu berichten.

Aber auch die Flugschlangen im Quellgebiet des Arro-Duado oder die Fellschreiter an den Ufern des azurblauen Sees faszinierten ihn.

In der Ferne konnte er von dort die Brücke der magischen Völker sehen, die den Pfad der Giganten mit der Elbenstadt

Nunahzhar verband, wie Semjon erklärte. Er zeigte ihm genau, wo die Stadt sein sollte, doch außer den Wasserfällen, die aus den Höhen der grünen Berghänge ins Tal stürzten, konnte Farim nichts entdecken. Nur wem die Elben es erlaubten, durfte ihre Schönheit erblicken und könnte sie fortan immer bewundern. Wenigstens klangen sich Semjons Schilderungen so, als läge das im Bereich des Möglichen. Der Elbenfürst unterhielt angeblich rege Kontakte nach Eskrinor.

Die Goldene Stadt unter dem Berg, wie Semjon seine Heimatstadt nannte, landete auch auf Farims gedanklicher Liste seiner Reisewünsche.

Eskrinor und Crem – er merkte, wie sehr sein Freund diese Orte liebte. Je näher sie kamen, umso gesprächiger wurde er.

Semjon wusste Erstaunliches von der Kunstfertigkeit seines Volks zu berichten und verstand es wunderbar, heitere Anekdoten über die Handelsbeziehungen zwischen den Cremern und den Eskrindarh vorzutragen. Manches Mal hielt er sich schon vor Lachen den Bauch, ehe er die Pointe ausgesprochen hatte, und Farim lachte einfach mit.

Die Reise nach Crem verlief anders, als alle Etappen, die er vorher erlebt hatte. Natürlich gab es auch ernstere Situationen – wie das Rudel Gibbos, das sie über Tage verfolgte und ihnen in der Nacht den Schlaf raubte, weil sie rings um ihr Nachtlager mehrere Feuer unterhalten mussten. Aber alles in allem war es eine unbeschwerte Reise, auf der Farim ein unschätzbares Wissen über die Natur ansammeln und Hunderte von Skizzen machen konnte. Als Semjon ihm eines Tages eröffnete, sie würden die weiße Stadt am Berg am nächsten Tag erreichen, war Farim beinahe enttäuscht, dass ihre Reise dem Ende zuging.

Doch der Anblick von Crem ließ ihn das sofort vergessen. Eine riesige Stadt, deren Dächer, Kuppeln und Türme über eine beeindruckende Mauer ragten. Weiß wie Kreide hob sie sich vom schiefergrauen Eskringebirge ab, das, einer unüberwindlichen Wand gleich, den Rücken der Stadt bildete und bis weit in den Himmel aufragte. Ein Anblick, der umso beeindruckender wurde, je näher sie kamen.

Türme und Wehrbauten fügten sich wie selbstverständlich in die hohe Mauer, die mehrere Stockwerke vor ihnen aufragte. Doch was Farims Blick besonders gefangen hielt, war das Torhaus, auf das Semjon zufuhr. Ein üppiger Mittelbau, gegliedert durch kunstvoll gemauerte Vorsprünge unterhalb des roten Schindeldachs, zu beiden Seiten umgeben von gewaltigen Turmbauten, von deren Spitzdächern lange, blaue Banner wehten.

»Solche sechseckigen Türme habe ich noch nie gesehen. Ein wirklich prachtvolles Bauwerk. Daneben sieht selbst das Schloss unseres Königs klein aus.«

Semjon nickte. »Das, mein Freund, ist der Sitz des Magister-Ordens. Von hier beherrschen sie ihre Stadt.«

»Der Orden sitzt direkt vor dem freien Feld?« Farim konnte nicht glauben, dass der Regierungssitz nicht innerhalb der Mauern war. »Muss eine reichsfreie Stadt nicht auch mit Widersachern rechnen? Ich meine, kein König würde sein Schloss an die vorderste Front stellen, oder?«

»Zumindest keiner, der bei Verstand ist«, grunzte Semjon abfällig. »Magister denken irgendwie anders. Sind den Spitzohren gar nicht unähnlich. Meinen, sie hätten die Weisheit mit Löffeln gefressen und wüssten alles besser.«

Überall, wo es ein Wissensgefälle gab, fand sich ein guter Nährboden für Vorurteile. Sofort fühlte Farim sich an Fenkorh erinnert, den er hier aufsuchen wollte, um die Essenz seiner ersten Stifte zurückzubekommen.

»Immerhin verfügt der Orden über ein beträchtliches magisches Wissen, das kann ihnen niemand absprechen«, fuhr Semjon fort. »Auch wenn kein Außenstehender weiß, wie viel die Magister davon wirklich anwenden können.«

Fenkorh hatte mittels Magie das Türschloss von Mutters Turmzimmer geöffnet. Eine kleine Kostprobe nur, da war Farim sich sicher. »Soweit ich weiß, geht es ihnen darum, magisches Wissen zusammenzutragen, um die Welt besser zu machen. Sie wollen Arbeit erleichtern, Krankheiten heilen und so was«, wiederholte er, was Fenkorh nie müde geworden war, ihm einzutrichtern. Irgendwie klang es jetzt, mit etwas

Abstand und nach all dem, was er erlebt hatte, nicht mehr ganz so glaubwürdig, wie er es in Erinnerung gehabt hatte.

»Nur nobles Gerede, wenn du mich fragst. Aber wir wollen nicht streiten. Es gibt immer solche und solche.« Semjon drehte sich zu ihm um. »Jedenfalls solltest du keinem, wirklich keinem von ihnen auch nur einen Hauch von dem erzählen, was du auf deiner Reise gesehen und erlebt hast. Der Ordensvater hat seine Augen und Ohren überall, so viel kann ich dir versprechen. Und der Oberste der Magisterschule – dieser Kelenkus Dingsbums – ist wahrscheinlich auch nicht besser.«

Kelenkus Briebens. Allein seinetwegen wollte Fenkorh unbedingt an die Cremer Ordensschule. Farim kam das alles so weit weg vor, es erschien ihm fast unwirklich. Wie abstruse Geschichten, die sich einzig aus Stichworten alter Logbücher im Kopf verwoben. Abenteuerlich und spannend, aber ohne Verbindung zum wirklichen Leben.

»So, dann wollen wir mal Einlass erbitten, damit ich die Prelken endlich an ihren Bestimmungsort bringen kann.«

»Und danach? Reist du gleich nach Eskrinor weiter?«

Während der letzten Tage hatte immer wieder erwähnt, wie sehr es ihn zurück in die Goldene Stadt drängte.

»Bist du des Wahnsinns fette Beute? Wir sind gleich in Crem. Hier gibt es die schönsten Badehäuser, die die Welt gesehen hat, und einige besondere Wirtshäuser stehen auch auf meiner Liste.« Das Gesicht des Zwergs rötete sich, offenbar steckte mehr dahinter als Schnaps und Met. »Und überhaupt ...«, fuhr sein Freund fort. »Schau dich doch mal an! Wer soll dir so den Künstler abnehmen? Bevor ich weiterziehe, will ich zumindest sicher sein, dass du nicht auf der Straße landest.«

Auf der Straße landete Farim nicht. Sein Freund kannte sich vortrefflich aus. Insbesondere in den Vierteln am Hang, wo hauptsächlich Zwerge zu Hause waren und ihren Handwerken nachgingen, war er bekannt, wie ein bunter Hund. Aber auch im Viertel der Händler, dem Bezirk der Geldverleiher und auf der Meile der schönen Künste hatte er sehr gute Kontakte.

Farim hatte sich unter »schönen Künsten« zwar etwas anderes vorgestellt, als das, was ihn erwartete, aber wenigstens gab es in jedem dieser Häuser neben aufreizenden Frauen auch Musik und ansprechend gestaltete Räume. Glücklicherweise brachte Semjon ihn in einem eher unscheinbaren Gasthaus in der Nähe unter und verschaffte ihm sogar Arbeit bei einem Schildmaler, um sich das Geld für die Heimreise zu verdienen.

In den folgenden Tagen hatte Farim so viel um die Ohren, dass er kaum Gelegenheit fand, nach seinem Freund im Magisterorden zu fragen. Dreimal war er beim Orden vorstellig geworden, und jedes Mal hatte man ihn brüsk abgewiesen. Ebenso wenig wusste er, ob der Brief überbracht worden war, den er verfasst hatte, damit Fenkorh zumindest von seiner Anwesenheit erführe.

Immerhin gefiel ihm die Arbeit beim Schildmacher, und als sein rotbärtiger Freund ihm nach einigen Tagen eröffnete, dass er nach Eskrinor aufbrechen wollte, fühlte Farim sich in Crem schon fast wie zu Hause.

Der Abschied fiel ihm zwar nicht ganz so schwer wie bei Kiri, denn er wusste, dass er mit dem Zwerg Kontakt halten konnte; doch trotzdem fand er die richtigen Worte nicht gleich. »Ich weiß nicht so recht, was ich sagen soll. Ich stehe ewig in deiner Schuld. Ohne dich ...«

»Würdest du tot im Wald liegen.« Semjon lachte sein schepperndes Lachen. »Jetzt komm mir bloß nicht mit einer rührseligen Abschiedsrede. Ich bin ja nicht aus der Welt.« Er klopfte Farim auf die Schulter und senkte die Stimme. »Weißt du inzwischen, wo du deinen Magisterfreund finden kannst?«

Farim schüttelte den Kopf. »Ich weiß nur, dass ich nicht nach Myxa aufbreche, solange ich die Essenz der Stifte nicht wiederhabe. Sie darf nicht in falsche Hände geraten.«

Semjon nickte. »Und was wirst du tun, wenn du sie hast?«

»Verbrennen«, sagte er knapp und erinnerte sich an Sennahs Worte in Innelles. »Schon die Flamme einer Kerze reicht aus, um es zu vernichten.«

»Das hört sich nach einem Plan an.« Semjon zögerte. »Und ich soll wirklich nicht mitkommen zu diesem Fenkorh-Dingsbums? Magister können eigen sein.«

»Gluhnbar heißt er und ist auf jeden Fall eigen, so viel steht fest.« Farim grinste. »Aber nein, ich komm schon zurecht. Durch die Zeit mit dir habe ich einigermaßen gelernt, wie ich mich wortreich behaupten kann. Ob nun mit oder ohne Pickeln am Hintern.«

Semjon lachte. »Dachte ich mir doch, dass unser kleines Spiegelabenteuer nicht umsonst gewesen ist.« Er klopfte Farim noch einmal auf die Schulter. »Dann mach's mal gut, mein Bester.«

»Nicht so schnell. Ich habe doch noch was für dich.« Er öffnete seine Zeichentasche und zog eine Pergamentrolle hervor. »Ein kleines Abschiedsgeschenk.«

»Ein Geschenk zum Abschied? Wer denkt sich denn so was aus?« Semjon nahm die Rolle und wog sie unschlüssig in den Händen. »Rührseliger Schnickschnack«, grummelte er und starrte auf die Schleife, die sie zusammenhielt.

»Ich dachte, du würdest dich vielleicht darüber freuen. Dass wir niemals mit anderen über das Erlebnis, das uns verbindet, sprechen sollten, bedeutet nicht, dass wir uns nicht daran erinnern dürfen.«

»Du plapperst schon genauso rätselhaft wie die Spitzohren.«

»Mach es einfach auf und schau rein.« Farim nickte ihm auffordernd zu. Einen Moment zögerte Semjon, doch schließlich öffnete er die Schleife, entrollte das Pergament und starrte mit offenem Mund auf die Zeichnung.

»Es war nur so ein Gedanke von mir, weil du mal gesagt hast, dass du im Herzen ein Kämpfer bist.«

Semjons schaute immer noch auf das Pergament und schluckte. »Sie sind ... wunderschön.« Fasziniert strich er mit den Fingern über die Zeichnung und folgte den Linien von Farims Entwurf. Streitäxte, deren gezähnte Klingen einem Drachtarhkopf nachempfunden waren.

»Vielleicht gibt es in Eskrinor jemanden, der sie für dich schmieden kann.«

»Ja.« Semjon sah Farim mit glasigen Augen an. »Ich weiß tatsächlich jemanden, der das schaffen könnte.« Er starrte noch einmal auf die Zeichnung und rollte sie dann vorsichtig wieder ein. »Danke.« Er räusperte sich. »Danke für das Problem, jedem erklären zu müssen, wie ich auf so eine Idee kommen konnte.«

»Durch das Standbild deines Vaters natürlich.« Farim grinste. »Oder du erzählst ihnen die Geschichte von einem Freund, dem du vor unzähligen Dekaden einmal geholfen hast, die letzten Drachtarh zu finden.«

Semjon lachte. »Und der zum Dank dann die Äxte für mich geschmiedet hat. So siehst du aus.«

Farim stimmte in das Lachen ein. »Ich finde, es müsste epischer klingen. Du hast sie von einem Freund bekommen, der im Kampf gefallen ist. Vielleicht sogar mit den Drachtarh-Äxten in seinen Händen.«

»Epische Waffen und Heldentod – die Geschichte gefällt mir.« Er steckte die Rolle ein und nickte Farim dankbar zu. »Leb wohl, mein Freund.« Dann drehte er sich um und stapfte davon, ohne sich noch einmal umzublicken.

Ein paar Tage später, ein kalter Wind kündigte eindringlich das Ende des Sommers an, hatte Farim das Geld zusammen. Endlich könnte er sich einem Handelstreck anschließen, der ihn in die Hauptstadt von Tykalden und von dort weiter nach Myxa bringen würde. Und was Fenkorh anging, war er auch ein wenig weitergekommen. Ein älterer Magur hatte ihm von einem Gasthaus berichtet, das zu Fenkorhs bevorzugten Adressen gehören sollte.

Froh, diese letzte Sache endlich hinter sich bringen zu können, lief Farim beschwingt durch die hellen Gassen der Stadt. Er bewunderte die Häuser mit ihren unterschiedlichen Fassaden und freute sich über die farbenfrohen Schilder, die oberhalb der Türen hingen und bildreich auf die Geschäfte darunter aufmerksam machten.

Als das Torhaus des Ordens in Sicht kam, hielt er nach einem besonderen Schild Ausschau, das der Magur ihm beschrieben hatte – ein Kellerraum mit zwei großen Weinfässern, darunter ein goldener Krug.

Als Farim das Wirtshaus gefunden hatte, staunte er nicht schlecht. Auf den Fässern des Bildes prangte das Wappen von Myzehren. Aber es kam noch besser: Auf der weißgekalkten Wand stand in schwarzen Lettern der Name »Frink Bergel«.

Ungläubig schüttelte Farim den Kopf, als er sich an den Kunden seines Vaters erinnerte. Myzehrischer Würzwein im Fass, zwölf an Frink Bergel. 276 Silling, die zumindest damals noch nicht bezahlt gewesen waren. Wie lange war das inzwischen her? Fünf oder sechs Monde? Sicher hatte der Wirt seine Schulden bereits beglichen. Andererseits konnte eine Nachfrage nicht schaden. Wenn alles gut ginge, könnte Farim hier gleich zwei Fliegen mit einer Klappe schlagen.

Lächelnd schritt er zur Tür und streckte die Hand aus, um sie zu öffnen. Doch im selben Moment flog sie ihm schon entgegen und er stolperte hastig zurück. Ein stattlicher junger Mann in dickem Wollhemd sah ihn entgeistert an, entschuldigte sich und lief dann mit schnellen Schritten davon.

Jörgan? Jörgan Durnhold? Nein, das konnte nicht sein. Er musste sich geirrt haben. Jörgan war bei Billke in Myxa. Eine Tatsache, mit der Farim sich längst abgefunden hatte; auch wenn die Tochter der Tintenmacherin ihm nie aus dem Kopf gegangen war. Konnte er es doch gewesen sein?

Nein. Farim schüttelte den Gedanken ab und betrat die Gaststube. Es war überraschend hell und mollig warm. Die Wände waren weiß verputzt, von der Decke strahlten große Lampen und die Tische waren so sauber poliert, dass man sich darin spiegeln konnte. Gerade wollte er sich nach Frink Bergel erkundigen, als eine Stimme erklang, die er überall wiedererkannt hätte.

»Peggelbohn? Farim Peggelbohn? Ich glaube es ja nicht.« An einem der hinteren Tische, direkt neben dem großen Kamin, erhob sich ein hochgewachsener Mann in blauer Robe und winkte ihm zu.

»Fenkorh.« Er ging zu dem Magisternovizen und reichte ihm die Hand. »Dann hat meine Suche ja endlich ein Ende.«

»Du hast mich gesucht?«

Farim nickte nur und beließ es dabei.

»Nimm Platz, mein Freund.« Fenkorh rückte ihm einen Stuhl zurecht. »Es ist schön, dich zu sehen.«

Zumindest noch. Farim beschloss, ihn nicht gleich mit seinem Anliegen zu überfallen.

»Ich wusste doch, dass du sie finden würdest, wenn du nach Crem kommst.«

»Finden? Was?«

»Die einzige Schänke, in der es myzehrischen Würzwein gibt. Wer immer aus Myxa nach Crem reist, landet früher oder später hier.« Fenkorh breitete die Arme aus und wirkte sichtlich zufrieden. »Ich darf dich zu einem Becher einladen?«

Farim nickte und nahm sich gleichzeitig vor, nicht mehr als einen zu trinken. Schließlich durfte sein Anliegen nicht im Weinrausch untergehen. Er erinnerte sich dunkel daran, welche Wirkung das Getränk beim letzten Mal auf ihn gehabt hatte.

Fenkorh winkte der Bedienung und wandte sich dann Farim zu. »Ich habe eben noch an dich gedacht. Hast du Jörgan gesehen? Er ist gerade erst raus.«

»Dann war er es wirklich?« Farim beugte sich vor.

»Aber ja. Ich wollte dir doch etwas Gutes tun.«

»Wie meinst du das?« Ihm schwante Übles.

»Deinen Kummer konnte ja niemand mit ansehen. Billke in den Armen eines anderen? Ich fand, ihr zwei würdet besser zusammenpassen.«

»Das ist wohl eine Entscheidung, die Billke selbst treffen muss«, entgegnete Farim beherrscht.

»Und Jörgan, das ist mir klar. Doch ein Mann, der sich mit Versprechungen und Münzen in die weite Welt locken lässt, ist vielleicht nicht der richtige für sie.«

Was den Aufbruch in die weite Welt anbelangte, wollte Farim sich lieber kein böses Urteil erlauben.

»Die Idee war nicht gänzlich selbstlos von mir, da kannst du beruhigt sein.«

Das hatte Farim auch nicht gedacht, behielt das allerdings lieber für sich.

»Ich brauchte ein paar kräftige Männer zu meinem Schutz. Er zögerte anfangs zwar, hat dann aber doch zugestimmt.«

»Und er ist ...«

»Immer noch hier? Ja. So viel wie in Crem kann er in Myxa nicht verdienen. Und Anschluss hat er auch schon gefunden.« Fenkorh nickte vielsagend. »So schnell geht der nicht wieder zurück, das kannst du mir glauben.«

Gerade wollte Farim etwas dazu sagen, als ein untersetzter Mann mit Glatze an den Tisch kam und sein Magisterfreund zu grinsen begann. »Da haben wir ja auch den Herren des Hauses. Darf ich vorstellen: Frink Bergel, Inhaber der besten Schänke am Platz.«

Der Wirt nickte ihnen freundlich zu und lächelte dankbar.

»Und das hier ist Farim Peggelbohn, einziger Spross des gleichnamigen Handelshauses in Myxa.«

Das Lächeln schwand aus dem Gesicht des Hausherren.

»Unser Bergelchen hat den besten Würzwein in ganz Crem«, ergänzte Fenkorh unnötigerweise.

»Dank meines Vaters.« Farim schaute dem Wirt fest in die Augen. »Ich gehe doch davon aus, dass Ihr uns auch weiterhin treu bleiben wollt, um Euren Kunden diesen einzigartigen Genuss zu bieten, nicht wahr?«

»Aber natürlich.« Bergel knetete an einem Tuch herum, das einer Schürze gleich um seinen dicken Bauch gebunden war. »Gerade heute sagte ich zu meiner Frau, wir müssen uns unbedingt bei den Peggelbohns melden, sagte ich.«

»Das wird meinen Vater freuen. Insbesondere, wenn ...«

»Aber natürlich«, unterbrach der Wirt ihn und sah sich um. »Ihr müsst gar nichts sagen. Wenn Ihr so gut seid und ein wenig wartet ... ich könnte Euch«, Bergels Blick flog kurz zu Fenkorh hinüber, »eine Kleinigkeit für Euren Vater mitgeben.«

»Gern.« Farim freute sich, dass er nicht mit leeren Händen nach Myxa kommen würde. Manche Dinge fügten sich, ohne dass man etwas tun musste.

»Vorher hätten wir gern zwei Becher Würzwein«, rief Fenkorh dem Wirt hinterher, der hastig davoneilte. »Und bitte heiß!«

»Sehr wohl, verehrter Magur. Sehr wohl.«

Frink Bergel verschwand durch eine Tür. Fenkorh sah Farim durchdringend an. »Was war das denn?«

»Ein Kunde, der sich an eine Rechnung erinnert hat.«

»Das meine ich nicht.« Fenkorh wirkte irritiert. »Du bist doch vollkommen nüchtern, oder?«

Farim stutzte. »Wie meinst du das denn jetzt?«

»Ich meine, dass du heute bestimmt noch keinen Tropfen Würzwein getrunken hast.«

»Nein, habe ich nicht.«

Fenkorh schien verblüfft. »Es ist mir nicht gleich aufgefallen, aber wo ist der Stotterer geblieben, den ich aus Myxa kannte? Ich meine, wie bist du das losgeworden?«

»Das ist eine lange Geschichte.« Farim begann, von seiner Reise zu erzählen. Eine Kurzform, die die Ankunft an den Gestaden der Feuerelben weniger dramatisch erscheinen ließ und die Waldelben ganz aussparte. Er machte eine kurze Pause, als der Wirt ihnen den Würzwein brachte und ihm tatsächlich einen Münzbeutel mit 276 Sillingen zusteckte. Dann erzählte er von seinem Zwergenfreund, der ihn nach Crem geführt hatte, und schloss den Reisebericht mit der Schilderung einiger Tiere und Pflanzen. Damit fand er eine geeignete Überleitung zu seinem wirklichen Anliegen. »Du erinnerst dich sicher an die zerbrochenen Elbenstifte. Tatsächlich habe ich mich schnell wieder an das Arbeiten mit Kohlestiften gewöhnt. Hast du eigentlich noch den Staub, den du als Andenken erbeten hattest?«

Fenkorh lächelte vielsagend und zog ein ovales Medaillon hervor, das an einer Kette um seinen Hals hing. »Es ist mein wertvollster Schatz, den ich immer bei mir trage.«

Das machte Farim sprachlos und nahm ihm für einen Moment sämtlichen Wind aus den Segeln. »Du ... du hast es in diesem Medaillon?«

»Ich habe es von einem Silberschmied im Zwergenviertel eigens dafür anfertigen lassen.« Er beugte sich vor und zeigte ihm eine kunstvolle Gravur. »Das F erinnert mich an deinen Namen. Du siehst also, dein Geschenk ist mir teuer.« Er lehnte sich zurück. »Bei allen Unwägbarkeiten lässt es mich immer an so etwas wie Freundschaft glauben.«

Ein Glaube, den Farim ihm womöglich nehmen würde. Er schluckte schwer, wusste für den Moment nicht weiter und spielte Fenkorh den Erzählball zu. Das Stichwort Ordensschule genügte, und der junge Magur begann, in den höchsten Tönen davon zu schwärmen, wie ausgezeichnet der Cremer Orden aufgestellt sei. Die Schlafräume waren geräumig, das Essen äußerst bekömmlich und der Unterricht ließ es an nichts fehlen, beteuerte er.

Doch Farim hörte nur mit halbem Ohr hin, seine Augen ruhten auf dem silbernen Medaillon, das bei jeder Bewegung des Magisternovizen auf der blauen Robe hin- und herrollte.

»Es gibt Vorlesungen in Alchemie, Naturkunde, Heilkunde, Elemente- und sogar Seelenmagie. Höchst interessant, wie ich finde. Nur mit Sternensicht und Körperertüchtigung habe ich meine Probleme.«

Farim lächelte schief. Bis vor Kurzem wäre es ihm ähnlich gegangen. »Und ... hast du schon Stunden bei Kelenkus Briebens gehabt?« Bei den Seelen, wie sollte er zurück zum Thema kommen, ohne Fenkorh vor den Kopf zu stoßen?

»Du erinnerst dich an den Namen?« Der Magisternovize schien erfreut, auch wenn seine Lippen schmaler wurden. »Magische Artefakte und Elbenkunde. Ich muss noch eine Prüfung abschließen, bevor ich zugelassen werde.«

»Ich gehe davon aus, dass dir das nicht schwerfallen wird.« Tatsächlich traute Farim ihm eine Menge zu. Immerhin war er der jüngste Magur gewesen, den Myxa je gesehen hatte.

»Ich konnte es selbst kaum glauben, aber man muss tatsächlich eine Zulassung dafür haben, dass man überhaupt geprüft werden darf.«

»Eine Prüfung für die Prüfung?«

»Nein, ein Stundennachweis in den entsprechenden Fächern.« Fenkorh verzog das Gesicht. »Das kostet mich einen ganzen Winter. Dabei habe ich schon mehrmals um eine Ausnahmeregelung und eine persönliche Unterredung mit Magister Briebens gebeten. Aber die Abläufe im Haupthaus des Ordens sind noch schwerfälliger und verknöcherter als in Myxa oder sonst wo.«

»Dann ist es noch nicht zu der Unterredung gekommen?« Farim schwirrte der Kopf. Er wollte das alles gar nicht wissen, sondern endlich wieder auf die Essenz zu sprechen kommen.

Fenkorh gab einen Laut der Entrüstung von sich. »Sie erkennen einfach nicht, welche Möglichkeiten ihnen entgehen, wenn sie Talente wie meines nicht fördern.«

An Selbstbewusstsein mangelte es ihm nicht, nicht einmal hier, wo die angesehensten Magier der Welt unterrichteten.

»Manchmal erkennt man Dinge erst später und muss dann sehen, wie man es wiedergutmachen kann.«

Fenkorh nickte, trank noch einen Schluck und sah ihn an. »Wie meinst du das?«

»Die zerbrochenen Elbenstifte. Ich weiß jetzt, dass ich nichts davon hätte verschenken dürfen.« Gespannt wartete Farim darauf, ob sein früherer Freund von sich aus etwas sagen würde, doch er schwieg. »Ich weiß, ich habe dir die Essenz als Andenken an unsere Freundschaft überlassen. Und es ehrt mich, wie wertschätzend du sie verwahrst. Aber eigentlich gehört sie weder in deine noch in meine Hände.«

»Was willst du damit sagen?« Plötzlich sirrte die Stimme des Magisternovizen wie eine gespannte Bogensehne.

»Ich würde mir wünschen, dass wir hierzu eine gütliche Einigung finden.«

»Du willst die Essenz also wiederhaben?«

Farim wurde heiß und er rückte etwas vom Kaminfeuer weg. Ihre Blicke trafen sich, auf einmal lag ein angriffslustiges Funkeln in Fenkorhs Augen. Wie bei einer Raubkatze, der man die Beute wegnehmen wollte. Als hinge sein Leben davon ab.

»Ich weiß nicht, ob du meinen Wunsch verstehst ...« Farim wischte sich einen Schweißtropfen von der Schläfe. »Aber es ist mir ...«

»Ich verstehe nur eins«, fiel Fenkorh ihm ins Wort und sprang auf. »Nämlich, wie wenig Freundschaft dir bedeutet.«

»Du weißt, dass das nicht wahr ist.«

»Nicht wahr? Wie würdest du dann diese Farce bezeichnen?« Fenkorh beugte sich vor, zeigte ihm noch einmal das Medaillon und spie ihm die nächsten Worte ins Gesicht. »Schenken, um zu nehmen. Ohne Rücksicht auf Gefühle.«

»Das stimmt nicht. Ich hatte gehofft, du versuchst, mich zu verstehen, und erfüllst mir diesen Wunsch.« Farim war auch aufgesprungen und stand ihm dicht gegenüber. »Aber das war wohl zu viel erwartet.«

»Bei den Seelen, wie hat deine Reise dich doch verändert. Kaum bist du das jämmerliche Stottern los, meinst du, die Welt muss nach deiner Pfeife tanzen.«

»Das Einzige, was an mir jämmerlich war, war der Glaube, dass ich keine Freunde verdient hätte. Und ausgerechnet bei dir gedacht habe, du könntest einer sein. Aber jetzt sehe ich, worum es dir wirklich geht und wofür das F auf deinem Medaillon steht. Für Fenkorh. Immer nur Fenkorh. Hast du jemals an andere gedacht?«

Das Gesicht des Magurs erstarrte und die Lippen unter seiner messerschmalen Nase zitterten. »Das denkst du von mir?« Mit einem Ruck riss er sich das Medaillon vom Hals und schleuderte es ins Feuer.

»Nein. Was tust du denn?« Farim starrte auf das Schmuckstück und sah entsetzt, wie die Konturen verschwammen, als es langsam zu schmelzen begann.

»Ich vernichte die Erinnerung an dich und das, was ich als Freundschaft missdeutet habe.«

Plötzlich zischte es und die Flammen im Kamin verfärbten sich, wurden grün, gelb, blau, violett und dann wieder orange und rot. Die Essenz der Elbenstifte war vernichtet, wie es Farims Ziel gewesen war. Doch die Art, wie es dazu gekommen war, tat ihm leid.

»Ich habe das so nicht gewollt.« Er sah Fenkorh traurig an, der schwer atmend vor ihm stand.

Sein ehemaliger Freund ballte die Fäuste, man konnte ihm deutlich ansehen, wie sehr er mit sich rang, um die Wut zu zügeln, die in ihm gärte. »Glaubst du das im Ernst?«, presste er hervor. »Du hast doch bekommen, was du wolltest.« Er holte tief Luft, doch das Funkeln in seinen Augen blieb. »Weißt du, was der Hohn daran ist? Ich habe wirklich an unsere Freundschaft geglaubt.«

»Ich auch«, sagte Farim. »Und ich wünschte, wir könnten die Zeit zurückdrehen und noch einmal von vorn anfangen.«

»Niemand kann von vorn anfangen.« Fenkorhs Stimme klang leise, doch sie schnitt scharf wie ein Messer durch die Luft. »Alles, was geschehen ist, schleppen wir mit uns. Auch das.« Er wies aufs Feuer.

»Aber es ist unsere Entscheidung, ob wir unsere Lasten allein tragen wollen oder mit Freunden teilen.« Farim hoffte, ihn noch einmal zu erreichen.

Doch Fenkorh richtete fahrig seinen Kragen und strich sich die Robe glatt, bemüht, Haltung zu wahren. »Ich denke, jeder sollte seinen eigenen Weg finden«, spie er hervor, warf einen Silling auf den Tisch und ging ohne ein weiteres Wort hinaus.

»Ja.« Farim sah ihm hinterher. »Und ich hoffe, du findest den richtigen.«

Epilog

Verehrter Freund,

ein fahrender Händler der Abrindarh erzählte mir von einer Verbindung in Tyklahr, über die mein Brief zu dir nach Erellgorh gelangen kön

Was war das denn für ein Briefanfang? Farim zerknüllte das Pergament und warf es auf den Boden. Er sah aus dem Fenster des Turmzimmers über den Hafenplatz von Myxa, dachte einen Moment nach und begann noch einmal neu.

Lieber Zhinlohr,

ich hoffe sehr, dass es dir gut geht und meine Botschaft aus Gohlannbjahr dich erreicht hat. Ich bedaure die Schwierigkeiten, die dich durch meine Begleitung auf der »Pazhmaarh« ereilt haben, und hoffe, du konntest sie beilegen.

Das klang besser, schließlich war er besorgt, weil er immer noch nichts von seinem Freund gehört hatte. Seit ihrem letzten Treffen in den Laderäumen der »Pazhmaarh« war beinahe ein Jahr ins Land gegangen. Im Stillen hatte Farim gehofft, dass das Elbenschiff zurückkäme und sein Freund wie durch ein Wunder erneut als Handelsbeauftragter des Fürsten an Bord wäre. Doch Innelles hatte den Handel mit den Menschen gänzlich eingestellt, wie er inzwischen wusste.

Sei versichert, dass deine Hilfe nicht umsonst gewesen ist, es geht mir heute besser als je zuvor. Längst wollte ich dir schreiben, doch erst jetzt habe ich erfahren, wie dich ein Brief erreichen könnte. Auch der ehrwürdigen Sennah-Lilldujah bin ich zu tiefem Dank verpflichtet und ich hoffe, dass du vielleicht die Möglichkeit hast, ihr dies mit besten Grüßen zu bestellen.

Bestellten Elben Grüße? Irgendwie kam ihm jede Zeile nichtssagend vor. Aber ins Detail durfte er nicht gehen, wenn er Zhinlohr, Sennah oder sich selbst nicht in Gefahr bringen wollte. Schließlich wusste er nicht, in wessen Hände der Brief geraten könnte, und er kannte zu viele Geheimnisse.

Farim beschloss, vage zu bleiben und sich kürzer zu halten, als er es ursprünglich geplant hatte. Wenn Zhinlohr den Brief erhielte, würden sie sich vielleicht noch einmal wiedersehen. Und wenn nicht – nun, dann war es egal.

Der Heiler Irondurh-Raiwen hat dir sicher einiges erzählen können, darum fasse ich mich kurz.

Ja, so könnte er das lassen. Obgleich er das Bedürfnis hatte, wesentlich mehr zu schreiben. So viel war geschehen, von dem außer Semjon niemand wusste, damals im Weltenspiegel. Farim seufzte und tauchte den Federkiel noch einmal in die moosgrüne Tinte.

Nach meiner Reise bin ich wohlbehalten in Myxa angekommen und habe mich mit meinem Vater ausgesprochen. Anfangs war es nicht leicht für uns, doch inzwischen haben wir einen guten Weg gefunden, um uns gegenseitig zu unterstützen.

Farim dachte an den Tag, als er den Kontorladen wieder betreten hatte, und legte die Schreibfeder für einen Moment zur Seite. Er erinnerte sich genau, wie nervös er gewesen war und wie viel Überwindung es ihn gekostet hatte, über die Schwelle zu treten. Und dann, als er die Redwasser-Zwillinge begrüßte, waren sie es, die sprachlos waren. Offene Münder, aus denen kein Ton kam. Erst als er sie fragte, ob sein Vater zu Hause sei, erwachten sie aus ihrer Schockstarre.

»Wie? Ach so, ja, er ist hinten.«

»Aber ja doch, er ist hinten.«

Erst Hilja, dann Dulja – manche Dinge änderten sich nie. Jetzt konnte er darüber lächeln, aber damals hatte sein Herz gepocht wie ein Dutzend Zimbelspechte.

Dann die Schreibstube – der vertraute Geruch von Pergament und Tinte, als er vom Ladengeschäft durch die Tür nach hinten trat. Alle Erinnerungen waren auf einen Schlag wieder da gewesen. Der alte Gernhold, wie er zu jeder Stunde das Glas drehte und einen Kreidestrich machte, und der junge Matten, voller Freude über das Bild für seine kranke Tochter.

Und dann Farims Vater, der Zorn und die Vorwürfe. Alles war wieder da, nur die Gesichter, die von zweien der Schreibpulte aufblickten, waren andere gewesen.

Er nahm die Schreibfeder erneut zur Hand, hielt aber noch einmal inne, als ihm die Begegnung mit seinem Vater in den Sinn kam. Der gefasste Blick, als Farim durch die Tür getreten war, der Glanz in den Augen und ihr gemeinsames Schweigen, als sie sich gegenübergestanden hatten.

»Mein Sohn.« Die beiden Wörter waren Farim durch und durch gegangen. »Ich sollte dich verprügeln.« Die Stimme seines Vaters hatte heiser geklungen, er hatte sich räuspern müssen. »Aber das muss warten, bis ich aufhöre, mich zu freuen.«

Dann herrschte Schweigen, Farim wusste nicht recht, wohin mit sich, bis sein Vater wieder das Wort ergriff. »Du weißt, dass hier immer ein Platz für dich ist, nicht wahr?«

»Ja, Vater.«

»Nun ... ich ... ich bin nicht gut in diesen Dingen.«

»Das sind wir beide nicht.«

Schließlich kam sein Vater auf ihn zu, ganz langsam, nahm ihn in die Arme und hielt ihn fest. Diesen Moment würde Farim niemals vergessen. Er fühlte sich vollkommen angenommen – mit allen Ecken und Kanten, die ihn ausmachten.

»Ich habe dich vermisst, mein Junge.« Noch jetzt hörte Farim das Beben in der Stimme.

»Ich dich auch«, hatte er geflüstert und sich vorgenommen, es nie wieder so weit kommen zu lassen.

Es war ein gutes Wiedersehen gewesen. Sanft, behutsam und durchdrungen von aufrichtiger Freude.

Bedächtig tauchte Farim die Schreibfeder ins grüne Tintenfass, um eine wichtige Erinnerung in den Brief zu schreiben, die ihm während seiner Reise gekommen war und ihn tief beeindruckt hatte.

»Wünsche, die nicht in Erfüllung gehen, sind nicht verloren«, hat mein Vater einmal gesagt. »Du kannst sie in deinem Herzen sammeln, von ihnen träumen und aus ihnen gute Gedanken schöpfen. Denn sie zaubern Ideen, die zu wunderbaren Geschichten werden können.«

Vielleicht gefällt dir dieses Bild ebenso sehr wie mir. Doch mir ist darüber hinaus klar geworden, dass sich unerfüllte Wünsche bisweilen in dunklen Ecken sammeln, in denen man sie nur schwer wiederfindet. Zumindest nicht ohne Anstoß von außen, eine Krankheit vielleicht oder einen schmerzhaften Abschied, um den Blick neu auszurichten. So jedenfalls haben wir es erlebt und genau das getan: unsere Sicht auf die Dinge neu ausgerichtet.

Noch einmal hielt Farim inne und dachte daran, wie sein Vater ihn schon am Tag darauf in seinen Arbeitsraum gebeten hatte, als die Angestellten alle fort waren. Er hatte die Werttruhe geöffnet und ihm aus freien Stücken gezeigt, was er dort verwahrte. Sie hatten sich an gute Zeiten und schöne Momente erinnert. Und später, als sein Vater die Truhe wieder schließen wollte, hatte Farim ihn nach seinen Wünschen gefragt.

Die Erinnerung an seinen Blick, schulterzuckend und fast stotternd mit hochgezogenen Brauen, ließ Farim lächeln.

Mein Vater hat dieser Tage endlich seine lang erträumte Handelsreise nach Crem angetreten, und ich teile mir die Leitung des Handelskontors mit Matten Schenker, einem treuen Mitarbeiter. Er hat die Möglichkeit, mehr Verantwortung zu tragen, und mir gibt es die Zeit, an meinem Buch zu arbeiten.

Farim dachte an die Elbenstifte, die auf Samt gebettet in einem Kästchen unter seinem Schreibpult lagen. Er hatte sie ausprobiert, sich über ihre Farben gefreut und sie seither sicher verwahrt. Sie hatten ihn auf eine Reise der Erkenntnis geführt, doch das meiste konnte er jetzt ohne sie schaffen.

Ich hoffe, dass wir uns einmal wiedersehen werden, damit ich dir alles erklären kann.

»Farim?« Eine vertraute Stimme lenkte seinen Blick nach draußen. Lächelnd öffnete er das Fenster und schaute in strahlend schöne Augen.

»Billke, ich bin gleich bei dir. Nur noch ein paar Worte.«

»Mit welcher Tinte?« Sie grinste ihm schelmisch zu.

»Der moosgrünen Kreation meiner Liebsten natürlich.«

»Dann ziehe ich es in Erwägung, auf dich zu warten.« Sie strich sich eine Haarsträhne aus dem Gesicht – maronenbraun, wie die Früchte der Sativa.

»Das hoffe ich doch sehr, denn es gibt in ganz Jukahbajahn keinen Mann, der dich mehr liebt als ich.«

»Du meinst wohl keinen, der meine Tintenkreationen mehr liebt als du. Gib es zu.«

»Erwischt.« Er lachte. »Ich liebe dich und deine Farben.«

»Da hast du aber Glück, das ich dich zufällig auch liebe.« Sie warf ihm eine Kusshand zu. »Dich und deine Bilder.«

»Dann solltest du zwingend auf mich warten. Ich habe ein neues für dich.« Er erwiderte den Kuss, schloss das Fenster und tunkte die Feder ein letztes Mal in die moosgrüne Tinte.

Der alte Gernhold hat immer gesagt, dass es wichtig ist, gerne zu tun, was man tut. Ich denke, er hatte recht damit.

Manchmal finde ich es aber noch wichtiger, einfach zu tun, was man gerne tut. Ich jedenfalls mache es – genau jetzt.

Lächelnd legte er die Schreibfeder beiseite, trocknete die Tinte und eilte hinaus.

Dir gefällt die Welt, in der dieser Roman spielt, und du möchtest gerne mehr davon?

Matthias Teut arbeitet schon am nächsten Roman, in dem es unscheinbare Helden, mächtige Gegner, wundersame Pflanzen und fantastische Geschöpfe geben wird. Lass dich in die Welt unter den Bergen entführen, die ganz eigenen Regeln folgt. Gewürzt mit einer großen Portion Spannung, einer deftigen Menge Humor und einer ganz eigenen Magie:

Eskrinor
Im Reich der Zwerge

Der Auftakt zu einer spannenden Trilogie, die zeitlich unmittelbar an die »Elbenstifte« anschließt und in der du an Orte kommst, die noch in keinem der bisherigen Romane gezeigt wurden.

Neues zur Entstehung der »Eskrinor«-Trilogie und vieles mehr zu den Büchern, der Vorgeschichte und zu aktuellen Terminen erfährst du auf

www.erellgorh.com

Ein Jahr voller Bilder

Die Geschichte von Farim war für mich ein Herzensprojekt, in das ich viel Kraft gesteckt habe. Nie habe ich so mit mir gerungen und so an mir gezweifelt. Es ist ein Roman, den ich bewusst ganz anders konzipiert habe, der ruhiger und bildhafter daherkommen sollte, ohne auf Spannung zu verzichten. Umso mehr hoffe ich, dass er viele Freunde findet.

Allein wäre das nie geglückt, und deshalb möchte ich an dieser Stelle gerne Danke sagen.

An erster Stelle gilt mein Dank Sophie und Frank, die mich in den Geburtsstunden des Handlungsrahmens unterstützt haben und mir bis zur Fertigstellung die wichtigsten Berater waren.

Dankbar bin ich auch für einen Plottag mit Laurence, der uns beiden schöne Aha-Erlebnisse geschenkt hat. Und natürlich danke ich meinen Testleserinnen Cathrin, Anna, Michaela und Monika, ohne die ich zwar weniger zu tun gehabt, aber auch weniger verbessert hätte.

Daneben gilt mein Dank wie immer meiner wunderbaren Autorengruppe, die mangels eines anderen Namens noch immer »Mathilde« genannt wird, den Hamburger NaNoaten und den Nordlichtphantasten. Auf eure klugen Ratschläge und eure freundschaftliche Unterstützung mag ich nicht mehr verzichten!

Das aber, was mich antreibt, meine Romanprojekte immer wieder neu zu denken und meine Arbeit weiter zu professionalisieren, seid ihr! Ohne euch, liebe Leserinnen und Leser, Bloggerinnen und Blogger, Buchhändlerinnen und Buchhändler, ohne eure Postings, eure positiven und konstruktiven Rezensionen, eure Briefe und Mails würde mein Feuer kleiner brennen. Ihr seid mein wichtigster Antrieb! Für euch schreibe ich gerne weiter.

Danke!